T0278291

La ciudad de oro

SABRINA JANESCH

La ciudad de oro

Traducción de Bernd Dietz

ℙ
ALMUZARA

Original title: DIE GOLDENE STADT
COPYRIGHT © 2017 BY ROWOHLT • BERLIN VERLAG GMBH, BERLIN

© SABRINA JANESCH, 2017
© de la traducción BERND DIETZ, 2023
© EDITORIAL ALMUZARA, S.L., 2023

Primera edición: abril de 2023

ALMUZARA • Colección NOVELA HISTÓRICA
Director editorial: ANTONIO CUESTA
Edición de JAVIER ORTEGA

www.editorialalmuzara.com
pedidos@almuzaralibros.com - info@almuzaralibros.com

Editorial ALMUZARA
Parque Logístico de Córdoba. Ctra. Palma del Río, km 4
C/8, Nave L2, nº 3. 14005 - Córdoba

Imprime: LIBERDÚPLEX
ISBN: 978-84-18089-12-1
Depósito Legal: CO-485-2023
Hecho e impreso en España - *Made and printed in Spain*

Para Benjamin y Mila

Y una voz insistente como mala conciencia, sin cesar repetía,
con cambiante registro, día y noche esta orden:
ve y busca lo oculto que está tras las montañas,
eso que espera ignoto a que tú lo descubras.
¡Ve a buscar lo perdido!

Rudyard Kipling, *El explorador*

Índice

Índice

LIMA, CIUDAD DE REYES

Con el corazón a cien y las manos manchadas de tinta, Augusto Berns sale por la puerta del Hotel Maury. Son las siete de la mañana y la noche se ha hecho corta. Ya ha salido el sol, cuyos rayos atraviesan los últimos bancos de niebla, confiriendo a las estribaciones de los Andes un fulgor llameante.

Berns se apoya sobre las rodillas. Siente cómo el aire húmedo del Pacífico penetra en sus pulmones y lo absorbe con ansia, degustando el salitre y el polvo. Le entra sed de inmediato. Se palpa el traje de tres piezas en busca de calderilla, a ver cuánto queda. Cuenta las monedas, las devuelve al bolsillo del pantalón. Berns se pone en marcha.

Antes de la calle Villalta se cruza un tranvía de sangre. Berns se sitúa bajo la copa de un frondoso flamboyán. Aquí, a su sombra, le sobreviene uno de esos instantes en los que cuanto ha sido su vida en los años precedentes gravita sobre sus hombros. En un banco cercano toma asiento y deja correr el tiempo, media hora, una hora completa. Comienzan a abrir los primeros establecimientos, los comerciantes se precipitan hacia los despachos que hay en la intersección con la calle Núñez. De largo pasan panaderos ambulantes, perseguidos de continuo por nervudos viringos, que están prestos a atrapar cuanto pueda caerles de los carricoches.

En torno a Berns van desprendiéndose mansamente los cálices rojo intenso del flamboyán; un colibrí se le acerca y se queda zumbando en el aire, justo delante de su rostro. Berns no muestra la menor intención de espantar al pájaro. Cuando puede volver a respirar mejor y la opresión ha cedido, se pone en pie para encaminarse a la plaza principal de la ciudad.

En la generosa explanada que hay frente a la catedral y el palacio presidencial, se distribuyen las latanias; un bullir de palomas envuelve los pies de los transeúntes que marchan presurosos hacia las diversas calles comerciales y los edificios del gobierno. Carruajes tirados por uno o dos caballos van dejando atrás las arcadas y los puestos en los que se congregan herboristas, escribanos, adivinos, curanderos, brujos y adiestradores de monos.

Berns orienta sus pasos hacia la fuente dispuesta en el centro de la plaza. Aún percibe el sabor a polvo y salitre en la lengua. Se inclina como si quisiera humedecer su pañuelo y se moja levemente la boca. Después se lava las manos. Cuando Berns alza la mirada, descubre a su lado a una mujer oculta tras un velo. Haciéndole un guiño le pregunta por lo que allí mana a borbotones. ¿Será el licor que fabrica héroes? ¿A cuántos enemigos lleva ya derrotados esa mañana? Y se aleja riendo, mientras en su muñeca reluce una pulsera de oro.

Berns dedica un pensamiento a los inversores, a los capitalistas a los que ha escrito cartas. ¿Y si mañana no aparecen, por no haber caído él en la cuenta de algún detalle importante o no haber escogido el momento adecuado? Tal consideración hace que se contraiga algo en su interior, con una virulencia tal, que es como si le hubiera vuelto a asaltar aquella fiebre panameña.

Echa un vistazo al reloj: todavía falta una hora. Una hora para la cita prevista, vaya insignificancia, y no esas treinta horas inaguantables que se tarda hasta Huacas del Inca.

El kiosco que hay al comienzo de la calle Mantas ofrece más de una docena de diarios y revistas. Berns curiosea en el expositor, repasa las primeras páginas de *El Nacional*, *El Comercio*, *El País*, *El Ateneo* y algunas otras publicaciones. Encuentra hasta cinco artículos que hablan de él, Berns, y de su descubrimiento. ¡Su descubrimiento! Entonces vuelve a dejar el periódico y eleva la vista al fondo, a las estribaciones de los Andes. Berns siente que se le humedecen las palmas de las manos, acaso sea por la excitación, o porque el sol cobra fuerza. Le da las gracias al dueño del kiosco, hace que el limpiabotas más próximo les saque lustre a las suyas, y se encamina finalmente al Café Tortoni en la calle Valladolid.

Veinte centavos por un café y unas rosquillas de azúcar es más del doble de lo que se paga en cualquier otro establecimiento de la ciudad. Berns paladea la infusión y emite un suspiro casi imperceptible, mientras le pega un mordisco al dulce. Pide un vaso de agua muy fría, apura su taza de café, y da cuenta hasta de los restos más minúsculos que quedaban en el plato.

Media hora más tarde toma Berns la calle Espaderos, al fondo de la cual se encuentra el Club Nacional. La entrada es inconfundible, debido a los árboles de coral que la enmarcan. Berns se detiene ante las escaleras, se ajusta el nudo de la corbata y solo entonces reúne el coraje suficiente para subir los peldaños. Ya ha estado aquí dos veces, en ambas ocasiones acompañado de un socio del club.

En el vestíbulo, el resplandor de las lámparas venecianas se proyecta sobre los cuadros que cubren las paredes, las columnas de hierro fundido y las alfombras de Bruselas. El vestíbulo principal ocupa toda la parte delantera de la planta baja, de donde salen escaleras de mármol que conducen a las habitaciones superiores; una puerta de doble hoja, abierta de par en par, deja a la vista el salón azul. Allí los señores fuman cigarros, sentados sobre tapicerías mullidas. Berns achica los ojos como quien busca enfocar la mirada, pero es incapaz de identificar a nadie que le resulte conocido.

Sentado en una garita entre la puerta principal y el salón azul pasa habitualmente su tiempo Ignacio Ortiz, el portero. Son proverbiales su falta de sentido del humor y esa expresión afligida propio de quienes padecen del estómago.

—Hoy no estamos abiertos al público. Hay una visita diplomática. ¿Trae usted invitación por escrito, señor?

—Augusto Berns. Tengo una cita.

—Así será.—Los ojos del portero van posándose brevemente en el traje de Berns, la cartera, el sombrero. Hay algo que no parece encajar. Titubea, aún no le franquea la entrada a Berns. Detrás de Berns va accediendo al vestíbulo un grupo de señores de aspecto impecable. Los caballeros se toquetean con expresividad las levitas. Carraspean.

Ahí está nuevamente, el pensamiento respecto al día que se presentará mañana, y con él retorna el nerviosismo. Berns se pasa la mano por la frente, las voces procedentes del salón suben de volumen.

—¿Puedo preguntarle con quién?

Ahora hay movimiento en el grupo situado en la parte trasera del salón azul. Los que estaban sentados se levantan; si Berns no está equivocado, se trata de la delegación boliviana que permanece desde ayer en la ciudad. En medio de los achaparrados bolivianos, vestidos como para un bautizo, reconoce a la persona que busca. El grupo se va trasladando con parsimonia en dirección al vestíbulo.

—Por supuesto —dice Berns despojándose del bombín y atusándose el cabello.

—¿Y bien?

—He quedado con el presidente.

—Si usted lo dice —Ortiz se pone a revolver entre sus papeles, pero es ya demasiado tarde. El murmullo de los hombres que están detrás de Berns cesa, porque en esto entra en el vestíbulo la delegación y, en el centro de la misma, sacándoles una cabeza a cuantos le rodean, marcha el presidente de la República del Perú, Andrés Avelino Cáceres. Todas las miradas quedan prendidas de esta aparición imponente: el uniforme blanquiazul con las charreteras, la prominente barba a la inglesa, el ojo izquierdo algo protuberante, el marcado mentón. El tiempo de los bolivianos ha concluido y Cáceres ha de ocuparse de su siguiente asunto, pero ellos le siguen dando conversación. Cáceres sonríe, de un modo que a Berns se le antoja presidencial.

—Señor presidente —dice Berns. En ese instante es cuando Cáceres repara en él por primera vez, reacciona con jovialidad y se aparta con tacto de los bolivianos.

Los dos hombres se abrazan y se dan palmaditas en los hombros.

—¡Augusto! —dice Cáceres—. Ya pensaba que no vendrías.

—Me vi retenido contra mi voluntad.

Ortiz tiene de pronto que enfrascarse a fondo en la clasificación de sus papeles. Entonces parece que al presidente Cáceres le ha sobrevenido una ocurrencia. Reclama que le presten atención y dispone a los bolivianos en semicírculo en torno a su persona y a Berns.

—Señores míos, ¿saben lo que es un héroe?

Silencio absoluto. Nadie se mueve.

—Un héroe es alguien que tiene suerte. Que sabe rodearse de las personas adecuadas. Aunque puedan ustedes no creerme, un héroe jamás se desempeña en soledad. Cuando defendimos Callao frente a los españoles hace ya más de veinte años, ¿quién me salvó allí la vida? ¡El hombre que tienen ante ustedes! ¡Este hombre de aquí! Y después de esto, ¿quién exploró nuestra tierra como ningún otro, la midió y unió sus ciudades con el ferrocarril? ¡Este hombre de aquí! ¿Quién permaneció durante años en las montañas y en la selva, donde realizó un descubrimiento increíble? Caballeros, ¡este hombre que ven es Augusto Berns, un hombre de acción, un hacedor, un realista portentoso y descomunal!

PRIMERA PARTE

1. ORO FLUVIAL

De niño, Rudolph August Berns casi se asfixia por culpa de una mosca que fue a parar a su tráquea. Se podía pasar las horas muertas con la boca muy abierta y los ojos vidriosos: a su vera pasaban tan campantes las legiones romanas, cruzando el Rin más o menos por el punto en el que, en ese instante, estaba atracando la barca con destino a Mündelheim.

Los romanos… —¡qué fastuoso espectáculo el que ofrecían cada vez! De pronto el Rin dejaba de ser el río de movimiento plomizo para convertirse en una corriente turbulenta y allá, al otro lado, no habitaban los granjeros de Mündelheim, sino aguerridos germanos dispuestos a defender sus tierras— y Klipper Eu, apalancado en la orilla, con su abrigo tachonado de rotos y la batea de buscar oro, no era Klipper Eu, sino Cayo Julio. Cayo Julio y sus hombres no solo habían sometido a toda la Galia, sino que ahora se topaban con el río sobre el que tanto les habían prevenido. *Rhenus*, así se llamaba esa vía de agua que ahora era menester atravesar; sobre la tierra que había al otro lado pesaba una maldición, y todo aquel que la pisase, decían, estaba condenado a muerte.

Marchando detrás de Cayo Julio iba un soldado con coraza, portando el estandarte romano. El águila dorada brillaba con destellos cegadores bajo el sol. Se escuchaba el pisoteo de centenares de caballos y hombres; de alguna parte llegaba una canción, cuya extrañeza sugería una procedencia lejana. Y he aquí que algunos soldados tiraban de caballos cargados con cofres suntuosos, que a no dudar contendrían tesoros, monedas de oro y de plata lo bastante pesadas como para hacerle un agujero en el bolsillo a cualquier hombre corriente; y de seguro que también collares de perlas, piedras preciosas, lingotes enteros.

Cuando Cayo Julio pisó, a lomos de su cabalgadura, el puente, el viento hinchó e hizo ondear su capa. *Barbaricum*, fue lo que dijo, frunciendo el ceño. Si bien apenas la musitó como un susurro, esa palabra cruzó la distancia que había hasta el manzano en el que se hallaba subido Rudolph, mirando hacia abajo en dirección al Rin. Entonces Cayo Julio volvió la vista al oeste, antes de decidirse por fin a cruzar. Ya en la ribera opuesta, se giró por última vez y le hizo una seña a Rudolph. Fue un movimiento apenas perceptible de la mano, que escapó a la soldadesca y al abanderado; si bien Rudolph sabía que era un gesto dedicado a él en exclusiva, salvando un lapso de dos mil años, y que Cayo Julio lo observaba con la misma nitidez con la que él lo contemplaba.

Pero antes de que Cayo Julio pudiera volverse, para cabalgar con la capa al viento hacia Germania, se presentó esa dichosa mosca. Los frutos más que maduros del manzano eran como un imán para los insectos, que acudían por enjambres. Mariposas, abejas, avispas y moscas se congregaban sobre las manzanas y fueron ascendiendo hasta el lugar que ocupaba Rudolph en la rama. Relajado de brazos y con la boca seca, miraba hacia otro mundo; un mundo sin moscas, sin súbitos zumbidos de indignación, ni una imperiosa necesidad de expectorar.

Bajó Rudolph del árbol impulsado por la tos, se metió un dedo en la boca y ahondó en la garganta, pero ahí no había nada que sacar; solo la dificultad de respirar, el jadeo ronco... y de pronto estaba junto a él Cayo Julio, agarrándolo y tirando de él para arriba. Entonces sobrevino la oscuridad, que al cabo de un rato se transformó en la voz de su madre, en una sensación de frescor bajo la nuca, sí, en un olor a sopa de judías con tocino e incluso en los berridos de su hermano menor, Max. Al final, no obstante, también esto se difuminó, y apenas quedó trazando sus círculos sobre Rudolph el águila de la Legión.

***

Rudolph August Berns era el primogénito del comerciante Johann Berns y de su esposa Caroline. La pareja se había conocido en Solingen, adonde el joven comerciante había viajado por motivos de trabajo. Junto a diversos cuchillos de alta calidad y otros artículos en acero se había traído el retrato de una muchacha cuyas virtudes en lo referido a protestantismo y cualidades domésticas, según aseguró a sus padres, eran inmejorables. La boda se celebró muy pronto. No respondía el joven por entero a las expectativas que se habían formado los padres de la chica, pero al menos había que valorar que, junto con su padre, llevaba adelante con éxito un negocio de vinos; así que dieron su aprobación. El joven matrimonio se mudó al hogar de los padres de Johann en Uerdingen. Lo rodeaban campos de frutales que, durante siglos, habían pertenecido a la familia Berns. Apenas a un tiro de piedra, el Rin discurría junto a la población pequeña y próspera, desde la que apuntaban al cielo cada vez más chimeneas de fábrica.

El piso superior de la casa lo compartían Johann y Caroline con Wilhelm, el padre de Johann, que pasaba la mayor parte de su tiempo en las dependencias de la planta baja dedicadas a su negocio. La madre había fallecido mucho antes.

—El negocio es lo primero —decía el viejo Berns, cada vez que se le sugería que compartiese una comida con la familia. La mayor parte de las veces, la sirvienta le bajaba un plato con su ración del almuerzo, de la que daba precipitada cuenta entre toneles y botellas.

¿Qué habría sido del despacho de vinos Berns sin el viejo, que supervisaba su actividad y enredaba a la clientela en interminable cháchara? Tras una vida entera en Uerdingen se sabía todo de todos, quiénes eran los padres, los hijos, los abuelos y los animales domésticos; incluso sus flaquezas, preferencias, apuros y preocupaciones. Aunque solamente se hablara de vino.

***

No tardó Johann Berns en engordar, dejar que le creciera una tupida barba y dedicarse a pasar más tiempo en las tabernas de la localidad. De ser *el joven Berns* pasó a ser *el Berns*, que por fin obtuvo la atención y el respeto de los otros comerciantes. Lo iban a visitar a su negocio, lo invitaban a cenas, e incluso el viejo Melcher, propietario de la mayor destilería de Uerdingen, le propuso una colaboración profesional. Desde entonces Berns empezó a suministrar principalmente brandis de la marca Melcher y, por supuesto, el típico licor doble de junípero de Uerdingen. Jamás faltaban en los estantes varias docenas de esas botellas marrones; los obreros que pasaban por allí llegaban sedientos y él, Berns, no era mal vendedor. El negocio prosperaba como nunca. Lo único que aún faltaba era un hijo.

Rudolph August vino al mundo en el año del Señor de 1842. Rudolph, porque así se le antojó al padre, y August, porque así se llamaba el hermano favorito de la madre. Aunque no hubieron de transcurrir muchos años, en los que entretanto hicieron su aparición Elise y Max, antes de que se acreditara que Rudolph August había heredado poco del temperamento de su tío; tampoco evidenciaba el pragmatismo y la sobriedad de su madre.

—A lo mejor es que sale más a tu familia —le dijo, entre dudas, Caroline a su marido, aunque en verdad tampoco acababa de figurárselo.

«Juan Babieca», lo llamaba su abuelo, como el personaje de un libro que le había regalado al muchacho. Rudolph lo había inspeccionado para dejarlo a un lado enseguida. Sólo le tomaba aprecio a lo que encontraba por sí mismo, y le suponía un descubrimiento. Únicamente en ese caso le daba la impresión de que ello tenía relación con él, de que era algo suyo y real.

La mayor parte del tiempo, el chico permanecía sumido en sus ensoñamientos, fijando la mirada en cualquier cosa que hubiese cautivado su atención. Si se le hacía despertar de tal estado, para preguntarle cómo le había ido el día, o por qué llevaba sucio el pantalón, o faltaba dinero en el monedero, podía uno escuchar las respuestas más peregrinas. Entonces hablaba acerca de jinetes negros, de fuegos fatuos que le habrían hecho tomar un camino equivocado, de espíritus dispuestos a mostrarle el acceso a escondites que albergaban tesoros romanos, de monstruos marinos, dragones y un sinfín de prodigios de esta laya. Ciertamente experimentaba Rudolph una conexión peculiar con las leyendas de los tiempos pasados y sus riquezas proverbiales. No podía explicárselo a sí mismo, ni tampoco explicarlo a los demás, pero en ocasiones le daba la sensación de que el mundo contenido en su cabeza poseía mayor entidad que el que se le manifestaba a su alrededor.

—Mentiras —decía la madre.

—Qué va —decía el padre—. El chico es que tiene fantasía.

Pero no servía de nada. Tampoco las explicaciones del padre, en el sentido de que ser rico en ocurrencias revestiría, cuando menos, la misma relevancia para un hombre de negocios que el esmero en la contabilidad o la aptitud para el pensamiento crítico. La madre se limitaba a responder que hiciera el favor de no meterle al chico más pájaros en la cabeza, porque el asunto ya resultaba lo bastante grave.

***

Notó Rudolph cómo algo muy picante descendía por su gaznate. Acaso sepa a eso la muerte, pensó. Picante y dulce, y a la vez con un toque de junípero. Recorrió su cuerpo una sacudida; le pareció que abría los ojos y que reconocía al padre y a la madre, a su lado en el suelo. También Max y Elise estaban ahí, llorando y ocultos tras las espaldas inclinadas de sus padres. En el banco de esquina situado al fondo de la habitación se hallaban sentados el abuelo y Klipper Eu. Klipper Eu sostenía una copa de brandi en la mano y aún no había recuperado el resuello, de la prisa que se había dado para galopar con el muchacho en brazos hasta la casa de los Berns.

Todo parecía estar como de costumbre y, sin embargo, había algo que no encajaba: los cabellos de la madre, por ejemplo, que no paraban de cambiar de color; el abuelo, que de repente había cobrado un aspecto por completo juvenil; el hermano, que una vez y otra se transformaba en la hermana. Por no hablar de que había un soldado sentado tan tranquilo en la repisa de la chimenea, balanceando sus extremidades. Rudolph no lo había visto en su vida, y eso que entretanto se había ya familiarizado con prácticamente cada rostro de la legión romana. Los había alargados con pómulos prominentes, y también rostros anchos de mandíbulas poderosas, mientras que la tez podía ser aceitunada, muy morena, o pálida; los legionarios podían tener el pelo negro, rubio, castaño; se daban todas las variedades. Casi todos llevaban yelmos redondeados y cotas de malla, ceñidas por toscos cintos. ¿Pero este de aquí? El señor tan peculiar, situado en la repisa de la chimenea, no parecía de los suyos. Esos ojos hundidos, esa barba gris y esa nariz afilada llamaban en especial la atención de Rudolph, por no tener además en cuenta que su yelmo era longitudinal y estaba rodeado de un ancho reborde. Su lado anterior acababa en punta, y en la parte superior resplandecían plumas amarillas y rojas. ¿De dónde había llegado este hombre, y qué hacía subido en la chimenea? Pero por más que se esforzara, Rudolph era incapaz de abrir la boca y preguntárselo.

Con tanto asombro como lo embargaba, Rudolph tardó bastante en darse cuenta de que llevaba ya un buen rato fuera de su propio cuerpo y de que lo tenía a un lado suyo. ¡Qué experiencia tan extraña! Sin que le costara el menor esfuerzo se levantó, dejó su cuerpo atrás y contempló el aposento: el sofá, cuya pulcritud la madre valoraba por encima de todas las cosas, el bordado a medio hacer, que reposaba sobre el antepecho de la ventana, los geranios, a los que daba el sol en exceso y cuyas hojas habían adquirido ya un color rojizo. La sala era la misma que él conocía, pero a la vez se le superponían otras diez salas añadidas, variaciones de la misma sala, otras posibilidades de una misma identidad. A veces él resultaba diminuto, después de nuevo infinitamente grande. Por momentos parecía como pintado en una hoja de papel, hasta que las paredes volvían a doblarse como si fuesen de caucho. De repente la casa se transmutaba en el hogar de los Kradepohl, sus vecinos, acto seguido en la mansión de Melcher, después en la cabaña de Klipper Eu; luego se convertía en una carpa de circo, en una yurta mongola, en una ratonera. Nada permanecía inmutable, todo cobraba viabilidad.

—La realidad —dijo de pronto el señor de la repisa de la chimenea— no es, en realidad, sino el mínimo común divisor de los espíritus más limitados.

En tal instante Rudolph se percató de que era imposible que ese señor fuese un romano. El torso del hombre se encontraba firmemente embutido en una carcasa plateada y, en lugar de toscos pantalones de lino, lo que sobresalía, henchido, de sus ajustadas botas era un tejido rojo a rayas. ¡Y qué decir de sus espuelas, que tintineaban al rozarse! De pronto le dio a Rudolph la impresión de haber visto ya antes a este hombre en alguna parte, pero la idea se desvaneció antes de que pudiese sopesarla.

—Esto no hay quien lo entienda —quiso decir Rudolph, cuando le sobrevino un nuevo ataque de tos. Con él recobró la sensación de hallarse dentro de su cuerpo: sangre que brota de la nariz y la boca, aire que penetra en los lóbulos pulmonares. Notó que unos bracitos delgados se adherían a su cuello. Rudolph se irguió con esfuerzo, y solo entonces abrió los ojos.

Lo primero que hizo fue mirar hacia la repisa de la chimenea. El pintoresco señor había desaparecido. Aunque Klipper Eu continuaba sentado en la esquina, y la copa vacía reposaba delante de él en la mesa. El abuelo se había quedado dormido. Max seguía rodeándolo fuertemente con los brazos, hasta el punto de que el padre tuvo, con delicadeza, que hacerle aflojar el abrazo. Rudolph apretó su cabeza contra la flexura del codo de su padre, que olía a polvo y a jabón de cuajada. Reconoció junto a la puerta a su madre, que dejó entrar al doctor Lewin.

—¿Respira? —preguntó el doctor.

—Desde luego —dijo Rudolph. Y entonces vomitó.

***

El resto del día Rudolph se lo pasó durmiendo. Después le informaron de que había tenido mucha suerte. La mosca no se le había quedado en la tráquea, sino que había sido aspirada hasta el pulmón. A lo largo de los siguientes días, según el doctor Lewin, Rudolph la iría expulsando a pedacitos al toser. Por precaución, el doctor le recetó aceite de hígado de bacalao. De las moscas y demás insectos convenía que, por el momento, se mantuviera alejado.

—Ahí lo tienes —dijo la madre, cuando Lewin se hubo marchado con dos botellas de coñac bajo el brazo.

—Que se mantenga alejado. Quizás vaya siendo hora de que te lo lleves contigo a trabajar, Johann.

—Sí, quizás va siendo hora —dijo Johann Berns. Cualquier otra respuesta habría carecido de sentido. Pasadas veinticuatro horas, los días del chico empezarían a transcurrir en el negocio de vinos, por lo menos mientras Caroline estuviese en la casa y pudiera ver por la ventana de la sala si se le ocurría hacer de las suyas entre los frutales o a orillas del Rin. Cuando esto llegó a oídos de Rudolph, un sollozo pugnó por abrirse camino en su garganta, y tuvo que poner toda su concentración y empeño para que no aflorase. Quería a su padre, pero más aún le guardaba aprecio a su libertad.

***

Sucedía un poco lo mismo que con el caleidoscopio. Desde que su padre se lo regalara, se había convertido en el juguete predilecto de Rudolph. En el estuche del pequeño tubo había dibujados niños montados en caballitos o que hacían volar cometas. En medio de ellos, no obstante, a una escala mayor, se veía a un niño que miraba por un caleidoscopio. Rudolph percibía que ese niño sabía más y veía más cosas que los otros, que continuaban absortos en sus juegos. Era tan fuerte el vínculo que los ataba a su entorno, que en modo alguno podían concebir que el mundo fuera susceptible de adoptar incontables formas y de existir simultáneamente en variantes diferenciadas. Con todo, bastaba echar un vistazo al caleidoscopio para comprenderlo. Si se miraba por el tubo moviéndolo apenas un poquito, cuanto uno divisaba se transmutaba de inmediato, girándose y adquiriendo nuevas configuraciones. El juego de formas y colores resultaba tan rico y diverso, que sólo una mentalidad simplona podría declararse satisfecha con una única configuración.

Naturalmente, llegó pronto la fase en la que Rudolph ya no necesitaba el caleidoscopio; cada vez que tal deseo lo asaltaba, podía lograr que el mundo se desdibujara ante sus ojos abiertos de par en par, a fin de estudiar la multiplicidad de sus diseños alternativos. ¡Como si fuera poco lo que a uno se le presentaba ante la vista! Rudolph siempre sentía algo de compasión hacia los demás niños de Uerdingen, que jugaban al pilla pilla o al escondite y no tenían ni idea de los tesoros que los rodeaban.

Fue entonces cuando llegó la directriz de la madre y el destierro al negocio del padre. El despacho de vinos resultaba un destino insoportablemente tedioso para un muchacho como Rudolph. Para un adulto cuyas ambiciones e intereses apuntasen mucho más allá de Uerdingen y la provincia del Rin, a no dudar también. Desde que Johann Berns ampliase el negocio de vinos, entrando y saliendo de la destilería de Melcher como Pedro por su casa, la vida empezó a antojársele escasamente imaginativa y por ende predecible. Sólo el abuelo seguía apegado a las viejas dependencias del comercio, lamentándose de cualquier cambio.

Rudolph lo describía así con razón:

—En este lugar, incluso mi cabeza queda paralizada.

Porque mientras Max y Elise podían jugar en el jardín con la niñera, Rudolph permanecía encerrado entre las sombras interminables que arrojaban los paneles de roble y los toneles de aguardiente. Incluso el caleidoscopio se declaraba impotente para contrarrestar las tonalidades negras y parduzcas que predominaban allí.

Cuando no había clientela en el local, el padre le leía a Rudolph las historias por entregas que publicaba el periódico. El viejo Berns se enfrascaba entretanto en los libros de contabilidad y simulaba revisarlos. Hacía mucho que su vista había desmejorado hasta el punto de tornar esto imposible. De entre las historias, resaltaba una que despertaba un interés especial en el chico: las crónicas de viaje que, desde el Perú, firmaba Johann Jakob von Tschudi.

La lectura en voz alta se volvía interminable, porque cada vez que el padre llegaba a un pasaje que le causaba viva admiración, dejaba el periódico de lado y se ponía a atusarse la barba, con la cabeza en otra parte. Cuando así procedía, los pelillos del lado izquierdo le quedaban después algo torcidos, cosa que Rudolph tenía más que observada.

—Este hombre ha demostrado coraje —solía decir el padre, antes de lanzar una rápida mirada a su progenitor, para repetir en voz baja—: Desde luego que ha demostrado coraje.

La mayor parte de las historias trataban de las maravillosas condiciones que regían en las ciudades y pueblos de los Andes; de sus minas de plata inagotables y del oro escondido de los incas. ¡Oro! Muchos de los informes a Rudolph se le antojaban inventados, tan singulares y libérrimos como sus propios ensueños.

—¿Pero podría ser verdad todo esto? —preguntaba en ocasiones, y su padre mecía la cabeza, se mesaba la barba una vez más, y decía que era muy difícil comprobar estas cosas; vistas así eran historias factibles, fuesen verdad o no. De lo que no cabía duda, por supuesto, es de que el hombre había demostrado coraje.

**

En una ocasión, Rudolph pudo escuchar una conversación entre su padre y el viejo Melcher. El abuelo no estaba presente; sino arriba echado en su cama, en compañía del doctor Lewin. Los surcos de inquietud de Lewin se hacían cada vez más profundos, conforme sus visitas al anciano adquirían una mayor asiduidad. En realidad Rudolph no se había propuesto espiar a su padre. La mayor parte de cuanto solían comentar era, en cualquier caso, no poco aburrido, y se atenía exclusivamente al alcohol, pero esta vez fue diferente. Se vio nada más entrar Melcher en el despacho, por el modo en que se tomaba la confianza de darle palmaditas en el hombro. No tardó el padre en mandar a Rudolph a que trajese uno de sus mejores vinos. Melcher, todo el mundo lo sabía, odiaba los destilados, y consumía exclusivamente vino blanco francés.

—Por ir a lo que comentábamos recientemente —dijo Melcher, y tomó un sorbito. En absoluto tenía el hábito de completar sus frases. Al poco, se escuchó un frufrú de celofán. El padre había abierto un paquete de carísimo pan de frutas importado de Francia.

—Puedo acordarme a la perfección —oyó Rudolph decir a su padre. Así que decidió esconderse tras la puerta entornada que daba al almacén. ¿Pero era de veras la voz de su padre? De pronto le sonaba tensa, incluso excitada. Un poco como la voz del propio Rudolph, sólo que más vieja, más grave.

—¿Has hablado con tu mujer?

Rudolph escuchó cómo algo caía al suelo. El maullido de uno

de los gatos, un alboroto, el padre que maldecía... Sea como fuere, lo que acto seguido este le dijo a Melcher no resultó audible al otro lado de la puerta que conducía al almacén. ¿De qué se trataba? Melcher puso su copa en la encimera. Hablaba ahora en tono más alto, como quien se dirige a alguien que anda medio sordo. Aunque el padre tenía el oído muy fino. Rara vez se le escapaba algo.

Melcher iba subiendo más y más el volumen de la voz al dirigirse al padre; de hecho, perdía el control sobre la misma, hasta el punto de que ya casi ni se le entendía. Se trataba, al menos eso cabía desentrañar, del mundo, de explorar oportunidades mejores, de mercados más amplios. ¡Uerdingen! ¡Ni que Uerdingen significase nada!

—Melcher —el padre, al cabo, concluyó—, aún no está la cosa madura. ¿No te entra en la mollera?

Rudolph no sabía que su padre pudiera atreverse a hablarle así al viejo Melcher. Igualmente ignoraba lo que implicasen en dicho contexto unos mercados más amplios. Sin embargo, aprendió algo ese día, y era que su padre no hablaba con él acerca de todo.

***

—¿Es que ya no me diriges la palabra? —le preguntó más tarde, después de que Rudolph se hubiera pasado varias horas en silencio, sentado al lado de la puerta.

—No pienso hacerlo. ¿No te entra en la mollera? —repuso Rudolph. Y como no pudo aguantarle la mirada al padre, agarró su gorra y salió raudo de la casa.

Al principio se le ocurrió dirigirse hacia el Rin, pero entonces cambió de opinión. En lugar de tomar la calle que bajaba hacia el Rin, enfiló la Niederstrasse en sentido ascendente, en dirección a la plaza del mercado. La plaza le había parecido siempre tan espaciosa, que se sentía perdido cada vez que la pisaba. Algo había cambiado. La voz de Melcher retumbó en su cabeza: ¡Uerdingen! ¡Ni que Uerdingen significase nada!

Para llegar hasta el propio mercado había que pasar junto a la tienda de ultramarinos Herbertz. Rudolph aminoró la marcha y se detuvo. Al otro lado del escaparate descansaban sacos repletos de café; las tabletas de chocolate conformaban una pirámide sobre una mesita y, por encima de todo ello, un mono disecado pendía del techo. ¡Un mono de verdad! Sus ojos de cristal apuntaban a un punto indeterminado delante del escaparate.

Al menos podían haberle puesto un pedazo de chocolate en la mano, pensó Rudolph, y se dio la vuelta enfurruñado. Entonces tomó una resolución, y se encaminó al centro de la plaza del mercado. Ahora estaba justamente enfrente de las casas de los hermanos Herbertz. En fin, cómo llamarlas casas, si eran palacios. Constituían tres suntuosas construcciones, idénticas entre sí, dispuestas como adosados, dotadas de lujosos portones de entrada sobre los que sobresalían tres balcones de hierro forjado. Su propio hogar paterno era notoriamente más estrecho y modesto. Rudolph volvió a girar sobre sí mismo. Las riquezas del Nuevo Mundo, de las que su padre había hablado, le vinieron a la mente. ¿Dónde habría algún día un emplazamiento para *su* palacio? Lo cierto es que ya todo estaba lleno de edificaciones, en las que habitaba, comerciaba y se desenvolvía gente. Tal vez tuviera razón Melcher, y existieran en algún lugar mercados mayores que el de Uerdingen.

Los hermanos Herbertz estaban entre las familias más acaudaladas y prominentes de la localidad; hasta ahí Rudolph tenía referencias. El mayor, Balthasar Napoleon Herbertz, había levantado las casas que ocupaban él y sus hermanos. Rudolph quería lo mismo. Max y Elise recibirían las casas más grandes y bonitas de la plaza, de eso se ocuparía él. Max, con aquella carita salpicada de pecas, siempre alzaba en silencio la mirada para observar a su hermano mayor, esforzándose por emularlo en todo. Y Elise: Elise era una niña frágil, expuesta a que la tumbase el menor golpe de viento, así que había que protegerla especialmente.

Claro que resultaba más sencillo hacerse rico e importante si uno portaba un nombre como el de Balthasar Napoleon. Pero ¿*Rudolph August*? Era como si sus padres no hubiesen reparado en los derroteros que podría adoptar su vida, como si no hubieran pasado revista a todos los escenarios imaginables. Probablemente, ni siquiera se les había pasado por la imaginación que, con el correr del tiempo, acabaría necesitando un nombre más eufónico. Desde luego, los padres de Balthasar habían estado más puestos. Claro que a ellos sí se les había ocurrido comerciar con productos extranjeros y exquisitos, y no con vino y coñac, como todos. ¿Pero qué es lo que les sucedía a sus padres? A Rudolph le costaba darlo por verídico, aunque no era imposible que su padre padeciera esa inexplicable afección que atacaba a la mayor parte de las personas en alguna fase de sus vidas: ese terco afán de agarrarse a su entorno inmediato, persistiendo en todo aquello que es conocido desde antaño. Más allá de ello, pareciera que no había nada que les importase; nada veían, nada descubrían, nada inventaban, nada ideaban. A Rudolph esto siempre se le antojó una carencia empobrecedora, como abandonarse a un estancamiento animal en un estadio primitivo, tan patético como miserable.

***

Por las noches permanecía largo rato despierto. Incluso cuando los párpados le pesaban como plomo del cansancio, y podía escuchar a Max y Elise respirando profundamente en sus lechos, no conciliaba el sueño. Por lo regular, también sus padres se retiraban temprano a su dormitorio, tras haber acostado a los hijos. El silencio reinaba en el hogar. Precisamente ese era el tiempo de Urdingi.

Urdingi era la antigua Uerdingen de los merovingios. No distaba mucho de la actual Uerdingen, allá donde llegaban las crecidas del Rin. Después de varias inundaciones y de duros inviernos con abundancia de hielo, el río había desplazado su lecho hacia el oeste, y así fue como la Urdingi de los germanos había acabado sumergida bajo las aguas del Rin.

Rudolph se figuraba que una noche, de súbito, antes de que nadie hubiese podido dar la voz de alarma o salvarse, el Rin habría debido de arremeter contra el pueblo, llenando los cuerpos de todos aquellos seres vivos de agua, hasta su último pliegue. Y puesto que el Rin habría cubierto con sus masas sedimentarias el pueblo de este modo arrasado, y a cuantos lo poblaban, lo verosímil es que todo continuase en el mismo sitio que había venido ocupando desde hacía cientos de años.

Desde su ventana no había más que un tiro de piedra hasta las primeras casas de Urdingi, allá en las profundidades, bajo el agua. Por las noches, Rudolph lo sabía, los habitantes de Urdingi retornaban a la vida y, según la noche iba avanzando, se hacía más arduo averiguar qué Uerdingen era el más real: la Uerdingen de los hermanos Herbertz o Urdingi, el asentamiento de los merovingios. Las semejanzas eran abundantes, constató Rudolph con asombro. De manera similar a lo que ocurría en el mercado, el *Thing* había en el pasado congregado a los hombres más prominentes del pueblo; y en Urdingi vivió también una familia que era propietaria de una cabaña especial, muchísimo más rica que todas las demás.

Se daban muchas familias grandes —una contaba por lo menos con siete hijos pelirrojos—, un chiflado, que los demás procuraban esquivar, algunas mujeres de edad avanzada, que vivían en el extrarradio, y una familia con tres hijos y un anciano, que tenía su hogar muy cerca del Rin. El primogénito —un muchacho vigoroso, listo como una tea, elevado de planta y siempre alerta a lo que debía incumbirle— apenas tenía que cruzar el umbral, atravesar el jardín de frutales y, al instante, encontrarse en la orilla del río. Allí se citaba a menudo con el chiflado, su mejor amigo.

El muchacho se llamaba Thorleif, también eso lo sabía Rudolph. Con el tiempo había llegado a conocerle muy bien, a él y a su familia. El padre era cazador y quería a sus hijos por encima de todo. A menudo salía con Thorleif a cazar, recorriendo los campos mientras se comunicaban en su raro dialecto gutural. La madre era severa y velaba porque reinara el orden en la cabaña, tal y como correspondía. Los hermanos de Thorleif eran aún pequeños y le tocaba vigilarlos, a fin de que no se perdiesen. Su padre y él eran los hombres de la casa. La vida en Urdingi era tranquila. Thorleif fue creciendo consciente de que le tocaría ser uno de los jefes de su pueblo, librar batallas importantes, desenterrar tesoros y descubrir tierras que nadie hubiese hollado antes que él. También sus vecinos del pueblo compartían esa sensación, tributándole a Thorleif el respeto al que era acreedor. Cuando pasaba al lado de las muchachas, éstas miraban al suelo; y si corría por el bosque, los pájaros enmudecían un instante, para retomar poco después su canto con mayor resonancia y esplendor.

Así era Thorleif, a quien desde la cuna le cupo un destino apasionante —aunque Thorleif residía en Urdingi, no en Uerdingen, como Rudolph—.

***

Aquellos días en los que el padre se acercaba con él al Rin eran los más hermosos. A poco de rayar el alba, se ponían en marcha. Rudolph portaba la sartén de hierro fundido, a la que había quitado el asa. A su madre le había asegurado que unos gitanos de paso por Uerdingen la habían robado lo mismo que dos tarros de mermelada que habían desaparecido en paralelo de la cocina materna. Ella no le había creído ni media palabra.

El padre llevaba la cesta con los tres bocadillos y una botella de brandi, así como una pala y un cubo. Cuando él y Rudolph llegaban al río, Klipper Eu ya llevaba normalmente horas afanándose en el banco de grava. Las laminillas de latón que iba lavando dejaba que se vertieran en una lata de sardinas vacía.

—Lavar oro es como pescar —decía siempre Klipper Eu—. Nunca sabes lo que vas a sacar y al final tienes los pies fríos.

El padre era de los pocos que conversaban con Klipper Eu —al menos cuando nadie que no fuese Rudolph se percatara de ello—. Sabía lo mucho que ese hombre tan peculiar significaba para su hijo. Mientras que en compañía de otros críos Rudolph tenía que esforzarse y controlarse, con Klipper Eu podía mostrarse tan ensimismado como le apeteciese. Cuando compartía su tiempo con él, solamente existía la bondad; jamás se le habría ocurrido burlarse del chico, darle un empujón o golpearle. Klipper Eu era un amigo en el que se podía confiar.

Contó el padre una vez que Klipper Eu se había tirado años viajando en un barco grande, y no sólo por el Rin, sino por todos los mares del mundo. Llegó un momento en que no soportaba seguir fuera, y de ahí que retornase a Uerdingen. Aunque tampoco esto fue capaz de aguantarlo, por lo que se volvió loco. Cuando a uno se le acaban las posibilidades, la que resta es precisamente esta: volverse loco. Había tratado Rudolph de explicarle a su padre que siempre y en todo momento se da un número inconcebible de alternativas, aunque, después de unas cuantas frases deslavazadas, se había declarado derrotado. De algo sí se había convencido a ciencia cierta; si alguna vez le asaltaba la impresión de haberse quedado sin posibilidades, lo que ocurriría es que estaba pensando de forma equivocada. Si se pensaba de forma correcta, uno veía ante sí con nitidez las alternativas restantes.

—Todo es cuestión de actitud —había añadido, pero su padre hacía ya rato que había dejado de prestarle atención.

No había mejor lugar en el mundo que el banco de grava. Situado en un recodo del río, estaba constituido por guijarros oscuros y arena, una arena más pesada que la que cabe encontrar en otras partes. Mientras el padre le acercaba a Klipper Eu el bocadillo y la botella, Rudolph extrajo el pequeño frasco que traía en el bolsillo de la chaqueta. Melcher se lo trajo en una ocasión de la destilería. No era mayor que el pulgar de Rudolph, tenía un cierre de bronce y en su interior relucía polvo de oro.

Rudolph apoyó el frasco contra la lata de sardinas de Klipper Eu. Era la señal para comenzar. El padre se puso a hacer un hoyo en la grava con la pala y, cuando llegó a la capa de arena, llenó con ella el cubo. Rudolph se quitó los zapatos, llenó una sartén de arena y bajó hasta el agua. El lavado no era un asunto fácil. Cuando la corriente llegaba con mucha fuerza, se llevaba al instante cuanto material contenía la sartén. Si era demasiado débil, todo el meneo y el lavado corrían por cuenta de uno, y en brevísimo plazo te dolían las muñecas.

Klipper Eu hacía que pareciese lo más fácil del mundo. Sus enormes manos hacían girar la sartén sin esfuerzo en el agua, como si no pesase nada. También era capaz de despachar una sartén entera a toda velocidad —con frecuencia ya había acabado cuando Rudolph ni siquiera había lavado la arena más basta y de color claro de su propia sartén—. Cuando ya sólo quedaba arena negra, el padre le quitaba la sartén de las manos y se ponía a lavar esta con todo cuidado. Era demasiado valiosa como para perderla en el enjuague por despiste, le decía a su hijo mientras le daba la espalda. Exhibía considerable habilidad. Cada vez que iba con Rudolph a lavar oro, al final siempre quedaban unos granitos de oro en la sartén, todo lo contrario de cuando Rudolph iba solo.

—Tu padre es un buen hombre —comentaba Klipper Eu cada vez que asistía al espectáculo—. Pero de lavar oro no tiene la menor idea.

Fijando la mirada en el frasco, Rudolph protestaba. Aunque ante esta reacción guardaba silencio Klipper Eu. Probablemente estaba tan loco como decía la gente.

***

En una ocasión, Klipper Eu le regaló un trozo de oro de los tontos del tamaño de una uña de pulgar. Había pillado al chico a la puerta de la casa de los Berns.

—No es auténtico —se había apresurado a decir—. Solamente lo parece. Conozco un sitio que está lleno de esto. Pero no es auténtico.

A excepción del tamaño, era en verdad casi imposible apreciar diferencia alguna con las partículas de oro contenidas en el frasco de Rudolph. Acaso su reverbero fuese algo más frío, más plateado, ¿pero quién se iba a percatar de ello? Desde luego no un crío de cinco años, pensó Rudolph. Ese día no iría a la tienda con su padre, ni tampoco se encaramaría a su manzano. Ese día se había propuesto darle un alegrón a Max. ¡El renacuajo no había estado nunca en el banco de grava! Menuda cara se le quedaría si, bajo la piedra que Rudolph le mostrase, fuera a encontrar un pedacito de oro... Rudolph sintió un cosquilleo en la boca del estómago de solo pensarlo. Max se sentiría muy, pero que muy feliz.

Apretando fuertemente la piedra con la mano, Rudolph corrió al banco de grava. Lo tenía por completo a su disposición. Era miércoles, día de mercado, y a nadie se le ocurriría precisamente en tal fecha ir a lavar oro. Se trataba de hallar un buen escondrijo para la pepita. No debía resultar demasiado evidente —para que Max no albergara sospecha— ni tampoco estar demasiado apartado, en cuyo caso tal vez ni el propio Rudolph volvería a encontrarlo. Sobre todo, no debía estar demasiado cerca del agua, por si de pronto esta arrastraba toda esa parte del suelo. A cada emplazamiento en el que se fijaba le iba poniendo pegas Rudolph, como si en todo el banco de grava no existiese un solo escondite adecuado. Entonces se percató de que Klipper Eu se había dejado olvidada su pala al lado de un gran pedrusco. Tal vez fuese una señal.

Rudolph empuñó la pala y cavó con cuidado un pequeño agujero al lado de la piedra. Se puso en cuclillas, lo removió por dentro con las manos por mero regusto y, en el trance, casi perdió el oro de los tontos. Lo atrapó, sin embargo, y silbó entre dientes. Tan enfrascado estaba, que no se dio cuenta de que un señor elegante se le había acercado desde el terraplén. ¿Se trataba de un paseante? Porque pinta de bateador de oro desde luego que no tenía. Rudolph sabía bien qué aspecto tenía: el de alguien de Düsseldorf. Los de Düsseldorf que se acercaban hasta Uerdingen lucían todos sombrero alto, cuello blanco y abrigo largo de color negro, y en sus dedos brillaban gruesos anillos de oro.

—Vaya, ¿qué es lo que tienes ahí, chico? —Por increíble que pareciera, el señor estaba pisando la grava con sus zapatos de charol.

—Nada —dijo Rudolph, manoseando con apuro el oro de los tontos que guardaba en el puño.

—Algo haces. Te he visto algo en la mano.

Rudolph no pudo evitarlo y tuvo que mostrarle al señor el oro de los tontos.

—Esto no es oro —dijo Rudolph—. No tiene ninguna importancia, no lo he encontrado yo, sólo quería que mi hermano...

—¡Paparruchas! —dijo el señor. Echó mano a la pepita que portaba Rudolph y se la puso delante de su ojo derecho—. Muy notable... ¿Dónde la has encontrado?

—No, mire, señor —tartamudeó Rudolph en su confusión—. No la he encontrado yo. No tiene ningún valor, es solamente una piedra que me ha regalado el Klipper Eu.

Lo que más le apetecía era echarse a llorar. Notaba ya cómo se le contraía la garganta. Al señor no le daba la gana de comprenderle.

—¿De dónde procede, chico? ¿Cuánto quieres por ella? ¡Venga, di algo!

Era desesperante. El señor no paraba de hablar, como si fuese incapaz de oír lo que Rudolph le decía. Las ganas de llorar se incrementaron. Ya empezaba Rudolph a contraer la boca, las fosas nasales se le inflaban, cuando ocurrió algo bien extraño. El hombre se metió la pepita en el bolsillo del abrigo y le apretó un tálero contra la palma de la mano. Luego ascendió a toda prisa por el terraplén.

Rudolph permaneció un rato más, plantado en el banco de grava, mirando el dinero que tenía en la mano. No acababa aún de entender del todo lo que había ocurrido. ¿Qué pasaría ahora con su regalo para Max? Sólo al cabo de un tiempo se formuló un propósito distinto. En cuanto se le secasen los zapatos, iría a la tienda de ultramarinos Herbertz y le compraría a Max el mono.

***

Y en esto llegó el día que trajo consigo el futuro. El 29 de septiembre de 1849, el padre le leyó lo siguiente del periódico: «¡El futuro ha llegado! ¡Viene el tren! Lo que se llevaba preparando tanto tiempo se hará por fin realidad mañana y pasará a la historia. ¡No serán los revolucionarios, sino el ferrocarril! En breve plazo ello supondrá el final de los embarrados caminos rurales, de los postillones borrachos y de los carruajes atestados. ¡Uerdingen queda conectada a la *Bergisch-Märkische Eisenbahn* y pronto estará comunicada toda Prusia! ¡Dios bendiga al rey Federico Guillermo IV!» Rudolph no acababa de comprender lo que el rey podía tener que ver con el ferrocarril.

En la escuela estaba colgado un daguerrotipo desde el que el monarca contemplaba impávido y con ojos hundidos la pared de enfrente. Era imposible que alguien así trajese el futuro. El futuro, Rudolph lo sabía, lo habían traído hombres trabajando durante semanas en los campos de frutales. Solo que ahora ya no se trataba de campos de frutales, sino de tramos de línea férrea. Había Rudolph observado los trabajos desde su manzano atentamente. Uno de los hombres destacaba en especial. A diferencia del resto no acarreaba traviesas de aquí para allá, ni soldaba segmentos de raíl, sino que permanecía a un lado con una libreta en la mano, rascándose de tanto en cuanto la frente y vociferando órdenes, para lo cual utilizaba un volumen tan alto, que sus instrucciones llegaban hasta el refugio en el árbol de Rudolph.

Este, le aclaró más tarde el padre, era el ingeniero. Y los ingenieros, añadió, no se conformaban con el mundo tal y como está, sino que lo modificaban y reordenaban a su antojo.

Ello hizo meditar a Rudolph largo tiempo. Ahora sabía lo que tenía que decirle al profesor la próxima vez que preguntase a los niños lo que querían llegar a ser de mayores. Porque «buscador de tesoros» no parecía un oficio reconocido, a juzgar por la bofetada que le había supuesto a Rudolph en la ocasión anterior.

***

Mantuvo Rudolph aquel día, en el que llegó el futuro, en su recuerdo como un temblor que atravesara la tierra y sus objetos. Ya en el transcurso del desayuno le había llamado la atención: un picor le ascendía subrepticiamente desde las plantas de los pies hasta las puntas del cabello. En la mesa ninguno podía estarse quieto, también el padre y la madre parecían excitados, y no paraban de dar botes. Incluso el abuelo, que ya apenas podía caminar, había escuchado al padre con fascinación, los ojos como platos, como si no pudiese dar crédito a lo que en ese entonces estaba acaeciendo.

El padre vestía un traje negro, incluso se había puesto su reloj de oro; la madre corría por la casa luciendo un vestido de encaje rosa pálido, mientras buscaba el collar de perlas de su abuela. También a los hijos los habían puesto de punta en blanco: Rudolph aparecía embutido en una camisa azul oscuro que se le había quedado estrecha, Max llevaba uno de esos trajes de marinerito que se acababan de poner de moda, y Elise estaba hecha un primor con su vestidito de domingo, tan blanco y holgado. El día era inusualmente cálido; todos se removían de un lado a otro en sus sillas, sudando y, pese a todo, convencidos de que no se percibía temblor alguno. Cuando Rudolph se lo hizo notar, se limitaron a desmentirlo, y la madre preguntó qué era lo que de nuevo estaba tramando. Que no esperaba respuesta era algo que Rudolph tenía meridianamente claro.

Afuera, en la calle, se estremecían las hojas de los tilos que el otoño estaba marchitando, y atravesó la tierra una vibración que se trasladó a las casas y a sus muros. Max y Elise no conseguían probar bocado y él, Rudolph, estaba plenamente concentrado, asido al antepecho de la ventana sin apartar la vista del exterior, desde donde ascendía el ruido que causaban los pasos de los transeúntes. Entonces ya no pudo aguantarlo más.

—¡Tenemos que ponernos en marcha! —gritó Rudolph al fin. Max y Elise lo secundaron en clave de cacareo mientras derramaban sus fideos con leche, sin que nadie se alterase por ello. El abuelo reía. Era en verdad un día especial.

***

Jamás en la vida había visto Rudolph tamaño gentío por las calles. Todos se encaminaban hacia la nueva estación de ferrocarril, en la que, al poco, debía hacer su entrada el tren. ¡Y todo el mundo iba a pie! Las mejillas de la madre estaban enrojecidas, el cabello aparecía ya en desorden antes de llegar al cruce de la Niederstrasse con la Bahnhofsstrasse. Max y Elise caminaban de la mano de su padre, como niños buenos. Era tal la estupefacción de Max, que no acababa de cerrar la boca: a todo lo largo de la Bahnhofsstrasse se agitaba un mar de trajes oscuros, chisteras y vestidos de fiesta.

La familia fue a caer entre un grupo de cerrajeros, ante los que desfilaban los hermanos Herbertz con sus esposas. También andaban cerca el comerciante Holdinghausen, el propietario de la cervecera Wienges, el doctor Lewin, los trabajadores de las destilerías... Todo el mundo estaba ahí.

—De modo que sí hay revolución —dijo el padre en voz baja; pero a excepción de Rudolph, que no se apartaba de su lado, y del panadero Stinges, que andaba cerca, nadie lo escuchó.

—¡Enfilados al futuro! —gritó un hombre joven que vestía un abrigo amarillo mostaza y una gorra que presentaba aspecto de pan reblandecido. Cuando un gendarme se volvió hacia él, se puso a hurgar ostensiblemente en su pipa, y favoreció que el gentío lo adelantara.

La plaza que había delante de la estación se había convertido en un gigantesco jardín de la cerveza. El público se sentaba en las bancadas, trasegaba cerveza de Wienges y comía panecillos de Stinges. La banda de música atacaba con brío, el alcalde se dirigía a la ciudadanía, pero de nada sirvió: el tren seguía haciéndose esperar. Wienges estaba preparado. Varios carros cargados de cerveza aguardaban en las inmediaciones, dispuestos a superar cualquier embotellamiento. Sin dilación, la banda de música se puso a sonar con más nervio aún y el alcalde improvisó un nuevo discurso al calor de la cerveza, refiriéndose a la barriga de Napoleón y su ridículo sombrero. No omitió mencionar la visita de los franceses a Ueberdingen. ¡Nada comparable fue aquello —según él— a una jornada como la presente! La muchedumbre vociferaba, ya no quedaba un hueco libre en el que sentarse, los panecillos se habían terminado.

A cambio, ahora se hacía perceptible una sutil oscilación de la tierra. Rudolph agarró a sus hermanos y corrió con ellos más allá de la estación, hasta una posición junto a las vías que no estuviera tan congestionada de lugareños. Ahora eran los adultos, que hasta entonces habían permanecido sentados en los bancos, los que ya no podían quedarse quietos: todo era movimiento y arremetidas en dirección a las vías.

También el padre se había levantado e intentaba abrirse camino hacia donde estaban sus hijos, pero la gente estaba demasiado apretujada, no podías ni avanzar ni retroceder. Los pájaros chillaban desde los tilos, aullaban los perros, las ripias sobre el tejado de la estación traqueteaban; hacia atrás, junto a las mesas para la cerveza, se escuchaban risotadas, los gritos de una mujer, otro perro que aullaba... No, no era ningún perro, esta vez era el tren, el tren en el horizonte.

Rudolph se soltó de sus hermanos y apretó los puños. Lo que había sonado como un aullido se transformó en un rugido ensordecedor; en lontananza podía divisarse una nube de humo en ascenso, de la que con lentitud fue emergiendo la locomotora. Empero, en ese preciso instante, el guardavía uniformado tapó el campo de visión de Rudolph. En su desesperación, Rudolph se quitó de delante al hombre propinándole un empujón y corrió hacia las vías. Ahora sí que podía verla: ¡la locomotora! ¡Y era de verdad!

**

Posteriormente, a Rudolph le resultaría difícil explicar por qué no había podido apartarse. Era como si la contemplación de la locomotora que se le aproximaba lo hubiese paralizado: un coloso que escupía fuego y agua, sumiendo cuanto había a su alrededor en una funda de humo y vapor. Los enganches delanteros le clavaban la mirada como si fueran dos ojos muy abiertos, la locomotora estaba cada vez más cerca: el estrépito de las ruedas, el rostro contraído en mueca del maquinista desde su cabina, la caja de humos, el destello de las luces de aviso, ¡el chillido de la multitud! Cuando ya una torre de fuego se elevaba hacia el cielo, alguien agarró a Rudolph del brazo y, de un violento tirón, lo arrancó de la vía. Al instante, la locomotora pasó por el sitio que acababa de ocupar Rudolph y, tras acceder a la estación, se detuvo con un chirrido estruendoso.

Rudolph se soltó de las zarpas de su salvador, se agolpó hacia delante para estar cerca de las ruedas, para tocarlas, abrazarlas, cuando en esto llegó el maquinista, que había bajado de un salto de su puesto.

—¡A ti voy yo a quitarte las ganas de jugar conmigo!

Algo más gritó, dejando entrever un incisivo con una funda de oro; luego abofeteó a Rudolph en plena cara —una vez, dos veces, tres—. La sangre brotó de su boca, pero a Rudolph le tenía al fresco. Rudolph estaba radiante. Sin abandonar su sonrisa de felicidad, perdió tres dientes de leche. Entonces intervino su padre, y al fondo volvió a tocar la banda de música.

El temblor había cedido.

**

De Berlín oyó hablar Rudolph por primera vez el día en que enterraron a su abuelo. Ya avanzada la noche, cuando los niños llevaban un buen rato en la cama, lo que resonaba una vez y otra desde el dormitorio de los padres era: Berlín, Berlín, Berlín. En la voz grave del padre. Max y Elise siguieron dormidos sin inmutarse. Habían llorado mucho, y una cosa así cansa. Rudolph había permanecido en silencio junto al ataúd abierto, a la espera de que ocurriese: deseaba ver al abuelo, tal cual era y, simultáneamente, en otra versión, en forma de hombre joven pleno de fuerza y empuje... pero nada de esto sucedió. El abuelo se había llevado consigo a la muerte todas sus demás versiones.

Y eso que el doctor Lewin le había venido adjudicando todavía unos cuantos meses libres de impuestos —según él se expresaba—, por incierta que fuese la condición de sus riñones. Pero de nada había servido. Primero el abuelo había empalidecido, luego le habían sobrevenido mareos y náuseas, y al final ni siquiera se había atrevido ya a bajar la escalera hasta la tienda. Tan fuerte era el picor que sentía en las piernas, que le pedía a Rudolph que le rascase con un tenedor. Luego se habían presentado los calambres, y el tiempo de los tenedores quedó atrás. El padre había permanecido junto a la ventana, en tanto que la madre no había dejado de corretear de un lado a otro. Únicamente Rudolph se había pasado todo el tiempo en la silla situada junto a la cama del abuelo. Cuando el abuelo comenzó a quedarse sin aire, Rudolph supo que pronto llegaría el final. Las últimas palabras que pronunció el abuelo fueron «Juan Babieca»; lo que siguió, ya no pudo descifrarlo Rudolph. La muerte había prendido al abuelo con su caña de pescar, y lo dejaría debatirse el tiempo necesario hasta extraerle su último átomo de fuerza. «Juan Babieca», susurró Rudolph, cuando el desenlace estuvo consumado. Los tenedores ya todos los había tirado la madre.

***

Y ahora, esta disputa. ¿Por qué tienen que pelearse de noche los adultos? De nuevo esta palabra: Berlín. Ahora la había pronunciado la madre también. En sus labios sonaba de un modo diferente, como algo escasamente delicado, de lo que no se habla con nadie, simplemente porque es impropio. Con sigilo, Rudolph se deslizó desde donde dormían sus hermanos, hasta salir al pasillo.

—¿Es que no tienes vergüenza? —oyó que preguntaba su madre. A punto estuvo de contestarle él, aunque la puerta del dormitorio de los padres continuaba cerrada y era imposible que ella hubiese advertido su presencia.

—El negocio es lo primero —dijo el padre—. Pero nosotros no seguiremos la fórmula del viejo. Podemos demostrar coraje.

Tanto pegó Rudolph su oído a la puerta, que podía escuchar las perforaciones de la carcoma. Cuando la acción del gusano se entremezcló con el llanto de la madre, Rudolph comprendió que se había tomado una decisión. ¿Por qué no era capaz de alegrarse ante dicha circunstancia? Berlín sonaba a toda una gran ciudad, mucho mayor que Uerdingen. Sin embargo, parado ante la puerta de los padres, le invadió la sensación de que algo estaba a punto de acabarse y de tornarse irrecuperable, sin posibilidad de reconstrucción. Confundido como se hallaba, se enjugó una lágrima, corrió de vuelta al dormitorio de los niños y despertó a Max. Sentados en la cama de Rudolph hasta el amanecer se hicieron compañía el uno al otro, y contaron las monedas que habían ganado con la venta del oro de los tontos. A Berlín no podía uno ir con las manos vacías, de eso no cabía duda.

A lo largo de las siguientes semanas se presentó tarea abundante. Ahora Melcher entraba y salía de su casa como si tal cosa.

—Una delegación propia en Berlín, pero si esto es... —El asado de carne adobada que preparaba la madre le sabía a gloria a Melcher. Cada vez que venía, Rudolph se las ingeniaba para que comiera con uno de los tenedores del abuelo. En cuanto la madre los tiró a la basura tras su fallecimiento, Rudolph se había apresurado a recuperarlos, sin que nadie pareciese darse cuenta.

Los padres andaban ocupados negociando con Melcher y con el notario las condiciones de la compraventa. Melcher no sólo asumiría los gastos del traslado, sino que estaba dispuesto a comprar la casa y el negocio de los Berns a un buen precio. Naturalmente, el padre se comprometió en contrapartida a convertirse en distribuidor de los productos de Melcher. Este les había incluso conseguido en Berlín un local dotado de una vivienda en la planta superior: un pequeño negocio en la Friedrichstadt. Quien entendía un poco de Berlín, podía calibrar lo que ello comportaba.

—¡Esto son beneficios! —dijo Melcher.

—En la Friedrichstadt, amigo mío, es donde va a comprar la gente de cierta condición. ¿Y qué quiere la gente de cierta condición? Desde luego no una cerveza turbia, apestosa y adulterada, ¿no es verdad, señora Berns?

Pero Caroline Berns se limitaba a mirarse las manos y a suspirar. Melcher tomó a Rudolph del brazo y lo atrajo hacia sí. Que cuáles eran las expectativas del joven caballero en lo tocante a Berlín, quería saber. ¿Y con respecto a la gran ciudad? Le aconsejaba prepararse para algo muy diferente a Uerdingen. En realidad no se trataba de una ciudad, sino de una criatura viva, en perpetua transformación, que se inventaba a sí misma a cada instante. ¡Ya lo vería!

Klipper Eu estaba, como siempre, sentado en el banco de grava. Rudolph lo reconoció desde lejos por su abrigo andrajoso. Un sauce caído le servía de cómodo asiento. A diferencia de otras ocasiones, Rudolph no corrió a lo largo de la orilla, no saltó por encima de las ramas de sauce y tampoco se deslizó por el terraplén. Los pies le pesaban como si fuesen de plomo, y cada paso le exigía un derroche infinito de energía. Y eso que se había preparado a conciencia lo que se disponía a contarle a Klipper Eu: que la ciudad de Berlín era tan inmensa, que lo mismo llegaba hasta el horizonte que hasta el cielo. Que allí levantaban palacios gigantescos, construían túneles, canales, hacían de todo. Berlín estaba siendo construida y poblada por gentes dotadas de fantasía y, por tal motivo —así podría expresarse— era Berlín un lugar más conveniente para él, Rudolph. Klipper Eu tenía que esforzarse en comprenderlo.

Pero le bastó con reconocer la mirada lúcida de Klipper Eu, fijarse en su viejo chambergo, para olvidarse del discurso que había preparado.

—Tenemos que irnos —dijo Rudolph.

—Lo sé —dijo Klipper Eu.

—Tengo miedo.

—Lo sé.

Sin añadir nada más, Rudolph le entregó el frasco, en cuyo fondo de cristal se movían las minúsculas laminillas de latón. Klipper Eu lo guardó sin soltar palabra en el bolsillo interior de su abrigo. Entonces tomó la mano de Rudolph e introdujo algo en ella. Cuando la abrió, Rudolph encontró una moneda de plata. Era desigual y de bordes afilados, con lo que era posible usarla como pequeño cuchillo. En una de sus caras Rudolph pudo reconocer una espiga, en la otra acaso una cabeza, pero no cabía afirmarlo con seguridad.

—La ha dejado aquí para ti Cayo Julio —dijo Klipper Eu—. Cuando cruzó el río. Hace ya tiempo de esto.

Rudolph abrazó a Klipper Eu con tal intensidad, que casi lo tira del tronco del sauce. Se pegó al cuello de Klipper Eu allí donde las arrugas trazaban surcos profundos en la piel, formando una red ramificada. Es como un mapa, pensó Rudolph. Como un mapa que nadie sabe leer, excepto yo.

De despedida, le dijo a Klipper Eu que le escribiría con total seguridad, y que él hiciera igual, con las mismas garantías, a Berlín, a Berlín, ¿le entraría ello en la cabeza? Por si las moscas, para la contingencia de que no fuese así, introdujo un papel en el bolsillo del abrigo de Klipper Eu. Decía: Vinos Berns, Leipziger Strasse, 72, Berlín.

2. TRES CARTAS SIN RESPUESTA

Si la Leipziger Strasse proseguía siendo, a la llegada de la familia, tan apacible como el barrio que la rodeaba, no tardó en desarrollarse hasta llegar a convertirse en la principal arteria de comunicación de la Friedrichstadt. La revolución y las luchas de barricada habían pasado por ella sin causar estragos. Aunque al principio era en su totalidad de grava, no tardaron en pavimentar la calzada; las aceras fueron acondicionadas con placas de granito, bajo las que se ocultó el canal de drenaje. También se incrementó el número de lámparas de gas. Si en la primera época los coches de alquiler y demás carruajes que pasaban junto al hogar de los Berns lo hacían apenas de manera esporádica, el tráfico no tardó en tornarse más denso. Los ómnibuses de caballos iban de un lado a otro, y en las inmediaciones de la estación de Potsdam se oían los pitidos del ferrocarril de conexión que viajaba frecuentemente entre las diferentes terminales de Berlín.

Apenas a dos manzanas de la tienda de vinos de Berns se hallaba el Palacio Hardenberg, en el que se reunía el parlamento regional de Prusia. Los aristócratas que entraban y salían de las instalaciones vivían en las casas próximas al muro de aduana e impuestos especiales, cuyo cometido era impedir el contrabando de mercancías. Los suntuosos Jardines Ministeriales, situados justo delante, se prestaban a las mil maravillas para el consumo de vinos franceses y de toda clase de bebidas espirituosas. Johann Berns estaba encantado de atender a su clientela en persona. Los señores sabían valorar que entendiera de política; la suscripción al periódico *Vossische Zeitung* había constituido una sagaz inversión.

En honor a los numerosos hugonotes que vivían en el vecindario, Berns escribió, con elegante caligrafía, en su escaparate «Raffiné-Distingué-Enchanté». A la gente le gustaba ir a comprar donde *monsieur* Berns. Una vez Rudolph oyó por casualidad a su padre hablar del sur de Francia. ¡La tierra de sus antepasados, de su familia! De eso Rudolph no tenía ni idea y su madre, a la que por asegurarse quiso consultar, tampoco. A cambio, no transcurrió mucho tiempo antes de que Berns se convirtiera en proveedor del Leipziger Garten y del Königsgarten, que eran restaurantes de moda en la espaciosa zona trasera de las casas burguesas. En las mesas dispuestas bajo los majestuosos árboles era posible degustar un buen *pinot blanc* y, como novedad, el licor doble de junípero de Uerdingen, que todo el mundo pedía, aunque en realidad no le gustaba a nadie. En cualquier caso la botella tenía un aspecto atractivo y, a juzgar por su elevado precio, cabía deducir que debía de ser un producto harto refinado y distinguido.

El silbido y el estrépito del ferrocarril de conexión llegaba hasta el cuarto de Rudolph en la planta superior. Desde su ventana tenía la oportunidad de observar con detenimiento el bullicio de la Leipziger Strasse y del Dönhoffplatz. Los hijos de las vendedoras del mercado correteaban como locos alrededor del obelisco, dando berridos y tirándose manzanas robadas, enteramente como si no reparasen en la ciudad que los rodeaba. ¿Quién iba aquí a fijarse en la fruta?

Si se presentaba la ocasión de escapar de los padres al atardecer, Rudolph salía de exploración. Con el tiempo, la ciudad pareció alimentar con una intensidad todavía mayor la fantasía de Rudolph; a veces le costaba incluso a él decidir qué constituía la realidad y qué no era sino una ilusión fabricada por la viveza de su espíritu. Rudolph había encontrado un nombre para ello: el pensamiento caleidoscópico. En Berlín floreció de un modo prodigioso. Aquí nadie se atenía a una única y vulgar concepción. Aquí hacían que confluyesen realidad y fantasía, y lo derivado de ello era lo que se traducía en acción. Se trataba de una ciudad que respondía plenamente a los gustos de Rudolph. Le bastaba cerrar los ojos para verse como el ingeniero que lo dirigía todo, el que recorría las calles y, con un trozo de tiza, iba marcando los sitios en los que habrían de plasmarse sus realizaciones prodigiosas. Él, Rudolph August Berns, era el visionario al cargo, y el hombre más importante de la plantilla.

***

¿Acaso no era esta ciudad una obra prodigiosa? Todo Berlín se disponía a recibir ahora suministro de agua, pero ya no procedente de fuentes, sino de cañerías, según pudo leerse en la *Vossische Zeitung* y resultaba increíble. ¿Que la londinense Water-Works-Company levantaba una estación de bombeo junto a la Puerta de Stralau? ¡Pues lo que procedía era una visita para inspeccionar! ¿Que en la trasera del Museo Real se inauguraban los trabajos para edificar un museo adicional? ¡Eso había que ir a verlo! Clavaron allí miles de postes en el suelo, a fin de sujetar las pesadas estructuras. Si esto se le hubiera ocurrido a Rudolph, su madre lo habría abofeteado, eso seguro. Por ser un mentiroso desaprensivo y por estar siempre papando moscas. Cuando los ingenieros ideaban algo de ese calibre, diseñaban un plan y lo llevaban a la práctica. ¡Utilizar troncos de roble para sostener palacios! Abundaban más los prodigios que los días que uno podía dedicar a glosarlos.

«En Berlín», le escribió Rudolph a Klipper Eu en una de sus primeras cartas, «nadie tiene interés por el oro. Aquí lo que cuenta es la piedra y lo que con ella pueden construir».

Añadía que a los padres les iba bien, que Max probablemente se haría cargo del negocio del padre y que él, Rudolph, en fin, estaba principalmente pendiente de la ciudad.

«A los ingenieros no les preocupan las limitaciones del entorno. Lo relevante no es lo que existe ya, sino lo que ellos se figuran. Todo lo demás es cosa de adaptarlo. En la escuela me aburro no poco, pero mi padre afirma que, si quiero ser ingeniero, aún tengo que hacer el bachillerato».

Klipper Eu jamás contestaba a las cartas de Rudolph. Tal vez no supiera leer. Pero Rudolph le dejaba todo muy claro: tras los estudios secundarios marcharía al ejército y, después, a la escuela de ingenieros y artilleros de Charlottenburg. También le contaba cómo transformaría la ciudad en beneficio de sus pobladores. Era una inmensidad lo que restaba aún por hacer, y a quien estaban esperando era a alguien como él, según le confirmaba la madre con regularidad.

Con el tiempo se fue cansando Rudolph de mandar cartas a Uerdingen, así que comenzó a llevar un diario de sus giras para su hermana Elise. En sus cartas había omitido mencionar que Elise padecía de mala salud desde la llegada a Berlín y que casi siempre debía quedarse en casa con su madre. «Para Elise», había escrito con mayúsculas al inicio del cuaderno. Ni siquiera el padre poseía el grado de familiaridad con Berlín que tenía Rudolph. Incluso dormido habría encontrado el camino para salir por la Münzstrasse, cruzar el Tiergarten y acceder a los locales de la calle In den Zelten, donde habría podido describir qué tipo de vestidos lucían las cantantes que accedían en tropel a la escuela de canto. Uno de sus juegos predilectos consistía en pedirle a Elise que adivinara cuáles de sus descripciones eran verdaderas y cuáles se las había inventado.

Una vez, durante la cena, le pasó el cuaderno por debajo de la mesa. El padre y la madre estaban hablando del paseo en carruaje que querían hacer por el Tiergarten ese fin de semana. También los Bonvoisier, los Chabon y los Löwenthal saldrían; con seguridad se los encontrarían. ¿Podía haber algo más tedioso? Max sólo tenía ojos para la fuente desde la cual la carne desprendía su vapor. Elise se colocó discretamente la libreta en el regazo y la abrió. «Paseo número 87», pudo leer.

***

Descripción verídica y reproducción embellecedora de avatares berlineses. Con su determinación de cubrir de plata el Castillo de Berlín, el Rey ha dejado al país boquiabierto. Se supone que ha tenido una visión y no quiere que le pregunten más por ello.

El castillo ha de ser adornado con pequeñas placas de plata finamente labradas, al objeto de que, cuando luzca el sol, el resplandor alcance un grado tal de intensidad, que uno no pueda mirarlo directamente. Aparte de esto, todos los documentos y las actas del país han de ser destruidos. Esto tendría la finalidad de generar un profundo misterio, según la justificación. Así un día no demasiado lejano, cuando nuestra cultura esté por los suelos y la desolación desértica y el silencio imperen por doquier, se alzará ahí el palacio plateado, y aquellos que lo divisen habrán de preguntarse: ¿Qué significa tantísimo esplendor? ¿Qué civilización fue poseedora de tamaña riqueza y alumbró tal hermosura? El Castillo de Berlín, en opinión del Rey, sería con seguridad lo único que sobreviviría al decurso del tiempo. De manera que se emplaza a todos los ciudadanos prusianos a que, en nombre de la honra general y del prestigio en los tiempos venideros, arrojen sin dilación todos sus objetos de plata por la ventana, con vistas a que sean recolectados a lo largo de la jornada. El objetivo es fundirlos de manera centralizada. El revestimiento con plata de los muros del castillo alcanza ya cinco pies de altura. Ello genera un brillo, un cúmulo de destellos y un resplandor de tal envergadura, que nadie que no lo haya tenido delante es capaz de imaginárselo. Ciertamente se han consumido ya todas las reservas de plata del Estado. «¡Ciudadanos de Berlín!, viene a ser la consigna que se escucha por doquier en las calles, «¡arrojad vuestra plata a la calle! ¡Hacedlo cuanto antes!»

***

Rudolph observaba a Elise, que lentamente levantó la cabeza. Su mirada parecía perderse en lontananza. ¿Se habría pasado con este relato? Quizás debería haber omitido la parte del prestigio y los tiempos venideros, con seguridad era así, ahí había fallado, ese exceso de verbosidad era lo que lo había delatado. Esto no había escapado a la perspicacia de Elise, a su cabecita espabilada —no era el caso de Max... Max que seguía sentado a la mesa junto a sus hermanos, sin dejar de atiborrarse de gruesas judías. Pero Elise en modo alguno había caído en la trampa. Antes de que Rudolph pudiese seguir dando pábulo a esa idea, estalló un traqueteo, un tintineo, un estrépito colosal, mientras docenas de tenedores, cucharas y cuchillos de plata salían volando por la ventana abierta, para acabar yendo a parar a la Leipziger Strasse. Sonaba como si un regimiento de dragones volviera a arremeter contra las barricadas, como si retornaran los tumultos, las revueltas y el combate en las calles.

Pero se trataba únicamente de Elise, que con súbita resolución hacía extraído de cuajo el cajón con la plata de la cómoda para lanzarlo por la ventana. A Rudolph le entró tal ataque de risa que volcó el plato de comida y casi vomita en la servilleta almidonada. A Max le entró una llantina, los padres se quedaron como petrificados y, entre tanto jaleo, aún le dejaron a Elise tiempo suficiente para arrancarse la cadena de plata con la imagen de la Virgen del cuello y tirarla igualmente.

—¡Elise! —bramó finalmente el padre. La madre se levantó de un salto y empezó a sacudir a la niña, que declaraba entre tartamudeos que tan solo había tenido en mente realizar su contribución. Por la honra. Y el prestigio. Y los tiempos venideros.

La libreta del diario fue, a partir de ese momento, confiscada. La plata que aún no se habían llevado los que pasaban fue recogida de la calle y, durante muchas semanas, lo único que pudo disfrutar Rudolph de la ciudad fue la vista del Dönhoffplatz. Los niños de las vendedoras aún continuaban tirándose la fruta. ¡Menudos macacos! Eran una pesadez. Por lo menos le quedaba a Rudolph el pensamiento caleidoscópico. Le ayudaba a ocupar sus peores horas. Su visión predilecta era la de un traje mediante cuyas propiedades uno pudiera tirarse por la ventana y largarse volando como si fuera un pájaro o un murciélago. Pensaba en dicha idea a menudo, repasando las calles que sobrevolaría, las iglesias y las plazas, hasta bajar al río Spree.

✳✳✳

Transcurridas tres semanas, la madre se apiadó de él y consintió que Rudolph abandonara la vivienda para ir a una librería cercana.

La Trautwein se especializaba, sobre todo, en libros de geografía y en bibliografía relacionada con los territorios de ultramar, las colonias en general y las expediciones alemanas de forma específica. La primera vez que Rudolph había entrado en ella fue acompañando a su padre, que andaba buscando libros sobre Egipto. El padre se había llevado todo lo que pudo encontrar sobre el tema y, pocas semanas más tarde, invitó al barón Von Bunsen, un conocido diplomático y egiptólogo, a cenar en familia. A lo largo de la velada había podido brillar con sus puntos de vista sobre tan intrincada materia. Había Rudolph seguido con atención cada uno de sus gestos, memorizando cuantos comentarios dejaba caer como quien no quiere la cosa. Era tal si el padre estuviera ejecutando un paso de baile complicadísimo, que llevase semanas practicando y ahora hubiese llevado a la perfección. Aunque desde el traslado a Berlín hubiera tenido menos tiempo para dedicárselo, seguía contando con la admiración ilimitada de su hijo.

Ahora, cada vez que a Rudolph le entraba el aburrimiento, iba a que le mostraran libros en la Trautwein, y escogía uno. Casi siempre se decantaba por crónicas de viajeros que estaban recorriendo Sudamérica. El Perú, según pudo leer, albergaba vetas de oro, y sus artesanos llevaban milenios elaborando joyas de ese material. Incluso habían creado indumentaria, instrumentos, muros enteros, tejados y calles de oro... hasta que los españoles llegaron al país y obligaron a los incas a revelarles todos sus secretos. Todos, a excepción de uno. Se llamaba El Dorado. ¿Dónde si no podría ubicarse la ciudad perdida, que no fuera ahí? El propio Gonzalo Pizarro la había buscado, fracasando; lo único que había descubierto era el Amazonas.

Incluso Humboldt había viajado al Perú, permaneciendo largo tiempo en los Andes. Rudolph estudió todos sus escritos. A diferencia de Tschudi, Humboldt no mostraba interés por los elementos cotidianos que era factible observar allí, sino que se centraba en algo mucho más esencial: las gigantescas obras de ingeniería y de naturaleza tecnológica creadas por los incas. Resultaba incomprensible, pudo leer Rudolph en uno de los tomos, cómo un pueblo que no se valía del hierro pudiera edificar tan magníficas calzadas desde Cuzco hasta Quito y de Cuzco a la costa de Chile. Por encima de los diez mil pies transcurrían así vías macadamizadas que habían sido ejecutadas por la mano del hombre, superando cualquier proeza equivalente lograda por los romanos en Europa.

Ni siquiera los prusianos en Berlín llegan a tanto, se dijo Rudolph, pensativo.

Y también de El Dorado hablaba Humboldt. Cada vez que Rudolph se topaba con esta palabra, se tomaba un respiro y notaba que la piel de los brazos se le ponía de carne de gallina. De sobra lo sabía a estas alturas: no existía autor u obra escrita sobre Sudamérica o los Andes que dejase de mencionar la ciudad perdida. El Dorado, ya los cronistas españoles hacían referencia a ello, era una ciudad abandonada, perdida y casi olvidada, en algún rincón de la selva allá entre las montañas. Debió de ser una ciudad de reyes y de reinas, puesto que, a juzgar por los informes, allí todo estaba fabricado a base de oro puro: los puentes, las casas, las calles, los baños. Esta ciudad, contaban, era una obra maestra, un prodigio del arte arquitectónico. Quien la hallase, se quedaría atónito, entusiasmado y, de paso, se haría rico.

Con el tiempo Rudolph desarrolló una teoría propia. Paulatinamente dejó de creer que El Dorado pudiese haber sido una ciudad de reyes. Si en verdad había existido y ahora estaba perdida, tenía que situarse a gran distancia de cualquier paraje habitado, en la profundidad de las montañas, luego no era un emplazamiento para reyes. Pero un templo, un conjunto de dependencias desde el que dirigirse a los dioses, eso era distinto... Ello explicaría por qué llamaron a la ciudad El Dorado, aludiendo al noble y divino metal: el oro. Cuanto más aprendía Rudolph acerca de los incas, más vigorosa se tornaba su fascinación por dicho pueblo y los elaborados enigmas legados a la posteridad. ¿No estaban pidiendo a gritos que alguien los desentrañara y, como recompensa, se hiciera con el oro?

Incluso el padre se ponía a hojear los tomos de Humboldt, cuando Rudolph los dejaba a la vista sin querer.

—Este sí que demuestra coraje —decía Rudolph en plan alentador cuando observaba al padre en ese trance, mas era inútil. O bien estaba Johann Berns enfrascado en la lectura, o bien —lo cual parecía más probable— llevaba ya un buen rato con la cabeza en otra cosa, como algún problema con sus proveedores. Hacía ya una buena temporada que traía la mercancía no sólo del Rin, sino también de Francia. «*Direktemang*», según se explicaba Johann Berns.

***

Tenía que ser por narices la escuela secundaria francesa. El padre se empeñó, pues también los hijos de sus mejores clientes iban a ese colegio en la Niederlagstrasse. Estando aún en la fiesta de recepción de los nuevos alumnos, ya Rudolph se le quejó a su padre. Le habría gustado ir a otro tipo de centro, cuya orientación tuviera más en cuenta las ciencias naturales, y resultara menos estirado. Pero el padre ni le escuchaba. Aunque mientras echaba su discurso el director le agarrase en secreto la mano a Rudolph, los ojos se le iban de aquí para allá, en pos de los diplomáticos y de los banqueros.

—Una elección adecuada —le susurró a su hijo—, con frecuencia sólo se reconoce *a posteriori*.

No tenía Rudolph demasiadas ganas de abonarse a esta teoría. Cuando la orquesta se puso a tocar, le retiró la mano a su padre.

El primer día de colegio, Rudolph pudo escuchar la campana incluso desde lejos. El tejido de la camisa de estreno le picaba, la cartera cargada de libros pesaba una tonelada y, para mayor fastidio, estaba lloviendo. Al fondo de la Niederlagstrasse se divisaba ya el Kronprinzenpalais, detrás del cual se ubicaba el Collège. Con sus dos escaleras de barrido y los grandes ventanales no daba la menor impresión de un colegio; antes bien parecía la residencia algo venida a menos de un aristócrata rural.

—Ya lo verás —le había asegurado el padre a Rudolph—, al Collège sólo concurre la mejor sociedad. Las primeras familias de Moldavia, Rusia y Bélgica envían hasta aquí a sus muchachos. La institución seguro que tendrá la capacidad de honrar nada menos que al señor Berns *junior*.

El agua sucia fluía a mares desde las placas de granito de la acera hasta la calzada, cubriendo las hojas de los plátanos que se habían acumulado ante el sumidero. Rudolph fue dando pasos cautelosos. La sola idea de tener que leer teatro griego en francés le daba arcadas. Menuda pérdida de tiempo. De buena gana se habría desviado de su camino para acercarse a las obras en marcha del Nuevo Museo, donde había más que aprender, cosas concretas. Su único consuelo era que, obtenido el título de bachillerato, podría ir a Charlottenburg, para cumplir ahí su vocación de ser ingeniero. Pero para esto faltaba todavía mucho.

Cada paso que daba le aproximaba al Collège, los tacones golpeaban el granito, su mirada estaba clavada en los poros grises de la piedra, aunque, cuando alzó la vista, Rudolph ya no seguía en la Niederlagstrasse, sino que se hallaba en una calzada inca que atravesaba en línea recta un puerto de los Andes. ¡Qué primorosamente tallado estaba el granito! Naturalmente el esfuerzo era demasiado notable como para ahondar en detalles así, porque a altitudes tan colosales cuesta trabajo respirar. Bastante más abajo, en el valle, se abría camino la selva, según cabía apreciar con claridad a través de la labor de retazos que elaboraban las nubes. Bastaba con hacer que se detuvieran un instante las mulas, y...

En ese momento se produjo una colisión, a Rudolph se le doblaron las rodillas y cayó sobre su trasero, para contemplar estupefacto cómo sobre el granito mojado rodaba un aluvión de manzanas en torno a su persona. Alguien gritó:

—¡Mira que eres burro! —y Rudolph se encontró nuevamente en Berlín. Se había interpuesto en el camino del carro de mano que empujaba una frutera del mercado. El abrigo estaba hecho una porquería, la cartera mojada. Y por si esto no fuera poco: la escena, que tenía lugar en las inmediaciones del colegio, había sido seguida por un alumno del Collège. Mientras Rudolph estaba aún tratando de recomponerse a la par que se defendía de las maldiciones de la frutera, el alumno se le acercó aprisa y estrechó su mano.

—Paul Güssfeldt, hermano —dijo, y comenzó a recoger las manzanas.

—¿Cómo supiste que me dirigía al Collège? —quiso saber Rudolph algunos minutos más tarde, cuando ya estaban cruzando la entrada.

—Un paso adelante, dos pasos atrás, el clásico movimiento del primer día.

El muchacho siguió con interés cómo Rudolph se cambiaba de mano la cartera y empezaba quitarse las hojas de plátano del abrigo. Rudolph le devolvió la mirada. Paul Güssfeldt tendría más o menos su edad, acaso un año más, cultivaba sobre su cabeza el pelo más insumiso que Rudolph hubiese visto en su vida y se asomaba al mundo con unos ojos curiosos y amigables.

—¿Y qué es eso tan interesante que hay que mirar en la acera?

—¿Sabías que las calzadas de los incas estaban también hechas de granito?

—Naturalmente. ¿Y sabías tú que la montaña más alta de los Andes probablemente sea de granito?

—¿El Aconcagua?

Paul y Rudolph guardaron un silencio que quería ser reverente y, finalmente, asintieron al unísono. Su amistad había quedado sellada y juntos se adentraron en el edificio del colegio.

La escalera despedía tal olor a orina que Rudolph casi se quedó sin aliento. La elección que se le planteaba era o respirar lo menos posible, haciéndolo a través del tejido del abrigo, o bien renunciar a toda protección y permitir que el hedor penetrase por completo en él.

—Este es el aroma del Collège —dijo Güssfeldt. Y bajó las escaleras que conducían al sótano, con Rudolph detrás. Ante una puerta a medio trayecto se detuvo. Rudolph no comprendía. ¿Qué había al otro lado de ese pasadizo? ¿Un escondite secreto? ¿Un armario?

—Y este es el aula de los alumnos de primer curso: el tugurio.

Güssfeldt tocó con los nudillos. Un alumno abrió la puerta. Estaba tan oscuro en el pasillo que Rudolph apenas podía adivinar sus rasgos.

—Demasiado tarde —dijo el chico—. Me toca apuntar a todos los que llegan tarde.

Antes de que pudiese girarse y dirigirse hacia la pizarra, Güssfeldt lo agarró por el antebrazo. ¿No era él el hermano de Alexander Fournier? Pues entonces. ¿Cómo se le ocurría contrariar a un héroe de guerra? Sí, lo había escuchado bien, este joven de aquí destacó especialmente por su valentía durante la revolución. No en vano había combatido en las barricadas y ahora no podía andar por la calle sin que le dirigieran la palabra. Los retrasos tenían su explicación. Fournier, que tenía toda la pinta de no creerse ni media palabra de lo que decía Güssfeldt, le franqueó la entrada a Rudolph.

En esa sala del sótano, de techo bajo, había sentados unos veinte alumnos. Un único y estrecho ventanuco a la altura del techo dejaba entrar una luz escasa. A Rudolph se le ocurrió pensar en los almacenes de su padre; habrían sido más atractivos como aula. Algunos de los rostros que empezaban a ser visibles en la penumbra los reconoció de la fiesta de admisión. En silencio, algunas cabezas asintieron en reciprocidad.

Antes de despedirse de Rudolph para subir a la clase de segundo curso, Güssfeld se apresuró a preguntarle su nombre —Peter Karg— a un chico de la primera fila, y lo apuntó en la pizarra. Fournier se estaba debatiendo entre borrarlo o dejarlo cuando se abrió la puerta y entró el Dr. Zanschke.

El Dr. Zanschke mediaba los cincuenta, era rechoncho y llevaba siempre un abrigo negro que le llegaba hasta los pies. Mantenía una relación singular con sus gafas de montura dorada: cada vez que se las quitaba, pasaba por ellas repetidas veces las yemas de los dedos, limpiaba con un pañuelo el polvo de tiza de su mesa y depositaba acto seguido con todo mimo las gafas, en paralelo al borde del tablero. El Dr. Zanschke era teólogo y un apasionado de la lengua francesa. Impartía clase de alemán a los cursos inferiores y habría dado su vida en defensa de las tesis de Lutero.

Pero ahora dijo:

—*Mes chers enfants* —con alguno ha de empezar—. Peter Karg, *je vous en prie.*

Entonces tomó la caña y ordenó a Karg que se acercara y se echara sobre el escritorio. Durante los doce azotes Rudolph estuvo contemplando el rostro del alumno, que adquirió un rubor intenso. Cuando Peter Karg volvió a su sitio para sentarse con una precaución infinita, toda la clase gemía con él. Flotando por encima del suelo quedaron algunas pelusillas grises procedentes de la tela de sus pantalones. El primer curso no tardó en ser la más puntual de todas las clases, incluyendo a los más mayores.

***

El tugurio le producía desasosiego a Rudolph. Hasta cuando estaba dormido le perseguía la angostura del cuarto, una sensación de asfixia. También le pareció constatar que su vista se había deteriorado. Si trataba de evadirse del tugurio, dejando vagar su espíritu —mientras realizaba algún trabajo de escritura o en el transcurso de los recreos, que los alumnos debían pasar en su interior—, fracasaba lastimosamente y continuaba preso entre los muros del aula. El tugurio, se le quejó al padre, absorbía cualquier pensamiento relativo a un mundo diferente, como papel secante, como esa arena que, vertida en las calles, tiene el cometido de chuparse la sangre de los revolucionarios.

Durante las primeras semanas durmió tan mal Rudolph, que le costaba un triunfo permanecer despierto en la mesa a la hora del desayuno. Los padres habían decidido, por consideración hacia él, mantener sus conversaciones durante las comidas en francés, y así continuaron hasta que él estalló una mañana, declaró que no lo soportaba más, añadiendo entre sollozos que se pasaba el día con ese soniquete, *fronsé* en el *colesh*.

No tardaron en sumarse a la falta de sueño una afección en los pulmones, una disposición melancólica y la idea de la muerte, que lo acuciaba de continuo. Desde la visita al teatro que había compartido con Max, Elise y la madre, había un aria de Beethoven que no se le iba de la cabeza: *In questa tomba oscura*. Cuando Max comenzó a practicar esa aria en el piano de cola, Rudolph se tambaleó hasta el salón de la casa, tomó a su hermano de la mano y lo condujo ante sus atónitos padres. Si él, Rudolph, seguía en la obligación de permanecer en su actual puesto escolar, los padres tendrían en el futuro que arreglárselas con un solo hijo varón. Un día más en el tugurio y se derrumbaría sin vida, de eso no cabía duda. En resumidas cuentas, que el más allá tendría a no dudar mucho más aliciente que un más acá enclaustrado en un sótano que no le ofrecía ni aire para respirar ni espacio para desplegarse. Tras estas palabras, colocó la mano húmeda de su hermano entre las manos de su madre, cerró los ojos y se dejó caer hacia atrás sobre la alfombra.

***

El Dr. Zanschke se quedó harto impresionado con madame Berns. En un informe al director Lhardy que le dirigió poco después de su visita, escribía: «La condición del alumno Berns debe sin duda conceptuarse de nerviosa y sobreexcitada —aunque, en los tiempos que corren, ello haya dejado de constituir una rareza—. Pero dejando de lado sus estados de ánimo, de los que la madre me ha facilitado un informe tan expresivo como plausible, tengo al alumno por un individuo en extremo inteligente, harto dotado, rápido de comprensión y manifiestamente infrautilizado en lo que atañe a la programación habitual del primer curso. Con permiso de la dirección, que solicito expresamente mediante estas líneas, formulo la petición de que el alumno Rudolph Berns pueda presentarse antes de tiempo a los exámenes correspondientes a segundo curso. *Je suis votre serviteur,* A.Z.»

Lhardy aceptó la propuesta. El trato especial de cualquier tipo le desagradaba, pero ya que él mismo había detectado que el muchacho poseía un espíritu extraordinariamente despierto, permitió que Rudolph se presentara a los exámenes. «El joven Berns», según hizo constar posteriormente en su diario, «ha superado la prueba con maestría. Para mayor exactitud, sus resultados han sido los mejores de los últimos años. A no dudar requiere orientación y supervisión para que se moderen sus ideas prematuramente desmedidas. Más allá de esto, cabe esperar lo mejor.»

En segundo curso ya se conocía a Rudolph. Desde el primer día lo sentaron entre Paul Güssfeldt, el príncipe Edmund von Radziwill y Richard Kahle. Las amistades se trabaron al punto. Radziwill procedía de una vieja estirpe aristocrática y sentía fascinación por la historia de Polonia; Kahle era miembro del grupo de teatro del Collège y se pasaba la vida recitando versos de teatro griego; Güssfeldt sentía particular entusiasmo —no había nadie que no estuviera al corriente de ello— por el montañismo. Su mayor anhelo era poder viajar algún día a Sudamérica y demostrar la imposibilidad de que el Aconcagua fuese un volcán. Rudolph Berns se había especializado, lo cual ya había llegado a oído de todos en el Collège, en los incas y en la legendaria ciudad de El Dorado.

Por diferenciados que estuviesen los intereses de los cuatro amigos, cada uno de ellos se entregaba a su pasión con idéntica profundidad. Se tomaban entre ellos muy en serio y esto les hacía sentirse inusitadamente adultos. Sus condiscípulos, en cambio, seguían el rumbo que sus profesores les marcaban. Para Radziwill, Kahle, Güssfeld y Berns no eran más que estúpidas ovejas.

La teoría vulcanológica de Güssfeldt y la obsesión de Rudolph con la ciudad perdida constituían, más que ninguna otra cosa, un tema inagotable de conversaciones en las que también participaba el profesor de Geografía de segundo curso, el Dr. Ritter. El celo que el Dr. Ritter imprimía a su asignatura causaba impacto en el alumnado; incluso Kahle y Radziwill, que no sentían en realidad inclinación hacia la geografía, seguían con entrega sus explicaciones cuando abordaba la morfología de los continentes o hablaba de los viajes del gran Alexander von Humboldt. No obstante, en cuanto se hacía mención de volcanes o ciudades perdidas, el Dr. Ritter se salía de sus casillas, e ignoraba preguntas, protestas y la propia campana del colegio.

Cuando llegó el momento del ensayo para Geografía, Rudolph y Güssfeldt decidieron dirigirle un ruego al Príncipe de la Ciencia en persona. Cada uno de ellos le envió una carta a Alexander von Humboldt: Güssfeldt, con el ruego de que valorase la posible constitución del Aconcagua; Berns, por su parte, le pedía que encuadrase El Dorado en las tradiciones constructivas de los pueblos indígenas de Sudamérica. Güssfeldt recibió su respuesta a vuelta de correo. Con letra temblorosa, Humboldt escribía que el Aconcagua, si se lo comparaba con los volcanes chilenos ya conocidos, en especial el Maipo, ciertamente podría ser un volcán. El vulcanismo tenía una vigorosa presencia en la región, añadía. Él mismo jamás había coronado su cima, como era sabido, aunque sí resultaba llamativo el gorro, en forma de nubes, que rodeaba su cumbre la mayor parte del tiempo.

Rudolph, sin embargo, esperó inútilmente una respuesta. Pasó noches enteras preguntándose cómo podía ser que aquel sabio se interesase por la rocalla y que, a la par, ignorase una pregunta sobre algo tan fundamental como El Dorado. Para asegurarse de que Humboldt había en verdad recibido la carta, escribió una segunda. También ésta quedó sin respuesta. Años después —pues no había dejado de sentir su honor profundamente ofendido— redactó Rudolph una tercera misiva, esta vez más apremiante e incisiva. Humboldt siguió mudo.

El principal punto de encuentro de los amigos era la residencia de Radziwill en la Wilhelmstrasse. En el palacio del príncipe entraban a diario tantísimos visitantes, que el mayordomo apenas podía ejercer el control que tenía encomendado.

—Antaño visitaban esta casa Goethe, Chopin y Mendelssohn Bartholdy —suspiraba, cuando los colegiales se deslizaban furtivamente a su interior por una entrada lateral.

—Y ahora Kahle, Güssfeldt y Berns —replicaba Radziwill todo pizpireto.

El joven príncipe ocupaba varios salones en la segunda planta; un ayuda de cámara les traía a los amigos cacao y pastas vienesas cada vez que se lo solicitaban. Rudolph tenía que obligarse a apartar la mirada de los numerosos destellos procedentes de las guarniciones de oro y los candelabros. Un patrimonio de esa envergadura, pensaba, no podía ser resultado de la actividad de un solo hombre; para acumular una riqueza así hacían falta generaciones. ¿Qué ocurría, no obstante, si los propios antepasados se habían dedicado a fermentar peras y ciruelas, mientras observaban cómo pasaba el Rin a su lado? ¿Qué beneficios podían resultar de esto? No era justo.

A veces, cuando el príncipe progenitor tenía como invitados a los representantes polacos del parlamento regional, las estrepitosas carcajadas ascendían hasta la segunda planta, en la que se encontraban los amigos.

—*Les polonais* —se encogía de hombros Radziwill—. *Ils sont un peu sauvages.*

Más atractivo para los amigos era entremezclarse con los invitados que congregaba la madre en su salón. Allí los eruditos, los poetas y los músicos parisinos departían animadamente sobre lo humano y lo divino.

En una ocasión estuvo presente incluso Mijaíl Dmitrievich Gorchakov, el virrey de Polonia. Algo ofuscado por el alcohol, se empeñó en hablar exclusivamente en ruso. Cuando empezó a lanzar mobiliario a su alrededor y a requebrar a las damas, Rudolph extrajo de su bolsillo una botella de licor doble de junípero. En realidad había querido ofrecérsela al príncipe de regalo, junto con los mejores deseos de su señor padre. Ahora, sin embargo, abrió la puerta de un espacioso armario, en el que normalmente se guardaban las sillas. Esa tarde estaban todas distribuidas por el salón, así que el armario estaba vacío.

—Majestad —le dijo Rudolph al virrey—, esto os lo envía el rey de la provincia del Rin con sus saludos más respetuosos; y la bienintencionada advertencia, para que la tenga en cuenta, de que el disfrute de esta bebida sólo puede ser tolerado por unos cuantos escogidos.

Con estas palabras, colocó la botella en la parte baja del armario. Mijaíl Dmitrievich Gorchakov eructó y le dio a Rudolph una palmadita en la mejilla. Su aliento apestaba a arenque en escabeche. Entonces el virrey se apartó de él y, tambaleante, se introdujo en el armario. No bien estaba empezando a inspeccionar la botella, Rudolph cerró la puerta con él dentro y le dio vuelta a la llave. Los presentes emitieron una ovación entusiasmada.

—*Voilà* —dijo Rudolph—. Qué hacemos ahora.

Radziwill se reía, Kahle temblaba, Güssfeld agitaba la cabeza, opinando que había que avisar el príncipe.

—En absoluto —dijo la madre de Radziwill con su marcado acento polaco—. Le dejaremos que duerma como se merece un virrey.

Y ciertamente no tardó en brotar del armario una sucesión de bufidos y ronquidos. Con todo cuidado, volvieron a abrir la puerta y al día siguiente todo estuvo olvidado. Contrariamente a lo profetizado por Kahle, Rudolph August Berns no había desencadenado ninguna catástrofe diplomática. Por el momento, siempre según Kahle, Europa se había salvado del peligro. Si bien no era conveniente, por motivos de seguridad, que Berns se dedicase a la política.

***

En el otoño de 1858 llegó de visita desde Varsovia la princesa Izabela, para conocer la ciudad.

—¿Pero a qué ciudad puede referirse? —se asombró el príncipe Radziwill padre, para quien sólo la capital polaca poseía el rango adecuado. Su hijo Edmund, a quien le había encargado las atenciones debidas a la prima, pidió ayuda a sus amigos. La última vez que había visto a Izabela contaba ocho años. En esa época ella le había obligado a comerse, o bien un puñado de barro, o bien un sapo, ya no lo recordaba con exactitud. Fuera como fuese, había que cuidarse de ella, ya que tenía garras como las de un gatito y pequeños dientes afilados como los de una comadreja, capaces de infligir heridas tremendas.

Rudolph, siempre previsor, se había untado la piel con grasa de ciervo. Baruch Simonson, el propietario de la farmacia de al lado, le había asegurado que era la mejor manera de prepararse para el maltrato en ciernes. Rudolph llegó con algo de retraso al palacio de los Radziwill. Las calles estaban ese día a tope de gente que avanzaba en dirección al Castillo, porque iban a nombrar al príncipe Wilhelm regente de Prusia. Debido al apresuramiento, pero también a la grasa de ciervo, la camisa de Rudolph se le adhería a la piel, así que sudaba, se rascaba y se la separaba del cuerpo. El mayordomo sacudió la cabeza, mientras acompañaba al joven señor al salón de Radziwill en dicho estado de zozobra.

Radziwill y Güssfeldt se hallaban ante la librería y parecían buscar algo con enorme ahínco. Ni siquiera a la estentórea voz de «¡Señoría, permítame el honor!» abandonaron su concentración. Rudolph suspiró. ¿Sabrían estos dos canallas la que se estaba armando allí fuera? Radziwill y Güssfeldt lo ignoraban. Sin duda, uno podía simplemente sentarse y hacer cualquier paripé intrascendente, o alternativamente marcharse... Y aquí Rudolph cortó su reflexión, al percatarse de que había una mujer joven en uno de los canapés.

Giró ella la cabeza hacia él con curiosidad. Y esa cabeza merecía que se le prestase atención: rizos castaños, que enmarcaban en tropel un rostro de alabastro, largas pestañas que se curvaban grácilmente sobre ojos oscuros, una línea de dientes más blancos que la nieve, emitiendo su brillo tras unos delicados labios. En su vida había visto Rudolph algo tan hermoso. Era por completo insoportable. ¡Y esa mirada! Se diría que podía observar lo que Rudolph guardaba en el interior de su cabeza.

—Emmm... —dijo Rudolph—. ¡Vaya!

La situación era inmanejable. La princesa le sonrió.

—*Bonjour* —dijo ella—. Tú tienes que ser Rudolph.

—Por favor, no me muerda usted —dijo Rudolph, y hubiera podido darse de bofetadas.

—En modo alguno —dijo Izabela—. No parece usted tener excesiva molla.

Deslizó la mirada sobre el torso de Rudolph, y él se puso al instante a sudar nuevamente. La grasa de ciervo lo complicaba todo considerablemente más.

—Edzio, ¿qué les has contado de mí a tus amigos?

Por fin Radziwill y Güssfeldt se apartaron de la librería y se sentaron junto a la princesa. Rudolph se estaba preguntando si debería tener el atrevimiento de aproximarse a la princesa o incluso de besarle la mano. Prefirió hacer una reverencia y tomar asiento en un sillón.

El vestido color crema de la princesa se desparramó sobre el borde del canapé. Mucho le habría gustado a Rudolph rozar su dobladillo. En vez de ese deleite, le tocó tener que escuchar las paparruchadas que profería Radziwill. Güssfeldt parecía imbécil, luciendo esa risa de conejo. Había que intervenir.

—Según he oído, es la primera vez que viene a Berlín.

—Sí, pensé que no me haría daño conocer la provincia. Pero Berlín está todavía por detrás de Varsovia en unas cuantas cosas. Además en casa tenemos el Vístula, y aquí solamente está el Spree.

—Un río escuchimizado y sin importancia —se apresuró Rudolph a corroborar.

La princesa le dirigió un gesto alentador y, mientras pestañeaba, un dientecillo le brilló entre los labios. ¡Si él hubiera sido, como ella, un aristócrata, un príncipe o por lo menos un conde, un barón, en fin, si hubiera ostentado cualquier título nobiliario! Entonces habría estado a la altura de ella, sin ser un mero entretenimiento burgués. *Berns,* a oídos de la dama, tenía que sonar ridículo.

—¿Pero conoce usted el Rin?

Ya podían Radziwill y Güssfeldt poner los ojos en blanco tanto como se les antojase. Rudolph se dispuso a contarle acerca de las masas de agua que, procedentes de Suiza, trazaban un gran surco hasta el Mar del Norte; habló de las ballenas que a veces se extraviaban en su desembocadura y finalmente eran arrastradas a tierra, de sus cuerpos gigantescos y humeantes que incluso horas después seguían con vida, agitándose...

Aquí se paró Rudolph, pero Izabela proseguía escuchándole, le miraba directamente a los ojos, era como si escrutara en ellos, a la par que él, en su desesperación, ponía en escena piruetas caleidoscópicas. Por fin, ella lo redimió.

—Me gustaría tanto ver una ballena —suspiró.

—Pero usted es muchísimo más bella que una ballena —dijo Rudolph, y se mordió la lengua.

—¿Se lo parece a usted? —preguntó Izabela—. ¿De verdad más bella que la ballena más bella?

Rudolph asintió con énfasis, declarando que una ballena no tenía nada que hacer a su lado, incluso si fuese enorme, majestuosa, pero antes de que pudiera proseguir, la princesa se inclinó hacia donde él estaba y le lanzó un beso sobre la mejilla.

Esto ha sido todo, pensó Rudolph, ya puedo morirme. Se puso de pie de un brinco y propuso que salieran al aire libre. Podían ir en calesa al Castillo, donde ese día iban a declarar al príncipe Wilhelm regente de Prusia, con las dos cámaras del parlamento regional reunidas en el Salón Blanco. ¿No deseaba ella conocer Berlín? No habría mejor oportunidad.

***

La princesa insistió en ir a pie al Castillo. Delante de cada palacio, de cada iglesia, ella se detenía y dejaba que los jóvenes le explicaran sus características. Su risa y sus exclamaciones de asombro podían oírse al otro lado de la calle, pero esto a ella le traía al fresco. Su jovial indiferencia dejó a Rudolph hondamente impresionado. Maravillado se dio cuenta, él que normalmente no les veía la gracia a las muchachas con aires elegantes, excesivamente pagadas de sí mismas, hasta qué punto le atraía la polaca. Le habría encantado preguntarle qué era lo más interesante para ella, lo que más, lo que hacía que se estremeciera el fondo de su corazón. Pero, como temía las burlas de Radziwill, nada dijo, odiándose en secreto por ello.

Llegados a su destino, no les quedó más remedio que abrirse con dificultad camino a través de la masa humana que caminaba hacia las puertas del Castillo. El príncipe Wilhelm, los ministros y el canciller llevaban ya un buen rato en el Castillo, les aseguró un reportero, que se había instalado junto a ellos. Probablemente en ese justo instante estaría Wilhelm ante el trono vacío prestando juramento. Con ello comenzaría una nueva era.

La nueva era se lo tomaba con calma; tanta, que a Radziwill le dio tiempo de ir corriendo hasta un vendedor ambulante para comprar unas rebanadas con manteca de cerdo. Rudolph se hizo el fino, Güssfeldt mordisqueó con torpedad la corteza y solo la princesa le dio un bocado con ganas. La manteca brillaba en sus labios. Berns la miraba con hambre. Que cuánto duraba un juramento así, quiso ella saber. No podría ser tan complicado hacer que Prusia... No concluyó la frase, pues de pronto se produjeron movimientos en la multitud. Se había abierto el portón, los soldados se dispusieron en una doble hilera, y en esto hicieron su aparición el príncipe regente Wilhelm de Prusia y el canciller Friedrich von Zander.

La muchedumbre empujaba. El príncipe regente elevó los brazos, queriendo por lo visto anunciar algo a sus súbditos. En la medida de sus posibilidades, Rudolph intentaba resistir la presión del gentío; pero eran tales los empellones y los codazos procedentes de su retaguardia que se vio separado de Radziwill, Güssfeldt e Izabela. Le dirigió una voz a Radziwill, pero no obtuvo respuesta, y sus intentos ulteriores fueron sucumbiendo entre el griterío rugiente de la masa.

Pasados unos instantes, Rudolph se vio situado en uno de los extremos de la multitud, cerca del puente de esclusas. Su rebanada de manteca tuvo que darla por perdida. Alguien le dio sin querer un pisotón en el tobillo; Rudolph se agachó para palparse la zona dolorida. Cuando se irguió de nuevo, vio un tílburi abandonado, ante el que estaba enganchado un caballo blanco que bufaba nervioso, mientras rascaba el suelo con los cascos. Su atalaje de cuero estaba ricamente chapado y debía de haber costado un dineral. ¿Dónde estaría el cochero? A nadie cabía identificar, en ese hervidero, que se pudiera asociar a ciencia cierta con el carruaje. Tal vez, pensó Rudolph, el cochero había sido obligado a apartarse, o lo habían pisoteado hasta matarlo, o simplemente había perdido la orientación... ¿Y si el coche hubiera sido robado? Parecía nuevo y estaba impecable. Nuevamente miró Rudolph a su alrededor, preguntó a varias personas de las inmediaciones por el carruaje; pero nadie sabía darle respuesta. Ni siquiera se localizaba un oficial de seguridad en las proximidades, al que se hubiera podido dar parte... Sin saber qué hacer, Rudolph apoyó la mano derecha en el pescante.

En su base le llamaron la atención unas letras: «Oranienburger Strasse, 67». Él conocía esa dirección. Claro, eso era. Sintió una punzada en el pecho. Se acercó al caballo y le acarició los ollares. Este resopló y se dejó hacer. Pasó el dedo por la superficie del pelaje y los remolinos de la cabeza. Oranienburger Strasse, 67; «es increíble», pensó Rudolph, «es increíble, y aun así es cierto. Tengo que llevar el coche sano y salvo a su propietario. Quién sabe lo que le habrá sucedido al cochero». Una vez más se cercioró de que no hubiera ningún agente policial cerca. Llevar de regreso el carruaje sin que sufriera daños era, indiscutiblemente, su propio y sacrosanto deber. En prueba de gratitud tal vez recibiera, después de todos esos años, una respuesta.

Antes de que Rudolph pudiera darle más vueltas al asunto, estaba ya sentado en el pescante. Agarró las riendas y, con gran precaución, rozó con el látigo de enganche la grupa del caballo blanco. Nos vamos a casa, era lo que significaba. Obediente, el caballo trotó hacia el puente de esclusas y emprendió su camino adelantando a landós y fiacres. Nadie prestó atención al joven que conducía el tílburi; en esos momentos el príncipe regente estaba hablándole con toda decisión a su pueblo, entre gritos y vítores, y todo el que llevaba chistera se la arrancaba de buen grado para lanzarla al aire.

Cuando el caballo blanco dobló para enfilar la Werder Strasse, Rudolph creyó avistar a Radziwill, Güssfeldt e Izabela entre la aglomeración. Mas antes de que pudiese reaccionar, ya había desaparecido tras los muros de la Academia de Arquitectura, y ante él se abría la plaza del Werderscher Markt. Ante la Casa de la Moneda estaban agrupados algunos ulanos; sus cascos y sus lanzas fulguraban al sol. ¿Qué debía hacer a continuación? Se contempló de arriba abajo. En cualquier caso vestía su mejor traje, como siempre cuando visitaba a Radziwill. ¿Pero un carruaje propio? ¡Si no tenía ni diecisiete años!

Trató Rudolph de detener el caballo, lograr que se parara en el umbral de uno de los pasajes, pero por mucho que jalase de las riendas el animal proseguía tan campante. Los ulanos ni se volvieron para mirar a Rudolph, y era por completo como si se hubiera vuelto invisible, desde que se subiera al vehículo. Mas no lo era. Sus manos demacradas asían agarrotadas las riendas y sentía que le temblaba todo el cuerpo, sacudido por el adoquinado desigual de la calzada. También se preguntaba qué ocurriría una vez que el carruaje hubiera alcanzado su destino.

Ya se precipitaba velozmente saliendo de la Jägerstrasse rumbo al Gendarmenmarkt, dejando a un lado la Catedral Francesa y el teatro —¿era el Dr. Zanschke ese que estaba en el borde de la acera?—, viró para tomar la Charlottenstrasse, luego se encaminó a Unter den Linden para, de remate, galopar hacia el monumento de Federico el Grande. El coche crujía, chirriaba y a punto estuvo de rozar a una mujer elegantemente vestida de malva. A su paso algunos paseantes lanzaban improperios, había al fin logrado que reparasen en él, aunque Federico el Grande se mantenía a lomos de su caballo, el brazo derecho pegado al torso, mirando al aire con fijeza inexpresiva, dando por entero la impresión de que no se esperaba ninguna catástrofe inminente, ninguna colisión o accidente, del todo como si no pudiese ocurrir absolutamente nada, tal si fuera factible doblar sin más por la Universitätsstrasse y continuar de estampida en dirección al Spree. Y ciertamente la marcha proseguía, siempre adelante, dejando atrás niños, sus niñeras, ulanos, oficiales de la guardia, siempre adelante, hasta el Cuartel de Artillería. Pasando por delante se continuaba hacia la Eberstsbrücke, donde el caballo blanco aminoró ligeramente el paso. En las aguas del Spree se veían varias barcas, una cargada de heno, otra de patatas. Es curioso, pensó Rudolph, lo nítido que se aprecia todo, como si de repente disfrutase él de todo el tiempo del mundo, como si solo esa impresión contase.

Ya el carruaje llegaba, saliendo de la Artilleriestrasse, a la Oranienstrasse, con sus tiendas caras y los burgueses judíos luciendo abrigos de pieles y estolas de brocado. Ante una de las casas señoriales, el caballo decidió finalmente ir al paso, su pelo reluciente del sudor que le manaba en abundancia. El portón del número 67 estaba abierto de par en par. Rudolph entró. Sus manos no habían dejado de sujetar las riendas fuertemente. Cuando el tílburi se detuvo y las pudo soltar, la sangre le corría por las muñecas. Pero qué importancia tenía esto, lo había conseguido, le había devuelto el carruaje a su propietario.

Un envejecido criado salió de la puerta principal y le preguntó si venía de la farmacia. Titubeó al principio Rudolph, quería relatar lo que había sucedido, aunque entonces cambió de opinión y asintió. El hombre se le presentó como Johann Seifert y le dijo que el señor estaba esperándolo. Que dónde había dejado a Peter, comentó. El sirviente sólo se había propuesto ir a la farmacia y regresar inmediatamente. Rudolph ignoró la pregunta y se enjugó la frente con el pañuelo. Entonces accedió, siguiendo a Seifert, a la vivienda. Era propiedad de Alexander von Humboldt.

**

En el despacho no había un alma; las luces estaban apagadas, las cortinas corridas. Seifert le hizo una señal a Rudolph para que entrase.

—En cualquier caso, a mí no me deja decirle lo más mínimo —y cerró la puerta tras de sí.

Rudolph escuchó cómo sus pasos se alejaban. ¿Qué estaba él haciendo aquí? Había transcurrido mucho tiempo desde que le escribiera a Humboldt. Cerró Rudolph los ojos y, al abrirlos de nuevo, seguía curiosamente en el mismo sitio. Esto que había, sin la menor duda, no era una de sus fabulaciones, no era una visión que se hubiera superpuesto a una de esas horas machaconamente tediosas del colegio, ni a la cotidianeidad paralizador; lo que había era real. No quedaba otra, había que dominarse.

¡Menudo desbarajuste el que imperaba en este cuarto! Sobre las mesas, en los estantes, incluso encima del suelo se repartían centenares de cartas, infolios y libros y, en la penumbra, Rudolph pudo distinguir también bustos, globos terráqueos, águilas disecadas, tucanes y reptiles singulares, los cuales tenían todo el aspecto de haber sido ideados por un niño con fiebre. Sobre una de las mesas yacía un mapa tan grande, que sobrepasaba sus bordes. Era del continente sudamericano. En el centro de este, en el Mato Grosso brasileño, reposaba una taza de café. Rudolph la movió a un lado y se fijó en el montón de papeles que ejercía de peso en la esquina superior izquierda del mapa. Una letra pulcra y pequeña llenaba por completo la página superior, con notas marginales, observaciones y dibujos. ¡El tomo quinto del *Cosmos!* Todo el mundo sabía que Humboldt estaba trabajando en la última parte de su obra. Una carrera en la que competía con la muerte: Humboldt tenía ochenta y nueve años.

Se disponía Rudolph a tomar el manuscrito cuando escuchó un carraspeo a su espalda. Se volvió sobresaltado. Ahora que sus ojos se habían acostumbrado a la semioscuridad, divisó sentado en una silla medio oculta por una estantería de libros a un anciano, recto como una vela, en alerta y vestido con sus mejores galas. Debía de haberle estado observando a él, Rudolph, todo el tiempo. En las comisuras de sus labios se dibujaba una sonrisa iracunda.

—Usted no es de la farmacia, joven, ¿verdad que no?

Hallándose en el pescante, la excitación apenas le había permitido a Rudolph permanecer en sus cabales; ahora que estaba ante el mismísimo Humboldt, experimentó tranquilidad y alivio. Este era uno de esos raros momentos en los que el tiempo y el espacio alcanzaban una confluencia feliz, en los que se relacionaban entre sí ateniéndose escrupulosamente a lo previsto y, para variar, no respondían a lo que les dictase la más chapucera de las casualidades.

—En absoluto —dijo Rudolph—. Le ruego que disculpe las molestias. Por desgracia se trata de algo bastante urgente.

Humboldt lo contempló con atención.

—Descorra las cortinas y encienda usted las lámparas, hijo. Los fósiles tienen mala vista.

Hizo Rudolph lo que se le indicaba y se dirigió de nuevo al señor de la casa. Su corazón se había serenado por completo. Sabía lo que necesitaba preguntar. Todo estaba preparado, a su alcance.

—¿Cómo ha podido franquear a Seifert? ¿No le ha pegado un mordisco? ¿Ni siquiera uno pequeño? ¿No? En fin, vamos a ver… ¿Es usted el que precisa dinero para la expedición al Cabo Norte?

Rudolph sacudió la cabeza.

—¿No? Me alegro, porque ese sapo inflado no recibirá de mí ni un solo tálero. Entonces, vamos a ver… ¿Es usted el del Instituto Botánico de Ciudad de México? ¿No? ¿O el que quiere encabezar una expedición a las Montañas Rocosas? ¿El Kilimanjaro? ¿La travesía del Desierto de Gobi? ¿La exploración del Mar de Bering? ¿Medir el Lago Victoria? ¿O se trata del Desierto de Lop Nor? ¿Tampoco es eso?

Humboldt tosió, prosiguió hablando, jadeó y se quedó en silencio. Rudolph ya estaba planteándose ir a buscar a Seifert, cuando Humboldt se recuperó.

—¿No? ¡Así que no! ¿Entonces qué demonios hace usted aquí?

Rudolph se lo pensó un rato antes de contestar. Entonces dijo:

—El Dorado.

—No sé si he oído bien. —Humboldt mantenía una expresión inmutable, únicamente sus ojos parecían todavía más focalizados que antes, más concentrados aún.

—Lo que quiero decir… Bueno, en primer lugar me gustaría entregarle un presente. Obtenido de las aguas del Rin, como testimonio de mi respeto más hondo.

Con estas palabras Rudolph extrajo de su morral la moneda romana que Klipper Eu le regalase como despedida y la depositó en la mano del anciano de cabeza nívea. Con gesto evaluador, Humboldt se puso la moneda ante el ojo derecho, lamió sus bordes y se la colocó sobre la lengua. Paso un rato mordisqueándola y pareció adoptar una actitud de escucha introspectiva. Después se sacó la moneda de la boca y la limpió complacido con la punta de la cobija.

—Un denario —dijo—. Muy bonito. Pero ahora, a soltar lo que sabe, y no se me haga el remolón. No tengo tiempo. Durante el día es como si estuviera en una tienda de aguardientes, llena de gente hasta los topes. A veces me dan las tres de la mañana y aún no he podido dedicarme a mi propio trabajo. Esta gripe es lo mejor y lo peor que me podía pasar. Me siento debilitado, ¡vaya que sí! Pero a cambio me veo librado de los moscardones más latosos. Les tienen miedo a las enfermedades tropicales. ¡Ja! ¡La gripe! ¡El carcamal tiene la gripe, es para partirse de risa!

Humboldt volvió a meterse la moneda en la boca. Su mirada penetrante no se apartaba de Rudolph ni un segundo.

—Comprendo, señor, que cuestiones tan delicadas no pueden tratarse por carta. De ahí que le pregunte, cara a cara. ¿Qué sabe usted de la ciudad perdida de los incas? A un espíritu como el suyo, seguro que no se le oculta nada. Usted pasó años en Sudamérica. De las inexactitudes y los errores respecto a su localización estoy al tanto. Pero me pregunto: ¿No tendrían el cometido de desviar la atención del verdadero El Dorado? He estudiado a Prescott y De la Vega. Los incas consideraban su lugar de procedencia como algo sagrado, un misterio. Cuzco no puede serlo; Cuzco era el punto central de su universo, no su origen. De modo que le pregunto, con todo respeto y toda reverencia. ¿No sería iluminador y convincente identificar el venerado lugar de sus orígenes con la leyenda de El Dorado? La más sagrada de sus sedes religiosas debería en consecuencia estar forrada y repleta del más noble de los metales. ¡El Dorado!

Humboldt escupió la moneda.

—¿Así que es usted especialista en los incas, eh? ¡Ahora me acuerdo! ¡Usted es el buscador de tesoros! ¡Naturalmente! Pues escúcheme ahora con atención, joven. Acaso sea esta su última oportunidad de preservar la sensatez. El Dorado, hijo, es una fata morgana. Un espectro, una pesadilla, una locura, que llegó al mundo para desorientar a los que padecen de debilidad de carácter. Desde tiempos de la conquista hay abundancia de payasos corriendo frenéticamente tras el oro. ¿Por qué, se lo pregunto a usted, por qué?

Rudolph empezó a temblar imperceptiblemente. A él no le interesaba el mismo El Dorado que a los payasos, sino antes bien le atraía El Dorado de los descubridores, los constructores, los visionarios. Esa ciudad hecha de oro, levantada en la selva o incluso en lo alto de los Andes, tenía que ser una obra maestra. Una obra prodigiosa elaborada por artistas de la arquitectura y orífices, algo por completo único en su género, que jamás podría caer en el olvido y permanecería siempre viva como mito, como leyenda. Porque a oídos de Humboldt El Dorado podría sonar ridículo; el nombre que se le diera era completamente secundario. La ciudad de oro, ese era el mayor secreto de los incas.

—¿La ciudad de oro? —prorrumpió Humboldt—. ¡Usted delira! ¿Sabe una cosa? Ahora se va usted a su casa, se saca buenamente su bachillerato, se pone después a estudiar un poco y deja que lo instruyan como ingeniero. Y entonces, joven, se compra usted un pasaje a Sudamérica y cava un canal que atraviese Panamá. Sí, con un cubo y una pala. *Ese* sería un objetivo digno de ser perseguido; esa, querido mío, constituiría una gran obra.

—Me temo que no me acaba usted de comprender —dijo Rudolph. ¿Panamá? ¿Canal? ¿Pero de qué hablaba Humboldt? Por mucho que le entusiasmara a Rudolph la ingeniería, no se trataba de eso.

Que en Lima había conocido una vez a un señor, dijo finalmente Humboldt. Juan Aliaga, descendiente directo de Jerónimo de Aliaga, que había navegado con Pizarro hasta el Perú. Un hombre listo. Un hombre formado. Distinguido por añadidura, de mandíbula poderosa y un mirar decidido. Resulta que un día se puso en camino en busca de una ciudad perdida y misteriosa. Se le previno de todas las maneras, por las buenas y por las malas, pero fue inútil. Ya no hablaba de otra cosa, sino de cómo se sentía comprometido con esa visión. Un pollo sin cabeza, este criollo. Que lamentablemente no volvió nunca de la selva, la cual se lo tragó con piel y con pelo.

Humboldt rio. Cuando detectó la rigidez que había en la mirada de Rudolph, no siguió con el asunto. Buscar tesoros, quiso que Rudolph se metiera en la mollera, no era un trabajo, sino una chifladura. Debería pensar en sí mismo y no perder de vista Panamá, con lo cual acaso podría llegar a algo.

Dejó entonces que acompañaran al joven hasta la salida.

—Lo que teníamos que resolver —le comunicó a Seifert— ya lo hemos hecho. Por cierto, alguien debería ir en busca de Peter y del farmacéutico, pues ha debido de haber algunas irregularidades.

Mientras Rudolph iba andando por la Oranienstrasse se dio cuenta de que llevaba una hoja de papel doblada en el bolsillo del pantalón. Era una página del manuscrito de Humboldt, perteneciente a la parte quinta del *Cosmos*. No recordaba habérsela llevado él.

***

Normalmente se tardaba una media hora en subir a pie de la Oranienstrasse a la Leipziger Strasse. Esta vez, sin embargo, Rudolph necesitó menos de diez minutos hasta el cruce de la Charlottenstrasse con la Leipziger Strasse. No pensaba ni en el canal de Panamá ni en Juan Aliaga o la princesa Izabela. Le invadió una energía singular, nada más dejar la casa de Humboldt. Había estado con Alexander von Humboldt, eso era cuanto tenía relevancia por el momento, había hablado con él; sí, había mantenido una consulta con él. Esto suponía bastante más de lo que Güssfeldt o el Dr. Ritter podrían jamás afirmar de sí mismos. Él, Rudolph August Berns, se había abierto paso hasta el gran sabio. Esto tenía que contárselo a su padre. ¡Menuda satisfacción! La madre no se lo creería, Max no acabaría de cerrar la boca y a Elisa le entrarían ganas de desmayarse. Sólo su padre comprendería verdaderamente lo que este encuentro significaba para él, Rudolph. Tenía que darse prisa en regresar a casa antes de que se le olvidara lo que Humboldt le había dicho con exactitud.

Precisamente ahora había un atasco de tráfico en el cruce. A Rudolph apenas le faltaba media manzana para llegar y ya divisaba el rótulo de la tienda de vinos Berns —«Raffiné-Distingué-Enchanté»— mientras sentía un cosquilleo en las tripas. Pronto se lo explicaría a todos. Quizás incluso brindarían con una botella de Crémant alsaciano. Tal vez no hiciera falta que relatara con toda precisión cómo había ido a parar a la residencia de Humboldt. O en tal caso, lo compartiría solo con el padre. Nadie más sería capaz de comprenderlo.

En el cruce había muchos residuos desperdigados y unas cuantas personas se afanaban en recolectar maderas, fragmentos metálicos y prendas de vestir. Como si no hubiese cosa mejor que hacer, ni tarea más urgente... Rudolph se rozó con un hombre que portaba en sus manos una chistera gris, e irrumpió como un torbellino en el negocio de vinos. La puerta de la tienda se encontraba por supuesto abierta, estábamos en horario comercial. Pero la tienda se encontraba vacía, ni siquiera el dependiente andaba por ahí. Probablemente estaban visitando clientes, o... Había otra posibilidad. Echó Rudolph un vistazo a su reloj de bolsillo. Las cuatro. A esa hora solía el padre tomarse una taza de té con la madre. En un santiamén subió los escalones hasta la vivienda, abrió con brío la puerta y vociferó:

—¡Adivinad lo que ha sucedido!

Silencio. Era obvio que no había nadie en casa. Entonces Rudolph oyó que alguien subía la escalera hasta su casa. Era Baruch Simonson. Parecía imposible que el farmacéutico hubiera ya consumido sus provisiones de vino tinto, pues apenas hacía una semana que se le habían servido dos cajas.

—Hijo —dijo.

¡Que las personas perspicaces tengan que dar siempre esa impresión tan preocupada! Resultaba demasiado cómico. Entonces se apercibió Rudolph de que la barba negra como la pez de Simonson estaba temblando. ¿Pero qué estaba pasando? Simonson lloraba.

—¿Qué ocurre? ¿Qué ha sucedido? —La madre le tenía afecto al Sr. Simonson, Rudolph lo sabía.

—Se trata de tu padre, muchacho. Hubo un accidente con un carruaje, aquí mismo, delante de la puerta.

—Un accidente —musitó Rudolph. De pronto lo acometió una súbita mudez. Las palabras de Simonson reverberaban en su interior, para ser reemplazadas por un intenso zumbido.

—¿Qué me está usted diciendo?

—Murió en el acto —dijo Baruch Simonson—. Lo siento en el alma, muchacho.

—Menudo disparate —susurró Rudolph. Apenas era capaz de oírse. Entonces se acordó de la chistera gris, que alguien había recogido de la calzada. Claro, ahora se daba cuenta de por qué le había resultado tan familiar. Bajó a la calle al galope, siguió calle abajo, a tanta velocidad, que las lágrimas le recorrían en diagonal las mejillas, corrió hasta la Spittelbrücke, donde fue alcanzado por Baruch Simonson. Simonson agarró a Rudolph y juntos se desplomaron sobre la acera, donde permanecieron hasta que un oficial de seguridad se dirigió hasta ellos y les preguntó si podía ayudarles en algo. No podía.

3. HIERRO CANDENTE

Max Berns, aprendiz de cerrajero de quince años en la fábrica de monturas ensambladas para paraguas de los hermanos Dültgen en Dültgensthal, le escribió el 3 de noviembre de 1859 al farmacéutico berlinés Baruch Simonson:

Muy Señor mío:
Ha transcurrido más de un año desde que nos fuimos de Berlín, y atiendo con gusto su petición de que le cuente cómo nos encontramos.

En este punto se detuvo Max. Le dio el tiempo justo de depositar la pluma a un lado cuando ya su interior empezó a contraerse —¡ahí estaba, el cólico del metal!—, se puso a toser, se tapó la boca con la mano y se forzó a dirigir la mirada hacia el valle, hacia los arroyos que lo dividían y el espeso bosque de hayas situado al fondo. Aproximadamente una docena de casas de entramado de madera se acurrucaban en una hondonada entre dos colinas. En ese preciso instante se veían con toda nitidez, pues la capa de nieve reflejaba la luz de la luna, que reverberaba en las placas de pizarra de las fachadas. El dolor amainó.

Por suerte no había aterrizado en el papel ninguna de esas gotas de saliva verdosa. El papel era costoso y esta de aquí era su última hoja. Si la ensuciaba, tendría que subir a comprar más papel de cartas a Wald, un pueblo que en el centro albergaba una fortaleza a la que llamaban iglesia, a cuyo alrededor se distribuía un puñado de casas bajas. En invierno se tardaba casi una hora en llegar a Wald.

***

*Poco después de que nos mudásemos con el tío Peter, mi madre se casó
con un trabajador del cobre llamado Gustav Kronenberg. Tiene el cabello de un rubio blanquecino, es coloradote de cara y regaña mucho a los
aprendices, sobre todo a Rudolph (y ello a pesar de que este lo entiende
todo con rapidez, casi siempre a la primera). Por las noches, cuando
cree que nadie lo escucha, estudia español y practica la pronunciación.
Aquí las paredes son finas y están hechas de madera.*

*Por cierto que es a Rudolph a quien de todos nosotros más ha
afectado la muerte de nuestro padre. Después de nuestra llegada se
pasó días enteros sin comer ni dormir, sentado todo el tiempo junto
a la estufa y mirando fijamente una jarra de peltre. Hasta que una
mañana el tío Peter abrió la ventana, tiró la jarra bien lejos, hacién-
dola trazar un buen arco, y dijo que el chico tenía que ir a la fragua,
que así había sido desde siempre, que los primogénitos habían de ir a
la fragua, y que las ascuas blancuzcas ya se encargarían se sacarle los
pájaros de la cabeza. El tío Peter agarró a Rudolph del brazo y cruzando el patio se lo llevó a rastras a la fábrica, sin zapatos ni calcetines. Mientras que Rudolph no dejaba de gritar que él lo que quería
era ser ingeniero, que si no sabían lo que significaba ingeniero.*

*Desde entonces ha transcurrido mucho tiempo. Nos va bien. El tío
Peter dice ahora que Rudolph es el mejor aprendiz que haya tenido
nunca, y también el bicho más raro de aquí a Solingen, e incluso
yendo más allá. Puedo aprender muchísimo de mi hermano.*

*Hace un mes nos nació un hermanito. Se llama Oswald y sus
berridos son casi más fuertes que el rugido de la rueda de agua que
gira en el Lochbach. Ahora tengo que concluir. Es tarde y mañana a
las cinco y media hay que encender el fuego. Es cometido mío.*

Respetuosamente,
Max Berns.

***

Rudolph se hallaba sentado en el pasillo junto al ventanuco y escuchó cómo Max dejaba a un lado la pluma metálica, echaba la silla

para atrás y se metía en la cama. Por lo general el hermano no aguantaba tanto despierto; normalmente se desplomaba después de cenar en su lecho y no volvía a moverse. ¿Qué habría entretenido a Max hasta tan tarde? Cuánto le habría gustado a Rudolph levantarse ahora e ir al cuarto de Max, pero era incapaz de moverse. Presa del cansancio, se encogió de hombros. Demostró ser un error, porque sus grupos musculares estaban tan agarrotados que el dolor se adentró en su carne como si se tratase de limaduras de hierro candente. Rudolph se irguió entre temblores: la madre había apagado la luz en la casa de enfrente y también la ventana de Elise arrojaba oscuridad. Tenía frío. Al escuchar la respiración acompasada de su hermano, se dirigió a su habitáculo y cerró la puerta tras de sí. Sobre su cama, ahí donde antes estuviera un crucifijo, la hoja del manuscrito perteneciente al *Cosmos* de Humboldt se agitaba en la corriente. El pequeño bosquejo de un volcán habría podido Rudolph copiarlo hasta dormido, y el pasaje de texto que había al pie hacía mucho que se lo sabía de memoria: «Ahora bien, si también en la antigüedad el concepto de una montaña que escupiese fuego estaba ligado al de un volcán, dicha vinculación no dejaba de equivaler verbalmente a uno de los talleres del dios del fuego, a un lugar a él consagrado.»

Rudolph se estiró en la cama y trató de pensar en su padre o en Berlín. La vida que habían compartido en esa ciudad parecía a una distancia infinita. Después del traslado, Rudolph se había negado a aceptar la muerte del padre. Prefería imaginarse que el padre y él estaban llevando a cabo un experimento peculiar: la comunicación entre los mundos. Bajo tal prisma, eran dos investigadores que exploraban las dimensiones y calibraban las posibilidades de superar sus fronteras. Durante un tiempo prolongado este fue el sueño predilecto de Rudolph estando despierto. Solo al cabo de algunos meses, cuando el silencio del padre empezó a resultar llamativo, la realidad que circundaba a Rudolph adoptó otras formas. A veces llegaba un barco arando a través de Dültgensthal, una nave de tres palos navegando a toda vela. Las casas de los lugareños no eran viviendas, sino parte de las instalaciones portuarias. La embarcación se deslizaba por el valle sin dificultad. Cuando pasaba junto a la casa en la que dormía Rudolph, aminoraba la marcha, como si le sobreviniese alguna reticencia, pero antes de que Rudolph pudiera saltar por la ventana y caer sobre la cubierta, el navío ya había cobrado distancia. *Paramaibo* se llamaba el barco, y su destino era Callao, junto a Lima. Rudolph estaba a punto de cumplir dieciocho años y cada mañana controlaba si el casco del buque no habría dejado huellas en el patio cubierto de nieve. Él sabía que a los veintiuno sería llamado a filas. Si no conseguía salir de Prusia antes de ese momento, transcurrirían años en los que no tendría escapatoria.

¿Qué habría hecho el padre en su lugar? Ya había transcurrido un año desde la muerte del padre y aún le seguía embargando la sensación a Rudolph de que no tenía más que darse la vuelta para iniciar una conversación con él. El vacío y el silencio que se instauraban acto seguido le llenaban de aflicción. Disipar dicho estado de ánimo se hacía casi imposible.

Por lo menos Baruch Simonson le había enviado un libro, con sus mejores recuerdos desde la Librería Trautwein. Era la crónica de viaje de un tal E.S. de Lavandais, que había pasado largo tiempo en el Perú. Justo cuando Rudolph se disponía a tomar el tomo, se percató de que afuera, sobre el nevado alféizar, había un extraño ser. Su cuerpo rechoncho ocupaba más de medio marco de ventana y sus ojos rojos miraban al interior del habitáculo de Rudolph. Sin duda se trataba de un pájaro, ¿pero de cuál? Su largo pico rojo sobresalía como un sable y, desplegado en torno a su cabeza desnuda, resaltaba un penacho con las plumas más largas y elegantes que Rudolph hubiese visto jamás. Las plumas del animal conformaban un esplendor multicolor, dando completamente la impresión de estar hechas de aceite líquido, como si carecieran de solidez. Si un copo de nieve llegaba a rozar ese plumaje, patinaba sobre el mismo y se derretía.

—Esto no puede estar ocurriendo —susurró Rudolph. Con toda precaución fue hasta la ventana y la abrió. Una ráfaga de nieve penetró en la habitación, agitó cortinas y papeles e incluso arrancó de la pared la página del manuscrito, que estuvo volando por el cuarto hasta que Rudolph consiguió capturarla. Usó la manga para retirar un par de copos de nieve de su superficie.

El pájaro continuó tan tranquilo en el alféizar, observando cada uno de sus movimientos. Por un momento ladeó la cabeza y se quedó mirando atentamente la hoja de papel que Rudolph aún sujetaba en su mano. El propio Rudolph ya no era consciente de ello, no se daba cuenta de que la tinta se había corrido, de que el papel estaba rasgado y reblandecido. Él solo tenía ojos para el prodigioso animal.

Del cuello a la abertura auditiva del pájaro discurría una vena que latía con regularidad. En ese instante, las plumas de la pechuga adquirieron un brillo violeta, no, azul-violeta, y el penacho, el penacho... ¿Cómo era posible? Las plumas del penacho mutaban a cada segundo de color. El animal metió la cabeza en la habitación, su pescuezo rojo y lleno de pliegues se hizo cada vez más largo... Entonces Rudolph extendió la mano y tocó el penacho. Era real. Las plumas, y con ello todos los colores del arcoíris, se deslizaron entre sus dedos. Rudolph no se atrevía ni a parpadear. Cuando tocó el pico —¿estaba ardiendo de calor o frío como el hielo?— el pájaro se estremeció, emitió un grito de *cru-cru* de volumen ensordecedor y se marchó volando, no sin antes arrebatarle a Rudolph el papel.

—¡Devuélvemelo! —el alarido de Rudolph tuvo que haberse escuchado en todo Dültgensthal. Tras un par de ventanas se encendieron luces, pero Rudolph sólo estaba pendiente del batir de las alas y el crujir de las ramas. Fuera de sí, asomó medio cuerpo por la ventana. ¿Qué era lo que acababa de ocurrir? Cuando alcanzó a comprender que no soñaba —la hoja del manuscrito había desaparecido en efecto, y todo el cuarto estaba manchado de nieve— se precipitó escaleras abajo y corrió hacia el bosque, donde sospechaba que estaría el pájaro. Las ramas le arañaron la cara, la nieve se le metió bajo la ropa y por doquier había hojas, hojas, hojas. Pero ninguna era la adecuada.

Con el corazón a punto de estallarle, Rudolph se detuvo en lo alto de una colina y auscultó la noche. No se oía el menor sonido, ni crujidos, ni batir de alas, ni tan siquiera un chasquido o un roce. El bosque contenía el aliento. Cuando Rudolph reparó en sí mismo y comprobó que iba descalzo, sintió cómo lo golpeaba el frío. Regresó a su habitación y cerró la ventana. Entretanto había entrado aún más nieve.

Con un trozo de tiza anotó la frase de Humboldt relativa al dios del fuego en el lado interior de la puerta, y en la pared dibujó la imagen de la montaña que escupía fuego. Entonces sacó el libro de Lavandais de debajo de la cama, separó el edredón de plumas de la sábana y volvió al pasillo, que iluminaba la luz de la luna. Hasta que empezase su turno de trabajo le quedaban tres horas. Afuera continuaba nevando.

*＊＊

Después de que Caroline Berns, nacida Dültgen, hubiera retornado a Dültgensthal y contraído nuevo matrimonio, su hermano Peter Dültgen alojó a la flamante pareja y a Elise en una de las casas más nuevas, directamente en la calzada que llevaba a Wald. Gustav Kronenberg había decidido que la casa era demasiado pequeña para albergar también en ella a Max o a Rudolph, por lo que a los dos jóvenes se les había dado deficiente acomodo en una casa que, en realidad, tendría que haber sido ya derribada. Estaba situada al pie de la pendiente.

La planta baja era utilizada como depósito de cartonajes; unas escaleras, cuyos peldaños eran demasiado estrechos como para apoyar todo el pie, conducían al piso superior. Ahí había dos cuartos de techo tan bajo, que quienquiera que entrara en ellos se golpeaba sin falta la cabeza contra la viga o se la llenaba de telarañas. Si uno se desplazaba sobre el suelo de tablones, este crujía y chirriaba tan insoportablemente, que uno pensaba que la casita estaba a punto de venirse abajo, o de que se la llevaría ese viento que de continuo silbaba en derredor y penetraba por sus numerosos resquicios. Jamás habría esperado Rudolph tener que padecer semejante alojamiento, se sentía rebajado y humillado a la vez. Se le había prometido un futuro en Berlín, y se sentía estafado.

El mobiliario de ambos cuartos consistía en una cama, una silla y una cómoda con una jarra de agua. Nadie se había tomado la molestia de limpiar el suelo de musgo, tierra y los hayucos que había por doquier. Tras la puerta, Rudolph descubrió toda una proliferación de hongos del abeto, que crecían entre los tablones. Debajo de la cama proliferaba otra clase de hongos, la armilaria; de noche irradiaban una luz mate, ante la que se recortaban las sombras de las musarañas y los ratones colorados.

Las comidas las hacía toda la familia en la casa principal. Cuando la madre y Elise iban a ver a los hermanos, les remendaban los agujeros que los jóvenes tenían en la ropa y les hacían llegar galletas de mantequilla y salchichas. Nada habría podido avergonzar más a Rudolph. ¡Galletas de mantequilla y salchichas! Menudo desdoro.

Desde que llegase a Dültgensthal, Rudolph se había tirado despierto incontables noches, clavando la mirada en lontananza, siempre abrigando una expectativa de que cuanto pudiera contemplar a su alrededor se revelase al fin como un mal sueño. Si tal fuese el caso y estuviera soñando, no quería dejar de ser testigo cuando el valle, en unión de esos pobladores tan simplones, supersticiosos y devotos del trabajo, quedase reducido a aire mediante una callada explosión, para transmutarse en un salón berlinés. Menuda dicha sería esa. Él se daría una última vuelta bajo el edredón de damasco, retozaría una vez más entre los cojines de seda, se encaminaría tan contento al diván dispuesto junto a la ventana y esperaría al primer ómnibus de caballos de la jornada. Durante el desayuno le hablaría a su padre del sueño tan absurdo que había tenido, los dos se partirían de risa y agitarían con incredulidad la cabeza.

En su lugar: ser aprendiz de cerrajero. Gustav Kronenberg había tratado de impedir que Peter Dültgen admitiese a Max y a Rudolph en su fábrica. Al fin y al cabo eran hijastros suyos —de Kronenberg— y de ahí que le correspondiera dictaminar sobre sus aptitudes como cerrajeros. En ambos casos se trataba de muchachitos malcriados de ciudad, con manos de damisela, que no iban a dar mucho de sí; lo mejor sería, así lo había anunciado Gustav Kronenberg, enviar a Rudolph y Max sin dilación al ejército, por no decir a cualquier lugar en el que no anduvieran estorbando. En eso de andar estorbando, le dijo Peter Dültgen, había sido Kronenberg quien, de todos sus aprendices, más había destacado. Y que, si Kronenberg no apoyaba a Rudolph y Max, él, en primera persona, se ocuparía de que el susodicho no volviese a salir del rascado de escoria. Todos los santos días dale que te pego ante el barril de la escoria, no, eso no iba a resultarle atractivo. Kronenberg se había rendido finalmente, anunciando en contrapartida que ni Max ni Rudolph podrían acceder a la herencia del padre antes de llegar a adultos, haberse casado y vivir a sus propias expensas.

Y esto no estaba a la vuelta de la esquina. Ninguno de los hermanos sabía cómo manejar un martillo. En la fábrica colgaba de la pared un objeto reseco y asqueroso. Cuando Kronenberg detectó la mirada de Rudolph, le dijo que adelante, que no perdiese ripio, que aquel era el brazo de uno que no había estado precavido, zas, el brazo en la transmisión y el suelo de arcilla empapado de sangre. Al día siguiente, el entierro, días más tardes aparece el brazo, revuelto con el coque; así eran las cosas, podía mirarlo bien y aprendérselo, para eso estaba ahí colgado, así eran las cosas en una fábrica. Después, uno de los obreros contó que nadie en realidad sabía si era un brazo de verdad. En principio podría lo mismo ser un siluro del río Itter, no se podía asegurar a ciencia cierta, el chisme estaba completamente reseco. En cualquier caso, añadió el obrero, ya estaba ahí colgado al llegar él a trabajar con los hermanos Dültgen cuarenta años atrás.

Rudolph sobrevivió a este período concentrándose en las enseñanzas de su caleidoscopio, cultivando el pensamiento caleidoscópico. Bastaba imprimir un leve giro a su mirar, a su forma de comprender el mundo, para que éste se le presentara bajo una luz completamente distinta, mucho más soportable. ¿Que si en Dültgensthal fabricaban paraguas? No a los ojos de Rudolph. Según lo conceptuaba, en esa nave fabril, cuyo propietario era naturalmente él, Rudolph August Berns, se construían piezas constituyentes de una máquina prodigiosa. Tenía el aspecto de un pequeño barco y podía volar por los aires. Rudolph ni siquiera precisaba entornar los ojos para observar con detalle cómo se iba articulando la máquina y cómo se le aplaudía a él, el ingeniero Berns. Ese sí era un mundo en el que se podía aguantar. Con esa máquina se podían atravesar grandes distancias; llegar hasta Berlín, o hasta Sudamérica. Era un buen invento, un invento cargado de sentido.

A Max lo enviaron rápidamente a un banco de trabajo en el que estorbara lo menos posible. Desde ahí podía al menos mirar por una ventana tiznada de hollín al exterior. Rudolph, en cambio, trabajaba en la fragua. Ahí se alcanzaban los ciento veinte grados de temperatura y había que permanecer desnudo dentro de un tonel con agua, con un paño mojado sobre la cabeza. Litros y litros de sudor le manaban a uno de la frente y a cada hora era necesario ingerir sal, para que no se desvanecieran las fuerzas. Si el padre hubiera podido verlo en ese trance… Era tal su desconcierto, que en ocasiones ni siquiera tenía ya Rudolph las fuerzas suficientes para darle la vuelta al hierro candente que había en el fuego. Era como si su cuerpo se negase a obedecerle, como si simplemente no pudiera moverse.

Pero a los procesos de aprendizaje y comprensión era imposible que se resistiera Rudolph, por mucho que le repugnase la fábrica y por poderoso que fuese su anhelo hacia el mostrador de su padre. Al cabo de unas pocas semanas en la fragua, Rudolph era capaz de discernir, de entre todo el barullo de la fábrica, el sonido de las diferentes máquinas. Podía reconocer a la primera cuándo una máquina tenía un funcionamiento desigual, advertir por el fragor quién manejaba el martillo. El rumor de los pasos le señalaba quién era el que pasaba a su lado, y le bastaba prestar atención al murmullo para saber cuánta agua estaba pasando en este instante por el aliviadero.

Un día Rudolph se dio la vuelta y marchó hasta donde se hallaba Peter Dültgen. Su figura redondeada y corpulenta era fácil de identificar incluso desde la otra punta de la nave. Igual que todos los Dültgen, poseía un pelo tupido y castaño que, apenas ser trasquilado, volvía a brotar con mayor tozudez si cabe. Con esos ojos azul claro, por lo normal contraídos, velaba Peter Dültgen por el devenir de la fábrica. Era un ser amigable en el fondo de su corazón. Pero como se trataba del propietario de la fábrica, creía imperativo ocultar este dato.

—¡Un director debe hacerse respetar! —Pero ante nadie se mostraba pretencioso.

—La taladradora no gira como es debido —dijo Rudolph. Le caía bien su tío (el dios del fuego, como Max y él lo denominaban en secreto), aunque le costase admitirlo.

Peter Dültgen lo miró con estupor.

—¿Qué es lo que has dicho?

Sin añadir nada más, Rudolph señaló hacia la mandrinadora y la correa, que ascendía hasta el techo.

—El giro es irregular —repitió. Ahí supo Peter Dültgen que su sobrino se había rendido a su destino.

**

En cualquier caso no podía ser dañino desarrollar pericia con esto y lo otro. El resto se daría por añadidura. Para la etapa que siguiese tras Dültgensthal había que llevarse cuanto fuese aprovechable, eso estaba claro. No cabía mucho en un baúl de barco, eso lo sabía Rudolph, pero la capacidad de absorción de su cabeza parecía ilimitada. Algo había comprendido en cualquier caso: no convenía perder el tiempo. Las cosas buenas que a uno le sucedían no constituían sino un préstamo temporal, en tanto que las malas suponían una herencia permanente. Por los reclutadores que en ocasiones pasaban por el pueblo y hacían un alto en las tabernas había sabido Rudolph que, prácticamente todas las semanas, había barcos que viajaban a América. Sin embargo, no podía permanecer mucho tiempo atendiendo a esas informaciones sobre el Nuevo Mundo: no tenía dinero para cerveza y, a quien no hacía gasto, lo echaban a la calle.

Cuando la madre le quería dar algún dinero a Rudolph, no obstante, él lo rechazaba. Al fin y al cabo él no era un Kronenberg, que iba a conformarse toda su vida con el cobre, ningún Dültgen, a quien le bastaba con la fabricación de paraguas. Él era un Berns de pura cepa y, en calidad de tal, sería el amo de su propio destino. Movido por tales pensamientos era más llevadero ir vestido con andrajos y dormir sobre una paja mohosa.

¿Cómo exactamente funcionaba una transmisión? ¿Cómo discurría la banda de Moebius? ¿Podía uno pasar largo tiempo contemplándola sin perder la razón? ¿Qué caída tenía la rueda hidráulica, era de sobreimpulso o de bajo alcance? ¿Qué resultaba preferible para el taller, el aceite de colza o el de lino? Y para el decapado, ¿qué venía mejor, el alumbre o el negro de humo? ¿Cuándo había que utilizar mercurio, y cuándo ácido corrosivo? ¿Cuántos agujeros tenía la placa de dibujo de alambre, y con cuánta frecuencia había que volver a calentar el alambre ya fundido? ¿Cuántas toneladas pesaba la máquina de vapor, cuántas revoluciones hacía por minuto y qué longitud tenía el eje de transmisión? Y, lo que era igual de importante, los tapones para los oídos, ¿era mejor bañarlos en aceite de almendras o en vaselina?

Por yermo y desolado que resultase Dülgensthal, se trataba de sobrevivir en ese escenario, llenando el vacío con cualquier experiencia u oportunidad de aprender. Si uno se forraba suficientemente el cráneo con lana de oveja, era viable impedir que la tristeza accediese a su interior; y si uno pasaba el tiempo suficiente con las máquinas, sus movimientos y procesos eran susceptibles de dar alimento a la conciencia, hasta casi llegar a su esquina más recóndita y secreta. *El ingeniero jefe Berns desarrolla una máquina de volar;* cuando el trabajo se antojaba insoportable, siempre le quedaba a uno ese titular, sobre el que podía reposar el pensamiento. Al menos era algo.

***

A Rudolph se le había hecho tarde. Allá en la nave ya retumbaba y tintineaba la actividad, y de la instalación se desprendían martillazos, chirridos y repiqueteos. Max había partido sin él, y Rudolph recordaba vagamente haber ignorado los toques en su puerta, para seguir durmiendo. Por lo visto se había quedado traspuesto en algún momento de la noche, y nuevamente se había aparecido en sueños ese barco. Esta vez la vela cuadra había colgado floja, y el barco avanzaba con tanta lentitud, que tuvo tiempo de subir a bordo. Incluso tuvo ocasión de llevar consigo su cofre. Cuando lo abrió sobre la cubierta, no había nada dentro excepto el chisme reseco de la pared de la fábrica.

Naturalmente, tampoco esta vez aparecieron las huellas de una quilla de barco en la nieve. A cambio, se amontonaban en el patio coque y barras de acero, y ya había media docena de obreros trasladando el material a la nave. El fuego de la fundición estaba en su apogeo, avivado por el colosal aliento de los fuelles. Con tal de que los arroyos Demmeltrather y Lochbach colaborasen... Sus aguas impulsaban la rueda, y la rueda unos fuelles que tenían la envergadura de un hombre. Si se congelaban los dos estanques de recolección, tendrían que valerse de las palas.

¿Estaría Kronenberg ya en la fábrica? Si pillaba de nuevo a Rudolph en sus «reflexiones», habría conflicto. *El joven señor*, como Kronenberg le llamaba, tenía la costumbre de ensimismarse en sus visiones; y esto, según Kronenberg, resultaba cuando menos afeminado, quién sabe si francés, y, en cualquier caso, despreciable. Con solo pensar en su padrastro a Rudolph le apeteció escupir. Como si Dültgensthal no representara castigo suficiente.

Enfrente, en casa de su madre, ya había luz encendida. Claro, el pequeño Oswald se despertaba pronto. Con los dedos entumecidos Rudolph se ató el delantal en torno a la cintura y corrió hacia la fábrica. Los zuecos claquetearon sordamente sobre el apisonado suelo de arcilla de la nave. ¡Zuecos! Pues formaban parte de la ropa de trabajo. ¿Cómo poder informar de todas estas cosas? Qué iban a entender Radziwill y Güssfeldt... Lo mejor sería no profundizar en las preguntas rebosantes de preocupación que le formulaban. En sus cartas, Rudolph les hablaba del progreso y de las blancas ascuas del acero. De cómo se arrancaba el mineral de las entrañas de la tierra, para conformar el futuro a partir de él. A veces preguntaba por la princesa. Todavía acudían a veces a su mente los brazos esbeltos de Izabela, su risa, el leve choque de sus perlas al moverse. Berlín estaba a setenta y cuatro millas de la Edad Media, Varsovia, a ciento cuarenta y siete.

Próxima a la entrada, se hallaba la máquina de vapor. Llevaba ya un rato silbando y exhalando vahídos, mientras incontables correas giraban por el eje de transmisión en la parte alta, bajando a las taladradoras, los tornos y los bancos de estirado, las aplanadoras, las plantas de corte y las lijadoras. Un estruendo apabullante invadía la nave. Rudolph suspiró y empujó más adentro de sus oídos los tapones. Max y Kronenberg echaban paletadas de coque, el fuego se elevaba, el sudor corría por sus torsos desnudos. Qué delgaducho parecía Max al lado de Kronenberg, Kronenberg con su grueso cuello de toro y esos bíceps tiznados de hollín. Del delantal de Kronenberg asomaban unas pinzas de forja sin las que no iba a ninguna parte. Comparado con su padre, pensó Rudolph, este Kronenberg era un pedazo de animal. Resultaba ser el único de toda la plantilla al que no le afectaban las miasmas del cobre, al que estas no le volvían verde, melancólico y asmático, sino pletórico de rojez, rollizo y carnoso. El ganado jamás dejaba de ser ganado.

***

Llegó un gran pedido desde Suiza. En Winterthur se necesitaban los varillajes para trescientos soportes ensamblados. «Los paraguas de los hermanos Dültgen», se afirmaba en el pedido, «tienen fama de resistir las circunstancias climatológicas más adversas. El pedido comprende tanto el modelo estándar como una selección dotada de mangos plateados y cabezas de león fabricadas en latón.»

Rudolph se situó ante la lijadora, en la que ya había cestas llenas de varillas y traviesas. Con un pañuelo tapándole nariz y boca, empezaron a saltar las primeras partículas. A la luz del fuego y de las lámparas de petróleo, resplandecían con viveza. Pronto estuvieron lijadas las primeras traviesas de la jornada. Más tarde serían unidas con pasadores de latón y soldadas, para luego verse sujetas al palo del paraguas con alambre galvanizado. Entre una traviesa y otra, Rudolph le lanzaba una mirada al chisme de la pared. Ahí seguía colgado, tal vez algo más torcido; quizás era en verdad solamente un siluro.

Uno de los hombres restregó con ácido clorhídrico la escoria de las chapas, y el pestazo inundó toda la nave. ¡Menudo barullo de rotaciones, golpeos y chirridos! Las barras, los pasadores, las horquillas, las varas, las puntas, los botones, las coronas eran aquí amartillados, taladrados, fresados, laminados; se trefilaba el alambre dándole forma rectangular, redonda, gruesa, delgada… Allá al otro lado saltaban las chispas, al fondo en la fragua ya estaba el metal en el fuego. Los martillos caían implacables sobre el blanco acero candente, el bórax impregnaba el aire desplazando el oxígeno, de las aplanadoras escapaban crujidos y, superponiéndose a todo ello, más martilleo y fresado, el crepitar de las piezas terminadas en las bañeras, el chisporroteo de las chapas en los barriles de escoria, enrojecidos y grávidos cuerpos masculinos, cabellos chamuscados, músculos temblando y todo, todo, incluso la sangre, negro por la cascarilla de laminación.

No fue hasta después del mediodía cuando Rudolph hubo acabado con las dos primeras cestas. El granito en polvo y el cinabrio se habían ido consumiendo. En ese instante estaba Max introduciendo una barra de hierro bruto en el fuego, con los músculos pectorales en tensión, los labios apretados. Aunque el tiempo no daba para contemplaciones, lo único que había eran cestas y cestas llenas de traviesas. Centenares de extremos que debían ser afilados y pulidos. A Rudolph no le perturbaba el trabajo monótono. Con tal de que lo dejaran tranquilo, podía dedicarse a sí mismo y a sus fantasías, a la máquina de volar o a las instalaciones portuarias. El pensamiento caleidoscópico era digno de toda confianza: a diferencia de la realidad que había a su alrededor, no defraudaba jamás.

Cada vez que Kronenberg descargaba una nueva tanda, su mirada recorría con rictus escrutador las facciones de Rudolph, a la vez que su propio rostro iba frunciendo el ceño de manera creciente. Al *joven señor* no parecía haber modo de pillarle en falta. Podía tirarse horas sin mudar el semblante plantado ante la lijadora, sin ni siquiera pasarse un trapo por la cara, cuando el sudor se le metía en los ojos. No parecía ni que respirara.

—¡Vaya, Rudolph —dijo Kronenberg—, si por cada traviesa te cayera un tálero, serías un hombre rico! —Soltó una risotada—. Pero no lo eres. No eres más que un pobre desgraciado.

Con esto sacó Kronenberg del delantal sus pinzas y regresó a la planta de corte. Rudolph soltó el aliento profiriendo un silbido. En ese justo momento se le acababa de ocurrir que cabría multiplicar varias veces el rendimiento de la rueda de agua si se retirara el montículo situado tras el Lochbach. No parecía un empeño demasiado dificultoso. Pero antes de que pudiese seguir profundizando en esa reflexión, su mente divagó hacia otros derroteros, siempre más distantes, hasta que las lomas del macizo Esquistoso Renano se hubiesen convertido en elevadas cumbres coronadas por capas de hielo, y los hayedos en una selva palpitante; los valles fluviales y las quebradas en gargantas profundas y escarpadas; y los yunques arrumbados que había tras el cobertizo en los tesoros olvidados de una civilización con un nivel de desarrollo harto superior al que caracterizaba la propia de los Dültgen.

Ni una hora faltaba para el fin de la jornada. Precisamente ahora se atascaba la aplanadora, la tira de latón ya no pasaba, los obreros maldecían. ¿Qué había sucedido? A Rudolph se le había tenido que escapar algo. Lleno de sorpresa corrió hacia allá y fue a parar a la espalda de Kronenberg justo en el momento en el que este se giraba con ímpetu. El impacto derribó a Rudolph, quien fue a parar sobre las aristas de latón. ¡Lo que traqueteaban! El metal afilado se abrió camino en la carne desnuda. Los antebrazos, con los que Rudolph quiso frenar su caída, se llevaron la peor parte. Llegando casi al codo, se le hicieron dos cortes profundos, que sangraban a borbotones.

Ayudó Max a su hermano a levantarse y le apretó trapos contra las heridas, pero el agudo chirrido que hizo su aparición, eso no había manera de desplazarlo, sino que permaneció incluso cuando Kronenberg se puso a vociferar: que esto sí que era verdaderamente el colmo, que cómo era posible que Rudolph tuviera que estar metiendo las narices en todas partes, que si al final lo de la aplanadora acabaría siendo culpa suya, ¡un sabotaje, una manipulación! Como si aquí no estuviera todo el mundo al tanto de que los jóvenes señores odiaban estar en la fábrica.

—Déjalo en paz —gruñó Peter Dültgen—, a este lo primero que hay que hacer es vendarlo.

—En el ejército ya lo pondrán derecho —dijo Kronenberg.

—Es posible —respondió Rudolph. El chirrido servía un poco para desviar la atención. Max lo mantenía sujeto, y eso ayudaba.
—Pero no es la fábrica lo que nosotros odiamos —añadió.

El tío Peter lo interrumpió, diciéndole que fuese adonde su madre, que ella le pondría un vendaje. Podría tomarse libre el resto del día, si le apetecía. Rudolph movió con ambigüedad la cabeza y dejó que su hermano afianzara la sujeción de los trapos con un par de tachuelas. Después se acercó a la cubeta del agua con vinagre. Un cucharón bastaba para saciar la sed, con dos lograbas que se te quitara el apetito, tres te arruinaban el estómago.

Los demás seguían formando un corrillo alrededor de la aplanadora. En las tripas de Rudolph gorgoteaba el agua agria. Sorprendido se fijó en las pinzas que, de repente, vio que portaba en la mano. ¿En qué momento las empuñaría? Eran las de Kronenberg. De forma irreflexiva y sin darse la vuelta, Rudolph corrió hasta la fragua. Las asas de las pinzas cobraron un ardor rojizo. Rápidamente sacó la herramienta, la sumergió en el barril y, cuando ya no despedía vapor, la agarró con uno de los trapos y la colocó en sentido diagonal sobre el puesto de Kronenberg en el banco de trabajo.

Entonces regresó a la lijadora. No llevaba ni dos traviesas, cuando se oyó un agudo grito atravesando la nave de punta a punta. Kronenberg había recuperado sus pinzas. Los chirridos en la cabeza de Rudolph se acallaron.

***

Puesto que nadie se había percatado con precisión de lo que había sucedido, Rudolph August Berns pudo proseguir su trabajo en la fábrica sin incidentes. Peter Dültgen hizo saber a Gustav Kronenberg que acaso se estuviera volviendo un poco olvidadizo o descuidado; lo más probable era que él mismo hubiese introducido sus pinzas en la fragua, vaya usted a saber. Para sus adentros pensaba: esta vez, Rudolph ha ido demasiado lejos; algo tendrá que ocurrir.

Fuera como fuese, Kronenberg le prohibió el acceso a la residencia familiar. En lo sucesivo, Rudolph no estaría autorizado a acercársele. Cada noche la madre le llevaba la cena a su cuchitril. Solo escogía para él las piezas mejores, y la verdura más apetitosa. Kronenberg veía con desagrado que ella pasara tanto tiempo con su hijo, pero a la madre esto no le afectaba en demasía. Rudolph había ido entretanto madurando hasta convertirse en un joven que, con cada año que pasaba, se parecía más a su padre. El espeso cabello de un rubio trigueño, que al llegar el mediodía se le desplomaba sin compostura sobre la frente; los vivarachos ojos de un azul intenso, la mandíbula poderosa... A sus diecinueve años, Rudolph ya había sobrepasado la estatura de Johann Berns, y su espalda era un palmo más ancha. Sin ser demasiado consciente del gesto, con frecuencia la madre se lo quedaba mirando ensimismada.

En ese trance, Caroline Berns no echaba la menor cuenta de las disputas que pudiese haber tenido con su primogénito, sino que experimentaba afecto y compasión. Le partía el corazón que, a la hora de sentarse a la mesa, cuando concurrían sus demás hijos, Rudolph faltara.

No se marchaba hasta que él no se hubiese terminado la cena, y le acariciaba la espalda. Por lo general, él se acurrucaba sobre el libro que le había enviado Simonson, la frente perlada de sudor por el calor que emanaba de la lámpara de petróleo, los ojos fijos en lo que le narraban las páginas. Lo que en ese momento hubiese en el plato, le era indiferente.

En cierta ocasión, la madre le trajo un asado de ciervo tan suculento como tierno; ni siquiera por hacerle los honores dejó Rudolph su libro a un lado. Lavandais estaba en ese instante describiendo unas ruinas en el altiplano del Perú, se supone que tan extensas y prominentes como las de Pompeya y Herculano. Sus cámaras secretas y sus cuevas, especulaba Lavandais, se hallarían repletas de oro, aunque sería tan arduo de descubrir como de sacar a la luz.

Repletas de oro. Rudolph se miró fugazmente de arriba abajo, observando la camisa desgastada, el cuello grasiento, los calcetines de lana que ya llevaban el tercer remiendo a cargo de su madre. ¡Y pensar que en Berlín había sido dueño de un sombrero de piel de castor propio! Oro, pues. ¿Sabría en verdad Lavandais algo solvente de lo que estaba contando? Apenas dos páginas más adelante, Lavandais escribía que el Perú, ese país legendario, indescriptible y siempre insólito, estaba experimentando un auge económico, y que para su desarrollo industrial requería ingenieros y especialistas en todos los campos.

En cuanto Rudolph hubo asimilado la inmensidad de tal declaración, se puso en pie y constató, no sin estupefacción, que su madre se había quedado dormida a su vera. Una telaraña se le había quedado prendada en el pelo. Lo llevaba recogido hacia atrás sin mucho garbo y un prendedor de cobre lo ceñía sobre el cuello. El delantal cubierto de porquería de la madre había ido a parar al suelo, dejando visible un sencillo vestido de calicó color azul claro. En Berlín, esa indumentaria habría hecho fruncir la nariz a la madre, pero aquí era casi su uniforme de diario. Kronenberg tenía prohibidas las adquisiciones innecesarias.

¿Cuánto tiempo habría pasado ella a su lado? La carne que seguía en el plato llevaba fría largo rato, la grasa se había cuajado, la berza estaba revenida. Previamente ella se había incluso tomado la molestia de partirle la comida en porciones adecuadas para introducirlas en la boca. Conmovido, Rudolph se puso a comer. En realidad la carne de caza no le gustaba, aunque ese día le supo tan exquisita como las albóndigas al estilo de Königsberg.

***

De tanto en cuanto llegaban cartas desde Michigan. Años atrás, uno de los hermanos Dültgen, Wilhelm, había emigrado a los Estados Unidos y, tras abrir a orillas del lago Hurón una hospedería con oficina de correos aneja, había engendrado tantísimos hijos que sus parientes de Dültgensthal habían perdido la cuenta. En cualquier caso, casi nadie podía descifrar la diminuta caligrafía de Wilhelm. Hasta la llegada de Rudolph, las cartas habían reposado pulcramente colocadas en un cofrecillo que Peter Dültgen había forjado a tal fin. Pero Rudolph era un maestro descifrando. Cada domingo ocupaba un buen rato sentado con su tío ante las cartas, leyendo en voz alta acerca de lagos que se asemejaban a mares, de indios que habitaban los bosques, de bisontes, caribúes y pavos salvajes; de setas que alcanzaban el tamaño de los paraguas de Dültgen y de gigantescos arándanos rojos, que tenían el sabor más peculiar que uno pudiese imaginar.

Las horas que pasaba con el tío Peter eran para Rudolph su momento favorito de la semana. Ahora habían transcurrido varios meses desde el último envío. Hacía ya mucho que Rudolph había superado el examen de oficial, sin interrumpir su trabajo en la fábrica ni dejar de ahorrar una pizca de dinero. Había limpiado con la pala el aliviadero, que fuera antes cubierto por una avalancha de barro, y ampliado el estanque de recolección; también había tratado sin éxito de pescar siluros en el Itterbach, forjado rejillas de protección destinadas a la transmisión como un herrero consumado, pasado tiempo sentado en la taberna que operaba en la parte alta de Wald y trasegado tal cantidad de cerveza, que al final no decía «Walder Dorf» sino «Wauler Dorp», igual que todos los demás; y había, en fin, elaborado en la iglesia un croquis del dobladillo de la falda de la Virgen María, al objeto de seguir su patrón para forjar una delicada cadena que regalar a su madre, no sin antes dorarla mediante un baño de cloruro de oro, potasa cáustica y cianuro, consiguiendo de paso con ello sufrir una intoxicación. En las fiebres que esta le deparó, las casas de los Dültgen se habían transmutado en armadillos, que con sus relucientes corazas de placas de pizarra habían ido a ocultarse en el hayedo entre chasquidos, una detrás de la otra, hasta dejar Dültgensthal transfigurado en un vacío: apenas suelo arcilloso con la luz lunar bañándolo todo.

Solo cuando el cuerpo de Rudolph hubo expulsado la totalidad del cianuro, volvió el tío a llamarle a su lado. ¡Había carta de América! Se sentó Rudolph con precaución a la mesa del comedor. Si procuraba uno que sus movimientos no fueran demasiado rápidos, los objetos se mantenían relativamente firmes y fiables: entonces las paredes apenas se mecían, y la mesa dejaba de oscilar de un lado a otro. Ahí la tenía, una carta, planchada y llena de matasellos, qué bello espectáculo. Rudolph podría haber dedicado días enteros a contemplarla sin posar la mano sobre ella, sin abrirla, solo permaneciendo a la espera, figurándose lo que podría contener la misiva, los prodigios de los que trataría. El misterio, pensaba, comporta una belleza mayor dentro de sí que la palabra escrita, ya fijada.

Sobre sus antebrazos serpenteaban dos lustrosas cicatrices de tono rojizo. Se contrajeron de excitación, mientras Rudolph extraía la carta de su sobre. Peter Dültgen colocó dos copas en la mesa, amén de una botella de aguardiente. Licor doble de junípero de Uerdingen. Uerdingen, ¿eso en qué época fue? De repente los dedos de Rudolph se negaron a obedecerle. Parecía enteramente que hubiesen quedado congelados. Cuando consintieron lentamente ser traducidos a movimiento, Rudolph masculló «Raffiné, Distingué, Enchanté», y chocó su copa con la de su tío.

***

«Crawford's Quarry, agosto de 1862», leyó Rudolph finalmente. «Mi querido hermano, pronto habrá llegado el otoño a Michigan. Los vientos barren en presuroso vendaval el lago y sacuden con fuerza el cancel que protege nuestra puerta. Aunque todavía todo parece tranquilo. No conviene leer demasiados periódicos, sobre todo la prensa vespertina de Detroit. Nuestro hijo Konrad ha puesto pies en polvorosa junto con nuestra sirvienta Louise, y María ahora echa en falta a alguien que le eche una mano con los huéspedes. En la pasada temporada tuvimos con nosotros a cinco profesores y dos carpinteros. Además hemos rehecho la huerta de verduras en la parte delantera, junto al arce, y construido un segundo atracadero para botes fabricado en madera. El trabajo nos desborda y apenas podemos con él nosotros solos».

Aquí hizo una pausa Rudolph. Ante su mirada interior se desplegaban el lago Hurón y los bosques circundantes; aquello era América. Y además estaba ahí la oficina de correos, una pequeña casa de entramado de madera, exactamente con el mismo aspecto que las casas de Dültgensthal, y en cuya verja de madera pintada de blanco podía leerse: *Home of the Dueltgens*.

Tras sufrir un sobresalto, Rudolph prosiguió leyendo: Como ya se sabía, la familia había sido bendecida con numerosos hijos, aunque la mayoría fuesen demasiado chicos como para poder asumir tareas. Resultaba indeciblemente arduo convencer a alemanes de Detroit o de Ann Arbor para que se desplazasen a estos parajes salvajes. ¿No habría en la familia un joven con capacitación, que fuese viable enviarles?

A Rudolph le daba algo. Peter Dültgen lo miró largamente, hasta que aquel reemprendió la lectura.

Sobre todo había necesidad de cerrajeros y herreros, la paga era buena, la comida también y, sobre todo, existía espacio para un regimiento; la verdad es que era inimaginable el sitio disponible que había.

Aparte de estas consideraciones, lo mejor sería viajar en la estación cálida, cuando se hubieran apaciguado las tormentas; lo aconsejable era la primavera próxima o al arranque del verano, junio tal vez, acaso mayo. Se esperaba una respuesta ansiosamente.

Rudolph depositó la carta sobre la mesa y se bebió una segunda copa del aguardiente de Melcher de un solo trago. Le estaba entrando vértigo, así que se agarró con ambas manos al tablero de la mesa. Dinero, esa era la cuestión. Rudolph calculó a toda prisa lo que habría podido ahorrar estos últimos años. No era gran cosa.

—Del pasaje de barco me encargo yo —escuchó Rudolph decir al tío Peter—. Y del resto de los gastos, por supuesto, también.

—¿Y el ejército? —preguntó Rudolph. El mayo siguiente cumpliría veintiuno, y entonces vendrían a por él. Quien huía pasaba a ser un desertor. Pensó en el letrero en la verja pintada de blanco.

—¿Tú quieres alistarte? —preguntó Peter Dültgen. Ya conocía la respuesta—. Así que tendrás que viajar a través de Rotterdam —le dijo. Todo sucedía demasiado aprisa, mientras que en la cabeza de Rudolph todo transcurría con excesiva morosidad. Las dos velocidades no se acompasaban—. De Bremerhaven no te permiten zarpar sin tener los papeles militares en regla.

—Kronenberg me delatará —dijo Rudolph—. Ese prefiere verme antes vestido de uniforme que en América. Y a mi madre le rompería el corazón si me marchase.

Home of the Dueltgens. El rótulo no se le iba de la cabeza.

—De Caroline ya me ocuparé yo —dijo Peter Dültgen—. Y de Kronenberg no podemos fiarnos. Algo se nos tendrá que ocurrir.

Y en esas transcurrió otro medio año.

***

Apenas faltaban pocas horas y entonces todo estaría a punto para que Rudolph August Berns diera el primer paso para convertirse en soldado del ejército prusiano. En Düsseldorf había una escuela militar a la que viajaría esa misma tarde. Aunque hasta dicho momento andarían de celebraciones, toda vez que el primogénito se iba de casa, para ser amo y señor de su destino, eso era imperativo conmemorarlo. Al menos era el mensaje que había proclamado Peter Dültgen, y todos lo habían corroborado, aunque fuese por motivos diferentes. Para sus adentros, él pensaba: cuando el chico haya llegado a Michigan, os alegraréis recordando estas últimas horas en su compañía.

Era un día de primavera inusualmente cálido. Bajo el castaño en flor del patio se habían dispuesto cuantas mesas y sillas estuviesen localizables, se habían colocado ramos de tulipanes y claveles, y dispuesto asimismo fuentes con rebanadas de pan cargadas de embutido, bizcochos y licores. Los asistentes consumían todas estas viandas a tal ritmo que casi no daba tiempo a traer refuerzos. Sobre todo fue increíble la demanda de licor y aguardiente, pero es que tampoco se paraba de cantar y reír. El tío August había sacado de la funda su acordeón y no daba tregua, algo que no dejaba de avivar la sed.

Por supuesto que, en su mayoría, ya habían llegado entonados de manera anticipada, pues al fin y al cabo era domingo. Domingo de Cantata, según la liturgia luterana, del año 1863, Rudolph lo había comprobado en el calendario, tras lo cual se había afeitado, después se había vuelto a afeitar, y finalmente no le había servido de nada, pues al cabo había tenido que salir a participar en su fiesta. En lo más profundo de su alma se le iban agolpando negrísimos presagios.

Entre la madre y Elise, a un lado, y Max y Oswald, al otro, quedaba una silla vacía, que era la suya. Inmediatamente delante de la misma se erguía la tarta azul oscuro que, para honrar su despedida, había horneado Elise. La coronaba un casco de pincho elaborado en mazapán. La porción que Elise le había cortado a su hermano llevaba una hora en su plato. Apenas podía forzarse a fijar la vista en su madre, su hermana, sus hermanos… Para colmo de desgracias, a Peter Dültgen le correspondía ocupar la presidencia en un extremo, para desde ahí soltar una perorata sobre su sobrino, el ejército y Prusia en general. Junto a su plato había una botella vacía de aguardiente. ¿Cómo iba, acto seguido, a guiar el carruaje? Quizás el tío August viniera también, eso podría ser. Este tenía bastante con su zumo de manzana y su emparedado de salchicha. A Rudolph le subía el mareo. Desesperado clavaba una vez y otra el tenedor en su pedazo de tarta. La madre le daba palmaditas en la mano. ¡Si al menos pudiera eludir las miradas prolongadas y solícitas que le dirigía! ¿Sería ella capaz de perdonarle? Vaya, ahora se inclinaba sobre él.

—¿Tienes miedo, muchacho? —Rudolph meneó la cabeza, ella le sonrió, tomó su mano sudorosa y depositó un beso en ella—. Esta es la senda de los hombres —le dijo—. Haces lo correcto. ¡Tu padre estaría orgulloso de ti!

Pero qué guapa lucía hoy la madre; se había puesto aquel vestido blanco que el padre le comprase un día en Berlín, llevaba el pelo suelto con el peinado apuntando hacia lo alto, incluso llegaba a reír de tanto en cuanto. Naturalmente se obligaba a ello, a Rudolph no le cabía duda. Cuando no se sentía observada, descomponía el rictus y entonces suspiraba para pasar la mano una vez y otra por el pañuelo de encaje que tenía sobre la mesa.

—¡Ahora hay que ponerse en marcha! —exclamó Peter Dültgen. En un pispás llegó el momento; habría que montarse en el carruaje y dirigirse a Düsseldorf. Peter le hizo una seña con la cabeza a Rudolph para darle ánimos y señaló con su copa de aguardiente en dirección al portón del patio, donde ya estaba preparado el tiro de caballos. Pero todavía faltaba Max. Sentado a su lado, Max exhibía un aspecto cansado y no había dicho ni media palabra. Incluso la tarta, que normalmente le entusiasmaba, la había dejado intacta. A los dos les turbaba la separación. A menudo había considerado Rudolph estos últimos días llevarse a Max consigo. Pero una vez y otra descartaba la idea. Max nunca soportaría verse sin la familia. Estaba hecho de otra pasta que no era la de Rudolph, eso saltaba a la vista.

En el coche ya estaba colocado el baúl de viaje de Rudolph. Dentro tenía su pasaporte, una muda de ropa, un grueso jersey, un paquete con provisiones y el sobre con la dirección de *Uncle William*, así como el dinero que el tío Peter le había entregado. «A ver qué grandes cosas vas a hacer con él», le había dicho entre risas, mientras le daba palmadas en los hombros. «¿Darte a la fuga?» El dinero alcanzaba para un pasaje Rotterdam-Nueva York en la segunda clase de un vapor. Se trataba de que el sobrino de Peter Dültgen no viajara a vela, sino por medios más modernos, y además no enclaustrado en las entrañas de la embarcación, sino recibiendo el aire fresco de cubierta.

Todo estaba preparado; el traslado podía palparse. Esos años en Dültgensthal... Rudolph se apresuró a evocarlos en toda su lobreguez. No acababa de lograrlo. En su desesperación se preguntaba si no estaría a punto de cometer el mayor error de su vida. No sabía qué respuesta darse.

—¿Y tendrás tu propio uniforme? —Preguntaba Elise. De la emoción se le habían arrebolado las mejillas—. ¿Y tu propia escopeta? ¿Y un casco de pincho? —Los ojos le brillaban.

—Me figuro que sí —dijo Rudolph arrastrando las palabras. Cada una de ellas le quemaba en la boca como si fueran de fuego—. Imagínate, ¿cómo si no habría de impresionar a las damiselas?

Elise soltó una risita. Que cuándo vendría a visitarla, quiso saber. Pero entonces, que fuese de uniforme, para que todo el mundo se diera cuenta de que su hermano estaba en el ejército, ¡nada menos que en Düsseldorf! Düsseldorf, ello se le antojaba tan emocionante que no podía dejar de repetirlo, Düsseldorf, Düsseldorf...

—En fin —Rudolph buscó con la mirada a Peter Dültgen como implorando su ayuda, pero este se hallaba en ese justo momento enfrascado en la limpieza de su abrigo, que había sufrido un estropicio por culpa del arenque en nata y no estaba disponible.

—Seguro que los permisos de salida no serán fáciles en la primera etapa, porque habrá muchísimas cosas que aprender. Pero en cuanto sea posible volveré, lo prometo. —Y en estas notó Rudolph cómo también los ojos le comenzaban a arder.

—¡Este no vuelve tan deprisa como os creéis! —Kronenberg no estaba tan borracho como se había figurado Rudolph. Sin embargo, qué fácil se hacía ahora ignorarlo. Solamente su madre le daba pena, dado que le tocaba quedarse con este pedazo de bruto, el cual no hacía sino corretear de aquí para allá queriendo enterarse de todo, mientras mascaba tarta a cuatro carrillos. Max y Elise ya encontrarían su propio sitio. Entonces Rudolph notó que Max se ponía en pie a su lado y lo hacía levantarse también. «Ven conmigo», susurró. Juntos se dirigieron tras el cobertizo que había junto al aliviadero. La nave de la fábrica, el aliviadero, las casas. Cuando Rudolph contempló lo beatíficamente que resplandecía todo ello bajo la caricia del sol, su tormento se volvió insoportable y, por un instante, se propuso en serio irse realmente a Düsseldorf para convertirse en soldado.

—Quiero darte una cosa antes de que te vayas —dijo Max, entregándole un estuche de cuero. Rudolph lo abrió. Dentro había un gran cuchillo plegable, sobre cuya hoja, en letras anchas, se leía *Solingen*—. No lo he fabricado yo, descuida —agregó Max, y en su azoro adoptó una expresión de guasa. Rudolph contrajo el gesto en una mueca. No, su hermano no era lo que se dice un cerrajero dotado de talento.

—Gracias. Pero no me va a hacer falta, calcula, en el ejército —le soltó finalmente—. Ahí te lo entregan todo.

—No me mientas. Sé lo que te propones. —Sacó Max un sobre del bolsillo del pantalón—. Esto es todo el dinero que tengo. Tómalo y me lo envías de vuelta en algún momento, si quieres.

Los hermanos se entrelazaron en un largo abrazo, al que solo pusieron fin al llegarles el relinchar de los caballos. August y Peter Dültgen ya estaban encaramados en lo alto del coche, el resto de la familia había abandonado sus puestos debajo del castaño y se hallaba dispuesto en formación junto al carruaje. Era ya hora de partir, porque Düsseldorf no estaba precisamente a la vuelta de la esquina.

Rudolph le propinó a Max un último golpecito de cariño con los nudillos en la nuca, y corrió hacia el vehículo. Hubo que estrechar muchas manos —eso de que Kronenberg tuviera siempre las palmas sudorosas resultaba en verdad repugnante—, Oswald fue levantado en alto, Elise abrazada. Y llegó lo indescriptible: despedirse de la madre.

—Pero si solo se trata de Düsseldorf —murmuró ella confundida, cuando percibió el rostro mojado de su hijo en el cuello. Por un momento titubeó y le agarró la cabeza por detrás—. ¿No es cierto, hijo mío?

—Naturalmente, madre, llevas razón. —Rudolph asintió, se desasió con determinación y de un salto se encaramó al pescante. La madre le entregó su pañuelo de seda, que él se guardó en la chaqueta. En ese mismo instante, los caballos se pusieron en marcha. Parecían sentir prisa.

No quiso mirar hacia atrás Rudolph hasta que no hubiesen llegado a Wald. La madre había corrido tras el carruaje, con su vestido blanco levantándose al viento. Luego se había quedado inmóvil, siguiéndolo con la mirada. Rudolph levantó el brazo a guisa de saludo. Qué diminuto se veía ahora todo. Aún eran reconocibles el castaño, las chimeneas de la fábrica, más casas de pizarra, incluso la tienda de comestibles del tío August. Pero en cuanto tomaron la siguiente curva, todas esas cosas habían quedado atrás y, durante un fugaz instante, a Rudolph se le antojó que jamás habían existido.

4. EL ALBATROS

¡El mar, el mar! Bruñido como un espejo se extendía bajo la proa. Rudolph Berns se hallaba junto a la borda y pensaba: lo he logrado, realmente lo he logrado. Era difícil asimilar que esta vez no estaba soñando despierto; por primera vez desde hacía mucho tiempo había sido la realidad la que se había puesto a la altura de su propio pensamiento, ese que acariciaba en secreto. Su asombro ante tal hecho resultaba ilimitado. Aunque el regocijo se entremezclaba con el recuerdo de la madre y los hermanos: Rudolph se había hecho cargo del rumbo de su vida, al precio de haber engañado a cuantos seres amaba. Sobre todo al comienzo de su viaje, esto gravitó no poco sobre su conciencia. Sin embargo ahora, con cada milla náutica que cubrían, la nueva vida de Rudolph se le aproximaba un paso, y su vieja vida pasaba a engrosar el pasado. El mar le ponía melancólico y le tornaba libre a la par.

Hacía ya unas cuantas jornadas que la Concorde, un barco de cuatro mástiles y cuatrocientas toneladas registrado en Bremen, había dejado atrás Madeira. Las noches eran ahora suaves y el viento, que impulsara el navío como una exhalación a través del golfo de Vizcaya y le ayudara a doblar el cabo Finisterre, había cedido bastante. La tripulación remendaba velas y restregaba con ahínco los tablones. El capitán Geelen no toleraba la indolencia, y menos aún en cubierta. Solo era cuestión de tiempo hasta que alguien ladrara el nombre de Rudolph para poner en sus manos una bayeta y un balde. A todo esto, no se percibía precisamente precipitación. La Concorde rodaba con tanta placidez sobre la mar de fondo, que los peces voladores quedaban prendidos en la red de chinchorro del bauprés. Sus alas refulgían bajo los rayos del sol, batiéndose hasta que los peces conseguían desprenderse y retornar al agua. Los delfines retozaban alrededor de la proa y, a cierta distancia, un grupo de marsopas recorría el azul oscuro del océano. Las velas pendían con flacidez de las vergas; sin viento no había forma de avanzar, por mucho que la tripulación se empeñase en ajustar las brazas.

El interludio le proporcionó a Rudolph tiempo de sobra para la reflexión. Con cada embate de la piedra pómez contra los tablones se le hacían presentes las imágenes de la despedida en Dültgensthal: la madre en mitad de la calzada, Max detrás del cobertizo, el tío Peter subido al pescante. Estando todavía en Rotterdam, les había escrito pidiéndoles perdón. Por las noches, cuando todos dormían, se ponía a veces el pañuelo de la madre sobre el rostro. Así se sobrellevaba mejor la soledad. En la antecámara, junto a balas de tela y los productos de ferretería, se apretujaban las literas de los marineros sin desperdiciar el menor espacio, y aun así Rudolph se sentía más solo que nunca antes en su vida.

Hasta la costa occidental de Sudamérica faltaban todavía más de doce mil millas náuticas y, si los vientos alisios no hacían pronto su aparición, la Concorde no llegaría al Perú ni siquiera en tres meses. En el pasado, nunca le habían afligido las dudas. Ahora, en medio del mar, a veces le robaban el aliento. Dinero no tenía, ni tampoco amigos en el lugar al que se dirigía, ni tan siquiera un triste conocido, aunque fuese lejano. ¿Qué haría una vez allí?

Cuando alguno de los marineros le preguntaba, mientras raspaban la cubierta o usaban el cabestrante para soltar o recoger algún cabo, qué era en realidad lo que se proponía hacer en el Perú, Rudolph se mordía los labios y no soltaba prenda. ¿Qué le incumbía a la marinería errante El Dorado, qué diantres iba a saber de los incas o de los tesoros que albergaban las montañas? Estaban ante las costas de África, así que no tenía el menor sentido hablar del Perú. Una tierra que parecía, en cualquier caso, todavía muy lejos. Pese a llevar Rudolph ya su tiempo embarcado, aún se le antojaba, por el contrario, hasta improbable que fuese a llegar alguna vez. El

Atlántico, el cabo de Hornos. De ese nivel eran los obstáculos, que no cabía subestimar.

Lo que sí era factible era estudiar el trabajo y la jerga marineros, los usos y costumbres del barco. Por inservibles que pareciesen tales conocimientos para él, Rudolph, suponían una distracción bienvenida. Durante esas noches insomnes que pasaba en la antecámara, repasaba los diferentes nombres de las velas que se extendían sobre las cubiertas.

—¿No preferirías aprender español? —le preguntó Wim Piets, el contramaestre. Wim no había salido de su asombro al observar cómo el joven se alzaba a pulso por la borda, como si tuviera el firme propósito de tirarse al agua de cabeza. No había quien entendiera lo que le acaparaba el pensamiento. Pero musculoso sí que estaba, aquel bicho raro; quizás incluso fuera verdad lo que relataba, y hubiera en efecto trabajado de cerrajero. Esos ojos tan azules tenían una manera de mirar, sabiendo a todas luces lo que querían, que resultaba inaudita en alguien de su edad, la zona de la boca siempre en tensión, como si estuviera habituado a reservarse aquellas cosas que podría compartir. Poseía unos antebrazos poderosos, en los que serpenteaban sendas cicatrices, y unas espaldas notoriamente más anchas que las de cualquier marinero al iniciarse en el oficio. Aunque, a la par, no dejaba de ser un muchachito nervudo, con el cabello rubio tirando a oscuro y un tipo de piel que antes adquiría una tonalidad morena que roja. Sobre sus pómulos prominentes se extendía una franja de pecas. Probablemente era más joven de la edad que afirmaba tener.

Rudolph relajó sus doloridos brazos.

—Esto está dominado —dijo.

—Me parece que no estás bien de la chaveta —le soltó Wims, no sin bienintencionada condescendencia. Tras lo cual le encasquetó a Rudolph la piedra pómez en la mano, señalando hacia un par de marineros que andaban ya atareados con cubos, bayetas y las correspondientes piedras, bajo el foque—. Ya ves que todos corren descalzos, así que la cubierta debe estar bien pulida. ¡Hala, en posición de rezo!

En el sector que ocupaban los botes, la madera era especialmente áspera. Afiladas astillas sobresalían de los tablones de teca; aquí había tajo para tirarse días y días. ¿Y no era eso una gran mancha sobre la madera, como si hubiesen dejado caer un barril de brea o de pez? Por mucho que uno la frotase, el manchón no se iba ni a tiros... A Rudolph se le ocurrió otra cosa, de su propio magín. Se figuró ser un conquistador, que cruzaba el Atlántico en el navío de los hermanos Pizarro. A bordo era él quien llevaba la voz cantante, y no estaba obligado a realizar trabajo alguno. Navegaban con la conciencia de ir a adueñarse de un nuevo mundo, un mundo en el que ellos serían los reyes, propietarios de cuanto se dispusiesen a encontrar.

No tardó en llenársele a Rudolph la garganta de polvillo; la sed que le asaltó era tan acuciante que su visión se volatizó. Cuando se disponía a llenar un cucharón del barril del agua dulce, estallaron las risas en la cubierta de popa. Rudolph reconoció a Hartemink, Smidt, Gildemeister y Corssen, los comerciantes mareados de Bremen. Se habían encontrado ya a bordo cuando Rudolph subió al barco en Rotterdam. El color verdoso de su tez había ido dando paso a una palidez aristocrática, que marcaba un vivo contraste con sus trajes y sus sombreros oscuros. Era sobre todo Hartemink el que otorgaba una enorme importancia a permanecer impecablemente vestido incluso durante la travesía: Rudolph ya le había identificado más de tres trajes distintos, que Hartemink exhibía con regularidad alternante. En especial, gastaba un conjunto de tres piezas color azul marino del que se desprendía un porte tan distinguido, que al propio capitán Geelen no le quedaba otra que agarrarse la gorra cada vez que aparecía.

Rudolph reparó en sí mismo: el torso desnudo abrasado por el sol, ese pantalón que le colgaba hecho trizas de los muslos y apestaba a sebo. Ni una moneda le quedaba en el bolsillo; su capital entero se había ido en adquirir el pasaje en la Concorde. Para colmo, tenía que ser un barco alemán. Pero Rudolph ya había consumido excesivo tiempo esperando en Rotterdam, jugado demasiado al póquer en los garitos del puerto, y Wim Piets había sido escueto interrogándolo. Que bajo tales condiciones tocaba echar una mano trabajando a bordo, estaba claro.

Al fondo, en la cubierta de popa, ya se trasegaba vino de Madeira en voluminosas copas. Para él, Rudolph, solo estaba disponible el tonel de agua, y esto apenas cuando no había nadie mirando. Era Rudolph un acreditado experto en sufrir humillaciones; lo cual no implica que se hubiese acostumbrado a ellas. Despreciaba a los duros de corazón, a los tacaños de este mundo. Le vino a la cabeza que el tío Peter había previsto para él un pasaje en vapor. ¿Nueva York? Vamos a ver, ¿y qué suponía Nueva York?

Hartemink se percató de la mirada de Rudolph y alzó la copa hacia él en plan retador. Lo cual movió a Rudolph a colocarse en la postura que le gustaba adoptar a Hartemink: las piernas muy abiertas y la mandíbula hacia el cielo. A los marineros les entró la risa, a uno se le cayó, de pura relajación, el cubo con la solución cáustica. Cuando Hartemink se enteró de por dónde iba la fiesta, se sirvió una copa de madeira y se acercó adonde estaba Rudolph.

—¡*Monsieur* Entrecubierta! —dijo Hartemink, y volvió a brindar por él. La mitad de lo que contenía la copa la derramó —accidentalmente, habría que suponer— sobre la cubierta.

—*Pardonez-moi* —dijo Hartemink. El vino se escurrió, rojo como la sangre, entre los tablones, mientras Smidt y Gildemeister, en lo alto de la cubierta de popa, se carcajeaban a mandíbula batiente. Despreciaba Rudolph a Hartemink, su rictus, su tono nasal. Aun así le tocaba a él, Rudolph, arrodillarse en su presencia. Correcto no resultaba ello, aunque sí ineludible. Una vez más se le antojó a Rudolph que el mundo había sido diseñado sin orden ni concierto. Sin pronunciar palabra se inclinó sobre el suelo y comenzó a frotar.

«Cuando encuentre la ciudad de oro», pensó, «dispondré gracias al mismo que me hagan trajes con las escamas de peces voladores, y encargaré vino en cantidad suficiente como para llenar dársenas completas. Entonces no me arrodillaré ante nadie, ni restregaré cubierta alguna».

***

Rudolph Berns era el único que no se había mareado ni una sola vez. Ni en el Mar del Norte ni tampoco en el Canal de la Mancha, donde la Concorde, al poco de salir de Rotterdam, se había visto en mitad de una tormenta. La rugiente marejada había golpeado la nave sin descanso, mientras crujían todos los maderos como si estuvieran a punto de romperse. A lo cual se sumaban el vocerío y el tumulto de la marinería que se encontraba en cubierta, el estremecimiento y los temblores del casco cada vez que el barco caía en manos de una ola. Desde su litera en la entrecubierta, de apenas ocho pies de altura, había podido escuchar Rudolph cómo los comerciantes Hartemink, Smidt, Gildemeister y Corssen, alojados en el elegante camarote situado justo encima, vomitaban cuanto tenían dentro, para ponerse acto seguido a rezar a voz en grito.

Las quejas y clamores de los caballeros le parecieron a Rudolph una debilidad enfermiza. ¿Es que nadie les había enseñado a dominarse? Quien ha vivido siempre entre algodones, pensó Rudolph, se viene abajo al primer contratiempo. Él en cambio dejaba poco resquicio al miedo o a la sensación de incomodidad. ¡Por fin una ocasión propicia para ponerse a prueba! Ello le permitía reconocer la fuerza que anidaba en su interior, saber que podía confiar en ella. El mareo quedaba para los demás. Rudolph estaba orgulloso.

Cuando se produjo una acusada escora del buque, los viejos mosquetes se soltaron de la pared e impactaron sobre la litera de Rudolph. Así que se encaramó por la escotilla para subir a cubierta, atreviéndose por primera vez a pisar el puente de mando, en el que estaban el capitán Geelen y Terheiden, el timonel. Enfundados en sus chubasqueros, dirigían sus catalejos a las entrañas de la noche.

—Muchacho —exclamó Geelen—, hemos dejado ya atrás Dover y Calais. ¿Cómo es posible? —Como si él, Rudolph, tuviera la menor idea.

—Por mí, que sigamos así —respondió.

Más tarde, Geelen y Terheiden le invitaron a entrar en el camarote del capitán y le mostraron cómo se medían las distancias en la carta náutica utilizando un compás. La Concorde logró cubrir en esa noche once nudos, algo en absoluto normal, dijo el capitán, sino del todo extraordinario. ¿Cómo es que él, Berns, no se había mareado? ¿Acaso era aficionado a navegar? El interés del capitán le hizo un palpable bien a Rudolph. Notó que se había sentido demasiado solo. A partir de ese momento, buscó la compañía de Geelen.

Durante algunos días, las conversaciones empezaron a girar sobre jarcias, velas y vergas, pero no transcurrió mucho tiempo antes de que versaran sobre América del Sur, y acerca de la propia vida. En una ocasión, Rudolph hizo acopio de coraje y le preguntó al capitán Geelen si otorgaba crédito a las historias de los viejos, a los relatos sobre prodigios, apariciones y ciudades perdidas. El nombre de El Dorado lo omitió cuidadosamente. El capitán Geelen creyó que el joven se refería a cosas religiosas, y con la mano hizo un gesto de rechazo.

—Yo creo en lo que veo —dijo. Todo lo demás no eran sino embustes, fantasías y habladurías. Que aflorasen una vez y otra a lo largo del tiempo era algo irrelevante.

***

Poco después, sin embargo, vino la calma chicha, el tedio, la desesperación. ¿Cuántos peces voladores era posible recolectar de los tablones para meterlos en el horno de la cocina, cuántas veces se podía pasar la piedra pómez por la cubierta? El aburrimiento se tornó insoportable. No era aconsejable abandonarse en exceso al ensimismamiento, porque si te pillaban soñando despierto llamabas la atención y te caía un castigo. La brisa era cada vez más tenue, apenas un hálito que pendía desvaído de las velas, mientras que en las vergas se posaban ya las golondrinas de mar, indiferentes a las maldiciones, el bombeo y el frotamiento abajo en la cubierta.

Rudolph pensaba en su madre, pensaba en el tío Peter. Había hecho lo correcto al partir y, sin embargo, se le antojaba algo tan errado, que a veces le faltaba el aire. Con el tiempo, Rudolph fue comprendiendo que lo correcto podía ser a la vez lo errado, ya que solo dependía del punto de vista. Si se cavilaba en demasía sobre ello, uno podía enloquecer. Tal vez fuera ese el motivo por el que Wim Piets hacía que los hombres trabajasen como mulos. Trabajar era más sano que darle vueltas a la cabeza. *Rumiar pensamientos.*

Cuando a Rudolph se le ocurrió esta expresión, pensó en su padre, que la había utilizado alguna vez, así que se encomendó a la piedra pómez con vigor adicional.

Cuando al cabo de algunos días se divisó por fin el Teide en el horizonte, señal de que la embarcación se aproximaba a las Islas Canarias, la marinería tuvo sensación de alivio. La blanca corona del volcán brillaba con viveza sobre las aguas.

—Ya está bien de frotar —dijo ahora Wim. Seis cabezas se irguieron como impulsadas por un resorte, las piedras pómez y las escobas cayeron al suelo con estrépito.

—Esta noche llegamos a puerto. Echaremos el ancla por un par de días. No nos vendrá nada mal, pues los barriles están casi vacíos. Y entonces, ¿qué iban a beber nuestros dilectos invitados?

—¿Agua de mar? —repuso Rudolph con escepticismo, mientras estiraba la espalda—. ¿Acaso no se valora en este barco el trabajo expeditivo?

—Claro que sí —dijo Wim. Como muy tarde a la altura del cabo de Hornos, vería él que todo se volvía tan expeditivo que *monsieur* Berns llamaría a gritos a su madre.

Ante esto, Rudolph se puso más rojo que un tomate y se juró solemnemente que tal cosa jamás ocurriría, incluso aunque la nave estallase en pedazos, incluso aunque sus astillas fuesen empujadas hasta los acantilados de Tierra de Fuego.

Por temor a que la Concorde abandonase sin él el puerto de Santa Cruz de Tenerife, Rudolph desistió de bajar a tierra. Para sus adentros se dijo: en cualquier caso, carezco de dinero para comprar lo que sea. Hasta Callao se atendría a pan negro, cebada perlada y tocino salado; y reemplazar su pantalón hecho trizas sería igualmente un imposible. Desde la cubierta intermedia pudo contemplar Rudolph las curiosas hojas de las palmeras, así como las casas bajas pintadas de blanco levantadas junto al muelle. Hartemink, Smidt, Gildemeister y Corssen hicieron que los trasladasen a tierra en un bote de remos. Gastaba ese día Hartemink un traje claro y sombrero, dando a entender a todas luces su condición de viajero al trópico. Y eso que había pregonado su intención de apenas dar una vuelta por el puerto para, como dijo, estirar las piernas.

Nada más atracar el bote, los hombres se vieron rodeados por un remolino de mujeres ligeras de ropa. Nadie hizo un denodado esfuerzo para quitárselas de encima.

Rudolph entrecerró los ojos. En algún lugar detrás del edificio de aduanas estaría a lo mejor el hotel, posiblemente provisto hasta de camas con genuinos colchones de plumas, vino, suculentas viandas para cenar, así como agua limpia con la que poder lavarse. Rudolph cobró conciencia de que era posible soportar padecimientos y percibir a la vez el deseo de disfrutar de comodidades.

Uno de los tripulantes le trajo del puerto una fruta singular, con sabor a anís, y Wim se compadeció de él y le regaló unos pantalones que tenía apartados en su caja de marinero. El capitán Geelen estaba ahora tan ocupado, que apenas le quedaba tiempo para charlar. Con todo, le había llamado la atención que Rudolph se tirara horas con la mirada fija en el Teide y realizando bosquejos.

—Me da la impresión —soltó Geelen un atardecer— de que lo que a ti te atraen son las montañas, y no la mar. Según me cuentan, suceden cosas no poco interesantes en los Andes. Habrá probablemente toda clase de gentuza deambulando por esos parajes.

—Ladrones y saqueadores —dijo Rudolph—. Destrozan las ruinas, profanan las tumbas. En su mayoría no tienen la menor idea sobre los incas. Remover la tierra, no obstante, no es suficiente. Solo si se los conoce se te da una oportunidad de hallar algo importante, algo de relevancia, de una significación tal, que…

Pero entonces se les unió Wim Piets, y la conversación se dio por concluida.

Tres días permaneció anclada la Concorde. Mientras que el capitán Geelen y el cocinero reunían las provisiones de agua dulce, carne, limones y aguardiente, se calafateaban las hendiduras entre los tablones del barco y se impregnaban los cordajes con bitumen. No sobraba tiempo para la ociosidad. Precisamente acababa Rudolph de untar las hendiduras en los cabos del estay de popa con una mezcla de barniz de alquitrán y aceite de trementina, cuando refrescó. El alisio volvía a hacer su aparición, así que las cosas se disponían a cambiar. En los tres días transcurridos en Tenerife, Rudolph había ido elaborando un plan sobre cómo procedería tras llegar al Perú. A partir de ese momento pudo dormir algo mejor, e incluso esos temores difusos que lo habían asaltado de tanto en cuanto desaparecieron.

La Concorde zarpó junto a dos embarcaciones llamadas Columbia y Edmond. Rudolph se situó junto al capitán Geelen y el timonel Terheiden en la cubierta de popa y se fijó en la gente que se apelotonaba en sus cubiertas respectivas.

—Barcos de emigrantes —dijo Terheiden—. Se dirigen a Nueva York, no les queda muy lejos. En los Estados Unidos hay alemanes a montones. En su mayoría, granjeros. ¿Y tú, qué es lo que te propones hacer en el Perú?

¿Nueva York? Cayó entonces Rudolph en la cuenta de que su tío William se quedaría esperando a su sobrino inútilmente. De súbito le sobrevinieron tales náuseas que tuvo que inclinarse sobre el pasamanos. A lo peor no iba a resultar tan inmune al mareo.

—Probablemente buscaré ocupación en el ferrocarril, de entrada —dijo, una vez que sus tripas se hubieran apaciguado—. Para un cerrajero no falta trabajo en tales menesteres. Lo que quiero es marchar hacia las montañas, ¿entiende usted?

—¿El ferrocarril? ¿En los Andes? Entonces tendrás que fabricártelo tú con antelación, antes de hallar un trabajo de esas características —dijo Terheiden—. La mayor parte de los europeos se forma una idea completamente equivocada del Perú. Se figuran que todo el país está hecho de oro, cuando en verdad está tan recubierto de polvo y de miseria como el resto del continente.

Habiendo dicho esto, Terheiden se retiró a la cabina. Geelen se apoyó en la borda y pensó: si tuviera unos cuantos pájaros menos en la cabeza, el chico podría llegar a ser buen marinero.

—Capitán Geelen —dijo Rudolph al fin—, ¿alguna vez tuvo usted la sensación de que el mundo comete una injusticia en la manera en que se manifiesta?

Al Capitán Geelen le pareció haber escuchado mal y pidió que se lo repitiese. ¿El mundo cometía una injusticia?

Bueno, en fin, respondió Rudolph, es una manera de hablar, quizás muy imprecisa. La impresión que a él le daba era la de que la propia vida no siempre se le presentaba a uno del modo más favorable. Que sus circunstancias personales parecían haber sido diseñadas con bastante desafecto, como al buen tuntún, fuera quien fuese responsable del asunto. De modo que se le antojaba imprescindible tomar uno mismo el control, ¿no es así? Se trataba de cambiar ese estado de cosas, con todas las energías que hubiera al alcance de la mano y del espíritu.

El capitán Geelen se echó la gorra hacia atrás y se rascó la frente. Ciertamente tenía razón Wim Piets: el chico era *un caso difícil*, tal y como lo había formulado el contramaestre.

—Lo cierto es que no eres un tarugo, Berns —murmuró Geelen, empuñando el catalejo—. Pero sí te diré una cosa: no se te ocurra correr tras tus fantasías. Confía en tus manos, chico, que con ellas acaso puedas llegar a algo en el Perú.

Rudolph levantó la mirada y se dispuso a relatar las incontables horas que había dedicado a estudiar informes de viajeros a los Andes. Se proponía dar cuenta de cómo había repasado una vez y otra sus distintas rutas; con tanto detenimiento, que había adquirido cabal conocimiento de la ubicación de las ruinas. Aún no había concluido, cuando se percató de que algo desviaba la atención del capitán. El horizonte le reveló el motivo para esa inquietud: una fragata española.

—Va rumbo a Sudamérica —gruñó el capitán—. ¿Qué será lo que se proponen allí? —Geelen dio orden de virar a sotavento, y el barco no tardó en obtener mayor partido del viento, adoptando rumbo sursuroeste.

¡La Cruz del Sur! Rudolph acababa de quedarse dormido, cuando un marinero lo cantó desde el bauprés. Con el corazón palpitándole, Rudolph salió de un brinco de la lancha. Hacía unos cuantos días que el aire de la entrecubierta se había vuelto agobiante a causa del calor, así que Rudolph se metía subrepticiamente en uno de los botes para pasar allí la noche. Girando la cabeza al máximo hacia el cogote, más allá del palo mayor y de las vergas, pudo reconocer la cruz claramente dibujada en el cielo: en mitad de la franja luminosa constituida por la vía láctea resaltaban cuatro estrellas. El momento había llegado, y la nave cruzó el ecuador. Aunque la luna apenas estaba en cuarto creciente, la noche irradiaba una luz anormal. En la cabina se daba un tableteo de puertas. Terheiden salió corriendo, Hartemink, Smidt, Gildemeister y Corssen le siguieron; incluso el capitán saltó de su litera.

Rudolph no se había cansado aún de contemplar la maravilla, cuando otro fenómeno atrajo su atención. Había un resplandor. Allí donde el navío entraba en contacto con el agua, el oleaje se iba desplazando con destellos azulados. ¿Cómo podía ser esto? Tenía que ser un milagro, una aparición susceptible de confundir los sentidos. Algo totalmente del gusto de Rudolph. Se le escapó una sonrisa.

En la cubierta principal se congregaron tripulación y pasajeros. El capitán Geelen hizo traer un barrilito de vino que, para este concreto fin, había encargado en Tenerife. A los señores comerciantes se les sirvió los primeros, y Smidt fue incapaz de abstenerse y tuvo que pronunciar unas ceremoniosas palabras acerca de la navegación marítima, el comercio mundial y el que existieran hombres tan excelentes como el capitán Geelen. Rudolph aprovechó el momento para traer su taza de peltre de la entrecubierta.

El hemisferio sur, esto sí que es algo, pensó Rudolph, por lo cual merece la pena brindar. América del Sur ya no quedaba tan lejos. En apenas unos meses se vería si su plan albergaba algún futuro, si encontraría trabajo. Con más fuerza que antes percibía que ahora dependía por completo de sí mismo. Esta era la tentativa que contaba, la que tenía que salir adelante. Oscilaba Rudolph entre la euforia y el temor y, aun así, no podía comprender cómo alguien podría decidirse a llevar una vida de monotonía. Le vino a la mente su padre, el traslado a Berlín. *Este sí que había demostrado coraje.* Rudolph elevó los ojos hacia la constelación Crux, bebió un sorbito de vino, y acabó brindándole al firmamento.

***

En la mañana del 30 de mayo de 1863 emergió del agua un gigante. Con toda claridad podían divisarse la zona de los hombros y también la espalda. El gigante no se movía, sino que estaba tendido en el agua tan campante, esperando que llegase la Concorde. Desde primera hora Rudolph había estado afanado cepillando patatas. Un gigante… pero vaya, eso no podía ser. ¿Acaso eran las esporas venenosas, ocultas en el moho de la patata, las que le inducían a ver visiones? Sin darle más vueltas al asunto, Rudolph dejó caer el cepillo y corrió en busca del primer marinero que pudiese encontrar.

Resultó que lo que había ante el barco no era ningún gigante, sino Brasil. Ya se reconocían los montes de Río de Janeiro: el Gávea, el Corcovado y el Pan de Azúcar se elevaban a cientos de pies de altura sobre el puerto de la ciudad.

—¿Voy a tener que atarte? —quiso saber Wim Piets, al comprobar el modo en el que Rudolph se inclinaba por encima de la borda. No faltó mucho para que Rudolph hiciese descender al agua uno de los botes, para irse remando a tierra. América del Sur… Desde la costa llegaba un aroma vegetal dulzón, y sobre la lisa superficie del mar se aproximaban a la embarcación tortugas y delfines. La sensación era grandiosa; lo que acontecía se acomodaba a su propio mundo interior. Era una merced, un privilegio, una enormidad total. Así debe sentirse la felicidad, pensó Rudolph.

Cuando la Concorde hubo accedido al puerto de Río de Janeiro, a Rudolph le costaba un triunfo descender del barco. ¿Qué había ocurrido? Esto de aquí era el Nuevo Mundo, *su* Nuevo Mundo, el que él había escogido para sí y el que ahora se disponía a pisar. Se sentía sobrepasado, y lo amaba ya de forma tan irrefrenable, que le daba vértigo. Haber estado sentado junto a Radziwill al lado de Izabela no era nada en comparación con esto.

—Bueno, vete de una vez —rezongó Wim Piets a sus espaldas, empujándolo hacia el muelle—. Pero no te olvides de que adonde quieres ir es al Perú. Muchos se han quedado adheridos a Río.

Dejó Rudolph que pasaran delante los marineros y también los comerciantes, mientras contemplaba sin palabras la oficina del capitán del puerto, las montañas que se destacaban al fondo y la blanca extensión de playas que circundaba el paisaje. Ligeramente desplazada al interior, teníamos la ciudad. Era la puerta del continente. Todavía notaba Rudolph la oscilación del barco en las piernas, sintiendo que era el muelle el que se mecía, por lo que tuvo la precaución de sentarse en un bolardo del puerto.

América del Sur... Era como uno de sus ensueños pasados, solo que más intenso. El suelo bajo sus pies continuaba bandeándose, de manera que se puso a observar el bullicio en las dársenas, aspiró el aire con ahínco, contempló una mariposa de alas color turquesa que se había posado en su pernera, y se puso a dibujar las palmeras que trazaban líneas oblicuas sobre los tejados de las instalaciones aduaneras.

Cuando el suelo se cansó por fin de tanto movimiento, Rudolph traspasó la zona portuaria y corrió hasta alejarse. Ya casi no podía divisar el puerto cuando se sentó, cubierto de sudor, en el banco de una taberna. Bebió con avidez el agua de coco que le puso delante su compasiva propietaria. Allí mismo redactó una carta para el tío Peter, informándole de que había superado la travesía sano y salvo. Después escribió a Richard Kahle y a Paul Güssfeldt: «Mis queridísimos canallas: Mediante la presente da señales de vida un viejo amigo desde el Nuevo Mundo, y pone en vuestro conocimiento que ha logrado llegar hasta el Brasil sin sufrir un rasguño. ¡Un gusto tremendo es lo que siento! En pocos días nos dispondremos a rodear el cabo de Hornos. No ha de ser tan tremendo como lo suelen pintar. Vuestro afectísimo, Rudolph August Berns.»

***

Tres semanas más tarde, el pavor hizo que Rudolph August Berns se mordiera el labio inferior hasta dejárselo en carne viva. Antes de llegar al cabo de Hornos, la Concorde había ido adentrándose en una poderosa sucesión de tormentas. Aún no habían llegado a Tierra de Fuego, pero ya les había tocado asegurar la carga, recoger la vela mayor arrizándola hasta el palo, y sellar portillas y escotillas dejándolas a prueba de inclemencias.

Aunque, ante un temporal antártico, nada tenía que oponer un velero de cuatro mástiles. Los vientos huracanados se cebaban en el costado del navío. Llovía, granizaba y nevaba al mismo tiempo. El barco se escoraba hasta tal punto, que el agua congelada penetraba en la cabina y en la entrecubierta. Ya desde la primera tormenta había Rudolph desdeñado la indicación de Wim Piets de que no abandonase la entrecubierta, prefiriendo amarrarse al trinquete. Si lo que tocaba era ahogarse, mejor hacerlo mirando a la Creación cara a cara. Además, en el caso de que hubiera que llamar a Dios, era indudable que desde aquí fuera habría de resultar más fácil el hacerse notar. Los marinos iban sujetos por cuerdas sobre la cubierta, para que los golpes de mar no los arrastrasen por la borda. Las cuadernas de la nave crujían, y las velas de tormenta se veían desgarradas por una fuerza estrepitosa. La consigna era: ¡arriarlo todo y navegar a palo seco! El barco se dejaba en manos del viento, sin velamen, con el timón a la vía, puesto que ya nada cabía proponerse o realizar. Esa escarpada costa que se erguía en las inmediaciones era Tierra de Fuego, y la Concorde no era sino un cúmulo de astillas, que como de milagro seguían manteniéndose unidas bajo una forma de barco.

Rudolph rezaba, con la boca repleta de agua y hielo, invocaba a la Madre de Dios: ¡Dios te salve María, llena eres de gracia, intercede por mí en la hora de mi muerte, amén! Tras lo que llamaba a gritos a su propia madre. De Wim Piets en cualquier caso no sabía nada, tal vez se lo hubiesen llevado consigo las olas. El miedo había tomado ahora plena posesión de Rudolph, obnubilando sus sentidos no menos que su raciocinio o su percepción temporal. Esto era el cabo de Hornos, en cuyas profundidades yacían decenas de miles de muertos. Aunque en eso no pensaba Rudolph. El instinto había tomado el control, y solo daba por buenas dos categorías: vivir o morir.

Entonces se produjo un instante de silencio fantasmal, durante el que los rayos del sol atravesaron las nubes bajas. Rudolph se deslizó mástil arriba y estiró los miembros entumecidos por el hielo. Fue entonces cuando lo vio. En una concavidad entre las olas, permaneciendo tan inmóvil, a la vera del barco, que se diría se hubiese congelado, planeaba un albatros, blanco como la nieve. No había detalle que no fuese captado por el ojo bien abierto del pájaro: la espuma, los glaciares, el mástil, así como el insignificante hombrecillo prendido a este, consumido por el miedo. El albatros, en cambio, no le temía absolutamente a nada. Aquí, en este mundo, todo le pertenecía. Tenerle miedo, ¿a qué?

A Rudolph le entraron ganas de reírse a carcajadas. Caían ahora los rayos del sol sobre las montañas de Tierra de Fuego y, durante un breve lapso, dio la impresión de que no se hallaban cubiertas de nieve, sino de un primoroso enchapado de plata y oro. La tormenta colapsó de pronto. Reinó la calma.

Al día siguiente, la Concorde estaba en la costa occidental de Sudamérica.

***

Junto a la isla de Chiloé echaron el ancla por primera vez. Rudolph dibujó cada montaña y cada volcán que veía resaltarse en el horizonte.

—América del Sur es grande —comentó Terheiden—. Si quieres reflejarlo todo, te harán falta unos cuantos cuadernos más.

A Rudolph se le antojaba de perlas. Él, Rudolph August Berns, exploraría este continente hasta conocérselo al dedillo, estudiaría todo cuanto sobre el mismo pudiera saberse. La Patagonia era apenas el inicio. Chiloé, según pudo constatar, estaba cubierta de bosques; de la selva virgen que había en el centro de la isla se elevaba una columna de humo, para después disolverse en la tenue llovizna que caía por doquier. Desde la orilla se les aproximó un grupo de sencillas canoas. Los lugareños hicieron señas a la marinería desde lejos y les mostraron gallinas, calabazas y diversos saquitos que levantaban sobre sus cabezas. Geelen ordenó que nadie abandonase el barco, pues le tenía no poco respeto a los *pamperos*, esos vientos antárticos que, en latitudes como esta, podían presentarse en cualquier momento.

Chile era un país que empezaba y no acababa nunca. A Rudolph le pareció que, según la Concorde navegaba en paralelo a esa costa, su territorio se iba estrechando al ritmo de su avance; que el país llegaría hasta el Polo Norte y que, arribados a ese punto, se habría afilado tanto, que ningún hombre encontraría ya espacio donde poner un solo pie sobre esa tierra.

Poco antes de llegar a Valparaíso, en plena noche, el barco sufrió una sacudida. El casco era un puro temblor. Geelen supuso que se habrían topado con un bajío. Corrieron Terheiden y Piets a inspeccionar bajo la cubierta, mas en ninguna parte se apreciaba una vía de agua, y el nivel existente en la sentina era el habitual.

—Un terremoto —bramó el capitán Geelen—. Al trinquete, y a ir cantando las olas.

El capitán de puerto de Valparaíso confirmó a la mañana siguiente que, en efecto, había habido un seísmo. En un lugar próximo, más hacia el interior, la tierra se había abierto, expulsando vapores negros que habían envenenado el aire. Varios propietarios de minas ingleses habían perdido la vida, igual que sus familias. Con qué velocidad hablaba el hombre, sorteando con su lengua cada consonante, como si corriera peligro de abrasarse... También Valparaíso le produjo a Rudolph extrañeza: conjuntos desparramados de casas pintadas de colores, que se apretujaban entre las quebradas, y en uno de sus extremos una franja portuaria, en la que se ubicaban un comercio inglés pegado al otro.

Ahora podían ya contarse los escasos días que faltaban para llegar al Perú. Con el cuchillo de Solingen que Max le había regalado, Rudolph talló una vez y otra una palabra en las vigas cercanas a su litera: Do-ra-do; ¿era una palabra, o eran tres? Do-Ra-Do, Do-Ra-Do, Do-Ra-Do, una palabra que comenzaba de nuevo en cuanto había terminado, un conjuro que brotaba de su propio interior, para extinguirse y recrearse otra vez.

***

El 3 de agosto de 1863, a eso de las diez de la noche, la Concorde entró en la bahía de Callao. Durante un corto tiempo se apreciaron a la luz de la luna los contornos de la Isla de San Lorenzo, hasta que comenzó a ascender la niebla y se tornó tan espesa, que el capitán Geelen adoptó la determinación de no acceder al puerto de Lima mientras no llegase la mañana siguiente.

—¡Toda una prueba de carácter para nuestro *monsieur* Entrecubierta! —dijo Hartemink, cuando vio a Rudolph tensionar el rictus. A los marineros que había en derredor les entró la risa. Rudolph se apresuró a replicar que en nada se oponía a tales pruebas. ¿Sería él, Hartemink, un buen perdedor, llegado el momento?

Porque saber perder era también una prueba de carácter. Pidió Wim Piets a los hombres que no perdieran la calma. Rudolph, por su parte, replicó que solo se estaba hablando de cartas. ¿No era así? Apenas una manita de póquer, para matar el rato. Pero perder apenas tenía relevancia si, al experimentarlo, se perdía también algo que fuese real...

Hartemink estuvo de acuerdo. No obstante, habría que trasladar la partida a la cabina, pues la niebla se había apelmazado hasta tal punto, que en cubierta apenas podía verse del travesaño al palo mayor. A Rudolph le pareció todo bien. El sitio no era lo importante.

La lámpara de petróleo, colocada sobre la mesa de la cabina, arrojaba una luz opaca sobre los muebles tapizados, las camas acolchadas y —otro lujo añadido— la estufa de fundición. Lo que habría dado Rudolph por algo de fuego antes de llegar a Tierra de Fuego... Al pensar en los glaciares patagónicos se estremeció, pero se conminó a permanecer tranquilo. Alrededor de la mesa de la partida se situaron los marineros que no querían perder ripio. En especial no le quitaban la vista de encima a Hartemink. Wim Piets repartiría las cartas, en eso no había problema. Hartemink inicio la apuesta colocando una moneda en el tablero. Rudolph, que hacía mucho que se había quedado sin monedas, se arrancó todos los botones del pantalón y la levita, y los arracimó en su regazo. Uno de ellos lo situó como si con ello estuviera igualando la moneda de Hartemink.

Esperó Wim Piets para comprobar si Hartemink protestaba, pero, al no producirse comentario alguno, repartió las cartas. En cuanto Hartemink hubo visto su mano, puso otras dos monedas sobre la mesa. Berns cubrió la apuesta sin vacilación. Piets destapó tres cartas, lo cual hizo que Hartemink asintiera con aire reflexivo e incrementase la apuesta en otras tres monedas. Rudolph miraba fijamente, y como embebido, el dinero que tenía delante. ¡Pues no se podrían comprar montones de cosas con él! Luego soltó un suspiro y añadió otros tres botones.

—Si te quedas sin botones se te van a caer los pantalones cuando vayas a tierra —dijo riendo Hartemink. Piets destapó la cuarta carta. Después de alguna reflexión, Hartemink dobló la apuesta, y Rudolph lo secundó. Había doce monedas y doce botones encima de la mesa. Muchos no le quedaban ya a Rudolph. Era muy cierto: si ahora perdía, tendría que atarse los pantalones con una cuerda alrededor de la cintura.

—¿Te quedan todavía botones? —preguntó Piets cuando llegó la última ronda.

—Apuesto mi cuchillo —dijo Rudolph, depositando sobre la mesa el regalo de su hermano. El corazón le latía tan fuerte, que parecía que iba a saltársele—. Pero solo con una condición: la de que usted se apueste el traje azul oscuro. Por mí puede usted volver a guardarse las monedas.

—¿Estás seguro? —preguntó Wim Piets, aunque Rudolph no le hizo el menor caso. Hartemink sonrió educadamente y recogió las monedas de la mesa. Uno de los marineros emitió un gemido. Rudolph podía ser un bicho raro, pero se hallaba más cerca de ellos que de los atildados figurines.

—Acepto la apuesta —dijo Hartemink, yendo hasta donde estaba su baúl, del que extrajo el pantalón del traje, la levita y una camisa. Colgó las prendas del respaldo de la silla libre que tenía al lado. Los marineros seguían el espectáculo en tensión. El capitán había autorizado una ración de aguardiente, y en el exterior no había ya tarea alguna que desempeñar. Al día siguiente se desembarcaría la carga, luego permanecerían una semana en el Perú y, a continuación, la Concorde, cargada de caucho, madera de balsa y sombreros panamá, dejaría atrás el puerto para emprender el regreso, rodeando una vez más el cabo de Hornos.

Hartemink dijo que lo primero que haría sería tirar el cuchillo por la borda, porque él no gastaba productos de baja calidad. Rudolph no movió un músculo. Cuando todo en él fue sosiego, puso sus cartas sobre la mesa.

***

Mucho antes que todos los demás estaba ya Rudolph luciendo su traje nuevo en cubierta, la cara lavada con agua de mar, el pelo cuidadosamente atusado. A lo largo de trece semanas no se había mareado ni una sola vez, pero ahora que se disipaban los bancos de niebla, y que en el pálido cielo se alzaban los Andes hacia el este, empezó a sentirse raro. Sus apabullantes dimensiones le recordaron a Berns la inmensidad de sus propósitos. Los primeros rayos de sol cayeron sobre la rocosa lengua de tierra, bañándola de una luz dorada. Bandadas de cormoranes trazaban círculos sobre la bahía. El día comenzaba.

Detrás de la Concorde asomaban cada vez más mástiles según se disipaba la niebla. Docenas de barcos habían esperado a que llegase el amanecer, antes de entrar en el puerto de Callao. Un sentimiento de celos tomó posesión de él. Si lo hubiese tenido a su alcance, Rudolph les habría prohibido el acceso a los demás barcos. ¿No era su país? ¿Es que existía alguien que le hubiera dedicado tanto tiempo? Él, Rudolph Berns, tenía unos derechos adquiridos. Los demás podían irse al infierno. El padre ¿estaba ahí? ¿Era capaz de prestarle oídos?

—Este ha demostrado coraje —dijo Rudolph finalmente, mientras notaba que una mano se posaba en su hombro.

—¿Quién? —preguntó el capitán Geelen. Rudolph no se había dado ni cuenta de su presencia en cubierta; y eso que el capitán no era precisamente célebre por su sigilo al caminar.

—Usted, naturalmente —respondió Rudolph—. Le debemos la vida por su pericia navegando por el cabo de Hornos.

—Tampoco hay que exagerar —dijo Geelen—. ¿Y de verdad no quieres continuar a bordo?

Rudolph negó con la cabeza, mientras el capitán asentía. Entonces depositó en su mano un sol de plata, y le hizo entrega de uno de los mosquetes de la entrecubierta.

—Para el primer día —dijo—. Y el mosquete es solamente un préstamo, ¿de acuerdo?

Rudolph asintió, estrechando la mano de Geelen. Las cazoletas de cebado de los mosquetes, que eran de hierro, hacía mucho que habían empezado a oxidarse debido a la humedad ambiental. Pero sobre eso nada quiso decir. Un mosquete era, al fin y al cabo, un mosquete.

—A eso de las dos de la tarde, acércate al Hotel Internacional. Sobre esa hora, está ahí casi siempre un tal míster Thorndike, de la Peruvian Railway Company, tomando el almuerzo. Quizás él pueda hacer algo por ti. No olvides darle saludos cordiales del capitán Geelen.

***

Callao era una población modesta. Consistía en una gran zona portuaria, una fortaleza y unas cuantas calles, cuya prolongación conducía al interior del país. La fresca neblina del Pacífico lo cubría todo con una fina capa de humedad apenas perceptible. A la opaca luz del sol, todas las fachadas color pastel de las casas parecían iguales, y solo las balconadas de madera les conferían su aspecto inconfundible. De ellas colgaba una ubérrima vegetación tropical, cuyas flores y vástagos se desparramaban sobre los muros.

El viento del oeste traía el hedor a guano. Sus punzantes efluvios penetraron en los pulmones de Rudolph, nada más abandonar el edificio de la aduana. Su paso se había modificado en el transcurso de las semanas pasadas en la Concorde, se había vuelto más pesado, más sosegado. Rudolph Berns se hallaba ahora sólidamente afianzado, nada seguía siendo débil o dubitativo. Las manos apretaban con más brío, los ojos miraban con mayor aplomo y la voz, curtida de tanto gritar contra el viento, había cobrado un timbre más grave.

Con la respiración contenida, Rudolph dejó atrás la fortaleza, situada entre el puerto y la localidad. Le embargaba la felicidad. Por primera vez en su vida experimentaba la indefinida sensación de que las cosas empezaban a encajar en su sitio. Se encontraba realmente en el Perú, y nada podía ahora impedirle consagrar sus esfuerzos, de forma irrestricta e irrevocable, a dicho país.

Pero había que evitar dar la impresión de que uno no sabía hacia qué lado tirar. Lo intentaba, fijando por ejemplo la vista en una casa cualquiera, mientras procuraba no tropezar con las inmundicias repartidas por el suelo. A Rudolph no se le escapaba que tenderos y porteadores le seguían con la vista, así que se esforzó al máximo en dar la sensación de que deambulaba por las calles a la manera de un conocedor del terreno. No pasó mucho tiempo antes de que se viera desfilando, ante su ojo interior, como si fuese un afamado hombre de negocios, embutido en sus mejores galas de domingo, dirigiéndose a un almuerzo de trabajo, en el que le rendirían pleitesía socios e inversores. Palpó Rudolph con las yemas de los dedos el sol de plata que reposaba en su bolsillo. Un miserable capital como punto de partida, admitió, si bien ¿quién iba a ser capaz de sacarle partido, excepto un servidor?

A la espalda del pequeño asentamiento, las estribaciones de la cordillera costera se adentraban en el paisaje. Sus crestas señalaban la dirección hacia el sistema montañoso, el auténtico espacio medular de los incas. Viajar hasta allí costaba una fortuna, bien lo sabía Rudolph. Con un sol no cabía llegar demasiado lejos. Ante un almacén de pertrechos, en cuyo rótulo se leía en grandes letras el nombre de Bryce, Rudolph se detuvo. ¿Qué pasaría si simplemente entrara en la tienda, presentándose como lord Cochrane, el famoso almirante, afirmara que ese séquito de porteadores constituía su servidumbre, y ordenase la inmediata confiscación de todas las mercancías? El tal Bryce no aparentaba tener muchas luces, se le veía con claridad a través del cristal, mientras aplicaba betún a un par de botas de cuero. Pero entonces se dio la vuelta el propietario y lo que ahora se reflejaba en el escaparate no era sino el propio Rudolph, un joven de tez tostada por el sol. Esa mandíbula, la frente sobre la que se cernía, tupido, ese cabello rizado, incluso la orgullosa nariz, provenían del padre, no había quien lo negase. Trabajar en el barco le había ensanchado aún más los hombros. El color azul oscuro del traje de Hartemink se asemejaba al de sus ojos. Era, lo apreciaba instintivamente, lo que podría llamarse un tipo atractivo; ciertamente un Berns en todos los sentidos.

—¡Un Berns se labra el porvenir por medios lícitos! —oyó perorar al vozarrón de su padre. Rudolph soltó un suspiro y prosiguió su camino. Faltaba todavía mucho para que fuesen las dos, y el Hotel Internacional no aparecía por ninguna parte. Lo que no podía permitirse era preguntar por el camino; al fin y al cabo él era un lugareño más, y pedir orientación significaría evidenciar un flanco vulnerable.

***

Dos horas después, Rudolph seguía dando vueltas al buen albur, el pelo ya despeinado, el traje húmedo y ensuciado tras un encontronazo con un pelícano, al que le había dado por agitarse cerca del malecón. Y, sin embargo, seguía luciendo en el rostro una expresión de embeleso e incredulidad, no se cansaba de disfrutar admirando las formas y los colores del Perú.

Ante un puesto de frutas, Rudolph se detuvo y se preguntó maravillado si todo lo que había en aquel carricoche sería en verdad comestible. Había frutos del tamaño de una cabeza de caballo, junto a otros de un tono verde claro; pequeñas pelotas que tenían aspecto de tortugas extrañas; así como piñas rojizas, cuerpos como de serpiente, frutas prodigiosas que cambiaban de color según les daba la luz... Todo eso estaba allí expuesto, y si uno se aproximaba lo suficiente, lo embriagaban unos aromas dulzones. Las frutas con aspecto de tortugas eran las más pintorescas, y de ellas apenas quedaban unas pocas unidades. Rudolph las contemplaba con incredulidad y pasó los dedos por sus singulares escamas. A la vendedora le entró la risa, y expresó su suposición de que el caballero estaría recién llegado. Al decir esto, le tomó la mano y puso en ella una de esas frutas escamadas, que se llamaban chirimoyas.

Rudolph le dio las gracias, no sin reticencia. Se comió la chirimoya con piel y con pepitas, y acto seguido preguntó cómo llegar al Hotel Internacional.

***

El Hotel Internacional era una amplia edificación de dos plantas con una galería que la bordeaba. Estaba en segunda fila, no muy lejos de la pequeña estación de ferrocarril que comunicaba Callao con Lima. Unas letras de un rojo chillón, aunque algo desvaído, anunciaban su nombre justo encima del portal de piedra. Puede que antaño estuviese pintado de beis. Aunque los estragos del salitre y la humedad del aire habían acabado con cualquier resto de pigmento, dejando al descubierto las vigas de madera de cedro y los puntales enlucidos de bambú. Entre el hotel y la oficina de correos cercana se abría un sombreado patio interior. Allí estaba el comedor del Hotel Internacional.

Una vez y otra, Rudolph pasaba por delante del acceso al patio interior, sin atreverse a entrar. ¿Y qué ocurriría si se ponía en ridículo? ¿Si se expresaba con torpeza en español? Thorndike era el único al que podía dirigirse haciendo uso de su recomendación. Lo que contaba era la primera impresión; a Rudolph no le cabía duda alguna al respecto.

Finalmente, una vez que hubo desfilado repetidamente, con el corazón palpitante y paso lento, por delante del hotel, el portero empezó a mirarlo con sospecha. Así que, cuando Rudolph constató su mirada de desprecio, se detuvo. Le vino a la memoria el padre, cómo había incurrido en simplezas acerca de Egipto con el barón von Bunsen, cómo había alardeado ante su clientela prodigando un francés de su libre invención, y cómo se las había incluso dado de experto en política ante los ministros que le tocaba atender en el barrio. Rudolph se alisó los cabellos y se sacudió con la mano las perneras del pantalón. Después se encaminó con paso ligero hasta la entrada, saludó al portero con todo el desdén del que fue capaz y accedió al patio interior.

A la sombra de un flamboyán estaban sentados varios señores con sombreros de copa, fumando puros y bebiendo cerveza. Junto al parterre de rosas, justo al lado de la entrada, dormitaba un indio; un perro sin pelo del Perú erraba sin rumbo fijo entre sillas y mesas, y en lo alto, entre las ramas del árbol, volaban colibrís que estaban por todas partes y en ningún lugar a la par. ¿Quién de los allí presentes sería Thorndike? ¿Y qué iba a decirle? Rudolph se metió la mano en el bolsillo; el sol de plata no se había movido.

Cuando se le acercó un camarero con librea para preguntarle si podía hacer algo por él, Rudolph lo ignoró de entrada, para al instante dejar caer, como si en realidad permaneciese absorto en sus pensamientos, que andaba buscando al bueno de Thorndike. Estaba en ese momento fatal de la vista, musitó, tenía los ojos irritados, sí, sí, el exceso de sol. El camarero, un criollo joven que, cuando escudriñó al recién llegado, no había podido evitar fijarse en el mosquete, apuntó, no sin algunas dudas, en dirección a dos hombres que mantenían muy juntas sus cabezas, como si compartiesen una charla íntima.

—Mr. Thorndike está almorzando con el teniente coronel Cáceres.

El más maduro de los dos tendría unos sesenta años; seguramente se trataría de Thorndike. Mostraba un rostro encendido en sangre y vestía un traje de tres piezas, que se tensaba sobre una notoria barriga. A su lado probablemente estaría el teniente coronel Cáceres, que no podría tener muchos más años que Rudolph. Adornaba su faz una barba de color castaño, el pelo abundante lo llevaba untado de pomada, y lo peinaba con una pulcra raya a un lado. El ojo izquierdo parecía tener algún defecto; se quedaba fijo un rato más en la contemplación que el derecho, lo que le confería un aire melancólico. El uniforme de Cáceres estaba impecable y era del mismo azul que el traje de Rudolph. Aparentemente, Cáceres pretendía algo de Thorndike. Incluso sentado intentaba parecer más pequeño que su interlocutor, evitando alzar la cabeza. Para su sorpresa, Rudolph descubrió que Cáceres le caía simpático.

Entonces adoptó un aire de firmeza y le exigió —dado el caso— al camarero una botella del mejor champán que hubiese en el establecimiento. ¿Qué tenían en la bodega, Moët & Chandon, Veuve Clicquot?

El camarero andaba demasiado irritado como para responder, ya que no había oído jamás esos nombres, así que murmuró algo incomprensible para Rudolph. Este se las dio de harto indignado y le entregó al camarero el sol, adoptando un gesto que venía a indicar que esa cantidad habría de ser más que suficiente. Sin modificar su expresión, el camarero tomó el dinero y desapareció tras una puerta, volviendo al poco con una botella de un verde reluciente. Cuando la hubo depositado sobre la mesa de los dos asombrados caballeros, Rudolph se les acercó.

—Señores —dijo—, ¿Míster Thorndyke? ¿Señor Cáceres? Es para mí un honor y una satisfacción.

El teniente coronel Cáceres se puso en pie y le dio la mano a Rudolph. Thorndyke permaneció sentado y carraspeó. Con toda tranquilidad apuró su copa de vino, antes de servirse de la botella de champán. Sólo entonces se dirigió a Rudolph.

—Cáceres, Thorndyke, seguro, quién habría de no saberlo. ¿Es que acaba usted de caerse de la luna, tipejo?

Rudolph August Berns no vaciló ni un segundo. Las pulsaciones de su corazón se atenuaron. Tres horas le habían bastado para dirimir la cuestión de cómo se llamaría a partir de aquel instante.

—Si lo tiene a bien, sire: soy Augusto Rodolfo Berns.

***

La botella de champán quedó pronto vacía. La mera mención del nombre de Geelen había sacado de sus casillas a Thorndyke hasta tal punto, que había trasegado dos copas de champán una detrás de la otra, para superar su ataque de tos. Berns, que había tomado asiento en la silla vacía situada junto a Cáceres, se movía con extrema incomodidad de un lado a otro de la banqueta. ¿Cómo Geelen le daba una recomendación para una persona que le tenía tantísima manía?

—¿Geelen? —acabó Thorndyke mascullando—. ¡A mí Geelen puede besarme el trasero! El último que se le ocurrió recomendarme no llegó a cumplir ni cinco días de trabajo en el campamento, y desapareció llevándose el dinero que había en la caja.

—Algo así no se me pasaría a mí por la cabeza —dijo Berns. ¿Robar, él? Pero de ninguna manera. Procedía de una familia honorable y con recursos, en la que la estafa y el latrocinio estaban por completo vedados. Se puso a hablar de la provincia junto a Rin, de la empresa floreciente de su parentela, y de su formación como cerrajero.

—¡Con recursos, jajá! —Thorndyke mantenía asido el tablero de la mesa con tal fuerza, que parecía que se dispusiera a volcarla en un arranque de furia. El teniente coronel Cáceres se sentía visiblemente azorado y no paraba de dirigirle el ojo derecho a Berns, como pidiéndole excusas.

—¡Aquí llega todo el mundo con las mismas! En cuanto desembarca aquí la hez de Europa, parece que en esta latitud cualquiera es un Rockefeller. Pero aquí no hay trabajo. ¡Y menos aún a cambio de nada! ¡La hez, es lo que yo digo, la hez!

Habiendo soltado esto, Thorndyke se levantó, hizo una escueta inclinación y abandonó, soltando un eructo nítidamente audible, el patio interior del Hotel Internacional.

—Se ve que he llegado en mal momento —murmuró Berns, y pensó en el sol que se acababa de gastar. ¿Por qué diantres no había jugado con Hartemink por dinero? Era un idiota. ¿Cómo iba ahora a llegar a Lima? ¿De dónde iba a sacar el dinero para un billete de tren? Se quedó mirando a Cáceres.

—En modo alguno —dijo Cáceres—. Ciertamente el señor Thorndyke estaba hoy incluso de mejor humor de lo que en él es habitual. Debe usted disculparle; la situación económica del Perú sigue siendo muy difícil.

Berns quiso saber cuánto le llevaría aproximadamente ir a pie hasta Lima.

¿Atravesando el desierto? ¿A pie? Cáceres soltó una carcajada. No hacía falta llegar a tanto. Cierto era que no resultaba fácil encontrar un trabajo reglado. Pero daba la casualidad de que él, el teniente coronel Cáceres, estaba en esos momentos acuartelado en las inmediaciones de Callao. Corrían rumores de que los españoles querían reconquistar Sudamérica. Supuestamente había ya barcos suyos que estaban en camino; la reina Isabel, esa vaca gordinflona, era una completa majareta. Buscaba provocar la guerra, para dar gusto a sus generales. Fuera como fuese, a él, Cáceres, se le habían muerto en el último mes varios de sus hombres a causa de las fiebres, con lo que el batallón de artillería Pichincha andaba ahora corto de efectivos.

Aquí se permitió Cáceres una pausa, y tomó en sus manos el mosquete de Berns. ¿Así que era cerrajero? ¿Sabría manejarse con la artillería pesada?

Observó Berns cómo el teniente coronel inspeccionaba el arma de Geelen. Una pregunta le resonó en su interior. ¿Habría de enrolarse en las filas de un ejército habiendo eludido formar parte de otro ejército? Para esto no había recorrido tan largo camino desde Prusia. Pero solamente puede mostrarse selectivo quien dispone de alternativas. Berns se acarició con estudiada solemnidad los faldones de la levita y por poco se le escapa aseverar que se había tirado años en el ejército prusiano. Que en su condición de ingeniero había tenido a su cargo cañones, obuses y morteros. ¡Sí señor! ¡Solo le habría faltado añadir que, además, había cambiado el curso del Rin sin la ayuda de nadie, una maniobra sin parangón!

Por suerte, se limitó a expulsar el aire y a responder:

—Más o menos.

Cáceres asintió satisfecho, volviendo a colocar el mosquete donde estaba. Por si llegaba el caso de que hubiese alguna vez que volver a ocupar posiciones en la Fortaleza del Real Felipe, se requería a alguien para los cañones Blakely y Armstrong. Tenía que saber manejarse en todo lo referente al metal. Además había que poner a tono la fundición de cañones situada cerca de la fortaleza. Aunque ciertamente se necesitaban hombres que no desertaran después de unas pocas semanas. Que los españoles vendrían era un hecho prácticamente asegurado; lo único que estaba en duda era cuándo. Podría ser mañana, o quizás al cabo de dos o tres años.

—¿Dos o tres años? —Berns tuvo que dominarse para no perder el oremus. Era la única manera de negociar con fiabilidad.

—Después podrá dedicarse a conocer el Perú, sus tierras, sus gentes y sus costumbres. Entonces se habrá usted convertido en un peruano más.

Si es que sigo con vida, pensó Berns. Mejor vivir como prusiano que morir como peruano. Aunque contestó:

—Tengo tiempo.

Los asuntos que exigían consideración pormenorizada eran infinitos; esa era la enseñanza que Berns había extraído de los informes de otros exploradores del Perú. Sobre los hombros de gigantes se estaba a una altura desde la que el sentimiento primordial era el vértigo. Empero, quien deseara obtener una perspectiva adecuada, no tenía más salidas. Hacía falta tranquilidad para reflexionar a fondo y hacer planes.

Dos o tres años. ¿Qué había dicho Wim Piets? El albatros es un pájaro longevo, que alcanza una edad superior a la de la mayor parte de las personas. Las décadas van transcurriendo por su vida sin causarle mella. Así que, ¿qué suponían dos o tres años?

SEGUNDA PARTE

5. CALLAO 1866

La Fortaleza del Real Felipe era la mayor de su clase en toda Sudamérica. Era también la más frágil. Justamente habían sido los españoles quienes la construyeran cien años antes, como baluarte contra piratas, corsarios y cuantas amenazas llegaran desde el mar. Situada en una lengua de tierra ante el pueblecito de Callao, penetraba cual punta de lanza en el Pacífico. Desde las plataformas de sus torres defensivas, de forma circular, podían divisarse, en días claros, las islas de San Lorenzo y El Frontón.

Los mástiles de bricbarcas, bergantines y goletas arribados de ultramar pasaban casi rozando las barracas que ocupaban los soldados. En ocasiones, cuando Berns estaba echado en su catre, podía oír el crujido de baupreses y obenques. Ello le hacía recordar el viaje que había realizado previamente; aunque más a menudo le daba por pensar en su madre y en el tío Peter, quien había creído que su sobrino emigraría a Michigan. Había tenido que concederse unas cuantas semanas antes de reunir el valor para escribirles desde el Perú e informarles sobre su situación. Cuando le llegaban las correspondientes cartas de respuesta, dejaba pasar de nuevo varias semanas, antes de atreverse a abrirlas. La madre se quejaba de su falta de sinceridad; el tío Peter se limitaba a escribir que procurase tener cuidado con los efluvios tóxicos de la selva, añadiendo que, si alguna vez regresase a Dültgensthal, se preparase para una tunda de campeonato.

La vergüenza que sentía por haber engañado a la familia se había ido transformando, con el decurso de los meses, en una opresiva sensación de culpa, que le acompañaba a todas partes. Había echado firmes raíces en lo más profundo de su ser y solamente podría extirparse, barruntaba él, cuando llegase el día en el que lograra lo que se había propuesto: convertirse en descubridor y dar con la ciudad perdida de los incas. Dicho plan sonaba aquí, en el mismo Perú, más disparatado aún que al comienzo, por lo que Berns prefería guardárselo para sí. De forma que, cada vez que alguien le preguntaba qué era lo que lo había traído al Perú, respondía: Mi padre se murió. Y con esto se ahorraba las preguntas ulteriores.

En esta etapa se dejaba Berns, como los demás soldados enfermos de morriña, arrullar por el canto de los cormoranes y el trompeteo de los leones marinos; a veces, solo en la duermevela, se le antojaba que aún no había abandonado la entrecubierta de la Concorde, y que tenía todavía por delante todo cuanto el Perú le guardaba en reserva, a un millar de millas náuticas de distancia.

Desde la independencia, los peruanos habían dejado de necesitar la fortaleza, con lo que habían descuidado su conservación. Solamente el batallón Pichincha seguía entretanto acantonado entre los muros medio derruidos de las instalaciones. Día tras día, las ráfagas de humedad procedentes del Pacífico impactaban en ellas, dejándolo todo liento y quebradizo; únicamente las dos torres defensivas parecían ofrecer resistencia, alzándose como castillos en el ancho terreno que ocupaba el complejo. En el interior en forma de espiral de una de ellas se ubicaba la cárcel; en el otro, el almacén. Este se comunicaba, mediante una rampa gigantesca, con el campo de entrenamiento, que ocupaba el centro del contorno. La hierba crecía en sus bordes, al igual que en todos aquellos parajes en los que los flamboyanes en flor, de un rojo intenso, aportaban algo de sombra. A lo largo de los flancos habían dispuesto una serie de estructuras bajas de tipo abovedado, en las que los soldados compartían habitáculo con centenares de murciélagos. Al olor a moho y excremento de murciélago se le sumaba todo el tiempo un deje de azufre, que era imposible despejar por brisa marina alguna. Los soldados argumentaban que ello era indicio de la presencia del diablo, pues era precisamente bajo esas bóvedas donde los españoles habrían ido almacenando temporalmente todo el oro obtenido en el

Nuevo Mundo, antes de transportarlo en sus galeones hasta su propio viejo mundo. La sangre de los incas habría estado pegada a los lingotes, y de ahí el olor a azufre.

Berns no creía en el diablo. En sus días libres había analizado de modo sistemático bóveda tras bóveda, llegando forzosamente a la conclusión de que no sólo no se habían olvidado nada allí los españoles, sino que tampoco habían dejado huella alguna.

—¿Una huella, es lo que buscas? —le preguntó a Berns Delgado, uno de sus compañeros—. ¡Toda esta maldita fortaleza es una sola huella!

Pero no estaba hecha de oro, ni tenía relación alguna con los incas.

***

En la parte trasera del recinto, a una distancia considerable del muro que separaba la fortaleza del puerto, se situaba la pequeña zona residencial para los oficiales. Desde su porche de madera rodeado de rosales se podía observar toda la fortaleza. Un tamarindo se inclinaba sobre la balaustrada, dejando caer sus frutos sobre las planchas de madera, desde donde eran pasto codiciable para una multiplicidad de mariposas.

Aquí tenían su sede generales y comandantes; ahora, en tiempos de conflicto, incluso el presidente Prado y el ministro de la Guerra Gálvez entraban y salían con frecuencia de la villa. También el teniente coronel Andrés Avelino Cáceres, al mando del batallón Pichincha, tenía aquí su alojamiento. A sus treinta años había ya combatido contra la rebelión de Vivanco —fue entonces cuando sufrió daños su ojo izquierdo—, servido en la guerra contra el Ecuador y tenido que marcharse al exilio en Chile, para finalmente agregarse a la revolución de Prado. Por el momento estaba al frente de doscientos hombres. Prado era actualmente el presidente y Cáceres un respetado teniente coronel, el más joven que hubiese habido en ese ejército. Cuando se presentaba ante su coronel José Joaquín Inclán, un cincuentón apacible, a su barba le daba por trepidar un poco, lo que el condescendiente Inclán daba por no observado.

Incluso antes de que se pasara lista realizaba Cáceres cada mañana, con la espalda bien recta, su ronda por la fortaleza. A sus treinta años era ya un hombre corpulento, de estructura recia, hombros erguidos y andar solemne. La herida sufrida lo había suavizado. Una mitad de su rostro miraba decidida, sin miedo, con firmeza; la otra modificaba esa impresión: sugería más edad, una cualidad coriácea, la presencia del temor. Los hombres del batallón Pichincha opinaban que el ojo derecho miraba hacia el triunfo, el izquierdo a la derrota. ¿Cuál se llevaría el gato al agua? La mayoría de los soldados habían conocido ya la guerra contra el Ecuador, y recordaban demasiado bien el olor de la sangre derramada.

Durante su periplo matutino por la parte norte de la fortaleza, nada escapaba a la atención de Cáceres; ni el mínimo cúmulo de porquería, ni un pequeño resto de basura, ni una moneda perdida, ni siquiera el cordón de una bota podía permanecer tirado. «La limpieza ayuda a vuestra seguridad», solía decir. Sentía un hondo afecto por sus hombres. En la guerra contra Ecuador había visto morir a docenas de camaradas. Bajo su mando las cosas serían distintas, se lo había prometido a San Jorge. En una ocasión lo descubrió Berns, a primera hora de la mañana, llevando a un pelícano a la enfermería; por lo visto había quedado maltrecho tras aterrizar en la fortaleza. Ello le hizo acreedor, entre la tropa, al sobrenombre de *El Pelícano*; y a quien hablase mal de él era probable que le rompieran la nariz.

En su mayoría, estos hombres eran de origen humilde. *Costeños*, los denominaban, que jamás se habían desplazado al interior más allá de Lima. También había un puñado de quechuas provenientes de las montañas en torno a Ayacucho, la ciudad de la que procedía el propio Cáceres. Conocía él cada uno de sus nombres, sabía en qué catres dormían, si se bebían aprisa o con morosidad su ración de aguardiente, y también el grado de escrupulosidad con el que llevaban a cabo sus tareas. Los artilleros no sólo debían responder de sí mismos, sino también de las baterías y de los depósitos de material.

Berns no había tardado en sobresalir entre los soldados. Nada más pasar a formar parte del batallón, había emprendido el trabajo en la fundición de artillería. En el caso de que se llegase al mal esperado, nadie en la fortaleza quería depender del suministro de balas de cañón. Así que no pasó mucho tiempo antes de que los primeros proyectiles estuvieran al rojo vivo en el fuego de Berns, y de que el humo de la fragua se mezclase con la niebla que se adentraba del Pacífico. Poco después, Berns no solo hubo de emplearse en dicha función, sino atender también las baterías que había en la parte alta; al *prusiano,* según lo llamaba Cáceres, parecía que le iba bien cuanto tuviera relación con el metal. Es un armero eficiente, pensó Cáceres, al ver a Berns abierto de piernas y con el torso desnudo, manejándose con destreza. Vamos a ver, más allá de esto, si de remate no se podrá hacer de él un soldado igual de aprovechable.

Berns se percataba de que su teniente coronel le observaba de cerca. Y como Cáceres le caía igual de bien que al resto del destacamento de la fortaleza, se consagró a su labor en la fragua, y también con las baterías, con tanto esmero y tanta precisión, que incluso el tío Peter, allá en Dültgensthal, habría estado orgulloso de él. De pronto no le dolía en absoluto ni uno solo de los días que había dedicado al trabajo agotador de cerrajero. ¡Con tal de que el amigo Cáceres me valore, pensó, con tal de que repare de verdad en mí! Cuando Cáceres fijaba en él la vista, lo miraba siempre con el ojo intacto, el derecho.

Un día Cáceres fue a ver a Berns con el ruego de que le informase en detalle sobre el estado de las baterías. Como Berns se mostrara reticente y procurase esquivar el asunto una vez y otra, dijo Cáceres:

—Augusto, ya sé lo que los europeos pensáis de nosotros. Si me permites insistir en el asunto, lo que solicito es una opinión honrada. ¿Cómo se encuentran las baterías?

—Son chatarra —le respondió Berns al fin.

Ahí se acababa todo, pensó. La verdad es que acabaría echando de menos el catre; y había algunos días, se le ocurrió en ese instante, en los que la sopa contenía algo más que agua. ¿Por qué no había sido capaz de cerrar el pico?

—Maldita sea —dijo Cáceres—. ¿Y no podrías tú ponerlas en una condición aceptable?

A partir de ese momento, Berns acudía cada atardecer al porche de la villa de oficiales, al objeto de darle cuenta al teniente coronel de los progresos habidos en el día. Cada vez procuraba que su informe se extendiese algo más de lo imprescindible, haciendo como que le costaba dar con las palabras adecuadas en español; lo que buscaba era pasar más tiempo al lado del teniente coronel. No sabía Berns con exactitud cuál era el motivo, pero cuando estaba con Cáceres se sentía aliviado y protegido. Una noche vio con lucidez la razón: él, Berns, sentía la nostalgia y también el anhelo de hallarse con personas con las que sintiese algún lazo de confianza. El último abrazo lo había compartido con su madre, pensó Berns, aunque luego se acordó de que también el capitán Geelen lo había abrazado a guisa de despedida. Ahora lo echaba de menos incluso a él. ¿Era adecuado que un soldado albergase sentimientos así?

Cuando Cáceres desarrolló la costumbre de llenar dos copas de aguardiente en aquellos encuentros, Berns se atrevió a contar detalles de su travesía; y cuando Cáceres mandó que les trajeran puros, se puso a hablar de Berlín. No tardaron los dos hombres en hacerse amigos; y, aun así, cada uno de ellos mantenía con determinación la esperanza de que el otro no llegara jamás a comprobar, con incontestable certeza, cuán significativo era el valor que respectivamente atribuían a estas entrevistas vespertinas.

***

Desde hacía más de un año y medio, los españoles llevaban ocupando las Islas Chincha, que eran muy ricas en guano. Habían internado al gobernador, izado la bandera española y bloqueado a continuación algunos puertos peruanos en el sur. En febrero, y no antes, la escuadra española había atacado la indefensa ciudad de Valparaíso. Corrían rumores de que se hallaba de camino hacia Callao, para atacar la plaza y destruirla.

El presidente Prado se tomaba en serio los rumores e hizo que se adoptaran medidas. Lo cual significaba: ¡evacuar a todos los civiles de Callao! ¡Enviar el mayor número posible de batallones y de voluntarios a las fortificaciones! ¡Desplegar tropas de infantería y de caballería ante las mismas, para el caso de que los españoles desembarquen! ¡Montar brigadas de bomberos y poner a punto hospitales!

Tales eran las prioridades. Callao, eso lo tenían decidido, no iba a caer presa del furor ibérico con actitud tan apática como Valparaíso.

A comienzos de marzo, tres batallones adicionales y el grupo de los voluntarios se sumaron a los artilleros. Acamparon en el campo de entrenamiento. Como al Estado se le estaba acabando el dinero —las Islas Chincha, que aportaban el mayor contingente de divisas, seguían ocupadas—, los soldados dejaron de recibir en primer lugar sus emolumentos, y al poco dejó de llegarles incluso la comida. El sustento que precisaran para su supervivencia habían de buscárselo a su manera en el puerto, u obtenerlo mendigando. «Es una vergüenza», gruñó Cáceres, que puso a disposición su soldada para adquirir unos cuantos sacos de arroz, que distribuyó entre sus hombres.

Pero no tardaron en llegar nuevas órdenes. ¡A transportar cañones a las torres defensivas! ¡A montarlos sobre las cureñas! Esas bombas de incendios, ¡a ponerlas en posición! ¡A instalar los hornillos para las balas de cañón! Los cartuchos de espiga, ¡a introducirlos en los morteros! ¡Hay que almacenar cien toneladas de pólvora negra en el depósito de municiones!

Con el trabajo en la fragua, pegado al fuego, Berns casi se había olvidado de que los batallones estaban a la espera de un ataque. Cuando los compañeros relataban por las noches historias del Ecuador y de las luchas que allí les había tocado vivir, pensaba: ¡Ojalá la batalla pase de largo y no nos toque! Claro que, cuando el último contador de anécdotas se hubo dormido, afloraba el miedo. También las dudas caían sobre él implacables, sin cesar. ¿Por qué el Perú, por qué la ciudad perdida? Había días en los que Berns se levantaba empapado en sudor para ir a la revista matutina, sintiendo que solo un éxito considerable podría llegar a justificar, si llegaba ese día, todas sus decisiones precedentes. Cualquier otro desenlace le depararía un balance demoledor.

***

El 10 de marzo ordenaron a Berns que se ocupase de los cañones Armstrong, que eran el principal orgullo del ejército. Su mantenimiento requería no poca maña; claro que todos sabían de sus habilidades para con el metal.

—Uno casi podría afirmar que tienes talento —dijo Cáceres. Por primera vez se percató Berns de que le agradaban los halagos; quizás, solo en el caso de que procedieran de Cáceres. Había muchísimo que hacer, y Berns casi se olvida por completo de las montañas y de sus ruinas. Si en algún momento se tomaba un respiro, se ponía a imaginar que él, Augusto R. Berns, era el comandante en jefe del ejército peruano. Se veía a sí mismo deambulando en su uniforme ricamente decorado, residiendo en estancias lujosas y dedicando sus horas a reflexionar sobre la mejor manera de defender el Perú. Desde luego, yo sería un digno ministro de la Guerra, pensaba Berns. Mas en sus elucubraciones, la Fortaleza del Real Felipe no era una ruina, sino un emplazamiento destinado a acoger cargamentos de oro y joyas. En su fantasía, los españoles habían extraído tamaños tesoros del interior del país, que les fue completamente imposible embarcarlos todos, por lo que tuvieron que enterrarlos, por fuerza, bajo el suelo de la fortaleza. La realidad, no obstante, y bien lo sabía Berns, era muy distinta.

Cuatro cañones Armstrong de trescientas libras y cinco cañones Blakely de quinientas libras conformaban la dotación de ambas torres artilleras. Los proyectiles de hierro fundido de los cañones llevaban delgadas abrazaderas de cuero que se soltaban durante la ignición, proporcionando una óptima velocidad de giro. Berns había consagrado semanas a trabajar en los lubricadores, unas finas hojas de chapa entre las que se untaba sebo y aceite de linaza. Colocadas en el tubo, eran luego selladas con cartón y cera de abejas. El aceite de linaza servía para limpiar los tubos y también, en caso de apuro, para matar el hambre. Dos tragos del brebaje, y uno podía tirarse otras tantas horas trabajando.

Luego estaban los acerrojamientos por bloque. Era menester fabricar los bloques, introducir los anillos cónicos de cobre y disponer el cierre de tornillo. Día y noche estaba operativo el fuego en la fragua, y los compañeros de Berns se maravillaban: ¡el prusiano ni siquiera suda! A quien se ha pasado años trabajando delante del fuego, les había explicado, acaba por agotársele el sudor. Tras el tiempo de la puesta en funcionamiento, vino el tiempo de las maniobras; aunque tras el tiempo de los ejercicios de combate, llegó el tiempo del letargo. ¿Dónde se habían quedado los españoles? Ya era abril. Si en verdad tenían ganas de destruir Callao, parece que su método consistía en desgastar al ejército peruano mediante la procrastinación. Los hombres se aburrían. Berns volvió a pensar en los incas y en sus ciudades. ¿Era El Dorado verdaderamente de oro, o la clave residía en que ocultaba, antes bien, un gran tesoro? Ese nombre, ¿se refería a la propia ciudad, o bien a sus soberanos de antaño?

—Esto es una táctica. El retrasarlo todo conduce a la desatención, y un enemigo desprevenido es un poderoso aliado —masculló Cáceres. Cada mañana, tras la revista habitual, presentar su informe y proceder al reparto de instrucciones, afirmaba que podía detectar a los españoles con el ojo izquierdo; percibir que llevaban tiempo a las puertas de Callao. Por respeto a Cáceres, Berns se prohibió el menor atisbo de indolencia. De continuo se le veía instrumento en mano repasando las ánimas de los cañones, al objeto de comprobar que los tubos seguían en orden, homogéneos y sin desperfecto alguno. Eran sobre todo los cañones en la parte superior de las torres defensivas los que tenían descontento a Berns. Evidentemente habían sido puestos a prueba hacía tiempo por artilleros experimentados, quienes los habían llenado de agua y habían buscado en ellos posibles melladuras... Pero esto no cambiaba nada. En tanto que él, Berns, fuera el responsable de esos tubos, seguirían sometidos a controles diarios.

Aparte, restaba aún el estudio de los mapas. Al cabo, habría de llegar una época posterior a sus obligaciones militares, un tiempo sin españoles navegando por las proximidades y paralizando naciones enteras. Entonces, podría al fin ganar un dinero que mereciera contarse y, cuando hubiese reunido bastante, se dispondría a subir a las montañas. En el almacén de pertrechos de Bryce había ido obteniendo todo el soporte cartográfico existente allí en relación con el altiplano del Perú. No es que fuera gran cosa, pero al menos quedaba constancia documental de los ríos y de las cordilleras principales.

Hasta la zona fortificada de Ollantaytambo, los españoles habían peinado el terreno buscando oro y tesoros; este fue el escenario de una gran batalla. Detrás de Ollantaytambo se erguía un sistema montañoso imponente, la cordillera Vilcabamba, en cuyo centro reinaba el impactante Salcantay. ¿Cómo cabía explicar que justo esa pendiente oriental de los Andes hubiese permanecido inasequible a las exploraciones? ¿Cómo podría ese paraje haber escapado a la atención de los mayores descubridores y cronistas? Berns recapitulaba en su magín los escritos de Tschudi, Humboldt y De Lavantais; hasta donde le alcanzaba la memoria, ninguno de ellos había investigado con alguna precisión la cordillera Vilcabamba. ¿Y si dicha demarcación albergase la mayor, la más elaborada realización de los incas?

Berns colgó el más grande de sus mapas, en cuyo centro resaltaba un gigantesco manchón blanco, sobre su catre e interrogó a todos y cada uno de sus compañeros indios sobre las montañas de su patria chica y, en especial, sobre las posibles ruinas que allí pudieran existir. Pronto quedó en evidencia que sabía más sobre las montañas y los incas que cualquier otro en la fortaleza. A veces les hablaba de las calzadas incas que antaño habían atravesado todo aquel reino, *Tahuantinsuyu* de nombre, el país de las cuatro divisiones. Su soberano, el Inca, había sido venerado como dios al lado del dios de sol Inti y de la diosa de la tierra Pachamama. Había vestido ropajes hechos de oro y de lana de murciélago, que se lucían una sola vez, tras la cual eran quemados. Al Inca solo cabía acercársele descalzo y portando una carga en las espaldas, sin mirarle jamás a la cara. Este Inca habría dispuesto de jardines y de casas de oro, de alpacas de oro, de mazorcas de maíz e incluso de árboles labrados totalmente en oro. Pero esto fue hace mucho tiempo, y los españoles lo habían fundido todo. Supuestamente había existido un ídolo, una estatua realizada en oro del dios Inti, que era capaz de hablar y había conseguido que los incas obtuviesen victorias militares al enfrentarse a los pueblos vecinos.

Le habló asimismo Berns a sus compañeros de la captura del Inca Atahualpa a manos de Francisco Pizarro; los súbditos de Atahualpa habían llenado su celda de oro hasta el techo, para comprar su libertad. Los hornos de fusión utilizados para fundir ídolos y joyas y convertirlos en lingotes funcionaron sin parar durante treintaicuatro días. Los españoles se quedaron con el oro y mataron a Atahualpa, pese a todo.

La morriña fue cediendo poco a poco; al principio; empezó escribiéndole a su madre una vez al mes, luego cada dos meses, finalmente cada tres, refiriéndole con abundancia de términos el prodigioso reino animal y vegetal de la costa del Perú central. Las condiciones y circunstancias cotidianas de la fortaleza no tenían cabida en sus relatos. La madre le informaba en contrapartida de cómo iban sus hermanos y de sus cortos viajes a Düsseldorf y al Rin; su partida basada en el engaño no volvió ella a mencionarla. Guardaba sus cartas Berns debajo de la almohada, hasta que, arrugadas y grasientas, se tornaban casi ilegibles.

Berns se expresaba en un español cada vez más fluido, y pronto no necesitó esforzarse en hallar las palabras que necesitaba. Incluso aprendió algo de quechua de aquellos compañeros que podían enseñárselo, así que no tardó en comunicarse con ellos directamente en la lengua de los pobladores de los Andes. Tan a menudo se le veía cotejando mapas y documentos, que los compañeros se acabaron poniendo el mote de *el tesorero*. No ignoraban que Berns estaba empeñado en la búsqueda de oro. De mucho oro. Pero Berns les perdonaba las chanzas y las mofas. Los soldados apenas cobraban su trabajo en aguardiente, y la mayor parte de su tiempo la dedicaban a buscar en el puerto cuanto resultara comestible. Berns, en cambio, recibía cada mes, igual que los ingenieros, unas cuantas monedas.

Mucho no era, si bien la alternativa era irse a alguna de las haciendas a recolectar caña de azúcar. A Thorndyke no le había faltado razón, el trabajo reglado era un bien escaso. En las plazas de Lima y de Callao había jóvenes ingleses y alemanes arrodillados en el polvo, mendigando, sombrero en mano, ante los transeúntes.

Aún albergaba Berns la esperanza de que los españoles no atacasen Callao. ¿Cómo iba uno a pretender buscar los tesoros de los incas, si se dejaba la vida en una batalla por una plaza en la costa? Le había llevado un buen rato comprenderlo realmente: los cañones, las balas, los mosquetes, todo ello solo tenía el cometido de matar gente. Dispararle al agua, bueno, esto era factible; mas, si la batalla llegaba, ¿cómo iba él a apuntar a personas? A Berns le invadió la vergüenza, y maldijo su pericia metalúrgica.

***

Llegó un día en abril, mucho después de que se hubiera agotado el arroz de Cáceres, en el que Berns pudo sacar de la dársena del puerto unas fanecas medio muertas, que asó sobre una pequeña fogata. No había transcurrido ni una hora cuando llegaron los espasmos estomacales y, dos horas después, la fiebre.

Como le había caído una buena intoxicación, Berns obtuvo permiso para trasladarse a la enfermería, en donde la circulación del aire era mejor que en los sofocantes barracones bajo las bóvedas. En realidad, la enfermería quedaba reservaba a los enfermos de gravedad. Si bien la fiebre que había tenido Berns en los primeros días alcanzó tal magnitud, que el enfermero calculó que no le quedaría mucha vida por delante. En su delirio, Berns se había puesto a fantasear con el conquistador Pizarro y el Inca Atahualpa, llegando a afirmar que los dos hacían guardia al lado de su lecho. Uno de los artilleros indios, al que habían hecho venir, juró y perjuró que Berns hablaba quechua a la perfección. Cuando el enfermero quiso saber qué era exactamente lo que Berns contaba en quechua, el soldado sacudió la cabeza y se marchó corriendo.

Ahora la fiebre había desaparecido, lo mismo que los espasmos. Afuera empezaba a amanecer, llegaba un nuevo día; un día en el que, con seguridad, a otros les marcharían los asuntos viento en popa —Hartemink, aquel cretino, ¿dónde se encontraría?— mientras que él, Berns, proseguía condenado a la inactividad en ese recinto militar. ¿En qué habían quedado sus propios planes? ¿En qué sus sueños? De súbito recordó lo que uno de los infantes le había relatado: afuera, en San Lorenzo, estaban las tumbas ubicadas en cuevas de la cultura moche; en ellas habría momias, con los cuerpos envueltos en redes de pesca, con ojos y con labios hechos de oro puro.

Antes de que Berns pudiera profundizar en dicha reflexión, ya se estaba atando las botas para salir disparado hacia el embarcadero. En la fortaleza todos seguían dormidos, y ni siquiera Cáceres había iniciado su ronda. Escapar a la atención de la guardia no era difícil con una niebla tan espesa. Claro que llamaría la atención su ausencia en la revista, pero eso qué podía importar. Cáceres, con seguridad, se mostraría indulgente. Los españoles habían probablemente puesto el sextante del revés, y estarían ahora mismo dando bandazos en algún punto de la costa australiana. El ojo izquierdo de Cáceres ya podía bizquear cuanto se le antojase. Hoy sería él, Berns, quien determinaría lo que habría de ocurrir en la jornada.

Sin hacer el menor ruido, la quilla de la yola se deslizó por el agua. No corría ni un soplo de viento, y la niebla era tan densa, que apenas se podía ver el extremo del embarcadero. A alguien como Berns esto le traía sin cuidado. ¿No había pasado semanas estudiando la bahía y las islas situadas al frente? El oleaje era mínimo. Las dos millas existentes hasta la bahía de San Lorenzo las cubriría a remo en un santiamén. En la yola se encontraban una pala, una escopeta, tres sacos de yute vacíos y un bolsón que contenía algo de agua dulce, aguardiente y pan seco. Pero el desayuno podía esperar hasta llegar a San Lorenzo.

Pronto Berns dejó de oír a los leones de mar; según sus cálculos aproximados, no debería de hallarse lejos del punto en el que la bahía de Callao se funde con el Pacífico. En alguna parte, un pelícano impactó sonoramente contra el agua, indicio de que el amerizaje había sido poco afortunado. Durante un rato se oyeron graznidos y aleteos, hasta que se reinstauró el silencio. La propia niebla viene a ser un sonido, pensó Berns, un deslizamiento blando y sordo, que absorbe cuanto tiene en derredor.

¿Cómo es que una cultura altamente desarrollada había decidido enterrar a sus muertos en una isla ubicada a cierta distancia? A él no le venía mal, ya que, cuando menos, no se le cruzaría nadie cuando se pusiese a buscar y a cavar. En tierra, los hacenderos y sus braceros suponían una presencia ubicua; era imposible dar un golpe de pala sin verse al instante rodeado de indios, ansiosos por averiguar lo que te proponías. Don Lucho, el de Lamayeque, tenía fama de matar a todo el que se acercase lo más mínimo a las huacas que caían en sus tierras. ¡Ay, las huacas! Cuando Berns pensó en esa palabra, y se puso a repetir ese nombre, que designaba los enterramientos de los antepasados, se puso a remar más aprisa. No hacía ni una semana que don Lucho se había supuestamente cargado a un chino, que había extraído una armadura de oro de un túmulo mortuorio. ¡Con una pala se supone que lo había decapitado! La cabeza del chino, así lo narró un infante, se habría tirado rodando un buen rato, sin dejar todo el rato de parlotear en su lengua.

Ese riesgo no le apetecía correrlo a Berns, no faltando tan poco para la meta. Cuando hubiese ahorrado lo bastante de su soldada, emprendería el camino de las montañas. Mientras llegase ese momento, le echaría un vistazo a San Lorenzo... ¿Qué era lo que habían dicho los indios del batallón? Que también los moches habían amado el oro. Sobre los jarrones y las jarras que a veces salían a la luz en la arena del desierto se decía que estaban mucho más finamente labrados que los utensilios y objetos de los incas. No me lo creo, dijo Berns en su barca. ¿Más finos que los de los incas? Menuda majadería. Hoy él, Berns, iría a tierra, descubriría lo que hubiese por descubrir, y cartografiaría y dibujaría todos sus hallazgos con exactitud milimétrica. Entonces se vería qué cultura había alcanzado más sofisticación.

Poco a poco, tanto remar le iba dejando los brazos doloridos. Aunque no se movía una brisa, una corriente submarina se había encaprichado de la pequeña yola y la arrastraba hacia mar abierto. Siempre era obligatorio luchar, sobre eso Berns había tenido entretanto la ocasión de aclararse, luchar para mantener el rumbo en el que se deseara avanzar; puesto que el mundo no tenía cosa mejor que hacer que arrancarte una vez y otra del camino que habías escogido seguir. Berns estiró el torso y apretó los pies contra el suelo de la yola. Así podía seguir todavía un poco más. ¿Por qué no se había traído a uno de los peones para que se ocupase de remar? Era un idiota, sí señor, vaya si lo era. Habiendo transcurrido tan poco tiempo desde la intoxicación, aún debilitado por la fiebre, y ya en seguida...

¡Clinc!

¿Qué había sido eso? Un sonido venido de muy cerca llegó hasta él. Esto no era un pelícano, ni un león marino, ni muchísimo menos un delfín. Berns extrajo los remos del agua, se inclinó hacia delante y se esforzó en escuchar lo que fuese procedente de la niebla. Tras cesar el chapaleteo de los remos en el agua, eran nítidamente audibles voces, jirones verbales en español, alboroto y, una vez y otra, este tintineo. ¡Así solo sonaba el choque del metal contra el metal!

De mar abierto llegó un golpe de viento que imprimió mayor movimiento a las ráfagas de niebla. Justo ante él, a menos de trescientos pies, se alzaba una imponente pared metálica que hendía la bruma. La altura hasta la que se elevaba sobre la superficie del agua era imponente. ¿Qué sería esto, acaso un barco? Allí, algo podía verse en la proa… Pero antes de que Berns pudiese descifrar el nombre del navío, todo volvió a encapotarse, y de nuevo lo único visible era una masa blanca y difusa.

**

Lo que Berns había visto en la bahía era la flota española. El coronel Inclán y el teniente coronel Cáceres escucharon su informe con rostros impávidos.

—Isabel ha enviado la Numancia —dijo Cáceres, nada más escuchar lo que había relatado Berns acerca del muro de metal en el mar.

—El mayor buque del mundo —dijo el coronel Inclán.

—Blindado —añadió Cáceres.

De inmediato se envió notificación al ministro de la Guerra Gálvez, quien dio la orden: ¡Todo el mundo en posición de combate! Cada cual corrió a ocupar su puesto.

A todo esto, eran ya las diez menos cuarto. Los barcos españoles debían de haberse acercado desde las Islas Chincha durante la noche; ahora permanecían junto a las islas de San Lorenzo y El Frontón, inmóviles entre la niebla. En cuanto Casto Méndez Núñez, el almirante español, diese la orden de ataque, las fragatas se acercarían a la fortaleza hasta una distancia propicia al disparo.

—La reina Isabel se cree que va a poder reconquistar el Perú, —dijo el coronel Inclán—. Quiere controlar nuestro puerto más importante y tener al gobierno a su merced.

El ministro Gálvez, por su parte, dedicó una briosa alocución a los batallones.

—Peruanos: hace cuarenta años flameaba en las fortalezas del Callao la bandera española. Nuestros padres la hundieron en los mares después de haberla humillado en los campos de Junín y Ayacucho. Hoy nuestros enemigos la enarbolan de nuevo en esas mismas playas que han contemplado dos veces su derrota y nuestro triunfo. Mañana les probaremos por tercera vez que es invencible el pueblo que combate por su honra y por su libertad. Cincuenta cañones defienden contra trescientos el honor nacional. Ellos tienen la fuerza; nosotros la justicia...

—Peruanos: nuestros más fervientes votos van a cumplirse. La hora de la lucha se acerca. ¡Cada hombre a su puesto! Al fuego de nuestros cañones hagamos sentir, a los incendiarios de Valparaíso, la virilidad de un pueblo que prefiere la honra a la vida.

—Soldados y marinos: nuestra causa es la causa de toda América. Defendemos el honor y la libertad de un continente. ¡Viva el Perú!

Berns, por su parte, pensaba: si sobrevivo, Dios mío, juro que no volveré a alzar la mano contra mi prójimo. La verdad es que no quedaba ya mucho tiempo para oraciones. A Berns le habían contado que, poco antes de una batalla, los soldados se henchían de valor y desarrollaban una fuerza singular. Aún no experimentaba nada de ese jaez, aunque al menos no experimentaba un pánico cerval. Pensaba en su madre. ¿Estaría ella también pensando en él?

A Cáceres le preocupaban otras cuestiones.

—¿Llegaste a ver al almirante? —le preguntó a Berns.

—¿Al almirante Méndez Núñez? —puntualizó Berns—. ¿En plena niebla? ¡Si ni siquiera era capaz de ver las islas que tenía enfrente!

—¿Y la escuadra? Los demás barcos, ¿cómo estaban dispuestos? ¿En formación?

—Allí fuera no había nada excepto la mencionada pared —repitió Berns. Entonces le vinieron a la memoria aquellas palabras imprecisas que escuchara entonces, y que le habían sonado de un modo tan extraño.

—Eso es su habla castellana. En lo que a mí respecta, se pueden ir al fondo del mar, con acento y todo. —Cáceres soltó un buen escupitajo.

¿Contra qué batería se lanzaría en primer lugar la Numancia? De Chincha se habían recibido noticias de que los españoles habían llegado con siete barcos de vapor, además de otros siete barcos auxiliares, y disponiendo en total de más de doscientos cincuenta cañones. Los peruanos apenas tenían algo más de cincuenta cañones desplegados en la fortaleza, amén de trece cañones más instalados en los barcos. Aun así, los ánimos no podían estar más altos. ¡Por fin algo de nervio! Se repartió aguardiente, que los soldados mezclaron con una pizca de pólvora negra, supuestamente para incrementar el arrojo. Berns se abstuvo de comprobar sus efectos.

No pasó mucho tiempo antes de que el ministro de la Guerra Gálvez en persona se desplazase hasta la zona sur. Dejó su montura al cuidado de un soldado de caballería, que se la llevó del lugar. Ante los muros se escuchaba el relinchar excitado de las bestias. Eran casi las once. Afuera, en la bahía, la niebla se había disipado, y la escuadra española era nítidamente visible. Ahí estaba, la Numancia. Berns no paraba de observarla, preso de la inquietud. Pero había muchas cosas que preparar, y los procesos daban seguridad. La batería Independencia estaba con la dotación completa, la batería Pichincha se encontraba lista para la acción, las balas habían sido colocadas formando pirámides simétricas, de suerte que solo faltaba calcular la trayectoria y disparar.

Cáceres y sus hombres habían recibido la orden de trasladarse a la zona sur; estaban bajo el mando directo de Gálvez. El ministro se había enfundado su uniforme de gala y untado abundante cera en el bigote. A su alrededor reinaba el caos, como si no se hubiera adoptado medida alguna en previsión de un ataque. En las torres defensivas se echaba en falta munición. ¿Y qué pasaba en la Torre Junín? ¿Se había atascado la polea mediante la que se introducían las balas en los tubos? De pronto faltaban por doquier sacos de arena en el Fuerte Ayacucho —¿cómo es que a nadie se le había ocurrido antes?—, los hombres corrían de acá para allá yendo y viniendo del depósito de municiones, aumentaban las existencias de pólvora negra, y por todos los lados solamente se escuchaba una palabra: ¡Numancia, Numancia!

—¡A los cañones! —vociferó Cáceres—. Sánchez, Delgado, Cournoyer, Higgins, ¡a cargar balas!

Berns se hallaba algo más abajo de los cañones Armstrong, en compañía de otros, y pensaba en la pared metálica que había visto afuera en el mar. ¿Qué iba a hacer una bala contra eso? A no dudar, esta batalla iba a suponer un final; si también comportaba un principio, estaba por ver. Ahora se arrepentía Berns de no haber mojado su pan seco en un aguardiente enriquecido con pólvora negra.

Delgado, el artillero de más edad, no paraba de soltar risotadas, otro no hacía más que sacar un rosario, mientras que un tercero no cesaba de decir disparates acerca de las prominentes posaderas de su amada.

—¡Eh, Delgado —dijo Berns—, ¿qué es lo que da tanta risa?

Ante ello, Delgado enmudeció, y Berns deseó no haber preguntado nada. Él mismo sentía cómo su corazón acelerado parecía que fuera a subírsele garganta arriba. Por un instante, cerró los ojos y pensó en el Rin, luego en el cabo de Hornos, después en su padre. Tenía veinticuatro años. ¿Cuántos más años viviría?

Del muelle zarparon en formación los torpederos Loa y Victoria. Los buques de vapor Tumbes, Sachaca y Colón habían bloqueado el puerto hacía ya bastante. También la carretera del puerto estaba como muerta.

Las once y media. Las fragatas de la bahía habían dejado tras de sí las islas, y avanzaban con parsimonia hacia el puerto y rumbo a la fortaleza. En seguida acabaron las correrías. Los hombres ocuparon sus puestos, junto a las trócolas, los cañones, los sacos de arena. Con la mirada fija, esperaban la orden del ministro de la Guerra para abrir fuego. Pero tal cosa se hacía esperar; los barcos estaban aún fuera de su alcance.

Si alguien se hubiese girado, casi podría haber dicho que la batalla había comenzado hacía ya tiempo; en las calles de Callao no se divisaba a nadie; hasta los perros y los zopilotes parecían haberse retirado a los montes detrás de la localidad.

Desde las torres defensivas, se lanzaban miradas tensas hacia la bahía. ¿Cuándo empezaría la batalla? De pronto, Berns no pudo dominar más su impaciencia. Hirviendo de ira cargó los cañones. Por encima de él, en la Torre Junín, el ministro Gálvez permanecía inmóvil junto al antepecho. Sobre un mástil tan alto como una casa ondeaba una gigantesca bandera del Perú. Algo había en el asunto que parecía inadecuado.

—¡Teniente coronel Cáceres —gritó Berns. Y eso que lo tenía pegado a él—. ¡La bandera! Los españoles no podrían desear una señalización mejor.

Cáceres le dio una palmada en el hombro a Berns, subió los escalones hasta el antepecho y le hizo unos comentarios al ministro. Este oyó lo que le decía Cáceres sin el menor interés, y le mandó que se fuese. La bandera continuó en el mismo sitio.

Berns pensó: ese trapo va a costar muchas vidas. Y Cáceres se dijo: espero que los españoles sean tan estúpidos como se dice de ellos.

Poco antes de que dieran las doce, la escuadra española incrementó su velocidad. En la fortificación reinaba el silencio, mientras la monstruosa configuración se iba aproximando a la costa. ¡Ahí estaba la Numancia! La escuadrilla a su alrededor adoptó una formación en uve. La Numancia encabezaba el ala sur; al norte, avanzaban las fragatas Villa de Madrid, Berenguela y Reina Blanca en dirección a la ribera. El resto de la flota, incluyendo las corbetas, parecía haberse ocultado detrás de San Lorenzo.

—¡La Numancia cobra impulso! —gritó Cáceres. Berns asintió. Ahora el temor lo había abandonado. Lo que lo dominaba era el desprecio, hacia los españoles que estaban allá fuera, hacia el almirante Méndez Núñez, hacia todos cuantos se le habían puesto enfrente. Al lado de Berns, uno de los trabajadores a destajo de la fortaleza se orinó en los pantalones; era apenas un muchacho. Ciertamente el espectáculo resultaba sobrecogedor: un barco de dimensiones tremendas, como nunca se habían visto. Su aparejo era tan colosal, que parecía ser capaz de levantarlo por los aires si llegara a soplar un viento fuerte. Las planchas de hierro remachadas que cubrían la chimenea y el casco eran claramente discernibles desde la fortaleza, y también el espolón que resaltaba sobre la superficie del agua. En las troneras abiertas relucían, amenazantes, los cañones; bastante más arriba, sobre la cubierta, se emplazaba el puesto de mando acorazado, con sus mirillas de observación. Al otro lado estaría sin duda el almirante Méndez Núñez ordenando la destrucción de Callao, y ello desde un barco que no era un barco, sino una fortaleza.

—¡Preparémosle a Méndez Núñez un recibimiento que no olvide en todos los días de su vida! —Brotaron risas forzadas, que insuflaron energía a los hombres. Contra la Numancia apenas podrían hacer algo los cañones Blakely y Armstrong, a los que tocaba intervenir.

—¡Fuego! —ordenó Cáceres a voz en cuello, lo cual puso a los artilleros a apretar la pólvora y a calcular el tiro. Las fragatas españolas estaban cada vez más cerca. Fue entonces cuando el ministro, que estaba a su lado, bramó:

—¡Un momento! ¡Alto el fuego! Lo nuestro es la defensa honorable, ¡jamás la agresión!

Cáceres pensó que había oído mal. ¿Tendría el ministro la bondad de repetir la orden? A Berns le daba completamente igual; ¿de qué servían las órdenes, si carecían de sentido? ¡Tal vez al ministro se le había ido la cabeza! Las fragatas jamás volverían a ser tan vulnerables como en aquel momento, cuando no habían ocupado aún sus posiciones.

Pero a Cáceres no le quedaba otra: había que obedecer la orden del ministro. Los hombres comenzaron a morderse las uñas y a maldecir. Algunos sopesaron el caso sobriamente, y barajaron la posibilidad de desertar.

—Contrólate —le dijo Cáceres a Berns, quien le lanzaba miradas furibundas a Gálvez—. Si dejas entrever con tanta facilidad tus emociones, jamás llegarás a ser presidente.

—Al diablo con las magistraturas de este mundo —estalló Berns—. Es tu país el que va a ser bombardeado.

—La estrategia no es lo tuyo —susurró Cáceres—. Y el puesto de ministro, por lo visto, tampoco. —Calló entonces un momento—. Aun así, no dejaremos que nos agujereen a disparos, ¿te enteras?

***

158

Cuando Berns se percató de que no podía confiar en el ministro, el miedo retornó. Solamente la frialdad de su teniente coronel le aportaba algún consuelo. Cáceres apenas le sacaba a Berns seis años. ¿De dónde extraía tanta confianza en sí mismo?

Entonces rasgó un estruendo mar y aire. La Numancia había abierto fuego. La batalla, ¡ahí la tenían! Las piedras, el polvo y la arena saltaban por doquier, entre agudos estampidos, hasta que Berns volvió a abrir los ojos. ¿Dónde estaban los hombres, habían huido? Pues no, eso rojo que cubría el suelo era sangre, y un poco más allá, junto al muro defensivo, había trozos de cuerpos. ¿Quién manejaría ahora los cañones Armstrong? Ahora sí le dio al ministro por ordenar a gritos que se abriese fuego. Berns corrió adonde estaba Cáceres, que se mantenía en pie. Juntos subieron a lo más alto de la torreta, mientras que desde abajo, junto a los sacos de arena, se disparaba contra las fragatas. La batería norte ya estaba respondiendo con ahínco, y también las torpederas se lanzaban ahora contra los españoles. El humo acre de la pólvora cubría la fortaleza como un manto y solo la bandera, la bandera, naturalmente, ondeaba en una atmósfera despejada, muy por encima de sus cabezas. A Berns le costaba respirar, y al pie de la torre advirtió una cabeza desgajada. Esta también se la vamos a lanzar ahora, pensó, y el cañón se puso a disparar; el Villa de Madrid estaba en posición, con sus troneras claramente visibles, las carronadas, los hombres, los… ¡Impacto, impacto! La chimenea apareció hecha pedazos. ¡Euforia en la torre! Berns chilló hasta desgañitarse, también las bocas de los demás estaban abiertas de par en par, ya pertenecieran a muertos o a vivos, no se apreciaba diferencia, pues poco era factible discernir; todo lo llenaban ese zumbido en los oídos y esa pólvora negra, que escocía sobre ojos y labios.

Antes de que los Armstrong pudiesen volver a disparar, transcurrió casi media hora. Quien aún seguía en pie y tenía la facultad de mover las manos, se afanaba en poner otra vez a punto los cañones; muchos hombres disponibles ya no iban quedando, e incluso el coronel Inclán se sumó a la tarea. Con asombro notó Berns el temblor en los propios brazos; pero no era de miedo, sino de extenuación. En la bahía pudo ahora escucharse una explosión. El Almansa ardía por los cuatro costados.

—El depósito de pólvora —gritó Inclán—. ¡Tocado!

Una bala tras otra salía de los cañones. Al otro lado, también el Vencedora había recibido lo suyo. Se desató un incendio, y a los españoles les tocaba mojar su propia pólvora para no saltar por los aires. Cáceres se reía, dirigiendo su ojo izquierdo al cielo, como desvariando.

Berns constató, lleno de espanto, que su cuerpo llevaba a cabo todas las acciones necesarias como un autómata. Cebar el Armstrong, empujar la carga al interior del ánima, encender... Observaba lo que ejecutaban sus brazos como si le pertenecieran a un extraño. Me tengo que largar de aquí, era su pálpito. No soy ningún soldado, no quiero morir. Ahora sabía que haber venido al Perú había sido un error.

Por todos lados se producían estallidos, crepitar de maderas, lluvia de pólvora, el vuelo de matojos de cabello humano; lo que se echaba en falta era aire respirable, eso en cualquier punto. ¿Y esto qué era, un impacto enemigo? Su propio retroceso había desplazado a una Blakely de la cureña. Su tubo sobresalía a través del muro de la fortaleza, el metal hendido; ¿y adónde había ido a parar la bala? Al final tuvo razón Cáceres, y el almirante Méndez Núñez no querría recordar el ataque. Mientras los hombres se abrazaban, Berns se arrastró por encima de los sacos hasta llegar al mástil de la bandera. Tras un par de tirones contundentes, la enseña yació a su lado. La soltó de las cuerdas y corrió con ella al depósito de municiones, donde la ocultó en un rincón. Que el ministro le echara la bronca, si le apetecía. Una vez retornado a la torreta, Cáceres le asintió con gratitud.

En la bahía, la Blanca había tenido toda la tranquilidad del mundo para situarse en posición, con lo que no se daban ni por asomo motivos para la celebración. Cuando Berns entrecerró los ojos, creyó ver botes de remos que, procedentes de la Blanca, se acercaban a la batería. Los españoles pretendían desembarcar. ¿Quién quedaba en pie, quién tenía a mano un catalejo? A Higgins no había forma de identificarlo entre la bruma. ¿No había estado situado junto al Blakely? A plantarse ante Inclán, a toda prisa. Este reaccionó al instante, y ordenó asegurar la franja de tierra. ¡Veinte hombres con escopetas, al pie de la muralla, delante del recinto! En seguida se cantaron sus nombres. Berns no figuraba entre ellos; se le necesitaba en los cañones. Los hombres que estaban a su alrededor se pusieron rígidos. Miraron a su comandante con incredulidad. ¿Al pie de la muralla? Era una operación suicida. Inclán gritó que se trataba de una orden. ¿Acaso preferían esperar a que los españoles hiciesen acto de presencia y se presentaran a saludarles cortésmente?

No, no se buscaba eso. Cáceres, que comprobó el miedo que atenazaba a los hombres, exigió valor, y fue el primero en deslizarse pendiente abajo por la pila de escombros que conducía al muro exterior delante de la fortaleza. Si *el pelícano* se unía al grupo, los hombres se sumarían. También Berns dio un paso adelante espontáneamente, cuando Inclán lo sujetó del hombro. No necesitó decir nada: Berns sabía dónde estaba su puesto. Pero Cáceres, Cáceres había abandonado la fortaleza con el mismo desparpajo que si se dispusiera a ir de pesca. A Berns le corrieron las lágrimas por el rostro.

—¡Disparad! —vociferaba Cáceres—, ¡disparad sin tregua, que nos va la vida!

La Blanca seguía en posición, aunque por el momento su fuego había cesado. Los botes de los españoles ya no quedaban a la vista. Pero eso nada significaba.

Era ya por la tarde. La polea continuaba funcionando. Berns cargaba y empujaba, y aquel artillero que se había negado a traducir las palabras que Berns pronunciase en su delirio febril, calculaba el tiro. Cargar, empujar, calcular, disparar, cargar, empujar, calcular, disparar. Las ondas expansivas de las balas creaban separaciones en la superficie del agua como cuando se resquebrajan témpanos de hielo. Los hombres desplegados ante la fortaleza proseguían en pie; era un milagro. ¿Pero dónde se habían metido los españoles? Cáceres, eso podía verlo Berns desde arriba, se mantenía unos cuantos pasos por delante del resto de los hombres, tal si pretendiera que su cuerpo hiciera de escudo no solo para sus compañeros, sino para el conjunto de la fortaleza. ¿Hasta dónde podía ampliarse el ancho de una espalda humana?

De súbito, quien apareció al lado de Berns fue el mismísimo ministro de la Guerra, embutido en su polvoriento uniforme de gala. Todos los soldados echaban una mano; la Blanca, con ella ya podrían, con tal de que se consiguiera tener otra vez operativo el Armstrong... Y entonces el ministro soltó un alarido:

—¿Dónde está la maldita bandera? Esto de aquí es el Perú, ¡estúpidos!

—¡Olvídate de la bandera, idiota! —le repuso Inclán, al que en aquella tesitura ya no le importaban las formalidades. Como las mechas ya no servían para nada, Inclán se valió de su cigarro para prender fuego a la carga.

Docenas de soldados fueron avanzando hacia las torres; la Junín aún disparaba, La Merced también. Con esta última se contaba especialmente, pues disponía de dos cañones Armstrong. ¡Nada era imposible, todo era viable! Pronto habrá terminado la batalla, pensó Berns, en realidad ya ha estallado prácticamente la paz, en realidad hemos ya casi recobrado la normalidad. Lo dominó una inusitada sensación de ligereza, como si flotase en el aire, a un palmo de altura sobre el suelo.

De pronto se agotaron las balas de cañón. Berns se bajó de un salto y cargó la trócola. ¿Cómo iba uno ahora a volver a subir, si en esos momentos había allí tal aglomeración de artilleros? En lo alto de la torre no había espacio para tamaño gentío, no si era menester dejar hueco para las balas y la pólvora. Había por lo menos media docena de sacos, qué cantidad de pólvora sería eso, ¿ciento cincuenta, doscientos kilos? Lo suficiente para enviar el escuadrón hasta Gibraltar reducido a pedazos. El ministro Gálvez apenas podía divisarse entre el agolpamiento, aunque en algún sitio tendrá que estar, un soldado entre los soldados.

¡Buuum! Una explosión sacudió cielo y tierra; la torreta había explotado. La Blanca había lanzado una granada, que fue a parar entre los sacos de pólvora. Berns, que se disponía a subir la escalera de mano para unirse a los demás, fue lanzado por los aires, si bien antes de que cayese sobre un par de sacos de arena llegó a percatarse de una grieta entre tiempo y espacio. Durante ese lapso fue posible mirar, allí donde se abría la grieta, al interior de un caleidoscopio gigantesco, de colores fabulosos, lo cual llenó de asombro a Berns. Después perdió el conocimiento.

***

Cuando Berns abrió de nuevo los ojos, el mundo ardía a su alrededor. La torreta había dejado de existir. Era imposible que los artilleros y el ministro de la Guerra hubiesen sobrevivido a la deflagración. Aunque quien ahora se quedase patitieso estaría fuera de juego para la eternidad. La fortaleza que Berns tenía delante estaba destruida. Más de veinte hombres habían sido acribillados en las trincheras delante de los muros. Sánchez, Delgado, Cournoyer... Todos hechos trizas. Entonces, Berns se acordó de su amigo Cáceres, quien había querido proteger el fuerte con su cuerpo. En su muerte Berns prefería no pensar.

Los armones de artillería y diversos fragmentos metálicos ya sin utilidad se hallaban desperdigados por la plaza de armas; había cascotes y piedras por doquier... Las baterías Maipú e Independencia también estaban afectadas, y ahora guardaban silencio. Pero al otro lado, en el Fuerte Santa Rosa, subsistía actividad. Allí algunos cañones se mantenían aún operativos, uno de los cuales acababa de hacer impacto en su objetivo. Vio Berns cómo se elevaban varias columnas de agua, cada una a muchos centenares de pies de altura. Ahora la fortaleza sufría bombardeos continuos.

—Torpedos —susurró uno que estaba tirado en el barro. Pero Berns únicamente pensaba en Cáceres. Tenía que encontrarlo sin demora.

¡Arriba! No sin sorpresa, Berns constató que no podía moverse. La arena que había bajo su cuerpo se iba empapando de sangre en círculos cada vez más amplios; ¿pero a quién pertenecía esa sangre? Berns se palpó el cuerpo con las manos; le pareció que todo seguía estando entero, en su sitio, adherido. ¿Por qué, entonces, no le obedecían las piernas? A modo de experimento, se clavó el codo en el muslo, comprobando que aún tenía sensibilidad. Así que la propia sangre no era, vamos a aclararnos. ¿De quién era, por tanto?

Lo que procedía era propinarse a sí mismo una bofetada, después otra, para dirigirse acto seguido a la zona situada delante del recinto, donde uno estaría desprotegido y, por consiguiente, casi muerto. Cada minuto que pasase extramuros, bien lo calibraba Berns, podía costarle la vida. A gritos llamó a Cáceres, sin lograr escuchar su propia voz, corrió sobre escombros y rocalla, pasó por encima de cuerpos muertos, extremidades desprendidas. ¿Eran veintiuno los hombres que allí habían aguantado? Ninguno quedaba en pie. Si pretendía sobrevivir, había de retornar a la fortaleza. Mas ¿qué yacía allí, bajo ese armón de artillería que se había deslizado hasta ese punto? Berns conocía esas botas. Bajo el vehículo se hallaba Cáceres, cubierto de polvo y sangre, aunque sin haber dejado de ser, indiscutiblemente, Cáceres. Berns lo agarró de las axilas y fue arrastrándolo, a reculones y pasito a pasito, hasta colocarse detrás de los muros de la fortaleza. En el depósito de municiones tendió finalmente a Cáceres, y le tomó el pulso. Vivía. Tenía herido el hombro derecho, probablemente también el pecho.

Toma ya, un impacto justo delante del recinto. En el mismo sitio en el que había encontrado a Cáceres saltaba la grava por los aires. El muro exterior propiamente dicho ya no existía. Berns se acuclilló, con los ojos cerrados, al lado de Cáceres, y sostuvo su mano. La calma regresó a la bahía, y entonces se escucharon brevemente tres cañonazos consecutivos. Las balas fueron a parar al agua. ¿Qué hora podría ser, tal vez las seis? Lentamente recuperó la capacidad auditiva. Cáceres abrió los ojos y preguntó si ya se había muerto.

—¿Te parece a ti que tengo pinta de ángel? —preguntó Berns, aunque no le quedaban ganas de gastar bromas—. Te he sacado de entre los escombros.

—Gracias, amigo mío —dijo Cáceres. No quedaba mucho más que decir. Se dieron con solemnidad la mano, para fundirse después en un abrazo.

***

Las columnas de humo sobre la fortaleza arrasada y la bahía se fueron disipando gradualmente. La quietud ya no se quebró. Junto al embarcadero relinchaba un caballo.

—¿Ha concluido la batalla? —preguntó Berns. Cáceres se incorporó entre quejas; permaneció inmóvil unos instantes, a la escucha. Berns dijo que iría en busca de ayuda, y se marchó corriendo.

Desde el puerto llegaban las vivas. Quizás se haya superado todo, pensó Berns. Aunque no podía acabar de imaginárselo. Los muros exteriores habían sido destruidos por entero, los barracones aparecían muy dañados, solo la residencia de los oficiales había quedado milagrosamente intacta. Las trincheras ante los baluartes y las baterías, sin embargo, arrojaban un espectáculo penoso. Berns se quedó parado delante de una pila de escombros. Un número incontable de cuerpos retorcidos conformaba allí un revoltijo; todos compañeros, que habían estado con vida hacía apenas un suspiro.

La mitad de un día había bastado para sumir el puerto y el fuerte en la desolación. ¿Y ahora? Berns entrecerró los ojos y miró hacia afuera, hacia el Pacífico. Sus aguas se extendían mansamente al horizonte luciendo un marcado azul; los pelícanos volvían a surcar el aire sobre la franja costera al norte, y sólo los leones marinos se tomaban su tiempo para regresar. La escuadrilla española era obvio que se había retirado. Se ocultan detrás de las islas, pensó Berns, menudos cobardes. Solamente la Numancia seguía siendo visible entre San Lorenzo y El Frontón. Los españoles probablemente darían tierra a sus muertos en la arena de las islas, para que descansasen junto a los muertos de los mochicas, los de los ojos de oro. ¡Descansar! Que no le viniesen a Berns con historias de ese tipo. La muerte era cosa de destrucción, de horror. Berns había aprendido a temerla. Abajo, en la trinchera, había uno que no paraba de chillar de dolor y, junto a la batería Abtao, merodeaban algunos soldados.

«Debimos abrir fuego nosotros los primeros», se dijo Berns. Entonces se dio la vuelta y prosiguió su recorrido. Ante él se hallaba el pabellón de los oficiales; a su espalda, las baterías. De la torre La Merced venía un hombre a su encuentro. Le hizo señas. Era el coronel Inclán.

***

La Batalla de Callao, se diría después, fue una derrota para ambos bandos, aunque pasase como una victoria a los anales de las historias respectivas. Centenares perdieron la vida, entre ellos el ministro de la Guerra Gálvez. El número de heridos y desaparecidos fue inverificable. El propio Callao no sufrió desperfectos por culpa de la batalla. Solo la fortaleza y los barcos hubieron de padecer graves daños; incluso semanas después, la costa del Pacífico en las proximidades de Callao continuó sembrada de tablones y otros restos variopintos.

La escuadra española huyó de la costa sudamericana y emprendió el rumbo hacia Filipinas. Sería la última vez que España intentase reconquistar América del Sur. Se dijo que la reina Isabel, en su frustración, había matado a golpes a un ayuda de cámara, arrancándole la cabellera y extrayéndole la grasa corporal mediante la succión; pero esto no parecía más que una especie propagada con tamaña celeridad, que difícilmente podía merecer ni un ápice de crédito.

Cuando Berns le refirió, lleno de repugnancia, la citada historia a Cáceres en el hospital militar, este se echó a reír y dijo que tal rumor solo podía habérselo inventado un soldado indio; el *pishtaco*, un vampiro que le chupaba la grasa a los cuerpos muertos, era un personaje típico de los Andes. Cáceres hacía ya tiempo que estaba en franca recuperación. Las heridas en hombro y torso iban sanando, y los dolores se habían vuelto más soportables. Al menos seguía con vida, a diferencia de otros muchos. Bien sabía Cáceres que le debía la supervivencia al valor desplegado por su amigo.

Berns se había convertido en un héroe. Pero ello no le libró de caer en la pesadumbre. Le llamaba la atención a Cáceres que Berns estaba menos locuaz que antes, que apenas comía, y que ni siquiera reaccionaba cuando le hablaban de las montañas y de la historia del Perú, unos temas que siempre le habían apasionado.

Cuando por fin dieron el alta a Cáceres en el hospital militar, mostró su agradecimiento hacia Berns invitándolo a acompañarle a Lima a casa de unos amigos. El matrimonio formado por César y Eliana Aramburu, que Cáceres conocía desde los días de su infancia, gozaba de una elevada condición social y era dueño de un palacio de veinte habitaciones.

El chico necesita un cambio de aires, pensaba Cáceres, y Lima le sentará bien. ¡Sabe Dios que César y Eliana no tienen precisamente problemas de espacio!

Una semana escasa tras su llegada al palacio de los Aramburu, Berns seguía pasándose las horas asomado a la calle, mirando como petrificado a través de las rejas del balcón. Había borriqueros, caravanas de acémilas, vendedores de melones, aguateros, putas, mujeres con el rostro cubierto, adivinos, chiquillos a montones; pero todo se le antojaba no más que un murmullo discurriendo a su lado. Desde la batalla, sentía una opresión infinita; era como si todas las impresiones recibidas se las hubiese tragado un agujero negro. Si cerraba los ojos, seguía viendo a los muertos delante de él. Pensaba Berns: si morir es tan fácil, ¿cómo es que sigo vivo? Solo contaba veinticuatro años, pero su temor a la muerte era el de un anciano. El corazón le pesaba como una losa.

Ni siquiera la noción de la ciudad perdida de los incas conseguía animarlo; antes bien se le antojaba que El Dorado no era sino una cáscara verbal, sin nada dentro, un lejano recuerdo de algo que él hubiese urdido en sueños hacía mucho tiempo. Únicamente cuando Cáceres le pidió a Eliana Aramburu que mandara traer algunos artefactos incas para que Berns los inspeccionase, se dibujó una leve sonrisa en su semblante; pero al cabo de un rato se vio que prefería seguir pegado al balcón, con la mirada perdida, en vez de prestarle atención a aquellos ídolos de plata.

Cáceres le presentó al alcalde de Lima, al director del Teatro, al ingeniero municipal de obras públicas, al obispo y a su propia madre; pero Berns se limitaba a esgrimir un mudo asentimiento, que hizo creer a todos que el prusiano no comprendía el español. Cáceres no quiso corregir tal suposición. El menor ruido bastaba para que Berns se estremeciera agitado; si Cáceres o César Aramburu le ponían la mano en el hombro, dejaba escapar un gemido y se ponía de lado.

—La batalla no le ha sentado bien —dijo Cáceres.

—No es un soldado —replicó César Aramburu.

—Entonces, ¿qué es? —preguntó Cáceres.

***

Un mes después de la batalla, el presidente Prado anunció que se proponía homenajear a sus tropas. Los batallones, o lo que quedara de ellos, habrían de desfilar ante su palacio, tras lo que se honraría a los caídos y a los supervivientes.

La Plaza Mayor, en la que se centraría la parada militar, distaba menos de dos manzanas de la residencia de los Aramburu. Cáceres le rogó a Berns que se pusiera el uniforme nuevo; cuando Berns no accedió a su petición, Cáceres se lo ordenó; y cuando tampoco esto tuvo efecto, encargó a la doncella que vistiera ella a Berns con las nuevas galas.

—¡La melancolía acabará contigo! —exclamó. Entonces Berns rio por primera vez desde la batalla, aunque no sonaba ya igual que antes.

Se desplazaron a pie hasta la plaza, en compañía de los Aramburu. En la calle, unas mujeres embozadas se volvieron al paso de los dos hombres; Cáceres lucía una facha imponente, y también Berns se había despojado de cualquier aire juvenil; ya desde la distancia, su andar pausado y los cabellos cuidadosamente cortados y peinados le hacían parecer el abatido vástago de una estirpe aristocrática.

En las farolas ondeaban cintas blancas y rojas, cientos de personas se habían congregado en el lugar, tañían las campanas de la catedral, y había frailes franciscanos yendo de un lado a otro mientras agitaban pequeños quemadores de incienso; solamente Berns no estaba para fiestas. ¿Una batalla honrosa? Difícilmente puede expresarse así, pensaba Berns, más bien una aniquilación de vida carente de sentido. El ejército, lo sabía ahora, no albergaba nada bueno; lo mejor era mantenerse alejado del mismo y centrarse en los propios asuntos.

Los supervivientes de la batalla tomaron posición directamente al lado de la tribuna presidencial. Estoy vivo, pensó Berns, ¿cómo es posible? Cáceres permanecía junto a él, y mantenía la cabeza gacha. En torno a los veteranos se movía más gente de la que Berns hubiera visto jamás en el Perú: una muchedumbre jubilosa, que incluía mujeres y niños, individuos de pie sobre los bancos, otros que habían llegado a lomos de sus burros, o se habían dejado llevar por sus sirvientes. La fuente situada en mitad de la plaza había sido llenada con pisco Italia. Tras el desfile militar, se anunció, cada soldado podría servirse una copa hasta arriba. Pero antes tendría lugar el discurso del presidente Prado. Ya había ocupado su puesto en la tribuna: las piernas bien separadas, la barriga encogida, el pecho hacia afuera, la barba cepillada en punta, como para protegerse.

Lo mismo que en una torreta artillera, pensó Berns. De un momento a otro impactará una granada y lo hará volar en mil pedazos. Pero nada de ese estilo sucedió.

—¡Patriotas! Hace cuarenta y cinco años, San Martín estaba en esta misma plaza declarando la independencia de nuestro país. Hoy somos nosotros los que estamos aquí y proclamamos: españoles, volved a vuestras casas y no regreséis jamás. ¡Mierda, así es!

La masa rugía, Prado reía y, con las voces de ¡Viva el Perú!, ya no se pudo entender lo que dijo después. Se apresuró a concluir la alocución para disponerse a leer los nombres de los soldados que habían intervenido en la batalla. En el caso de los supervivientes, pronunciaba sus nombres una segunda vez. Al coronel Inclán, en su condición de comandante, le correspondían la tarea y el honor de secundar al presidente después de cada caído. Tras cada ¡muerto! estallaba el griterío jubiloso del pueblo: *¡Viva, viva, viva!*

—¿Coronel Toribio Zavala? ¡Muerto! ¡Viva!

Yo estoy vivo, pensó Berns.

—¿Capitán de artillería Juan Salcedo? ¡Muerto! ¡Viva!

¿Por qué?, se preguntó Berns. Esto, ¿quién lo ha decidido?

—¡Ministro de la Guerra José Gálvez Egúsquiza!

Cuando se leyó ese nombre, el coronel Inclán guardó silencio brevemente, y entonces dijo:

—Murió heroicamente defendiendo la patria y el honor de América.

El pueblo expresó ruidosamente su entusiasmo, y el presidente Prado explicó que, de ahí en adelante y para todos los tiempos, Gálvez tendría la consideración de comandante en jefe de la artillería pesada del Perú. Pues para todos los tiempos también se le había hecho saber a los españoles que no se les había perdido nada en América. El día de marras pasaría a la historia como el Dos de Mayo. Había un temblor en la voz de Prado, derivado acaso de su afonía.

Siguió la concesión de medallas. Prado hizo entrega de la lista de los honrados a su secretario, toda vez que su voz había colapsado por completo.

¡Coronel Inclán! El convocado dio un paso al frente, y dejó que le pusieran una medalla en la solapa. ¡Teniente coronel Del Valle!

¡Suboficial Iglesias! ¡Capitán Johnes! ¡Capitán Carillos! ¡Teniente coronel Cáceres! Entonces surgió una dificultad. El secretario frunció el entrecejo, movió el papel nerviosamente de un lado a otro, le hizo una consulta rápida al presidente, y al cabo vociferó con aplomo: ¡Teniente coronel Berrness! Berns miró a su alrededor y, cuando ningún soldado mostró intención de moverse, se presentó. Una medalla. Ahora sí que sería obligado escribirle a su madre; también el que hubiese sobrevivido a la batalla debería ser digno de mención. ¿Le habría tocado ya a Max pasar por el ejército? Berns había prometido devolverle a su hermano el dinero que este le había entregado cuando partió. No debía olvidársele.

La banda se puso a tocar y la gente inició el baile. También la atracción montada en la fuente se inauguró oficialmente. En vez de agua corriente del río Rímac, ahora manaba aguardiente de calidad de los dos cuerpos superiores, para luego caer al pilón inferior. Se iba a tomar una foto. El presidente Prado se situó con su copa de plata ante el manantial de aguardiente, cuando se dio la consigna: esperar. El fotógrafo y sus tres ayudantes lograron, tras ímprobos esfuerzos, montar el dispositivo, una suerte de monstruo negro de partes prominentes. El artilugio no se mantenía en pie. Posiblemente alguna de sus piezas se había caído del burro durante el transporte hasta la plaza Mayor, sufriendo algún percance.

Cuando finalmente estuvo todo listo, el fotógrafo llamó a los condecorados, indicándoles que se colocasen junto al presidente. Nadie se movió. Incluso el teniente coronel Cáceres estaba de pronto enfrascado en la tarea de sacar brillo a su copa, frotándola contra el uniforme. ¿No era extraordinario? La apertura del aparato tenía que ser reajustada repetidamente, las veces requeridas hasta que apuntase ligeramente hacia lo alto. Lo mismo que un cañón, pensó Berns. Y junto al aparato, en la carpa de cámara oscura, ¿no estaba almacenada la munición, no se guardaban polvillos y sustancias peculiares?

—Hasta ahora han sobrevivido todos los que he fotografiado —exclamó el fotógrafo—. Esto es una cámara, señores, no es ningún obús.

Entonces Berns abandonó su inmovilidad, agarró a Cáceres del antebrazo y avanzó con él hasta la fuente. Primero, una leve inclinación ante el presidente —¿era lo prescrito?— tras lo que se situaron a su lado.

—¡Muchachos, ahora la cosa se pone seria! —El presidente atrajo a Cáceres y a Berns hacia sí, el fotógrafo desapareció bajo el cortinaje negro, se puso a manipular lo que fuese y luego, durante un tiempo bastante prolongado, no sucedió nada. La apertura miraba con fijeza a los hombres, pero ningún proyectil salió de ella, ningún disparo sonó, nadie gritó desplomándose al suelo. No sin sorpresa, Berns constató que la idea de que hubiese tal plétora de aguardiente a sus espaldas le resultaba tranquilizadora. Justo cuando empezaba a considerar que la hermosa cantidad de alcohol contenida en la fuente debería haberse evaporado hacía ya mucho, el fotógrafo emergió de debajo del telón. Tosió y dio las gracias por la paciencia demostrada. ¿Había sido tan terrible? Ahora ese instante había quedado inmortalizado para siempre. Primero la eternidad, y a continuación ponerse a beber, por ese orden.

El fotógrafo corrió con las placas hasta la carpa de cámara oscura. En cuanto sus lonas se hubieron cerrado, el copón del presidente surcó el aguardiente de uva. Siguió la copa estrecha de Cáceres, y después la mano ahuecada de Berns. Cáceres se apresuró a pasarle su copa, suplicando a Prado que disculpase a su compañero. Es que no es de aquí, explicó.

—Para ganarse una medalla no ha tenido problema, cuando menos —dijo el presidente. Berns se atragantó, pero se aguantó las ganas de toser.

—Con el debido respeto —dijo, al recuperar la voz—. No hemos hecho más que cumplir con nuestro deber.

El presidente lo miró con detenimiento. Y acto seguido le preguntó qué era lo que más deseaba de corazón.

Berns se quedó sin habla. Para una pregunta de ese calibre no venía preparado. ¿Cuál sería la respuesta más conveniente? Las pupilas del presidente eran de un marrón oscuro, casi negro.

—Amo el Perú —dijo. Fue lo mejor que se le ocurrió.

Ahora Prado sonrió. ¿Por qué sonreía? ¿Qué era tan merecedor de esa sonrisa? Cáceres carraspeó, vaya, ya era hora.

—Este prusiano de aquí —dijo—, no tiene anhelo mayor que

trasladarse como ingeniero a las montañas. Desarrollar el ferrocarril. No habla de otra cosa, es una auténtica pesadez.

Berns alzó la mirada, lívido de estupor. ¿Qué era lo que Cáceres
acababa de decir?

—Sin duda, naturalmente, desarrollar el ferrocarril, no seré yo
quien se oponga —dijo Prado. Pero ¿por qué diantre había que llevarlo precisamente hasta las montañas?

6. A CATORCE MIL PIES POR ENCIMA DEL NIVEL DEL MAR

El doctor Tamayo era un ingeniero experimentado. Cada mañana, antes del amanecer, lo primero que hacía era distribuir una ración de hojas de coca entre los hombres de su cuadrilla, a quienes después elogiaba y besaba; a veces, cuando lo consideraba necesario, les repartía adicionalmente collejas, golpes y patadas.

De esta manera, Peruvian Railways había logrado comunicar, en el plazo de cinco años, la costa del Perú con el interior. Casi a diario había ahora servicio de trenes de Mollendo a Arequipa, llegando a subir hasta Puno, junto al lago Titicaca. Enlazar la ciudad de Juliaca con Cuzco, en cambio, parecía imposible. «Hasta que hayáis concluido el mapa topográfico, os veréis todos con el pelo blanco», les habían dicho a los ingenieros desde las oficinas de Peruvian Railways. Entre Juliaca y Cuzco había que superar puertos de montaña situados a más de catorce mil pies de altura; una altitud a la que la sangre te atraviesa las membranas mucosas. «Pasarán años antes de que consigáis obtener una medición básica», habían insistido en la sede de la empresa. «Las cadenas de Gunter harán que os congeléis», habían añadido, «el magnetismo de las montañas destrozará el teodolito, los indios sabotearán vuestras marcas de referencia, la radiación solar a esos niveles confundirá vuestros cerebros, los cóndores desventrarán vuestros cuerpos. ¡Se necesitarían décadas de trabajo!». La empresa no contaba, pues, con la supervivencia de sus ingenieros.

Pese a todas las resistencias, el grupo de medición se puso en camino en noviembre de 1871. Lo formaban el doctor Tamayo, un cincuentón achaparrado y siempre impecablemente vestido; Publio Donnelly, un ingeniero pelirrojo de Tacna tan aficionado a las obscenidades como al pisco Italia; Antonio Ramírez, un espigado ingeniero procedente de la sierra; así como Augusto Berns, quien con sus escasos treinta años era el más joven y el menos hablador del elenco. Los acompañaba una docena de acemileros y porteadores indios.

Cinco años habían transcurrido desde la batalla; cinco años en los que Berns se había ido distanciando mediante triangulaciones de la costa y del Callao, hasta hallar su salvación en las montañas. Las pesadillas, no obstante, le habían seguido hasta la sierra. Noche tras noche se despertaba sobresaltado, como queriendo ponerse a cubierto de las balas de cañón; pero en cada ocasión se daba cuenta de que no había balas de cañón, sino apenas el firmamento meridional salpicado de estrellas; bueno, y también unos pocos ingenieros adormilados, que maldecían su infortunio por tener que trabajar al lado de alguien traumatizado por la guerra.

El trabajo en la sierra era duro, en especial si no dormías bien por la noche. Para Berns, sin embargo, ese trajín penoso era lo mejor que podía tocarle. Con el tiempo, fue percatándose de que el esfuerzo exigente tenía la virtud de distraerle; y de que, cuanto mayor fuese el número de puertos de montaña que cruzaran, de pendientes por las que se deslizaran, de glaciares que atravesaran y de altiplanos que midiesen, más eficazmente se sellaría el vacío que se había adueñado de su ser.

Un día, empacando la mochila, cayó en manos de Berns su pequeña libreta de notas. Había estado oculta bajo una tira de cuero en uno de los bolsillos laterales. Años hacía que no le ponía los ojos encima. No sin reticencia la abrió, y echó un vistazo a sus apuntes. Los incas, ciudades perdidas, oro, tesoros, adornos intrincadamente imbricados de manera caleidoscópica...

Berns fue incapaz de reprimir la risa. Un espíritu inocente e infantil había compilado esas anotaciones y esos dibujos, tal fue la impresión que le asaltó; uno que sabía bastante de la historia de los incas, pero prácticamente nada de la vida real. ¿Cómo podía un ser humano, que además había visto la muerte de cerca, perder su tiempo con tamañas majaderías? Berns volvió a meter el bloc de notas en la mochila, asegurándose de que quedaba abajo del todo. Entonces el equipo de medición emprendió, bajo la dirección del doctor Tamayo, la senda hacia Cuzco, mientras las desoladas cumbres de los Andes hicieron olvidar por el momento a Berns la herida que arrastraba consigo.

***

Blancos relucían los glaciares sobre las laderas peladas de las montañas. La puna, esa estepa árida entre las cordilleras, se extendía en apariencia hasta el infinito; solo de tanto en cuanto la animaban algunas manadas de vicuñas silvestres. El sol implacable de las alturas se alternaba con las zonas de intensa penumbra al fondo de esos barrancos enteramente cubiertos de musgo español; en ocasiones, los hombres se tiraban días y días buscando el lugar desde el que un puente colgante los condujese al otro lado.

Cada vez que desplegaban su campamento para pasar la noche, Berns pensaba: Dios mío, es como si estuviera haciendo un recorrido por los libros de mi juventud. Notaban los ingenieros cómo Berns de pronto se ponía a sonreír y a asentir satisfecho, lo cual los dejaba atónitos. El aire de las alturas había sido sin duda la perdición de muchos, y a ninguno había beneficiado. El doctor Tamayo dijo:

—Las tierras altas les han extraído el oxígeno a sus fantasmas.

Y Donnelly, que odiaba esos parajes, comentó:

—Montañas a la espera de que las midamos no van a faltarnos, vive Dios.

Así fue cómo, con el paso del tiempo, el soldado Berns se había convertido en el ingeniero Berns. El doctor Tamayo le tenía en mayor aprecio que a Donnelly y Ramírez, quienes, si le encontraban alguna ventaja al asunto, tendían a mostrarse quejosos o tardos de comprensión; Berns, por el contrario, pillaba las cosas a la primera y, al menos así se lo parecía al doctor Tamayo, disponía de reservas de vigor inagotables. Sus estados anímicos los dejaba siempre de lado a la hora de acometer el siguiente tramo, el siguiente punto fijo o vértice geodésico. Pese a todas las privaciones, se esmeraba en el cuidado del cuerpo y el cabello. Algunas veces, cuando Berns regresaba de una gira de exploración, con la tupida barba de un rubio oscuro que se había dejado crecer, los ojos azul claro añadidos a un rostro curtido por la intemperie y aquellos andares solemnes y reflexivos, el doctor Tamayo pensaba: si no supiera lo que hay, le tomaría por un refinado caballero de Lima, que se ha extraviado en estas montañas.

Pero Berns era capaz de echar sobre sus espaldas el trabajo de diez, y esto lo diferenciaba de los cosmopolitas delicados. ¿De qué otro modo cabía explicar que el equipo hubiese medido, en menos de cuatro meses, el entero tramo que va desde Juliaca hasta casi las puertas de Cuzco? Seguro que Donnelly y Ramírez no habían resultado determinantes. Berns lo habría conseguido igualmente por su cuenta, pensó Tamayo, sin mí, sin Donnelly y sin Ramírez, él solo con el teodolito, el nivel óptico, el trípode y, en tal caso, con los indios, para que cargaran con los postes.

Lo que Berns estudiaba por las noches, a la luz de una lámpara de petróleo, mientras Donnelly y Ramírez llevaban ya su buen rato dormidos, se le ocultaba. Con líneas de ferrocarril no tenía nada que ver.

Ya solo les quedaban veinte millas hasta Cuzco. Eso y nada eran lo mismo.

Tal vez, le vino a la mente a Berns años después, tal vez todo se hubiera desarrollado de un modo bien distinto, si las primeras ruinas que tuvo la oportunidad de ver en su vida no le hubieran causado un impacto aún mayor del que, antaño, le produjo la ciudad de Berlín.

Pero cuando le tocó ir cabalgando hacia las ruinas de Piquillacta, por casualidad encabezando el grupo aquel día, con el sol desplazándose a esa hora sobre el macizo de Salcantay, mientras sus rayos se adentraban lentamente en el valle de Oropesa, consiguiendo como por ensalmo que dichas ruinas se iluminaran con un fulgor dorado, lo cierto es que se olvidó de triangular, olvidó los bosquejos del entorno, olvidó el registro de puntos fijos, el mapa general y las marcaciones. Piquillacta era una fortaleza, erguida con majestuosidad sobre un estrecho pasadizo. Alrededor no se vislumbraba sino soledad, colinas yermas, dos o acaso tres lagos, reverberando en la lejanía. Y, sin embargo, lo que afloraba aquí, invadida de barbas de viejo y matorral, era una instalación de impresionantes dimensiones, quizás incluso una ciudad.

Berns miró atrás, pero de Tamayo y los otros no se veía el menor rastro. Bajó de su montura, la ató a un cedro y prosiguió por un sendero que conducía al laberinto de las desmoronadas edificaciones. Muros de piedra color ocre toscamente labrada conformaban casas, patios interiores y pequeños pasadizos, que unían entre sí las callejuelas. Entre ellos resaltaban, en diversos puntos, tramos de albañilería más sólidos y elaborados, en los que aparecían hornacinas, en ocasiones abundantes y en fila. Berns no tenía prisa. Que los demás pensasen lo que les apeteciera. Por primera vez en mucho tiempo no se sentía impelido por fuerzas ajenas, sino vivificado. Ahora podía hacerse una idea de lo que habría tenido que ser, para los hombres de Pizarro, la ocupación de esta tierra; cómo habrían sentido el peso de las armaduras sobre sus espaldas, la vivencia prodigiosa de contemplar a estas gentes, los animales que guardaban y sus ciudades singularmente impolutas, repartidas por el territorio. Puede que fuese la carga de los últimos meses, que Berns no podía dejar de sentir, la que le hiciese sentir el lastre de las armaduras sobre su propio cuerpo, y que ello condicionase su visión de esas ruinas en las que se encontraba. De pronto no se trataba de un jalón fugaz, sino de un momento histórico, al que sucederían incontables momentos históricos engarzados en lógica sucesión. ¿Por qué medir, si se podía descubrir? Cuando Berns creyó escuchar el sonido metálico de una espada, salió del ensoñamiento y dejó de ser un conquistador, aunque continuaba siendo un descubridor.

Sus compañeros seguían haciéndose esperar, así que Berns aprovechó para realizar bosquejos y analizar los cimientos. Entre los escombros de traquita y pórfido había cascotes de vasijas rotas y restos de tejidos viejos. La mayoría de las casas habían sido ya saqueadas: tierra removida, cuevas excavadas, cráneos y huesos humanos en revuelta mezcolanza. ¿Qué quedaba ya por descubrir, si cuanto uno tenía delante aparecía hecho trizas?

Una voz queda, desde dentro de la cabeza de Berns, inquirió: ¿Y el oro, no es el oro lo que tú, igual que los demás, andas buscando? Y Berns pensó: Sí, quiero el oro, pero quiero hacerme con él de una forma honorable. Un descubridor no es lo mismo que un ladrón.

Había accedido Berns a una vereda que llevaba colina abajo entre dos grupos de casas, cuando oyó que lo llamaba Tamayo. La senda fue ensanchándose hasta trocarse en una calle ancha, que desembocaba directamente en una puerta. Tras ella se hallaba el puerto de Angostura y, más allá, estaba el valle de Cuzco. A menos de doce millas del sitio estaba el templo del sol; siglos llevaba esperando que llegase alguien capacitado para *leerlo*. Berns se acarició meditabundo la barba. Un soldado, desde luego, no era. Quizás, pensó, quizás tampoco fuera un ingeniero. La pequeña libreta de anotaciones la llevaba ahora en el bolsillo de la camisa, justo encima del corazón.

El doctor Tamayo, Donnelly, Ramírez y los acemileros se habían detenido bajo el cedro.

—Si te vas a parar en cada ruina, Berns —dijo el doctor Tamayo—, nos llevará todavía una semana llegar a Cuzco.

—Es posible —replicó Berns. Entonces se sentó junto a los hombres y compartió con ellos la última torta de maíz que le quedaba. Cuando el café que había puesto en el perol comenzó a despedir sus aromas, y un ibis de la puna se dejó oír en lontananza, preguntó a los hombres si alguna vez habían oído hablar de Manco Cápac. Nada respondieron, de modo que Berns les habló de la leyenda y de la cueva de Pacaritambo. Los incas creían que su padre originario Manco Cápac había sido enviado con sus hermanos a la tierra por el dios del sol Inti. En la cueva de Pacaritambo, que se hallaba en un lugar ignoto, habrían despertado de su trance para acceder a la luz del día por una de sus tres salidas, la del centro. Manco Cápac habría llevado en sus manos el cetro de su padre, el dios del sol. En ejecución de las instrucciones, su cometido era fundar una ciudad allí donde el cetro se pudiera clavar en la tierra. Tal ciudad llegaría a ser Cuzco, el ombligo del mundo.

Supuestamente, según Berns, otros mandatarios incas de épocas posteriores habrían visitado ese lugar, esa cueva, la habrían ampliado y la habrían forrado de oro.

Aguardó con impaciencia la reacción de estos hombres. Pero ellos lo miraron con indiferencia, sin pronunciar palabra.

—Pacaritambo no se ha descubierto hasta la fecha —dijo finalmente Berns—. ¿No lo entendéis? ¡Tal lugar ha de constituir la base para la leyenda de El Dorado!

El doctor Tamayo soltó un silbido y asintió en gesto de aprecio.

—No digo yo que no hayas leído un montón, Augusto —dijo—. Pero si El Dorado —perdón, Pacaritambo— se ubicase en alguna parte del valle de Cuzco, sin duda habría sido ya encontrado.

—Yo no creo que esté en ningún sitio en las proximidades de Cuzco —contestó Berns—. Ni siquiera creo que esté en algún paraje de las tierras altas. ¿Nunca os ha llamado la atención la frecuencia con la que los incas elaboraron representaciones del jaguar? Lo adoraron como rey, como intermediario entre los mundos.

—Bien, ¿y qué? —preguntó Donnelly.

—El jaguar pertenece a la selva —dijo Berns, tras lo que enmudeció. Había ya contado más de lo que se había propuesto.

—¿Y tú qué eres, un experto en antigüedades? —quiso buscarle las cosquillas Ramírez.

—Aún no del todo —dijo Berns—. Pero lo seré pronto.

***

Esa noche, Berns se sumió en hondas cavilaciones, y a los hombres les dio por suponer que la batalla lo había vuelto a apresar en sus garras. Dijo Donnelly:

—Este ya huele la atmósfera urbana. Le doy dos días en Cuzco y lo tendremos de nuevo en la ruta con teodolito y trípode.

El doctor Tamayo, en cambio, pensó: algo ha dejado de ser como era antes. Ese ardor peculiar en los ojos, esas ausencias mentales… ¿Qué demonios le estaba sucediendo a su mejor ingeniero? Acaso sí era achacable a la menor densidad del aire, o al magnetismo. ¿O es que se tomaba en serio el prusiano toda esa cháchara sobre la ciudad perdida?

El doctor Tamayo se inquietaba con razón. En Berns había estallado una pugna. Sobre su piel de alpaca reposaban dos libretas: una, en la que había anotado extractos sobre la cultura inca; y otra, en la que estaban sus diseños para la línea ferroviaria. El trazado estaba ahí, era real. No menos real era su responsabilidad como ingeniero. Sin embargo, ¿cómo reconciliar esto con la ciudad perdida de los incas?

Quien diera con ella pasaría a la historia como gran descubridor, sí, incluso como un héroe. Pero quien abandonara su bien remunerado trabajo para irse a fracasar a la selva, era un idiota. Berns había sido enormemente afortunado de que Cáceres le hubiese ayudado a obtener un puesto en el ferrocarril. Sin el presidente Prado, todo esto habría sido imposible. En el caso de sufrir un revés, no podría esperar que volvieran a darse circunstancias tan favorables.

Pero entonces volvió Berns a pensar en el templo del sol situado en Cuzco, en las cadenas montañosas que tenía ante sí, y sintió con más fuerza que nunca que debía correr el riesgo. De lo contrario, lo único que conseguiría sería atrofiarse y amargarse, encerrado en una oficina de la capital.

—Yo sé lo que toca ahora —dijo Berns.

—En primer lugar lo que toca es Cuzco —masculló Donnelly, ya medio dormido.

***

Apenas habían dejado atrás el valle de Oropesa, cuando ya el valle de Cuzco se abría a sus pies. Si se miraba en dirección norte, se iba ensanchando hasta convertirse en una extensa llanura, que paulatinamente iba adquiriendo pendiente según se acercaba a las montañas. Allí al fondo, en el punto más alto, distribuido en siete colinas color ocre, estaba Cuzco. Las torres de sus iglesias reflejaban la luz crepuscular con tanta nitidez, que parecía factible asirlas con la mano. Es como un espejismo, pensó Berns, una ciudad que parece demasiado verdadera como para poder ser real. ¿Sería él el llamado a desvelar sus secretos? Desde la niñez se había dedicado a los incas y a sus construcciones, y jamás se había tropezado con nadie que supiese más al respecto que él. (Brevemente reflexionó acerca de si Humboldt pudiera comportar una excepción a la regla, pero lo dejó estar.) Si todo ello era suficiente, se comprobaría pronto.

Una vez más desmontaron, pusieron en posición el trípode, y marcaron las distancias al puerto de Angostura y a la torre de la catedral de Cuzco. Cuando Berns tuvo orientados los instrumentos, las campanas de Cuzco comenzaron a tañer. Ramírez, que era originario de las montañas, se puso de rodillas, se arrancó el sombrero de un tirón y dobló hasta tal punto el espinazo, que su frente tocaba la tierra.

—Las campanas les resultan sagradas a los indios —susurró Donnelly—. Fueron fundidas a partir de los ídolos de oro de sus antepasados.

Berns asintió, se despojó igualmente del sombrero y adoptó una postura de acatamiento. Un poco más hacia el frente se localizaba su futuro. Estaba tan excitado, que cuando cabalgaba apenas podía sostener las riendas. También el caballo parecía más alegre de lo habitual, y avanzaba a saltitos.

—Berns anda tramando algo —le dijo el doctor Tamayo a Donnelly. Pero este ya estaba mentalmente despatarrado en una taberna de la ciudad, y se encogió de hombros.

Había anochecido con creces, cuando llegaron a la ciudad. Los hombres desmontaron y se dirigieron tras los acemileros y sus bestias a la puerta de la localidad. Berns apenas podía controlar las reacciones de su rostro: una ancha sonrisa se había posado en sus labios, y el sudor le brotaba de los ojos, pero nada parecía incomodarle.

Pocos pasos antes de la puerta que daba acceso a Cuzco se toparon con una pequeña capilla pulcramente enjalbegada. Formaba parte del cementerio de la ciudad, allí situado. Ante su entrada se detuvo Berns brevemente para tomar aire; aunque a los demás ciertamente les dio la impresión de que iba a hacer la señal de la cruz y musitar una corta plegaria.

Ya iba Berns a apartarse, cuando advirtió junto a él una oquedad en el muro del cementerio; le puso los pelos de punta. Había allí un esqueleto, sujeto por una barra de hierro, que sostenía dos estandartes de chapa en las manos. Uno decía: *Yo soy Pablo Biliaca.* Y el otro: *Memento Mori.*

—¿Qué es esto? —se preguntó Berns, constatando con irritación que le temblaba la voz. El esqueleto parecía dirigirle las cuencas vacías de los ojos directamente a él, y los huesudos dedos le alargaban los confalones como si él, Biliaca, hubiese aguardado durante años a que un visitante, Berns, reparase en él. Berns se aclaró la garganta y reiteró la pregunta.

Tamayo se encogió de hombros, pero Ramírez contó que supuestamente se trataba de un obrero que había trabajado en la cubierta de la catedral y que un día tuvo la mala sombra de caerse. Eso era todo. Y Berns pensó: así son recordados quienes no rematan su obra. Se convierten en alimento de chanzas banales. De repente le entró frío, y se apretujó el poncho.

—Ahí está —dijo Tamayo—. Caballeros, ahí la tenemos, la ciudad. ¿Me hacen los honores?

***

Junto a la puerta estaba apoyado un indio que vestía un ropaje de un rojo intenso. Nada más llegar el grupo, los avasalló largándoles una parrafada en quechua. Tamayo se lo quitó de encima con displicencia, mientras Berns depositó en su mano una galleta seca sin que se notase. Cuando hubieron cabalgado un buen trecho por la ciudad, dejó que le adelantase el resto de la caravana y se puso a observar las torres de las iglesias, las pequeñas plazas verdecidas y el revoltijo de callejuelas que se desplegaba ante él. Así que eso era: ¡Cuzco!

Berns estaba tan emocionado, que apenas sentía el suelo bajo las suelas de sus botas, ni su rechinar sobre la arcilla, ni el deslizamiento sobre los cuadrados de granito pulido.

En los laterales de las callejas había gente sentada ofreciendo sus productos: patatas en todas las formas y colores, sacos repletos de hojas de coca, mazorcas de maíz cocidas y, en cualquier esquina, cubas que contenían chicha de maíz. Por el centro del callejón discurría una zanja que evacuaba unas aguas residuales brutalmente apestosas. Berns se tapó la nariz con el pañuelo y contempló, como hipnotizado, los cimientos de las casas circundantes. Los bloques gigantescos de granito se alzaban hasta una altura de cuando menos seis pies. Los españoles no se habían tomado la molestia de derruir los palacios incas hasta el nivel del suelo, sino que se limitaron a levantar sus casas sobre aquellos restos. De los muros encalados emergían balcones de madera; y dondequiera que una calle se orientase a los confines de la ciudad, brindaba una visión panorámica hacia las colinas de la altiplanicie.

Indios de todas las tribus, aunque procedieran de los valles más distantes, se congregaban aquí, comerciaban o se deslizaban con sigilo, como portadores de los secretos más antiguos, por la maraña de callejas. El grupo más numeroso lo constituían los indios del altiplano, descalzos y de rostros quemados por el sol, que con rictus imperturbable arrastraban tras de sí llamas o alpacas, sin dejar de mascar hojas de coca. Había aquí indios de considerable estatura, vestidos enteramente de negro, otros achaparrados, luciendo sombreros con pinta de tortitas; y aun otros vestidos con andrajos purpúreos, y que portaban con total seriedad borlas de lana en todos los colores del arcoíris, engalanando sus testas.

¿De dónde salís todos?, sintió ganas de preguntarles Berns, quien de buen grado los habría retenido para averiguar todo acerca de sus vidas. Pero la caravana con el resto del grupo casi había desaparecido nada más doblar una esquina, por lo que Berns hubo de guardar su fascinación y alejarse de ellos.

A mano derecha había una colina que penetraba en la ciudad, el Sacsayhuamán, en cuya cima los incas habían edificado una gigantesca fortaleza.

—Esto sí es una ruina inca —dijo Berns, pero Tamayo no le prestó oído. Los ciclópeos segmentos de piedra con los que se había construido dicha fortaleza habían plantado cara a todos los ataques sufridos; ni siquiera los españoles se mostraron capaces, en su furor, de destruirlos.

En la Plaza de San Francisco se detuvo la cuadrilla. La empresa les había encomendado dirigirse a la casa de una tal doña Ana María, viuda benefactora y terrateniente —la localidad carecía de hoteles—. Las mulas recibieron agua y pienso en su patio, y a los acemileros se les dio acomodo en una de las alas laterales. Doña Ana María, les habían indicado, vivía con sus dos hijos en una gran casona, en la que los huéspedes eran siempre bienvenidos. ¿Pero dónde estaba?

Después de no poco rato dando tumbos, Tamayo señaló un imponente portal.

—Supongo que es aquí —dijo—. ¿Nos decidimos a entrar?

Doña Ana María se había ya retirado a sus aposentos. Su mayordomo, un indio rechonchete con levita de terciopelo negro y los pies descalzos, condujo a los hombres por largos pasillos hasta sus habitaciones. ¿Era en efecto una *casona* la citada propiedad de la viuda, según las palabras de Tamayo? Doña Ana María habitaba un palacio tan excelso, y tan lujosamente equipado, que a Berns le dio por barruntar que se hallaba en Venecia, en pleno Gran Canal. Como siempre, cada vez que se veía confrontado con una riqueza inmensa, sentía cómo se abría paso en su ánimo un respeto incondicional, que se entremezclaba con una agitación particularmente deleitosa. Aunque, casi a la vez, le sobrevenía el apremio de sacar pecho, de demostrar que él, el en apariencia subalterno, en realidad era, y no por poco, el genuinamente superior. ¡Una viuda! Probablemente había tenido a su disposición cien años, para acumular tal patrimonio.

Unas cortinas de damasco ocultaban los ventanales, y tapices bordados cubrían las paredes. En la penumbra de los salones, Berns vislumbró tallas de ébano, estatuas de mármol, un piano de cola en cada sala. Entonces se acordó Berns del piano de cola que habían poseído en Berlín, y se preguntó qué habría sido de él.

Uno de los pasillos de la viuda estaba decorado con espejos franceses en cristal de roca que alcanzaban hasta el suelo. Las siluetas harapientas cuyas imágenes reflejaban, con sus abrigos hasta la rodilla solidificados de tanta porquería, no encajaban demasiado bien en ese entorno. Berns sufrió un ataque de vergüenza y se prometió que jamás, en ninguna circunstancia, fracasaría, arrostraría una derrota o se rendiría, en todo lo referente a su propósito. Sólo así le resultaba soportable la certeza de haber dejado atrás a su madre con aquel pedazo de animal, y a sus hermanos expuestos a un futuro incierto.

Ocupó Tamayo el aposento que le asignó el mayordomo. Donnelly y Ramírez fueron alojados juntos, y antes de que Berns tuviera ocasión de despedirse, le hicieron continuar, hasta que también a él le señalaron su habitación. Cuando la puerta se cerró y quedó a solas, cayó sobre él el cansancio acumulado de los últimos días. Con el último resto de energía, aún pudo fijarse con arrobo en el papel pintado estampado en oro, en la mullida alfombra de nudo Bruselas y en el palanganero de bronce, que un espíritu servicial había provisto de agua. Entonces se desplomó sobre la cama. Levantar la colcha de brocado se le antojaba una misión imposible. A punto de conciliar el sueño, Berns se preguntó si la hembra de ocelote que lo olisqueaba con prudencia, y le propinaba suaves golpecitos con la pata, era real o soñada.

—Mis-mis —susurró. Luego se durmió.

                        ***

Berns no se despertó hasta primera hora de la tarde. Por primera vez en muchos años había dormido un montón de horas de un tirón; en sueños, y por esta vez, no se le había aparecido Callao con sus obuses y sus carronadas, sino El Dorado con su oro y sus tesoros escondidos.

Berns se había saltado a la torera, pues, el desayuno, sin caer tampoco en la cuenta de que el mayordomo le había traído ropa limpia; había pasado por alto que Tamayo se acercó a su cama y lo sacudió, para después gritarle al oído que esa noche tendría lugar la gran recepción presidida por el prefecto, y que antes de eso les esperaba una cita en la oficina local de obras públicas, donde el doctor Sáenz, de Peruvian Railways, esperaba recibir el informe de los ingenieros; había igualmente ignorado cómo una doncella le cambiaba el agua de la palanganera; y, en fin, también cómo Ramírez y Donnelly habían entrado en su habitación para interpretar varias piezas en el piano de cola, no sin canturrear a voz en grito y desafinar de lo lindo, mientras remedaban el acento de su colega alemán.

Horas más tarde, Berns despertó sobresaltado. Ahora le venía a la cabeza todo: ¡la recepción, por supuesto! Y el prefecto de Cuzco era a estas alturas, para colmo, nada menos que su amigo Andrés Avelino Cáceres. Después de la batalla, habían puesto bajo su mando el batallón Zepita; pero poco después le correspondió asumir a Cáceres el mando supremo del departamento de Cuzco. Llegar a prefecto apenas le había supuesto un modesto paso adicional. A Berns le complacía el éxito de su antiguo teniente coronel. Ahora volverían a encontrarse, ¡al cabo de seis años! ¿Qué hora era, a todo esto? Berns salió corriendo al pasillo en busca de Tamayo, pero en su habitación no había nadie. Ni siquiera una nota le había dejado. Tampoco había rastro de Ramírez o de Donnelly.

A cambio, le asaltaron un hambre y una sed tremebundos. ¿Cuándo había bebido algo por última vez? Tenía que dar con la cocina. Quien albergue el propósito de descubrir El Dorado no debería fracasar en un empeño así, pensó Berns. Al poco contempló su rostro en un espejo: en la frente, una ampolla estallada derivada de una quemadura de sol, la cara llena de arañazos, los ojos de ese azul punzante, la barba algo crecida en exceso. Berns se vio pinta de adefesio, aunque aun así capaz de imponer, y adoptó su paso sosegado y firme, al que se había acostumbrado en la sierra, para pasar de salón en salón.

De las puertas brotaba bulliciosa una servidumbre descalza, que no respondía a sus preguntas. ¿Habían recorrido tantísimas escaleras la noche anterior? ¿Qué clase de persona podía necesitar tamaña cantidad de salones? Las cocinas siempre se localizan en la planta inferior, se dijo Berns. ¡No pierdas el autocontrol, Berns! ¡O es que se estaba moviendo en círculo? Sin el menor sentido de la orientación, siguió adelante. Justo cuando pasaba ante la puerta abierta de otra sala, alguien salió de estampida. Berns trastabilleó y dio con sus huesos en el suelo.

¡Una mujer en traje pantalón! Berns parpadeó y quiso asegurarse, por dos veces, de que la aparición que podía contemplar sobre él era real, y no producto de su imaginación. Nunca en su vida había visto a una mujer vistiendo pantalones... ¡Menuda atrocidad! Estaba Berns tan asombrado, que siguió un rato más en cuclillas.

—Perdón —dijo la mujer. Parecía andar por la mitad de los cuarenta, tenía una cara redonda y los cabellos negros, que resaltaban sobre su tez pálida. Un par de ojos color de miel miraron a Berns con picardía.

—Perdón —repitió Berns. Tras lo que prefirió no decir nada más por si las moscas, pues su lengua era a veces demasiado larga y no quería meter la pata. La forma de mirar de la mujer lo confundía y agitaba. Para colmo apareció tras las piernas de ella la hembra de ocelote. La mujer le tendió la mano, lo ayudó a levantarse y sonrió con aire conspirador—. Mil veces perdón —dijo Berns. Contó que andaba buscando la cocina. Que su nombre era Berns y estaba de huésped en la casa. Ciertamente reconocía no haberle podido agradecer hasta el momento a la viuda su hospitalidad. Sin duda esta señora, por su edad, se hallaría frecuentemente indispuesta, según era lo más natural suponer.

—En realidad me siento todavía bastante bien —dijo la mujer—. Usted, en cambio, parece algo, no sé cómo decirlo, maltrecho. Permítame que me presente: Ana María Centeno Sotomayor, viuda de Pedro Romainville.

Berns se dejó caer sobre sus rodillas, besó la mano de la viuda y le pidió encarecidas disculpas. Era un prusiano, balbuceó, y no sabía cómo debía comportarse. Aceptaría con gusto ser abofeteado por la dama, ¡de hecho sería para él un honor, no, más que eso, una satisfacción, de hecho un placer colosal! Rogó que se tomasen sus palabras al pie de la letra.

—¡Ya, veo que eso le gustaría! —La viuda soltó una carcajada. Por lo demás, dio a entender que nada le causaba más contrariedad que un suministro de mercancía averiada. Con los dedos extendidos inspeccionó la ampolla estallada en la frente de Berns. ¡Vaya por Dios, esto no es una avería, sino un desastre total! Ella en persona lo acompañaría hasta la cocina y le prepararía algo allí, pues esto no se podía tolerar.

La viuda se inclinó hacia delante, la hembra de ocelote saltó sobre su hombro y, con su cola puntiaguda, le rodeó el cuello. Entonces doña Ana María comenzó a alejarse, y a Berns no le quedó otra que seguirla.

Una mujer como un tren, pensó. ¡Qué privilegio sería resultar atropellado por ella!

***

Llegados a la cocina, la viuda limpió la herida de Berns y le puso delante un plato con carne y una piña de maíz color púrpura. Lleno de turbación, Berns miró primero el plato, luego otra vez a doña Ana María, la de los ojos color miel y esos hoyuelos en las mejillas.

—Es usted preciosa —dijo finalmente, asombrándose ante su propia sinceridad.

—¿Se lo parezco? —dijo doña Ana María complacida—. ¿Y tiene usted el criterio para enjuiciar tal cosa?

—Creo que sí —dijo Berns. Le vino a la memoria la princesa Izabela. Desde luego, después de dejar Lima apenas había tenido tiempo de pensar en mujeres. Tal estado de cosas acababa de dar un vuelco espectacular. Berns podría tener una singular aptitud para concentrarse en el trabajo, o aferrarse a una idea; pero en casi todo lo demás era un hombre como otro cualquiera. La proximidad de un cuerpo femenino le nublaba el entendimiento, haciendo que se desplazaran metas y prioridades.

La viuda se atusó el cabello y quiso saber qué estaba haciendo en esos parajes, en las montañas, tan lejos de casa.

—Soy ingeniero —dijo Berns. Y tras una somera reflexión añadió—: Construyo líneas ferroviarias.

—Bobadas —replicó la viuda, no sin amabilidad—. ¿Me toma usted el pelo? ¿Qué es lo que hace aquí *en verdad*?

¿Cómo lo consigue?, se maravilló Berns. Entonces se oyó a sí mismo decir:

—Me propongo explorar la cordillera Vilcabamba. Ese es mi plan para los siguientes años. Conozco bien prácticamente todos los antiguos relatos de viajes, y las correspondientes rutas. Nadie hasta la fecha se ha aventurado con cierta profundidad en la región de Vilcabamba. Y eso que es precisamente en esa zona, más allá de Ollantaytambo, donde debería haber estado ubicada una importante localidad inca. Un lugar sagrado.

—¿Qué le hace estar tan seguro? —preguntó la viuda—. Al otro lado de Ollantaytambo se enlaza, hasta donde yo sé, con la cuenca del Amazonas. Los incas, sin embargo, no eran un pueblo de la selva.

—¿Le dicen algo las ruinas de Choquequirao? —Berns bebió un trago de la cerveza que la viuda le había puesto en la mesa.

—Algo he oído.

—Pues bien, los incas siempre orientaron sus edificios y asentamientos con relación a su entorno, vinculándolos a otras ciudades o cumbres importantes. Ningún emplazamiento era independiente del resto. De hecho tengo la impresión de que todo se entrelazaba en una trama de vastas proporciones. Cada lugar era, como si dijéramos, una especie de nudo o empalme. Afirman que Choquequirao fue una gran ciudad. ¿Cómo es que la fundaron tan hacia el interior de la sierra? Todo esto es lo que aspiro a indagar. Me propongo hallar la conexión que guardan entre sí las diversas ruinas.

Probablemente, añadió Berns, habría también considerables riquezas que descubrir; aunque no fueron estas su primera consideración al emprender el proyecto. Pese a ello, prosiguió, no se resistiría si el bienestar material tocase a su puerta.

—Esto me suena a música celestial —dijo la viuda. Confesó que ella misma sentía debilidad por los artefactos incas, el oro, la plata y el bronce. Los viajeros que se hospedaban en su casa solían mostrar su gratitud trayéndole raras maravillas, que coleccionaba en un salón de la planta baja. Los verdaderos tesoros, no obstante, se guardaban en otro lugar. ¿Querría Berns examinarlos y emitir su dictamen?

***

Por una escalera de caracol descendieron a una zona en penumbra en las profundidades del sótano. Doña Ana María iba la primera, portando una pequeña lámpara de petróleo. Cuando los ojos se hubieron habituado a las condiciones lumínicas, ya estaban al final de la escalera. Berns pudo observar ante él un estrecho pasadizo de madera, que transcurría sobre un suelo irregular. ¿Habían cavado aquí en busca de algo? Cascotes y fragmentos de roca se distribuían por la tierra removida. Nada más preciso se podía concluir por el momento.

En una cámara lateral por fin pudo divisar, extendidas sobre mantas de lana de alpaca, incontables figurillas, ídolos, herramientas y joyas, algunas cuidadosamente alineadas, otras simplemente amontonadas, pues el espacio se había ido agotando. Las piezas de oro y bronce refulgían con viveza cuando pasó por su lado la viuda con la lámpara.

Nada más pisar el sótano, se había instaurado un espeso silencio en el ánimo de Berns. ¡Estaba en una cámara de tesoros! ¿Cuántos hombres habrían hecho falta para llenarla? ¿Cuánto tiempo habrían dedicado a recorrer las millas necesarias para acumularlos? Su principal objetivo no lo debían de haber logrado, pues de lo contrario se habrían hecho ricos y famosos. En su empeño por hallar la ciudad perdida de los incas, tendrían que haber muerto, desde la conquista, cientos, tal vez miles de hombres. Estarían esperando a Berns allá afuera en sus cuevas, en el fondo de los barrancos. De pronto creyó que le faltaba el aire en ese sótano, cuando la viuda se dirigió a donde se encontraba y le mostró una voluminosa jarra de plata.

—Para ir en busca de artefactos, no tengo ni siquiera que salir de casa. La mayor parte de lo que hay aquí lo he encontrado sin más debajo de mi sótano. En cierto sentido, mi palacio es mucho más fructífero que la mayoría de las ruinas que hay en las montañas. Debe usted saber, mi querido Berns, que estamos sobre los cimientos del palacio que perteneció al viejo inca Roca. Era el quinto Inca.

—El sexto —Berns contempló su imagen reflejada en la vasija de plata. El redondeado cuerpo de esta le distorsionaba el rostro, alargando su barba de un modo inverosímil, y tornando sus ojos monstruosamente prominentes. ¡El palacio del inca Roca! Era completamente increíble.

—Me gustaría quedarme aquí un momento —farfulló él finalmente con voz ronca.

—Tómese su tiempo —oyó que le decía la viuda. Había desaparecido con la lámpara hacia el fondo de la dependencia; la oscuridad se hizo alrededor de Berns, y el reflejo de su imagen se desvaneció—. En esta otra parte hay, por cierto, algo todavía más extraordinario —dijo ella.

Berns se esforzó en ir hacia la luz y encontró de nuevo a doña Ana María, sobre una manta de lana. Entre hatillos de tejidos antiguos discernió aquí jarrones y cántaros con los más prodigiosos ornamentos. Consistían en una representación de brazos y piernas intrincadamente entrelazados, en una fusión de... A Berns se le cortó el aliento. Con todo cuidado giró uno de los jarrones, para apreciar un miembro gigantesco que se rozaba con dos pechos bien dotados. Otro leve giro, y este ya presionaba contra una estrecha abertura hasta desaparecer parcialmente en ella. Con idéntica suavidad la viuda se inclinó hacia él, y le quitó el jarrón de las manos. Al hacerlo, rozó accidentalmente con el brazo el bulto que sobresalía del pantalón de Berns. Con la boca entreabierta, doña Ana María observó a Berns reprimir un gemido. Entonces hizo ella algo más de sitio, apartando cántaros y jarras. Berns la agarró por la cintura y la atrajo hacia él. Qué prieto e inesperadamente musculado era su cuerpo al tacto... Los muslos de la mujer aprisionaron su pelvis, y Berns llevó sus dedos hacia la hebilla del cinturón de ella. Estaba a punto de inclinarse sobre la dama para besar su cuello blanco, cuando doña Ana María lo empujó contra la manta de lana, mientras se desabotonaba la blusa, y Berns se abandonaba al destino.

***

Dos horas más tarde, después de un buen baño y recién peinado, aunque con las rodillas aún temblándole y un regusto a sal en la lengua, Berns se sumó a los agasajos en honor a la compañía ferroviaria. La viuda lo había dejado marchar de mala gana, y también Berns habría preferido continuar a su lado; aunque era consciente de que no podía dejar pasar el día sin hacer lo debido.

«La ciudad de Cuzco saluda a los pioneros del ferrocarril», rezaba una pancarta colgada de las arcadas del ayuntamiento. Pioneros del ferrocarril. Berns sintió un arrebato de vergüenza, cuando comprendió que la mención lo incluía a él. Se quedó parado ante la pancarta, se ajustó la chaqueta hasta dejarla perfecta y repasó el clavel rojo que llevaba prendido en la solapa. Entonces se insufló el ánimo imprescindible para sobrevivir a la velada. Lo que Berns tenía que decir no iba a gustarle un pelo a Tamayo —en realidad lo tomaría por loco—. ¿En qué otro lugar del Perú cabía encontrar un puesto de trabajo tan bien remunerado y valorado para un ingeniero? Aquí se le estaban ofreciendo unos ingresos regulares, aptos para mantener una familia y adquirir una casa en el mejor barrio de Lima. Berns se concedió una pausa. De pronto, ante la coyuntura decisiva, la más importante de las encrucijadas, le volvían a asaltar las dudas con respecto a su propósito. ¿Y qué ocurriría, si los planes de un muchacho se acomodaban con dificultad a la condición de un hombre adulto?

Cuando escuchó a la banda entonar los primeros compases, Berns se decidió de una vez a cruzar el umbral que llevaba al pequeño patio interior del ayuntamiento. En el centro de este ya se agitaban las faldas multicolores entregadas al baile. Berns se quitó el sombrero y se mezcló expectante entre el gentío; ¡él no era de esos europeos que tienen miedo de rozarse con el populacho aborigen! En lo que a él concernía, ya podían los presentes tener todos los rasgos indios que quisieran, la cuestión le era indiferente.

—Señor Berns, ¿ha resucitado por fin de entre los muertos? —Ramírez puso en su mano una copa de cerveza. Tras él estaba Donnelly, con sonrisa burlona. Berns pensó: a estos dos los voy a echar de menos. Lo cual le tornó algo melancólico.

—Sí, he medido la trayectoria hasta el infierno, aunque después opté por abortar la acción.

Donnelly y Ramírez se rieron y brindaron con él. Berns apuró un sorbo, y entonces un rostro conocido se hizo un hueco entre sus dos compañeros. El doctor Sáenz, de la sede de Peruvian Railways en Arequipa, había hecho el viaje para asistir al evento. Saludó a Berns y le felicitó por los logros alcanzados. Que cómo habían conseguido superar algo tan complicado como La Raya, quiso saber. A él, Sáenz, le parecía inexplicable.

A Berns le entraron escalofríos al recordar ese puerto cubierto de hielo, pero dijo que, en realidad, había bastado con esforzarse un poco más. En su lugar de procedencia, añadió, la concentración de oxígeno podía también llegar a ser escasa. Entonces preguntó por el doctor Tamayo. Alegó que debía hablar con él, y que llevaba un buen rato buscándolo. Que era en verdad muy urgente. Berns se sentía mareado del nerviosismo acumulado.

Donnelly y Ramírez se encogieron de hombros. Por fin Berns divisó a Cáceres bajo los soportales. Brillaban las condecoraciones de su uniforme y, era cosa de verlo, lucía aparatosas patillas. Un enjambre de hombres lo rodeaba. Berns se abrió camino entre ellos con resolución, y lo saludó. Ver a su viejo amigo lo llenó de optimismo, de buen grado le habría dado un achuchón, pero eso seguramente no pegaba.

—Augusto, amigo mío —dijo Cáceres—, viejo canalla, ¿aún sigues vivo? —Y lo estrechó en sus brazos.

—Así han venido las cosas —dijo Berns—. Pero esas patillas, ¿no las vas a conservar, verdad?

—Un cargo, unas patillas.

—Por ir al grano, Andrés —dijo Berns—. Si te contase que estoy planeando una expedición, ¿qué podrías hacer por mí?

Antes de que Cáceres tuviese oportunidad de expresar su sorpresa, el doctor Tamayo se plantó entre los dos hombres y los saludó. Lo acompañaba un señor barrigudo en uniforme de gala.

Berns se disculpó por el retraso y dijo que tenía algo urgente que plantearle.

—No me cuesta trabajo figurármelo —replicó Tamayo—. ¿Puedo preguntarte de dónde has sacado ese traje? Estás tan puesto y elegante, que me declaro impresionado. Me acompaña, por cierto, el alcalde de Cuzco, don Hernán Mario Galindo. ¡Ponte recto, bribón! Don Hernán Mario, este de aquí es uno de nuestros mejores ingenieros, Augusto Rodolfo Berns.

El alcalde le dio la mano a Berns y quiso saber si el caballero era por casualidad un aristócrata, o un hombre acaudalado. Ah, ¿no era el caso? ¿No tenía al menos amistad con los Aliaga y los Romero de Lima y Arequipa? ¿Ni siquiera eso? Le lanzó una mirada de reproche al doctor Tamayo. ¡Vaya manera de hacerle perder el tiempo!

Berns guardó silencio y se obligó a sonreír contrito. La bola de sebo era alcalde, y eso merecía consideración. Con precaución tomó a Tamayo del brazo e hizo un intento de apartarlo a un lado. Tenía que soltar de una vez su noticia, antes de que acabase cambiando de opinión y se contrajeran sus aspiraciones, para acomodarse a una vida insignificante y vulgar como la de todos los demás. Pero a Tamayo no había manera de manejarlo, y simplemente se quitó a Berns de encima.

—No se deje usted confundir —decía en ese momento—. Este Berns las mata a la chita callando. Por lo demás, deberíamos empezar ya con los discursos, antes de que el público se haya pasado de rosca.

—Tengo que hablar contigo —dijo Berns.

—Cierra el pico —dijo Tamayo. Entonces se inclinó hacia él, y añadió: —Por cierto, el señor que tienes sentado allá en esa mesa es aquí poco menos que Dios. Así que, si te apetece rezar, ya puedes ir grabándote el nuevo nombre: Miguel Forga. Tal vez deberías tatuártelo en el brazo, como medida de precaución. Con gusto te lo presentaría, pero Forga está ahora mismo comiendo; y cuando Forga come, no se molesta a Forga, esa es una regla que hay que tener muy presente.

***

—¿Qué es lo que nos trae el progreso? —bramó Tamayo finalmente desde la tarima, por encima de las cabezas de los asistentes al cónclave. Si la banda no hubiese dejado de tocar, su voz habría seguido siendo plenamente audible. Junto a él estaban el doctor Sáenz de Arequipa, Berns y el alcalde Hernán Mario Galindo. También Donnelly y Ramírez formaban parte del contingente, por insistencia de Berns. Todas las miradas estaban volcadas hacia ellos—. ¡El ferrocarril! Y para ahorrarles una exposición prolija, les diré que trae asimismo noticias, pasajeros, mercancías, y —perdóneme la expresión, padre Ugarte— ¡el maldito futuro!

Berns se acordó del día en el que el ferrocarril llegó a Uderdingen, pensó en cómo temblaban las hojas de los tilos, y en su padre, en lo feliz que había permanecido con Max y Elise en la estación, en la madre y en su peinado, que se había visto desbaratado… De súbito, Berns creyó volver a notar aquella vibración, ese ligero temblor que recorría la tierra y se transmitía a todo cuanto había. Y ciertamente tal cosa estaba sucediendo: las copas situadas encima de las mesas comenzaron a tintinear, los jarrones de flores se mecían, algunas señoras soltaron gritos mortecinos. ¡Un terremoto! En esta ocasión, la tierra era sacudida de veras, aunque Berns ya estaba acostumbrado a tales fenómenos. Sin inmutarse, siguió al lado del alcalde, que empezaba a sudar copiosamente.

—¡Calma! —rugió Tamayo—. Esto solamente es un terremoto, caballeros. No se trata del fin del mundo, ¿comprendido? Aquí no se hunde nada hasta que Cuzco esté unido a la red ferroviaria, ¡está más claro que el agua!

Se hizo la calma, y también el temblor amainó. A Tamayo había que hacerle caso, eso era todo, le petase a uno o no. Ahora, sin duda, era ya demasiado tarde para hablar con él. Lo esencial a estas alturas era que acabase pronto su discurso. Y que Berns no se viniese abajo entretanto.

—En fin, contémplenme ustedes. Soy viejo. Estoy achacoso, me he vuelto insoportable, en pocas palabras: estoy con un pie en la tumba. Ni siquiera la gloriosa Peruvian Railway Company conseguiría, con un carcamal como yo, construir ese trayecto. Una obra que llevará años y consumirá sumas descomunales de dinero. ¡Pero que no cunda la desesperación, damas y caballeros! Este hombre que tengo aquí —atrajo a Berns hacia sí—, este hombre será nombrado hoy, por la dirección de la empresa, ¡ingeniero en jefe de la línea de Cuzco! ¡Sacrificará los mejores años de su vida para que ustedes, pobres pecadores, estén comunicados con el mundo exterior! ¡Tres vivas a Augusto Berns!

La banda interpretó un toque de clarines, la muchedumbre aplaudió, incluso el alcalde le propinó unas palmaditas en la espalda a Berns con sus manos sudorosas. «¡La realización de una vida!», le susurró al oído, «¡nada para mediocres!» Entonces Berns sintió unas desaforadas náuseas, y lo único que evitó que expulsara el contenido de su estómago fueron las damas sentadas en primera fila, que alzaban la vista hacia él, henchidas de expectación. A una de ellas podría escogerla como su prometida, llevar con ella una vida segura, un proyecto del que podría informar a su madre y a ese Kronenberg sin el menor reparo... ¡Dichoso Kronenberg! El recuerdo de su rollizo cogote y de la lerda expresión de su rostro le colmó de pesar. ¿Iba él a convertirse en algo remotamente comparable al pedazo de animal? ¡Jamás!

—Me temo que estamos ante un malentendido —dijo al fin Berns. Había dado un paso al frente, y se hallaba ahora entre Tamayo y la multitud congregada. Lo que debía decir solo era incumbencia de sus colegas. ¿Por qué tenía, en ese preciso instante, que hacerse tal silencio en el patio interior del ayuntamiento?

—Dimito —declaró Berns—. A partir de hoy renuncio a mi trabajo en Peruvian Railways.

Ahora que lo había soltado, se sintió increíblemente liviano y exento de toda preocupación. Dimitía, sí señor. Nada tenía ello que ver con Tamayo o con el ferrocarril; era algo exclusivamente relacionado con él, Berns.

A sus espaldas, alguien tosió con azoro.

El doctor Tamayo pensó que había oído mal, y le pidió que lo repitiese: ¿dimitir? Pero qué era, por todos los diablos, lo que se proponía? Lo que aquí se estaba dilucidando era una proeza descomunal, nada menos que una obra maestra del arte de la ingeniería.

—Pero yo no quiero construir tal cosa, sino que aspiro a encontrar una. Tamayo, me voy de explorador a las montañas.

El propio Berns se asustó de escucharse a sí mismo. Apenas se hubo extinguido su sonido, lo invadió la sensación de que había expresado la verdad, su verdad primigenia y ancestral. Se iría de explorador a las montañas. Ahora ya no quedaba espacio para más dudas y pretextos, ahora solo restaba mirar hacia delante.

De un brinco abandonó la tarima, se abrió paso a través del patio y salió corriendo a la Plaza Regocijo.

¡Cumplido estaba! Él, Berns, era un hombre libre. Según caminaba por las calles, notaba la sangre latiéndole en las manos. Su destino aguardaba ante él, y únicamente tocaba asirse a su mechón con buen tino.

7. HARRY PÓQUER SINGER

Una semana más tarde, Ana Centeno invitó a Berns a cenar en su salón privado. En cualquier caso se habían estado encontrando de forma asidua: en los pasillos del palacio, en el mercado, en la plaza situada al frente de la vecina catedral. Al principio ocurría de un modo casual, después fue a propósito. De entrada, Berns no hizo intento alguno por ocultar cuánto le fascinaba Ana Centeno; un gesto que ella apreció sobremanera. Ya no tenía ella veinte años, y sabía lo que quería. Por primera vez desde hacía mucho tiempo, sin embargo, le pareció de pronto como sí supiera *en quién* quería fijar su interés.

Cuando Berns accedió al salón abrigando grandes expectativas, Ana Centeno estaba instalada en una butaca arreglando un ramo de lirios. Las cortinas de damasco estaban echadas, y la luz de los candelabros iluminaba una mesa lujosamente puesta. El olor turbador de los lirios ascendió por sus fosas nasales; lo aspiró con avidez, observando cómo Ana Centeno se levantaba del sillón. Con discreción se alisó la blusa verde esmeralda, antes de precipitarse al encuentro con Berns. Sobre su escote descansaba una cadena con una cabeza de jaguar labrada en oro, a modo de colgante. En otras circunstancias, Berns habría centrado su curiosidad en dicha joya, mas en ese instante apenas le quedaban ojos para la mujer que la llevaba.

—¿Llego demasiado pronto? —preguntó con timidez.

—Así lo espero.

A guisa de saludo, Berns besó la mano de Ana Centeno, con

más prolongación y fervor de lo previsto por él. Ana se la retiró para abrazarle con un brío que hizo sentir a Berns la calidez de su cuerpo. En el empeño, algunos mechones de su negra cabellera se desprendieron del moño que llevaba en la nuca y le cayeron sobre el rostro. Berns no se atrevió a colocárselos tras las orejas; a cambio, le entregó un ramo de rosas que había comprado en el mercado. Su tono era acaso rosáceo; pero la mayoría de ellas tendía al rojo más rotundo y luminoso.

Ana Centeno las miró un buen rato, aspiró el aroma y palpó sus espinas. Entonces descorrió las cortinas, lanzó el ramo de lirios con animoso vigor por la ventana abierta y dispuso las rosas en el jarrón vacío.

—Me encantan las rosas —murmuró.

***

Comieron sin excesivo apetito de las truchas y la terrina de quinoa que les sirvió uno de los criados. En vez de cenar con formalismo, se sentaron bien juntos, mientras tomaban vino y entrelazaban sus manos cual una pareja juvenil. Pensó Berns: a Ana Centeno le traen al fresco la sociedad y sus constreñimientos. Es fuerte y sensible a la vez. Ninguna otra combinación podría complacerle más en una mujer.

Los ojos melados de Ana Centeno emitían destellos de bienestar. Disfrutaba sintiéndose observada y estudiada por Berns. Berns sonrió al intuirlo, puso las manos en las mejillas de ella y le besó la frente. Suspiró ella y apoyó la cabeza en el hombro de Berns. Guardaron silencio un rato, hasta que él le preguntó por su matrimonio. Le tocó enfrentarse a una prolongada mirada de escrutinio por parte de la mujer. Transcurrieron cinco minutos, luego diez.

Al cabo de ese cuarto de hora, comenzó Ana Centeno a hablarle de su infancia monótona y protegida en Cuzco. Como vástago de una de las familias más antiguas de la ciudad —el conquistador Diego Centeno había cruzado el Atlántico con los hermanos Pizarro— no le habían consentido extravagancias de ninguna clase. Nada más cumplir los dieciocho, se había casado con Pedro

Romainville, un comerciante francés con una gran fortuna labrada gracias a negocios de importación y exportación en el sur del Perú. Casi veinte años había estado casada con él. Sus dos hijos, Eduardo y Alfonso Romainville, habían ya dejado atrás la adolescencia y estudiaban, consagrando a ello la parte principal de su tiempo. En ese momento estaban, por cierto, en Arequipa; de lo contrario él, Augusto, ya los habría podido conocer.

—Pedro Romainville —repitió Berns—. Qué hombre más afortunado.

—Murió de un ataque al corazón —dijo Ana Centeno—. Desde entonces consumo el tiempo sentada en este palacio, contando fragmentos de vasijas.

—Vente conmigo —se oyó a sí mismo decir Berns. Entre lágrimas ella soltó una carcajada, luego se secó la cara con la servilleta. No podía alejarse de Cuzco, pues su deber era velar por los intereses de la casa. Tenía responsabilidades de administradora. Y de madre. Para sueños y aventuras no quedaba espacio. Pasó los dedos por el pelo de Berns y preguntó cómo justamente a un prusiano se le habían metido en la cabeza los tesoros de los incas. ¡Con la cantidad de pueblos distintos que existían sobre la faz de la tierra!

Berns tomó su mano y la acercó hasta su propio rostro, para absorber el olor de su piel. Después entrelazó sus dedos con los de ella y le contó acerca de la pequeña plaza del mercado en Uerdingen, de las tres casas de los Herbertz, que acaparaban todo el sitio para ellos, de las estrecheces padecidas en Dültgensthal y, cómo no, de sus lecturas de niño.

—Los incas dejaron atrás misterios y también oro, Ana —dijo Berns—. Ambas cosas son mucho más que una pasión para mí. De chico siempre me dominó el pálpito de que podría ser yo la persona a la que está aguardando el mayor de sus misterios.

—¿Sigues sintiendo lo mismo?

Nada contestó Berns, los ojos quietos en las manos unidas de ambos. Sabía que era inviable hacer compatibles las dos cosas: una vida acomodada en Cuzco y la vida en libertad en las montañas. Más allá de esto era evidente que él, un extranjero sin medios de fortuna, no tenía la menor opción de hacerse digno de alguien como Ana Centeno, factor sobre el que no se hacía la menor ilusión. En vez de responder a la pregunta anterior, le confesó que había renunciado a su puesto en el ferrocarril.

Ana Centeno puso los ojos como platos, se sentó al instante sobre las rodillas de él y señaló que era un suicidio marcharse a las montañas sin contar con recursos financieros. Por unos instantes, Berns gozó del calor y la gravidez procedentes del cuerpo que notaba encima.

—Ana, cuento con ciertos recursos —dijo al cabo.

—No, no es cierto —replicó Ana Centeno—. Cuentas con una mochila y con un pico. Si te trasladas a la sierra, habrás consumido tus reservas económicas en el lapso de unos pocos meses, de escasas semanas tal vez. Cada alcalde de cada villorrio te pedirá dinero, que les des algo de tus provisiones, que compartas algo de tu ropa. Y antes de que te hayas enterado de lo que vaya a ser de ti, te verás sin medios en mitad de la selva, asombrado de cómo te crece el musgo entre las piernas.

Berns volvió el rostro hacia la pared y se forzó a mantener la compostura. En el cuadro que había allí colgado el Espíritu Santo descendía del cielo en forma de colibrí dorado. En el preciso instante en el que Berns abría la boca para emitir su opinión, el colibrí dorado se desprendió del cuadro, trazó unas cuantas piruetas en el aire sobre la mesa de la cena, revoloteó ante su rostro para quedar fijo un instante en el mismo punto y se sumergió, tras describir un ocho, en la oscuridad al fondo del salón.

—Cuando alguien tiene una meta delante y la ve con tanta nitidez como yo, Ana —acabó Berns por responder—, no tiene más remedio que aferrarse a ella. Es su voluntad la que conforma la realidad que lo rodea, toda vez que dicha voluntad es más fuerte que cuantas ideas observa alrededor, ¿me entiendes?

—No, no te entiendo —dijo Ana Centeno—. Le hablaré a Forga en tu favor. Te verás con él y, con un poco de suerte, te admitirá en su nómina de ingenieros. Entonces podrás ir de aquí para allá y, cada vez que lo necesites, ganarte el dinero necesario en alguna de sus haciendas. Te tengo aprecio, ¿no lo ves?

Berns lo veía. Abrazó a Ana Centeno y así se quedaron, hasta que una sirvienta entró de improviso en el salón, horas más tarde, para recoger la mesa.

***

Antes de la expedición había no poco que organizar. En el almacén de Leoncio Moscoso, un comerciante de origen español, adquirió Berns una tienda de campaña, un abrigo encerado, botas de cuero y caucho, un saco de dormir enrollable de pelo de caballo, una piel de oveja, dos robustas lámparas de petróleo, dos machetes, un frasco de polvo de quinina —muy recomendable contra la fiebre y el dolor—, varias botellas de aguardiente, arreos para su montura, una escopeta, un sombrero de cuero, sales minerales, yodo, jabón, papel, grafito, vendajes y, además de esto, cuerdas, pico, pala, cubo, clavos, martillo, sacos de yute, útiles para coser, algunos peroles, tazas y platos, así como una batea para oro y algo de mercurio. También pidió que le dejaran cinco mulas y un caballo para él. Ana Centeno le prometió a Berns que le prestaría los servicios de Pepe, su acemilero; era el más idóneo para un viaje a la sierra.

Transcurrida una semana escasa, Berns había reunido también las provisiones. En la bodega de la viuda se amontonaban los sacos de harina de maíz y de quinoa, de patatas, lentejas, arroz y carne salada. Berns deambulaba en mitad de esa abundancia, y pensaba: esta es mi vida presente; nadie decide sobre sus pormenores que no sea yo. ¿Habría habido algo, alguna vez, que le hiciera tan feliz como esos sacos y esas gavillas? Nada equivalente podía rememorar. Solo la necesaria separación de Ana Centeno nublaba una pizca su felicidad, si reparaba en ello. Le escribió una carta a su madre, contándole su llegada a Cuzco. Que hubiese renunciado a su trabajo en el ferrocarril no lo mencionó. Como dirección postal indicó la del palacio de Ana Centeno.

Hasta que pasase la estación de lluvias, le quedaban a Berns cuatro semanas. Después tenía previsto partir. Cuatro semanas no era demasiado tiempo, si tenía uno que cribar los fondos de una biblioteca entera. Desde hacía siglos, los monjes custodiaban en las salas que habían pertenecido al templo del sol los documentos e informes de cuantos viajeros y cronistas hubieran pasado por Cuzco alguna vez. Sin el estudio de dichas fuentes, consideraba Berns, resultaría estéril cualquier búsqueda de El Dorado; no sería sino dar palos de ciego entre la niebla, un errático merodeo por las vastas extensiones de la selva.

Poco después del alba, Berns cruzó a caballo la Plaza Mayor. Cuando giró para enfilar la Avenida El Sol, dejó que su montura continuase al paso. Al final de la calle, al otro lado del río Huatenay, Berns detuvo la mirada en la maciza estructura del Convento de Santo Domingo, contemplando su ciclópea fachada inca y los florecientes jardines que lo envolvían. El templo del sol había sido demolido poco después de la conquista y convertido finalmente en un convento. Ante el monumental muro exterior del convento, Berns se bajó del caballo, alzó la mirada y trató de imaginarse que el edificio que se había esfumado estuvo antaño completamente forrado de oro; la techumbre la constituían ramitas de oro, las paredes iban forradas de planchas repujadas de oro y plata, el jardín se hallaba lleno de plantas de maíz también de oro, de figuras de llamas de tamaño natural, árboles de las trompetas y millares de mariposas, que se movían arriba y abajo al soplar la brisa más leve, todo ello también de oro. Los conquistadores habían fundido cuantos artefactos habían logrado requisar, para enviarlos en sus barcos a España convertidos en lingotes.

Solamente un bárbaro, pensó Berns, podría destruir todas esas creaciones prodigiosas. Si hubiese él nacido cuatrocientos años antes, qué no habría podido descubrir en este nuevo mundo. Claro que, en tal caso, lo más probable es que se hubiera podrido en Uerdingen deslomándose como agricultor de frutas, sin haber logrado siquiera cruzar el Rin hasta la orilla opuesta. No, la cuestión estribaba en vivir la vida existente, o ninguna. Y en sacarle el mayor jugo posible.

Berns le pidió al portero indio que lo condujese ante don Jorge, el prior. Ana Centeno en persona le había sugerido ir a ver al superior del convento, entregándole una carta de recomendación.

En una primera mirada, Berns tomó nota de la vieja fuente en el patio; se fijó en la pasarela que llevaba al muro exterior para, en cierto punto, quedar cortada de cuajo; y contempló el guacamayo de un color rojo sangre que, con las alas recortadas, correteaba sobre un banco. Cada Inca tuvo que haber estado en este preciso lugar, pensó Berns. Cada Inca, y cada conquistador. Este sitio era el hogar de los dioses y del oro.

Por la pasarela venía ahora a su encuentro el prior, un hombre tirando a grueso con la severidad de un santo dibujada en el rostro. Berns lo saludó y se inclinó ante él. Don Jorge esbozó una sonrisa.

—¿Qué le trae hasta nosotros? —preguntó, tomando la carta de recomendación de la viuda, que Berns acababa de extraer. La guardó sin ni siquiera echarle un vistazo. Berns se centró en la figura del prior. Las manos, que en apariencia estaban tranquilamente unidas sobre su estómago, en realidad iban recorriendo a velocidad de vértigo las cuentas de plata de un rosario. Lo que está haciendo es calcular, le dio por figurarse a Berns.

—La búsqueda de conocimiento —respondió finalmente, y bajó la cabeza. Si su impresión no era errónea, el prior calzaba zapatos italianos; Berns se hizo el propósito de preguntarle al comerciante Moscoso sobre tal pormenor.

—Ya hemos celebrado misa —dijo el prior, y llevó a Berns hasta el patio interior. De los trompeteros y del malezal de cantutas se elevaron bandadas de colibrís. Los dos hombres tomaron asiento en el banco. El guacamayo, que hasta entonces había percibido como suyo el lugar, aleteó despechado y garrió de forma ensordecedora.

Que la misa ya hubiese sido le daba mucha pena, dijo Berns, preguntando a continuación si le estaría permitido ofrecerle al prior un obsequio. De debajo de su poncho extrajo un saquito de granos de cacao, muy finamente molidos. Don Jorge echó una fugaz ojeada a su interior y se lo pasó a un monje, que en ese momento traía dos tazas de café. Cuando este se hubo marchado con el saquito, el prior le preguntó sin ambages:

—¿No es usted protestante, hijo mío?

Volvió a garrir el guacamayo, los arbustos de cantuta desprendían su aroma embriagador y, durante unos instantes, Berns no estuvo seguro de lo que debía contestar.

—Sí —dijo finalmente—. Tiene usted toda la razón. Justamente por eso estoy aquí. Como podrá ver, soy un pobre hereje, nacido en un país pagano.

El prior asintió, y le posó la mano sobre el brazo. Berns percibió el enternecimiento del hombre de iglesia y continuó hablando, en voz baja, casi de forma entrecortada.

—¿Pero no debería Prusia ser reconducida a la religión verdadera? ¿Es que debemos seguir condenados hasta el fin de los tiempos? ¡Prior, se lo suplico, piense usted en los niños, los pobres niños! ¿Y acaso no fueron convertidos en este mismo lugar, en Cuzco, millares de indios y, digo más, pueblos enteros? La manera en que esto pudo producirse, sobre eso quiero leer y estudiar aquí, analizando con esmero los fondos de su biblioteca. Con el saber adquirido, espero volver a casa algún día, al objeto de restaurar la luz del catolicismo en Prusia, el tenebroso país del que estamos hablando.

Cuando Berns hubo acabado su discurso, los dos luchaban por reprimir las lágrimas, de pura emoción. No tenía la menor idea, señaló el prior con voz acongojada, de que en Europa hubiese personas como él.

—No muchas —respondió Berns—, no muchas.

Pero por eso era tan ardua la responsabilidad que pesaba sobre él.

El prior apuró su café de un solo trago. Entonces introdujo la mano bajo su hábito talar, extrajo un manojo de llaves y se puso en pie no sin ceremonia. Sería un placer poner la biblioteca a disposición de Berns para que acometiese sus estudios religiosos. ¡También América del Norte requería misioneros, eso llevaba ya mucho tiempo meditándolo!

—Ha de saber usted —añadió— que cada dos por tres se presentan en Cuzco viajeros, sujetos corrompidos, que llegan empujados por el ansia de oro. Todos quieren investigar en las viejas crónicas. ¿Y sabe usted a cuantos de esa calaña les he franqueado el acceso a la biblioteca?

—A ninguno, naturalmente —respondió Berns como un resorte.

El prior asintió complacido. ¡Sujetos corrompidos!, repitió con regusto. Por desgracia no sabía si el convento podría facilitarle los hallazgos que resultasen de utilidad a sus propósitos. La biblioteca hacía también las veces de almacén y, en ese sentido, podía adolecer de cierto abandono; en pocas palabras, que le faltaba un conocimiento exacto de los documentos que pudiera albergar. Sea como fuere, las puertas estarían siempre abiertas para él.

Después de que los dos hombres se hubieran dado la mano con gran contento mutuo, don Jorge condujo a Berns hasta una dependencia abovedada al fondo del convento. Ante una pesada puerta de cedro macizo se detuvo el prior, hizo entrega de la llave a Berns y le comunicó que, al día siguiente, le haría llegar sin dilación papel y útiles de escribir, al objeto de facilitarle, como quien dice, sus tareas de inventario. Berns le hizo una reverencia y abrió la cerradura de la puerta.

¡Todo el saber sobre el Nuevo Mundo! El corazón le latía a Berns con tal potencia, que pensó que el prior habría de notar sus sacudidas a través de su poncho. Aunque, si se había imaginado que de la biblioteca fuese a brotar, tal vívida llamarada, una luz sobrenatural dispuesta a impactar en él y a cegarle, andaba errado. Una vez movida con dificultad la puerta, que chirrió estrepitosamente, lo único que llegó hasta él fue el aire frío y húmedo que despedía su lóbrego interior; así como una rata, que escapó al exterior dando tumbos. El prior se apresuró a despedirse, dejándolo solo.

Berns respiró profundamente y pasó adentro. En mitad de la sala había un escritorio colosal de madera de palisandro, sobre el que se amontonaban por docenas libros e infolios. También los armarios que había alrededor, las cómodas, las estanterías, el suelo incluso, acogían una plétora de tomos, documentos y papeles. Los cubría una espesa capa de polvo y una tupida trama de telarañas. En los laterales de aquel espacio se encontraban además fardos y legajos, todo amontonado y revuelto, como si hubiera pasado por ahí un terremoto.

—Santa Madre de Dios —se le escapó a Berns. ¡Cuatro semanas, apenas contaba con cuatro semanas! Entonces le vino a la memoria que los hermanos Pizarro no habían necesitado mucho más tiempo para conquistar la totalidad del Perú. Claro que ellos habían sido cuatro. Berns se apoyó en el escritorio y fijó la atención en una balda de la que sobresalía un infolio hecho trizas. Por unos instantes experimentó el anhelo de no verse solo, deseó tener a su lado a alguien —¡Max, su hermano Max! O al menos a Donnelly y a Ramírez—. Pero dependía únicamente de sí mismo. Lo que hasta la fecha jamás le había inquietado le puso, a la vista de los siglos de historia acumulados ante él, la carne de gallina.

Dedicó Berns sus primeros seis días a colocar los libros con algún orden y, sobre todo, a limpiarlos. Sólo tras haberlo hecho podría acometer la tarea de revisarlos y estudiarlos. Sumido en una suerte de ebriedad, no hacía sino elaborar croquis, tomar notas, trasvasar datos, reflexionar. Los incas, lo corroboró una vez más con nitidez, habían sido matemáticos y astrónomos meticulosos. Nada en absoluto parecían haber dejado al azar. Cada templo, cada ciudad, cada muro mantenía una coherencia deliberada con otro punto de referencia, con otro templo, otra ciudad, otro muro; mientras que la constelación del sol y de la luna determinaban nexos y relaciones entre lugares a menudo muy distantes. Las ruinas, pensó Berns, constituyen un texto que hay que saber leer, y entonces nos llevarán ellas solas a la meta.

El último gran descubrimiento había tenido lugar hacía ya algunas décadas. El francés Lavandais había dado con las ruinas de Choquequirao, una ciudad fortificada en la que habían buscado refugio los incas después de la conquista. No podía ser, bajo ningún concepto, El Dorado. Los incas, suponía Berns, en modo alguno habrían cometido la imprudencia de atraer la atención de los españoles hacia su santuario más excelso. La ciudad en la que habían acumulado su oro y sus tesoros habría de estar oculta, por consiguiente, en algún lugar de la selva.

Una vez y otra Berns confirmaba en sus lecturas hasta qué punto los incas habían estado obsesionados con su cuna o lugar de procedencia original. En sus leyendas se trataba a veces de una cueva, de la que antaño salieron sus antepasados, otras de un templo; y siempre era un lugar localizado al oeste de Cuzco, más allá de la sierra. Ese, opinaba Berns, era el sustrato original de la leyenda relativa a El Dorado. La verdadera ciudad perdida de los incas.

***

Un día, cuando Berns llevaba unas dos semanas enfrascado en sus estudios, entró en el convento y se encontró con el prior, que le estrechó la mano haciéndole saber que su socio se encontraba ya en la biblioteca.

—¿Mi socio? —preguntó Berns. Al instante afloró su desconfianza. ¿Había alguien que se estaba permitiendo una broma a costa suya? ¿O que incluso se proponía robarle sus tesoros?

—Así es, en efecto —dijo don Jorge—. Vaya, vaya usted. Lo he encontrado un poco tenso. ¿Viene también de Prusia?

Berns murmuró algo incomprensible y corrió, lleno de presentimientos sombríos, hasta la biblioteca. La puerta estaba abierta de par en par. Un pálido rayo de luz penetraba desde el patio hasta el interior, cayendo sobre el escritorio. En el puesto de Berns se hallaba sentado un hombre fuerte y corpulento, que fruncía la frente con los dedos sepultados en su roja cabellera, mientras escrutaba el infolio que tenía abierto ante sí. Nada más verlo, Berns notó que se trataba del informe de Francis de Laporte de Castelnau. Estuvo un rato observando sus botas de cuero, el pantalón de lino grueso y el sombrero de fieltro de ala ancha, que tenía echado para atrás, colgándole del cogote. Pinta de erudito, desde luego, no tenía. Un gorrón, un aprovechado, pensó Berns. Con todo, el hombre se hallaba tan ensimismado en la lectura que no reparó en la presencia de Berns hasta que este no le arrebató el infolio de un tirón, para cerrarlo de un sonoro golpe.

En un taburete que estaba junto al hombre había apoyada una Winchester con el cañón recortado; hacía las veces de mirilla una pepita de oro del tamaño de un grano de maíz. ¿De dónde procedería la pepita? Pero no, se reprochó a sí mismo Berns, esa en modo alguno era la cuestión, sino que antes bien la cuestión era: ¿qué estaba haciendo este tipo en la biblioteca de Berns, ocupando su puesto de trabajo?

—Y bien —dijo Berns—, ¿tú quién demonios eres?

El hombre echó la silla un poco para atrás, mientras deslizaba la vista sobre la estatura de Berns, la tupida barba color avellana y

207

la tez quemada típica de quienes han llegado cruzando la sierra. Le llamó la atención a Berns que los ojos del hombre eran cada uno de un color; el de la izquierda, verde, y el de la derecha, castaño. La mueca burlona que lucía en la boca se contrajo al percatarse de que Berns, a diferencia de la mayor parte de la gente, le aguantaba la mirada.

—Harry Singer —dijo—. Mucho gusto.

—Augusto Berns —dijo Berns. Cuando Singer se puso en pie, le sacaba a Berns por lo menos una cabeza. Le ofreció la mano y Berns, tras alguna vacilación, se la estrechó. Era difícil calcular la edad de Singer, pensó, un dato interesante. Su cuerpo era macizo, resultado de años de duro trabajo, y al hablar gastaba el español blandengue y lento de un yanqui.

—Me cuentan que estudias estos viejos infolios —dijo Singer—. Seguro que contienen muchas cosas curiosas, ¿verdad?

Berns apretó los labios contrariado y empezó a colocar los infolios, que Singer había sacado de su sitio, otra vez en las estanterías.

—Desde luego —dijo—. Pero solo para alguien que sepa lo que busca. Por cierto que soy yo quien como condición previa se ha matado a trabajar. La prerrogativa de su uso me corresponde a mí, prácticamente.

—¿Y eso qué significa, prácticamente?

Berns se dio la vuelta y se topó con el intruso cara a cara. Los mechones pelirrojos se le repartían por todo el rostro, que irradiaba ingenio y espíritu; su expresión no proyectaba enemistad, sino apenas una curiosidad amistosa y un talante abierto. Sin darse cuenta de que lo hacía, Berns sonrió. El hombre le caía simpático, tan tranquilo y seguro de sí mismo.

—Significa que, en teoría, podemos negociar al respecto. Bajo determinadas reglas. No me puedo permitir cometer errores. Estoy apenas iniciando algo.

—Estupendo, Berns. Tú estás en el inicio. Y yo me encuentro al final. Tal vez podamos entonces encontrarnos en algún punto intermedio.

Guardó un momento de silencio Berns. Singer se sentó otra vez y estiró las piernas. Le sobraban tiempo y paciencia.

—No se me ocurre por qué —dijo, al cabo, Berns— tendría yo que informar a un desconocido de mis planes.

—No hay problema, hombre, descuida. Una historia encantadora, por cierto, la que le has contado al prior. Me ha gustado una barbaridad. En cuanto la hube escuchado, pensé para mis adentros: Singer, ahí tienes a un personaje original, capaz de sacarse ocurrencias de la manga para su propio provecho. Se me ocurrió, por ello, que podríamos sostener una charla. En lo que a mí respecta, puedes guardarte tus planes para ti.

Adoptó ahora un aire de resignación Singer. Berns no quería que se marchase, así que se encogió de hombros y reconoció con pusilanimidad que, en realidad, no cabía hablar de *planes* en sentido estricto. Aún no. Desde el patio llegaban voces masculinas que parecían airadas, así que Berns tuvo que elevar el volumen de su voz. Más allá de esto trabajaba solo, algo que, teniendo en cuenta todos los condicionantes, le agradaba bastante.

Singer asintió. Entonces se levantó y echó mano del Winchester.

—Uno tiene que atreverse —dijo Singer, sujetando sombrero y Winchester—. Se trata de eso, ¿no? En realidad, cabría dar por dilapidada la propia vida, si a la postre la gente no dijera al respecto: *Este ha demostrado coraje.*

Berns notó que se le secaba la garganta. Pidió a Singer que volviera a tomar asiento. ¿Cuantísimo tiempo llevaba sin escuchar esa expresión? Adoptando una actitud pensativa, Berns empezó a hacer largos ante las pilas de libros. Singer era un extraño, sí. Pero no podría venir mal ponerle un poco a prueba. Así que pidió que le contara lo que sabía acerca de los incas.

—Demasiado poco —dijo Singer—. Por eso estoy aquí.

—¿Y de la selva?

—En la manigua sé manejarme. Por mí la puedes también llamar selva.

Quizás los monjes habían entablado una disputa, o se hallaban exorcizando espíritus malignos; el tumulto y el griterío en el patio eran cada vez más audibles, e iban llegando hasta ellos palabras aisladas, que Berns no pudo comprender, así como el pisoteo de cascos equinos. Berns se acarició la barba y contempló como ausente las cicatrices de sus antebrazos.

—No hablo de unas tierras salvajes cualquiera, sino de una zona muy concreta. El bosque nuboso de la cordillera Vilcabamba es impenetrable. Los peruanos lo denominan ceja de selva. Su espesura está empapada de bruma y nubes. Si no estoy por completo equivocado, hubo hombres capaces que descubrieron allí antes que yo viejos caminos incaicos, que no recorrieron en toda su extensión. Estaban demasiado cubiertos de maleza, y avanzar por ellos se hacía tan enigmático como fatigoso. Y eso es lo que me pregunto: ¿adónde llevan?

—Me imagino que tienes tu suposición.

Alguien pegó un grito en el patio interior, se oyó un disparo. Berns y Singer intercambiaron rápidas miradas y salieron corriendo a la galería. Se agazaparon tras una balaustrada y trataron de observar lo que estaba sucediendo en el patio a través de las columnas. Entre dos cantutas pudo ver Berns a un hombre harapiento con sombrero negro de fieltro. Empujaba al prior, apuntándole con una escopeta, contra la fuente.

—Chuqui Martínez —susurró Singer.

—¿Quién? —susurró en respuesta Berns. Los otros monjes, recordó, se hallaban ese día en la ciudad recolectando donativos. ¡Don Jorge estaba solo! El guacamayo emitía chillidos de excitación y no paraba de dar saltos. Chuqui Martínez lo agarró por las patas y le estalló la cabeza de un golpazo contra el pretil. Berns se estremeció al ver cómo el cuerpo del pájaro revoloteaba torpemente, hasta quedar tirado en el suelo entre la fuente y la biblioteca—. ¿Qué es lo que busca aquí? —preguntó, después de que Singer lo hubiese arrastrado de vuelta hasta la biblioteca.

—Lo habitual —dijo Singer—. El tesoro de la Iglesia. Este es un bandido, Berns, y uno bastante vulgar. Chusma de ínfima estofa que baja de las montañas. Se presenta en la ciudad cuando se le acaba el dinero.

—Don Jorge no consentirá que robe el tesoro de la Iglesia.

—Berns notó cómo el miedo se expandía en su interior, al constatar cómo Chuqui Martínez obligaba al prior a ponerse de rodillas.

Pensó en Callao, la Numancia, los compañeros que habían muerto en su presencia.

—Voy a ayudar a don Jorge. ¿Puedo contar contigo?

—Tú distrae a Chuqui, que yo me ocuparé del resto —dijo Singer, y agarró su Winchester—. Confía en mí, Berns.

—Si lo conseguimos, Singer, te hablaré de un tesoro que es mucho mayor que cualquiera que pueda poseer la Iglesia.

Singer sonreía. La presencia de aquel bandido en el patio no parecía inquietarlo lo más mínimo.

—*Easy* —dijo—. Cada cosa a su debido tiempo.

Los dos hombres se miraron con complicidad, tras lo cual Berns metió la mano en uno de los arcones que había junto a la puerta, extrajo un hábito de monje desechado y, tras ponérselo por encima, corrió al exterior.

—¡No! —gritaba—, ¡no! ¡no! ¡no!

Antes incluso de que Berns hubiera llegado hasta los dos hombres que estaban junto a la fuente, Singer, que lo había seguido, lo agarró por detrás y lo derribó.

—¿Qué diablos estás haciendo entre semana en la ciudad, Chuqui? —exclamó Singer. Este levantó la escopeta, boquiabierto, y dejó por un momento de apuntar al prior.

—Pero tú quién narices eres…

—Anda ya, Chuqui —lo interrumpió Singer. Cuando Berns se giró, advirtió la forma del Winchester bajo el poncho de Singer—. ¿Es que ya no te acuerdas? Soy yo, Singer. Por lo que parece, hemos tenido los dos a la vez la misma idea y venido a darle un repasito al convento. Mira, a este lo he pillado cuando pretendía poner pies en polvorosa. —Le soltó a Berns una patada en el costado, y Berns pensó: esto ha sido más fuerte de lo necesario, Singer. Porque Singer estaba haciendo teatro, ¿no? Era una simulación, ¿verdad?

Chiqui, quien se hallaba visiblemente confundido, se encogió de hombros y dijo que el prior no quería desembuchar. Pero que él iba a solucionar el problema de inmediato.

—Ya no hace falta —dijo Singer—. Este de aquí acaba de cantar. Díselo, bribón, ¡dile a Chuqui dónde se encuentra el oro!

Berns miraba a Singer tan perplejo como horrorizado —¿qué iba

211

a decir ahora?—, hasta que logró recomponerse y tartamudeó que el prior lo había hecho sacar de la sacristía para trasladarlo a un lugar secreto, a fin de protegerlo. Que él mismo había echado una mano para llevar allí la custodia de oro...

—Ya la estás trayendo aquí —le dijo Chuqui a Berns—. Pero si fallas en algo... —Y le asestó un buen golpe al prior con la escopeta entre los omóplatos.

Singer le dirigió un gesto afirmativo a Berns, mientras le hacía un guiño casi imperceptible y se colocaba al lado de Chuqui, al que, según dijo, hacía un montón de tiempo que andaba queriendo preguntarle algo.

Berns se puso en movimiento y corrió de vuelta hacia el claustro. ¿Qué era lo que Singer esperaba de él? Mirando hacia atrás por encima del hombro, pudo ver cómo Singer intercambiaba risas y bromas con Chuqui. O bien es Singer un verdadero genio, o bien es un canalla, pensó Berns, y confió en que fuese lo primero.

El arcón más lujoso que había en la biblioteca: ornamentos de latón, madera de raíz. El retorno al patio fue bastante más lento; el arcón era pesado, tenía que serlo. A poca distancia de Singer y de Chuqui se detuvo, y dejó el arcón en el suelo.

—Lo siento —dijo Berns. El prior gimió.

—Ábrelo —dijo Chuqui.

Berns no se movió. Cuando Chuqui le instó por segunda vez, Berns respondió que lamentaba no poder hacerlo. No era propio que él tocase la custodia, eso constituiría un serio pecado.

—Tiene razón —susurró don Jorge.

Chuqui Martínez hizo un gesto de hartazgo.

—Entonces ábrelo tú, Singer.

—Después de ti, Chuqui.

Chuqui Martínez titubeó un momento, entonces se desentendió del prior y se encaminó hacia el arcón. Nada más inclinarse sobre éste, Singer dio un paso hacia él y le propinó un duro golpe con la culata del Winchester en plena nuca. Chuqui se derrumbó.

Nadie dijo nada. Singer se sentó, algo aturdido, sobre la balaustrada. Berns ayudó al prior a levantarse.

—¿Está usted bien, don Jorge? —preguntó Berns.

—Dios te bendiga, hijo mío —dijo el prior.

Al final resultó que Harry Singer era mineralogista titulado, originario de los Estados Unidos, y que llevaba ya diez años residiendo en el Perú. Aparte de su interés por los metales nobles, su debilidad era el póquer. Ni lo uno ni lo otro le habían deparado la felicidad. El Perú, según había leído cuando vivía en San Francisco, era el país de las minas de oro soterradas, de los pozos mineros y de las vetas. Existirían docenas, si no centenares de minas de oro, con grandes riquezas por explotar, que habían caído en el olvido cuando expulsaron del país a españoles y portugueses. Desde ese período, permanecerían ocultas en la sierra, esperando ser reabiertas nuevamente.

Dicho relato atraía a verdaderas hordas de buscadores de fortuna al país. La mayor parte fallecía al poco de llegar a causa de las fiebres o desaparecía en la sierra. No era el caso de Harry Singer. Singer invirtió su dinero en un equipamiento solvente, aprendió español y se despreocupó del clima que hubiera o de los insectos. Aun así, el éxito no se produjo. ¿Dónde estaban, esos pozos de minería y esos túneles, en los que te aguardaban pepitas de otro del tamaño de cabezas de caballo? En el caso de que existieran, tendrían que estar localizados a una altura tal, o en zonas tan inaccesibles, que la selva se los habría tragado de modo irremisible. Cada vez que uno daba con un túnel que conducía visiblemente al interior de una montaña, podías tener la certeza de que ahí no iba a aparecer ni rastro de oro.

Diez años de incursiones infructuosas a lo largo y ancho del país habían hundido al prospector Singer en la bancarrota; ni siquiera para regresar a los Estados Unidos le quedaba dinero. En su desesperación, Singer se había subido ya al tejado de la iglesia de los jesuitas: resignado, desmoronado moralmente. Pero cuando miró hacia abajo para contemplar la ciudad por última vez, divisó en la lejanía el Convento de Santo Domingo. Entonces cayó en la cuenta de que había descuidado *otra* fuente de oro que también se daba en el país: las ruinas. Sin embargo, lo que en esos tiempos se sacaba a la luz mediante excavaciones indiscriminadas merecía poco la pena. Era menester contar con un plan, con una estrategia, para alcanzar logros apreciables. ¿Acaso no había un cierto número de hombres que se habían hecho ricos de esa manera? ¿No había informes sobre ruinas y tesoros, que estaban esperando ser descubiertos en las montañas? Quizás, pensó Singer, la biblioteca del Convento de Santo Domingo podría resultar de utilidad a tales efectos. Con esta reflexión en mente se había dirigido hasta sus dependencias. Ya nada tenía que perder, así que lo mismo podía, una última vez, jugárselo todo a una carta. Podía Harry Singer ser un prospector abandonado por la suerte; un curtido jugador de póquer lo seguía siendo en cualquier caso.

Así que confluyeron el prior don Jorge, Berns y Chuqui Martínez. Esa misma noche, Berns y Singer compartieron una botella de vino y no pocas historias. San Francisco, Berlín, lejanos escenarios del pasado. También pudieron guardar silencio en grata armonía. En una de las pausas de su conversación, Singer pensó: esto a lo que Berns se dedica nada tiene que ver con los absurdos disparates de tantos buscadores de tesoros sin cerebro como pululan por Cuzco; Berns ha convertido su búsqueda en una ciencia. Le caía bien el prusiano, que parecía tan lleno de energía, y no tardó en desarrollar sentimientos fraternos hacia él. Berns, por su parte, le daba gracias al destino, o al Espíritu Santo, por haber propiciado el encuentro con Singer. Solo en ese momento comprendió cuánto le repelía la perspectiva de marchar sin compañía a aquellos parajes despoblados, así que sentía alivio.

Aunque, allí donde se conformaba un plan común, tenía también que darse la confianza. Aun así y con todo, incluso si le abriera su corazón a Singer, pensó Berns, ¿cómo habría de cobrar ventaja sobre mí hasta el punto de perjudicarme? Nadie puede salir airoso de la selva sin más medios que los propios, y la cordillera Vilcabamba es agreste y áspera.

—Los incas —dijo Berns— fueron ingenieros dotados de un talento casi sobrehumano. Trazaron calzadas y caminos a través de puertos y pendientes en donde apenas había espacio para apoyar un pie. En el lapso de unos escasos días, el Inca podía enviar, valiéndose de los corredores que le hacían de emisarios, los mensajes que quisiese de un confín al otro de su reino. Las calzadas eran mantenidas en perfecto estado de uso, y tras cada trayecto diario había un tambo, una casita al borde del camino, esperando al corredor. Allí hallaba alojamiento y el alimento que necesitara. Claro que nosotros tendremos que prescindir de comodidades de esa clase.

Berns dio asimismo cuenta de sus planes para la etapa después del gran descubrimiento. En cuanto hubiesen encontrado El Dorado —cubierto de escombros, invadido por la vegetación, tragado por la selva— su cometido sería determinar la ubicación exacta, dibujar croquis de sus rasgos más sobresalientes y, finalmente, analizar los artefactos hallados.

—Todo eso me encanta y está muy bien —dijo Singer—. Pero ¿y qué hay del oro?

—Una vez hayamos encontrado la ciudad perdida, seremos más ricos de lo que imaginarte puedas —contestó Berns. ¡Por morrales, para qué iban a engañarse, *por canastos* sacarían el oro! Aparte de todo esto, no se estaba hablando de unas ruinas sin más, sino del emplazamiento arqueológico más relevante de toda Sudamérica. Había que sacarlo a la luz con todo primor, investigándolo con mimo y cuidados. El saqueo y el ponerse a revolver como pollos sin cabeza quedaban excluidos.

***

La época de lluvias llegaba a su final. Berns se había familiarizado entretanto con cada infolio de la biblioteca, había dedicado docenas de conversaciones con Singer a comentar las mejores técnicas para lavar oro, se había tirado noches enteras jugando con él al póquer —perdiendo en ellas una suma nada desdeñable—, e incluso había ejercitado en el almacén de Moscoso la mecánica de montar la tienda de campaña hasta tal punto, que podría conseguirlo a oscuras, con una sola mano e incluso borracho. Igualmente había aprendido a hacer fuego, a vendar heridas, a desollar cobayas y a preparar diez platos diferentes solamente a base de lentejas, huevos, judías y arroz. Cuando le llegó el aviso de Ana Centeno de que Pepe había regresado por fin a la ciudad, Berns se encontraba repasando el arte de hacer nudos que había asimilado en la travesía a América del Sur. Diez años hacía ya de esto. ¿Ante qué continente estaría ahora mismo navegando el capitán Geelen?

A una cena con Ana Centeno se llevó Berns también a Singer, presentándolo como su socio. Sobre Ana Centeno, le dijo a este que ella era nada menos que *la maravilla de Ana Centeno*; una mujer a la que veneraba y admiraba. Ana Centeno se rio y apretó su mano sin llamar la atención. Le echaría de menos.

«Qué fenómeno tan singular», pensó ella, mientras su mirada recorría el cabello rojo de Singer y sus ojos de colores dispares. «Estos dos hablan y se mueven al unísono, como si fuesen hermanos». Pidió que ambos hombres se sentasen a su lado, y entonces hizo llamar a Pepe.

Al poco apareció en el umbral del salón un indio musculado, con un pelo rizado que le llegaba hasta los hombros. En el pulgar llevaba un grueso anillo de oro, que llamó la atención de Berns al instante. El basto tejido de la camisa dejaba a la vista sus brazos; incontables mordeduras de insectos habían dejado sus huellas en la garganta y en el cuello. Cohibido como estaba, Pepe le daba vueltas al sombrero que asía con torpeza. Berns lo saludó y le pidió que cenase con ellos. Pepe se sentó a la mesa sorprendido. Las viandas que le fueron poniendo delante apenas se atrevió a tocarlas.

—Este es Pepe —dijo Ana Centeno—. Vale su peso en oro.

«Pues no vendría mal esa cantidad de oro», pensó Singer, aunque se ahorró la broma.

—Saldremos en dirección a la cordillera Vilcabamba, dejando de lado Ollantaytambo y pasando junto al Huacayhuilque —dijo Berns—. Ana dice que ya has estado cientos de veces en la selva, incluso miles de veces en la puna del altiplano.

—Así es, señor. Pero la cordillera Vilcabamba, esa...

—Muéstraselo, Pepe —dijo Ana Centeno, y le pasó al indio su cuchillo de cortar la carne. Él la miraba como preguntándole lo que quería. —La sangre —dijo Ana Centeno. Según él, Augusto, sabría con toda probabilidad, la sangre de quienes pasan gran parte de su tiempo en las tierras altas adquiere una tonalidad negra.

—Esto no será necesario —dijo Berns—. Lo creo de igual modo a la primera, que...

Pero ya Pepe había empuñado el cuchillo para practicarse un corte en el dedo índice de la mano izquierda. Negra como la pez manó la sangre y se derramó sobre las costillas de cerdo y los boniatos que tenía en su plato. Singer, que hasta ese momento había estado mordisqueando con displicencia sus chuletas, alejó de sí definitivamente la comida y lanzó una mirada de reproche a Pepe.

—Sangre negra —dijo Ana Centeno—. ¿Quedas satisfecho, Augusto?

Berns le pasó a Pepe su servilleta. Si en verdad quería sumarse a ellos, afirmó, Pepe sería uno más del grupo, pasara lo que pasase.

Pepe asintió. Se trataba de ir en busca de ruinas, ¿no es verdad?, ¿de eso iba el asunto? ¿Ciudades perdidas? Bueno, tenía ideas aproximadas en ese sentido.

—¿Lo habitual? —le preguntó acto seguido a su señora.

—No del todo —dijo ella, sonriendo. Entonces le indicó que se marchara, llevándose su plato. Berns y Singer aún debían seguir acompañándola. Quiso que Singer le contara si también él sentía interés por el oro y las antigüedades.

***

Al día siguiente, Berns saldó finalmente su abultada cuenta con Moscoso y verificó que Ana Centeno no se había equivocado: un buen equipamiento salía por un ojo de la cara. Una parte considerable de sus ahorros estaba ya consumida. A cambio, las dudas con respecto a su plan que le habían venido asaltando eran considerablemente menores desde que estableciera el vínculo con Singer. Con independencia del episodio en la iglesia de los jesuitas, Singer era fuerte como un oso, un hombre de largo aliento. Juntos podrían conseguir cuanto se propusieran.

Antes de la partida quedaban, con todo, algunas otras cosas que despachar. «Respetabilísimo y sapientísimo *monsieur* Berns», le escribió Berns a su hermano Max, «adjunto te remito la cantidad de cincuenta dólares. Confío en que puedan cubrir la deuda que mantengo contigo. Tu cuchillo me acompaña, por cierto, día tras día. Pronto dejaré atrás el mundo civilizado para encaminarme a las montañas. Hago solemne promesa de escribirte una carta cada medio año. Querido hermano, si no te llega, haz que digan una misa por mí. Si logro mi propósito, te enviaré una fotografía de mi mulo y de mi poquedad luciendo toda la parafernalia de expedicionario. El del sombrero soy yo. Tu hermano, Augusto R. Berns.»

Dobló Berns la carta cuidadosamente y la introdujo en el sobre. Sabía que ahora le asaltarían la nostalgia y el dolor de lo perdido. Cuando notó que el sentimiento iba a más, se reclinó en la butaca y cerró los ojos.

Únicamente un asunto seguía reteniendo a Berns: su encuentro con Forga. Una vez y otra la cita había sido aplazada; primero, porque Forga tenía reuniones de negocios en Arequipa, luego porque estaba en Lima, y finalmente —así le decían— porque Forga sufría un arrebato de melancolía y no estaba para ver a nadie. Cuando llegó la hora de que Berns fuese invitado, en este caso a una cacería, aceptó de inmediato. Todo lo profesional, según Forga hizo que le comunicaran por escrito, podría ser abordado en el transcurso de esta o al término de la misma. De cualquier manera, era durante la caza cuando con mayor claridad salía a relucir la personalidad de cualquier individuo.

Tal y como habían acordado, Berns apareció a las nueve de la mañana ante el palacio de Forga. Llevaba un sombrero nuevo, el abrigo encerado y sus botas altas con cordones; al fin y al cabo desconocía en qué escenario tendría lugar la caza, y se le antojaba verdaderamente importante presentar un aspecto solvente y capaz. La escopeta le colgaba del hombro, mientras que en sus bolsillos tintineaba la munición.

Forga ya estaba en la calle, rodeado de su servidumbre. Algunos de los hombres estaban dedicados a extender cuerdas sobre la calzada, aunque el porqué de tal proceder fuese un misterio para Berns.

Forga portaba en la mano derecha algo que parecía un garrote. Su cara grande se contrajo en una mueca cuando Berns lo saludó respetuosamente, deseándole una venturosa cacería. Notó Berns que Forga estaba sudando. Llevaba un traje de madapolán verde oscuro, sobre el que ya en ese momento cabía discernir extensas manchas de transpiración en el pecho y la espalda. Los ojos no los apartaba de Berns. Este se cree que me puede calar con la mirada, pensó Berns; opina que ya se las ha visto con cientos de tipos idénticos a mí. Berns le sonrió. ¿Y dónde estaban los caballos que se disponían a montar?

—¿Adónde toca ir hoy? —fue a informarse Berns—. ¿Caza menor o mayor?

—Caza de perros —dijo Forga—. Y no vamos a ninguna parte. Nos quedamos precisamente aquí.

En ese momento llegó un perro que había doblado la esquina como alma que lleva el diablo; y justamente cuando frenó asustado ante el grupo humano y se disponía a dar la vuelta, los sirvientes de Forga tensaron la cuerda debajo de él y lo lanzaron al aire. Con una agilidad que Berns no le habría atribuido, Forga pegó un brinco y hundió el garrote en el cráneo del perro. El animal soltó un aullido pavoroso, la sangre y la masa encefálica salpicaron tanto el suelo como el atuendo de Forga y en estas ya llegaba el siguiente chucho callejero a toda velocidad, corriendo por su vida, porque detrás tenía una turba de indios que vociferaban con estrépito, azuzando a los perros sin dueño de la ciudad para que se precipitasen al castigo, que iban uno a uno recibiendo de los churretosos brazos de Forga.

—Aquí, toma, Berns —gritó Forga, y le puso un garrote en la mano—. ¡El siguiente es todo tuyo!

Un gran perro mestizo, de pelaje berrendo, corrió sobre la cuerda. Berns advirtió el pánico en sus ojos, vio cómo era arrojado al aire, sintió el garrote en sus manos y dejó que la oportunidad pasase. El perro aterrizó sobre su lomo y salió gimiendo de estampida.

—¿Pero qué es lo que estás haciendo, Berns? —rugió Forga—. ¿Acaso sientes compasión por un chucho? ¡Son una plaga, una enfermedad, una peste! ¿Quieres trabajar para mí o no?

Uno de los sirvientes había capturado al perro, llevándoselo a Forga; quien le soltó una tunda de palos, esta vez sobre la columna. Los chillidos del perro eran terroríficos. Este hombre es un monstruo, pensó Berns, un demente, que luce más cerebro sobre su chaqueta del que habita en su cabeza.

Los ojos de Forga centelleaban, sus manos gordezuelas asían expectantes el garrote. ¡Ahí, atención! Los azuzadores habían reunido a toda una jauría y la hacían precipitarse calle abajo.

—¡Muestra tus facultades, Berns! —bramó Forga.

Y Berns procuró mostrarlas. Intentaba darles a los animales con el garrote usando una intensidad que apenas los dejase inconscientes. Naturalmente, había que golpear con la fuerza suficiente, para que no se pusiesen a patalear y a aullar. En el caso de aquellos que eran de constitución frágil, la cosa no acabó de funcionar.

Berns creyó estar llorando; pero cuando se tocó el rostro, vio que era sangre lo que le corría por las mejillas. Un sollozo intentó ascender desde su diafragma hasta la garganta, para allí verse estrangulado y después tragado, a fin de que retornase al punto de partida. Ana había dicho que necesitaba a Forga, que necesitaba el dinero, que necesitaba el trabajo. ¿Necesitaba en verdad todo eso?

Lo cierto es que Forga no hacía nada a medias. Permanecía en mitad de un charco de sangre e intestinos, el mondongo se le salía ya de las propias botas, los gañidos y ladridos eran en extremo aturdidores. Ahora le mandaba a Berns un nuevo ejemplar, joven y de mil razas, de color castaño claro y negras orejas gachas, el cual, pese a la matanza y a la destrucción que lo circundaba, evidenciaba una expresión tan sumisa, que a Berns le partió el corazón. Mátame sin que ello te trastorne, parecía estar diciéndole, no ignoro que se trata de un sacrificio necesario, no tengas dudas, es solo una vida minúscula e insignificante, te la ofrezco sin reservas. Berns cerró los ojos y soltó la mano para golpear.

***

—Pasemos a lo profesional —dijo Forga. Se había cambiado de ropa y ahora estaba sentado, vistiendo una camisa de lino blanco, detrás de su escritorio. Berns evitó mirarle directamente a la cara. En su imaginación agarraba el abrecartas con forma de daga y…

—Estarás dispuesto a ser utilizado en cualquiera de mis haciendas en cualquier momento. El salario se te irá acumulando hasta el momento en que regreses a Cuzco. ¿Comprendido?

—¿Cómo voy a saber dónde y cuándo me espera trabajo? —preguntó Berns. Su voz era un susurro apenas audible. Ahora se maldijo a sí mismo por haber hecho caso a Ana Centeno.

—Mi gente te encontrará cuando te necesite, no tengas la menor duda. Principalmente se tratará de construir hornos y molinos de agua. Supongo que en eso sabrás cómo desempeñarte, ¿no?

Berns asintió. Después preguntó cómo debía proceder, caso de que necesitase el dinero antes de tiempo. Antes de que tuviera ocasión de regresar a Cuzco.

—¿Quieres cobrar tu dinero antes de tiempo? —le espetó Forga burlón—. ¿Y qué vas a querer comprarte en la selva? ¿Líquenes y lianas, tal vez? —Soltó unas risotadas tan estentóreas, y durante tanto rato, que la cabeza se le puso como un tomate. Entonces se le acercó y lo agarró por la barbilla. Había algo en Berns que le gustaba, dijo Forga, de manera que le iba a dar un consejo. Le habían llegado noticias de que andaba a la búsqueda de ruinas y tesoros. El Dorado, ¿no es así? Berns no reaccionó. Bien, pues en tal caso le recomendaba que tuviese cuidado con los indios de la sierra, porque no les gustaba que se presentase gente a hurgar en las tumbas de sus antepasados. Más de uno había aparecido con un agujero en la cabeza al lado de una momia inca.

—Y una pregunta más —añadió Berns, sin querer dejarse impresionar—. ¿Adónde son trasladados, al acabar, los cadáveres de los perros?

***

La ribera del Huatenay estaba salpicada con todos los desperdicios de la ciudad, incluyendo sus perros muertos, que eran tirados allí semana tras semana por los esbirros. Apretándose un pañuelo contra nariz y boca, Berns avanzó con andares cautelosos entre tanto cadáver. Desde el puente había detectado el pelaje castaño claro del perro de mil razas al que le habían ordenado matar de un garrotazo. Cuando estuvo junto a él, descubrió que aún vivía, así que lo tomó en sus brazos y se lo llevó de vuelta a la ciudad. Berns lo bautizó con el nombre de *Asistente*.

Los días que siguieron pasaron aprisa. La noche anterior a la salida, Berns se despertó de súbito al creer que había escuchado la voz de su padre. *Hijo mío*, había dicho la voz, *mi buen muchacho, hijo mío.* Con el corazón palpitante, Berns se incorporó y miró por la ventana al patio que iluminaba la luz de la luna. Estaba vacío. Desde el otro extremo del salón, en el que se había instalado Singer para pasar la noche, le llegaba su respiración tranquila y acompasada. También Asistente dormía, con su escuálido cuerpo pegado a las piernas de Berns.

Berns acarició con cariño a su perro, luego cruzó los brazos detrás de la cabeza y se quedó mirando el techo de la habitación. Mañana a primera hora comenzaría la aventura. Ya en el camino, hablaría con cuantos indios y paisanos se encontrase; tal vez hubiera entre ellos algunos que recordasen las historias y leyendas de sus predecesores. Asentamientos y pueblos bien podían caer en el olvido, ¿pero ciudades completas, templos? Probablemente ese era el método que había seguido Lavandais, antes de dar con Choquequirao. Aunque lo más importante, lo más genuino, obviamente se le había escapado. Choquequirao tenía que ser el inicio de una búsqueda en pos de la ciudad perdida; el inicio, no el final. Únicamente él, Berns, sabría interpretar adecuadamente ejes visuales y líneas de conexión. ¡Lavandais había pasado de largo sin enterarse de nada! Ahora, cuando le tocaba a él asumir esa responsabilidad, la sensación de sorpresa, emoción y regocijo era notable.

De pronto le sobrevino un pensamiento horrible. Se levantó de la cama, fue hasta su compañero y lo despertó de una buena sacudida.

—¿Qué es lo que ocurre? —preguntó un somnoliento Singer.

—¿Y qué pasa si Lavandais mintió? ¿Qué pasa si, allá afuera, no existe ninguna ciudad inca?

Singer sacudió la cabeza mientras murmuraba adormecido que él, Berns, le había explicado por activa y por pasiva cómo había que leer las ruinas. Si Lavandais hubiera en efecto mentido, le habría llamado a él, Berns, la atención, ¿o no? Lo que harían sería simplemente encontrar otras ruinas.

—Y ahora, duérmete —bostezó Singer—. Porque un gringo con sueño no va a poder encontrar ni su propio trasero en la selva.

Pero Berns no se durmió. Berns pensaba en el puerto que debían coronar, en los ríos que había que atravesar y en los cañones que les tocaba cruzar. Pensaba en los toros salvajes que llevaban siglos desplazándose por los bosques, pensaba en los pumas y jaguares, de los que tanto había leído, en los cóndores, que eran lo bastante grandes como para levantar a un hombre y llevárselo volando.

Le ayudó figurarse cómo sería el descubrimiento de la ciudad perdida. Lo primero que haré, pensó Berns, será dejar constancia de mi nombre y de la fecha. Con tiza, con carbón. Ahora corría el mes de abril de 1872. ¿Cuánto tiempo pasaría hasta que se produjera el hallazgo? Una calma peculiar, cristalina, lo invadió. Sentía una serenidad que nunca había experimentado. Que se quedasen en Cuzco todas las objeciones, dudas y advertencias. Él, Berns, tenía que plantarle cara al mayor desafío de su vida.

8. LA EXPEDICIÓN

La ruta hacia la cordillera Vilcabamba atravesaba el yermo altiplano que se extendía entre el valle de Cuzco y el valle de Yucay.
A eso del mediodía, Berns, Singer y Pepe ya habían recorrido la
mitad del mismo y arribado al pueblo de Chinchero. En la plaza del
mercado hicieron una parada y condujeron las mulas a una fuente.
Sentados junto al pretil había unos cuantos indios, que saludaron
a los hombres con rostro impertérrito. Asistente no paraba de dar
brincos impetuosos a su alrededor, y Berns les dedicó un gesto afa-
ble. Singer dejó correr la mirada sobre los muros con hornacinas
que había al borde de la plaza.

Durante la cabalgada, Singer se había ido deteniendo cada vez
que una formación rocosa le llamaba la atención, examinándola con
tanta escrupulosidad, que Berns se había impacientado, llegando a
comentar que la ciudad perdida sin duda se encontraría a menos de
veinte millas de Cuzco. En secreto, sin embargo, se sentía satisfecho
de que Singer se tomase tan en serio la misión compartida. Ello le
inspiraba confianza en que Singer se mantendría a su lado durante
un largo período. Ya hay que estar obsesionado o, cuando menos,
desesperado, para irse a la selva, pensó Berns. Singer, no lo dudaba,
estaba principalmente desesperado. Con el tiempo, confiaba Berns,
se instalaría en él también la obsesión.

—Si nos paramos ante cada piedra desbastada, Singer —le dijo
finalmente—, no llegaremos a la meta ni en cien años.

Por primera vez recaía sobre Berns la dirección de un grupo;
desde la grata certeza de que era su miembro más relevante, diri-

gía la caravana con mano firme, mas no sin comprensión. El doctor Tamayo había sido un buen maestro.

Mientras Singer se dedicaba a analizar el empedrado que había más debajo de los muros con hornacinas, Berns distribuyó hojas de coca y debatió con Pepe el rumbo subsiguiente. En cuanto hubiesen alcanzado la selva, querían hacer alto en Santa Rosa, un pequeño asentamiento por encima del río Apurímac. Ahí se trataría de hablar con los indios y recoger indicaciones relativas a ruinas. No menos importante era que desde ahí podrían acceder a Choquequirao, esas ruinas que deberían proporcionar pistas sobre otras ciudades, tal vez incluso aún por descubrir, en las inmediaciones.

Cuando los indios que estaban en la plaza empezaron a enfurruñarse —Singer había roto una piedra del adoquinado—, reemprendieron la marcha. Estaban a más de doce mil pies sobre el nivel del mar. La respiración era dificultosa, pero las riendas se sentían laxas en manos de Berns. Una y otra vez le venía a la mente que Pizarro había tomado ese mismo camino, al objeto de descubrir El Dorado. Ahora era él, Berns, quien recorría esa ruta para completar lo que, desde hacía quinientos años, nadie había logrado. Cuando en su momento retornase de estas montañas, ya convertido en un hombre rico y famoso, su nombre habría quedado, para todos los tiempos, inseparablemente ligado a su descubrimiento.

Apenas tres millas después de Chinchero, el altiplano descendía hacia el valle de Yucay, sito cuatro mil pies más abajo. Ante el despeñadero, el grupo se detuvo. Pepe echó una mirada ceñuda a la vieja calzada inca, que bajaba por el precipicio en abrupto zigzag. Allá en la hondura se apreciaba una llanura fértil, colmada de verdor; podían reconocerse haciendas, campos cultivados, prados y dehesas, circundados por las cumbres nevadas del Chicón, el Sahuarisay y el Kuntur Wachana. Si uno quería ir a la selva, tenía que sobrepasar estas montañas atravesando un estrecho paso.

Llegados al valle, los hombres se quitaron varias capas de ropa, desprendiéndose de sus ponchos y de sus jerséis de lana. Colibrís gigantes se movían ligeros entre la retama en flor, en tanto que un viento cálido recorría los prados, acariciando cerezos, melocotoneros y los chachafrutos que bordeaban las aguas bravas del

Urubamba. Asistente corría feliz tras los pequeños bichos que poblaban la espesura, solo para reaparecer al poco, cubierto de aquenios de bardana y cardos.

Las laderas de las montañas estaban recubiertas de agaves con sus inflorescencias; el musgo español pendía de los salientes rocosos y le otorgaba al valle la apariencia de estar por entero revestido de telarañas. Dondequiera que se posase la vista había glaciares y montañas, como si no hubiera escapatoria, como si cualquier tentativa de avance resultase inútil e insensata. Cada vez que tomaban una curva y el valle dada la sensación de ensancharse, Berns hacía un gesto de aprobación. Una vez doblado el último recodo, hacia el fondo del valle, divisaron finalmente un fuerte majestuoso. A sus pies se congregaban las casas de un pueblecito.

—Ollantaytambo —exclamó Berns, antes de que Pepe pudiese decir ni media palabra.

Allí fueron en busca de merecido descanso los hombres, así como a abastecerse de suministros e incrementar sus pertrechos con algunas mantas de lana. El puerto que les tocaba superar estaba a más de quince mil pies de altura; quien no estuviese ahí bien equipado, moriría de frío.

¡Mantas de lana para la jungla!, rezongó Singer, que se oponía a los gastos innecesarios; pero Berns insistió en la adquisición. Estaba al tanto de las crónicas, sabía que muchos hombres habían perecido en las montañas tras haber subestimado el peligro. Se trataba de actuar con cabeza, y esto no atañía solamente a la búsqueda de ruinas. Berns tenía por sistema atar en corto tanto la impaciencia como los efluvios de una alegría desbordante. Permanecieron dos semanas en Ollantaytambo, antes de volver a subirse sobre sus monturas.

***

De camino hacia el puerto el frío se hizo tan intenso, que los hombres hubieron de envolverse las manos en paños de lana. No tardaron en perder una mula cargada hasta los topes; se resbaló sobre la rocalla cubierta de nieve y fue a despeñarse, profiriendo un largo roznido desgarrador, hasta estamparse en el fondo del valle.

Cualquiera de nosotros podría haberse encontrado sobre su lomo, pensó Berns. Singer le preguntó a Pepe si no prefería que fuese él quien guiase a los animales; pero Pepe no le contestó, sino que se quedó pensando: estamos a punto de llegar al Choquetacarpo, y no hemos perdido más que una bestia; ¡a ver quién es el guapo que lo iguala! En esto los envolvió una niebla espesa, y Pepe llevó a la caravana hasta una cueva, en la que los hombres pasaron la noche.

Era muy temprano por la mañana cuando dejaron atrás el puerto para iniciar el descenso en dirección a la selva. Ir sobre las cabalgaduras hacía mucho que se había convertido en un empeño imposible; el viejo sendero inca por el que avanzaban era tan pedregoso, y el suelo tan inestable, que habían optado por proseguir a pie y llevar a los animales de la brida. Cualquier paso en falso podía desencadenar un deslizamiento que los arrastrase hacia el precipicio.

En silencio arribaron a una zona de neblina, esas nubes de vapor características de la pluviselva, y en nada el bochorno se tornó insoportable. El olor del heliotropo en flor y del cuajiniquil peludo dejó a los hombres casi sin aliento; papagayos verdes salían disparados como rayos globulares atravesando el caleidoscopio de helechos gigantes, marañas de zumaque y plantas de aire. El sendero se perdía en el lecho seco de un río para desaparecer allí por completo.

Ante ellos se alzaba ahora una pared verde e impenetrable. El corazón le latía a Berns a un ritmo frenético, cuando agarró el machete que llevaba prendido a la mula y comenzó a asestar tajos contra las lianas y el tupido cañaveral. Su cabeza estaba rodeada de un enjambre de moscas diminutas, afanadas en pegarle mordeduras en cada uno de sus poros. No pasó mucho tiempo antes de que los hombres se hubiesen adentrado en el valle hasta tal punto, que se hallaron envueltos en un manto de efluvios de niebla, copas de árboles y lianas; apenas unas briznas de luz atravesaban ese filtro. Cada paso venía acompañado de un gotear continuo y de un rumoroso gorgoteo; la humedad cubría la hojarasca y los troncos, se deslizaba en forma de perlas por los mirtos y las rosadas flores glaseadas de las bromelias. Musgos y líquenes chupaban el agua traída por la niebla, y la entregaban como si fuesen esponjas cuando los pisaban.

Poco antes del crepúsculo arribaron a un río. Berns se volvió y miró en la dirección por la que habían venido, pero no quedaba ni rastro de vereda alguna. Al poco de haberla pisado y tras obligarla a doblarse, la vegetación recuperaba su posición anterior. A Berns le dolía la muñeca, pues no estaba acostumbrado a un manejo tan prolongado del machete; sentía que la boca le sabía profusamente a sangre y, tras el largo descenso desde el puerto, los muslos se le ponían a temblar a la primera de cambio.

Singer y Pepe se abrieron camino hasta él y contemplaron con estupor la masa de agua que discurría violentamente ante sus ojos.

—Menuda fuerza endiablada —dijo Singer.

Pepe se limitó a encogerse de hombros y dijo que ese río no había estado ahí el año anterior.

—No hay remedio —dijo Berns. Se pasó la mano por el acribi-llado rostro. No es que hubiesen avanzado gran cosa. Pero ¿qué se había figurado él? Si hubiera sido más sencillo moverse por parajes como estos, ya los habrían transitado hace mucho los buscadores de tesoros, y además en gran número. La jovialidad no acudía a uno a toque de corneta; al abatimiento tampoco era cuestión de darle la bienvenida. Estoy en la selva, pensaba Berns, de veras estoy en la selva. ¿Qué importancia podía tener un río? Cualquier obstáculo se le antojaba una minucia, en comparación con el milagro de haber alcanzado, en efecto, la cordillera Vilcabamba.

—Mañana buscaremos un punto desde el que podamos cruzar. Esta noche nos quedamos aquí.

Pepe asintió, Singer le dio unas palmaditas en la espalda a Berns y se pusieron manos a la obra. Un trecho de río más abajo loca-lizaron una franja despejada, en la que decidieron acampar. Una vez limpiado el suelo de maleza y piedras se obtenía una base para montar la tienda. Asistente, que se pensó que era para él, se aco-modó dentro el primero. Berns estaba de tan buen humor, que le dejó hacer.

Desde la tienda los hombres tendieron una soga hasta un lau-rel vecino. De ella colgaron la ropa húmeda y cuantos utillajes no querían dejar en el suelo. En las proximidades, en una zona en la que abundaba la hierba, ataron las mulas. Los sacos de provisiones y pertrechos los introdujeron en la tienda para tenerlo todo a mano, ya fuera una camisa seca, un pedazo de jabón o una porción de tabaco, lo que necesitasen. Pepe hizo acopio de leña para la fogata y pronto la tuvieron llameando con viveza. Singer dispuso dos grandes piedras planas sobre las ascuas; en una colocaron el caldero para el café y en la otra el caldero para la infusión de coca. Finalmente, Pepe trajo una especie de trípode y lo situó sobre el fuego. De un gancho de hierro fundido colgó la olla, en la que metió un pedazo de tocino, además de agua, patatas secas y tres peces, que había atrapado en el río.

Mientras el olor de la comida se esparcía por el campamento, Singer y Berns ya andaban preparando el lecho en el que iban a dormir. Tras algo de discusión, Asistente fue expulsado de la tienda. Sobre la lona de esta colocaron una manta de lana y, encima, sus sacos de dormir de lino y pelo de caballo, sobre los que extendieron los ponchos de lana. Por calurosos que pudiesen resultar los días, las noches no se libraban de un frío pegajoso. Las escopetas las apoyaron en una esquina de la tienda, colgando de un rodrigón los saquitos que contenían la munición y la pólvora. Ya para terminar, justo cuando el café comenzaba a despedir su aroma, se inició una búsqueda febril de las sales minerales. Berns soltó una maldición; estaba seguro de que se las había encargado a Moscoso, pero no aparecían, ni en su equipaje, ni en el de Singer. Singer le sugirió con un gesto que desistiese. Si alguien tenía que tropezarse con la muerte en plena selva, desde luego no sería por falta de productos saludables. Pero Berns volvió a echar mano del machete, para desaparecer en la espesura del bosque nuboso. Cuando regresó, llevaba al hombro un hatillo que había improvisado con su camisa. Venía repleto de papayas de un amarillo yema.

El día dio paso a la noche sin solución de continuidad. Los hombres comían en silencio al amor de la lumbre, escuchando los sonidos de la selva. Era un incesante rugir, un tumulto de chasquidos y crepitaciones en las copas de los árboles, un imparable bufar, chillar y jadear. El reverbero del fuego atraía a los murciélagos, que aleteaban convulsos en torno a las cabezas de los hombres. Un insecto de brillo fulgurante pasó rozando la sien de Berns; habiendo trazado un radiante arco de luz, desapareció en la oscuridad.

—¿Cómo sabrás a ciencia cierta que se trata de El Dorado una vez que lo hayas encontrado? —preguntó Singer de sopetón.

Berns se apartó la papaya de la boca. Ahora también Pepe lo miraba con curiosidad. A Berns lo invadió la hilaridad. Esa pregunta no se le habría ocurrido a él jamás, pues estaba más que persuadido de que la ciudad perdida de los incas se le manifestaría al instante y sin la menor ambigüedad.

—Lo reconoceré —dijo Berns tras un rato—. El Dorado fue edificado por gente de mi estilo. Por eso lo encontrará alguien de mi estilo.

***

La expedición avanzaba con deplorable lentitud. Algunas semanas después de que se hubiesen adentrado en la ceja de selva, las mulas se enmarañaron hasta tal punto con la vegetación, que no hubo modo de liberarlas. El bosque era por entonces tan tupido, que para dar un solo paso había que liarse a machetazos con una fronda de lianas, zarcillos y cañas. Con todo el dolor de su corazón, Berns se resignó a dejar atrás los animales, y optó por que transportasen el equipamiento más imprescindible sobre las propias espaldas. Pepe dejó en libertad a las bestias, que habiendo recibido un azote en la grupa, desaparecieron en la selvatiquez. Singer despotricó, en tanto que Berns se propuso seriamente mantener el optimismo. Esta vez le costó más que nunca.

—Es probable que seas igual de terco que una mula —dijo Singer—. ¿Pero eres también igual de fuerte?

En ocasiones se cernía sobre los hombres tal oscuridad que se preguntaban si se levantaba una tormenta, si el crepúsculo había llegado sin que lo hubieran notado o si era la noche la que ya había caído. Y cada vez que esto les sucedía, eran tan solo las ramas de los laureles y de los caobos las que, combinadas con las lianas, se erigían en una trama impenetrable. La tierra húmeda sobre la que avanzaban se iba transformando por momentos en una masa de fango, en la que se hundían hasta los talones. El peso de los pertrechos y de las provisiones empeoraba, para colmo, el asunto, y costaba un esfuerzo ímprobo poner un pie delante del otro. Con este panorama, las etapas que cubrían diariamente se iban tornando más cortas, mientras que la lista de las heridas y lesiones que les aquejaban no cesaba de alargarse.

—¡Valor! —gritaba Pepe, cuando Berns y Singer se quedaban atrás. Ninguno de los dos respondía. En cualquier caso, bastante tenía uno concentrándose en el follaje que había justo delante, y en el manejo del machete. Habitaban el bosque de niebla incontables serpientes venenosas, que no solo se arrastraban por el suelo o trepaban por las rocas, sino que podían precipitarse como un rayo encima de uno en cualquier momento, desde las ramas y troncos que estaban más arriba. Claro que las serpientes, comentó Singer, por lo menos eran proclives a huir cuanto sentían que te acercabas. Peores eran las otras criaturas del bosque de niebla, que eran las que mantenían en jaque a los hombres. Por las noches, tras montar el campamento con precipitación, debían enfrentarse a una profusión de cucarachas de la selva, que acudían atraídas por la comida, así como a tarántulas tan grandes como la palma de la mano, cuya predilección era introducirse en los sacos de dormir y en las botas de los hombres. Más peligrosos que las tarántulas eran los escorpiones gigantes, con caparazones del grosor de un dedo; sus pinzas eran de longitud considerable, y estaban armadas de tijeras, afiladas como una navaja de afeitar, semejantes a las de un bogavante. Y eso que la cantidad de escorpiones y tarántulas era más o menos abarcable. ¡No así la de insectos! Auténticas nubes de flebótomos, tábanos y mosquitos envolvían a los hombres como si fuera un manto, sin que se les ocurriera modo de espantarlos, ni siquiera mediante el fuego o el humo. Así que sus cuerpos estaban tachonados de pústulas, ampollas y forúnculos, siempre en carne viva de tanto rascarse.

—¿No querías ser descubridor? —preguntó Singer—. Pues toma, ya eres descubridor.

Si los hombres extendían las camisas o los pantalones recién lavados sobre las rocas del río, los temidos barros del trópico depositaban sus huevos en los resquicios del tejido. Las larvas se adentraban en sus cuerpos a través de los poros principales y allí se desarrollaban, bajo la piel, hasta alcanzar el tamaño de una falange de dedo. Berns llevaba más de una docena de tales protuberancias en sus antebrazos; podía observar cómo se meneaban y retorcían en su carne; pero como estaban dotadas de gran cantidad de pequeños garfios, resultaba tarea imposible sacárselas a base de tirar. En una ocasión se practicó un corte para extraer una larva particularmente grande, lo cual provocó que la herida se inflamase y tardara semanas en sanar.

La selva, anotó Berns en su diario, es una suerte de cómputo, de examen, de ponderación. Lo que uno no trae de casa en cuanto a preparación y carácter no puede adquirirse en ella. Toda la fuerza, la disciplina y la determinación que se requieren deben darse por anticipado, porque cuando llega el tiempo de los retos, no se gana nada nuevo, sino que es la hora de restar.

****

Pepe y Singer se sumían por las noches en un profundo sueño. Solo Berns sufría, desde que estaban en la selva, de una agudización de sus sentidos casi enfermiza. ¿Cómo dormir de noche si a uno lo rodeaban el bosque de niebla y esa plétora de sonidos? Las aves nocturnas chillaban en los árboles; la garrulería, el cacareo y el parloteo cobraban tal intensidad entre el ramaje, que Berns era incapaz de conciliar el sueño. Al principio había intentado convencer a Pepe y a Singer sobre la conveniencia de hacer guardias por turnos; pero como cada vez que les tocaba se quedaban dormidos, Berns desistió.

Con el tiempo, aprendió a conocer los sonidos de la noche, igual que se había familiarizado en su época con los ruidos característicos de la fábrica de Peter Dültgen. Según los iba enumerando mientras imaginaba el aspecto del animal que originaba cada uno, podía conseguir a veces caer en una duermevela. Lo que uno va conociendo llega a convertirse en hábito.

Una noche, no obstante, cuando los tres hombres estaban ya dormidos, resonó sobre su tienda de campaña un rugido ronco.

Berns se incorporó. El pulso le iba a cien. El sonido era nuevo. Ese estruendo áspero y sostenido tenía que proceder de un gran felino; un puma, tal vez incluso un jaguar. Al elegir el emplazamiento para la tienda habían optado por una losa de roca en forma de saliente; era factible que el animal se hallase justo encima de ellos. También Asistente se había despertado, forzando su entrada en la tienda por una rendija. Berns sintió pánico y agarró su escopeta, a la par que intentaba despertar a Pepe y a Singer; inmunes a los toques que les daba con pies y manos, se limitaban a girarse y a seguir durmiendo. En la más absoluta oscuridad —no se atrevía a encender ninguna luz— Berns cargó la escopeta. Afuera, entretanto, había vuelto a reinar el silencio.

Precisamente cuando Berns empezaba a sospechar que el animal había desaparecido en el bosque, sonó de nuevo el rugido. Parecía venir de más cerca. Berns le propinó otra resuelta patadita a Singer, pero este dejó escapar un gemido y no se movió. Con manos temblorosas, Berns empujó a un lado la lona de la tienda. A muy escasa distancia oyó un crujido de tallos y de hojas. Junto a la tienda había una rama grande, a la que, tras bañarla en el petróleo de la lámpara, prendió fuego, para blandirla extendida ante sí a guisa de antorcha.

Nada más abandonar la protección de la tienda, se volvió atrás y dirigió la antorcha en dirección a la losa de roca. Estaba vacía. La movió en sentido circular iluminando el filo del bosque y luego otra vez la tienda, hasta que al pie de las rocas de las que nacía la losa pudo observar dos ojos amarillos brillando en la oscuridad. Berns gritó —a pleno pulmón y en alemán—, profirió maldiciones y amenazas, removió la antorcha. Pero todo fue inútil. El par de ojos continuó inmóvil. Paulatinamente la oscuridad le fue revelando los contornos de un animal que le llegaba por lo menos hasta la cintura y lucía un pelaje con manchas. ¡Un jaguar! Berns bajó la antorcha consternado.

Empapada en sudor, su mano izquierda sujetaba la escopeta. Para poder disparar era menester soltar la antorcha. ¿Qué hacer? Así que permaneció parado, entre el límite de la selva y la tienda de campaña —en una mano la antorcha, en la otra la escopeta—, sin apartar la vista del jaguar. Cada vez lo apreciaba con mayor nitidez, recortado ante el oscuro fondo del bosque. Podía Berns ver los colmillos en la boca entreabierta, las poderosas patas, el bello dibujo de la piel y el vigoroso cuello. Pero eran sus ojos lo más sorprendente; imbuidos de calma e indiferencia, permanecían clavados en Berns, sin que los alterase emoción o inseguridad alguna.

Berns sabía que el jaguar mataba a sus presas de un único salto; un salto, un mordisco. ¿Por qué se había acercado tanto a la tienda el animal? Cuando el jaguar dejó escapar un gruñido, Berns fijó la antorcha en el suelo y empuñó con ambas manos la escopeta. En ese instante, oyó un chasquido a sus espaldas. ¡Singer se había levantado! Alguna cosa le estaba diciendo a Berns, luego le dio una palmada en el hombro. Pero en estas el jaguar desapareció de un brinco en la espesura.

Singer permaneció sin habla, incapaz de apartar los ojos del lugar en el que había estado el animal. Entonces se volvió hacia Berns, cuya frente seguía perlada del sudor del miedo.

—¿Qué ocurre? —preguntó Singer—. ¿Por qué no has disparado?

***

Tardaron meses en dar con su primera gran ruina. Berns había continuado permitiéndose desvíos de la ruta programada, al mostrarse convencido de que Lavandais tendría que haber pasado por alto alguna cosa. De manera que, en todo ese tiempo, ni siquiera habían rondado las proximidades de Santa Rosa, el poblado cercano a Choquequirao. Con tal motivo, se fue formando poco a poco un estado de malhumor y descontento; primero en lo concerniente a Pepe, y pronto también en Singer. Este último no había olvidado cómo Berns le había exigido más concentración y metido prisa. Y ahora resultaba que llevaban ya más de medio año dando vueltas por la sierra. A Berns se le hacía cuesta arriba hacerles entender a Pepe y a Singer que, en esa zona, la pista más insignificante podría resultar de una importancia decisiva.

—Yo te seguí en su momento porque tenías elaborado un plan bastante sólido —le dijo Singer a Berns, mientras los hombres montaban una vez más la tienda de campaña, al cabo de una jornada particularmente extenuante. ¿Qué había sido de dicho plan? ¿Se había esfumado en el aire? Si tal fuera el caso, opinaba Singer, quizás iba ya siendo hora de sacar el rosario del bolsillo.

—El plan es el plan —dijo Berns—. Yo solo quiero ir sobre seguro. ¿Cuántas oportunidades tenemos? Esto que nos traemos entre manos no es ninguna partida de póquer, Harry.

Ofendido de que Singer no tuviese confianza en él, llamó a Asistente, empuñó su machete y se encaminó hacia unas cuantas rocas que resaltaban en el verdor del bosque de niebla. Bien sabía Berns que uno no podía sobrevivir a solas en la selva. Pero entretanto también había aprendido que, para él, era casi insoportable tener que andar compartiendo a todas horas la presencia de otros. ¡Aire, aire, necesito aire!

Casi había llegado a las rocas, cuando dio un traspiés. Irritado fue a darle un machetazo a la raíz que había estado a punto de hacerlo caer, pero el machete rebotó con sonoro tintineo.

Se quedó atónito: ahí, bajo la tierra, no se ocultaba el segmento leñoso de cualquier planta, sino una piedra de granito simétricamente cortada. Berns respiró hondamente, y se irguió. Imposible, pensaba, ¿en este lugar, precisamente aquí? Entonces se lio a machetazos contra la densa maraña de lianas y ramaje. Logró avanzar unos cinco pies, hasta tropezar con un muro que discurría hacia las rocas.

Berns sintió vértigo, de pura alegría irrefrenable. Ya se veía contemplando ante sí baldosas de oro macizo, ya veía un templo profusamente adornado con joyas, ya se veía a sí mismo sentado en un trono hecho de oro y plata… Su propia risa fue la que le despertó de tal visión. Agarró un pedrusco y lo lanzó con desenfado a la hojarasca de la selva. Entonces llamó a Pepe y a Singer para que se le unieran.

No lejos del campamento se distribuían saledizos, grupos de casas, así como fachadas pertenecientes a una antigua fortaleza. El bambú y los cañaverales habían invadido la mayor parte de la ruina; y la proliferación, a lo largo de los siglos, de musgos y líquenes era el motivo de que uno no se fijara en los bloques de granito,

ni siquiera al tenerlos justo delante. En las crónicas que se conserva-
ban en el Convento de Santo Domingo no aparecían ni consignados
ni descritos. Ni el propio Pepe tenía la menor noticia al respecto,
algo que en los días subsiguientes hizo que se volviese pensativo y
midiera sus palabras.

Berns, por el contrario, estaba ahora más que seguro de sus
suposiciones. La cordillera Vilcabamba, lo daba ya por demostrado,
estaba salpicada de ruinas y, sobre la base de esa evidencia, debía de
haber sido esa la zona a la que los incas decidieran con preferencia
retirarse. Así que, aun cuando esas ruinas pudieran parecer algo
toscas y profanas, lo indiscutible es que habían conseguido un primer avance.

Singer dijo:

—¿A quién le importa lo que pudo ser antaño? Lo relevante es
que encontremos oro.

A la vez, este era también el problema. La pluviselva abrazaba los muros y sus cimientos tan estrechamente, que los hombres se tiraron días sin pausa abriendo a machetazos una vereda
entre los distintos grupos de edificaciones. Berns no cesaba de
pasar la mano por sus superficies. Esto lo había descubierto todo
él, él solito. «Casualidad», le susurró una voz inaudible. «Instinto»,
repuso Berns. Él les había arrebatado un secreto a los incas, había
resuelto un misterio. Era demasiado tentador alimentar la creencia
de que esto no era sino un pacto, formalizado entre ellos y él. Que
era digno de ellos estimaba haberlo acreditado.

—Esta fortificación no protege al valle Yucay de los peligros procedentes de la selva —dijo Berns—, sino que protege la selva, y todo
cuando esta contiene, de lo que pueda venir desde el valle Yucay.

—En ese caso, seríamos nosotros —dijo Singer.

Mientras Singer y Pepe se empleaban con palas y cuerdas, Berns
dibujaba —con Asistente siempre pegado a sus talones— diferentes croquis, medía las paredes exteriores y consignaba cuantos edificios iban sacando a la luz. Cuando lo tuvo todo estudiado y calculado, echó también él mano de la pala. Por supuesto que Singer
tenía razón: ¿acaso no estaban buscando oro?

Las cámaras cuyo acceso habían ido desbrozando resultaron,

empero, estar vacías; Berns propuso cavar debajo de las rocas, donde había detectado ciertas cuevas tapiadas. No transcurrió mucho tiempo antes de que, valiéndose de las palancas, localizaran un espacio hueco. Se detuvieron un instante para debatir qué debían hacer. Pepe opinó que sería una tumba de los antepasados, por lo que prefería quedarse al margen. Singer, por el contrario, puso manos a la obra con acrecentada vehemencia. Berns se preguntó si no estarían incurriendo en una profanación al excavar enterramientos; mas no por ello se abstuvo de golpear con férrea determinación las piedras situadas ante él.

—¿De qué van a servirles a los muertos las ofrendas? —preguntó Singer. Cada vez con más brío iba despejando las piedras que aún lo separaban de la oquedad—. Si el oro puede serle de provecho a un ser vivo, ¿por qué habría de desperdiciarse con un muerto?

—Ten cuidado —dijo Berns, procurando atisbar lo que había al otro lado del agujero que acababan de abrir. Ante ellos se desplegaba un espacio de escasa altura. Berns y Singer asintieron el uno al otro, y treparon al interior. En la pared posterior de la cavidad se situaban tres hornacinas, con una momia dentro cada uno. Tenían los brazos adheridos al torso con firmeza mediante una tela finamente tejida; sobre los cráneos seguían pegados algo de pelo oscuro y unas fibras de tela con adornos de plumas. El tipo de tejido hizo suponer a Berns que se trataba de aristócratas, y los contempló con reverencia. ¿Cuál podría ser su edad? ¿Se habrían encontrado con su dios, el Inca en persona, alguna vez? La piel reseca adoptaba una forma de tensarse sobre sus rostros, y en torno a la abertura de sus bocas, que estas personas daban toda la impresión de haber quedado paralizadas en una suerte de grito silencioso. La muerte, se le ocurrió a Berns, tenía que ser tremendamente dolorosa, insoportable y eterna.

—Déjalas —dijo Berns, cuando Singer sacó una de las momias de su nicho y la acostó en el suelo. En cuanto Singer hubo echado a un lado del tejido, el cuerpo apergaminado se deshizo en polvo y solamente quedó lo que habían incrustado previamente entre los muslos y el tronco: un espejo de oro y dos fíbulas también de oro. Singer limpió el espejo en sus pantalones y se lo metió en el morral que llevaba.

—Toma, para tu cabellera —dijo, entregándole a Berns las dos fíbulas. Entonces agarró la siguiente momia y la puso en los brazos de Berns—. ¡Esta es toda para ti!

Berns sostenía la momia en sus brazos como antaño lo había hecho con su pequeño hermanastro Oswald: lleno de espanto al constatar su fragilidad, y estupefacto ante el escaso peso. Asustado volvió a colocarla en el nicho. Sintió entonces Berns que le faltaba el aire y trepó al exterior a través del boquete. Ante la roca, le dio un ataque de tos y luchó por tomar aire. Cuando notó que la sangre le brotaba de la mano, la abrió. En ella estaban las dos fíbulas; todo el tiempo había estado apretándolas con denuedo.

Un poco más allá estaba Pepe, sacudiendo la cabeza en gesto desaprobador. Tras lo cual se dio media vuelta y regresó al campamento.

Pronto los hombres reanudaron su marcha, para seguir internándose en la sierra. Las semanas volaban. En sus morrales llevaban varias docenas de fíbulas y colgantes, así como pulseras de plata y de oro. Ricos no nos hemos hecho, pensó Singer; y Berns confío en que, cuando menos, esto sirviera para mantener a Singer de buenas.

Él mismo había tenido muchos años para acostumbrarse a la perspectiva de una búsqueda larga, próvida en privaciones. Las fatigas de la selva, sin duda, eran penosas; mas no lo desanimaban. Todo esto ya lo había previsto Berns. Solo los cambios climáticos bruscos, esos aún lo pillaban por sorpresa.

Cuando empezó a llover sin cesar, Pepe se volvió aún más parco en palabras, lo cual expresaba bastante. Singer se empeñaba en consumir, mientras ponía cara de asco, una infusión de hierbas de su propia invención, e incluso Berns andaba de malas con el moho que nacía en las hojas de su libreta; por no mencionar la ropa rezumante de humedad, que podía tirarse semanas sin secarse del todo. ¡Hasta su sombrero de paja estaba cubierto de manchas de moho! Una de sus dos botas de cuero, tachonada desde hacía siglos de esporas de hongos en tres colores diferentes, sufrió durante la noche los estragos de una zarigüeya con hambre. Así que no le quedó a Berns otra que conformarse con una sandalia apresuradamente fabricada a base de lona de la tienda de campaña. También se percató de pronto de un extraño picor bajo las uñas de las manos; cuando las observó con detenimiento, advirtió que habían anidado en ellas unos gusanos diminutos, que asomaban después tímidamente por la matriz de la uña.

—La siguiente estación lluviosa está a la vuelta de la esquina —concedió Berns, a lo que Singer replicó:

—Empezó hace dos días.

Entonces se preguntó Berns si no andaría desencaminado en sus teorías y si la cordillera Vilcabamba, pese a albergar toda clase de hallazgos interesantes, no podría al final excluir el emplazamiento de la ciudad perdida de los incas. La pesadumbre que se abría paso en su espíritu era cada vez más indisimulable, y terminó incluso por llamar la atención de Singer, quien por regla general no reparaba en trivialidades.

—Escucha, Berns —dijo al cabo—, no seas tan testarudo. Si no es El Dorado, será otra cosa. A mí me trae al fresco, te lo digo con toda sinceridad, qué vaya a ser exactamente lo que nos haga ricos. O, cuando menos, lo que nos mantenga con vida.

—Para ti esto es algo diferente —respondió Berns.

¿Quién le comprendería alguna vez, quién podría calibrar lo que esta expedición significaba para él? Desde su juventud vivía empeñado en encontrar esa ciudad; primero en los libros, más tarde en la sierra. ¿Qué iba a hacer él con su vida, si dejase de contar con ese objetivo?, ¿en qué se convertiría? En un rapto de infelicidad le soltó un machetazo a una bromelia, mientras Singer se limitaba a mover la cabeza de lado a lado.

Cuando los hombres hubieron llegado a la siguiente elevación del terreno, Berns dejó vagar la mirada por el blanco mar que se extendía sobre los valles situados más abajo. Era la neblina característica de la época de lluvias. Ahora le tocaría mudarse a una de las haciendas de Forga y consagrar no se sabe cuántos meses al trabajo de ingeniero.

—¿Dónde estás? —le gritó Berns a la neblina, primero en español, después en quechua—. ¿Dónde estás?

Pero su alarido se perdió entre las nubes de vapor; solo un águila harpía se elevó, describió unos círculos en el aire y se alejó volando.

Con el corazón apesadumbrado, Berns siguió con la mirada al ave de rapiña.

***

Cuatro meses después, los aguaceros habían remitido. Fueron cuatro meses que Berns pasó en las haciendas de Forga, primeramente en Ollantaytambo, después en Písac. Molinos de agua, hornos de calcinación y máquinas de vapor... Había ocupación de sobra para ganarse un dinero y preparar la siguiente expedición. La trabajera en las fincas era exigente, y a la vez aburrida. Pepe y Singer se dedicaban a lavar oro en los ríos cercanos; aunque por poco que encontrasen, tenían el privilegio de ser sus propios amos, sin que nadie les diera órdenes.

Cuando llegó la estación seca, ninguno de los tres lo dudó. Sin perder tiempo, los hombres se echaron las mochilas sobre la espalda. En dos semanas lograron avanzar hasta el punto en que hubieron de interrumpir la expedición el año anterior. En ese limitado lapso, Berns tuvo la oportunidad de rememorar lo que suponía la vida cotidiana en el bosque de niebla, e incluso de sentir nostalgia de la hacienda, con sus lechos mullidos y sus comodidades. De nuevo cada paso que se daba era la consecuencia de un batallar sin tregua; el corto trayecto hasta el río Apurímac les llevó una semana completa.

Las paredes verticales a orillas del Apurímac alcanzan tres mil pies de altura. Berns respiró aliviado cuando se tropezaron al fin con el viejo puente colgante. El agua discurría todavía a tal altura, que el punto más bajo del puente apenas distaba un palmo de las caudalosas corrientes.

Ese mismo atardecer llegaron a Santa Rosa, donde vivían mestizos con antecedentes españoles, dedicados a cultivar coca y café. El asentamiento se emplazaba en un recodo del río, justo al pie de dos montañas, cuyos flancos se veían atravesados por caminos y terrazas antiguos. Un puñado de casas modestas se distribuía aleatoriamente entre el tupido verdor de los aguacateros y las mangiferas. Junto a ellos abundaban los flamboyanes con sus flores rojas, que señalaban el camino hacia los porches de madera por los que se accedía al interior de las casas.

La primera era propiedad del señor Álvarez, quien una vez leída la carta de recomendación de Forga consintió de inmediato acoger a la expedición por esa noche. Estaba dispuesto a poner a disposición de los hombres cuantas provisiones fuesen a necesitar para el período venidero. También les facilitó el apoyo de dos de sus trabajadores indios, que —según dijo— los acompañarían al día siguiente a *una gran ruina*. Respecto a su nombre concreto el hacendero se declaró ignorante. ¿Choquequirao? Esa palabra nada le decía a la gente de la zona.

—Pero Guaman y Atauchi son aquí quienes mejor conocen las ruinas —dijo el señor Álvarez—. Podéis preguntarles lo que se os ofrezca.

Entonces soltó una risotada, y Berns pensó automáticamente en cuantos viajeros habían dejado constancia de cómo sus guías indios les habían tomado el pelo. Cada cual es responsable de saber utilizar su perspicacia, pensó; esto no tiene vuelta de hoja.

La esposa del hacendero preparó un café fuerte y bien dulce para los hombres, y lanzaba miradas soñadoras a la rubia mata de pelo de Berns. A la mañana siguiente les proporcionó carne de cerdo salada y una libra de tabaco para el camino. Cuando la expedición se disponía a partir, le estampó a Berns un beso en el cuello, algo que le hizo estremecerse. Se formuló el propósito de escribirle, en cuanto fuera posible, una carta a Ana Centeno, contándole de sus descubrimientos. ¿Andaría a la caza y captura de un novio? El mero pensamiento le hizo sentir una punzada en el corazón. Si existía algo por lo que pudiera valer la pena olvidarse de la selva, sería ella.

Guaman y Atauchi condujeron a la expedición ladera arriba, separándose del río, y Berns ya se estaba temiendo que hubiera un malentendido: ¡querían ir a las ruinas, no a las cumbres nevadas! Pero Guaman y Atauchi se limitaron a reírse e indicaron a los hombres que acampasen, en cuanto hubieron llegado a una meseta rocosa a eso de media tarde.

—Marampata —dijo Guaman.

—A dormir —dijo Atauchi.

Pepe siguió la sugerencia de no muy buena gana.

—Estos solo alargan el tiempo —comentó—. Lo que quieren es exigir más dinero al final.

Berns no le hizo caso y dedicó el tiempo a preguntar a Guaman y Atauchi por otras ruinas, que estuvieran aún más distantes. Ambos hombres se limitaron a seguir sentados, masticando su pan de maíz y sin soltar prenda. No reaccionaron ni cuando Berns les habló en quechua; solamente cuando dijo *kancha* —esto es, templo— y además lo repitió con insistencia, haciendo que Asistente pegase un brinco y se pusiera a ladrarle, alzaron la mirada con pavor.

—¿No ves que los amedrentas? —le dijo Pepe.

Y Berns, avergonzado, se calló.

Durante la noche lograron meterse en la tienda murciélagos vampiro, que se posaron sobre la espalda de los hombres para succionar. No se despertó Berns hasta que no notó que la sangre le corría muslo abajo. Cuando encendió la lámpara, no quedaba ni rastro de los vampiros. También la camisa de Singer estaba empapada de sangre. Berns apretó un trozo de tela contra la herida del amigo y salió de la tienda. Afuera le dio la bienvenida Asistente. Desde el borde de la meseta contemplaron los dos cómo el sol se elevaba desde el bosque de niebla.

Con los primeros rayos, una pareja de cóndores entró volando en el cañón; con toda la calma del mundo, los dos buitres pasaron planeando tan cerca de la plataforma, que Berns pudo estudiar a placer sus gorgueras y el dibujo del plumaje. El perro soltó un gañido cuando las aves se les acercaron; luego los cóndores se giraron, optando por descender en navegación majestuosa. Ha llegado el momento, pensó Berns. Hoy le harían falta las mayores dosis de serenidad y de concentración que pudiese reunir. La resistencia y la erudición habían llevado bastante lejos a muchos hombres inteligentes, pero el objetivo en sí lo habían marrado. Choquequirao había sido una gran ciudad, a todas luces importante; tendría que ser un caso de verdadera mala sombra si no fuera capaz de señalarle el camino a la ciudad *sagrada*.

***

Para desayunar los hombres comieron bananas asadas sobre ascuas y se tomaron el café de Santa Rosa. Abajo en el rio pudieron divisar osos de anteojos y tapires, ajetreados entre la vegetación de la ribera. A Berns no dejaba de sorprenderle, hasta cierto punto, que los dos indios aún siguiesen con ellos. Estaban más taciturnos que al principio y evitaban mirarle a Berns a los ojos.

Antes del mediodía aún les tocaba acometer un nuevo ascenso considerablemente empinado. Las mochilas y morrales en los que los hombres transportaban su equipamiento se habían ido tornando raídos con el tiempo. Su tejido crujía y mostraba visos de ceder, de manera que Berns rezaba para que el material aguantase todavía algunos meses.

Cuando los dos indios hubieron alcanzado la cresta de la montaña, se detuvieron abruptamente. Ya se disponía Berns a espolearlos para que continuasen la marcha, cuando se le abrieron los ojos y olvidó por completo lo que se hubiese propuesto decir. En la cordillera que tenían enfrente se apreciaban tramos de escaleras y hastiales de casas asomando de la selva.

Esto tenía que ser Choquequirao, ¡qué otra cosa iba a ser! Diferentes grupos de edificios se acababan perdiendo entre las lianas y el bambú. Había canales y acueductos que discurrían en diversas direcciones. En el centro, más allá de hastiales y muros, descendiendo hacia las terrazas y llegando mucho más allá, se extendía una interminable escalinata, de varios cientos de pies de longitud. ¡Era como si partiera en dos el bosque de niebla! Siglos de crecimiento a cargo de la vegetación no habían conseguido tapar sus peldaños. Más hacia el fondo, sin embargo, encima de una cresta orientada hacia la cadena montañosa, se levantaban unas cuantas construcciones que parecían en mejor estado de conservación que las demás.

Berns sonrió, disfrutando del cosquilleo en la barriga. La euforia se expandía en su espíritu. ¡Había llegado hasta Choquequirao! Esta era, sí señor, la ruina sobre la que tanto había leído.

Singer, atónito, dejó caer el machete; también Pepe se quedó inmóvil y, abrumado por el respeto, se quitó el sombrero.

Solamente Berns había tenido una noción previa de lo que les esperaba, de modo que fue el primero en ponerse en marcha. Juntos atravesaron el cañón y ascendieron, al fin, hacia las ruinas. Berns quería subir por la imponente escalera hasta la cima, para llegar a las casas que había en lo más alto; desde allí se podría echar una buena mirada a los valles colindantes y a los puertos de montaña que se divisasen en las proximidades. Sentía la presión de su bloc de notas sobre el pecho; ya no se trataba de los descubrimientos de los antiguos, de sus pensamientos y de sus deducciones; ahora serían sus propias observaciones las que impulsaran los siguientes pasos o lo abocaran al fracaso. Singer le preguntó a voz en grito si no deberían ponerse a excavar; pero Berns le respondió, con la misma energía, que el lugar llevaba décadas siendo expoliado. Aunque de pronto mudó su criterio:

—Por mí, podéis poneros a cavar. —Ello le concedería algunos días de margen, que le permitirían consignar todas las líneas de visión, las conexiones y relaciones imaginables con las montañas circundantes.

En los muros situados a lo largo de la escalera Berns reconoció los mosaicos representando llamas de los que había hablado Lavandais; le fascinó pasar la mano por las blancas piedras. Atauchi, en estas, se había adelantado y talaba cañas en mitad del grupo de casas, según Berns le había indicado. Al cabo de una hora, las fachadas de las casas comenzaron a ser reconocibles. Tal y como había supuesto Berns, era construcciones notablemente mayores y más señoriales que las ubicadas en el sector de abajo. Ese conjunto de edificaciones poseía unos vanos de ventanas particularmente primorosos. Berns hizo cábalas imaginándose cómo habrían sido en tiempos mejores. Luego sacó su libreta de croquis y se puso a recrear el diseño que cabía verosímilmente atribuirles.

Una semana más tarde, cuando Guaman y Atauchi habían dejado ya la expedición y se encontraban de vuelta en Santa Rosa, Berns pidió a Singer y a Pepe que se acercaran y desplegó sobre una roca sus dibujos. Si sus suposiciones no eran erróneas, dijo, existiría otra ruina por encima de Choquequirao. Incluso creía poder afirmar con cierta seguridad que, más allá del siguiente puerto, habría una tercera ruina de magnas dimensiones. Las pistas podían identificarse aquí, ante sus propios ojos, con toda precisión.

***

Los hechos le darían la razón. Sin preocuparse del modo en que disminuían sus reservas, la expedición atravesó, a lo largo de los meses subsecuentes, ruinas que tenían las dimensiones de pueblos completos; una vez y otra presentaban redondas torres de defensa, así como viviendas que daban la sensación de haber sido abandonadas poco antes. Berns iba registrando ubicación, entorno y características de cada lugar. Cuando tenían tiempo para ello, los hombres realizaban excavaciones aleatorias a modo de catas provisionales, con lo que fueron acumulando una apreciable colección de objetos en metales nobles.

Un día, sin embargo, Singer dejó caer:

—Me sabe mal decirlo, amigo mío, pero el oro no es comestible.

—Ya lo había notado —contestó Berns. El comentario lo enconó, porque sabía exactamente adónde Singer quería ir a parar. Llevaban ya más de año y medio recorriendo la selva; las provisiones, aunque las repusieran de cuando en cuando, iban yendo a menos, el material sufría evidente desgaste y, a todo esto, El Dorado no aparecía por ninguna parte. Poco a poco, las dudas volvieron a echar raíces en Berns. ¿De qué le servía su habilidad para leer ruinas? El territorio era gigantesco, la cordillera Vilcabamba inabarcable, accidentada y peligrosa. Recorrerla comportaba más tiempo y mayores recursos de los que un hombre solo pudiera ser capaz de procurarse. Sentía un gran peso sobre el corazón yendo de una ruina a la otra, simulando alegría cada vez que daban con cuevas o tenían éxito en excavaciones que les proporcionaban oro y diversos artefactos; porque, en realidad, lo que predominaba en su ánimo era una pena negra. El Dorado solía mantenerse oculto a quienes lo buscaban, de sobra lo sabía, pero que se le mantuviera oculto precisamente *a él*, eso se le antojaba de una desvergüenza ilimitada.

Hacía ya mucho que la expedición había dejado atrás el Río Blanco, cuando por primera vez al cabo de mucho tiempo tropezó con un poblado de indios. Lo formaba un grupo de sencillas cabañas de madera, con techumbres de carrizo y suelos de arcilla. Ya desde la lejanía se puso Berns a llamar su atención en quechua y en otras tres lenguas de la selva. Poco antes de llegar a la explanada de arcilla que daba paso al poblado, Berns y Singer se quitaron las camisas, como hacían siempre que se tropezaban con un asentamiento indígena.

—Para que los indios os reconozcan como seres humanos —les había explicado Pepe al inicio de la expedición. En caso contrario, podrían ser tomados por demonios o espíritus malignos del bosque; o, todavía peor, por soldados del ejército de Pizarro. El sentido de la temporalidad dejaba algo que desear en estos parajes. El poblado parecía desierto; las casas estaban ciertamente abandonadas; mientras que las huellas sobre la arcilla, la fogata aún caliente y los potes volcados hacían suponer que sus habitantes habían salido pitando ante la llegada de los forasteros—. Estas gentes tienen miedo —dijo Pepe—, un miedo cerval a las tribus salvajes, esas que no se ven. Existen indígenas que uno no oye, que uno no ve, y de cuya presencia apenas te das cuenta cuando te han clavado una flecha mortífera.

—¿Cómo hacemos para que regresen? —susurró Berns.

Singer mantenía el Winchester bien agarrado. No entraba en sus previsiones decir adiós a esta vida en plena selva, ¡de ninguna manera! Asistente encogió el rabo y procuraba no hacer el menor sonido.

Pepe explicó que lo que se hacía en estos casos era preparar una comida de invitados con las propias provisiones, situando carne, lentejas y una botella de aguardiente de manera que resultase bien visible desde el límite del bosque. Entonces uno abandonaba el lugar y solamente tras haber comprobado que los pobladores habían regresado, aceptado la comida y resuelto probarla, podía uno atreverse a acercarse a ellos.

El asunto llevó horas. El fuego bajo la marmita llevaba ya tiempo apagado cuando volvieron los lugareños, cuatro hombres y mujeres con sus hijos desnudos. Permanecieron algo desconcertados alrededor de la olla hasta decidirse a tomar un poco de puré de lentejas. Ante esto, Berns, Singer y Pepe salieron con cautela de su escondite y tomaron asiento al borde del claro. Venían en son de paz, expuso Pepe, en cuatro lenguas diferentes. Solo pretendían pedirles algo de carne y preguntarles si en esa zona habría tal vez ruinas hasta las que pudieran guiarles.

Únicamente después de que Pepe les hubiera relatado con detalle el recorrido previo de la expedición, abandonaron los indígenas su desconfianza e invitaron a los visitantes a pasar la noche en una de sus cabañas. ¿Así que estaban buscando ruinas? De ellas tenían, por supuesto, abundantes noticias; yendo hacia el norte existían grandes e impresionantes ruinas, según tenían noción. ¡Habría ciudades completas, consagradas a los dioses antiguos! Personalmente, no obstante, jamás habían estado allí, al ser demasiado peligroso y estar, además, bastante lejos. Berns y Singer se intercambiaron una mirada, y Pepe suspiró.

De cena hubo mono capuchino estofado en hojas de banana. Singer no lo desdeñó, aunque Berns pretextó cansancio y se retiró del convite.

En la choza asignada a la expedición, Berns se echó sobre el suelo de paja mohosa y observó los tablones del techo, que sujetaban la cubierta de carrizo. Las gotas impactaban sobre la cabaña. Ahí estaba de nuevo: la época de lluvias. Por primera vez sintió Berns sensación de fatiga. Cada vez con mayor frecuencia le daba por pensar en Cuzco y en Ana Centeno. La idea de que, por culpa de su visión respecto a El Dorado, estuviera acaso perdiéndose lo más importante de la vida lo atormentaba. Cuando Singer acudió a la cabaña, le preguntó si todavía creía en el éxito de la expedición.

—Creo que de lo que se trata es, ante todo, de aguantar —respondió Singer—. Si te permites alguna debilidad, puedes darte por acabado.

***

Alcanzaron Quillabamba mientras caía un furibundo aguacero. A través de la cortina de lluvia pudieron apreciar casas, graneros y caminos que se difuminaban en dirección a la selva. Como punto de referencia tenían el hastial más prominente del lugar. Nunca antes había Berns experimentado tal alivio de encontrarse, no en una ruina abandonada, sino en un asentamiento habitado por personas de carne y hueso. El pueblo se hallaba situado entre ricas minas de oro y un meandro del Urubamba que era también particularmente próvido en oro, algo que confería a Quillabamba no poca fama y prestigio en el entorno.

—Ya veréis —les había dicho Singer poco antes de llegar—. En tres meses obtendremos aquí más oro que en todo el tiempo que llevamos.

Berns, en cambio, se preguntaba en silencio: si así son las cosas, ¿por qué te encaramaste entonces aquel día al tejado de la iglesia de los jesuitas?

A Singer no le había pasado inadvertido que Berns se pasaba el tiempo rumiando a solas. Cuando finalmente le propuso que usaran sus activos para, valiéndose de su contrastado talento, multiplicarlos por diez en Quillabamba, Berns se mostró reticente de entrada, aunque después dio su aprobación. ¿No se había jugado Berns, una vez y otra en su vida, todo a una sola carta? Al acariciar la idea de que Singer pudiera tener éxito Berns sintió que le crecía un sentimiento cálido, y la lluvia dejó de importarle; también el Urubamba parecía discurrir con un talante más amable e invitante junto a ellos.

Después de arribar al lugar, calados hasta los huesos y con las tripas rugiéndoles de hambre, fueron a localizar a don Hermelindo Cillóniz, el alcalde de Quillabamba. Dieron con él en el porche de madera de su hacienda. Rodeaban el porche enramadas con flores naranja; mientras afuera llovía a cántaros, los colibrís revoloteaban bajo ese toldo vegetal y el aire lo impregnaba el zumbido de sus alas. Don Hermelindo estaba sentado en una mecedora, rascando con suavidad algo que, de entrada, le pareció a Berns un enorme pedazo de musgo. Al mirarlo más de cerca, se percató de que era un perezoso, cuyo pelaje estaba cubierto de algas. Berns se presentó primero a sí mismo, y luego hizo lo propio con Singer y Pepe, tras lo cual le entregó a don Hermelindo las cartas de recomendación que traía consigo.

Mientras don Hermelindo las desdoblaba aparatosamente para leerlas con atención, Singer le explicó que era mineralogista y que estaba interesado en los entornos mineros de diversas zonas del país. Añadió que llevaba años recorriendo el Perú y que trabajaba con numerosos inversores extranjeros.

—¿Berns? —inquirió, a todo esto, don Hermelindo—, ¿*Augusto* Berns?

—En efecto —dijo Berns—, ese soy yo. Harry Singer, quien me acompaña, y yo somos socios.

—Eso es estupendo —respondió don Hermelindo—, pero desde hace unos cuantos días tengo un recado de Forga para usted. Requiere su atención, pues hay un encargo que le está esperando.

—La estación de lluvias acaba de comenzar —dijo Berns—. No puedo regresar a Cuzco —Por nada del mundo querría él volver allí en esas circunstancias. ¿Qué le iba a contar a la viuda? Preferiría un millar de veces permanecer en la selva, antes que admitir su fracaso.

—¿Cómo que Cuzco? —preguntó don Hermelindo—. Se irá usted a caballo a Ollantaytambo, y además mañana temprano. Agarró al perezoso rodeándolo por la barriga y lo colgó de una viga del porche—. Si se apresura usted, quizás lo consiga antes de que lleguen las grandes inundaciones. ¡Y ahora, señores míos, brindemos por nuestro encuentro!

Del copetín no tardaron en pasar a una cena generosa, a la que se unieron vecinos, familiares y sus correspondientes niños. Sirvieron pescado frito, unas peculiares verduras de la selva y cantidades prodigiosas de aguardiente, más del que ninguno podía trasegar.

Al final resultó que Singer no era el único interesado en las minas de Quillabamba. De hecho, en los últimos meses habían llegado a la localidad tantos agentes y capitalistas, que la mayor parte de las minas estaba ya vendida o comprometida en opciones.

—Y las pocas que aún quedan —dijo don Hermelindo—, en fin...

Singer fue atemperando su locuacidad conforme avanzaba la velada. Pensativo, observaba al perezoso, que avanzaba a rastras a lo largo de la viga. Cuando recogieron la mesa, apenas había cubierto un trecho de tres pies.

Berns y Singer estaban tan agotados que, nada más entrar en el cuarto que les habían concedido, se echaron sobre la tarima de madera. Pepe, quien se había retirado bastante tiempo antes, estaba roque en una esquina. Berns atrajo hacia sí a Asistente y se quedó con la mirada fija en la llamita de la lámpara que había colocado en el centro de la habitación. Un buen rato permanecieron sin moverse los tres. Hasta que Berns agarró el saco que contenía cuantos artefactos habían ido reuniendo, y lo empujó hacia Singer. Este puso la mano encima del saco en silencio, pero se asustó al ver el rictus inexpresivo que lucía Berns.

—Tú no eres el esclavo de nadie —dijo Berns—. Quédate con el oro y sácale por tu cuenta algún provecho. En Ollantaytambo nada voy a poder hacer con él.

—¿Por qué sigues obedeciendo a Forga? —preguntó Singer—. No es sino un viejo carcamal que vive en Cuzco. No hay necesidad de que le hagas caso.

—Tenemos un acuerdo al que debo atenerme —contestó Berns—. Ana responde por mí. ¿Qué otra cosa puedo hacer? Son los términos que nos hemos fijado.

Singer resopló y extrajo un objeto tras otro del saco.

—Mira, te voy a contar una historia. En San Francisco trabé conocimiento con un tipo que quería amasar una fortuna con el oro. Tenía incluso un plan detallado respecto a cómo lo iba a lograr. El plan de marras no funcionó. Aunque rico sí que se hizo de todas maneras. ¿Y quieres saber por qué? Porque no le reveló a nadie que su plan no funcionaba. El tipo se limitó a mantenerlo en secreto. Y actuó de un modo tan convincente, que nadie se dio cuenta, ni por asomo, de lo que estaba sucediendo.

—¿Y después de esto qué, se subió a un barco, rumbo a Callao?, —preguntó Berns—. ¿Y dilapidó todo ese dinero jugando al póquer?

—Esa no es la cuestión —dijo Singer—. La cuestión es que te has atado en exceso. ¡El Dorado! ¡Forga! Siempre la misma cantinela. Tienes que conservar la flexibilidad. La movilidad.

Berns asió la lámpara e iluminó con ella el rostro de Singer.

Hacer lo correcto no era desperdiciar el tiempo, se obligó a pensar. Lo correcto era lo correcto. Por lo menos, en el lugar del cual procedía. Por lo demás, partiría a caballo a primera hora de la mañana, llevándose a Pepe consigo. A él, Singer, lo esperaba al siguiente abril en Ollantaytambo.

9. UNA HACIENDA EN LOS
CONFINES DEL MUNDO

Mi adorada Ana, escribió Augusto Berns la noche del 3 de abril de 1874, *hoy se cumplen con exactitud setecientos treintaidós días desde que nos vimos por última vez, y desborda mi corazón un anhelo tan poderoso de ti, que...* Berns tragó saliva y cerró un instante los ojos. Luego tachó la frase y reinició la redacción.

Mi adorada Ana:

Motivos tengo para suponer que, cuando regrese algún día a Cuzco, ya no se hablará más del ingeniero Berns, sino del descubridor Berns. Hace aproximadamente medio año, el deber me sacó de Quillabamba. Singer adquirió con los beneficios de la última expedición una mina poco prometedora y desde entonces anda empeñando en vendérsela bien cara a algunos ingleses o suizos. No fue hasta ayer cuando me vino a ver y me rindió cuentas. Por lo que parece, el dinero se ha volatizado. ¡Y Dios sabe lo bien que nos vendría disponer de él!

También esta frase volvió a tacharla Berns. ¿Qué manera era esa de levantar castillos en el aire? Para que Ana Centeno llegase a considerarle mínimamente en serio tendría que poseer un fondo de solidez a prueba de bombas, ser mucho más que un buen partido; habría de disfrutar de tal volumen de fama y de riqueza que la élite pasara generosamente por alto que era un aventurero procedente del fin del mundo, sin dinero, sin familia. Con un esfuerzo infinito, Berns reprimió la asfixiante sensación de que no iba a conseguir ser nunca lo bastante bueno, y continuó escribiendo.

Aun así, la estancia aquí en Ollantaytambo no ha sido una pérdida de tiempo. Un viejo indio de la hacienda me informó de una ciudad sagrada de los antepasados, arriba en las montañas. Supuestamente está a menos de cincuenta millas de aquí, en un recodo del Urubamba. Sin embargo, si uno se aproxima —como todos los viajeros— al lugar cruzando el puerto de Yanama para acceder a la zona de Vilcabamba, uno elude el citado recodo y con ello lo deja atrás. También Singer y yo optamos en su día por escoger dicha ruta a través del puerto, así que lo que pudiera ocultarse en el recodo continúa hasta la fecha inexplorado. Los ahorros de los últimos meses los he invertido en nuevo equipamiento. Esta vez iremos desde el primer momento sin mulas; el cañón resulta demasiado estrecho, y Singer y yo iremos mejor a pie, cargando con nuestras cosas. La compañía de Pepe ya es menos necesaria. ¡Hagamos un último intento! Cuando leas esta carta, Singer y yo habremos dejado Ollantaytambo hace mucho y nos hallaremos en camino. Puede ser que no vuelvas jamás a tener noticias mías, o bien que sí te lleguen, y que contigo las reciba asimismo el mundo entero.

Berns introdujo la carta en el sobre. Trató de imaginarse cuál sería la sensación de entrar triunfador en Cuzco a lomos de un corcel y cortejar a Ana Centeno, pero por más que se esforzara únicamente se veía a sí mismo en mitad de la sierra. Nuevamente pensó: si pudiera conformarme tan solo con líneas ferroviarias, o con el guano y el caucho, si no experimentara ese impulso de marchar a páramos lejanos, donde no te encuentras a las personas corrientes enredadas en sus planes y mentalidades, lejos de las oficinas comerciales, las haciendas y los lugares en obras de este mundo... Se prohibió a sí mismo pensar en los últimos años, y en la mina de Singer; se repitió a sí mismo tantas veces que lo único relevante era aquello que estaba por venir, que al final consiguió creérselo a pies juntillas.

Todavía retornaba a veces a su mente el recuerdo de la batalla, y así volvió a ocurrirle esa noche. Creyó Berns estar escuchando en la distancia los impactos de las balas de cañón y verse aspirando el humo de la pólvora, sentir que sus partículas le horadaban los pulmones. Se puso a toser. Singer se despertó y se incorporó. No le hicieron falta muchas palabras:

—¿Callao?

Berns se precipitó hacia la ventana. Respiraba profundamente, con ritmo regular. El glaciar del Chicón proyectaba su claridad a la luz de la luna, y los sonidos de las aves nocturnas le tranquilizaron un tanto. Afuera, ante la ventana, observó a Asistente y, durante un segundo, se arrepintió de haber optado por dejar atrás a su perro en Ollantaytambo. Salió para hacerlo entrar en el aposento y repasó una vez más el contenido de su mochila. Entonces ciñó bien sus correas y se arrimó al cuerpo cálido de Asistente. De tal guisa volvió a dormirse.

A la mañana siguiente, Singer y Berns se pusieron en camino. No quería Singer creer en la ciudad sagrada; para él la historia del viejo indio no era más que un cuento chino, algo que se les cuenta a los niños o a los gringos que han perdido el norte. Pero, como la pérdida de los réditos de la expedición anterior había sido culpa suya, se abstuvo de expresar la menor crítica. Era cierto: las minas de Quillabamba no le habían traído fortuna. Para Singer era poco menos que un milagro que Berns le conservara intactos los lazos de lealtad. En California le habrían cortado el cuello por muchísimo menos. Pero esto no se lo mencionó a Berns. Prefería denotar que seguía creyendo que, a la primera de cambio, se toparían con esa pista decisiva que los condujese hasta la gran ruina, como si el descubrimiento de El Dorado fuese algo que uno pudiese planificar y llevar a la práctica, realmente.

Que así sea, pensó Singer, cuando partieron al rayar el día, añadiendo: Berns ha reunido provisiones y equipamiento, y yo no tengo nada mejor que hacer. La muerte nos espera siempre, y en cualquier sitio. Le asaltaron vagos recuerdos de aquel tejado de ripia en la iglesia de los jesuitas. Ello logró que la misión volviera a parecerle más prometedora.

Berns sabía que Singer se formulaba a sí mismo los reproches más duros, de modo que prefirió no decir ni media palabra sobre el dinero. Con todo, su silencio ejercía un impacto mayor que cualquier salmodia. Berns necesitaba a Singer mucho más que en etapas anteriores. El indio de la hacienda de Forga había dicho que a la ciudad sagrada no llevaba camino alguno desde un punto de vista convencional: el cañón del Urubamba era el camino propiamente dicho, los rápidos de su corriente las hospederías para alojarse en la ruta, sus acantilados las zonas de descanso.

Con independencia de esto, había otros asuntos por los que preocuparse. Habiendo apenas recorrido el corto trayecto de la hacienda al río, los correajes de las mochilas ya se les estaban clavando en los hombros. El equipaje que llevaban pesaba tanto, que a la mínima Berns y Singer se apoyaban contra una roca que sobresalía o un árbol, al objeto de reducir la presión. También estaban las aguas del Urubamba inusualmente altas; cierto era que la estación seca estaba comenzando, pero las precipitaciones de las semanas anteriores habían elevado el nivel del cauce hasta tal punto, que los pastos y los quinuales próximos al río aparecían cubiertos por varios pies de agua.

—Es un suicidio, Berns —dijo Singer, tras pasarse un rato contemplando el río que transcurría con tamaña ferocidad a su lado. Berns miró en la misma dirección. Doblando el siguiente recodo, en dirección a este, las paredes del cañón se alzaban verticales a partir del borde mismo de las aguas. No había el menor atisbo de un camino o, cuando menos, de un sendero transitable. ¿Cómo seguir adelante en un terreno así? Los propios españoles seguro que retrocedieron espantados ante una corriente tan brava. Tuviera en aquel tiempo el caudal del Urubamba la altura que tuviese, lo presumible es que se les caería el corazón a los pies lo mismo que a Singer.

Pero si el viejo indio había dicho la verdad, los incas tuvieron que haber conducido ejércitos enteros por esos vericuetos. Berns se propuso dejar atrás la roca y empezó a trepar por los pedruscos sueltos que sembraban parte de la ribera. Cuando estaba a punto de desaparecer por el siguiente recodo del río, Singer profirió una blasfemia y reanudó la marcha.

***

Si en el sector inicial había aún algunas rocas y, de cuando en cuando, pequeños bancos horizontales de cantos rodados sobre los que era factible avanzar, al cabo de una milla, como mucho, a Berns y a Singer no les quedó más remedio que proseguir penosamente tramo a tramo, valiéndose de pies y manos, prácticamente colgados de los acantilados que se erguían sobre el Urubamba. El cañón se había estrechado tanto que, a orillas del río, ya no restaba espacio para que creciesen árboles o arbustos; solamente los agaves y el musgo español que sobresalía a modo de penacho se aferraban a sus repechos. Mucho más arriba, sobre las cabezas de los hombres, se hacían visibles las cumbres nevadas de la cordillera Vilcabamba; ahí, en algún lugar, estaría el puerto de Yanama, que habían atravesado en su primera expedición. Ante ellos, el Urubamba dibujaba sus meandros pegado a las pendientes. El primero de ellos parecía desembocar en una pared imposible de superar; las aguas rugían espumantes contra el granito, no se veía forma alguna de escalar esa vertiente.

Llegados a este punto, a Berns le dio por pensar que la travesía por el puerto había sido un paseo agradable en comparación. Ahora comprendía por qué todos sus predecesores habían seguido dicha vía, evitando los recodos del río. Al echar la vista atrás contempló a Singer agarrado al granito con toda cautela, la pierna apoyada inciertamente sobre un cactus. Cuando se percató de que Berns se tomaba un respiro, se detuvo también. Luego siguió avanzando a pulso; los pedruscos se soltaban del despeñadero y caían con estrépito a la rambla.

—Tenemos que regresar, ¡ahí al frente no se aprecia modo de seguir! —dijo Singer con la voz entrecortada.

—*Obligatoriamente* tiene que poder seguirse —jadeó Berns. Un rato más siguió progresando fatigosamente, pie a pie, palmo a palmo. Parecía que habían transcurrido horas. Entonces Berns oyó cómo se precipitaba una avalancha de piedras, después a Singer maldecir. Se giró y aún le dio tiempo de captar fugazmente la mirada atónita de Singer, los ojos abiertos como platos.

Berns le gritó que aguantara. Pero ya Singer se había precipitado al torrente. Arrastrado por el peso de la mochila, se hundió inmediatamente. La mochila, la maldita mochila, ¡tenía que soltarse de ella! Berns se deshizo de la suya y saltó tras él.

El agua y su gelidez penetrándole hasta el tuétano. En seguida se le llenaron las botas, la ropa se tornó pesada —incluso el cordón del sombrero le jalaba del cuello—. Una corriente subacuática tomó el control de sus piernas y le imposibilitaba cualquier movimiento coordinado. Berns era sacudido como un juguete, tragó agua, la volvió a escupir, fue arrastrado bajo la superficie.

Uno, dos recodos más adelante fue capaz de emerger y aspirar aire, resollando. A escasa distancia, en el centro del río, apreció una zona rocosa y a Harry Singer, que había sido arrastrado hasta ella. Se dejó llevar hacia él y asió al amigo por debajo de los brazos. A unos trescientos pies de ellos, un sector de la orilla parecía ofrecer algo de seguridad. En verdad era el cañón el que empezaba a ensancharse; el contorno del bosque se prolongaba casi hasta la margen derecha del río, y también las pendientes de granito retrocedían, formando ahora una sucesión de terrazas regulares que descendían hasta el Urubamba.

Si pudiera agarrar una de esas lianas que crecen hasta el agua, pensó Berns. Pero Singer era un hombretón grande y pesado, mucho más grande y pesado que el propio Berns, cuyas piernas se iban poco a poco entumeciendo, conforme el frío hacía estragos y la succión procedente del fondo tiraba de él.

Entonces Singer emitió un gemido, su brazo derecho sufrió un espasmo brusco. Estaba vivo. Berns lo agarró con más fuerza todavía y se impulsó de nuevo hacia las aguas. La corriente arrambló con los dos hombres. Berns extendió un brazo hacia la liana, aunque no pudo pillarla. De repente le entraron unas ganas irrefrenables de reír, inmerso como estaba en tanto remolino, resoplido, revolcón y salpicón… La espuma del agua se transmutaba en la niebla costera de Callao, del mismo modo que en los bramidos del Urubamba resonaba la voz del coronel Inclán, que le gritaba a Berns alguna orden, con toda nitidez reconocía el timbre. Berns se forzó a abrir los ojos y comenzó a remar a brazo partido; la niebla volvió a transformarse en agua fluvial. Luego, el Urubamba los escupió a Singer y a él con toda su furia hasta la orilla. Se habían salvado.

Esa maldita liana, pensó Berns, cuando recobró el conocimiento. ¿Es que ya no acierto ni a agarrar una liana? Entonces se incorporó sobresaltado: ¡Singer! Pero este yacía junto a él, vomitando agua.

***

Una de las mochilas había seguido la dirección del río hasta quedar enganchada en el quiote desplomado de un agave; con las últimas fuerzas que pudo reunir, Berns la extrajo del agua; cuando constató que era la suya, cerró un instante los ojos y musitó una plegaria de gratitud honradamente sentida.

Berns y Singer se alejaron renqueantes de la orilla y fueron adonde comenzaba el bosque. Entre los árboles y la ladera de la montaña había identificado Berns un grupo de casas; tras acercarse a ellas, comprobó que eran las ruinas de un modesto poblado inca, así como una hacienda abandonada. Junto al edificio de adobe de la hacienda había un palisandro cuyas flores violetas tapaban la fachada, mientras que por el balcón de hierro forjado trepaba una orquídea. Berns no se lo pensó demasiado y condujo a Singer al interior de la casa. Dentro de la misma, el musgo y los líquenes colgaban como si fueran telarañas de las húmedas paredes; eran como un tapiz verde esmeralda que se mecía a través de las habitaciones, pendulando de un lado a otro.

—¿Seguimos vivos? —preguntó Singer mientras le castañeaban los dientes—. ¿Lo hemos logrado?

—No resulta completamente descartable —dijo Berns, a la par que pensaba: ahora vendrá un subidón de fiebre. Desesperadamente trató de recordar en cuál de las mochilas había metido el frasco con el polvo de quinina. De pronto le dominó un miedo salvaje e impetuoso y, en su exacerbación, se puso a pegarle gritos a Singer. La visión de su compañero se difuminó. Solo cuando toda claridad de conciencia hubo desertado de sus ojos, Berns paró aterrado, dejándole resbalar al suelo. Entonces desnudó a Singer y se desnudó él también, y encendió una fogata junto a una ventana. Allí colgó las ropas chorreantes. Singer volvía a hacer algún movimiento; Berns lo colocó más cerca del fuego, y luego trajinó entre el contenido de su mochila. Finalmente dio con el frasquito que contenía el polvo de quinina, y también con una botella pequeña de aguardiente. Abofeteó a Singer, hasta obligarle a abrir los ojos, y le hizo tragar ambas cosas.

La brújula estaba llena de agua, las provisiones reblandecidas. Aún podrían por el momento consumir parte de ellas, pero no tardarían en estar mohosas. Una buena noticia, cuando menos, afectaba a las escopetas, que llevaban siempre colgadas y habían sobrevivido al episodio acuático, lo mismo que las libretas de croquis y anotaciones, que Berns guardase previsoramente en una funda de caucho. Cuando le llegó una respiración regular procedente de Singer, tomó una de ellas y salió de la casa.

Trepando por un muro medio desmoronado subió hasta el tejado de la hacienda y se sentó sobre la viga de soporte. El susto estaba aún tan omnipresente, que apenas podía pensar con lucidez. Concentración es lo que necesitas, se dijo, de lo contrario no hay nada que hacer. Si esta hacienda estuvo habitada alguna vez, ¿cómo se las habría arreglado su propietario para transportar la producción a los correspondientes destinos? Pero no, la hacienda no era lo fundamental. Al otro lado, esas ruinas que se extendían junto a la hacienda, ¿qué significación tendrían? Podría haber sido un asentamiento de trabajadores, sospechó, al estar constituidas por una sucesión de casitas homogéneas alineadas de forma ordenada. Se ubicaban en paralelo al río, y solamente la última fila transcurría formando una curva hasta la ladera. ¿Qué habría habido ahí? ¿Tal vez una fortaleza?

Berns se puso de pie y se giró, desnudo como estaba, sobre su propio eje. Ciertamente podía divisar en lontananza, medio tapada por un montículo, una muralla. Un dispositivo de defensa, supuso Berns, nada del otro mundo, pero en fin. Entonces se percató de algo distinto, que le hizo olvidarse de la hacienda y la muralla. Las pendientes y laderas de las montañas que había en derredor ¡estaban repletas de muros y terrazas! Casi hasta las propias cumbres, los incas no quisieron desperdiciar ni un palmo de terreno, rodeando cada segmento de muretes y dotándose así de una superficie de cultivo que parecería suficiente para dar de comer a una ciudad entera.

¿La ciudad sagrada, El Dorado?

Berns, que en un primer momento no sabía si le apetecía dar saltos de júbilo o echarse a llorar, arrojó su libreta de croquis, trazando un amplio arco, lejos de sí, y se cubrió la cara con las manos. Un rato estuvo así, sin moverse. Luego saltó del tejado, fue a por la libreta con los dibujos y regresó para ver cómo seguían tanto Singer como la fogata.

La fiebre de Singer tardó tres días en ceder. Parco en palabras y con las mejillas hundidas, permaneció junto al fuego, mirando un martín pescador cobrizo que se había posado en el dintel de la ventana; finalmente dijo que lo mejor sería regresar. Pronto se les acabarían los alimentos, la brújula ya no funcionaba y solo Dios sabía que cantidad de rápidos les reservaba aún el Urubamba. ¿Regresar?, preguntó Berns. ¿Desandar el camino ya recorrido? Singer no dijo nada. Sabía tan bien como Berns que, para ellos, solo había un camino: el que tenían por delante.

**

Tras doblar el siguiente recodo del río, se toparon con una notable abertura en la roca. Llenos de asombro, los hombres se asomaron a la grieta e intercambiaron impresiones. Al notar Singer que Berns continuaba vacilante, le dio una palmada en el hombro y se dispuso a guiar la marcha.

Una vez recorrido el pasadizo, alzaron la vista y descubrieron un valle de un tipo que les resultó radicalmente novedoso. El terreno parecía haberse empeñado en amontonarse, configurando paredes verticales de granito; del río se elevaban unas agujas de piedra que alcanzaban miles de pies de altura. Entre ellas se expandían grandes bocanadas de niebla. Resultaba imposible analizar con calma cada una de estas formaciones, porque en cuanto concentrabas la vista en una de ellas, ya la había velado la siguiente guedeja de niebla.

—¿Pero esto qué es? —preguntó Berns—. ¿Acaso el fin del mundo?

Pero Singer no le respondió. Acababa de descubrir a un oso de anteojos que, sentado sobre un aguacatero tumbado, los contemplaba con curiosidad. El oso permitió que Singer se le acercase tanto, que este se hallaba ya dispuesto a extender el brazo para pasarle la mano por encima. Solamente cuando Singer estuvo a punto de sentir el tacto del pelaje del cuello en las yemas de los dedos, el animal optó por bajarse del tronco y corretear con sosiego bordeando una heliconia, para desaparecer, acto seguido, en la selva.

—¿Has visto eso? —preguntó Singer. Los hombres prosiguieron su avance, dejando atrás laureles, alcanforeros y caobos, cuyas copas formaban tramas a modo de cúpulas. Una vez y otra Berns y Singer se veían impelidos a detenerse para mirar sin habla hacia lo alto y quedar maravillados. Del ramaje colgaban baldaquinos primorosamente tejidos a base de orquídeas de vainilla, que inundaban el aire de dulzor; cuando giraban levemente la cabeza para verlas mejor, su dibujo verde y amarillo recordaba los movimientos y transformaciones de un caleidoscopio.

En una ocasión, Berns casi tropieza con un tapir, que no vio necesario quitarse del camino al paso de los hombres. Otra vez, fue también Berns el que rozó con la cabeza una rama singularmente elástica, que le arrancó el sombrero. Cuando se agachó para recogerlo y alzó la mirada, constató que había sido el cuerpo de una anaconda, que estaba envuelta en las ramas de un quinual. Su cabeza descansaba cerca del tronco; el cuerpo aparecía tan grueso y cachazudo, que Berns se atrevió a recorrer con sus dedos los manchones negros de aquella piel. ¿En qué clase de país estaban?, se preguntó, sin saber qué responder.

El propio Singer, que había partido de la hacienda tan resignado y sin fuerzas, pareció revivir de pronto. Sobre todo eran los shihuahuacos los que lo tenían fascinado; como necesitaba casi media hora para emitir su dictamen cuando se tropezaba con un ejemplar particularmente hermoso, Berns acabó por preguntarle si se había pasado al gremio de los madereros.

La neblina se abrió un poco, dejando que algunos rayos de sol penetraran en el estrecho valle. Calculó Berns que solo les quedarían unas pocas horas, antes de que el sol desapareciese tras las agujas de granito. Vadearon un pequeño río que desembocaba en el Urubamba, y accedieron a una zona en la que el valle se ensanchaba algo. Sobre las praderas que se extendían cerca de la orilla se podía avanzar a buen ritmo. Únicamente un detalle no terminaba de agradar a Berns: a partir del instante en que habían pisado ese valle, todas las huellas incas se habían volatizado; nada parecía indicar que hubiesen poblado esos parajes alguna vez.

Más debajo de una cascada, Berns y Singer hicieron de repente un descubrimiento: en mitad de un extenso jardín salpicado de flores había varias cabañas, y de uno de los tejados salía humo. ¡Seres humanos, aquí! Singer pareció infinitamente aliviado; Berns, en cambio, sintió algo de decepción. En cualquier caso, pensó, no nos hará ningún daño llegar a cierto intercambio. Y si surge la oportunidad de pasar aquí la noche, mejor que mejor.

Pararon un instante para tratar el asunto. La verdad es que no disponían de mucho que pudiesen ofrecer como obsequio a los pobladores. Por primera vez lamentó Berns no contar con la presencia de Pepe. ¿Habría él estado en esa parte anteriormente? Berns consideró si debía sacar el cuchillo que le regalase Max. Antes de que tuviera oportunidad de decidirlo, escuchó un raspado y luego que algo se partía. Singer había arrancado la pepita de oro que hacía de mirilla en su Winchester y la tenía centelleando en la mano.

—Para la caza no es que nos vaya a hacer gran falta —dijo—. Aquí te pillas un tapir y lo único que necesitas consultarle es si te da permiso para que amablemente coloques su parte posterior encima del fuego.

Berns no estaba para bromas. Recordó las indicaciones que Pepe les había hecho cuando se tropezaron con su primer asentamiento en la selva. ¿No deberían seguir esas mismas recomendaciones? Singer había seguido frotándose la pepita contra el pecho; ahora sí que relucía a base de bien. Juntos se dirigieron a una de las chozas. Mientras aún les daba cierto apuro pisar el pequeño cenador que había delante, un muchacho emergió de la sombra de un trompetero y los saludó en quechua. A excepción de un par de pantalones rojos que le llegaban hasta la rodilla, iba desnudo; su piel era de un tono cobrizo tan profundo como vivo.

Nos ha estado observando todo el rato, pensó Berns. ¿Podría llegar a considerar a los dos hombres peligrosos? Berns y Singer se despojaron lentamente de sus sombreros y respondieron al saludo. Berns le preguntó al chico su nombre. Singer, que hablaba quechua peor que Berns, se refrenó.

Su nombre era Melchor, replicó el muchacho. Vivía con sus padres y con su abuelo en este poblado, que se llamaba Mandor. Lo habitaban unas doce familias o así. Aquí en Mandor cultivaban bananas, azúcar de caña y cacao; más arriba, en las montañas, quinoa y amaranto. Allí pastaban también sus llamas y alpacas. Los demás estaban ahora mismo con los animales, mientras el abuelo y él pasaban solos el mes en el fondo del valle.

Berns asintió precavido, repitiendo la palabra que acababa de aprender: *Mandor*; finalmente dijo que, para su socio y él, sería un gran honor si pudieran alojarse con él y con su abuelo. Añadió que estaban realizando un viaje y que se veían, en alguna medida, en un atolladero. Habían escapado por los pelos de las aguas del Urubamba, no sin perder en el trance la mayor parte de su equipamiento.

—¿El Urubamba os ha dejado escapar? —preguntó por fin. No estaba seguro de haber entendido a ese hombre blanco, que hablaba el quechua más peculiar que hubiera escuchado en su vida.

Berns creyó comprender las vacilaciones de Melchor. Extendió un brazo y le pidió a Melchor que lo palpase. Ellos no eran espíritus de las montañas, no eran *pishtacos*, sino individuos de carne y hueso.

Melchor pasó la mano por el antebrazo cicatrizado de Berns e inspeccionó brevemente su muñeca. Entonces sonrió y dijo que el abuelo no se encontraba allí en ese momento, pero que con seguridad regresaría en breve. Esa del fondo era la cabaña del abuelo; acaso sería el mejor sitio para acomodarse, y puede que incluso quedase algo de sopa.

Melchor los condujo junto a lirios y arbustos de cantuta hasta la mayor de todas las cabañas. Los hombres se agacharon para entrar y se sentaron en la penumbra. Ventanas no había. Melchor encendió un fuego y no sin forcejeo colgó una olla de su soporte. Cuando las llamas se avivaron, el interior de la choza se iluminó. En las esquinas se amontonaban mantas, barricas y diversos útiles. Entremedias, sobre el suelo de tierra, se agitaban bulliciosas unas cuantas cobayas. La madera del marco de la puerta estaba ennegrecida y corroída; los troncos de los que procedía debieron de haber sido talados mucho tiempo atrás. Singer se frotó los ojos. Pero Berns estaba completamente espabilado.

—¿Lleváis aquí ya mucho tiempo? —le preguntó al chico, que restregaba dos cuencos con un trapo que no podía acumular más porquería.

—Claro, toda la vida.

Melchor vertió la sopa en los cuencos y se los pasó a los dos hombres. Estaban tan hambrientos, que se zamparon con avidez su contenido.

Sintió Berns cómo el calorcillo se extendía por su estómago. Cuando se apoyó en la pared que tenía detrás, algo se le clavó en la espalda; una repisa de madera que estaba allí fijada. Sobre ella había una lata de metal y junto a ella, si Berns no estaba del todo equivocado, cuatro pepitas de oro de un tamaño imponente. Se las quedó mirando estupefacto, luego le dio un pisotón a la bota de Singer y señaló a la repisa. Singer tomó la pepita más grande, la observó a la luz del fuego, la frotó y le pasó con gesto experto su cuchara metálica por el costado. Entonces respiró hondo: ¡era auténtico, oro de verdad! La pepita del Winchester podía quedarse con toda tranquilidad en el morral de Singer; quien era propietario de tamaña cantidad de oro se partiría de risa ante una minucia como la que él poseía.

El muchacho, que había llenado dos vasos de chicha que sacó de una barrica, se volvió hacia los hombres.

—Melchor —dijo Berns con la voz temblorosa—, ¿no sabrás por casualidad de dónde procede este oro?

—No, lo desconozco —dijo Melchor, colocando los vasos ante ellos—. El abuelo lo trae cuando lo necesitamos. Solo él conoce el sitio del oro.

Berns pensó que había escuchado mal: ¿el sitio del oro?

Melchor, que no se percataba del estado de excitación en el que su afirmación había sumido a Berns, repitió que solamente el abuelo subía allí, nadie más.

Subir, pensaba Berns, *subir al sitio del oro*. La ciudad sagrada, por supuesto, ¡de eso tenía que tratarse! Él, Berns, había estado en lo cierto en sus reflexiones y teorías: El Dorado se hallaba en la cordillera Vilcabamba, en la parte más alta del Urubamba. No era de extrañar que El Dorado no hubiera sido jamás descubierto por las grandes expediciones; el camino hasta allí no estaba hecho para grupos de muchos hombres, sino tan solo para uno, como mucho para dos.

—El sitio del oro —repitió Berns en quechua. Ahora sí que le tocaba obligarse a sí mismo a ver con claridad; debía luchar contra el nerviosismo, y también contra la risa sofocada que se empeñaba en ascender desde su diafragma. ¡El sitio del oro! Berns se levantó de un brinco, nada podía ya mantenerlo en el suelo. Agarró a Melchor por los hombros, le dio las gracias, no podía parar de expresarle su agradecimiento, de corazón, con el corazón en la mano y de parte de los dos; pero qué va, muchísimo más, ¡con *todos los corazones* que tuviesen la capacidad de latir en este mundo! Pero ahora le pedía a él, Melchor, que fuera en busca de su abuelo. ¿Lo querría hacer? ¿Lo haría por él?

Melchor contemplaba atónito al hombre blanco, confundido de verlo temblar con tanta turbación. Entonces hizo un gesto afirmativo y salió a toda prisa de la cabaña.

—¿Tú has oído eso? —preguntó Berns. Para ir sobre seguro le tradujo a Singer lo que el chico había dicho. Su amigo seguía parado ante la repisa, analizando las pepitas de oro—. Es increíble —dijo—. Este oro ha sido fundido. En alguna parte ahí fuera ha de haber una fundición.

Las voces de Melchor llamando a su abuelo se fueron amortiguando, así que Berns y Singer se pusieron a explorar el contenido del recinto. Junto a la barrica de chicha había un hato de mantas sobre una pila de leños. Berns agarró una de las puntas y separó las piezas de tejido. Allí, entre varios paños de un rojo rubí, apareció un cráneo humano de grandes dimensiones. Sobre la sien izquierda discurría una mella llamativa.

Detrás del cráneo algo relampagueó. Con las puntas de los dedos Berns lo empujó hacia un lado. Debajo de otra tela más sobresalía una esquina dorada: la arista de algo notablemente mayor. Cuando Berns fue a asirlo, la tela se deslizó como por ensalmo, dejando ver una coraza de oro macizo.

—Singer —profirió Berns con voz de ultratumba. Algo así no lo había visto nunca. Esto era algo más que joyas o adornos, quien llevase este blindaje tenía que ser *dorado,* de oro, un ser sobrenatural; sin duda era un hijo del sol, un santo. Quizás él mismo era El Dorado.

Singer apoyó su escopeta contra la pared y se lanzó a agarrar la coraza.

—Singer, no seas idiota —susurró Berns—, ponla otra vez en su sitio.

Pero Singer estaba como hipnotizado, no siquiera había oído a Berns. Cuánto pesaba la coraza, y qué placentero era sostenerla en las manos...

—Escúchame, Berns —dijo Singer—. Sugiero que nos hagamos cargo de la coraza y del oro y busquemos otro lugar para pasar la noche.

—¿Te has vuelto loco? —replicó—. Necesitamos a estos lugareños. ¡Déjalo todo donde estaba!

—Aquí hay más oro del que hemos encontrado en todos estos años —Singer abrazaba la coraza y no quería soltarla.

—Esto es una inversión, Singer. Y además una inversión que traerá réditos.

—Tal vez sea esta la única oportunidad de...

Berns le arrancó la coraza de las manos y volvió a colocarla como estaba, junto al cráneo, cuando ya se escuchaban voces aproximándose a la cabaña. Los hombres volvieron a sentarse a toda prisa; demasiado tarde se dio cuenta Berns de que había olvidado tapar el cráneo y la coraza con las mantas. En estas, Melchor y su abuelo estaban ya dentro de la choza; nada se podía, pues, hacer al respecto.

Un hombre encorvado de cabello muy blanco recogido por detrás iba delante de Melchor y saludó a los dos desconocidos en un deficiente español. Se presentó como Lucho Arteaga, y les contó que esa era su casa. Berns hizo una inclinación de cabeza tan profunda, que pudo fijarse en los pies desnudos del hombre, en esa piel curtida, casi pétrea, que los indios desarrollaban tras años de desplazarse descalzos por las altitudes de la sierra. Este hombre, Berns lo tenía claro, conocía en dichos parajes cada cumbre, cada ladera, cada roca y... cada ruina.

—Don Lucho —dijo Berns, extrayendo su cuchillo de Solingen. Lo meditó brevemente, y optó por seguir la conversación en quechua—. Le ruego acepte este producto elaborado en las forjas de mi ciudad originaria. —Y depositó el cuchillo en las manos de Arteaga sin dejar de pensar en Max, que confiaba fuese capaz de perdonárselo. Arteaga inspeccionó el cuchillo y le dio las gracias.

Nos hace falta un pretexto que explique por qué estamos aquí, lo que nos traemos entre menos, caviló Berns. Una razón de peso. ¿Qué podría ser? Febrilmente buscó un argumento.

—Somos topógrafos y venimos de la oficina encargada de la construcción de caminos —declaró finalmente—. Registramos y medimos los valles de la cordillera Vilcabamba. ¿Podría usted facilitarnos su ayuda? La gratitud del gobierno la tendría garantizada.

***

Lucho Arteaga se mostró conforme con permitir que los hombres se instalasen durante las siguientes semanas en una de las cabañas más pequeñas. Su interior apestaba atrozmente a la familia de zarigüeyas que la había convertido en su hogar. Los zarcillos y las lianas atravesaban el espacio, pero la choza al menos contaba con un techo encima; y hasta la cascada, donde uno podía obtener agua para beber y lavarse, no había demasiada distancia.

Berns sabía que Arteaga desconfiaba de ellos. Carecía de sentido pedirle información o incluso preguntarle directamente por el sitio del oro al que Melchor había aludido con tanto desparpajo. El mismo día en que llegaron el viejo había retirado la coraza del montón de mantas y tampoco de la lata de metal y de las pepitas de oro quedaba rastro alguno. A cambio, lo que ahora descansaba sobre la repisa era el cráneo. A la pregunta cautelosa de cuál era su significación respondió Arteaga que se trataba del cráneo de su bisabuelo. Un hombre, afirmó, que siempre previno a la familia de los extraños. Berns frunció el entrecejo al escuchar esto, replicando que, a no dudar, habría habido siempre saqueadores recorriendo esa sierra, buscando hacerse ricos a las primeras de cambio. ¡Se figurarían que bastaba con agacharse para recoger el oro del suelo! Ante gente de esa calaña era un deber proteger las tierras de los antepasados, esto lo encontraba indiscutible, costase lo que costase, además. Berns quería dar a entender lo mucho que el asunto le apenaba.

Luego quiso contarle al viejo cómo habían triangulado todo el tramo desde Juliaca a las alturas de Cuzco, pero en quechua le faltaban palabras. Comenzó a hablar de sí mismo, a relatar que procedía de un país lejano, confesando que sentía un gran amor por el Perú. Ya desde la infancia se había puesto a estudiar la historia de sus antepasados, los de Arteaga. A veces, apuntó, tales antepasados se le figuraban más cercanos, y más emparentados con él, que los propiamente suyos. ¿Creía él, Arteaga, en la transmigración de las almas?

El rostro de Arteaga se ensombreció, al pronunciar Berns la palabra quechua correspondiente a «alma». Sin responder, se puso a preparar una infusión. Berns volvió a agradecerle la hospitalidad y se retiró.

Al final de ese día, Berns oyó cómo Arteaga llamaba a su nieto Melchor para que entrase en la cabaña y se explayaba con él en tono bastante alterado. El fragor de la cascada le impidió captar el contenido exacto de las palabras, pero aun así no se le escapó cuál era el problema.

—Me parece que no se ha tragado tu historia —dijo Singer, que estaba organizándose un colchón para dormir a base de tallos y ramajes—. ¿Topógrafos de la oficina encargada de la construcción de caminos? ¿Por qué no le dijiste que lo nuestro era el negocio maderero? Por cierto que ello sería asunto muy digno de considerarse aquí.

—Tenía que sacarme algo de la manga y no había mucho tiempo para pensar —se excusó Berns. También era cierto que él, Singer, podría haber dicho algo. Pero no, se limitaba a estar ahí en plan pasmarote, toquiteando cuanto le pusieran delante de las narices. ¡Si es que no debía escamarles que el viejo desconfiara de ellos!

***

A la mañana siguiente, Lucho Arteaga había desaparecido y a la pregunta respecto a dónde estaba su abuelo, Melchor no respondió, limitándose a encogerse de hombros y a señalar con la barbilla hacia un punto indefinido en la distancia. La cara del muchacho aparecía hinchada, como si apenas hubiese dormido esa noche. Mientras los hombres desayunaban el puchero de quinoa que les había traído Melchor, Berns no perdió de vista al chico ni un segundo. ¿Qué edad tendría, doce, trece años?

—Escucha, Melchor —dijo Berns—, sé que ya no eres un niño. No hay en esta zona quien conozca el terreno como tú. Singer y yo necesitamos un guía. ¿No te apetece dirigir nuestros pasos? Me da la impresión de que sabes muchas cosas. Ayer nos estuviste hablando del sitio del oro, ¿no es verdad?

—No, ni cosa que se le parezca —se apresuró a responder Melchor—. El oro lo trajo mi padre de Cuzco en cierta ocasión, no tenemos idea de por qué ni para qué.

—Pero si tú mismo, ayer…

—Me equivoqué —dijo Melchor, con la cara como un tomate y dejando la cuchara sobre el plato—. Solamente quería contar algo interesante, es la verdad, para que no os fuerais. Aquí no tenemos más que selva y montañas. ¡Bueno, y animales salvajes, muchísimos animales salvajes!

—¡Melchor!

Pero por eso mismo estaban ellos allí, arguyó Singer en su pobre quechua. Por la selva y por las montañas. A un señor de la categoría de su abuelo no le parecería mal que Melchor les mostrase la selva y las montañas, ¿no es así? No había más trasfondo, eso era todo. Podía acompañarlos con toda tranquilidad, le iban a contar unas cuantas historias acerca de Cuzco que harían que la salida le mereciera la pena.

¡Con tal de que el viejo no nos esté acechando en algún sitio!, pensó Berns. En su fuero interno dudaba de que Arteaga se hubiese marchado. Quién podía saber lo que ese viejo andara realmente tramando; quizás estaba oculto en la espesura, vigilando cada uno de sus pasos.

Cuando por fin hubieron convencido a Melchor, Berns volvió a echar un rápido vistazo a la cabaña de Arteaga. Esta vez faltaba incluso el cráneo, y el estante de la pared aparecía vacío.

Los hombres le pidieron a Melchor que los condujera a algún lugar desde el que se disfrutara de una buena perspectiva del valle. Sin decir nada más, el muchacho les entregó a Berns y a Singer sendos machetes, tras lo cual los tres se pusieron en marcha.

Cruzaron el camino que conducía a las chozas y se fueron abriendo paso a través de la selva, cuyos márgenes limitaban con la vecina ladera de la montaña.

Singer iba justo detrás del chico, dándole palique. Cada vez que se atascaba con el quechua, se pasaba al español. A Melchor no parecía importarle. Primero hablaron del cultivo de azúcar de caña; pero al cabo de un rato Singer mencionó, como de pasada, a los españoles, que se habían presentado en estas tierras para llevarse por la cara cuanto les apetecía, lo cual…

—En absoluto —repuso a esto Melchor, y se paró tan en seco, que Singer casi lo arrolla—. Los españoles jamás pisaron estos lugares, eso me lo ha explicado mi abuelo. El abuelo dijo —… Y en ese instante Melchor pareció caer en la cuenta de algo, porque cortó de cuajo la conversación y prosiguió avanzando, sin pronunciar una sola palabra más.

Berns y Singer se miraron con complicidad y siguieron al muchacho hasta una plantación de bananeros ya abandonada. Berns se paraba a cada rato, intentando obtener una visión del valle a través de las copas de los árboles. Pero la vegetación de la manigua conformaba una urdimbre tan tupida, que impedía toda visibilidad.

Probablemente era una completa pérdida de tiempo andar detrás del chico, pensó Berns; daba igual el mimo que Singer pusiera en trabajárselo, de un modo o de otro se limitaría a mostrarles parajes en los que no hubiera absolutamente nada de interés. ¡Una plantación de bananeros! Ahora le podía el enfado. ¿Depositar tu confianza en otra persona? Algo del todo ridículo, indigno de un varón adulto.

No se tranquilizó un ápice hasta que, horas más tarde, dieron con una vereda que dividía la cresta en dos mitades. En el centro de esta, casi cubierta por una profusión de papayeros y de aguacateros silvestres, se apreciaba una escalera gigantesca que brotaba del roquedal. Berns dejó escapar un silbido: sus bloques de piedra conducían en una limpia línea recta colina arriba. Puede que los españoles no hubiesen sido capaces de llegar hasta aquí. Los incas, en cambio, no solamente se habían adentrado hasta este paraje, no: habían llevado a cabo una proeza arquitectónica. Con todo, ¿una escalera a cuyos pies no había nada más que un río y la monotonía del bosque? En sentido ascendente no se avistaba final alguno; desde luego, recorrer su extensión en dirección a lo más alto era tarea que ocuparía algo más que una tarde.

Melchor urgió a los hombres a que lo siguiesen hasta otro monte que había más allá. Se trataba de ascender para tener una vista despejada, ¿no era así, o había comprendido mal lo que le habían encomendado? Pero a Berns no había quien lo arrancase de ese punto. Ya no se trataba de que no le diera la gana seguir a Melchor hasta la siguiente colina, sino que le asaltó el pronto de salir corriendo en dirección opuesta, para encaramarse a tan considerables bloques y descender por ellos, con precaución, pendiente abajo. Allí, en ese extremo, a menos de un pie del abismo, había tres rocas negras como la pez que marcaban el final de la escalera. La piedra mayor estaba tan cuidadosamente situada entre las dos más pequeñas que no cabía duda: se hallaba ante un mirador, una atalaya.

—¡Pero no! —gritó Melchor desde más arriba. Su voz empezaba a sonar desesperada—. ¡Pero no, mejor por aquí, mejor por aquí!— Al final, él mismo bajó los escalones y trató de llevarse a Berns consigo, aunque fuera a rastras.

Berns se deshizo de Melchor y le gritó a Berns en inglés que le quitara a esa criatura de encima, porque necesitaba otear la zona con tranquilidad.

—Anda, vente —le dijo Singer a Melchor—. Vamos a adelantarnos. ¡Permitamos a nuestro cansado amigo tomarse un respiro!

Solo cuando las voces de Singer y Melchor empezaron a debilitarse, tomó asiento Berns sobre la piedra central, apoyó la barbilla sobre las dos manos y recapacitó. Una escalera de esas proporciones, en plena selva virgen…

Cuando Berns se dio cuenta de que sus pensamientos se le marchaban volando y se empecinaban en girar en torno a la coraza de oro, se levantó poseído por la ira para autoexigirse más concentración. Estaba justo sobre ella, encima de la escalera, más cerca de la misma no era humanamente posible estar… ¿Cómo es que no captaba su sentido?

Dejó Berns vagar la mirada sobre el valle, sobre el Urubamba, que trazaba escabrosas revueltas para atravesar el bosque, sobre las arboledas de shihuahuacos, las pendientes de granito, las cascadas. Al cabo, su mirada se detuvo en una de las cúpulas de granito situadas enfrente. Estaba más a menos a la misma altura que las rocas negras que indicaban el final de la escalera. Entonces se le escapó una risotada. ¿Qué pasaría si el significado de la escalera solo se le revelase a un observador desde la lejanía, y no estando cerca? ¿Y qué, si no era en realidad una escalera, sino un punto de referencia?

Entrecerró los ojos. De pronto se le antojó que podía reconocer un sendero totalmente recto, horizontal, en una de las pendientes de granito que discurrían en dirección a la cúpula de enfrente. Aunque apenas hubo adoptado en los entresijos de su mente dicha decisión, el sendero había vuelto a esfumarse, tornándose ilocalizable. Ahora los ojos le ardían, acaso por haberles entrado algo de sudor. Pero por mucho que Berns se los restregara, el sendero no reapareció. ¿Y la cúpula de enfrente? Estaba cubierta de selva impenetrable. En su parte alta apenas podría haber cien, a lo sumo ciento cincuenta pies de tierra llana.

Berns tuvo la singular sensación de haber pasado algo por alto, cuando oyó que Singer lo llamaba a voces. De mala gana se apartó de las rocas y trepó escalera arriba. Si el extremo inferior no apuntaba a nada discernible, ¿sería más fructífero el superior?

***

Volvieron un par de veces más Singer y Berns a la escalera en las semanas subsiguientes. En la primera ocasión, se posó sobre el valle una niebla espesa, y no eran capaces de divisar ni siquiera el flanco de roca opuesto. El mundo a su alrededor parecía haberse extinguido; les llevó horas encontrar el camino de vuelta a Mandor. Antes de hacer su segunda tentativa, esperaron a que la climatología fuese más favorable. Berns había previsto que pasaran entre dos y tres días en las montañas. Detrás de la pendiente por la que ascendía la escalera se detectaba una cresta imponente, en la que estaban ávidos de ahondar.

Llegados finalmente al punto más alto, Berns ya había mecanizado todos los movimientos destinados a combinar el avance con el uso certero del machete. Pero al proceder por inercia, y estando sumido en sus pensamientos, casi se despeña por una garganta que, súbitamente, se abrió de improviso a su izquierda. Se detuvo con un sobresalto de mil demonios. Singer, que venía detrás, se le unió, le puso el brazo por encima del hombro y luego ambos permanecieron un rato admirando el precipicio.

—De momento vamos a plantar la tienda de campaña —dijo Singer—. Mañana ya veremos qué nos aguarda.

Durante dos días continuaron siguiendo la escalera, marcharon pegados a flancos rocosos y cruzaron collados. En ocasiones, la escalera desaparecía por secciones completas, para aparecer más tarde como si renaciera límpida y pulida de las rocas, dando la sensación de que alguien acababa de concluir su acondicionamiento.

Al mediodía de la tercera jornada alcanzaron, por fin, la pelada cresta. La escalera, o esa impresión daba, se perdía en un vértice que continuaba en dirección oeste. Una superficie sin árboles se extendía aquí por abajo de las rocas; sobre las cabezas de los hombres planeaba un cóndor. Berns y Singer se quedaron parados, observando perplejos la clase de hierba que allí crecía, cuya altura les llegaba hasta el pecho.

—¿Una pausa? —preguntó Berns. Soltaron los pertrechos que cargaban.

—Propongo que sigamos esa cordillera el tiempo necesario, hasta que...

—Silencio —reclamó Berns. Había oído un ruido que procedía de las rocas. A ver: un pedazo de roca que se ha desprendido y que cae hacia ellos... Berns agitó la cabeza, confiando en que esa percepción imaginaria se volatizase, pero nada de esto sucedió.

—¡Un toro! —se desgañitó Singer.

Salieron de estampida, con el pisoteo de sus cascos zumbándoles en los oídos. El monstruo salvaje los perseguía con ahínco: ese pelaje de marrón rojizo, ese cuerpo fornido, los cuernos largos y curvos.

—¡Las escopetas! —exclamó Berns; pero estas se habían quedado atrás. El furor y el volumen descomunal del astado parecían propulsarlo con velocidad añadida según se lanzaba, cuesta abajo, hacia los hombres. Aunque Singer y Berns corrían como alma que lleva el diablo, su escasa ventaja se acortaba por segundos. Berns sugirió, a grito pelado, a Singer que hiciese un brusco giro hacia su derecha, pues allí el flanco trazaba un quiebro, que confiaban en aprovechar por pura agilidad. Pero el toro emuló la maniobra sin inmutarse lo más mínimo.

De pronto Berns escuchó otro sonido que no era el golpeteo de los cascos, sino el bufido del toro. Miró por encima del hombro; el animal estaba a punto de alcanzarlos. Singer, que era quien iba delante, de repente se detuvo abruptamente.

—Qué demontres...

En estas, Singer agarró a Berns por el tórax y provocó que ambos cayesen abrazados en una zanja de la roca.

Los hombres se rehicieron, para mirar hacia arriba. No transcurrió ni un segundo antes de que el cuerpo del toro estuviera ante el borde de la zanja. Sus patas delanteras pateaban el suelo, mientras los ojos inyectados en sangre medían la distancia hasta los hombres. Sin mover un músculo, Berns se fijó en el musculoso cuello, que pugnaba por acercarse a ellos. Su boca despedía espumarajos, mientras el bicho rascaba la tierra con ira. De ella se soltaban piedrecillas, se levantaba polvo. Una vez y otra el toro se proponía embestir, calculaba las dimensiones del espacio disponible, dudaba si sería viable su acción. Si resbalaba y se precipitaba en la zanja, aplastaría a los dos hombres con su corpachón.

—Singer —farfulló Berns. Casi no se le oía de tanto como bramaba la res.

—No puede saltar adentro —replicó Singer—. Pero sí puede quedarse esperando.

Para no provocar al toro, Singer prohibió toda conversación ulterior; así que ahí se quedaron en silencio hasta que llegó el atardecer, mirando de cuando en cuando a ver qué hacía la bestia, que no parecía ni cansarse ni hartarse. Solo cuando advino el crepúsculo, y el sol hubo casi desaparecido tras la cordillera, inclinó por última vez la testuz hacia los hombres y optó por marcharse al trote.

Las primeras estrellas ya habían asomado cuando los hombres reunieron el coraje suficiente para osar abandonar la zanja. La noche la pasaron al raso, las escopetas pegadas al cuerpo. A la mañana siguiente, se encaminaron de vuelta a Mandor.

***

A las preguntas de Lucho Arteaga, que quiso saber cómo iban progresando sus mediciones del terreno, Berns respondió con evasivas a lo largo de los días subsiguientes. Una vez y otra insistía en lo mucho que le agradaba aquel valle. Durante semanas trató de sacarle algo a Arteaga acerca del sitio del oro; fracasaba con estrépito cada vez, estrellándose contra el silencio retraído y la obstinación del anciano. Llegó un momento en el que Arteaga, finalmente, se negó por completo a hablar con Berns, con independencia del tema que este pretendiese abordar. De manera que Berns tenía que utilizar a Singer como intermediario, si quería averiguar algo sobre la historia de Mandor y de sus pobladores. Pero tampoco Singer obtuvo éxito.

—Como una cuba —dijo Singer, al regresar a la choza—. Está tirado en una esquina y no logra articular palabra.

—No me digas.

—¿Adónde quieres ir a parar? ¿No has oído lo que te acabo de decir?

Llevó dos horas, y le costó a Berns quedarse sin su poncho. Pero Arteaga cedió y habló con él, balbuceó e incluso cantó. Entre todo aquel galimatías Berns escuchó una vez y otra un nombre, siempre el mismo: Angulo.

Era el nombre de una familia cuzqueña, a la que por lo visto le pertenecían cuantas tierras se extendían entre Mandor y Ollantaytambo. Lo cierto es que estas zonas tan alejadas las tenían en escasa estima, motivo por el cual los Angulo habían permitido que la hacienda Torontoy, en la que Singer y Berns habían hallado cobijo temporal antes de su llegada al valle, se fuera desmoronando.

—Angulo, Angulo —fue repitiendo Berns en su retorno a la cabaña, anotando ese nombre en su libreta. «Angulo», seguía murmurando a la mañana siguiente, mientras Singer y él marchaban rumbo al este, penetrando en los estrechos valles laterales y explorando los diversos afluentes del Urubamba.

Bajo la generosa copa de un shihuahuaco se detuvo Singer al fin, soltó su batea para buscar oro de la correa de cuero y se puso a sondear el lecho de grava de aquel río.

—Angulo, Angulo —repitió—. ¿Qué interés tienes en esa gente? Anda, ponte a lavar oro, amigo mío, que me parece que es lo único que podrá sernos de utilidad a estas alturas.

Aun cuando Berns jamás lo hubiese admitido, Singer tenía razón. ¿Cuánto tiempo más se proponían seguir viviendo junto al viejo, para salir a peinar el valle sin ton ni son? Cada vez que le preguntaban a Arteaga cualquier cosa sobre ruinas, este se limitaba a sacudir la cabeza sin soltar prenda. Carecían de la mínima base, si lo que querían era localizar la ciudad perdida.

Todo este territorio, dijo Singer una tarde, le recordaba los bosques interminables de Michigan. En conjunto, la ubicación era marcadamente más vertical, pero el efecto era comparable, en lo tocante a desolación y carencia de ruinas. Era como si uno hubiera dejado de estar en el Perú. Para leñadores sería todo un paraíso; para descubridores, una pesadilla.

Berns removía el pescado que tenía en el plato sin ganas de comer. No era verdad que ese territorio adoleciera de desolación. Simplemente resultaba distinto a otras regiones que hubieran visto antes, más suyo y reservado. Entonces comprendió que le había dicho la verdad a Lucho Arteaga. Sentía amor por ese valle. Perú, Perú, era solo una palabra abstracta, pero este valle era concreto. Y puesto que se trataba de amor, no se requerían más explicaciones, ninguna otra motivación razonable y plausible. Cuando esto lo tuvo claro, pensó Berns en Ana Centeno, y se preguntó si en ese momento tendría alojado a otro huésped. ¿Le habrían llegado sus cartas? Colmado de tristeza, se puso a quitarle las espinas al pescado. Singer no había parado de hablar.

Sin él, de ello era consciente Berns, lo más probable es que ya no siguiera en este mundo. Era Singer quien, de un empellón resuelto, le había hecho dar con sus huesos en la zanja, salvándole así del toro. Pero las veladas al declinar el día podían ser espantosamente cansinas: conversaciones, dudas y preocupaciones sempiternas. Días había en los que Berns solamente ansiaba poder quedarse tranquilamente echado boca arriba, tornando el propio espíritu hacia dentro, para explayarse en libertad, sin obstáculos ni desvíos.

La historia se repetía aquella noche. Berns estaba cansado hasta para cenar, pero Singer no cesaba de facilitarle largas y prolijas explicaciones de por qué ellos dos —Berns acaso en un grado algo más pronunciado que él mismo— eran un par de idiotas de tomo y lomo. Deberían haberse quedado en la zona alrededor de Choquequirao, donde había ruinas para dar y repartir. Deberían haber regresado con más hombres armados de picos y palas, para excavar en busca de oro. El Dorado no era más que un espejismo que llevaban años obcecados en perseguir. Lo cierto es que de algo había que vivir y que incluso alguien como él, Berns, necesitaba dinero y recursos. Sí, en el ferrocarril se presentaba la oportunidad de ganar mucho dinero, especialmente ahora, cuando existía el proyecto de construir una línea hasta la mismísima Quillabamba. ¿No se le había ocurrido pensar lo que para ello era de pronto imprescindible? ¡Traviesas, traviesas de madera! Aunque, naturalmente, ese hecho no tendría categoría suficiente para el *señor* Berns, porque el *señor* Berns prefería estar siempre errando de aquí para allá. Fantaseando día y noche, sin cesar.

—¿Has acabado? —preguntó, exhausto, Berns.

—No —dijo Singer, a quien el mutismo de Berns sacaba de sus casillas. ¿No era por lo regular el prusiano el que se pasaba las horas perorando? Y ahora, cuando había que debatir sobre cuestiones de considerable relevancia existencial, se limitaba a enmudecer y a poner caras largas—. ¡Venga ya, Berns, espabila, el ferrocarril, las traviesas! Con la cantidad de shihuahuacos que crecen por aquí ¿no sería algo grande? ¡Vamos, hombre, di algo!

Berns soltó un gemido, agarró su saco de dormir y fue a acostarse a la intemperie, bajo el cielo estrellado. Singer no necesitaba recordarle cómo marchaban sus cosas. Era un hombre sin medios de fortuna, desaliñado, de treintaidós años, sin trabajo, sin esposa ni hijos. En Berlín, pensó Berns, no sería nada mejor que un vagabundo.

***

Al día siguiente, rayando el alba, Berns se levantó para partir solo. El machete, la escopeta, incluso la mochila con la soga los dejó en la cabaña con Singer. Lo único que llevó consigo fue el bastón de caminar que había tallado a partir de una caña de bambú.

Los primeros rayos de sol comenzaron a atravesar los bancos de niebla y los fueron disolviendo, mientras las cotorras de color verde hierba volaban alegres y briosas por la espesura, trazando arabescos entre las bromelias. Bajó Berns hasta el río y metió la cabeza bajo la cascada. Después caminó por las praderas, siempre descendiendo el curso de la corriente. Bloques de piedra de un tono gris claro se repartían en el centro del cauce, mientras el agua gorgoteaba al pasar. Uno de esos bloques, el mayor, evidenciaba en su superficie la huella de herramientas, un pequeño peldaño, que había sido esculpido en la piedra… Quizás, pensó Berns, no veo sino lo que quiero ver. Un peldaño, ¡bueno y qué! Entre mil bloques, bien puede haber uno que tenga el aspecto de haber sido labrado, qué importancia puede tener eso. Extrajo un canto del río y se lo fue pasando de una mano a la otra. A su alrededor, las paredes de granito se elevaban verticales; una franja negra y brillante atravesaba la roca, supuestamente por el impacto de un rayo que hubiese caído.

Berns prosiguió la marcha, comiéndose entretanto una papaya, recién arrancada del árbol. No se detuvo hasta no llegar al punto en que el pequeño río desembocaba, formando un ángulo recto, en el Urubamba. Tras manar de su nacimiento, fluía por un lecho fluvial poco profundo, de fondo regular, hasta descender por una pendiente. El fragor era tan tronante, que tornaba inaudibles los restantes sonidos del entorno. A excepción de un par de recios alcanforeros, las orillas estaban bordeadas por praderas despejadas, en las que florecían los lirios. Berns se acordó: en el trayecto de ida habían cruzado el río caminando sobre unas piedras que constituían un paso natural, cerca de donde se encontraba. Contempló pensativo los remolinos que se formaban en la confluencia, mientras mordisqueaba los granos de papaya, que poseían regusto a pimienta. La boca le estaba empezando a picar, cuando dio con el enclave. Las aguas parecían haber descendido desde su llegada; las piedras lucían una delgada capa de algas.

Un poco más arriba en la ladera, no muy lejos del río, ascendía algo de vapor, para perderse entre las ramas de un rododendro. ¿Vapor? Berns se desentendió de las piedras y escaló esa ladera. Al llegar al árbol, descubrió entre las rocas una charca medio cubierta de maleza. Dejó Berns caer el bastón, se desató las botas y metió los pies dentro.

El agua estaba tan caliente que Berns soltó un suspiro involuntario. ¡Pero qué gusto proporcionaba estar solo! Singer habría chafado por completo el encanto. En estas condiciones, fue despojándose de la camisa, el pantalón, las botas y los calcetines, y por fin del sombrero, echándolo todo a un lado. En apenas unos segundos, la calidez del agua le alivió los dolores que martirizaban sus rodillas y muslos. Berns se sumergió hasta los hombros, apoyando la cabeza en una piedra revestida de musgo. Junto a él sentía el rumor y el gorgoteo del río, a la par que sobre su cabeza se mecían las extensas frondas de los helechos. El caleidoscopio de sus delicados limbos parecía cobrar vida, y ponerse a destellar, a poco que Berns alzase la vista y torciese la cabeza a derecha e izquierda. Cerró los ojos.

Primero se desvanecieron los dolores, luego los pensamientos. Lo que pasó a reinar fue la claridad, una clase de claridad en la que hallaba acomodo la imagen del pequeño río, ese que se vaciaba con semejante vigor en el Urubamba. No sólo era el río lo que Berns veía ante él, también los árboles, esos que alcanzaban la talla de verdaderos gigantes más abajo en el valle. *¡Las traviesas! Con la cantidad de shihuahuacos que crecían aquí...* ¿Sería posible que Singer tuviera razón? ¿Eran los árboles la clave?

Los beneficios de la venta de madera le permitirían tirarse años en el valle, a fin de tener la ocasión de explorarlo palmo a palmo. Podía convertirse en un hombre rico, antes de convertirse en un hombre famoso.

Berns sonrió. El panorama del río y de las praderas se transfiguró. Una nueva visión aparecía con rotundidad ante sus ojos. De las praderas brotaban edificios, cabañas, casas, almacenes, establos y graneros. En el centro del complejo, directamente junto al río, se elevaba una construcción imponente, y en las aguas que fluían con fuerza a su costado, una rueda mayúscula daba vueltas. ¡Un aserradero! Actividad bulliciosa, la cotidianeidad en el tajo, hombres en movimiento, trasladando ajetreados los troncos de shihuahuaco y laurel, preparando las traviesas de ferrocarril para el transporte a Ollantaytambo y Quillabamba. Por primera vez, ahora le dominaba a Berns con absoluta seguridad tal certeza, había dado con un lugar en el que volcar su amor, y con una actividad lucrativa que le apetecía llevar a cabo. ¿No se había tirado años en Dültgensthal ocupándose de las ruedas hidráulicas y sus correspondientes engranajes? ¿Acaso no sabía cómo disponer una transmisión al objeto de transferir la fuerza de manera homogénea a una sierra?

El Dorado podía esperar y él, Berns, no tenía prisa. Era solo cuestión de tiempo hasta que lo encontrase; y ese tiempo podría comprárselo mediante la madera. Berns salió con agilidad de la charca, echó mano de la ropa y se apresuró a descender la pendiente. En las praderas próximas a la desembocadura del río se detuvo y clavó su bastón en la tierra. Aquí y en ningún otro emplazamiento establecerían el campamento, y también tenía decidido el nombre que llevaría: *Aguas Calientes*.

***

En realidad Singer se había propuesto hacer alguna prospección de oro subiendo algo más arriba por el cauce del río. Las condiciones eran ideales: el agua de los afluentes menores había bajado de nivel y la neblina se había disipado desde primera hora. Incluso las laminillas más insignificantes de latón brillarían con viveza a la luz del sol.

Sin embargo, bastante después del mediodía continuaba sentado ante la cabaña. A la vista de lo que le contaba Berns, dejó que se le enfriara la infusión de coca e incluso se olvidó de sacar los boniatos de las brasas. ¿Se le había ocurrido esto antes a alguien, un aserradero en mitad de la selva? El hombre en cuestión no pretendía transportar la madera ni medio pie más allá del bosque nuboso, sino que su plan consistía en transformarla en traviesas directamente *in situ*.

Se ahorró Singer preguntar si Berns se había vuelto loco. Cuando este hubo concluido su alegato y se reclinó con aire satisfecho, hacía un buen rato que Singer había renunciado a su plan del día de ir a lavar oro.

—Un millón de traviesas de shihuahuaco entre Cuzco y Juliaca, —repitió Singer.

—A tres dólares la unidad —dijo Berns—. Posiblemente más, depende del tipo de contrato que negociemos.

Tres millones de dólares. Era bastante para que alguien como Harry Singer se olvidara del desayuno. Fue Berns quien sacó los boniatos de las ascuas para quitarles la costra carbonizada que los recubría.

Un aserradero saldrá lo menos por veinte mil dólares, Berns. ¿Estás dispuesto a entramparte hasta ese punto? ¿Y a hacerlo con *Miguel Forga*?

—Forga hará cuanto de él dependa y más, para darme ese crédito —repuso Berns sin darle importancia, metiéndose en la boca un poco de masa dulzona de camote—. De eso ya me ocupo yo. Con su préstamo le compraremos las tierras a los Angulo de Cuzco y encargaremos una serrería en los Estados Unidos.

Singer asentía, mordisqueando con aire soñador su pedazo de batata.

—¿Y cómo quieres resolver el transporte de las traviesas?

—Cuando Cáceres se percate del inmenso potencial que encierra nuestra empresa, hará construir una carretera que llegue hasta aquí. Pegada al curso del Urubamba, ¡ya lo verás!

Ahora sí que Berns se levantó de un salto. ¡Este sería *su* negocio, este era *su* plan! Y estaba bien pensado, pues él conocía el mercado, conocía su oficio y también el país.

Cuando se encaminó hacia la cabaña de Melchor, se encontró a mitad de camino con Lucho Arteaga, que le preguntó si ya los señores topógrafos iban poniendo fin a sus trabajos. ¿No estaría el gobierno ávido de que le rindieran cuentas? Berns dijo que así era, y que pronto partiría para Cuzco. Por la hospitalidad recibida estaba en extremo agradecido, y sí, podía confirmarle que en un futuro próximo Arteaga sería adecuadamente compensado. Ya se había Berns apartado del viejo, cuando se giró de nuevo para dirigirse a él:

—Amo esta tierra tuya, Arteaga. Cuando regrese a ella, será como su propietario.

10. LA MÁQUINA

Con las primeras luces del alba del 3 de septiembre de 1875, Mr. John Gibbon sube la última carretada al vapor. No falta el bastidor de la sierra alternativa, y las hojas de sierra están embaladas lo mismo que las descortezadoras, las limas, las palas y las sierras tronzadoras, las cajas de herramientas, los acoplamientos, los caballetes, las ruedas de madera y de hierro, así como las piezas de repuesto para la rueda hidráulica. Mr. Augusto R. Berns, desde el Perú, ha encargado la mejor serrería que el dinero pueda comprar, ¿no es así? ¡Pues sin la menor duda recibirá lo que ha solicitado! Incluso en el caso de que ello comporte por fuerza recorrer una distancia de cuatro mil millas, atravesando dos océanos, un istmo y una cordillera, para después cruzar la selva.

Después de que, con motivo de una tormenta, los daños no hubieran ido mucho más allá de algunos radios pertenecientes a una rueda de madera, y el vapor hubiese al fin llegado a Panamá, Andrés Avelino Cáceres, prefecto de Cuzco, se halla con ese tal Augusto R. Berns en la oficina responsable de la construcción de caminos. Lo que hace es firmar la concesión para la voladura de una senda para mulas que descienda desde Ollantaytambo hasta el campamento de los señores Berns y Singer.

Siete semanas más tardará Berns en recibir su cargamento. Siete semanas en las que las cajas viajan en un paquebote hasta Callao y luego por ferrocarril, a través de la cordillera, ascendiendo hasta Puno. En Puno, Berns está a la espera del envío y distribuye las cajas a lomos de treinta mulas. En compañía de un grupo de acemileros inicia la marcha por el altiplano. Cuando la caravana llega a Ollantaytambo, un perro pequeño se le lanza a Berns a los brazos. Por un instante, todo parece ser felicidad. Luego los acemileros se niegan a continuar: el camino hasta Aguas Calientes no está terminado; y si no hay una senda adecuada para que la transiten las mulas, tampoco van a prestarse a hacer su trabajo los muleros.

Las lluvias hacen su aparición, transformando la selva de alrededor en una caldera en ebullición, a juzgar por el vapor. Berns no se detiene, sino que prosigue avanzando con las mulas y apenas dos de los hombres. Tras descender siete millas Urubamba abajo ve cómo sobresale una pared metálica de la selva; es, sin discusión posible, la proa de un buque, que se abre camino lentamente por el follaje del bosque. Berns se detiene con brusquedad, sacude irritado la cabeza y azuza a las mulas para que prosigan por el sendero aún inacabado que tienen delante. Los cantos rodados y las rocas conforman una ladera empinada, y de las piedras brotan regatos. Entonces comete Berns un error. Como les mete prisa a las bestias, les hace perder el paso; una de las mulas resbala y se despeña a las aguas rugientes del Urubamba. Berns se palpa frenéticamente la espalda, luego recorre toda la fila de mulas mientras abre las cajas. ¡Su morral, el plano de construcción! Iban en la acémila que ha hecho caer al agua.

***

En Singer puede uno confiar. Allí donde el río Máquina desemboca en el Urubamba, Singer y los obreros de Mandor han talado y allanado una superficie de ciertas dimensiones. Todo esto es propiedad de Berns; con el crédito de Forga le ha comprado las tierras a la familia Angulo, de Cuzco.

Cuando Berns alcanza su destino, localiza su bastón de marcha, que hace algunos meses clavó aquí en la tierra. Todavía está en el mismo sitio, solo que ahora le crecen ramitas y hojas; en el punto por el que solía empuñarlo brotan unas incipientes ramificaciones.

La construcción de la nave del aserradero arranca con retraso. Los obreros de Mandor se toman su tiempo. De entre los pobladores del asentamiento Berns echa a faltar dos rostros: por más que se empeñe en buscarlos, no encuentra a Melchor ni a su abuelo Lucho Arteaga. ¿Adónde se han marchado? Nadie acierta a responder a su pregunta. Que ya no estén ahí, y sus cabañas estén abandonadas, le parece curioso. Pero Berns tiene otras cosas con las que romperse la cabeza. Los planos de la instalación han de ser rediseñados. Sin embargo, es como si existiese algún tipo de embrujo. Pese a estar enfrascado con tantos álabes, ruedas dentadas, ruedas excéntricas y ruedas de madera, cada dos por tres se le va el santo al cielo y la atención se le escapa por la infinita banda de Moebius. Entonces Berns vuelve a recapacitar sobre la escalera en la pendiente, sobre las terrazas en la embocadura del cañón y aquello que dijo Melchor, en su primer encuentro, sobre el sitio del oro. Las páginas de la libreta de croquis es cierto que no tardan en llenarse de columnas de cálculos interminablemente largas, así como de un revoltijo de ruedas, barras y correas; aunque el conjunto lo presiden dos palabras dibujadas con gruesas letras: *El Dorado*.

Después de construir la cabaña del aserradero hay que poner a punto la rueda hidráulica y la transmisión. Ello consume meses. En todo ese tiempo Melchor y Lucho Arteaga no se dejan ver ni una sola vez. Pronto llega el tiempo de la cosecha, los obreros han de marchar, y Singer y Berns tienen que vérselas ellos solos. Hay que engrasar cojinetes, disponer regueras, ajustar álabes, montar válvulas de compuerta, construir el patín para la sierra alternativa, unir ruedas dentadas y engranajes con la biela. Y ya se malicia Berns, quien prefiere siempre la solución más sencilla, que el conjunto no puede funcionar así, de embrollado que se le figura. Sin embargo, cuando el agua empieza a caer en el ángulo adecuado sobre la rueda hidráulica, los engranajes se ponen a girar, las bandas corren y accionan el mecanismo de la sierra alternativa. ¡Todo funciona!

***

El primer árbol. En una ladera cercana a Mandor, Berns se ha fijado en un caobo gigantesco; de su madera habrán de salir las primeras traviesas. Nada más despuntar el sol, Singer y él ya están unciendo los bueyes, que conducen acompañados por Asistente Urubamba arriba. Siguen su cauce hasta donde les es posible, entonces amarran a las bestias y se abren camino un trecho hasta la elevación del terreno. Allí les espera el caobo. Allá en lo más alto, en la impresionante copa que sobresale por encima de la cubierta de hojas característica del bosque tropical, el follaje de aspecto plumoso reverbera bajo los primeros rayos de sol. La corteza del árbol, casi negra, presenta profundas hendiduras; las raíces de contrafuerte resultan cálidas y plenas de vida al tacto, como si formasen parte del cuerpo de un animal antediluviano.

Cuatro días de trabajo les lleva, hasta que el árbol se desploma valle abajo. Berns y Singer se ven envueltos en una nube de hojarasca y dejan que los impregne el silencio que seguidamente se instaura. Incluso el gorjeo de los pájaros ha enmudecido. Cuando las hojas que los rodeaban se han posado, se ven situados ante una vereda, que el tronco ha abierto con su impacto en la pendiente. Separan el tronco de la copa y amontonan las ramas que, convenientemente cortadas y apiladas, les servirán para hacer fuego. Después echan mano de las descortezadoras.

¿Cuánta corteza puede llegar a tener un árbol? La suficiente como para que dos hombres se hundan en ella hasta la rodilla, y para cubrir con ella toda una margen fluvial. Cuando las cortezas van a parar al Urubamba, las aguas se tiñen de un rojo oscuro; solamente al llegar al siguiente recodo la mezcla se dispersa algo para cobrar la claridad de la sangre.

Por la noche, a Berns vuelve a aparecérsele El Dorado. Procedente de la selva sale a su encuentro el resplandor dorado de sus templos y palacios. La ciudad, ahora puede apreciarlo con toda nitidez, es más suntuosa y refinada que todos los palacios de Cuzco juntos. En su sueño él se halla subido sobre una de sus murallas exteriores. Pero, qué detalle más curioso: ¡desde donde está puede divisar allá abajo el aserradero! A lo largo de varias millas el Urubamba se extiende a sus pies como una delgada cinta de plata. Casi oculto se le aparece el campamento, que se diría puede tocar con la mano.

El tronco es colocado sobre el carro de serrado y llevado a su destino. Berns dibuja con tiza líneas sobre la sección transversal, y comienza el proceso. Al principio no ocurre nada, luego se atasca la hoja de la sierra. Berns profiere una maldición, Asistente aúlla, Singer se arranca el enmohecido sombrero de paja de la cabeza. Cuando la biela se pone finalmente a moverse, Berns introduce una cuña de laurel en la caladura, con lo que corre mejor. Durante horas, Berns y Singer permanecen al lado de la sierra, mientras observan fascinados cómo los lados del tronco se van biselando. En esto llega el atardecer y cae la oscuridad; la sierra ya solo recibe la luz procedente de la lámpara de petróleo.

Cuando estalla una crepitación metálica, se produce una lluvia de chispas que ilumina la oscuridad en derredor suyo como si fueran fuegos artificiales. Un chispazo ha prendido fuego a la harina y las virutas de madera que hay junto al carro de serrado. Al instante se encienden las llamas y arrojan sobre la cabaña una luz anaranjada. El perro suelta un aullido y se aleja corriendo.

En la orilla del río Berns y Singer llenan todos los cubos que logran encontrar, volviendo a toda prisa con ellos hasta la cabaña. El humo apelmaza su interior, penetrando en los pulmones. Todo es un correr de aquí para allá, de aquí para allá. Entonces Singer desaparece con sus cubos en mitad de la humareda, pues una de las correas arde en llamas. No fue sino ayer cuando Singer la engrasó a fondo con aceite de hígado de bacalao… Cuando Berns cae en la cuenta de ello, ya es demasiado tarde. El delantal de cuero de Singer, empapado en aceite, también ha prendido fuego y arde como si fuese una antorcha.

Singer se tambalea. Berns se lo lleva a rastras hasta el río y lo arroja a las heladas aguas del río Máquina. Allí Singer vuelve en sí y se pone a balbucear cosas confusas. Berns tira de él y lo deposita sobre una roca junto a la orilla.

El fuego ha chamuscado el delantal de cuero de Singer, y él ha sufrido quemaduras en la parte superior de los brazos. Aparte de esto, ha salido ileso. Al otro lado, junto al molino, el fuego es aún intenso; los rieles del carro de serrado emiten un resplandor rojo en las tinieblas. Y se pone a llover.

***

Al día siguiente, el manto de niebla desciende sobre el valle y lo llena de bocanadas a baja altura. Es temporada de lluvias: aguaceros con cuerdas de lluvia rectilíneas, de un gris acerado. La humedad ha dejado de posarse en forma de vapor sobre la cabaña del aserradero; ahora martillea en forma de gruesa nubada con vigor ininterrumpido sobre su tejado; lo hace con tal estruendo, que a veces ni siquiera se oye el propio rodezno.

Parece un milagro que el molino no haya sufrido un daño mayor. La madera de shihuahuaco no arde demasiado bien, y gracias a la humedad en muchos lugares apenas aparece ligeramente tiznada. Solo las correas de cuero engrasado se han carbonizado y deben ser reemplazadas.

—Por lo menos la lluvia está reñida con el fuego —dice Singer. Ese tipo de accidentes se le antojan a estas alturas como un justo castigo por la vida errática y disoluta que se ha permitido llevar hasta la fecha.

Berns, por su parte, piensa: ahora resulta que, después de todo, me ha dejado desviar del objetivo. Quizás no sea uno de los necios que, en su búsqueda de El Dorado, se extravían y tropiezan con la muerte; pero a no dudar sí soy de los necios que, durante esa misma búsqueda, se ponen a construir serrerías hidráulicas y a tener que lidiar con incendios.

En la tarde del 19 de octubre de 1876, el entorno del aserradero se transmuta en una corriente torrencial. El río Máquina ha experimentado una crecida y desborda sus márgenes con creces; un trecho de cauce más abajo, el Urubamba hace ya mucho que se zampó el camino que desciende hasta Mandor. En la pendiente, en paralelo al río Máquina, se forman pequeños afluentes, que se tornan más poderosos con cada hora que pasa. Berns y Singer reaccionan con prontitud: el carro de serrado y la sierra son elevados de posición, cajas y arcones van al almacén, la reguera es bloqueada, la rueda hidráulica ha de ser encamisada. Luego viene la fase de rezar. Por la noche, Berns se acuclilla al lado de Asistente, bajo el canalón de la cabaña, y se queda mirando el vacío fijamente.

Cuando percibe cierto movimiento en la ladera, al principio no comprende lo que está viendo. A la luz de la luna, la pendiente empieza a deslizarse en dirección al Urubamba; como si no tuviera prisa, la selva se está arrastrando hacia el aserradero y el río. La avalancha deja atrás una franja de lodo desnudo y, dondequiera que se topa con árboles, tira hacia debajo de sus troncos, antes de que estos sean por entero devorados por el remolino. Aunque a continuación sucede algo singular: esos árboles cuyas raíces son retenidas por la grava y la tierra vuelven a erguirse de nuevo y adoptan una postura vertical con respecto a la vaguada. Berns se pone a temblar como un flan cuando ve que un laurel se dobla decididamente hacia donde él está. Justo delante de la serrería el árbol se detiene, recto e intacto, como si llevara desde siempre brotando del suelo en ese mismo lugar.

Al día siguiente les toca retirar el barro del carro de serrado y de la rueda hidráulica; la reguera ha de ser vaciada y reparada, el tronco del caobo fregado y cepillado.

El tres de diciembre, Singer y Berns lo han conseguido al fin. La rueda de agua está otra vez operativa y la transmisión ha sido montada nuevamente. Cuando ya no queda ninguna otra tarea pendiente, excepto presionar hacia abajo la manilla que acciona la sierra alternativa, Singer dice que no aguanta más, y sale de la cabaña. Berns acciona el mando y al instante se desata un ruido ensordecedor. La primera traviesa queda cortada. No es satisfacción lo que le embarga, sino un agotamiento radical que invade todas las fibras de su ser.

La traviesa cae con sonoro estrépito del bastidor de la sierra. Berns se arrodilla y acaricia las vetas de un rojo oscuro, las finas inclusiones en la madera, sus bordes. Le pide a Singer que acuda, levantan entre los dos la traviesa y la examinan a la luz del sol.

Al atardecer, Berns se lleva consigo la traviesa al almacén, donde se pasa un buen rato puliéndola y esmerilándola, hasta que la caoba cobra un brillo sedoso y adquiere la misma suavidad que los muslos de Ana Centeno. Cuando ha terminado, recuesta sobre ella la cabeza. A partir de mañana, Singer intentará volver a reclutar a los trabajadores de Mandor. Él, Berns, ya se habrá puesto en marcha para entonces. Cuando raye el día se propone cabalgar hasta Cuzco, para presentarle a la oficina del ferrocarril una muestra de la madera. Tamayo y su equipo estarán encantados. Después irá a visitar a Ana Centeno y a llevarle un regalo... El regalo de un hombre acaudalado que ha tenido éxito, tras haberle plantado cara a todos los desafíos. Berns no puede más de impaciencia. ¿Es posible que incluso se atreva a hacerle una proposición? Por fin puede decir que ya es digno de ella, y que ella no albergará motivos para avergonzarse de él.

El aroma de la madera asciende por la nariz de Berns. Poco antes de quedarse dormido divisa con claridad una pequeña ciudad a sus pies, con variedad de casas, puentes sobre un río, comercios, una plaza recoleta... Incluso una iglesia, ¡quizás hasta un ayuntamiento! Una bella fuente adorna el centro de la plaza, y alrededor hay bancos para que descansen los transeúntes. En el límite de la pequeña ciudad se halla un molino de varias plantas, en el que se divisan docenas de hombres trabajando al mismo tiempo, dedicados a fabricar cada día centenares de traviesas. En la calzada a Ollantaytambo reina un tráfico de mercancías tal, que apenas se puede hacer un seguimiento de quién va y quién viene. No muy lejos del molino, desde luego, existe una gran casa; en la veranda en voladizo aparecen un hombre y una mujer con las manos entrelazadas, contemplando satisfechos cuanto constituye su reino.

¡Menuda población tan próspera y sorprendente, situada en mitad de la selva tropical! Pero no, piensa Berns, en la plaza no hay ninguna fuente, sino una estatua de grandes dimensiones, que lleva mi rostro y que está realizada en oro puro.

***

El viaje en mula a Cuzco toma apenas tres días. Cuando Berns llega a las puertas de la ciudad, desciende de su montura, ofrece a Asistente un trozo de carne, le da unas palmaditas en el cuello a la acémila y la conduce, sujeta de la brida, al interior de la ciudad.

En esta ocasión, Berns conoce cada calle, cada esquina, cada patio interior. Según avanza ahora entre las estrechas callejuelas, pasando junto a los muros inmortales de los incas, le da la impresión de que también sus habitantes lo conocen, como si hubieran estado aguardando su llegada. Los niños interrumpen sus juegos y se lo quedan mirando con los ojos abiertos como platos, indios del altiplano levantan sus sombreros a guisa de saludo, a las damas veladas se les escapan risitas y le hacen señas con la mano; incluso los gendarmes que están en los cruces dan un paso al lado y se ponen firmes. El aura de Berns resulta electrizante.

En la plaza, enfrente de la catedral, se sienta en una taberna y pide el plato más caro. Después convida a todos los parroquianos del establecimiento a una copa de champán. El día invita a la celebración —¡solo los amargados beben solos!—. Los hombres se apresuran a brindar con él, le dan las gracias efusivamente a la par que las señoras no paran de darse tironcitos a los pañuelos que descansan sobre sus hombros, mientras beben, presas de la excitación, a pequeños sorbos. Después de dos rondas más, con las mejillas arreboladas y una alegría incontenible brincándole en el corazón, Berns conduce su mula, cuyas alforjas portan la muestra de madera, hasta la residencia de Ana María Centeno.

El mayordomo, como siempre descalzo y con traje negro, hace una reverencia al reconocer a Berns. Doña Ana, le comenta, se encuentra fuera, y estará hasta la tarde en una sesión de espiritismo en casa de doña Guillermina; naturalmente puede esperarla, si así lo desea, en el salón.

Berns se queda dudando.

—Mejor vuelvo a última hora de la tarde —dice finalmente, y el mayordomo vuelve a doblar el espinazo ante él.

***

La puerta de la oficina del ferrocarril está abierta de par en par. El doctor Tamayo se levanta de un brinco y también Sáenz y Donnelly se le unen para estrechar la mano de Berns y darle unas palmadas en la espalda.

Berns se siente interiormente conmovido, al ver a un envejecido Tamayo parado ante él con lágrimas en los ojos; le pide que espere un instante y va en busca de la muestra de madera.

—Lo hemos conseguido —dice—. Mi socio Singer y yo, allá en la soledad del Urubamba. El molino está en pie, después de meses de duro trabajo.

Entonces los hombres bajan la vista, y asienten. Donnelly se agacha para recoger unos papeles del suelo y se pone a clasificarlos con azoro. Berns les cuenta cómo transportó la serrería desmontada primero a través de la sierra y luego cruzando la selva, les habla incluso de la proa del barco que apareció de repente delante de él en el corazón del bosque, les describe asimismo el complejo mecanismo de la transmisión; también les narra cómo el caobo casi los mata al caer, da cuenta del fuego y del corrimiento de tierras. Singer y él, les confiesa, estuvieron unas cuantas veces a punto de tropezarse con la muerte, sufrieron heridas y lesiones, y por lo menos Singer había estado en un tris de perder la razón, con tantas fatigas.

—Pero al final ha merecido la pena —Berns acaricia la caoba maciza, perfectamente pulida. ¿Habían visto alguna vez una muestra tan perfectamente hecha?

—Escucha, Augusto —dice Tamayo con voz trémula.

—Ya sé lo que vas a decirme —le interrumpe Berns—. Sin embargo, era un riesgo al que tenía que enfrentarme. Una vida desprovista de...

No puede terminar la frase, porque en este momento entran dos hombres en la oficina, y Berns no puede reprimir una carcajada de júbilo. Cáceres y Forga, los dos juntos, ¡qué coincidencia tan afortunada! Se precipita a su encuentro, abraza primero a Cáceres, luego incluso a Forga.

—¡Lo he logrado! —exclama Berns, y le entrega a Forga la pieza de caoba.

—Por el amor de Dios, Augusto —dice Cáceres, y lo agarra del brazo. Busca con la mirada a Tamayo, pero este fija los ojos en el suelo, la cara colorada como un tomate. Forga deposita la muestra de madera en el escritorio más próximo, le lanza una mirada cargada de intención a Asistente, que está sentado en el umbral del despacho, y suelta un escupitajo contra el suelo. Acto seguido le pregunta a Berns si no ha recibido su carta. Por Dios, ¿es que ni siquiera se preocupa de leer la correspondencia? ¿O al menos el periódico?

¡Hay que ver cómo son los paletos retraídos de este mundo, que no se enteran de la misa la mitad!

—¿Qué carta? —pregunta Berns.

***

Chinchero, Yucay, Urubamba. Un paisaje que a ratos permanecía invariable, y otras veces se transformaba, un color que se convertía en forma, y retornaba otra vez a ser color; fachadas y semblantes difuminados. Los pobladores le aseguraron más tarde a su alcalde que un espíritu de las montañas había pasado velozmente junto a ellos montado sobre un puma volador, más aprisa que un rayo; es que ni en la fuente se había detenido un segundo. Su rostro estaba tan blanco como los glaciares del Ausangate, y su férrea mirada era tan inconmovible como la de un apu, que porta consigo la eternidad.

Pero Berns no portaba la eternidad consigo, sino un silencio que lo situaba peligrosamente cerca de ese gran caos que todo lo devora. Poco antes de iniciar el descenso a Ollantaytambo, ese silencio sufrió un desgarro, y de él brotaron palabras. Berns no comprendía lo que pudieran significar. ¿Crisis económica? ¿Recesión? ¿Interrupción de las obras? ¿Parálisis? Se le antojaba que tales palabras mentían, y que su contexto no era sino una invención infame, un trampantojo, nada más.

El aserradero había dejado de tener el menor valor. Debido a la catastrófica situación económica, nadie en todo el país compraría una madera dura de elevado precio, ni financiaría el transporte. ¿Y cómo iba él, Berns, a devolverle el préstamo a Forga? Forga le había concedido un aplazamiento de dos años. Si para entonces no entraba dinero contante y sonante, las tierras se subastarían.

Solamente cuando Berns se percató de que había estado a punto de fustigar a su montura hasta empujarla al precipicio, recuperó la conciencia y desmontó tembloroso. El caballo se desplomó. La proximidad al abismo era tal, que las puntas de las botas se asomaban ya al vacío.

No era mal momento para reflexionar. Pero por mucho que Berns se martirizase las meninges, no daba con la respuesta. Ignoraba qué había hecho mal. La serrería había sido una idea brillante, y también su talento como ingeniero estaba fuera de cualquier duda.

Tenía que ser el mundo, el mundo en sí, el que estaba conjurado contra él. *Arruinado;* ese concepto lo tenía perfectamente claro en su mente, tanto que casi podía tocarlo con los dedos. Giraba sobre su propio eje, desaparecía en el éter, para volver a aparecer ante Berns, aunque esta vez en letras de oro: *Ruina,* se podía leer, con brillo, con fulgor; se sentía tan cerca que bastaba con dar un mínimo paso al frente, tras lo cual uno tendría ocasión de acariciar dichas letras, de asirlas y agarrarse a ellas. Ya no quedaba consuelo, apenas esa palabra.

¿Dónde estaba su padre, dónde Singer? Berns trató de inspirar aire, y se adelantó un paso. Casi podía sentir cómo lo sostenía el aire, si bien cayó, con los ladridos de Asistente taladrándole los oídos.

Pero en este mundo no solo había Forgas y Tamayos y cartas y palabras; en este mundo había también arbustos de mezquite, a los que daba por crecer, orgullosos e impasibles, en las pendientes. En ocasiones llegaban a resultar providenciales, porque eran los únicos capaces de impedir que alguien se precipitara a las profundidades. Cuando Berns percibió su ramaje, lo agarró fuertemente con las dos manos. En ese trance, se cercioró de que no deseaba morir. ¿Y vivir? Esa era una cuestión diferente, que era preferible posponer.

***

El aserradero parecía abandonado. Ante la rampa se amontonaban seis o siete troncos de árbol desprovistos de su corteza, pero no había rastro de los trabajadores. El golpeo de la rueda hidráulica era el único sonido, la sierra había enmudecido. ¿Pero qué importancia podía ello tener a estas alturas? Todo era completamente indiferente, nadie necesitaba traviesas, ni tampoco una serrería. A Berns le entraron ganas de vomitar cuando entró en la cabaña e hizo memoria de las colosales expectativas que Singer y él habían depositado en su construcción. ¿De dónde sacar ahora las fuerzas para concebir nuevos planes?

Y eso que, para empezar, no había ningún nuevo plan, pensó Berns rebosante de amargura, mientras rodeaba la sierra alternativa. Entonces se dio cuenta de que se había partido una correa, la que llevaba a la rueda de disco. ¿Qué habría sucedido? No dejó de llamar a Singer una vez y otra, incluso subió al almacén en su busca, pero no estaba allí. Que los trabajadores se hubiesen marchado sin respetar lo acordado tampoco le causaba a Berns excesiva sorpresa. ¿Pero Singer? Él no habría abandonado su puesto sin tener un motivo contundente. Berns ya casi había vuelto al emplazamiento de la rueda hidráulica, cuando paró en seco y recorrió el camino de vuelta. Así era: allí, en una esquina del almacén, estaban la mochila de Singer y también su machete.

No puede estar lejos, pensó Berns. Eso de ponerse en camino sin llevar el machete no le pegaba a Singer. Tomó ambas cosas y se dirigió al exterior; entonces reparó en un indio, que se había quedado dormido junto a una pila de traviesas terminadas. Berns lo zarandeó para que se despertase. El hombre, que apestaba a alcohol, no supo dar respuesta a ninguna de las preguntas que le iba haciendo.

Empezó a oscurecer. El sol se había puesto casi por completo detrás de las escarpadas pendientes. La niebla comenzó a ascender y con ella se extinguieron los últimos rayos. ¿Habrían dado muerte a Singer? En tal caso no se habrían dejado atrás la mochila y el machete. Probablemente Singer acabaría regresando. Solo era cuestión de que Berns tuviera paciencia y lo esperase. Al final, se habría ido sin más a lavar oro y el crepúsculo lo habría sorprendido, pues caía la noche en un santiamén. Berns se cruzó de brazos y hundió en ellos la cabeza.

El dolor lo mantuvo despierto. Berns se pasó hora tras hora dándole vueltas a la cabeza, repasando lo que había hecho con su vida; pensó en Berlín, el negocio, el instituto, incluso en Paul Güssfeldt y en la fábrica del tío Peter en Dültgensthal. Lo había tenido todo a sus pies, y no se le había ocurrido nada mejor que pisotearlo. ¿Cuánto le debía a Forga? ¡Treinta mil dólares! Esto era más de lo que había ganado en toda su vida.

Sobre las cinco de la mañana, cuando aún era de noche, le sobrevino a Berns la sensación de que se quedaba sin aire. No aguantaba más ahí sentado sin hacer nada, limitándose a esperar. Sentía en el pecho una opresión tal, que era como si le estuviesen cortando la respiración con una correa de cuero. Berns se levantó del carro de serrado. Una lechuza blanca alzó el vuelo sobre él y se alejó por encima del río Máquina; reluciendo con claro resplandor se recortó sobre el cielo y lanzó un grito.

Berns se frotó los ojos. Luego agarró la mochila y el machete de Singer. Era el momento. Si ahora no se ponía en movimiento, se desintegraría, fusionado para siempre con el aserradero.

11. LA DELICADA SONRISA DEL INCA

Solo escalar, solamente caminar, sin detenerse, y sin pensar, el tiempo que fuese necesario, hasta que el dolor se hubiese disipado lo mismo que el recuerdo de un mal sueño.

Con la mochila de Singer a la espalda y Asistente a su vera, Berns fue siguiendo la orilla del Urubamba. Llegó a un punto en el que varios caobos jóvenes aparecían derrumbados; sus copas habían ido a parar sobre dos grandes rocas, que se elevaban sobre el centro de la corriente. No recordaba Berns haber atravesado jamás el río. Los puentes eran por supuesto inexistentes, y en la ribera opuesta se alzaban pendientes escarpadas a las que nadie en su sano juicio, y que valorase en algo su vida, tendría la ocurrencia de encumbrarse.

Al cabo de pocos minutos, Berns estaba transitando la otra orilla y escudriñando el sector de selva que arrancaba de esa zona. Apretadas como las fibras de un tapiz, las lianas y zarcillos de las plantas de aire componían una tupida trama. Berns no cesaba de asestar machetazos al trenzado, aunque a veces le asaltaba la sensación de que el metal no hacía sino resbalar sobre la cubierta vegetal. Pero tiempo es lo que le sobraba. No le sentaba mal desahogarse dando tajos, gritando hasta quedar afónico, indiferente a la baba que le bajaba por el mentón. Esas plantas ¿acaso no constituían el símbolo de las cosas de este mundo, contra las que, de continuo, había tenido que luchar a brazo partido?

Berns siguió abriéndose paso, pie a pie, sin parar, hasta que las manos le sangraban con profusión y la camisa pendía de su torso hecha jirones. Cuando el machete quedó atascado en una planta, le dio por pensar que estaba romo y que ya no servía para gran cosa. Pero nada más apartar a un lado las lianas, se dio cuenta de que había alcanzado la ladera de la montaña. El machete estaba encajado en una chinchona, que crecía junto a una grieta en la piedra. Berns arrancó algunos trozos de corteza y se frotó con ellos las heridas que tachonaban su tren superior. Luego chupó aquella sustancia, que poseía un delicado sabor amargo. Acto seguido, Berns se fijó el machete al cinto y apoyó un pie en el escarpe.

Asistente se puso a gimotear y a dar brincos de impotencia, al ver que su amo iniciaba el ascenso. Entonces Berns paró en seco, y pensó. Se dejó caer otra vez y abrió la mochila de Singer, que solo parecía contener algunos boniatos y un poncho. Berns agarró a Asistente, lo encasquetó dentro de la mochila, dejando que sobresaliesen las patas delanteras, y volvió a echarse a la espalda la mochila. Entonces extendió los brazos, tanteo los mejores puntos de agarre mientras palpaba la roca y empezó a subir a pulso.

Asistente percibía la tensión. No profirió sonido alguno, ni hizo el menor movimiento. Solo de tanto en cuanto iba notando Berns cómo el perro le lamía el sudor del cogote.

Según ascendía la pendiente, las hierbas crecían con mayor abundancia, aferrándose a los salientes rocosos. La niebla había depositado una película húmeda sobre los tallos; se hacía tarea imposible hallar en ellos sujeción. Berns resbalaba una vez y otra y apenas lograba frenar, en el último momento, la caída apuntalándose con los pies.

El sol estaba ya tan alto, que el calor fue disipando la niebla. No pasó mucho rato antes de que el aire se tornase bochornoso; Asistente se puso a jadear y Berns tenía que descansar cada poco. Cada impulso era una tortura para rodillas y muslos. ¿Cuánto llevaba recorrido? Solo un principiante se habría puesto a mirar hacia abajo, o a contemplar la distancia que quedaba hasta arriba; lo único que contaba era el tramo de montaña que venía inmediatamente.

Pronto divisó un saliente sobre su cabeza. Pasó diez o quince minutos bajo su protección, inmóvil, haciendo acopio de energía; luego se subió a pulso. Se quitó la mochila y se dejó caer de espaldas sobre la plataforma. La calidez de la piedra penetró en los verdugones que la carga había dejado en su piel. Sin reprimir un quejido se puso en pie y, a la vista del espectáculo que se desplegaba ante él, se olvidó de soltar una maldición.

Berns se hallaba ahora a sus buenos dos mil pies por encima de la banda plateada del Urubamba. El bosque tropical, de un verde intenso, cubría las estribaciones y, tras ellas, las gigantescas elevaciones de la cordillera Vilcabamba, salpicadas de glaciares, apuntaban al cielo.

Cuando se hubo sobrepuesto a la admiración, Berns analizó el saliente rocoso en el que se encontraba. Lo que de entrada le había parecido apenas un saledizo en mitad de la pendiente era, en realidad, el punto de transición hacia un collado boscoso, ubicado entre dos cumbres.

La sed. Junto al saliente discurría un pequeño regato. Berns bebió a placer con ambas manos, y le dio agua también a Asistente. Lo que tenían delante eran las cimas de la sierra. Pasó Berns un buen rato abandonándose a su contemplación, sin pensar en nada, sin sentir nada. Cuando extendió la mano para acariciar al perro, solo tocó el vacío. ¿Dónde se había metido? Apenas hacía un instante que lo había sentido a su lado. Berns puso los brazos en jarras y aún tuvo tiempo de comprobar, por el rabillo del ojo, cómo Asistente desaparecía detrás de unos árboles.

—¡Asistente! —bramó Berns. Pero el perro no escuchaba. ¿Qué mosca le habría picado? Acaso tenía miedo de que volviese a meterlo en la mochila. Ahora Berns lo podía oír ladrar. Suspiró y trepó sobre el espolón rocoso. ¡Maldito chucho! De nuevo se disponía Berns a darle una voz, cuando se alzó una veta de niebla, despejando la ladera montañosa que tenía delante. Berns se quedó lívido. Justo ante él aparecían cientos de terrazas cubiertas de maleza, con sus bordes de piedra, y completamente intactas. Estaban orientadas hacia el bosque, en la zona que había entre las dos cumbres.

Berns respiró profundamente. Unas diminutas moscas negras penetraron por su boca abierta, sin que él lo acusara. Cuando una de ellas se introdujo por despiste en su tráquea, sufrió un ataque de picor, que le obligó a doblarse y a toser como un descosido, hasta que cayó al suelo y tuvo que observar cómo sus dedos se clavaban en la tierra, de pura desesperación. ¿Tierra, a tamaña altitud en la montaña?

Cada vez que, en lo sucesivo, rememoró Berns ese día, lo primero que le venía a la cabeza habitualmente era el extraño estado de confusión que le había sobrevenido junto a aquel espolón de piedra.

Fue de lo más singular: Berns no pudo soportar la visión de esas terrazas, ni tampoco enfrentarse a la reflexión sobre lo que las mismas pudieran significar. Prefirió darle la espalda a todo esto y ponerse a limpiar con rara dedicación sus botas. A continuación, sacó el peine del bolsillo de los pantalones y se atusó cuidadosamente la cabellera; luego hizo lo mismo con la barba, para después retirar de su maltrecha camisa los restos de vegetación, poner en orden la mochila, acabar consiguiendo que el perro regresase y ponerse a revisar las garrapatas que hubiera en su pelaje... Cada poco tiempo, se giraba y echaba un vistazo, como quien no quiere la cosa, en dirección a la ladera de la montaña; lo que veía hacía que le entrasen mareos cada vez que miraba, así que volvía a apartar los ojos en cada ocasión. ¿De qué servía precipitarse? Había muchas cosas que hacer antes.

Así que se puso a mordisquear la uña del pulgar izquierdo, porque había crecido demasiado, y después extrajo el poncho de lana de la mochila de Singer y lo extendió con sumo esmero en el suelo. Entonces se arrodilló sobre el mismo, juntó las manos con fervor y rezó tres avemarías y tres padrenuestros. Empezaba ya a sentirse un poco mejor, y solo le faltaba encontrar una piedra lo más lisa posible. Este otro empeño le llevó por lo menos media hora adicional. Cuando al fin logró sostener una piedra redonda y suave en la mano, la depositó con cuidado en el suelo y pronunció unas cuantas palabras en quechua. Hecho todo esto se dio la vuelta, la espalda apoyaba en la cálida roca, un sudor frío en la frente.

—Ahora —dijo Berns, y se impulsó con determinación de la roca.

Recorriendo la más ancha de las terrazas corrió bordeando el flanco de la montaña. Telarañas tan densas como la muselina envolvían su torso; una vez y otra Berns había de forcejear para librarse de ellas, mientras tropezaba con raíces aéreas y se daba coscorrones contra las ramas; habría podido jurar que las acababa de ver en una posición distinta, pero su cabeza se llevaba el impacto. Al final de la terraza, trepó por el muro que la delimitaba para mirar hacia abajo en dirección a la espesa selva, que se desparramaba a lo largo del collado. Sin solución de continuidad llegaba bastante lejos, hasta una aguja de granito que ponía fin a la planicie en el extremo opuesto.

Berns le dio una palmadita a su perro e inició con él el descenso hacia el bosque. Musgos y líquenes cubrían las frondas de bambú, dando origen a enmarañados laberintos; ello obligaba a Berns a avanzar sobre sus rodillas, abriéndose una vereda a machetazos.

Apenas había recorrido una veintena de pies de tal guisa, cuando el propio esfuerzo hizo que le entraran náuseas, y tuvo que arrellanarse contra una roca. Las orquídeas sajadas y las bromelias yacían a sus pies; arrancó una de las flores y cerró los ojos un instante. Continuaba rodeado de la más tupida de las vegetaciones selváticas. Solo cuando el viento le imprimía algo de movimiento, la atravesaban algunos rayos de sol. Adoptó Berns una posición erguida y se puso a contemplar el efecto de las manchas de luz sobre la piedra que tenía ante sí, mientras seguía su danza…

Entonces vio algo blanco fulgurando entre las cañas de bambú, que poseían el grosor de un brazo. Entrecerró los ojos para ver mejor, agitó la cabeza y se frotó los párpados. Pero por más que maltrataba sus ojos, seguía viendo lo mismo, y con total claridad, ante sí: ¡unos cubos de piedra tan blancos como la nieve! Se empeñaba Berns en que la visión resultaría al final ser un espejismo, una impresión errónea, con una relación tan escasa como decepcionante con la realidad; pero el color de la piedra y sus líneas inmarcesiblemente rectas no se esfumaron.

Buscó Berns elevarse más agarrando una liana y asestó enérgicos machetazos sobre la zona de bambú que le obstaculizaba el acceso a los cubos. Cuando hubo eliminado unos cuantos de los culmos, descubrió una cueva baja a menos de tres pies de donde se hallaba. Los cubos que había visto a media luz enmarcaban su entrada, dando la sensación de haber sido esculpidos con rigurosa precisión a fin de que encajasen entre las rocas circundantes. Berns sintió que el machete se le escapaba de la mano, pero no quiso ni darse por enterado.

Era como si las leyes de la materia no estuviesen hechas para verse aplicadas a estas piedras, tan disparatado resultaba el modo en que se engarzaban al ocupar el resquicio más diminuto. Pasó Berns los dedos a lo largo de las junturas. ¿Podría tratarse, en verdad, de una realización humana?

Hacía la parte superior, la cueva quedaba rematada por una losa de roca dispuesta en voladizo. Sobre ella se alzaba una perfecta torre semicircular. Solamente existe un lugar, pensó Berns, que pueda ser remotamente comparable con este. Y es el templo del sol en Cuzco, el *recinto dorado*. Fuera lo que fuese lo que acababa de descubrir aquí, debía de haber constituido algo de la máxima relevancia para los incas.

Berns se despojó de la mochila y se tendió sobre la escalera primorosamente labrada, que había sido cincelada en el bloque de piedra. Los ojos se le inundaron de lágrimas. Entonces arrancó con las uñas algunos líquenes de las piedras, se los metió en la boca y los desplazó con la lengua de un lado a otro, extasiado. Estaba otra vez preparado para comprobar que unas letras doradas cobraban plasmación ante sus ojos, para formar un nombre. Era un hechizo que emanaba de sí mismo, que después se borraba, y a la par renacía. Pero tales caracteres no se manifestaron. Berns continuó tendido, hasta que los líquenes se hubieron disuelto en su boca. Después puso manos a la obra.

Con las piernas temblándole, se atrevió a subir por la torre situada en la parte superior de la cueva. Su semicírculo estaba diestramente ajustado a la roca de granito. La luz solar entraba por una de las ventanas existentes, dibujando un cuadrado sobre el suelo de piedra. Berns consagró un rato a observar la zona iluminada. Luego extrajo un pedazo de tiza del bolsillo de los pantalones y en la pared interior de la torre escribió:

DESCUBIERTO POR A.R. BERNS, 1876.

De súbito la tierra pareció mecerse. Berns se arrodilló, presa de la inseguridad. Se acostó boca abajo sobre la roca y se abrazó a ella con firmeza. El oleaje del cabo de Hornos, o así se lo pareció, no había sido nada en comparación con esto.

***

Cuando se despertó, el cuadrado de luz se había desplazado sobre el suelo rocoso y ahora resplandecía en el muro interior de la torre.

Todavía sigo aquí, pensó Berns. Restregó por última vez su mejilla contra la piedra, tras lo cual se levantó. Tenía seco el gaznate. Junto a la torre encontró un surco en la piedra, que traía agua. Bebió con avidez. Mientras aún daba los últimos sorbos, puso la vista en el pequeño canal que alimentaba el chorrillo del surco. A su alrededor toda era selva: las raíces de los árboles abrazaban las piedras, y los retoños tapaban con sus hojas la mampostería. Una vez hubo rodeado la torre, no pudo dejar de reparar, sin embargo, en una empinada alineación de escaleras, que se prolongaba sobre el conjunto de la ladera, por abajo del collado. Detrás de una pared hecha de carrizo y bambú se ocultaban innumerables grupos de casas, patios interiores, balsas y altares, todos ellos construidos en una piedra de blancura impecable.

Pero algo provocó que Berns se quedara como congelado, incapaz de moverse. Los loritos cadilleros gorjeaban a pleno pulmón en torno a él, mientras la brisa le acariciaba la piel. Esto es, pensaba él, esto tiene que ser.

Su rostro se contrajo en una mueca, como si se encontrase a punto de llorar. Berns se tapó la cara con las manos y aspiró el olor que las impregnaba. ¿Pero el oro?, preguntó una discreta voz en su interior, ¿no debería estar la ciudad hecha de oro, o por lo menos encontrarse forrada de oro? Entonces a Berns le vino a las mientes el templo del sol en Cuzco, una de las edificaciones más sagradas de los incas. Estaba igualmente construido en granito; el oro apenas había supuesto un revestimiento exterior. Y los revestimientos era factible desmontarlos en tiempos de zozobra, al objeto de esconderlos. Ese oro no podía estar lejos.

Berns bajó las manos y se detuvo en las líneas que recorrían sus palmas, en las ampollas y los arañazos. A lo largo de su vida había visto su buena ración de ruinas toscas y de escasa significación, las suficientes para alcanzar a calibrar lo que se ventilaba en ese hallazgo —o al menos debería ventilarse—. Algo se relajó dentro de él, haciéndole comprender: había encontrado la ciudad perdida de los incas.

Berns se apoyó en una pared, y respiró profundamente. Entonces asintió, con marcada serenidad, como si le hubiesen sacado a bailar y no dominase los pasos. Con inmensa calma se despojó de las botas, se tomó su tiempo para plegar los desgastados calcetines y se remangó finalmente las perneras de los pantalones. La roca cálida bajo sus pies parecía vibrar. A partir de este momento somos una sola cosa, yo y esta ciudad, yo y mi descubrimiento. Le entraron ganas de sobetear cada uno de los bloques de granito; estaba ansioso por ver y comprender.

Medio desnudo como estaba, se puso a correr gritando como un descosido, soltando bramidos, subiendo y bajando a la carrera, como un loco, las escaleras; arrojaba a Asistente al aire para volver a atraparlo, arrancaba orquídeas de los muros y se trababa las flores en el pelo, ejecutaba danzas improvisadas sobre las altiplanicies, aullaba poseído; hasta que vio a un roedor que huía aterrorizado. Entonces se quedó quieto, sin aliento, en un peldaño. No podía dejar de reír, hacía una pausa y le entraban más risotadas, era un mar de lágrimas y también y a la par de sudor, una confusión bulliciosa, como se entremezclaban en él sueño y realidad, pues ¿quién no enloquecería en ese trance?

Berns recordó la muerte de su padre, el frío padecido en Dültgensthal, el humo de la pólvora en Callao, cuantas vicisitudes le hubiera tocado experimentar en el pasado, y sintió que el resultado estaba bien. Le había conducido al sitio en el que se encontraba. ¿Y dónde, por cierto, se encontraba? Aún restaba tanto por despejar, por recorrer, por explorar... Berns regresó a la cueva y recuperó el machete.

***

Las proporciones de la ciudad eran abrumadoras e increíbles. Cuanto más alto se encaramaban Berns y Asistente circulando por su emplazamiento, más muros, proyecciones de pared y frontones se asomaban a través del follaje. Asistente abría la marcha, Berns lo seguía, también él más tiempo a cuatro patas que avanzando erguido. Era como si se sintiera obligado a constatar que la ciudad y sus contornos eran completamente reales. Esta vez no quería dejar nada sin inspeccionar, ninguna hornacina, ninguna bifurcación, ni la más leve desigualdad que evidenciara la piedra.

Este era su gran descubrimiento, el que se proponía estudiar con más ahínco, y conocer mejor que ninguna ciudad en la que jamás hubiera estado. Cuantos libros había leído sobre el Perú estaban ya obsoletos. Esto de aquí era *su propia* vocación existencial. No se trataba solo de que fuera mérito suyo el hallazgo de esta ciudad, sino también de que sabía en qué se cifraba su significado. Ello le situaba aparte de los historiadores, que casi nunca eran capaces de hallar nada, y también de los descubridores, que rara vez eran capaces de aquilatar las dimensiones de lo hallado.

No, pensó Berns, esta ciudad me pertenece, junto con toda su historia y todo su oro. Cada piedra y cada hornacina lo colmaban de entusiasmo y de amor. Pronto le tocaría ponerse a consignar detalles y pasarlos a limpio, porque si no lo hacía, la cabeza le acabaría estallando del esfuerzo de retener tantos prodigios.

¿Qué volumen de euforia es capaz de resistir un hombre? Para lidiar con su condición, Berns cerraba los ojos cada dos por tres, o se concentraba en una porción de musgo o de liquen, porque de otro modo se sumiría en el descontrol. Su pretensión había sido formularse un plan, adoptar un rumbo y seguirlo; pero en cuanto daba unos meros pasos se sentía compelido a entrar en las casas, los callejones sin salida y los patios. En una de las casas se encontró con dos piletas circulares, excavadas en el suelo. El agua de la lluvia se había acumulado en ellas y reflejaba el cielo. Contempló el reflejo de su rostro y dio un respingo: fue como si en ese preciso segundo alguien hubiera detectado su presencia y lo reconociera. A toda prisa introdujo la mano en el agua, para borrar la imagen.

¿Para qué se habrían utilizado estas balsas? Asistente saltaba en sus cercanías y trataba de alcanzar el agua. Todo el rato fue fijándose Berns en la presencia de ollaos y espitas de piedra; tanto asombro le causaban, que dedicó largo tiempo a recorrerlos cuidadosamente con los dedos, hasta que la piel se le agrietó y puso verde por el musgo. Por doquier había un chapaleo de agua procedente de canales y regueras; rodeaba escaleras, renovaba el contenido de estanques, desaparecía en la piedra, apenas para reaparecer tras doblar uno la siguiente esquina y tropezarse con una fuente más. Berns recordó lo orgullosos que se habían sentido Singer y él de su sistema de circulación del agua junto al río Máquina y no pudo evitar sentirse avergonzado. ¿Y era él, el ingeniero? Aquí en estas alturas, y por primera vez, había conocido a sus maestros, y obtenido pruebas de sus titánicos logros.

***

En el centro de la ruina se ubicaba una cantera. Cubos de granito del tamaño de un hombre yacían ahí en generosa profusión, como si quisiesen sugerir que quienes los labraron habían tenido que emprender la huida en mitad de la faena. Berns se puso a pensar en qué fecha pudo la ciudad ser abandonada. Paseó alrededor de los cubos, admirando sus bordes, sus superficies y relieves.

Tras echar una mirada al sol, Berns constató que no le restaba apenas tiempo antes de que la ciudad quedase a oscuras. Le tocaba pasar la noche en la montaña. Entonces hizo mella en él un pensamiento: si algo me acaece aquí arriba, nadie tendrá la menor noticia de lo que he descubierto. Y jamás llegará nadie a ver el oro, que debería de hallarse oculto bajo las piedras de la ciudad. Él, Berns, había localizado la ciudad perdida de los incas, y solamente él era digno de todas sus riquezas. Si cabe describir y explicar esta ciudad, tendrá que correr de mi cuenta, y de ninguna otra persona, fue lo que se le ocurrió. Su oro será mi recompensa, es justo y necesario.

Entretanto, los pies descalzos habían de buscar mejor apoyo, mientras las manos se empeñaban en asir a conciencia la cubierta vegetal del muro. Bastaba apartar la vista apenas un instante, y la neblina podría hacer que cuanto tenía delante desapareciese. Apenas un instante, y se habrían volatizado el bosque, los frontones y los cubos de granito que acababa uno de contemplar. En ese caso, la única esperanza consistía en aguardar al siguiente golpe de viento, que desbriznase la neblina y terminase por disolverla.

Ahora se daban esas circunstancias. La niebla que poco antes había envuelto con sus ráfagas a Berns y la cantera, encapotaba ahora la aguja de granito que señalizaba el final de la cresta. Berns, que no quería conceder ni un minuto a la ociosidad, se apartó de los cubos y llamó a Asistente. Avanzaron por un camino sembrado de hojas secas y madera hecha astillas, que conducía a una pequeña elevación del terreno. Incluso desde abajo era posible reconocer las copas de algunos árboles si uno enfilaba directamente hacia ellos, no había modo de desviarse del citado alcor.

Poco antes de llegar a esos árboles, Berns rozó sin querer con el hombro desnudo una pared. Se fijó en el lugar con el que había impactado y tuvo que hacer un alto, sorprendido. Los cubos configuraban un sistema dotado de un geometrismo abstracto, de una precisión sobrehumana y hondo diseño artístico. Extrajo Berns el poncho de Singer de la mochila, y con él limpió cuidadosamente la superficie del muro. Cuando hubo enlucido una superficie suficientemente grande, se sentó a contemplarla. La desesperación hizo presa de él. ¿Quién iba a otorgarle crédito si informaba de que había encontrado una ciudad cuyos edificios eran más majestuosos y elaborados que los de Cuzco? ¿Quién se aprestaría a seguirle y podría realmente comprender lo que los incas habían conseguido?

La ciudad perdida de los incas había sido considerada una leyenda, un mito. Ahora que Berns la tenía desplegada ante sí, no se le hacía mucho más real; sus muros y sus construcciones resultaban tan inverosímiles y legendarios como la propia historia de El Dorado.

Abrumado por tantas impresiones, se resolvió Berns finalmente a continuar; no tardó en hallarse al pie de aquellos árboles que advirtiera ya desde abajo. Apoyándose contra el tronco delgado de un caobo, fijó la vista sobre esa especie de pequeña plaza, abrumado por un respeto reverencial. Tres edificaciones conformaban una herradura; todas ellas tenían únicamente tres muros, con lo que sus interiores resultaban visibles desde la propia plaza. Los bloques ciclópeos con los que estaban levantadas pesarían varias toneladas cada uno.

En la pared del fondo del edificio central estaba dispuesto un altar, de formas regulares y cuya altura le llegaba a la rodilla. Ocupaba todo ese paño longitudinal; el modo en que pudieran haberlo acarreado intacto hasta allí era un misterio. Paseó Berns una mirada indecisa por el suelo, recorriendo la hojarasca y la arenilla suelta. ¿Qué podría haber debajo? A modo de tanteo hurgó con el dedo gordo del pie en la arena. Asistente ladraba bullicioso y se puso también a arañar el subsuelo.

En una pared del templo que estaba situado al lado había tres enormes vanos de ventanas. Esto hizo cavilar a Berns. Al cabo de un momento recordó algo que había leído hacía mucho: el primer Inca, Manco Cápac, se supone que había llegado al mundo tras salir de una cueva. Tal cueva, que se llamaba Pacaritambo, había dispuesto de tres aperturas, y Manco Cápac había salido por la de en medio.

Los incas habían llegado cientos de años atrás a la sierra procedentes de la selva. El lugar que simbolizaba sus orígenes lo habían transformado en un lugar sagrado, apartado y misterioso. Berns desfiló, con toda la gravedad que le permitieron su condición descalza y su agotamiento, hacia los ventanales, y miró al otro lado. Proporcionaban una vista del Urubamba, y la ventana central encuadraba con toda exactitud el recodo del río en el que había él emplazado el aserradero. Berns y Singer habían estado como quien dice a un tiro de piedra, o al alcance de la vista, de la ciudad perdida, y a menos de un día de marcha de distancia.

A Berns le entró una risa floja. Apartó la mirada y se detuvo en la niebla, que barría ahora el espacio de la plaza. Allí, junto al último filamento blanquecino poco antes de la pendiente, detectó una silueta humana.

—¿Hola? —exclamó Berns, al principio con reticencia y voz casi inaudible, después subiendo el volumen, adquiriendo un tono más firme, mientras se valía del español y el quechua. Asistente colaboraba con gañidos. Pero se disipó la ráfaga de niebla y Berns se percató de que no se trataba de un hombre, sino de una estatua. Descansaba sobre una pequeña plataforma, que sobresalía de la pendiente occidental. De tamaño más grande que la vida, con los brazos pegados al cuerpo, le daba la espalda a Berns. Las pulsaciones se le desaceleraron algo, cuando comprobó su error.

Entonces el sol volvió a emerger por el oeste, y lo cegó. Tapándose la cabeza con el brazo derecho, y Asistente pegado a sus talones, Berns caminó hasta la estatua y se subió a la plataforma. Apenas se atrevía a mirar hacia arriba. Solo cuando estuvo justo enfrente de la misma, alzó la vista y se detuvo a contemplarla. Tenía ante sus ojos al Inca, al dios del sol hecho hombre, esculpido en piedra. Con fuerza mucho mayor que ante cualquier cruz, ante cualquier altar, a Berns le sobrevino un impulso de arrojarse a sus pies, de adoptar una postura de máxima humildad, y no cejar en la misma hasta que se le ordenara volver a levantarse. Sin embargo, ¿qué podría ver una persona que permaneciese tirada en el polvo? Así que Berns optó por arrodillarse, quitándose el sombrero con unción. Los goterones de sudor le salían de los ojos, pero no se atrevía ni tan siquiera a pestañear.

De manera harto distinta a Jesucristo, este dios salía al paso del observador como rey combativo y señor de la guerra. Sobre la cabeza llevaba el llautu de los incas, ese turbante adornado con tres plumas de carancho. En sus manos blandía un hacha de guerra y un escudo, en el que aparecía grabado el símbolo del sol. El ropaje del Inca caía en pliegues suavemente curvados; el pesado collar, que lucía el emblema real, sobresalía con claridad, lo mismo que los lóbulos de las orejas, que se veían estiradas por pesados anillos. Lo más hermoso, con todo, eran los ojos, que miraban con determinación en dirección a la sierra, así como la delicada sonrisa que se insinuaba en las comisuras de los labios. El conjunto de su rostro sugería unas facciones blandas y orgánicas, como si formasen parte de un cuerpo vivo y cálido, exento de la frialdad de la piedra.

Berns se quedó largo rato contemplando al Inca, antes de atreverse a sacar su cuaderno de anotaciones. Llenó una página tras otra de dibujos. Pero parecía cosa de brujería: ni uno solo de sus croquis era capaz de reproducir la sonrisa insondable del Inca. No podía retratarla, porque no la comprendía. Cuando fue consciente de que les estaba prohibido a los mortales mirarle al Inca directamente a la cara, bajó la vista hasta el pedestal sobre el que se erguía el dios del sol.

Los últimos rayos de sol cayeron sobre los cubos. En sus intersticios se percibía algo brillante, así que Berns se arrastró hasta ellos y los examinó. Lo que ahí relucía eran partículas de oro puro. Seguramente el Inca tuvo que estar en tiempos envuelto en oro y joyas. ¿Qué había pasado con él y con su ciudad?

***

Según crecía la oscuridad, decidió Berns abandonar la estatua para intentar regresar, volviendo a bajar por el camino que había utilizado en la ida. La cueva que está bajo la torre, pensó, me dará suficiente cobijo ante el frío y la humedad de la noche. Solo ahora cayó en la cuenta de que estaba prácticamente desnudo: el torso lo tenía quemado por el sol, los pies llenos de grietas y ampollas, mientras la camisa y el pantalón eran apenas unos harapos, que le colgaban malamente del cuerpo.

No logró encontrar otra vez la torre, de manera que a Berns no le quedó mejor alternativa que abrirse con el machete una vereda a través de la espesura en las proximidades de los templos. Al cabo de un rato volvió a toparse con la gran escalera. A un lado había una balsa con altas paredes de piedra, que se veía alimentada por una reguera en su parte superior. Como el desagüe estaba atascado con guijarros y hojas, se había llenado hasta la mitad. Berns metió la mano dentro; el agua estaba helada. Se acordó de los manantiales calientes que había detrás de la serrería. Pero como tenía la piel cubierta de una costra de polvo y sudor, y además le dolían las quemaduras del sol, optó por desnudarse e introducirse en el estanque.

Berns puso la cabeza debajo del chorro y dejó que el agua le corriese por la cara, mientras resoplaba. Desde la balsa podía ver las verdes colinas a orillas del Urubamba; en la ladera que tenía inmediatamente enfrente pudo advertir una línea vertical que discurría con total rectitud. La escalera, pensó. Era la escalera que aquel día había descubierto en compañía de Singer y Melchor Arteaga. Estos incas eran unos tipos de cuidado: ¿cómo es que se podía ver la escalera desde la ciudad, aunque no la ciudad desde la escalera?

No era de extrañar que esta ciudad les hubiera permanecido oculta a los españoles, siguió cavilando Berns. Levantada en la zona más inaccesible de los Andes, rodeada de vertientes rocosas gigantescas, invisible desde la parte inferior y toda ella un disparate tal que no había quien se la imaginase. Quizás era esto lo que fundamentaba su esencia: su carácter de inimaginable. La consigna había sido escoger la ubicación más imposible y luego arrostrar las penalidades más agudas, con la intención de desbrozar, despejar y aplanar el terreno, a fin de establecer en su solar un emplazamiento urbano apto para sobrepasar en belleza cuantas maravillas ofreciera el continente a la admiración del viajero.

Una vez que el agua fría le hubiese anestesiado la piel, Berns salió del baño y se secó más mal que bien con el poncho de lana de Singer. Se vistió y partió a la carrera. La luz menguaba por minutos, y lo que al principio había tomado por el lubricán era, en realidad, una tormenta que se le echaba encima.

Empezaba a llover cuando Berns encontró al fin donde pasar la noche. En mitad de una congregación de casas se elevaban dos escarpados peñascos que se asemejaban a las alas de un cóndor. Bajo esos peñascos existía una cueva baja, que serviría como alojamiento. Berns encajó el poncho de Singer bajo la roca, después le asignó a Asistente su sitio y finalmente reptó a su interior. Los primeros relámpagos centelleaban ya en el cielo. Abrazando las rodillas para acercar las piernas al cuerpo, Berns se envolvió en el poncho y se dispuso a escuchar el fragor de los truenos. No tardó en quedarse dormido, cayendo en un sueño tan profundo, que ni siquiera un rayo que hizo impacto cerca de él logró despertarlo.

***

Dos horas para recorrer el camino hasta abajo, eso era lo mismo que nada. El Urubamba amanecía crecido tras la tormenta nocturna, pero los troncos de árbol sobre las rocas de la corriente no se los había llevado.

Berns se puso a pensar sobre adónde dirigirse a continuación. En el aserradero había herramientas y material, pero ni rastro de alimentos. En Mandor encontraría alimentos y compañía humana, aunque nada llevaba consigo que le sirviera como instrumento de pago o trueque. Al final se decidió por el asentamiento. Confiaba en que los indios aún lo vieran como su empleador. En justicia deberían darle lo que les pidiera, toda vez que les había pagado por adelantado.

Poco antes de llegar a Mandor, Berns se fijó en una persona, caminando a varios cientos de pies por su mismo camino, en dirección al poblado. La silueta se detenía de tanto en cuanto, se tocaba la cara, luego reanudaba la marcha. Asistente soltó un ladrido a medias, luego salió disparado en su busca. Berns tuvo que gritarle un saludo, para ponerse a correr detrás del perro. ¡Un ser humano, nada menos! Se le antojaba que hacía una eternidad que estaba solo.

Dos hombres bajo la lluvia, el uno exhausto, el otro atónito. Se abrazaron con entusiasmo.

Como salió a relucir, una de las correas del aserradero se partió, al poco de la partida de Berns, hiriendo a Singer de tal gravedad en la cabeza y la clavícula, que no tuvo más remedio que refugiarse en Mandor y someterse a los cuidados de una anciana india. Cuando Berns le preguntó por el paradero de los Arteaga, Singer le contestó que la pareja no había vuelto a aparecer. Que por qué le interesaba, quiso saber. Berns declinó con la mano.

Cuando Singer se enteró de que el contrato estaba disuelto, empalideció hasta tal punto, que incluso la herida que tenía en la sien adquirió un grado más de lividez. Se sentó sobre una piedra al borde del camino y reclinó la cabeza entre los antebrazos. Solo cuando Berns le puso sus dibujos de la estatua ante los ojos alzó la mirada con algo de curiosidad. Y Berns le contó.

En el transcurso de unos pocos días acumularon provisiones y extrajeron de la serrería dos lámparas, así como palas, hachas, machetes, sogas, azadas, sierras, mantas, palanquetas y una tienda de campaña. Tuvieron que realizar dos viajes por la pendiente, hasta tener todo el equipamiento en el collado. Berns experimentaba regocijo, al guiar a su compañero hasta el espolón rocoso e ir observando cómo mudaba el rostro; un rostro que, a no dudar, proclamaba: Berns ha enloquecido, cree haber descubierto la ciudad perdida de los incas, cuando lo único que nos espera más adelante es el despeñadero siguiente, ¡y que Dios nos asista!

Pero llegaron entonces las terrazas, el bosquecillo, la escalera y la ciudad. Singer, que había dejado de creer en todo, se puso de rodillas y se santiguó. Ante él se presentaba un milagro, nada más y nada menos, y los milagros siempre comportaban algo divino, incluso aunque hubiese que retrotraerlos hasta un puñado de paganos. A todo esto, Berns iba conduciendo a Singer con tanto orgullo y aplomo, que parecía que fuese *él* quien hubiera construido la ciudad, como si hubiese sido *él* el responsable del conjunto de artificios y refinamientos en los que consistía el prodigio.

Le mostró a Singer la piedra en el centro de la torre, sobre la que se había acostado; le condujo escaleras arriba y luego otra vez escaleras abajo, y cuando a Singer le empezó a faltar el aire, lo introdujo en la balsa en la que también él se había dado un baño. Aquí le dio a Berns por declarar que todo esto, esta ciudad, constituían en cierta medida la obra de su vida. Ahora que la había descubierto, quería explorarla y escudriñarla a fondo. Solo a partir de tal logro empezarían a hacerse ricos con ello. ¿Era él, Singer, capaz de entenderlo?

Singer, que permanecía aterido en el agua fría, dijo:

—Necesitamos oro, para poder seguir buscando oro. Únicamente el oro nos permitirá comprar nuevas provisiones, mejor equipamiento y la ayuda de trabajadores contratados. Esto es lo que *yo* soy capaz de entender.

Una vez hubo salido del estanque, y tras haberse secado, se dirigieron hacia la parte alta. Aunque Berns hubiera encontrado el camino hacia allí con la seguridad de un sonámbulo la primera vez, ahora todo se le trocaba en incertidumbre. No hacía más que mirar en derredor suyo con creciente irritación. El caso es que estos eran los templos, entre los cuales había estado situada la pequeña plaza en la que él había estado, ¿acaso no era así? Aquí crecía el esbelto caobo contra el que se había apoyado... Pero había algo que no encajaba en absoluto, que no era igual. Singer corrió hacia las tres ventanas abiertas en la pared, inspeccionó la piedra del altar longitudinal, analizó los muros y soltaba carcajadas como si no estuviera en sus cabales. Berns, en cambio, mantenía la mirada fija en la pequeña plataforma que, al otro lado de la plaza, sobresalía sobre la pendiente.

Estaba vacía.

—Singer —dijo Berns, pero Singer no escuchaba, se hallaba ocupado arrancando un arbusto, al objeto de analizar los cimientos del muro exterior.

Cabía la posibilidad de que todo fuera completamente diferente, tal vez había llevado a Singer a un lugar distinto, era posible que existiesen cientos de emplazamientos que fuesen prácticamente iguales y uno pudiera confundirlos... Pero entonces Berns se situó sobre la plataforma, reconoció el muro bajo en el que se había sentado a dibujar y hubo de concluir, sin la menor vacilación, que se trataba de la base de la estatua.

Singer se encogió de hombros, cuando Berns tiró de él para llevarlo hasta la plataforma y le preguntó qué veía —nada, correcto— y si sabía lo que ello significaba. Significaba, para su información, que no estaban solos.

—Lucho Arteaga —dijo Berns. Ahora tenía claro adónde habían ido los Arteaga cuando desaparecieron. Al final iba a resultar que ambos, Singer y él, estaban siendo vigilados, ¡en ese preciso instante! Berns percibió que estaban en peligro.

—*Easy* —dijo Singer—. Ahora nos vamos a organizar primeramente un campamento, que ya más tarde nos ocuparemos de las visitas. Si Arteaga hubiese querido eliminarte de esta montaña, lo habría hecho hace bastante tiempo.

Trató Berns de convencerse de que Singer llevaba razón. Aunque la sensación de que no estaban solos se acrecentó con cada hora que pasaba. Por eso procuraba tener a Asistente siempre bien cerca.

Singer y Berns eligieron una de las casas desde la que había una buena vista panorámica, talaron árboles pequeños y colocaron sus troncos de tal manera sobre los salientes de los frontones, que pudieran ir colocando encima la lona de la tienda y gavillas de bambú en capas superpuestas. Nada más completar el tejado, trajeron el resto del equipamiento, que habían dejado junto al espolón rocoso. Sobre el vano de la entrada colgaron una manta de tejido grueso, que serviría para impedir que entrasen la neblina y cualquier clase de animales. Finalmente se sentaron a descansar sobre el murete que, delimitando una terraza, discurría hacia su casa, y se pusieron a comer plátanos.

Cuando Singer se interesó por cómo eran las sensaciones que tenía, Berns no acabó de comprender a qué se refería su amigo. No dejaba de darle vueltas a la estatua desaparecida. En cualquier caso, se quiso tranquilizar, Singer y él disponían de escopetas y machetes. A Berns ya no le quedaba duda alguna de que los Arteaga no andaban lejos, y de que eran ellos quienes se habían llevado la estatua. ¿Adónde, no obstante, y por qué?

Solo cuando Singer le dio una palmada en la espalda diciéndole que había logrado culminar aquello de lo que llevaba años hablando —no, antes bien dedicándole monólogos, disparates y delirios—, esto es, encontrar la ciudad perdida de los incas, se avino Berns a levantar la mirada de su cáscara de plátano. ¿Cómo, por tanto, se sentía uno, repitió Singer, tras haber alcanzado dicha meta? En su fuero interno, él se felicitaba por haber soportado tantísimo tiempo al lado de Berns. Esos años acumulados habían compensado al fin. ¡Ojalá Berns no consumiera demasiado tiempo con sus croquis y sus libretas de anotaciones, ojalá pudieran ponerse pronto a excavar!

Devastado, sintió ganas de responder Berns, pero reprimió ese juicio. Aunque no se le ocurría otra contestación. ¿Euforia? No sabría qué decir. Mejor era centrarse en considerar los pasos que vinieran a continuación.

—Nunca dudé seriamente de que conseguiría mi propósito —dijo finalmente, y se detuvo en el ojo verde de Singer. Por motivos inescrutables le había gustado siempre más el verde que el castaño.

—¿Así es como es? —dijo Singer con sequedad—. En tal caso, deberíamos reflexionar sobre cómo reanudar nuestro trabajo. Tenemos una ruina de proporciones gigantescas, con abundante selva que la cubre. Nosotros dos poco podemos hacer para enfrentarnos solos a tanto bosque. Enrolemos a gente que, a cambio de una modesta participación, se dediquen a serrar, desbrozar y cavar. Cuantas más cosas de valor encuentren, más podría pagárseles. El estímulo es evidente. El botín que obtengamos lo vamos almacenando en Ollantaytambo, antes de que regresemos a Cuzco en un convoy.

—Estos nos despacharían en menos tiempo de lo que tardásemos en decir *No, por favor*. ¿Qué habría de impedírselo? Más tarde dirían que nos hemos despeñado. Nada sería más fácil para ellos.

—Dos pares de manos, dos palas y dos machetes. ¿Adónde vamos con esto?

—Al menos déjanos intentarlo. Analizamos la ruina, dejamos constancia de lo que vamos encontrando. Elaboramos croquis, planificamos acciones. Después excavamos todo cuando esté a nuestro alcance por nosotros mismos. Todo el volumen de oro que entre los dos podamos llevarnos. Nos pertenece, Singer. ¿Por qué compartirlo?

Singer arrojó la cáscara de plátano a la terraza que había por debajo de la casa. Luchó consigo mismo, y suspiró.

—De acuerdo. Quizás valga la pena hacer un intento. ¿Cómo has pensado proceder?

—La primera tarea será escalar una de las dos agujas de granito que delimitan la ciudad. Desde allí podremos formarnos una idea mejor del conjunto.

Singer soltó un gemido, cuando escuchó esto. ¡Escalar, escalar! Ya no soportaba más escuchar esa palabra; esto de las montañas era una cruz. En cualquier caso, no deberían perder tiempo. Las provisiones eran limitadas.

Berns se quedó largo rato despierto esa noche; pensar en la estatua y en los Arteaga le tenía el alma en vilo. Ante el mínimo ruido se erguía sobresaltado, esperando ver a alguien entrar en el campamento; aunque en cada ocasión era algo trivial: el viento, o un roedor que pasaba corriendo. Asistente percibía su inquietud y se mantenía pegado a él. Juntos permanecieron en vela hasta la llegada del alba.

***

Berns y Singer optaron decididamente por la montaña que remataba la cresta en su lado sur. Tras afilar los machetes, atravesaron el laberíntico carrizal; cada poco tenían que detenerse para descansar o porque habían percibido algo inusual.

Llevaban su buena hora de camino, cuando dieron con una escalera que conducía a un portón. Un sólido bloque de granito constituía el dintel. Los conos de piedra a los lados revelaban que esta puerta tenía que haber comportado la posibilidad de ser cerrada a cal y canto.

—La entrada a la ciudad —dijo Berns, y se situó debajo del bloque de granito. En sentido lateral ni siquiera había espacio suficiente para extender ambos brazos. Mucho tráfico no había podido haber. Berns se dio cuenta de que el portón se orientaba como un marco perfecto cuyo objetivo era centrar la montaña situada en el extremo norte. También Singer lo había notado, a lo que añadió que había mucho que hacer en aquel terreno. ¿De verdad habían renunciado a traerse a los indios de Mandor a estas alturas?

Pero Berns seguía empeñado en su negativa. De forma regular iba mirando atrás por encima del hombro, para comprobar si alguien los seguía. Aunque reinaba una quietud absoluta, y ni siquiera las copas de bambú se mecían en el viento.

No tardaron Berns y Singer en detectar un camino que les invitaba a seguirlo. En la pendiente hallaron esculpido un nuevo tramo de escaleras, cuyos peldaños apenas tenían la longitud del brazo de un niño, y una anchura mínima, la justa para apoyar en ellos la punta del pie.

Según iban ascendiendo, el aire se enrarecía cada vez más, y el corazón latía con mayor rapidez. Singer necesitaba buscar puntos de apoyo en la ladera cada poco. Aunque aseguraba no tener problemas y que la herida de la cabeza estaba curada por completo, su estado no dejaba de inquietar a Berns.

Cuando por fin no se veía ya continuación a la escalera, ningún peldaño que mostrara sentido ascendente, Berns y Singer se sentaron en una de las piedras de la cumbre, y dejaron que las piernas les colgaran. Desde esta altitud se podía comprobar que la ciudad estaba circundada por dos muros defensivos; inmediatamente tras ellos venían las terrazas, hasta llegar a un punto en el que el precipicio se tornaba prácticamente vertical. Singer cerró los ojos, pues estaba agotado; Berns no pudo aguantarse el impulso de mirar hacia abajo, en dirección al bosque, del que brotaban los frontones y los muros. Era *su* ciudad... Reconoció la escalera, recubierta de una tupida vegetación, podía incluso identificar el lugar en el que debía de hallarse la torre. Y según se encontraba allí sentado, la frondosidad de la selva desapareció de súbito en un torbellino de imágenes caleidoscópicamente fragmentadas. En lugar de las ruinas, lo que apreciaba ahora, emergiendo del bosque, eran muros de granito revestidos con paneles de oro, así como techumbres cubiertas de paja, pero de una paja labrada en oro puro.

Una procesión de sacerdotes vestidos con túnicas rojas subía las escaleras hacia el templo, que —Berns lo discernía ahora con toda claridad— era un conjunto de placas de oro en las que había piedras preciosas engastadas. Dorado era también el fulgor de las vasijas y de los ídolos que los sacerdotes llevaban hacia el altar... Y sobre la plataforma no había estatua alguna, sino que estaba el Inca, el dios del sol en carne y hueso. Mantenía los brazos, que llevaba profusamente engalanados con oro, completamente extendidos, como si quisiese rodear a su reino en un solo abrazo. Dondequiera que ahora dirigiese Berns la vista, solo veía casas en perfecto estado, revestidas con planchas de oro que igualaban la estatura de un hombre. Las balaustradas, las fuentes, las hornacinas, las tazas, los platos, las jarras, cualquier objeto estaba hecho de oro macizo. Un grupo de doncellas vestidas de blanco portaba un escudo de oro hasta la pequeña zona elevada; ahí debería de existir un cierto tipo de meseta, que Berns no lograba identificar, ya que la cima del montículo estaba cubierta por entero por una capa de figurillas y estatuillas fabricadas en oro.

Salió de nuevo el sol detrás de una ráfaga de niebla, el Inca alzó los brazos y la ciudad se bañó de luz, transformada toda ella en brillo resplandeciente, hasta que el resplandor hubo de apagarse.

Un instante después, la ciudad volvió a estar cubierta de espesa selva, y de los templos ya nada se veía. Berns suspiró, y apartó la mirada.

—¿Qué ocurre? —preguntó Singer.

Berns no supo qué contestar de entrada. Entonces dijo que le entraba el vértigo al pensar en la grandiosidad de la visión que había inspirado a los constructores de esta ciudad.

Singer asintió: una visión era lo que habían tenido. Pero subsistía una pregunta mucho más importante:

—Si esto de aquí es El Dorado, ¿dónde narices está el oro?

***

A la mañana siguiente, Singer propuso que, como primera iniciativa, investigasen el subsuelo de la plaza del templo. Berns comprendió que el oro les compraría más tiempo en la montaña, de modo que se mostró de acuerdo. Para empezar, había que eliminar la mayor cantidad posible de madera y matorrales. Prendieron fuego a los carrizales y apartaron los desechos sobrantes; incluso el pequeño caobo hubo de desaparecer. Cuando tuvieron el suelo despejado a su disposición, Berns y Singer empuñaron sus palanquetas y atacaron la tierra. Con el transcurso de los años se había hecho fuerte en ella una gruesa capa de raíces, lo que hizo que sus herramientas fuesen, de momento, de limitada eficacia. Solo cuando los hombres pusieron todo su ahínco en el esfuerzo, tirando de ellas hacia uno y otro lado, lograron que los rizomas cedieran algo permitiéndoles profundizar, dando algo más de juego a las palancas de mano. Sin embargo, cuando Singer ya estaba pensando en tomarse el primer descanso, las barras de hierro que tenían introducidas en la tierra dieron en partirse con un ruidoso chasquido.

Berns arrancó el extremo de su palanqueta del suelo y lo lanzó describiendo un elevado arco lejos de sí. Fuera de aquí, a por las azadas y las palas... Las horas se pasaban volando, si uno tenía suficiente que cavar. Cuando Singer dejó caer que la exploración de esta ruina era propiamente tarea para todo un regimiento militar, y que no estaba precisamente al alcance de dos hombres con azadas romas y las rodillas en carne viva, Berns se detuvo unos instantes y recuperó el aliento. La humedad existente, en combinación con la altitud, estaba siendo un calvario para él, y cuanto más se movía, más molestos se hacían sus efectos.

—¿Un regimiento militar? —repitió—. El ejército, si se presentase aquí, destrozaría sin vacilación cuanto hay alrededor, amén de embolsarse todo lo que de valor llegase a encontrar. A nosotros, Singer, apenas nos quedaría la mugre de debajo de las uñas.

—La ciudad es demasiado para nosotros dos —insistió Singer.

—Solamente es necesario saber dónde hay que cavar —pero Berns no llegó a terminar la frase que iba a decir, porque de pronto su azada restalló contra algo pétreo. Berns y Singer se dejaron caer sobre sus rodillas. Juntando sus esfuerzos lograron levantar la piedra y echarla a un lado. Debajo aparecía una segunda piedra, y a su alrededor cada vez más trozos del mismo material, que se distinguía con claridad de la mezcla de grava cuya consistencia habían aflojado. La totalidad del templo parecía descansar sobre un lecho de piedras dispuestas en forma de capas.

Berns y Singer habían casi alcanzado la pared de la ventana, cuando Berns se apoyó en su pala, contempló los pedazos de roca que había extraído ya del suelo y soltó una maldición. Pero Singer no se dejó distraer, sino que siguió cavando el tiempo necesario para llegar a los cimientos del muro exterior. Pero también allí no había sino piedras y canchal suelto. Ni una sola esquirla habían encontrado, ni una perla, ni un jarrón, ni siquiera el menor huesecillo. Fue entonces cuando Berns se arrancó el sombrero de un tirón.

—Aquí no hubo nunca nada en el suelo —dijo, y se puso a reír en su aturdimiento—. Nos hemos dejado llevar por una idea equivocada, Singer.

Se habían puesto a excavar en el recinto perteneciente al templo mayor y más suntuoso, lo cual era de una ingenuidad colosal. Si en lo sucesivo no querían llamarse a engaño, tenían que volverse más inteligentes, más circunspectos. Si los incas habían en verdad ocultado el oro de El Dorado, seguro que el emplazamiento elegido para ello no iba a ser el sitio más prominente de la ciudad.

Berns se encaramó a una de las paredes, para situarse justo encima del dintel de ventana más poderoso. La ciudad quedaba a sus pies; si el bosque no se hubiera expandido por ella, cada una de sus terrazas, cada una de sus casas, habrían estado accesibles a la vista y resultado transitables. Poco a poco se fue abriendo paso en él una sospecha. A cualquiera que se hubiese en un momento dado tropezado con la ciudad, lo primero que se le habría ocurrido era buscar junto a sus muros. ¿Qué pasaría si el oro no se hallaba escondido en su perímetro, sino en un lugar más recóndito y apartado? Si esta era la ciudad sagrada de los incas, el solar de su procedencia, la cueva de Pacaritambo tenía que andar también en las inmediaciones. Y las cuevas, normalmente, están en las laderas de las montañas.

***

Pasaron algunos días antes de que Berns hubiese logrado convencer a Singer de no seguir excavando el interior de la ciudad, sino en la pendiente de la montaña, en concreto en la vertiente norte.

—Si no lo entiendo mal —dijo Singer—, dices que has encontrado El Dorado, o algo que tomas por El Dorado, y aun así te propones ir a buscar el oro en otra parte.

Pero para entonces ya se habían puesto en marcha; y Singer sabía bien que no tenía el menor sentido tratar de apartar a Berns del plan que había concebido.

—La montaña pertenece a la ciudad —respondió Berns—. Probablemente la segunda no existiría sin la primera.

Cómo, de lo contrario, podía uno explicarse que hubiera tantos vanos de puertas y ventanas orientados precisamente hacia esta misma montaña? Si existía en este paraje una cueva en la que los incas hubieran escondido su oro, no cabía pensar en otro emplazamiento.

Al pie de la montaña había una meseta sobre la que habían levantado una losa de roca alta y delgada. Berns no hacía sino dar vueltas en torno a la misma, se subía a un saledizo, la escudriñaba desde todos los ángulos y había dejado de prestarle atención a Singer, que dejó caer el equipo a un lado y no dejó de comentar que el tiempo se les estaba escapando. Apenas les quedaba comida para una semana más, y a los indios de Mandor iba a ser imposible ya sacarles...

—¡Chitón! —dijo Berns—. ¡Los incas nos están hablando! Únicamente hay que prestarles atención, para que nos cuenten muchas más cosas de las que podríamos preguntarles.

Bajó de un salto adonde estaba Singer, lo agarró del brazo y tiró de él para apartarlo un poco de la losa. Dibujó en el aire su contorno y señaló acto seguido a la cadena montañosa que se recortaba al fondo. También Singer lo advirtió ahora: la losa de roca recreaba en su disposición y forma el panorama montañoso.

Esta vez se había propuesto Berns no dejarse engañar por ninguna pista falsa. Si la montaña protegía la ciudad, entonces también tenía que vigilar su oro. Esto se le antojaba a Berns indiscutible. Ahora bien, la montaña era muy grande y sus laderas tan empinadas como el ascenso desde el valle fluvial hasta los altos de la ciudad. ¿Dónde empezarían la búsqueda?

Singer, que había dormido como un tronco y al que no le perturbaba limitar su dieta a la harina de maíz y las patatas secas, ya había puesto manos a la obra para establecer una ruta de escalada. Con ágiles tajos de machete limpió los matorrales de bambú, bajo los cuales asomó un rellano de escalera.

—¡Ahí está, lo logré! —exclamó Singer. ¡Que no le dijeran después que no había hecho una aportación relevante! Unos peldaños diminutos conducían pendiente arriba.

Habían ya subido la mitad del trecho, cuando Berns se detuvo y dijo que necesitaba un descanso. Y ciertamente: el sudor le caía a chorros de la frente, y el cuello le brillaba enrojecido a causa del esfuerzo. Pero no era la ascensión la que le perturbaba el ánimo. Independientemente de lo mucho que hubiesen avanzado, o de la precisión con que los escalones hubieran sido cincelados en la roca, no podía librarse de la sensación de que Singer y él estaban una vez más adoptando un rumbo equivocado.

¿Quién iba a construir una escalera que condujese a un escondrijo cuya localización debía ser secreta? A Berns le dio por pensar: si esa era la idea, ya podían los incas haber pintado una gigantesca cruz sobre la montaña, con las palabras correspondientes en quechua que dijeran *Excavar aquí*. A todo esto, Singer ya había desaparecido tras la siguiente curva. En sus adentros, Berns se preguntaba cuánto tiempo adicional continuaría Singer a su lado, si tardaban mucho más en encontrar algo de interés.

Los accidentes suceden cuando uno anda despistado. Y cavilar sobre los amigos, cuando en realidad uno debería colocar los pies con cuidado en peldaños estrechos, mientras se agarraba a las raíces, significaba distraerse. Berns resbaló al pisar un matojo de hierba, arrancó en su caída una bromelia de la roca y aterrizó finalmente sobre el esqueleto de un arbusto seco. Ahora sí que se encontraba lejos del camino que Singer estaba siguiendo. Cuando alzó la mirada, vislumbró una vereda que descendía por el flanco de la montaña; unos cuantos fragmentos de roca la habían mantenido abierta.

Berns sacudió a modo de prueba la cabeza, intentó ponerse en pie y se palpó en busca de lesiones. Aparte de unos cuantos arañazos, no le había ocurrido nada. ¡Vaya, ahora le daba una voz Singer! Por el modo en que sonaba su voz, probablemente suponía que yacía en algún lugar escarpado, con el cuerpo destrozado y transformado en tentación alimenticia para los cóndores que flotaban en el cañón, mientras se dejaban llevar por las corrientes de aire ascendentes. Berns le gritó que había encontrado algo, que no estaba seguro, pero que la sensación que le daba…

—¿Un qué? —chilló Singer. El musgo húmedo era un aislante que se tragaba casi cualquier sonido.

—¡La sensación! —vociferó en respuesta Berns. Le daba el pálpito de que podía haber algo, y si Singer no se daba prisa en bajar hasta donde estaba, entonces…

Singer, una vez reunido con él, solo era capaz de reconocer una formación rocosa por entero natural. Berns, en cambio, veía más cosas en ella: las toscas rocas sin labrar trazaban una clara línea por el lado posterior de la montaña, siempre en sentido descendente, acaso hasta llegar bastante más abajo del collado sobre el que se levantaba la ciudad. Naturalmente, tenía que ser Singer quien justo ahora se empeñara en proseguir por el camino iniciado desde antes. Berns le prometió cederle su ración cotidiana de aguardiente, a cambio de que accediese a continuar el descenso. Bien, de acuerdo. ¡Pero no le concedía más de una hora! Si al cabo de una hora no habían hallado nada, recalcó con todas las letras, se daría media vuelta al instante. Allá abajo, de ello no albergaba la menor duda, no había nada a excepción del Urubamba, ¡eso ya lo tenían más que comprobado!

Pasada una hora, sin embargo, la pendiente se fue ensanchando hasta convertirse en una pradera despejada; ya desde cierta distancia advirtieron Berns y Singer un saliente rocoso que aparecía rodeado de un soto de queñuales. Llegados a ese punto, divisaron un muro totalmente recto, que discurría desde el suelo al extremo superior del saliente. Detrás tenía que haber algo, tal vez la entrada a una cueva.

Pacaritambo.

Poco a poco a Singer le empezaba a resultar cargante que Berns acabase teniendo razón en todo lo que decía. Berns, por su parte, tiró la mochila al suelo con vehemencia, trepó por el voladizo de piedra y gritó a pleno pulmón:

—¡Me pertenecéis, o es que no os enteráis! ¡Sois míos, míos, y de nadie más! —Su triunfo era una emanación dulcísima que lo recorría desde la coronilla hasta la planta de los pies. Las décadas invertidas en unos preparativos secretos evidenciaban su utilidad presente. ¡Ya podía dedicarse a la hostelería, comerciar con caucho o trabajar lijando latón el guapo que tuviera ganas de hacerlo! Él, Berns, había antepuesto el estudio de los incas, tomándose el tiempo necesario para lograr que le hablasen sus construcciones, al objeto de declararlo su heredero, reino y señor del oro y del granito.

Empero, según estaba allí ante el saliente, observando cómo Singer introducía su palanqueta entre las piedras sin desbastar del muro, le invadió de pronto un acceso de tristeza, mientras crecía en él un presentimiento sombrío: ¿y qué ocurriría si Singer estaba en lo cierto y nadie se interesaría por todo esto? ¿Quién mostraría disponibilidad para profundizar en la lengua secreta de los maestros? ¿Ejes visuales? ¿Torres, puertas, ventanas, indicaciones subrepticias? El tiempo para procesarlo adecuadamente, acaso no había llegado aún.

Pero la primera piedra se desprendía ya del muro con estrépito.

Berns bajó de un brinco, para ayudar a Singer a sacar las piedras adyacentes, así que interrumpió su cavilar. A los pocos segundos, ya ni se acordaba. En efecto, detrás del muro había una cavidad. Singer se descolgó por el agujero para acceder a la cueva y tapó la visión de todos los tesoros que podría contener. Luego dio unos pocos pasos titubeantes. Berns lo seguía. Llevó un tiempo, hasta que los ojos se habituaron a la luz mortecina, y también hasta que los pulmones aprendieron a respirar en un aire tan viciado.

Las paredes interiores mostraban en su parte inferior la más delicada de las mamposterías. Había una ornamentación con relieves muy elaborados y hornacinas sin mácula. Pero esas hornacinas estaban todas vacías y la cueva resultó ser tan estéril, que parecía que hubiesen eliminado hasta la última hoja, el palito más diminuto, antes de sellarla.

—Limpia como una patena —dijo Berns.

—Menudos bastardos —dijo Singer.

***

De regreso en el campamento, los ánimos andaban bajos. En el camino de vuelta, Berns se había obcecado repetidamente en explicar por qué era bueno y tenía sentido conocer el terreno con exactitud, y estudiarlo; según pasaba el tiempo, no obstante, su locuacidad iba a menos. Los incas: de nuevo le habían tomado el pelo. ¿Dónde demonios habían escondido su oro? ¿En qué lugar se localizaba su cueva?

Esto último lo dijo a voz en grito, haciendo que Asistente respondiese a ladridos desde la lejanía, pues los hombres habían optado por dejarlo en el campamento.

¿Y qué se iba cociendo en el interior de Singer? Sin pronunciar palabra se puso a hacer fuego delante de la casa y puso las patatas encima de las brasas. Berns dio de comer a Asistente, se juntó al lado de Singer y le pasó, tal y como había prometido, su ración de aguardiente. Pero Singer se limitó a decir que no con la cabeza, sin querer saber nada del asunto:

—Me parece que a ti te hace más falta que a nadie.

—¿Qué pretendes decir? —Berns creía haber escuchado mal. El olor que despedían las patatas se le metió en la nariz, agarró una rama para remover en la ceniza y extrajo un tubérculo. El aguardiente lo dejó a un lado.

—Cuando emprendimos la marcha a la selva, hace unos años, te pregunté que de dónde sacabas esa certidumbre. Que cómo sabrías que se trataba de El Dorado, cuando lo hubieses descubierto.

—¿Acaso dudas de que lo he encontrado? —Berns percibió el olor de la traición y se puso de pie. ¿Es que Singer no había visto el templo? ¿La torre y la cueva? Algo tan elaborado, tan sofisticado, el modo en que el asentamiento había sido diseñado, difícilmente indicaba que fuera a tratarse de una ciudad cualquiera en la selva, eso debería tenerlo claro; al fin y al cabo habían visto los dos un montón de ruinas insignificantes a lo largo de todos esos años...

—De acuerdo, de acuerdo —dijo Singer, y aguardó a que Berns se hubiese vuelto a sentar—. Supongamos, por un momento, que es en verdad El Dorado. ¿Y eso de qué nos sirve? Llevamos un tiempo ingente excavando y no hemos encontrado nada. ¿Qué ocurrirá, si aquí no hay nada que obtener, ni oro, ni tesoros, ni riquezas? ¿Qué hacemos entonces? ¿Cuál es tu plan, Berns?

La patata que Berns estaba tratando de masticar sabía a cartón enmohecido. ¡Nada menos que un plan le demandaba Singer, un plan! Ahí estaban sentados, en la mayor y más importante ruina que hubiese descubierto hombre alguno desde los tiempos de la conquista, y Singer le estaba hablando de un *plan*. ¡Capacidad de aguante es lo que se requería, y tener visión!

Como Singer continuaba esperando una respuesta, Berns dijo al final:

—Además soy todavía el propietario de una enorme cantidad de tierras —Odiaba tener que expresarlo de ese modo—. La Hacienda Torontoy me pertenece, y no se precisarían muchos fondos para abrirla a la explotación agrícola.

—Para explotarla no solo precisarías algo de dinero, sino un montón de dinero —le respondió Singer—. Más del que pudieras jamás obtener a crédito en el Perú.

Berns soltó un gemido y arrojó otra rama al fuego. La escalera que había delante de la casa y los muros de las hileras de casas colindantes cobraron nueva luz en la oscuridad de la noche. En las paredes se habían posado enjambres de polillas, que de cuando en cuando trazaban arabescos de color broncíneo, dorado o de un verde óxido de cromo. Berns se levantó sorprendido, justo antes de comprobar la invasión de una nube de insectos. Los hombros se refugiaron en la casa; aún intoxicado por la marea de pigmentos, Berns cerró los ojos y se quedó dormido.

***

—Nos quedan provisiones para cuatro días —dijo Singer a la mañana siguiente—. Si para entonces no hemos encontrado nada, yo me vuelvo a los Estados Unidos. Si eres listo, Berns, te vendrás conmigo. Si en alguna parte hay capitalistas dispuestos, en su caso, a invertir en tu decadente hacienda, será allí.

Cuatro días: tiempo suficiente para excavar al lado de la torre y en la cueva de debajo, en las casas que tuviesen los muros más gruesos y las hornacinas que más llamasen la atención; delante de la plataforma, en la que había estado la estatua, en las terrazas situadas algo más abajo, y junto a aquella roca, que se parecía al cuerpo de un cóndor.

El rendimiento sirvió para bajarles los humos todavía más. Tras días de intenso trabajo, sobre la manta del campamento apenas reposaban una docena de figurillas de plata, unas cuantas fíbulas de bronce, broches y pinzas, un puñado de cuentas de plata y un cráneo humano de forma longitudinal. Singer se lo había encontrado en una pequeña cueva e insistió en llevárselo consigo al campamento.

La cabeza humana deforme causaba tanta extrañeza a Berns, que la depositó al otro lado de la puerta en cuanto Singer se hubo quedado dormido. A la mañana siguiente, el cráneo había desaparecido. Singer le echó en cara a Berns el haberlo tirado, lo que este desmintió. Lo único que Berns se había apropiado en secreto era una pequeña figurilla de plata. De apenas medio pie de altura, se caracterizada por sus pómulos prominentes y una nariz curvada. Si se la contemplaba con atención, uno podía apreciar en sus labios una sonrisa delicada, apenas perceptible. Berns había envuelto la figurita en una tela y la mantenía bien guardada en su mochila. Su finalidad era la de recordarle cómo en su día había mirado al propio Inca cara a cara.

Con el cráneo, en cambio, Berns no había querido tener trato alguno. Quienquiera que se lo hubiese llevado en mitad de la noche, mientras ellos dormían, había tenido que acercárseles mucho. Opinaba Berns que eso solo podía haber sido obra del joven Melchor: cualquier otro no habría dejado que ellos dos, en tanto que intrusos, salieran indemnes de la situación. Arteaga, Arteaga, pensaba Berns: ¿es esta tu ciudad, o la mía?

Singer había descubierto en un punto alto de la ruina una especie de reloj de sol: se trataba de una roca imponente, que había sido meticulosamente tallada y que ahora se alzaba en forma de cuadrángulo longitudinal, perfectamente pulido, sobre todo su entorno. Berns no creía que a los pies del reloj de sol se encontrasen grandes tesoros. Aun así dio ánimos a Singer y elogió su entusiasmo por la acción, señalándole simultáneamente que se iba a retirar de la actividad por ese día. Singer se limitó a asentir.

El último día no quería ninguno de los dos que transcurriese en la ociosidad: Singer tenía que seguir excavando, Berns se sentía compelido a pensar. ¿De qué servía estar abriendo el suelo en canal como quien está fuera de sus cabales? Antes de abandonar la ciudad, reflexionó Berns, los incas debían de haber ocultado todo el oro. Ahora bien, ¿llevárselo de este risco? Demasiado peligroso. No, tenía que continuar aquí; y si concurría tal circunstancia, tenía que tratarse de una cantidad sustancial, de un verdadero aluvión, que difícilmente podría hallar acomodo debajo de un reloj de sol; acaso ni siquiera cabría en el subsuelo de una casa o de un templo. Ello podría explicar asimismo la singular vaciedad que habían reflejado todos los lugares analizados por ellos hasta ese momento.

Sumido profundamente en estas cábalas, Berns erró, siempre seguido por Asistente, por la ruina, asestó de tanto en cuanto machetazos a la maleza, se sentó a ratos aquí o allá, permaneció un buen rato mirando determinados tramos de escaleras y escudriñando bloques de roca concretos, para acabar tomando asiento en un alcor a espaldas de la puerta de la ciudad. Para entonces el sol ya estaba en su cenit.

Un día le quedaba todavía, pero no porque Singer lo dijera, sino porque ya desde la tarde anterior se habían quedado sin provisiones. Sentía Berns que jamás podría desligarse de su ciudad. Era de su propiedad, con todos sus misterios y todas sus promesas. ¿Y si en efecto no albergaba ningún oro? La pregunta de Singer continuaba resonando en su interior. No tenía respuesta, ni explicación alguna.

Si a uno ya solo le restaba un día, no iba a ensuciarse las manos a base de pala y azadón; menos todavía tratándose de un día tan claro como este. No había niebla, en ningún recodo, ni una sola nube aparecía más debajo de Berns flotando sobre el valle. El aire ofrecía una pureza tan penetrante, que las distancias parecían relativizarse y las laderas montañosas que había alrededor daban la sensación de querer aproximarse.

Absorbió Berns con avidez cada uno de los detalles en su interior, mientras pensaba: qué belleza la de estas tierras. Las pendientes cubiertas por el bosque, los blancos glaciares inmediatamente por encima y, por doquier, los empinados precipicios que abrían las agujas de granito; un paisaje que ninguna imaginación habría podido concebir por su cuenta. Este verdor, que se infiltraba en los recovecos más insondables de la conciencia y los sumía en un estado de ebriedad a base de su mera potencia... Allá abajo estaba el collado, la muralla de la ciudad se prolongaba a lo largo de este; luego, a muy escasa distancia, los acantilados de granito junto a la otra orilla, el desfiladero entre las laderas, los cañones, las delicadas líneas que se extendían conformando una red a través de la selva.

¿Una red? Berns se puso en pie, pero la clarividencia no quiso disiparse pese a la brusquedad del movimiento. En las laderas que tenía enfrente, en el desfiladero, por doquier observaba líneas, antiguos caminos y sistemas de comunicaciones, que afectaban a flancos enteros de las montañas. Cuanto más los miraba Berns, mayor parecía ser su número. Líneas por todas partes, tantas, que se diría que la selva llegaba a disolverse en un trenzado de proporciones gigantescas, en el que todo era mapeo, epipolaridad, paralelismo y significación geométrica, elementos que habían estado allí desde siempre. A Berns le asaltó el sentimiento de no haber sabido comprender, en todos estos años, a los incas realmente; como si esta fuera la primera vislumbre certera, y él mismo no resultase más que un lamentable principiante.

Naturalmente, pensó Berns, no soy el primero sobre el que recae tamaña injusticia. ¿Cuántos grandes maestros no se habrán quedado sin consumar su obra? Lo que nos han dejado son lienzos semivacíos, bloques de mármol sin esculpir, páginas de manuscritos sin escribir, ciudades que, aun proyectando la sensación de estar mal proporcionadas, si uno se ponía a contemplar la ladera montañosa en la que se ubicaban…

Mal proporcionadas, repitió Berns mentalmente. ¿Mal proporcionadas? Este no podía ser el caso, no, desde luego, tratándose de los incas, no, si estaban ante su gran obra. ¡Medita, Berns, medita! Notaba pellizcos en el estómago, de excitado que estaba. Entonces Berns estalló en una carcajada. La explicación salvífica, ¡pero qué cerca estaba! Lo invadió un alivio infinito. ¿Por qué daba la impresión la ciudad de ser tan extrañamente plana, de estar tan arrimada al perfil más elevado de la cresta? ¡Solo debido a que lo verdaderamente importante se encontraba debajo! Pacaritambo, el núcleo sagrado en el que los incas tenían sus orígenes tenía que estar situado exactamente debajo de la ciudad. Sobre los labios de Berns se dibujaba ahora una sonrisa.

Bastante más debajo de la muralla exterior de la ciudad y de las terrazas discurría una estrecha cornisa en el granito, sobre la que Berns avanzó con lentitud, a fin de no perder el equilibrio. Cuantas sendas lo habían transportado a través de su vida y de la selva desembocaban en este saliente. Con el correr de los años, estas se habían ido tornando más angostas y menos transitables. Ahora Berns había finalmente alcanzado un punto hasta el que nadie habría podido seguirle, ni siquiera el propio Singer o incluso Asistente. Se despojó de las botas y, a continuación, se aferró como un gato, con los dedos de las manos y los pies, al granito, para seguir escalándolo, sin detenerse, cuanto fuese necesario hasta acceder a un espolón de roca. Gimiendo a causa del esfuerzo tiró de sí para coronarlo, y se frotó los ojos.

Ante él se abría una cadena de cavidades rupestres, dotada de diferentes aberturas a modo de ventanas. Así que este era el emplazamiento, finalmente, con la cabida suficiente como para almacenar todo el oro y mantenerlo oculto. Una de estas cámaras tenía que ser la cueva de Pacaritambo. Con disposición regular se ajustaban a la curvatura del flanco de la montaña, invisibles e intactas desde hacía cientos de años. La cornisa volvía aquí a ensancharse, de suerte que era factible apoyar todo el pie e ir desplazándose a lo largo de los diferentes vanos de las ventanas. Berns había llegado a la última de estas cuevas, para tener que constatar, invadido por el horror:

Estaban vacías todas ellas.

TERCERA PARTE

12. LITTLE GERMANY, NUEVA YORK

Marzo de 1877. Dos hombres se suben a un barco. Visten trajes que no les sientan del todo bien, y guardan silencio. Se suben a un tren, después se suben a otro barco. Uno de los hombres se pasa el tiempo sentado en el salón jugando al póquer, el otro permanece junto a la borda del navío y contempla la espuma del mar. Los demás pasajeros procuran evitarlo. Cuando el barco ha dejado por fin atrás las costas de New Jersey y la torre de Trinity Church es ya un punto en el horizonte, al hombre que está en la barandilla se le escapa un suspiro.

Una niña pequeña que luce una falda abombada de volantes quiere saber por qué suspira, y le pregunta si le da miedo Nueva York. Le cuenta que es allí, junto a la gran zona en obras hacia la que ahora se dirigen, donde están construyendo el mayor puente colgante del mundo. La idea es que atraviese la totalidad del East River. En la prensa comentan que el puente será una maravilla mundial, construida por el hijo de un alemán, llamado Washington Augustus Roebling, el cual...

Parece que entonces espabila algo el hombre de la barandilla. El hombre del salón se les une y le da al primero una palmada en el hombro.

—¿Qué es lo que acabas de decir?

Pero ya el inquieto progenitor tira de la criatura para llevársela, el barco entra en el puerto, los Estados Unidos de América, *we bid you welcome*.

—¿Y ahora qué? —pregunta Berns.

—Ahora, para empezar, has de olvidarte del Perú —dice Singer.

—Eso te será más fácil a ti que a mí.

—Es un juego, Berns. Si te toca una mala mano, pruebas fortuna en la siguiente. Cuanto antes lo comprendas, mejor para ti.

Singer extiende los brazos. ¡Nueva York! Le pregunta si ha estado allí alguna vez.

Berns niega con la cabeza. No quiere nada más, no espera nada más. Tiene la sensación de que su vida propiamente dicha ha transcurrido ya, y de que cuanto quede aún por producirse es apenas un epílogo particular e intrascendente. Ha dejado cualquier disputa, ni siquiera le apetece llorar. En su interior se ha extendido un entumecimiento radical, que contiene y apaga cualquier movimiento del ánimo.

De todas maneras está ahí Singer, que lo recogió de la montaña, Singer, que siempre es capaz de sobreponerse a las situaciones, en especial si percibe en los demás una debilidad. Lo mismo que Berns, también reúne una buena colección de nuevos puntos de partida. Uno más no tiene excesiva importancia. La apatía del amigo lo espolea: hacerle apetecibles a yanquis ricos terrenos en el Perú, ¿y por qué no? De repente ve en ello una fórmula para salir de la pobreza.

Así que Singer ha decretado un silencio absoluto en relación con todo lo que vieron en la montaña, y dedicado su tiempo a reflexionar al respecto. Berns ha de vender sus tierras o bien, alternativamente, explotarlas de modo rentable, a fin de poder devolver el crédito. Forga le ha ampliado el plazo a diez años, tras los cuales deberán salir a subasta. Singer no se cansa de exponerle a Berns que esas tierras suyas, singularmente la hacienda Torontoy, poseen un gran potencial. ¿Quién sabrá mejor que ellos dos el volumen de madera dura que contienen? ¿La riqueza en caucho, café, cacao, vainilla? ¿Y no habría que dar también por sentado que ahí en lo alto de esas montañas existen lucrativas vetas de oro? Lo que precisarían son capitalistas interesados. Y da la casualidad de que Singer sabe bastante bien dónde y cómo dar con ellos.

***

Con el dinero que Singer obtenía jugando al póquer en los bares del Bowery, se alquilaron una habitación minúscula y mal ventilada en Little Germany. En una esquina cerca de la cama estaba apoyado el Winchester de Singer, que cada noche engrasaba con mimo. Pero era enteramente como si al arma le hubiesen echado el mal de ojo: desde la travesía en barco se le atascaba el percutor, costaba limpiar como Dios manda el cañón, en tanto que desmontarlo llevaba más tiempo y trabajo del ordinario. Con el vellón abrasivo que Singer había comprado en la tienda de cachivaches de Delancey Street apenas podía retirar las astillas que quedaban en la culata, el aceite de linaza que usaba era absorbido en exceso o de forma insuficiente por la madera, y la caja de la recámara, que era de bronce, se había puesto negra sin que Singer supiera el motivo. Era como si el Winchester hubiera decidido su propia caducidad; y por mucho que Singer se empeñase, no había manera de dejarlo en condiciones.

Nada más entrar en su habitación compartida en Little Germany, Berns se sumió en un obtuso rumiar. Apenas probaba bocado de los platos que Singer le ponía delante, ignorando el vino y la cerveza. No soltaba ni un instante la figurilla de plata inca que se había traído del Perú. A veces mencionaba a Asistente, al que había dejado al cuidado de un hacendero de Ollantaytambo.

Pero la mayor parte del tiempo lo pasaba Berns hablando de la ciudad de la montaña. Con insistente regularidad recorría en sus pensamientos el cauce de sus canales, descendía a la carrera sus terrazas, se elevaba a pulso por sus laderas; quedaban incontables escondrijos, una infinidad de lugares en los que no habían buscado. ¡El oro, en alguna parte tenía que estar!

A Singer no tardó en ponerle de los nervios seguir escuchándole hablar de cuevas, de aberturas en la roca, de una losa al norte de la ciudad y de la misteriosa cantera en mitad de la misma.

—Ciudad, ciudad, ciudad —dijo Singer—. Estamos en Nueva York, ¿qué más quieres?

Berns no reaccionaba. Se mordía la mejilla izquierda, la mirada dirigida hacia dentro.

—La vida sigue, te guste o no.

Aunque Berns recaía una vez más en su silencio; al ver la mirada de Singer, cerraba los ojos y apoyaba la cabeza en la mesa. Para cualquier otra cosa le faltaban las fuerzas. Singer pegaba un puñetazo en el tablero y se levantaba.

El Winchester y Berns parecían aquejados del mismo mal. Algo estaba atascado y taponado en su interior, y él, Singer, tenía que localizar qué fallaba en su mecanismo. Así que adoptó como consigna: volver a desarmarlo por completo con calma, sopesar y analizar cada pieza, volver a recomponer el conjunto. De lo que, tras poner uno su mejor empeño, no quisiera volver a funcionar era mejor prescindir.

Se giró Singer para contemplar al amigo, el modo en el que, hundido sobre sí mismo y con la mirada vacía, seguía desmadejado ante la mesa. Le puso un vaso de agua delante, agarró su chaquetón y salió de la casa. Alguien tenía que ganar dinero, en Nueva York las cosas no salían gratis.

**

Jugando al póquer en el Old Tree House conoció Singer al doctor Hayward, un psiquiatra del Bloomingdale Asylum; le preguntó por un remedio para el amigo. El doctor Hayward escuchó con atención a Singer y le recomendó que le buscara distracción. Era evidente que su amigo adolecía de un humor melancólico, para el que lo mejor era buscarle alguna actividad novedosa. ¿No habían dedicado tiempo a recorrer la ciudad? Quien tuviera algún demonio que expulsar, tenía aquí amplias oportunidades de entretenimiento. Menuda pérdida de tiempo, la melancolía. Además le pasó a Singer un librito, en cuya portada una tipografía elegante anunciaba: *The Gentleman's Companion*. Singer se lo echó al bolsillo y propició, como gesto de gratitud, que el doctor Hayward ganase en la partida una cantidad más que respetable.

Si en verdad se trataba de melancolía, en el caso de Berns la afección revestía una intensidad inusual. Cuanto sucedía a su alrededor le era completamente indiferente, nada parecía afectarle o despertar su interés. Cuando cerraba los párpados veía la ciudad sobre la montaña con tal nitidez, que creía poder tocarla con los dedos. La llevaba permanentemente consigo, sin que su conciencia tuviese cabida para algo distinto. Él, Berns, había descubierto la ciudad perdida de los incas, y ahora resulta que ya no era un descubridor. Entonces, ¿qué era?

Si al principio había Singer dedicado esfuerzos a explicarle a Berns las ventajas de tener aquellos bienes raíces, pronto se conformó con arrastrarle cada día un rato fuera de la habitación, y llevarle a pasear por la ciudad. ¿Era distracción lo que necesitaba Berns? Bien, pues la tendría.

El cuerpo le funcionaba, ahí no residía el problema. Por consiguiente, Berns trotaba obedientemente detrás de Singer a lo largo y ancho de Manhattan; pero las calles de Nueva York, con sus masas de gente, las mugrientas aceras, los carruajes y los enormes rótulos publicitarios apenas causaban impacto en él.

Nueva York era, como se decía en las guías turísticas, la ciudad más moderna de Norteamérica. Cuando Singer hubo ganado algún dinero, fue con Berns a Lord & Taylor's, a Arnold Constable's y a A.T. Stewart's, los grandes establecimientos comerciales en el Broadway, aunque a Berns le impresionaron poco las vitrinas y cuanto brillaba en los escaparates. De manera que Singer se lo llevó a hacer un recorrido por el puerto, viajó con él en el ferry a Brooklyn, hicieron juntos una visita al Lotos Club, frecuentaron los burdeles que venían consignados en el librito del doctor Hayward —primero The New Drop Inn, luego el Palace Garden, y al final incluso Tammany Free, amén de por supuesto Easy—, y se tiró sus buenas horas con él en tabernas que portaban nombres tan pintorescos como Inferno, Cripple's Den y McGurk's Suicide Hall. Al comprobar que nada de esto le hacía efecto, Singer lo arrastró hasta la Academy of Music, donde asistieron a una representación de *La valquiria*, del mismísimo Richard Wagner. Durante el preludio orquestal, a modo de gran novedad, Singer creyó apreciar cierta reacción en el rostro del amigo; pero se esfumó tan aprisa como había llegado.

Una noche, finalmente, cuando Singer volvió a casa tras una ronda de póquer, se encontró la habitación vacía. Faltaban los zapatos y el abrigo de Berns, aunque a cambio había una nota encima de la mesa. Si Berns había tenido intención de redactar un mensaje, no había avanzado más allá de la primera palabra. En el papel solo se leía, mal garabateado: *Yo*. Singer sintió un mal presagio. Se metió la nota en el bolsillo del abrigo y salió a todo meter.

Tres horas más tarde encontró a Berns en el parque de Castle Garden, cerca de la estación de acogida de inmigrantes procedentes de ultramar. Ya clareaba la mañana. Cuando vio a Berns sentado en un banco, la mirada fija en aquel embarcadero hacia el que afluían a millares quienes buscaban mejor suerte en la ciudad, lo primero que sintió fue alivio, aunque en seguida le acometió un acceso de ira. Los consejos del psiquiatra habían resultado completamente inútiles. ¡Nada había tenido efecto! Singer había derrochado en ello un dineral, eso era todo. El Winchester relucía que daba gusto, y su cerrojo funcionaba igual de bien que antes. Por contraste, el daño que había sufrido Berns ¿habría que considerarlo irreparable?

Sin pronunciar palabra, Singer tomó asiento a su lado. Así siguieron sentados, envueltos en un silencio común, hasta que los alcanzó el retumbar de las campanas de Trinity Church. Tañían con tanto estruendo, que pusieron en fuga a un grupo de gaviotas argénteas. Singer las siguió con la mirada, viendo cómo volaban hacia Broadway. Luego sus ojos se detuvieron en el gran campanario, cuyo chapitel estaba rematado por una cruz dorada. Algo se le ocurrió en ese instante. Enganchó como pudo a Berns y se lo llevó a rastras.

La puerta de Trinity Church estaba abierta. La luz de la mañana atravesaba las vidrieras emplomadas, iluminando el techo abovedado de la nave principal.

Sin despertar la atención del vicario, Singer y Berns corrieron a las escaleras de la torre del campanario. Hizo Singer que Berns fuera delante. Este ni le preguntó lo que se proponía. Había que subir noventainueve escalones hasta llegar a lo alto; luego una escalerilla conducía hasta la cámara en la que estaban las campanas.

—¿Aquí? —preguntó Berns con tranquilidad. Había permitido que Singer lo sometiera a una notable diversidad de experiencias, pero esto de ir a la iglesia, debía reconocérselo a su amigo, era algo novedoso.

—Más arriba —dijo Singer. Berns miró a su alrededor. ¿Más arriba? Era el final de la subida, no cabía ir más arriba.

Señaló Singer hacia una trampilla que había en el techo. Valiéndose de un palo con un gancho que colgaba de la pared, la abrió. De nuevo hizo que Berns fuese por delante. Con actitud cansina, este trepó por la escalera de mano y se introdujo por la abertura que llevaba al tejado de la torre. Una cornisa corrida rodeaba las almenas de la torre. No sin reticencia, Berns puso el pie en ella. Detrás de él, Singer se había precipitado escalerilla arriba, así que apoyó la mano en el tejado y avanzó deslizando los pies. Ahora también Singer se situó sobre la cornisa y se colocó a su lado. Abajo, a gran distancia, estaba el cementerio de la iglesia; la avenida Broadway discurría completamente recta en dirección al norte. La torre de St. Paul's Chapel parecía al alcance de la mano; también la Casa de Aduana, la Oficina de Correos y el edificio del New York Herald se veían con claridad desde esa altura.

Singer aún estaba sin resuello después de haber subido, y miró a Berns. Este seguía agarrándose al tejado, la vista clavada hacia abajo, fijadas en las diminutas cruces del cementerio.

—¿Qué estamos haciendo aquí? —preguntó por fin.

—Suéltate —dijo Singer.

—¿Quééé?

—Suéltate. No te agarres al tejado. Deja que los brazos te cuelguen relajados, mientras repartes el peso de forma equitativa entre ambas piernas, en posición libre.

—La verdad es que no sé lo que te…

Entonces Singer lo agarró del brazo, apartándolo de las tejas del techo. Durante unos instantes, Berns pensó que iban a perder el equilibrio; pero se rehicieron y quedaron finalmente a la distancia de un brazo extendido el uno del otro.

—¿Recuerdas lo que te conté en Cuzco? —preguntó Singer.

Berns apretó los labios.

—Entonces estuve a punto de echarlo todo por la borda. Me encontraba subido a la torre de una iglesia. Como tú ahora. Esto de aquí, Berns, es la solución a todos tus problemas. A no dudar, es siempre la *última* solución. La tienes a tu alcance en cualquier momento. Incluso ahora mismo, en este instante. ¿Quieres? Pues entonces hazlo. ¿Pero sabes algo? La muerte irá a por ti de un modo u otro, tanto si la buscas como si la rehúyes. Apenas es cuestión de tiempo.

En el cruce entre Wall Street y Broadway, algunos transeúntes descubrieron a los dos hombres que estaban allí arriba. La gente se paraba, señalando a lo alto.

—Antes de que ella venga a por ti, puedes igualmente tratar de jugar otra partida.

—Ya no me quedan fuerzas.

—Llévatelas contigo de este sitio. *La fuerza de la gravedad*, Berns. Llévatelas habiendo obtenido la certeza de que la torre no dejará de estar a tu disposición. En cualquier circunstancia, a cualquier hora. Muy bien, has perdido. En cierto sentido es la mayor oportunidad que se te abre en la vida.

Singer guardó silencio, luego prosiguió:

—Mira hacia abajo, Berns.

—¿Los muertos? —Berns contempló el cementerio.

—Los vivos. Son tu nueva mano de cartas. Juégala con acierto y ellos te harán rico.

—No tengo capital.

—Tienes Torontoy. Usa eso para algo.

Un arrendajo azul se posó en una almena al lado de los hombres; agitaba la cola, mientras dirigía concentrada su cabecilla azul claro hasta un punto imaginario del aire. Berns extendió la mano en dirección al pájaro, pero el movimiento lo espantó. Soltando un grito se fue volando hacia Wall Street. Berns lo siguió con la mirada, y esta vez la altura le dio verdadero vértigo. Sentía cómo le sudaban las palmas de las manos, cómo se le aceleraba el pulso, el aire penetrándole profundamente en los pulmones. El miedo, eso fue lo primero que recuperó. Solo después volvieron las ganas de vivir.

—Anda, vámonos —dijo Berns por fin.

—¿Bajando por la escalera? —preguntó Singer—. ¿Y qué hacemos a continuación?

***

¿Cómo se pone en marcha una empresa? La experiencia con el aserradero le había enseñado a Berns que era menester anticiparse a todos los condicionamientos imaginables e incluirlos en el cálculo. Así que la cuestión era: diseñar un modelo de negocio, redactarlo y volverlo a desechar, formularlo y luego reformularlo mejor.

Berns volvía a tener una obligación, y Singer la certeza de que la cosa marcharía nuevamente. Del periodo anterior al ascenso a la torre no hubo necesidad de hablar. Que las palabras *Trinity* y *Torontoy* se pareciesen tanto se le antojó a Berns un buen presagio. La lealtad a prueba de bombas de Singer lo había mantenido vivo; ahora el trabajo hizo el resto, y la melancolía pudo irse definitivamente a paseo. Después de llenar una libreta de anotaciones, se puso otra vez a trazar planes; llenado el segundo cuaderno, retornó a sus antiguos monólogos y, tras el tercero, sabía a ciencia cierta cómo debía proceder. Sobre todo había algo en lo que Singer y él estaban por completo de acuerdo: de lo que se trataba era de no perder tiempo. Dos de los garitos subterráneos que Singer solía frecuentar habían sido reventados por la policía, y a un tercero alguien le había prendido fuego.

—Fue cosa de la Mafia —dijo Singer—. En realidad les habría atribuido a los italianos un espíritu comercial más acusado.

Pronto los hombres estuvieron repasando juntos, en su cuarto de Little Germany, el folleto que Berns había elaborado para la *Torontoy Estate Company*. En él ponía Berns sus tierras a la venta por cincuenta y cinco mil dólares. Tal suma bastaría, según había calculado, para cubrir sus deudas con Forga y acometer los gastos corrientes. Aparte de esto cabría esperar un beneficio considerable para Berns y Singer. Del todo no quería él desligarse de Torontoy: si encontrase inversores, estaría dispuesto —a cambio de un generoso sueldo— a encargarse como agente en el terreno de cuanto incumbiese a la compañía.

Con gran minuciosidad, Berns describía las dimensiones de su propiedad, la ubicación entre el Pacífico y el Amazonas, así como las posibilidades en cuanto a conexiones y transporte.

—Muy convincente —comentó Singer—. Ahora solo falta que los señores inversores sepan lo que se puede obtener en Torontoy.

Así que Berns se puso a relatar la riqueza en lo tocante a caoba, madera de cedro y shihuahuaco, caucho, corteza de quino, goma laca, añil, vainilla, arrurruz y yuca. Solamente con el cultivo de café, cacao y coca, escribía Berns, se podía ganar una fortuna. Naturalmente, prosiguió el razonamiento, no se podría proceder a una agricultura extensiva sin poner a punto la explotación de la propiedad, construyendo calzadas, puentes, una vía férrea y suficientes edificaciones como para albergar a los trabajadores.

Al cabo de tres semanas más, el folleto estaba concluido. Cuando Berns lo hojeó la primera vez, le pareció que era otro el que lo había escrito. Pero qué sugestivo sonaba todo lo que ahí podía leerse: vías fluviales, maderas nobles de alto valor, minas de oro... ¿minas de oro? Berns no tenía noticia de que existiesen minas en sus tierras, pero Singer, el mineralogista, le aseguró que en Torontoy se había tropezado con indicios que sugerían la presencia de vetas de oro de considerable importancia. De ahí que se hubiese tomado la libertad de dejar constancia de ello en el folleto. Berns se asombró, pero lo dio por bueno y no profundizó en el asunto.

Los papeles estuvieron a partir de ese instante claramente repartidos: Singer se dedicaba a jugar al póquer, y Berns a ser él mismo. Perfeccionó su inglés, se peinaba el pelo a diario, se atusaba la tupida barba a base de pomada. Las muchachas que cada mañana le vendían las rosquillas le llamaban *Augie*, y él las saludaba con un *How do you do* que cada vez le salía con mayor naturalidad. Hasta donde él sabía, Singer mantenía una relación con una de las chicas de los *bagels*. Esto lo ponía de buen humor, y además así obtenía los productos de panadería a mitad de precio.

—Tu inglés ha dejado de ser malo —dijo Singer—. Ahora solo te falta encontrar a alguien con quien practicarlo.

***

En una tienda de delicatessen, Berns tropezó a propósito con un señor distinguido de cierta edad, quien de inmediato se disculpó con una vibrante voz de bajo. El hombre se presentó como míster James Brady, banquero de Pittsburgh, y Berns hizo como si escuchase ese nombre por primera vez. Con florida elocuencia lamentó el encontronazo e invitó al banquero a tomar un güisqui. Brady aceptó.

Cuando hubieron tomado asiento, Berns pareció quedarse sumido en sus pensamientos durante un breve instante. Luego sacudió la cabeza e imploró comprensión por esa leve ausencia. Él, Berns, era un empresario del Perú y no estaba habituado a los usos locales. Acababa de mantener una reunión con un grupo de caballeros norteamericanos y estaba, en verdad, agotado. No habían hecho sino acribillarle a preguntas, asediándolo desde todos los ángulos. Y eso que desde el principio les había dejado claro que no necesitaba socios para su compañía. Le rogaba a Brady que, bajo ningún concepto, se lo tomase como algo personal, pero en el Perú la gente era, no sabía cómo expresarlo, más discreta. Incluso en situaciones que pudieran parecer tentadoras.

Brady le dio un sorbito a su güisqui y concedió que los norteamericanos podían en ocasiones ser algo impetuosos. Que si le parecería bien a su interlocutor que le preguntase por el tipo de empresa que era, añadió.

Berns se retorció en la silla; todo en él delataba que se sentía incómodo hablando de sus realizaciones y méritos. Al fin y al cabo era, cualquiera que lo viera lo apreciaba de entrada, un hombre más bien reservado.

Comoquiera que Brady insistiese, Berns cedió algo y le informó sobre lo que deseaba saber.

Tres horas más tarde seguían todavía sentados, repasando todos los pasos necesarios para obtener rentabilidad de Torontoy. Primeramente sería la madera, después el caucho, luego el oro. Brady estaba entusiasmado. Berns le dejó la que era, según él, la versión más reciente del folleto y aceptó una carta de recomendación para míster John Thompson, el director del Chase National Bank. Brady prometió darle noticias la semana siguiente.

***

Míster Thompson era un hombre sumamente ocupado. Esto no lo cambiaba ni siquiera una carta de recomendación de míster Brady.

Solo cuando Berns admitió en tono apocado que era Washington Augustus Roebling se le franqueó la entrada. Míster Thompson se quedó a cuadros cuando, en lugar del famoso ingeniero, quien entró en su despacho fue míster Augusto R. Berns, arguyendo que aquí se trataba de algo más que de un puente, destinado a unir las dos orillas de un brazo de mar; aquí se trataba nada menos que de un puente entre dos continentes.

—Está usted completamente loco —dijo Thompson no sin encontrarlo divertido. Como sentía debilidad por los entusiastas, le consintió a Berns expresarse. Creía que no estaba escuchando bien. ¿Que tenía que invertir en bienes raíces? ¿Y además en el Perú? Hasta donde él sabía, allí había guerra. Una situación imponderable. Berns no le creyó ni media palabra. ¿Guerra?

Míster Sullivan, a quien visitó acto seguido, expresó su pesar por haber perdido el tiempo con él, míster Chisholm amenazó a Berns con llamar a su guardaespaldas, míster Covington no le dejó ni siquiera concluir la exposición, y el cónsul alemán realizó indagaciones destinadas a averiguar si Berns estaba del todo en sus cabales. Hoy en día nadie invertía en bienes raíces a menos que los hubiera inspeccionado a fondo personalmente. ¡Y en tiempos de guerra! Además: ¿caucho?, ¿shihuahuaco? ¡Eso sonaba a faenas penosas o, mucho peor, sonaba prácticamente a explotación genocida! Tras lo cual trató a Berns de canalla, y lo expulsó del despacho.

A Berns ya le estaba entrando el pensamiento de dejar los Estados Unidos y regresar al Perú.

—Te has olvidado de una cosa —dijo Singer, preguntándole si no había leído el periódico. Míster Thompson tenía razón: ¡había estallado la guerra! Las tropas peruanas combatían contra las chilenas, y tal regreso sería lo mismo que un suicidio.

Dicha noticia le llegó al alma a Berns. Sin decirle nada de esto a Singer, se fue a ver al embajador peruano y le comunicó que no se podía dejar de ayudar a la patria.

—¿Qué patria? —preguntó el embajador, sorprendido. Diez minutos llevaba ya con ese gringo delante, y aún no se había enterado de lo que pretendía.

—El Perú, naturalmente —respondió Berns, añadiendo para sí interiormente: *menudo ignorante es usted.* Tras lo cual le explicó su idea para suministrar armas al ejército peruano, a través del Amazonas. No era moco de pavo, pero sí algo realizable.

El embajador le pidió que lo disculpase, porque obligaciones urgentes reclamaban su atención.

***

Quizás, especuló Singer al cabo de medio año, quizás no era Nueva York la ciudad idónea, para lanzar una compañía. A excepción de míster Brady, nadie había mostrado interés en Torontoy. La tónica había sido siempre la misma: demasiado trabajo, demasiado lejos, demasiado exigente. Estos malditos yanquis, pensó Berns, no tienen ni entendimiento bastante ni suficiente fantasía, al objeto de entender las oportunidades que se les ofrecen.

Por fortuna ese era un país libre, dijo Singer. Más allá de esto tenía algunos conocidos, que podrían resultarles de utilidad. De manera que los hombres dejaron Nueva York y atravesaron New Jersey, Pennsylvania, Ohio, Indiana y también Illinois. En todas partes encontraron hombres de negocios interesados; pero cuando llegaba la hora de formalizar un acuerdo vinculante, se echaban para atrás. John Claflin, de la empresa H.B. Claflin & Co., llegó incluso a decirle a Berns que el folleto era muy prometedor, pero, con el debido respeto, que él mismo, Berns... Que no acababa de verlo claro. Parecía un folio en blanco, ¿podría ser eso?

Berns se ofendió tanto, que interrumpió la búsqueda de inversores durante casi un año. Por el periódico supo que en Michigan andaban buscando ingenieros. Singer sostuvo que tenía que ir a California a visitar a una tía lejana —Berns no se creyó ni media palabra—, así que acordaron seguir, por el momento, caminos separados. Singer tomó un tren a San Francisco, y Berns otro tren a Detroit.

Una vez allí, Berns alquiló un cuarto en una pensión. Resultó ser verdad que en Michigan hacían falta ingenieros, así que tenía donde elegir. Se decidió por el estudio de arquitectos Lloyd & Co., que buscaba profesionales para construir los cimientos de tres casas que irían junto al Niágara. Transcurrido apenas medio año, Berns había cumplido con éxito el encargo; lleno de orgullo le escribió a Singer contándole que ningún obrero había sufrido el menor accidente laboral a lo largo de la construcción.

Cada cierto tiempo, sin embargo, sufría algo de escalofríos; tirarse horas y horas de pie en aguas muy frías le había hecho más daño del que él estaba dispuesto a reconocer ante sí mismo. Además no dejaba de sentir cierto trastorno al sentir el recuerdo de aquello que había dejado atrás. Cada fin de semana dictaba conferencias en los clubes más distinguidos de la ciudad acerca del Perú, escribía artículos para el diario vespertino de Detroit y dibujaba ilustraciones para el célebre historiador Silas Farmer, con el que había entablado amistad.

Con todo, no se le quería ir de la cabeza a Berns la ciudad en la cima de la montaña. A veces le daba la impresión de que su ánimo estaba dividido en dos mitades: una, que se ocupaba en secreto de la ciudad perdida de los incas; y otra que, por razones de necesidad, tenía que atender su trabajo y dedicarse a la empresa. Notaba Berns que el agotamiento le sobrevenía con más prontitud que antes; como si fuese un hombre viejo, le tocaba entonces sentarse lo más aprisa posible y hacer como que anotaba algo.

John Farmer, el hermano del historiador, invitó a Berns a ser huésped permanente en su casa, y le ofreció su despacho como lugar de trabajo. De modo que, noche tras noche, Berns estaba ahora sentado en el sillón de cuero de Farmer y se quedaba contemplando el mapa que figuraba como encarte en los folletos de la *Torontoy Estate Company*. La guerra habría terminado pronto, eso no lo ponía en duda. ¿Qué era lo que los neoyorquinos habían dicho sobre la madera dura y el caucho, demasiado trabajo?

Los pequeños puntos negros del mapa marcaban las mayores reservas de shihuahuaco y caoba. Los puntos verdes indicaban caucho; el marrón significaba coca, cacao o café. Los puntos amarillos, que había aportado Singer, señalaban posibles vetas de oro. Perdido en sus pensamientos, Berns echó mano del tarrito de pintura de gutagamba, que daba un amarillo yema, y añadió dos o tres nuevos puntos. Se puso en pie y contempló su obra. Entonces tomó de nuevo el pincel y sembró toda la orilla derecha del Urubamba de minas de oro. Finalmente, se puso a reelaborar el folleto, y le sumó un nuevo apartado: *Gold on the Estate.*

El oro, escribió, se hallaba en la propiedad en múltiples variantes. Había abundante oro fluvial, suficiente para garantizarle a cincuenta trabajadores un jornal de cinco dólares diarios por cabeza; además, los bancos de arena contenían pepitas y granos de oro del tamaño de perdigones. De forma análoga, el cuarzo de las montañas estaba entreverado de oro cristalino; y si uno se tomaba la molestia de analizar las laderas de las montañas, tropezaría asimismo con vetas de plata claramente definidas.

«Este paraje es tan rico en oro», así lo formuló Berns, «que constituye indiscutiblemente el origen y el núcleo de la riqueza mineralógica de los incas. Su inaccesibilidad natural y una serie de medidas destinadas a frustrar su localización, adoptadas en tiempos de la conquista española por los incas, han mantenido alejados a descubridores y prospectores mineros. Hasta la fecha.»

Entonces remató el añadido con un *Yours respectfully*, y firmó como *A.R. Berns, ex coronel de Artillería del Ejército del Perú.*

***

Poco después envió el folleto a la imprenta, encargando una tirada de quinientos ejemplares, que se distribuyeron casi en su totalidad. Esta vez, las miradas de quienes tenían delante de los ojos el folleto pasaban más tiempo contemplando el mapa; a él le daba la sensación de que ahora se le escuchaba con mucha mayor atención.

—El oro —se escuchó decir una noche Berns— yace tan abierta y visiblemente en la arena del río, que uno se lo podría llevar a cestos. La dificultad reside exclusivamente en que antes hay que desbrozar el terreno, y construir calzadas y líneas ferroviarias.

El redactor jefe del vespertino de Detroit puso a Berns en contacto con dos hombres de negocios, míster Mahon y míster Nystrom. Ambos quedaron tan impresionados con los planes de Berns que se mostraron de acuerdo —una vez concluida la guerra— en participar en calidad de socios. No le faltó tiempo a Berns para escribirle a Singer y a míster Brady. Singer le respondió a vuelta de correo: «¡Los yacimientos de metales preciosos parecen crecer como la espuma! Entusiasmado me tienes. Si esperamos un poquito más, la totalidad de Torontoy será una única mina de oro y con ello, a la postre, una historia atractiva de verdad».

Sucedió entonces algo peculiar. Durante una de sus charlas acerca del Perú, Berns se quedó sin poder continuar. Estaba preparado para informar sobre la pendiente oriental de los Andes cuando hizo presa en él tamaño malestar que no tuvo más remedio que pedir disculpas y abandonar la sala. Ante la entrada del edificio se desplomó, quedando doblado sobre los escalones, de lo mucho que le dolía el vientre, después también el pulmón y finalmente todo el cuerpo. Un señor mayor de buen corazón que salía del edificio tropezó con Berns y acabó llevándolo a la casa de John Farmer.

Cayó Berns en un profundo sueño. Al despertar, las manos le temblaban incesantemente. También el dolor en el vientre le volvió. Entonces se acordó de su tío Wilhelm Dültgen, quien años atrás esperara inútilmente a que su sobrino se presentase ante él en la granja. Viéndose en un estado de extrema necesidad, le mandó todavía esa misma noche una carta e hizo la maleta.

Dos días más tarde viajó siguiendo el rastro de su carta.

***

Si había un lugar en el que era factible recobrar la salud, ese era Crawford's Quarry, en el límite norteño de Michigan. Sin ser nada más que un pequeño asentamiento a orillas del lago Hurón, se hallaba en mitad de unos extensos bosques que carecían incluso de veredas. Por ello, el único medio para llegar hasta sus pobladores era por el agua. Una vez que la barca atracaba en la blanca playa de arena de Crawford's Quarry, ya solo había que caminar un corto trecho hasta las casas de troncos de los colonos alemanes, polacos y franceses.

La primera a la izquierda era propiedad de William Dueltgen, que había llegado al país veinte años atrás. Nada más instalarse se había construido una enorme casa de madera, en la que había sitio también para un despacho de correos y una hospedería. No tardó en convertirse en el corazón del pequeño pueblo, y cualquiera alrededor del lago conocía a los Dueltgen. ¿Que alguien buscaba un médico? ¡Adonde los Dueltgen! ¿Hacía falta un enterrador? ¡Nada como buscarlo donde los Dueltgen! ¿Se requería una comadrona, un salvador de almas, un confesor, un casamentero? Los Dueltgen cumplían cualquiera de estas funciones.

No hacía falta que hubiera calzadas para que las noticias corriesen. ¡Un señor enfermo había llegado del Perú y se había derrumbado en la cocina de mamá Dueltgen! Había dicho «Good morning, Ma'am», y también «How do you do», tras lo cual había colapsado sin ninguna otra explicación sobre la alfombra trapera. En sus zapatos de postín, con las primorosamente suelas cosidas, aún seguía pegada la arena de la orilla, y la barba tenía aroma a pomada de categoría. No había trampero en toda la zona que no se hubiera enterado.

Las siguientes semanas las pasó el primo August bajo los cuidados de su tía Mary. «Agotamiento y depresión nerviosa», había diagnosticado ella, asignándole a Berns el sofá de la cocina y recetando reposo. Bajo amenaza de castigo prohibió a la familia que lo agobiaran con preguntas; evidentemente, nadie respetó esa norma.

El sofá ocupaba casi toda la longitud de la pared y estaba pertrechado con edredones y almohadones de pluma que ella misma había cosido. Quien estaba echado en él, tenía vistas a la estufa de carbón, el aparador —sobre el que colgaba una imagen de Jesucristo— y, mirando a través de la ventana, la pradera que se extendía en el frontal de la casa. En ella crecían grandes pinos y arces, que se mecían con el viento procedente del lago Hurón. A Berns le asaltó la sensación de que probablemente se habría muerto en Detroit, y de que, inopinadamente, había ido a parar al paraíso.

En especial era el tío William quien aprovechaba cada minuto libre para sentarse al lado de su sobrino. Una y otra vez hacía que Berns le contase cómo este había estado a punto de viajar a Michigan hacía casi veinte años, y cómo a última hora había optado por el Perú. Berns le mostró a su tío la figura de plata hallada en la ruina. Las pesadas manos de William se cerraron sobre el cuerpo del pequeño inca, antes de que se la devolviera a Berns y lo mirase con expresión intrigada.

Cada vez que el anciano se sentaba junto a él, Berns pensaba: un Dültgen de la cabeza a los pies. La nariz, los pómulos, la frente... iguales que los de su madre. Entonces le sobrevenía una añoranza tal, que concibió el propósito de ir a pasar unas cuantas semanas a Alemania.

Pero en esto llegaron las tormentas del otoño y, tras las tormentas de otoño, el invierno. El tío William le mostró las zonas madereras de los alrededores y lo paseó por los aserraderos de la Monitor-Hoeft Lumber Company. El tamaño de las máquinas, el ruido, el vapor... Cuando mamá Dueltgen le echaba la bronca a su marido por haber hecho incumplir a su sobrino su deber de guardar reposo, llevándose una vez más a Augie fuera de la casa, decía William:

—Tendrías que ver cómo sonríe cuando pisa una serrería. ¡Se vuelve estúpido de felicidad!

Por Navidad comió Berns pavo y el típico *Christstollen*, sin cansarse de observar el imponente árbol navideño adornado de arriba abajo con finas tiritas de papel dorado. Cuando la familia se puso a cantar *Ihr Kinderlein, kommet*, el célebre villancico de Christoph von Schmid, se le quebró la voz, y cuando llegaron a *Noche de paz* tuvo que salir por la puerta y sonarse la nariz. Afuera, en el patio, relucía la nieve recién caída, mientras la música que interpretaba en su violín el tío William traspasaba, amortiguada, la puerta de madera. Berns intentó arrancar uno de los carámbanos, del grosor de un brazo, que colgaban del tejado, pero no lo consiguió.

Entre incontables vasos de ponche de huevo, Berns se puso a escribir cartas a Dültgensthal; le escribió a su madre, a Elise, a Max. El tembleque en las manos había remitido, e incluso era capaz de volver a hablar sobre el Perú sin que las pulsaciones se le dispararan.

Portia, la criada india, se enamoró de Berns; por decoro y porque ello parecía adecuado, dormía con ella, pero sin sentir nada al hacerlo.

Comenzó Berns a realizar algunos trabajos de herrería, trabó amistad con un puñado de tramperos y todos los días se sentaba con los Dueltgen junto a la chimenea al caer de la noche. A menudo surgía la oportunidad de que hablasen sobre el Nuevo Testamento, acerca de Jesús y de las muchas iglesias que tenía a lo largo y ancho del mundo. Los Dueltgen tenían una sólida fe en la bondad del ser humano.

A finales de abril, el hielo de las ventanas empezó lentamente a fundirse. El tío William le propuso a Berns que se quedara en Crawford's Quarry; los de Monitor-Hoeft andaban siempre a la busca de empleados competentes. Además ahora, que hablaba un inglés tan bueno... Podría casarse con Portia y vivir junto a ellos en la casa de huéspedes. En pocas palabras, le habían tomado cariño y les gustaría conservar su compañía.

—Eres un Dültgen, Berns, por delante y por detrás —dijo el tío William. Berns sonrió. Crawford's Quarry suponía un paraíso que no estaba hecho para él.

Al primer día libre de hielo, Berns empacó sus pertenencias, subió al barco de correo y regresó a Detroit.

***

Resultó que Mahon y Nystrum seguían interesados en Torontoy. El Perú, decían, era un territorio verdaderamente nuevo, y ello en unos tiempos en los que California ya había sido saturada, explorada y ordeñada a conciencia. Berns escribió a Singer, que menos de dos semanas más tarde se plantó en Detroit y fue presentado a los señores Mahon y Nystrom como un socio. Con el capital de Brady, esos eran sus cálculos, sería factible una primera explotación económica de Torontoy que rindiese beneficios. Juntos partieron de Michigan y fueron a Nueva York.

Cuando se presentaron ante Brady, sin embargo, este les confesó que hacía ya bastante tiempo que había invertido su dinero en otras alternativas. ¡En objetos suntuarios! ¡En joyas y bisutería! La gente no reclamaba otra cosa. Así que se lo había pensado mejor y adquirido una participación en Tiffany & Co. Singer casi no pudo articular palabra de la rabia, aunque Berns ni siquiera experimentó sorpresa. Incluso consiguió despedirse con amabilidad de Nystrom y Mahon, que rogaron se les concedieran unos días para repensar el asunto. Anticipó Berns que a esos dos no los volverían a ver, y Singer le dio la razón.

Volvieron a ocupar la habitación mal ventilada en Little Germany, y de nuevo apoyó Singer su Winchester contra la esquina al lado de la cama.

Quedaban todavía unos cien ejemplares del folleto que Berns mandara imprimir en Detroit. Singer reflexionaba en voz alta sobre la conveniencia de irse a vivir a California; Berns pensaba en Crawford's Quarry y en el pelo sedoso de Portia. Pero su auténtico impulso era el de regresar a Sudamérica, como quien desea volver a su tierra. Su gran amor vivía en las montañas; unas veces se llamaba Ana Centeno, y otras Torontoy.

—Olvídate de una vez de la viuda —dijo Singer, cuando encontró un sobre de carta dirigido a ella—. ¡Es inaudito el modo que tienes de meterte en la cabeza objetivos que son inalcanzables para ti!

Diez semanas más tarde le llegó a Berns una carta del Perú. Los hijos de Ana María Centeno, Eduardo y Adolfo Romainville, le daban las gracias por la carta que él le había enviado a su madre. A continuación le informaban de que pocos días antes de recibirla ella había fallecido a causa de una dolencia cardíaca. Su colección sería vendida a Berlín, para engrosar los fondos del Museo Etnológico dirigido por Adolf Bastian.

Al pie de la carta formal, Eduardo Romainville había añadido una nota garabateada con letra desigual: «Nuestra madre siempre ofreció hospitalidad a numerosos huéspedes. Usted es el único al cual ella llegó a mencionar poco antes de su muerte. Respetuosamente, E.R.»

Esto sucedía en septiembre de 1881, mientras la guerra en el Perú seguía en activo. Pero la muerte de Ana Centeno era un golpe de primera magnitud para él. No le entraba en la cabeza que Ana, su Ana, pudiera simplemente haber dejado este mundo.

—¿Y qué esperabas? —le preguntó Singer—. Las personas hacen lo mismo todo el tiempo. Sin avisar con antelación.

Singer invitó a una de las chicas *bagel* a la habitación, por ver si Augie fijaba su atención en algo distinto; pero fue inútil. Berns no salía de su duelo y se negaba de plano a discutir sus sentimientos con Singer. En dos o tres ocasiones fue a la Trinity Church, donde encendió velas. No se perdonaba haber dejado el Perú.

Cuando los peores momentos hubieron pasado, le respondió a Eduardo Romainville, anunciándole su próximo regreso al Perú y preguntando, con la mayor cortesía, el motivo por el que la colección Centeno había de ser enviada a Berlín. ¿No le correspondía estar en el Perú más que en ningún otro lugar? El que tuviese que ser Berlín su destino se le antojaba a Berns una broma grotesca del destino. De casualidad debía de haber poco.

Berns se había convertido en peruano después de tantos años y lo que sentía era nostalgia por ese país. Sabía que no tenía el menor sentido regresar sin disponer de capital, así que se obligó a sí mismo a pensar racionalmente. Después de la guerra podían pasar años, antes de que la economía del país se hubiese recuperado. Los planes de visitar Alemania los había descartado. La falta de dinero que sufría jamás la hubiese reconocido ante su familia.

Pero no solo los viajes, también la vida en Nueva York salía cara. Singer volvió a las partidas de póquer, y Berns aceptó un puesto como capataz en las obras del puente de Brooklyn.

Un día escuchó a uno de los arquitectos encargados de dirigir la construcción, Wilhelm Hildebrand, hablar del proyecto del canal de Panamá. Los franceses habían obtenido una concesión del Congreso de la República de Colombia, y con ella el derecho de construir un canal a través del istmo de la provincia colombiana de Panamá. La Societé Civile Internationale du Canal Interocéanique llevaba ya diez meses midiendo la estrecha franja de tierra. Junto a capataces, ingenieros y máquinas, contó Hildebrand, los franceses habían traído igualmente a Centroamérica el sistema métrico decimal. El futuro sería, como ellos sostenían, medido en kilómetros. En *kilo-metros*, ¡menudo chiste! En cualquier caso, los responsables del canal llevaban ya meses contratando a los mejores ingenieros de todo el mundo, lo cual era un fastidio.

Entonces supo Berns cómo iba a superar la muerte de Ana Centeno. Y Singer lo acompañaría.

13. AVANCE EN PANAMÁ

La Ciudad de Panamá se ubicaba en una lengua de tierra que se adentraba en el mar. La bruma del pacífico envolvía la aglomeración de tejados de color castaño claro, las cúpulas y la torre de la catedral. Ante las puertas de la ciudad se distribuían villas aireadas, pintadas de blanco; si uno viajaba en tren por la estrecha franja de terreno que era Panamá, la provincia más occidental de Colombia, estas casas eran lo primero que divisaba al llegar a la ciudad.

—Bienvenido al paraíso —le dijo Berns a Singer, según el tren pasaba junto a las villas. Estaban circundadas de colinas boscosas, en cuyo potente verdor se entremezclaban las flores de flamboyanes y palisandros, y sobre cuyas copas pasaban en su vuelo bandadas enteras de papagayos.

—Antes bien al infierno —dijo Singer. Desde que en la ciudad portuaria de Colón se subiese con Berns al vagón de ferrocarril, no había dejado de mirar fijamente a través de la ventana abierta hacia las vías que atravesaban el istmo—. Panamá es un agujero inmundo. Construyendo esta vía férrea perecieron decenas de miles. Un hombre muerto por traviesa. ¿Es que no has escuchado las historias? Cualquiera que tenga dos dedos de frente da un rodeo para no entrar en este sitio.

—Dentro de un par de años —dijo Berns— no quedará nadie que quiera dar un rodeo, sino que cruzará limpiamente a través del canal. Ese es el motivo por el que estamos aquí. Los franceses, por cierto, buscan también mineralogistas, según he podido leer.

—Dudo que De Lesseps tenga la menor idea de lo que eso significa.

Berns puso los ojos en blanco y esquivó una rama que soltaba en ese instante un latigazo contra la ventana. Con tal de que encontremos pronto una sala de póquer, pensó, Singer se pondrá también de mejor humor. Todo el mundo tenía el más alto concepto del ingeniero De Lesseps; todos, a excepción de los norteamericanos. Ferdinand Marie vizconde de Lesseps, el presidente de la Compañía del Canal de Panamá, había coronado con éxito, algunos años antes, un proyecto ciclópeo. Bajo su égida se había concluido el canal de Suez a plena satisfacción. El hecho de que *monsieur* De Lesseps hubiera ya cumplido con creces los setenta no hacía que nadie albergase dudas respecto a su capacitación, e incluso el hecho de que con anterioridad solo hubiese estado una vez en Panamá no llamaba gran cosa la atención. Un canal, así se había expresado el anciano caballero en un congreso celebrado en París, no era otra cosa que un canal. Era cuestión de cavar a lo largo del paisaje. Para ello ni siquiera hacían falta ingenieros, sino sobre todo imaginación.

De Lesseps planteaba un canal al nivel del mar. Las aproximadamente ochenta millas que medía el estrecho de Panamá se componían de tres segmentos: el atlántico, el montañoso y el pacífico. De Lesseps no contaba con que se produjesen problemas serios.

Berns sabía en cuál de esos segmentos le correspondía hacer su aportación. Él era hombre de montañas. Para enlazar ambos océanos, era necesario dividir la cordillera panameña. Abrirse camino a través de la loma de Culebra, ese era el verdadero desafío, allí era obligado comenzar.

—Cavar a través de pantanos y marismas está al alcance de cualquiera que posea una pala —dijo Berns, con la vista clavada en la cordillera—. Pero atravesar una elevación montañosa, eso requiere visión.

El plan que había elaborado De Lesseps le gustaba. Y los salarios que la Compañía del Canal de Panamá abonaba a sus ingenieros se suponía que eran más altos que la media.

Singer, en cambio, estaba ya un poco harto de visiones, por lo que guardó silencio durante el resto del viaje. Una cosa sí era cierta, no obstante: si se ponía en cualquier sitio el suelo patas arriba, afloraba una cantidad considerable de pedruscos. No había ningún mal en echarles un vistazo.

El tren penetró en la estación, que era de escasa altura. Berns se dobló para salir del vagón y golpeó con los nudillos su pared exterior. En Michigan se había ocupado de trabajos de herrería y construido cimientos. Aquí, más de cuatro mil millas al sur, le esperaba una tarea infinitamente mayor.

Tras recorrer calles estrechas y serpenteantes, los hombres accedieron a la plaza de la catedral. Entre las edificaciones de piedra y ladrillo ya decrépitas por la edad se apelmazaba el calor. Los perros callejeros estaban tirados a la sombra y movieron cansinamente sus rabos, según Singer y Berns pasaban a su lado.

—Por favor, ahorrémonos esta vez un asistente de cuatro patas —dijo Singer. Pero Berns no le estaba escuchando. Había descubierto una panadería alemana y unos almacenes con productos norteamericanos. A juzgar por las primeras impresiones, no tendrían aquí que prescindir de ninguna comodidad. Sin duda, a primera vista, la ciudad daba una impresión no tan prometedora: las calles tenían pisos de grava o el pavimento hecho trizas, y de los nichos y grietas de los palacios urbanos en mal estado brotaban orquídeas, azucenas y helechos. Si uno miraba arriba hacia los gabletes y aleros, lo que encontraba eran colonias de murciélagos, aferrados a las fachadas.

Berns y Singer adquirieron en un bar tamales, así como una botella de agua helada con limón, tras lo que se dirigieron a un banco delante de la catedral. Allí pasaron un rato sentados, comiendo, bebiendo y observando a los transeúntes, que progresaban con diestra celeridad por el deteriorado pavimento. Acabada la botella, se echaron su equipaje sobre las espaldas y cruzaron la plaza en dirección al Gran Hotel. Aquí concertaron su alojamiento, lo mismo que todos los que en Panamá aspiraban a llegar a algo. Singer se quejó del precio astronómico, mientras Berns pagaba por la primera noche al contado. El director en persona los condujo a la galería de madera perimetral de la primera planta y les mostró su habitación.

A cambio de tan soberbio precio, apenas contenía dos camas individuales, mosquiteros, dos sillas y una repisa para los sombreros. Sobre esta el director colocó dos botellines de cerveza Yuengling y deseó buena velada a los señores.

Como los mosquiteros estaban llenos de agujeros, y el cuarto lleno de mosquitos, Singer y Berns se agarraron las sillas y salieron a sentarse en la galería de madera. La cerveza helada les supo a gloria; ahora que entraba una brisa del Pacífico, el aire se tornó algo más fresco. En las inmediaciones se escuchaba la estridulación de los grillos, y de los bares y clubes cercanos llegaban hasta ellos las voces de los crupieres y el tintineo de los dólares de plata. Un grupo de niños encendió en la calle una pequeña batería de fuegos artificiales. Un cohete voló con un siseo por el cielo nocturno, espantando a unos cuantos murciélagos que se marcharon volando hacia el puerto.

—A mí me gustaba Nueva York —dijo Singer.

—¿No quieres bajar a jugar unas rondas de póquer? —preguntó Berns.

***

En cuanto amaneció al día siguiente, Singer aún dormía, se untó Berns un poco de pomada en la barba, salió de la habitación del hotel e inició un recorrido por las calles de la ciudad. Aún gravitaba sobre ellas el frescor de la noche y, a diferencia de lo que ocurría por las tardes, reinaba ya en ellas una actividad bulliciosa. Niños tostados por el sol jugaban con monitos sobre las verandas, diminutas damas recorrían las calles ostensiblemente fatigadas, ingenieros vistiendo trajes elegantes iban a la carrera. Berns sabía adónde querían ir: todos corrían hacia la estación.

Él mismo no tenía tanta prisa. A las ocho abrían las oficinas de la compañía del canal; hasta ese momento tenía Berns la intención de hacerse una idea de la ciudad. Además se había propuesto poner a prueba su francés, antes de presentarse ante el ingeniero jefe. Pedro J. Sosa, a juzgar por los rumores que había escuchado en el vapor que los trajo desde Nueva York, era un colombiano sin sentido del humor, aunque a cambio un hombre previsible. Su mano derecha era Armand Reclus, el agente francés y representante de De Lesseps. Por lo visto el idioma de comunicación era el francés. *¡Fronsé en el colesh!* Berns echó cuentas: haría más o menos un cuarto de siglo, desde que le tocara manejarse en esa lengua.

Ahora, estando ya alerta y descansado, se percató en su deambular por las calles de que las tiendas y los restaurantes de los franceses dominaban el centro de la ciudad. En cada segunda o tercera casa ondeaba la tricolor. La Agence Supérieure había contratado a cientos de ingenieros y trabajadores especializados procedentes de Francia; en su mayoría, habían llegado en compañía de esposa e hijos, confiando en que las historias que sobre el clima y las condiciones imperantes en el lugar de destino les habían contado fuesen una exageración.

Berns entró en un café y decidió poner a prueba su francés con el propietario, quien lo saludó con amabilidad. El café tenía sabor rico y lo espabiló; en su agradecimiento le dio al tabernero veinte céntimos y le soltó varios cumplidos referentes a su peinado.

—Usted será ingeniero —le dijo sonriente el dueño.

—En efecto, recién llegado.

—¿Y para esto no es ya un poco tarde?

Berns le rogó que se lo repitiera: ¿tarde? Entonces el tabernero le informó que los primeros ingenieros ya estaban yéndose de Panamá: el tiempo, las miasmas, la fiebre. Al principio, la agencia había rechazado a numerosos ingenieros de los que presentaron su solicitud, y ahora lo que buscaba con denuedo eran profesionales especializados. Panamá no era precisamente París, ni siquiera se acercaba a Lyon. ¿Le apetecería una segunda taza? Berns lo rechazó cortésmente y abandonó el café.

En esos veinte minutos que Berns había pasado tomando café, la temperatura había subido de forma considerable. Miró su reloj: todavía le quedaba media hora, así que marchó en dirección al puerto. Ahí se destacaban los muros de las antiguas instalaciones defensivas, y un olor a sal y a algas flotaba en el aire. Berns sonrió: ahí se hallaba él, el Pacífico… Trepó sobre el valladar y un poco se sentía como si reencontrase a un viejo amigo. Las aguas habían retrocedido y los arrecifes que rodeaban la lengua de tierra quedaban a la vista; las barcas de pesca se mecían en las dársenas, en tanto que pelícanos y cormoranes no paraban de zambullirse una vez y otra en busca de peces y cangrejos. Uno de los pelícanos lucía un plumaje de color inusualmente claro, casi blanco. Uno como este ya lo había visto Berns con anterioridad. *¡El pelícano!* Con enorme asombro Berns vio cómo le venía a la memoria otro amigo de tiempos lejanos: Andrés Avelino Cáceres. ¿Estaría también él combatiendo contra los chilenos?

Berns chasqueó la lengua y se giró. Desde los muros de la fortaleza había una magnífica vista sobre los montes cubiertos de bosques, esos que Berns y Singer atravesaran con el tren el día anterior. Una delgada columna de humo ascendía del verdor emergente; más arriba, allá donde los montes se convertían en cordillera, la tonalidad cromática se modificaba, tornándose unos grados más oscura, más gris. Berns aspiró hondamente, cuando se percató de lo que era: el bosque de niebla, sobre el cual —solo era cuestión de tiempo— no tardaría en posarse una espesa neblina. También en Panamá el año se dividía en una estación seca y otra de lluvias.

Esta tierra, en la que decían había de cobrar forma el futuro, por unos instantes se le figuró como el pasado. La fortificación en el puerto, los pelícanos sobrevolando el Pacífico, los flamboyanes, los bejucos cayendo de los balcones de madera, la selva, las montañas... Berns dejó vagar su mirada, contempló las colinas, la orientación de sus flancos; entonces creyó identificar entre la vegetación afloramientos rocosos, puntos brillantes y, al cabo, incluso frontones y fachadas...

Llevaba ya mucho tiempo Berns sin pensar en la ciudad perdida de los incas. Ahora volvió a hacérsele presente y, durante una fracción de segundo, le dio por pensar que estaba pisando por primera vez suelo americano, con las manos pródigas de vigor y el corazón rebosante de anhelo.

Pero Ciudad de Panamá no era Callao, ni 1882 era 1863, del mismo modo que él, Berns, ya no era tampoco un joven inexperto. Sabía bien quién era, lo que conocía y lo que podía esperar.

—Cinco mil dólares —dijo Berns—, además de dietas, gastos de viaje, vestuario, alojamiento individual, uso gratuito del ferrocarril y un asistente personal.

Pedro Sosa, ingeniero jefe de la compañía del canal, y Armand Reclus, Agent Supérieur, se lo quedaron mirando estupefactos. Él continuó relajado y no dejó de sonreír a los dos hombres sentados en sendos sillones del despacho. Sosa: un colombiano uniformado con el cabello peinado hacia atrás y con la tez oscura. Reclus: un francés larguirucho de bigotes erizados que vestía un traje tropical de color claro con una talla de menos.

Cuando Berns accedió a la sala de planos y mapas de la compañía, en la segunda planta del edificio, ambos hombres habían estado enfrascados en el trabajo, analizando un dispositivo de nivelación desmontado. Tras echar una mirada fugaz a unas cuantas bandas de papel, Berns pudo darse cuenta de que la mayor parte de los ingenieros se dedicaban a la problemática de los cauces fluviales. No constituía un secreto que los ríos tropicales podían ser de entrada arroyos insignificantes, para después convertirse en caudalosas corrientes. De cara a la navegación en el canal, ello suponía una fuente considerable de peligros.

—Cinco mil dólares —insistió Berns—, dietas, gastos de viaje, vestuario, alojamiento individual, uso gratuito del ferrocarril, un asistente personal y también manos libres a la hora de contratar nuevos trabajadores especializados que trabajen a mis órdenes.

—Usted está de broma. —Sosa volvió a empuñar el cigarro, que había dejado anteriormente en un platillo—. ¿Y, además, usted quién es? ¿Tiene referencias?

Berns ignoró la pregunta.

—¿Le puedo preguntar una cosa? ¿Cuál diría usted que es el problema principal en la construcción del canal?

—El río. —Esta vez fue Armand Reclus el que respondió.

—Se podría ver así —dijo Berns—. Desde un cómodo sillón en la oficina.

Monsieur Reclus se puso en pie. Sosa le daba caladas a su puro. Tamaño despliegue de impertinencia les había pillado a ambos por sorpresa. ¿Un alemán que llevaba la contraria sin cortarse? Eso era nuevo.

—El problema principal —dijo Berns— es el ferrocarril.

—Usted delira —estalló Reclus—, y ahora, si me lo permite, estamos ocupados con un canal...

—Escúchenme ustedes. He trabajado durante años como ingeniero responsable para los ferrocarriles peruanos, y de vegetación selvática y emplazamientos montañosos entiendo algo. Según he oído, tienen ustedes el propósito de tender rieles siguiendo el sistema de vías portátiles. Muy bien. De Lesseps cuenta con la extracción de ciento veinte millones de metros cúbicos de escombro. ¿Prevén ustedes una línea de vía única? En la que, además de los propios escombros, se transporten también trabajadores, máquinas, equipamiento y aprovisionamientos? Lo que necesitan ustedes no es una vía, sino un *sistema* vial.

Monsieur Reclus volvió a tomar asiento. Se puso a contemplar las vetas del tablero de la mesa, luego repasó un par de croquis, dio instrucciones a voz en grito al despacho aledaño. Sosa, aparentemente distraído, siguió repasando las piezas del dispositivo de nivelación.

—Aquí nadie tiene un asistente personal —dijo Reclus finalmente. Los trabajos empezaban dentro de diez días. Ferdinand de Lesseps en persona llegaría a Panamá, para inaugurar solemnemente las excavaciones. De los ingenieros se esperaba presencia y contención a un tiempo.

—Por mí no hay problema —respondió Berns—. ¿Dónde me corresponde firmar?

***

Al día siguiente, Berns fue acomodado en una de las casas de madera situadas a mayor altitud en el límite de la selva. El asentamiento se llamaba «Emperador», y supuestamente contaba con el mejor clima de todo el tramo que iba a atravesar el canal. Se decía que, en días claros, se disfrutaba de una vista sin restricciones sobre las cumbres de la cordillera panameña.

La casita de madera de Berns no tenía más que un espacio interior y un porche delantero. Desde la balaustrada se podía ver hacia abajo la hendidura de la línea férrea, que enlazaba la Ciudad de Panamá a orillas del Pacífico con Colón, en la costa Atlántica. Cerca de Berns residían Émile Jacquemin, un vegetariano algo escuálido que siempre miraba con gesto atribulado y era el primer ingeniero en la zona del montículo de Culebra, así como Pascal Mercier, un caballero fornido oriundo de Dieppe, al que agradaba contar que su propósito era hacerse rico. El bochorno del trópico le causaba problemas; para apartar la atención de su cansancio, se obligaba a mantener los ojos muy abiertos mientras hablaba, y llevaba la conversación a temas estimulantes como el dinero o las alternativas de inversión.

Berns procuraba evitar la compañía de ambos hombres. Por motivos insondables Jacquemin le era antipático, y Mercier se le antojaba simplón y quejumbroso. Estar todo el rato perorando acerca del dinero, qué patético si eso era lo único que le movía a uno. ¿Es que no había de existir algo superior, un más allá de valor y significación?

El interior de la vivienda contenía un camastro que apestaba a bolas de naftalina, una cómoda con jofaina, un arcón de madera, una silla y una mesa. Sobre esta última colocó Berns la figurilla de plata. Por cierto que se olvidó de esconderla antes de que pisara su casa el primer huésped: se trataba de Singer, que había venido de visita desde Ciudad de Panamá para darle el visto bueno al nuevo hogar de su amigo. Con aire divertido le dio un toquecito a la cabeza de la estatuilla.

—Así que no te has olvidado a estas alturas, ¿eh? —le dijo.

—No —respondió Berns—. Cómo iba a poder.

—Pensaba que el canal podría tal vez distraer tu atención.

En el porche los dos amigos brindaron con cerveza Yuengling. Singer le contó que en una partida de póquer había conocido a un tal míster George Duncan, director de la Emperador Mining Company. Este le había planteado la posibilidad de un trabajo como mineralogista y prospector. Tenía todos los visos de que acabaría en ese puesto.

Berns puso su botella de cerveza en el suelo con un sonoro golpe.

—Que a uno no le gusten los franceses —dijo—, probablemente no sea motivo para no aceptar que te paguen un sueldo.

Pero a Singer no le daban los ánimos para reír gracias. Había estado cambiando impresiones con varios de sus paisanos en el Club Norteamericano, los cuales llevaban en la ciudad desde la construcción del ferrocarril panameño. Lo que tenían que referir del plan financiero de De Lesseps, y sobre la calidad del material que había introducido en el país, sonaba tan escandaloso que Singer se propuso no creérselo todo al pie de la letra (aunque, así y con todo, no había podido evitar quedarse impactado). Tal y como se comentaba en el Club Norteamericano, las máquinas de los franceses puede que sirvieran para la Champaña o Dordoña, pero nada tenían que hacer contra las ciénagas de América Central. Con independencia de esto, el fondo de roca era tan sumamente duro que no había en el mundo excavadora de vapor capaz de horadarlo.

Berns, a quien irritaba el desaliento de Singer y molestaba no menos que pasara tan alegremente por alto su cuantioso salario, opuso a este argumento que, por el momento, había en Colombia suficiente dinamita como para solucionar cualquier problema entre Panamá y Bogotá. ¿Y el material? Bueno, y qué si los franceses habían importado accesorios frágiles desde su patria. ¡La tarea de un ingeniero consistía en extraer los mejores resultados de los parámetros dados!

—Parece que no lo entiendes, Berns. En 1850 cayeron aquí fulminados miles de hombres. ¡Por un mero ferrocarril!

—La culpa fue vuestra, de los norteamericanos.

—Y justo por eso mismo podemos calibrar ahora las dificultades. Y los costes. ¿Que De Lesseps estima un importe de cuatrocientos millones de dólares? Con eso el canal no va a avanzar ni cinco millas.

—Dale tiempo, Singer. En una semana comienzan los trabajos en el paso de Culebra. De Lesseps en persona se ocupará de la primera voladura. Espera una semana para emitir tu juicio.

***

Una semana más tarde, los colegas franceses, embutidos en sus trajes a la última moda de París, estaban alineados junto a la tribuna de oradores, bebiendo agua con hielo, sudando y quitándose con discreción el barro de sus zapatos de piel. Desde la selva llegaban el graznido de los tucanes y el chillar de los monos, solo interrumpidos por el fragor de los truenos procedentes de las sucesivas tormentas tropicales que iban iluminando el cielo. ¡Y eso que era la estación seca! La tierra húmeda impregnaba el aire de un intenso olor a madera y pudrición; solo de tanto en cuanto cruzaba algo de brisa por la hendidura, haciendo que temblasen las hojas de las palmeras circundantes.

A varios de los caballeros la pomada les caía de las barbas en gruesos goterones, y a otros se les puso mustia la flor tropical que portaban en el ojal. En su mayor parte, los ingenieros iban perfumados y lucían pañuelos bordados. Berns pensó: de esta guisa no podrán enfrentarse a la selva.

Buscó con la mirada a Singer. Cuando Berns dio con él en medio de la multitud, le hizo un gesto de complicidad. Singer se tocó el ala del sombrero con el dedo y contrajo la boca en una sonrisa burlona. Berns hizo como que no se daba cuenta.

De Lesseps, que a sus setentaicuatro años era todavía un hombre apuesto con la espalda bien erguida, mirada penetrante y bigotes imponentes, parecía irradiar un magnetismo especial. Según caminaba entre la masa de espectadores congregada junto a la elevación de Culebra, se creaba un espacio vacío en torno a su figura, un poco como si la gente tuviera miedo de quemarse al contacto con él. También los ingenieros de la división de Culebra dieron un paso al costado y observaron con timidez al gran francés, mientras este subía a la tribuna, saludaba a Sosa y a Reclus y estrechaba manos sin cesar.

Cuando De Lesseps inició su alocución con una vibrante voz de bajo profundo, Berns se dio cuenta de que algunos colegas suyos se pasaban la mano por la frente con llamativa frecuencia, y también de que cambiaban mucho de pierna de apoyo. Al principio pensó que habían tomado demasiada agua helada, pero luego comprendió que era el sol. Están bastante incómodos. Berns, habituado al calor y a la humedad, era el único que continuaba impávido. Con su sombrero de paja de ala ancha, permanecía frente a la tribuna preguntándose cuánto tendrían que esperar aún hasta que De Lesseps procediese a la voladura.

En el agujero que habían perforado en las proximidades, y que profundizaba bastante en la roca basáltica, ya estaba colocada la dinamita. Émile Jacquemin había decidido que provocar la explosión mediante una máquina de voladura resultaba demasiado profano para una ocasión tan ceremoniosa. Limitarse a apretar un botón era un poco *sans effet,* así que, por esta vez, dado el momento simbólico, parece que apetecía volver a la vieja mecha de otros tiempos.

Pero ahora ocurrió: el primer ingeniero se derrumbó bajo el sol de justicia del trópico y calló al suelo inconsciente. Un compasivo Berns lo agarró y ayudó a otros a arrastrarlo hasta la sombra de un árbol.

De Lesseps, subido a la tribuna, seguía hablando con rugiente elocuencia de la humanidad y de los desafíos que tenía por delante. A pesar de su edad, el calor no parecía afectarle; incluso tras un recorrido por la hendidura seguía dando una sensación de bienestar, lleno de energía y entusiasmo por la acción. El traje le sentaba como un guante, mientras deslizaba una mirada inquisitiva por las montañas de los alrededores. Un ingeniero prototípico, pensó Berns. Cuando De Lesseps notó finalmente que los hombres que estaban ante la tribuna se veían en apuros, anticipó la conclusión de su discurso y descendió entre un mar de aplausos. De un cofre que le señaló Armand Reclus extrajo varias botellas de champán y se las fue entregando por orden de jerarquía a los ingenieros jefe.

Berns se preparó a toda prisa unos cuantos giros en francés. Cuando al fin tuvo delante a De Lesseps, le preguntó con voz baja cuál era su secreto, cómo llegaba uno a adquirir lo que más cuenta, que es una visión propia. Mientras lo hacía, observó fijamente la expresión de su rostro. ¿Una visión *propia?* Tenía que reírse, la verdad. Difícilmente podía ser eso lo que más cuenta. Porque solo la conformidad llevaba al éxito: la conformidad de la propia idea con la visión de los demás.

Berns no lo comprendió a la primera, pero antes de que pudiese reaccionar ya estaba Jacquemin agarrando del brazo a De Lesseps, para llevárselo al lugar de la voladura.

No obstante, hubo un contratiempo. *Monsieur* Jacquemin se puso a hurgar en todos sus bolsillos en busca de fósforos, y no aparecían. También Berns se palpó todos los recovecos de su traje, sin encontrar nada excepto un trozo de tiza. Hubo un murmullo creciente, De Lesseps grito algo a la multitud, pero los hados parecían haberse conjurado. Nadie pareció haber creído necesario traer fósforos. Ya se disponía Berns a ir corriendo a la cabaña de los ingenieros, cuando un hombre se abrió paso entre el gentío y con una sonrisa callada le entregó a De Lesseps una cajita. Era Harry Singer.

—*Merci beaucoup* —dijo De Lesseps.

—*You're welcome* —dijo Singer.

Monsieur Jacquemin instó a los espectadores a que se situasen al otro lado de la vía. Entonces De Lesseps encendió el fósforo y se situó igualmente tras la vía. La mecha ardió, chisporroteó, silencio.

Nada ocurrió.

Como acabó descubriéndose, la dinamita introducida en la roca se había mojado.

—Una desafortunada coincidencia —dijo De Lesseps—. Tendremos que buscar remedio de otra manera.

Un ingeniero más se desmayó, mientras los reporteros del *Star & Herald* guardaban sus libretas de notas. Para no abandonar la zona del canal sin haber desplegado alguna acción, De Lesseps agarró una pala y cavó un agujero hasta darle la profundidad de una rodilla. Los congregados aplaudieron, a la par que él se secaba el sudor de la frente.

El mismo día siguiente De Lesseps emprendió viaje a Nueva York; tenía, según se comentó, una cita para almorzar con el presidente Chester A. Arthur.

—Mejor así —dejó caer Berns, que le tenía más miedo a las cavilaciones que al trabajo duro—. Ahora le ajustaremos las cuentas a este sector del terreno.

Pero el terreno también podía ponerse a la defensiva. Si no se desplegaban cada día cien macheteros aguerridos que recorriesen la hendidura, y que prendieran fuego a los residuos verdes, la superficie que habían desbrozado no tardaría en verse invadida otra vez por un entramado de nuevos arbustos y matorrales. Los ingenieros tenían a su disposición doce locomotoras de vapor de vía estrecha, de fabricación francesa, de la casa Decauville, así como varios cientos de vagonetas para retirar el escombro, incontables tramos de vía portátil para su colocación temporal, un almacén lleno hasta los topes de dinamita y, en fin, seis excavadoras de cadenas accionadas por vapor. Cada día las excavadoras profundizaban con mayor voracidad en el suelo de la elevación de Culebra. El plan preveía seguir ahondando cada vez más profundamente en el pasadizo, que estaba situado a una altura de doscientos diez pies, e ir descendiendo en forma de terrazas, hasta alcanzar el nivel del mar.

—La construcción del canal de Panamá —le dijo Berns una vez a Singer— consiste sobre todo en pasear de un lado a otro la porquería que se extrae. Y aquí hay un volumen mayor de porquería del que jamás en su historia ha contemplado la humanidad.

Esto le causaba muy especialmente quebraderos de cabeza al sistema ferroviario Decauville, que era competencia de Berns. Bajo su supervisión se desplegaban vías hacia todos aquellos lugares donde se requerían las excavadoras de vapor, o se necesitaban trabajadores, equipamiento y provisiones. No tardó en constatar que el material ferroviario de la firma Decauville se prestaba con preferencia a los vehículos ligeros con baja carga por eje. Las excavadoras de cadenas, sin embargo, al igual que las vagonetas cargadas hasta los topes de escombro, e incluso las propias locomotoras suministradas por Decauville, tenían la mala costumbre de clavar las vías demasiado profundamente en el suelo. No transcurría semana sin que descarrilara un tren o se volcara una excavadora, deslizándose por alguna pendiente y, por añadidura, sepultando a los operarios correspondientes. En su libreta llevaba Berns un listado de los hombres que habían perdido la vida en Corte Culebra. Al cabo de dos meses, tuvo que estrenar una segunda libreta.

Cuando la cavidad llegó a una profundidad de apenas sesenta pies, comenzó el tiempo de los corrimientos de tierra. Por contradecir los cálculos de los ingenieros, la piedra se desmoronó apenas cuando llevaban una cuarta parte de la profundidad requerida; el fango se desprendió de las laderas y cayó a la fosa. Aunque corría la estación seca, les vino lluvia y lavó las laderas. Durante días quedaron inactivas las locomotoras, entre los obreros estallaron las epidemias y Jacquemin se puso a rezongar, comentando que, si esto seguía así, habría que solicitarle a la sección del Atlántico que enviase dragas.

A las dos semanas, las lluvias cesaron. Berns se despertó antes de que amaneciese; reinaba un silencio inhabitual. Aunque la sirena no empezaba a sonar hasta las siete, para convocar a los trabajadores a la fosa, se vistió con rapidez, y se puso en marcha. Sobre el cielo nocturno aún azul se agitaban los murciélagos; sobre el aire pesaba un dulce olor a madera. Como si fuese un sonámbulo, Berns dejó de lado a un obrero que, probablemente borracho, continuaba dormido en la vereda; después dejó atrás los caminos sin salida que llevaban a las casetas en plena selva de los ingenieros, las chozas de los trabajadores y, finalmente, los aparatos descartados. Entonces se paró en seco y se frotó los ojos, sin salir de su asombro. Porque en el sitio donde debía abrirse un boquete de no menos de sesenta pies de profundidad, como era lo suyo, lo que había era una ciénaga de humus, pedazos de basalto y arcilla, emitiendo burbujas y valor hacia la superficie.

***

A raíz de este corrimiento de tierras, el mayor hasta entonces, presentó su dimisión una docena de ingenieros; Armand Reclus se fue de viaje a Caracas dos semanas —por motivos de salud, según declaró—, y Émile Jacquemin sufrió una crisis nerviosa de tal magnitud que durante un sinfín de días seguidos no fue capaz de articular palabra.

Berns, en cambio, se sentó en una silla plegable y se puso a darle vueltas a la cabeza. Dos días enteros se tiró así, hasta que Singer vino a recogerlo y lo depositó de vuelta en su casita de madera. En el porche, le indicó Singer, se estaba significativamente mejor, y ello no reducía las posibilidades de seguir pensando.

Estando sentados con comodidad bajo ese techo protector, le pasó a Berns un infolio.

—Te he traído una cosa.

En la encuadernación de cuero se apreciaban, con tonos verde oscuro y dorados, lianas resplandecientes, zarcillos y pájaros; sobre la imagen, en letras negras, una palabra: *Panamá*.

—¿Me traes un libro precisamente sobre Panamá?

Singer sonrió con ironía y quiso saber cuándo se reanudarían los trabajos, una pregunta que Berns no sabía responder. Lo primero sería reemplazar a los ingenieros que habían optado por despedirse. Y tal y como él, Berns, veía la cosa, debería elaborarse un nuevo plan, al objeto de atajar el asunto de la capa de humus sobre el fondo rocoso propiamente sólido. Antes de esto no se podía, cabalmente, continuar.

Mientras la Emperador Mining Company analizaba las lomas despejadas a lo largo del cauce del canal, Singer se tiró dos meses, por ahorrar dinero, durmiendo en una hamaca en el porche de Berns. El Winchester ya no estaba apoyado en una esquina, sino que pendía de una de las cuerdas de la hamaca.

Pedro Sosa en persona invitó a Berns a integrarse en el comité asesor; al principio se le prohibió expresamente que expresara el menor pesimismo, luego le subieron el sueldo. De forma alternativa, Berns y Jacquemin fueron trasladándose a Ciudad de Panamá para discutir y acordar las actuaciones futuras en Corte Culebra con Sosa y Reclus.

Entretanto Singer había entrado en conversaciones con Pascal Mercier, que ocupaba la casita de madera colindante. Mercier había puesto la oreja cuando Singer le contó acerca de la compañía minera para la que trabajaba. Cuando Singer le dio noticias de un afloramiento de oro en el norte, Mercier descorchó una botella de burdeos y le sirvió una copa cumplida. Según afirmó, llevaba tiempo en busca de una mina realmente prometedora.

De manera que Singer le formuló, a lo largo de las semanas siguientes, una proposición detrás de la otra, acompañadas de dobles y triples informes periciales. En cada ocasión, Mercier expresaba su interés, pero a la postre declinaba siempre aceptar. A Berns le llamó la atención que ello iba haciendo mella en Singer, y al final no pudo callarse, preguntándole a bocajarro qué era lo que subyacía a estas pretensiones vendedoras. Entonces Singer admitió haber conocido a una mujer en las proximidades de Colón. A él, Berns, le daría risa: se trataba de una viuda de color café con leche, con tres niños pequeños. Quien tenía que mantener una familia necesitaba dinero, esto no tenía vuelta de hoja.

Berns le aconsejó que se mantuviera alejado de Mercier, porque con ello solo malgastaba su tiempo. Luego le propuso adelantarle algún dinero —para su pequeña tribu de nativos, según lo expresó— pero Singer lo rechazó de plano, señalando que su último recurso para obtener dinero prestado serían los amigos. Poco después, una compañía minera lo llamó para ir al Tapón del Darién, una región al sur de la provincia de Panamá, con el encargo de que analizase ciertos túneles de montaña que habían sufrido desprendimientos.

Ya no estaban ni Singer, ni su hamaca, ni el Winchester. Como no podía soportar a Mercier, Berns eludía frecuentar la tertulia de los ingenieros cuando acababa la jornada. Prefería quedarse sentado en su silla plegable y observar cómo el sol se ocultaba tras el collado boscoso de Culebra. En uno de esos crepúsculos, Berns sacó la mesa al porche, colocó encima la lámpara y se puso a estudiar el infolio de Singer.

El papel jugado por Panamá en la conquista de Sudamérica, según se leía en esas páginas, no podía ser infravalorado. Desde la cordillera del Chucunaque tuvo Núñez de Balboa la oportunidad de contemplar, como primer europeo, el océano Pacífico. Berns se puso a mirar las cimas que rodeaban Corte Culebra, y su fascinación por las montañas reverberó una vez más.

Balboa había trabado amistad, siguió leyendo, con diversos jefes de tribus, que le regalaron oro en abundancia. Cuando él les preguntó por la procedencia del oro, le indicaron un lejano país bastante al sur. Allí existiría un reino pródigo en tesoros inimaginables, cuyo nombre era: el Perú.

Berns alzó la vista de nuevo. La noche hacía tiempo que había caído sobre Culebra, y una grata llovizna se dejaba oír mientras acariciaba mansamente la franja de selva adyacente.

Cuando Balboa escuchó hablar de esa legendaria tierra del oro denominada Perú, lo acompañaba un hombre que ya no dejó que ese dato se le escapara de la mente. Se llamaba Francisco Pizarro. *Pizarro*, fue la palabra que no dejó de resonar en la cabeza de Berns; y así hasta que se durmió.

Afuera acababa de amanecer, cuando se despertó. Delante de él aún estaba el infolio desplegado. Se irguió Berns y echó un vistazo a la página que había estado leyendo antes de quedarse dormido. Era la que ponía fin al primer capítulo de la historia de Panamá. La última frase rezaba: *El Perú fue conquistado desde Panamá.*

Berns no tardó mucho en decidirse, preparó su mochila y se puso en marcha. Hasta el pie del Gorgona no había excesiva distancia y la ascensión solo llevaba unas cuantas horas. Llegado a la cima, el viento fresco se le introdujo a Berns por las perneras, inflándole los pantalones. A su alrededor: roca yerma, cactus que le llegaban a la rodilla, huesos de animales que habían sido traídos por los buitres. Sobre una piedra lisa, una docena larga de víboras tomaba plácidamente el sol. Berns pateó el suelo cerca de ellas y se retiraron hacia la tierra seca de la pendiente. Dirigió la mirada hacia el oeste: ahí estaba el Pacífico. Hacía quinientos años un hombre había estado en ese mismo sitio y llegó a escribir páginas de la historia universal. Al este se divisaba el Atlántico, el océano por el que había llegado.

Berns extendió los brazos hacia los dos grandes mares planetarios. Ni Balboa ni Pizarro se habían conformado con Panamá. Esa tierra no parecía sino la puerta o la pasarela para acceder a un continente inmensamente auspicioso. Y en este solamente existía un país que en verdad importaba. Notó con ello Berns cómo volvía a despertarse en él la añoranza. El Perú, ese misterioso territorio situado hacia el sur, una vez más se le antojaba al alcance de la mano.

***

La estación de lluvias hizo su aparición. Hombres y materiales fueron puestos a prueba: las máquinas se oxidaban más deprisa, las calderas de vapor dejaban de funcionar, los regueros engordaban de tamaño, trayendo cantidades inauditas de mosquitos. Pero peores eran sus efectos —en ello coincidían ingenieros y médicos— sobre la salud, ya que las inundaciones lavaban las miasmas patógenas depositadas en el suelo y las liberaban en el aire.

Desde que comenzara la obra habían muerto millares de hombres. Pero cuando un alud de lodo sepultó de una sola vez a docenas de trabajadores, Berns perdió los últimos restos de fe que había tenido en la divina providencia. Cuando tocaba rezar en la capilla de Colón por las almas de los fallecidos, la fiebre empezó a subirle y hubo de retirarse a su casita de madera. Ahora, pensó, me han pillado las miasmas a mí también. Singer, que nada más enterarse acudió de inmediato a su lado, le preparó una papilla de avena y, cuando la fiebre seguía sin ceder al cabo de una semana, prescribió un cambio de aires. ¡Adonde tenía que trasladarse era al Pacífico, donde el aire estaba limpio y era más fresco!

Poco después el prefecto Carlos Burboa se dirigió con una consulta a la Emperador Mining Company. Burboa, un orondo cuarentón cuya pelambrera rizada le sobresalía ampliamente de las orejas, había concebido el plan de recorrer en un pequeño vapor toda la costa norte de Panamá, al objeto de cartografiar sus abundantes islas y determinar la presencia de recursos minerales. Quería saber si la Emperador Mining Company dispondría de personas especializadas que pudiera recomendar para la citada expedición.

Al instante, a uno se le ocurrió recomendar a Singer.

Berns casi no se dio cuenta de lo que había ocurrido, pero de pronto se halló con Burboa y cuatro ingenieros franceses en el vapor Antioquía. Los hombres habían padecido todos de fiebres y querían terminar de curarse. Berns apenas los conocía superficialmente. Como el grupo compartía el mismo camarote, sus miembros se saludaban con mutua cortesía; más allá de esto, cada uno andaba enfrascado en sus pensamientos y dolencias.

Carlos Burboa se tenía a sí mismo por un descubridor. El mismo día de la partida, con Ciudad de Panamá aún a la vista, declaró su pretensión de adentrarse en lo desconocido y convertir la costa panameña del Pacífico en explotable. En la ciudad se comentaba que en muchas de esas islas del Pacífico se había practicado antaño la minería. Ahora se trataba de que el equipo formado confirmara este extremo. Si en esa zona existían minas, él, Burboa, aspiraba a ser el primero en sacarles partido.

¡*Lo desconocido!* Una callada malicia invadió a Berns; recreándose en lo que observaba, se apoyó en la borda para contemplar cómo los hombres cuchicheaban con aire de importancia, mientras echaban miradas de deseo hacia el horizonte.

Cada vez que los hombres se topaban con una isla, bajaban a tierra. Había en ellas cocoteros, a veces también nativos, que los saludaban sorprendidos, y una vez y otra aparecían pozos misteriosos, que se abrían camino al interior de las montañas insulares. En ninguna ocasión aparecía alguien que pudiera explicarles lo que allí se había extraído. Asimismo eran los túneles demasiado bajos para un hombre adulto; la incógnita se mantuvo.

Cierta mañana, habiendo sido Berns el primero en salir haciendo malabarismos de su litera, divisó en lontananza una isla que les había pasado desapercibida a los hombres el día anterior. Aunque la expedición estaba ya como quien dice concluida —las provisiones se estaban agotando, y ninguno de los hombres quería ya saber nada más de la leche de coco y del pescado fresco—, el barco abandonó la bahía y puso rumbo a la isla que había en el horizonte.

Dos horas más tarde, sin que Burboa hubiese siquiera hecho descender el ancla, Berns se tiró a las aguas, que apenas le llegaban a la cintura, y las vadeó hasta llegar a tierra. Era la típica isla que pintaría un niño: en el centro una montaña alta y escarpada, rodeada de espesa selva que, a su vez, circundaba una arena blanquísima. Una inexplicable sensación de felicidad recorrió el ánimo de Berns; poseía un grado de pureza como no lo había experimentado desde chiquillo.

Al borde de la selva crecían papayas, tan grandes como cabezas de caballo, y los cangrejos que corrían por doquier les suministraron a los hombres una variación bienvenida con respecto al monótono rancho del barco. En la playa había conchas, tan brillantes y hermosas, que los hombres las recolectaron para sus esposas. Cuando finalmente encontraron en el bosque varias cabras asilvestradas, los hombres olvidaron sus planes de un inminente regreso. Durante el día se dejaban llevar por las aguas cristalinas de la bahía, mientras contemplaban los bancos de peces que se desenvolvían debajo de ellos; al caer de la tarde, se sentaban en la arena para asar cangrejos y carne de cabra en fogatas que ardían vivamente. Las fiebres de Berns habían desaparecido por completo. Sentía liberación y alivio; por primera vez después de mucho tiempo se veía como un hombre que aún tenía ante sí la mejor parte de su vida.

***

¿Cómo puede uno informar acerca de la felicidad? De vuelta en el canal, Berns constató que Singer no había regresado todavía del Darién. Los colegas de las casitas vecinas se reunían en el cuartel general para devanarse los sesos acerca del lugar en el que iban a depositar los escombros que iba generando el desmonte, a fin de que no se diera un retroceso que atascara las vías de acceso.

Encargaron a Berns que inspeccionase el terreno. El alemán, y esto era algo que se sabía apreciar, no le temía ni a la humedad ni a los vapores tóxicos de la selva. Pero Berns no había ni siquiera trazado el primer apunte en su cuaderno de bocetos, cuando le volvió la fiebre con una fuerza devastadora. Dos obreros lo llevaron hasta su casa de madera. A todos les empezó a quedar claro: este Berns no va a durar mucho más tiempo en Panamá.

Al atardecer fue a visitarlo *monsieur* Mercier, que quería obtener datos sobre los resultados de la expedición. Berns apenas podía seguirle. Mercier parecía creer que Berns había estado de viaje en compañía de Singer por encargo de la compañía minera; por mucho que se esforzase Berns en hablarle de Carlos Burboa y su barco, no lograba hacerse entender. ¿Hablaba francés? ¿O se trataba de español, incluso de alemán?

El español nasal de Mercier se disolvía entre el griterío de los papagayos que había afuera, en el límite de la selva; seguramente estaría de nuevo disertando acerca de las riquezas de este mundo, de vetas y de minas... Berns escuchaba a alguien hablar y se preguntaba a quién pertenecería la boca de la que emanaban las palabras. Entonces se percató de que era la suya. La cama, con absoluta claridad lo notaba, estaba suspendida por encima del suelo, lo mismo que *monsieur* Mercier, que seguía a su vera. Tuvimos una suerte tremenda, oyó Berns decir a alguien. ¿Pero de quién era ese *nosotros*? Mercier no lo interrumpió, y Berns continuó hablando, entre susurros y jadeos. Dio cuenta de la isla Silva de Afuera, que distaba tanta distancia, y de sus tesoros, entre los que se habían pasado días nadando. ¡Menuda suerte tan inesperada y gozosa les había cabido vivir! Dio cuenta también de su infolio, de los españoles, que habían navegado de aquí para allá por aguas panameñas, encontrando en esas islas su botín, pesando oro, contando perlas... En Silva de Afuera subsistía un hechizo, bisbiseó Berns, sus tesoros eran infinitos.

Ante esto, *monsieur* Mercier dio un paso desde el camastro hasta la mesa, donde yacía el infolio abierto y los cuadernos de notas. Berns pudo escuchar el crujir de las páginas y cómo, al cabo de un buen rato, a Mercier se le escapó un silbido.

—Silva de Afuera —dijo Mercier—. ¿No sabrá usted por casualidad quién es el dueño de la isla?

A Berns le llegaba el graznido de los tucanes, el chillido de los monos. A esto se le iban sumando nuevos ruidos: el martilleo del aserradero, el murmullo del Urubamba y el ulular de los vientos procedentes del lago Hurón, las voces entremezcladas en un batiburrillo de míster Brady, fabulando sobre las joyas de Tiffany's, o de *monsieur* De Lesseps, hablando de las visiones ajenas, y además el tronar de los obuses en Callao, las campanas de Cuzco, el reventar de la madera en Tierra de Fuego; todo ello se apelmazaba conformando un huracán, del que lo único que afloraba con nitidez era la voz de Singer. Al final, las palabras de Singer cobraban autonomía y se posaban como un estandarte sobre la ciudad perdida de los incas: *una historia atractiva de verdad.*

Cuando Berns despertó a la mañana siguiente, la fiebre había desaparecido, el infolio y todos sus cuadernos de notas ya no estaban y Mercier había partido con rumbo desconocido.

Silva de Afuera, pensó Berns. Se sentó entonces en su silla plegable y reflexionó. Pese a la estación de lluvias, los trabajos en Corte Culebra no se habían interrumpido, aunque tuviesen que afrontar dificultades crecientes derivadas del agua del río Chagres, que entraba cada vez con más fuerza. Berns entendió con nitidez lo que ninguno de sus colegas se atrevía siquiera a pensar: que la construcción del canal de Panamá no se podía llevar a cabo con los medios por el momento disponibles. Singer había estado en lo cierto desde el principio. Viejo diablo, pensó Berns. Y a todo esto, ¿dónde estaba metido?

***

Cuando se le preguntó, míster Duncan dijo que en el Darién habían descubierto oro y que por eso hacía falta el mayor número posible de hombres disponibles para la ampliación de los túneles, incluyendo a Singer. ¿No le apetecería a él, Berns, sumarse a ello? Berns rechazó la oferta con toda cortesía. También del canal se mantuvo alejado, alegando el peligro de las fiebres. Había algo urgente de lo que le tocaba ocuparse, y para ello era menester que se adelantase a Mercier. Un día lo pasó en la oficina de topografía, después visitó al alcalde de Ciudad de Panamá y por fin al prefecto Carlos Burboa. Tres días más tarde tenía lo que deseaba. Ahora solo le restaba esperar a Singer.

En el ínterin, Berns se dedicó a estudiar los periódicos. La guerra entre el Perú y Chile había terminado. El Perú, según pudo leer, estaba negociando con Gran Bretaña las condiciones de una cuantiosa condonación de la deuda. ¡Pronto habría de nuevo dinero en el país!

Sobre todo los artículos de un tal Luis Carranza llamaron la atención de Berns. Carranza era redactor jefe de *El Comercio*, el diario más importante de El Perú, hijo de un héroe nacional, médico y, para más inri, antiguo ministro de Defensa del país. Cuanto Carranza escribiera recibía al punto atención y tenía peso.

Un día leyó Berns que acaban de elegir a un nuevo presidente en el Perú. Ante esto arrojó el periódico sobre la mesa, pegó un brinco y soltó una enorme carcajada. ¿Era posible, Andrés Avelino Cáceres, presidente del Perú? Una semana entera se la pasó Berns rumiando noticias, dibujos, bocetos; iba descartando y retomando la pluma. Entonces supo lo que le correspondía hacer. Regresaría al Perú.

***

Cuando Singer hubo por fin vuelto del Darién, Berns lo invitó a su porche. El rostro de Singer estaba lleno de arañazos y quemado por el sol, y alrededor del cuello tenía docenas de pústulas de un rojo vivo.

Ese es el aspecto de alguien que retorna de la selva, pensó Berns. Este Singer va poco a poco haciéndose demasiado viejo. Es tiempo de que las cosas cambien.

Le dio una palmada en la espalda a su amigo, puso dos botellas de cerveza Yuengling sobre la mesa y le contó a Singer su plan de volverse al Perú. Solo.

Singer escuchó lo que Berns tenía que decirle y bebió meditabundo a pequeños sorbos. Berns se había ido figurando este instante repetidas veces, había planeado cómo iba a buscar la complicidad de Singer, cómo con prudencia, pero aun así con sentimiento, iba a referirse a sus años en común y a enumerar lo mucho que debía agradecerle.

Pero estando en aquel porche, cuando ya Singer había vaciado su botella de cerveza y le echaba miradas lúgubres a la cima del Gorgona, resultó que Berns era incapaz de proferir las palabras que tenía pensadas. En vez de esto no hacía más que mesarse la barba, dándole repetidas vueltas a la botella aún llena que seguía sujetando. Preso de la torpeza, comenzó a hablar de la situación económica del Perú; se refirió a Lima y a su burguesía, que supuestamente comenzaba a interesarse por la historia de su propio país, a coleccionar antigüedades y a descubrir por su cuenta la relevancia de los incas.

Singer sacudió la cabeza. Le había echado, mientras Berns había ido a buscar las cervezas, un vistazo al cuaderno de notas que yacía abierto. Ahí no ponía nada sobre la economía peruana. En cambio, se repetían mucho unas mismas palabras, *Huacas del Inca*, los tesoros de los incas. Junto al cuaderno de notas estaba la pequeña figurilla de plata. Su sonrisa se le antojó ahora a Singer todavía un poco más inescrutable. Berns tiene algo en mente, aunque no quiere contármelo, pensó decepcionado.

Berns seguía hablando de las posibilidades que se les abrían a los hombres de negocios extranjeros en el Perú, se explayaba sobre las fábricas de cerveza americanas en Lima, peroró sobre grandes centros comerciales, hornos panaderos, modernas consultas médicas y una clase alta, la cual...

—Majaderías —dijo Singer—. Hace veinte años te fuiste al Perú por un único motivo, del mismo modo que ahora te vas por un único motivo al Perú.

Berns se quedó mudo de perplejidad. Singer le mantuvo la mirada durante un rato. A la derecha verde, a la izquierda castaño.

El único que a lo largo de mi vida me ha aguantado la mirada. Un bicho raro.

—Hemos vivido juntos muchas cosas —dijo Singer.

Berns asintió. Singer, el modo en el que se impuso a Chuqui Martínez; Singer, encendiendo el fuego con Pepe; Singer, cayéndose al río Maquina, lavando oro, estando a punto de ahogarse en el Urubamba, guisando un perol, derribando muros; Singer, el modo en el que cuidó de Berns, le refrescaba la frente dándole a tragar agua con dificultad y le deslizaba tabletas en la boca para que las chupase, los dos subidos a la torre de Trinity Church en Nueva York... Berns notó cómo las lágrimas se empeñaban en ascender por su garganta e hizo un esfuerzo sobrehumano por centrar la atención en los pliegues del cuello de Singer. ¡La cantidad de surcos que se veían, como si fuese un mapa!, le dio por imaginarse a Berns, mientras le venía a la cabeza que este era un mapa que le era familiar desde tiempos anteriores.

—Tu plan tiene que ser una maravilla, si ni siquiera conmigo te atreves a compartirlo.

—Es prematuro aún informar al respecto —dijo Berns—. Pero ya que lo mencionas: sea lo que sea lo que en cualquier momento se recaude mediante mi iniciativa, en ello tendrás participación. Es una promesa solemne, Harry Singer.

—¿Tu iniciativa? ¿La Torontoy Estate Company?

—No —replicó Berns—. En modo alguno. Esta no existirá. Voy a fundar una sociedad de participaciones.

—¿*Huacas del Inca*? —preguntó Singer.

—Así es.

Singer sonrió y le hizo un guiño a Berns. Entonces se puso a revolver en el bolsillo de sus pantalones y extrajo una bolsita, que entregó a Berns.

—Te he traído algo del sur.

Berns aflojó los cordones; de la bolsa cayeron una pepita de oro del tamaño de un dedo pulgar y una esmeralda ovalada de un verde intenso.

—Capital inicial —dijo Singer—. Y el Winchester te lo puedes llevar.

—Esto no puedo aceptarlo.

—Vaya si puedes.

—Bien. También yo tengo algo para ti.

Berns sacó un sobre de su chaqueta.

—El amigo Mercier querrá pronto comprarte algo. A un precio desorbitado.

Singer abrió el sobre y miró estupefacto los papeles. Uno era la escritura de propiedad de la isla Silva de Afuera, que Berns había adquirido y puesto a nombre de Singer. En el otro se consignaba la residencia temporal de Berns en el Perú, que rezaba: Palacio Presidencial, Lima, Perú.

14. ASUNTOS SENSIBLES

Lima había cambiado. Diez años hacía desde que Berns había estado por última vez en la capital. Apenas la reconocía. El ejército chileno había dejado atrás casas saqueadas y destruidas; aunque, cuatro años después de que acabasen las hostilidades, los limeños ya se afanaban en poner en pie una nueva metrópolis de mayor esplendor. Palacios más imponentes y elevados sustituían a los edificios ruinosos, y los elaborados balcones de madera reemplazaban con creces a los que los habían precedido. Incluso las personas tenían otro aspecto, se vestían a la manera moderna; a Berns hasta se le antojaba que hablaban con mayor rapidez y se movían de un modo más apresurado.

Los ricos podían subdividirse, en la nueva situación, entre las viejas familias, que gustaban lucir la plata maciza que habían heredado, y aquellas que, recién llegadas a la riqueza, preferían exhibirse adornados de oro. Las familias de prosapia y los nuevos ricos se despreciaban mutuamente con cordialidad intensa, y de esa suerte prosperó, junto a la economía, el cotilleo. Bien podía la capital alardear de que con *El Comercio* y con *El Nacional* tenía en su haber dos señalados medios periodísticos. Las opiniones más relevantes y truculentas se difundían a la sordina y desde la penumbra de los salones.

Berns alquiló su alojamiento en el mejor y más caro establecimiento de la ciudad: el Hotel Maury en la calle Bodegones, a una manzana de la Plaza de Armas. Lo llevaba un francés gordinflón, que trabajaba con dedicación para continuar mejorando tanto la variedad de su carta de vinos como el renombre de la casa. El hotel ofrecía numerosas ventajas, sobre las que Berns se había informado a fondo: una ubicación en el barrio de los negocios más prestigioso, detalle que identificaba a cualquier huésped de inmediato y sin rodeos como integrante de la clase alta; sus suites de espacios opulentos, que brindaban espacio suficiente para lo privado y para lo profesional; así como —a fin de no alargar la enumeración— la sala de billar, el bar y los salones destinados a desayunos y comidas.

La mayor ventaja, no obstante —y la razón por la que Berns había optado por el Hotel Maury pese a sus elevados precios— era el propio *monsieur* Maury. Aunque los corredores de su hotel estaban repletos de sirvientes, mantenía el empeño de pasar cada día su buen rato sentado en la recepción, charlando con sus huéspedes. El salón de *monsieur* Maury, no era un secreto para nadie, hacía las veces de nudo de intercambio de informaciones. Todas las tardes, a eso de las cinco, la gente principal de Lima hacía su entrada en el salón y aguzaba el oído a la caza de novedades. Nadie, y menos aún los redactores de la prensa local, podía permitirse ignorar el monopolio que ejercía *monsieur* Maury.

Más allá de este papel, Maury había adquirido renombre como coleccionista y conocedor de antigüedades. Su colección de artefactos de las culturas inca y moche era famosa en la ciudad. Varias docenas de jarrones antiguos, de aríbalos de tamaño considerable y de ánforas decoraban el salón del hotel; en los estantes de cristal situados detrás del mostrador colocaba figurillas de plata, ídolos y pequeñas piezas de cerámica.

En lo que a Berns respecta, él no había dejado de llevar consigo, en una cartera de cuero reluciente, la estatuilla del Inca que llevaba ya más de diez años acompañándolo, y que le impedía olvidarse de lo que él, Berns, había descubierto. Dicha estatuilla, que antaño había irradiado un brillo plateado, emitía ahora, cada vez que Berns abría la cartera, un fulgor dorado. La pepita de Singer, disuelta en un baño de agua regia mezclada con potasa cáustica, había bastado para cubrir la figura de una sólida capa de oro. Valiéndose de piedra de toque y ácido nítrico, Berns había puesto a prueba la solidez del oro tantas veces, que con el tiempo fue perdiendo la noción de lo que se ocultaba debajo.

El mismo día de su llegada al Hotel Maury, Berns había comenzado a escribir cartas y a depositarlas sobre el mostrador de *monsieur* Maury, para que uno de los conserjes las llevase a Correos. Así que cada día había una media docena de cartas suyas encima del mostrador, con la intención de que fuesen enviadas a los Estados Unidos y a Europa. El coste del franqueo lo abonaba Berns de inmediato, sin que nadie tuviera que mencionárselo.

Al principio, a *monsieur* Maury apenas le llamó la atención la correspondencia de Berns; la mayor parte de sus huéspedes tenían negocios en Lima y llevar sus cartas a la oficina postal suponía una rutina cotidiana. Un día, sin embargo —Berns ya llevaba varias semanas viviendo en el hotel— se le ocurrió al propio *monsieur* Maury clasificar el correo que el cartero había traído para la clientela del establecimiento. Berns había recibido dos cartas de Norteamérica. Maury pasó el dedo por los sellos de correos, y luego por los matasellos. ¡Nueva York! Cuando Maury les dio la vuelta a los sobres y miró fugazmente las direcciones de los remitentes, se le cortó el aliento y sintió la necesidad de sentarse. Los nombres que allí se leían eran John Jacob Astor III y John D. Rockefeller.

Berns no movió un músculo de la cara cuando recibió las cartas. Los remitentes no parecían impresionarle, ni tampoco sorprenderle. Con la misma despreocupación recibió a lo largo de las semanas siguientes envíos de Frederick W. Vanderbilt, Adolph Sutro, Andrew Carnegie, Joseph Pulitzer y Nathan Straus. Berns respondía sin dilación a las cartas e ignoraba las preguntas cada vez más intrusivas de Maury sobre la naturaleza de su actividad y el motivo de su estancia en Lima.

No habría de pasar mucho tiempo más antes de que cualquier habitante de Barrios Altos hubiese oído hablar del misterioso hombre de negocios alemán que residía en el Hotel Maury y mantenía correspondencia con los ricos más ricos de todos los ricos. *Monsieur* Maury aseguraba que la lista de contactos de Berns era como una enciclopedia que daba cabida a cuanto significase dinero y rango. Lo que no contaba es que había sido él quien había elaborado tal listado. Y lo que lo tenía ofendido hasta lo más profundo es que Berns no le hiciera la menor confidencia.

Cuando Berns recibió en un mismo día cartas del barón Rothschild y de Eduardo VII, príncipe de Gales, Maury no pudo soportarlo por más tiempo. Insistió enfáticamente en que Berns se instalase en la mayor suite de la que disponía su hotel. ¿No sería dicho marco el más adecuado para actividades como las que él desempeñaba? Maury acercó su cabeza a la suya, para no perderse ni una sola de las palabras de Berns. Pero Berns se limitó a asentir con aire distraído, le dio las gracias y pidió una taza de café. Aún le quedaba trabajo por delante, sugirió, los negocios no le concedían ni un momento de tregua.

El 21 de febrero de 1887 entró una carta cuyo remite rezaba: The White House, Washington D.C. Maury sintió cómo el corazón le daba un vuelco. ¡Augusto Berns mantenía contacto con Grover Cleveland, el presidente de los Estados Unidos! Durante dos días Maury llevó la carta consigo, se la mostró a docenas de hombres, que la palparon y la evaluaron. Ninguno se atrevió a abrirla, y aun así el acuerdo era unánime: la carta era auténtica. El sello, el matasellos, la dirección del remitente. ¿Quién, por todo lo que uno valorase en este mundo, era este Berns, y qué era lo que estaba haciendo en Lima?

En la sastrería de caballeros Colbert & Colbert hizo Berns que le confeccionasen a medida lo que se llamaba un *sack suit*, esto es, un traje según la última tendencia que causaba furor entre los norteamericanos: una chaqueta negra de un solo pecho, con solapas estrechas a la moda, conjuntada con unos pantalones ajustados en un tejido a rayas marrón oscuro, así como una camisa blanca con cuello de solapa y puños dobles. Sobre esta iba un chaleco del mismo tejido que la chaqueta y una corbata discreta, que *monsieur* Colbert, un bretón de Saint-Malo, ajustó en un santiamén en un perfecto nudo cuatro en mano. Mientras *monsieur* Colbert le tomaba las medidas, Berns le indicó que solamente deseaba las telas de mayor calidad; el precio era lo de menos. Añadió que se llamaba Berns, y que vivía en el Hotel Maury. Allí esperaría recibir lo encargado —¿cuántas semanas llevaría?— y, ante todo, lo más importante: tenía que ser a las cinco en punto de la tarde.

No había transcurrido ni una semana, cuando apareció en el salón del mejor peluquero de la ciudad un hombre escandalosamente bien vestido, con sombrero hongo, botines de media caña con cordones y una lustrosa cartera de cuero. El señor Vargas, su propietario, supo al instante de quién debía de tratarse. La última vez que estuvo en su establecimiento, Maury se había pasado todo el tiempo hablando de aquel alemán y su cartera. Vargas hizo como si no se diera por enterado.

Berns se presentó a sí mismo —Berns, ingeniero, empresario y antiguo coronel del ejército peruano—, pidió el corte de pelo corto más meticuloso que fuera posible, un afeitado y una tonalidad en rubio oscuro. Vargas encargó a su ayudante que se ocupara de los demás clientes, sirvió a Berns una copa de aguardiente y se lo quedó observando mientras la apuraba. Mientras se ocupaba del corte, Vargas iba chismorreando acerca de los últimos dimes y diretes del patriciado limeño. Berns iba registrando cada uno de sus comentarios, versaran sobre los salones en los que se sentaban para fumar hombres de negocios, políticos y galenos, o acerca de los bares y restaurantes en los que al medio día almorzaban. Luis Carranza, por ejemplo, el redactor jefe de *El Comercio*, dijo Vargas, comía a una hora mucho más temprana que el resto, y eso que antes de la colación se pasaba un rato por la imprenta. El presidente Cáceres, en cambio, solía hacerlo notoriamente tarde, y de manera frugal. Los norteamericanos, por su parte... Vaya, estos eran unos tragaldabas; verlos zampar a cuatro carrillos era un colosal espectáculo.

Hombres de negocios todos, en un sentido u otro. Por lo demás... ¿qué le traía a él, a Berns, al Perú?

Berns, sujetando su cartera de cuero sobre su regazo, permaneció callado un rato, atento a la masa pastosa con la que Vargas le había untado la cabeza.

—Un asunto sensible... —dijo finalmente—. Me estoy preparando para mis socios norteamericanos. Más no puedo contar.

Vargas suspiró apesadumbrado, enjuagó el tinte sobrante y peinó el pelo de Berns con una raya lateral. Entonces agarró la navaja. Berns se mesó por última vez la tupida barba.

—Es un gran paso —dijo.

—Comprendo —dijo Vargas—. Ahora bien, créame usted, es lo único acertado.

—¿Lo piensa de verdad?

Los ojos de Vargas le brillaban de placer cuando le aplicó la navaja y comenzó a liberar el rostro de Berns, pulgada a pulgada. Cuando hubo concluido, Berns se sintió desnudo. La cara que lo miraba desde el espejo se le antojaba incongruentemente joven y le recordaba a su hermano Max, que no hacía mucho le había enviado una foto suya. Al pie de esta se leía: Max Berns, hotelero, Solingen. ¡Max había realmente abierto un hotel! El Bayrischer Hof, había escrito Max, era uno de los mejores establecimientos de la localidad; incluso en Berlín se encontraba publicidad de su hotel, y a su querido hermano Rudolph siempre le estaría esperando la suite principal. Berns llevaba la carta consigo en el bolsillo del chaleco. Se daba un fenómeno llamativo: la caligrafía de los dos se asemejaba tanto, que parecía que todo estaba escrito con una misma mano.

Por indicación de Berns, Vargas le dejó un bigote, al que dio forma con un producto llamado Clubman Moustache Wax. Más tarde iría Berns a los grandes almacenes Crosby, a fin de aprovisionarse de esa cera en cantidad. También habría de hacerse con aceite capilar Makassar, siguiendo el consejo del señor Vargas; su precio, así como su olor a ylang-ylang, eran inigualables. Las pituitarias de la burguesía habían sido entrenadas para detectar el leve aroma que despidiese la persona que tenían enfrente. Un detalle, pensó Berns, que no era para tanto. Se pasó los dedos de ambas manos por los rasgos todavía húmedos de su rostro.

—Una mandíbula vigorosa confiere entidad a un hombre —dijo Vargas—. Si me permite usted decirlo, señor Berns, opino que llegará lejos en esta ciudad.

***

Cuando Berns le solicitó al fin una conversación confidencial a Maury, este le invitó al instante a pasar al despacho que tenía detrás de la recepción, y cerró la puerta cuidadosamente. ¿Qué podía hacer por él?

Berns inspeccionó primero en silencio dicha estancia, contemplando las cerámicas y los ídolos de plata que descansaban sobre el escritorio de *monsieur* Maury. Acto seguido reconoció sin ambages que se hallaba impresionado con la colección de Maury; la verdad es que contaba con piezas del todo extraordinarias. Él, Berns, no dejaba de tener algunos conocimientos sobre la materia, sin que pudiera llegar a considerarse un experto, algo que a él, Maury, le correspondía por pleno derecho. ¿Sería mucho pedir que peritase un artefacto que llevaba ya con él algún tiempo? El asunto requería no poca delicadeza. Estaba en cierta medida vinculado a la iniciativa que se hallaba impulsando aquí en Lima, a instancias de sus socios norteamericanos.

Monsieur Maury aseguró a Berns que su artefacto se encontraría con él, Maury, en las mejores manos y que sería un honor prestarle su ayuda a Berns. ¿En concreto, de qué trataba todo ello?

Desde la misma mañana siguiente, la noticia sobre la estatuilla dorada de Berns corrió como la pólvora por las calles, clubes y salones de Lima. Que era de oro auténtico lo había corroborado Maury en una parte discreta, abajo en la base, con su piedra de toque. Naturalmente, la figura pesaba demasiado poco para ser de oro macizo, aunque esta circunstancia podía explicarse fácilmente considerando que tendría un espacio hueco en su interior. La estatuilla, dictaminó Maury, era muy singular, no solo por estar fabricada en oro, sino porque sus rasgos faciales eran de una finura nada común. Quienquiera que la contemplase podría llegar a pensar que la sonrisa del Inca le estaba dirigida a él.

La discreción formaba parte del repertorio de cualquier hotelero; pero en el caso de *monsieur* Maury concurría otra escala. A varios caballeros de su entorno les fue presentado el artefacto; algunos tuvieron incluso el privilegio de sostenerlo en sus manos. Una antigüedad tan impecable y valiosa, en esto todos coincidían, rara vez se había visto. ¿Cómo se habría podido Berns hacer con ella? Las ruinas existentes en los alrededores de Lima habían sido examinadas y expoliadas hacía mucho tiempo.

El tesoro procede de las montañas, decían unos. El tesoro irá a Estados Unidos, decían otros. ¿Acaso no formaba parte el coleccionismo de antigüedades del buen tono, incluso en Norteamérica o en Europa? Rothschild y Rockefeller, si individuos de esa categoría mantenían correspondencia con el Perú, a no dudar era porque era inminente un gran impacto. Aquí ya no se trataba, hasta ahí parecía claro, de piezas aisladas, sino de colecciones completas. Y si incluso el presidente Grover Cleveland y Joseph Pulitzer estaban al cabo de la calle, entonces no solo se estaba ante un impacto que tenía que ver con el oro, sino ante una historia extraordinaria.

Berns hablaba, según no tardó en decir la gente, un castellano perfecto, y en el meollo de su actividad aquí en el Perú se ocultaba un secreto que ni siquiera *monsieur* Maury había sido capaz de sacar a la luz. Algunos suponían conocer a Berns de tiempos anteriores; otros, cuando menos, aseguraban haber oído haberlo oído mencionar en el pasado. Ese alemán, Augusto R. Berns —¿pero cómo va a llamarse Augusto un alemán? ¡Igual da!, el caso es que se supone que sirvió durante años como oficial en el ejército del Perú, que construyó como ingeniero responsable la línea de ferrocarril a Juliaca, que fue hacendero en la sierra, que con sus propias manos cambió el cauce del Rin y el de las cataratas del Niágara, que hizo el Túnel Sutro y el puente de Brooklyn, y que en la última etapa había intervenido en las obras del canal de Panamá. Y como si todo este historial no fuera suficiente, unas cuantas semanas antes había levantado con los franceses una ridícula figura de mujer de grandes dimensiones sobre una isla a las puertas de Nueva York. A todo esto, ¿qué tenía este hombre que ver con el oro del Perú?

A mediados de marzo le fue devuelta una carta que no había llevado el franqueo suficiente; así que el envío jamás llegó a manos de Marcus Goldman en Nueva York. A solas en su suite, Berns se abanicó un poco con el sobre antes de abrirlo, y contemplar su propia caligrafía de altos vuelos. En contenido de la misiva era idéntico al que figuraba en cuantas cartas había enviado Berns a los Estados Unidos y a Europa: el ruego de que se le hiciera llegar un autógrafo.

***

Hacía mucho que Berns no tenía prisa alguna. Sabía que, con cada día que pasaba, se desencadenaba mayor curiosidad, mayores especulaciones. Ahora se trataba de hallar el momento perfecto, aquel en el que el interés por su persona hubiera alcanzado los niveles máximos, antes de desmoronarse devaluado en hábito y expectativas defraudadas. El éxito podía verlo Berns con tanta precisión ante sí, que era como si lo hubiese conquistado ya con bastante antelación, como si darle vueltas al mismo no supusiera una visión, sino el recuerdo de algo ya acaecido. Tampoco es que la cosa requiriese ciencia infusa: se constituía una sociedad anónima, destinada a explotar una ruina, se vendían las acciones como participaciones en los beneficios y se les prometía a los accionistas el proyecto de viajar juntos a las montañas.

Cuanto más iba refinando Berns su plan, mayor era la firmeza con la cual creía que pronto se pondría en camino y cruzaría otra vez la sierra; incluso se pilló a sí mismo preparando una lista de adminículos con destino al almacén de Moscoso en Cuzco. La visión la tenía delante y eso era lo único que contaba. Berns abrigaba la esperanza de que sus accionistas le dejaran hacer el viaje solo, para reclutar trabajadores *in situ* y dirigirlos en el desmonte. ¿Y qué ocurriría si deseaban sumarse a la empresa? Esta era la única pregunta que le deparaba, en ocasiones, noches insomnes. Por lo demás, se atenía a su propósito de mantener la calma.

Cada mañana, antes de levantarse de la cama, repasaba cuánto dinero le quedaba. La vida en Lima era cara, y él tenía que obtener un beneficio antes de gastar su último sol de plata. En Panamá, visto lo visto, no le habían pagado nada mal. Si sus cómputos no eran erróneos, le quedaba aún para algunos meses. Había mucho que hacer. A sus cuarentaicinco años Berns se sentía como un novato que llega por primera vez al Perú. Avergonzado concibió el proyecto de estudiar la nueva Lima, y no cejar en el empeño hasta no conocer la ciudad igual de bien que Nueva York o Ciudad de Panamá.

Escribió Singer que también Ciudad de Panamá se transformaba de día en día, y de que uno nunca podía estar seguro de cuál sería la ciudad en la que se despertase. Quizás, razonaba él, sí se presentaría algún día en Lima, una ciudad, tan del ayer y descolgada, que la modernidad probablemente se retrasaría aún cien o doscientos años, antes de hacer su entrada en dicha capital. A Berns le entró la risa cuando leyó la carta de Singer. Él tenía informaciones más actualizadas. ¿Del ayer? La iluminación eléctrica enmarcaba desde hacía poco la Plaza de Armas, el centro neurálgico de la ciudad, y había logrado desplazar en todo el entorno al conjunto de lámparas de petróleo y de gas. Las novedosas farolas se extendían por toda la calle Mercaderes, hasta llegar a la Plaza de la Recoleta. Una máquina de vapor junto al palacio de Neptuno no paraba de alimentar la red de corriente, y sus golpes y silbidos podían escucharse desde lejos.

Un tranvía de tracción animal comunicaba desde hacía algún tiempo los diferentes distritos de la ciudad con el centro. Los rieles introducidos en las calles con este expreso fin discurrían junto a la Universidad de San Marcos y la Biblioteca Nacional, pasando igualmente al lado de innumerables laboratorios, consultorios y comercios. Berns viajaba con el tranvía de sangre, contaba las farolas eléctricas y se iba cada tarde a hacer un recorrido por el paseo a orillas del río Rímac, donde deambulaban los caballeros acaudalados de la urbe en compañía de esposas, hijos y niñeras. Aprovechaba para estudiar su manera de moverse, su indumentaria y el conjunto de sus gestos, según dejaban vagar la mirada sobre la ciudad, como indicando que les pertenecía.

Quien tenía dinero sabía que era el instante de invertir en una ciudad que iba para arriba. Donde no había nada o apenas nada, ¡se podían hacer cosas! Incontables extranjeros habían afluido al país para emprender negocios, la mayor parte de ellos, norteamericanos. Jacob Backus de Brooklyn fundó la mayor cervecera del Perú, la Backus & Johnston Brewery Ltd.; Francis Lewis Crosby, un neoyorquino, abrió unos grandes almacenes según el modelo estadounidense; Ferdinand Umlauff Lenecke, venido de Hamburgo, desarrolló empresas de guano y caucho; Johann Gildemeister, procedente de Bremen, se dedicó a las minas de sal… En el aire flotaban tanto una palpable excitación como el temor a perder alguna oportunidad. Era ciertamente la época en la que uno podía enriquecerse, siempre y cuando diese con la idea adecuada en el momento adecuado.

Marzo, finales del verano en el Perú. Un polvillo de un rojo parduzco cubría los tejados de la ciudad, que hacía mucho no conocía la lluvia. En las callejas se concentraba el calor; las rosas, que crecían por doquier delante de puertas y portales, se doblaban exangües, mientras que la ciudad en su conjunto parecía sin lavar, exhausta y consumida.

Nada más salir Berns del hotel, empezó a sudar de lo lindo dentro de su traje. Aún no tenía planes claros respecto a lo que quería hacer esa tarde, de modo que recorrió las oficinas y despachos de los empresarios de mayor prosapia ubicados en la calle Mercaderes. Conocía a cada uno por su nombre. Todos ellos habían recibido cartas suyas algo menos de una década antes, con el ruego de que analizasen con simpatía las posibilidades inherentes a la hacienda Torontoy, de su propiedad. Ninguno se había dignado responderle.

Lo invadieron pensamientos oscuros mientras descendía por esa calle, respirando el aire tórrido y asfixiante, mientras sentía cómo el polvo se posaba en su piel. ¿Qué ocurriría si su idea cosechaba un fracaso, si no llegaba a vender ni una miserable acción? ¿Volvería entonces a Panamá, o a Crawford's Quarry con los Dueltgen, o incluso a Solingen, junto a su hermano Max? Lo torturaba la incertidumbre, y de golpe se sintió como un hombre que ha sobrepasado el cenit de su vida y que no sabe a ciencia cierta adónde tirar. Berns se paró, se pasó los dedos por encima de los ojos. Ya había sentido antes esta clase de sensaciones, y sabía que pasarían lo mismo que frentes meteorológicos.

Apenas había gente en la calle, y a los que se atrevían a salir no tardaban en llorarles los ojos de lo que deslumbraban los destellos. También Berns los mantenía entrecerrados, por imaginar que de otro modo la luz le quemaría las pupilas. Ante el cruce con la calle Lescano levantó los párpados al objeto de orientarse, y miró al tendido de rieles que tenía ante sí. Se quedó atónito. El maltrecho pavimento, en verdad hecho trizas, se había convertido en un adoquinado de lingotes de oro macizos. ¡Eran ellos los que reflejaban la luz solar con tamaña violencia, cegando a los transeúntes! Berns se arrodilló en un gesto reflejo, pero en su movimiento llegó demasiado tarde: los lingotes se habían vuelto a transmutar en polvo, y sus dedos se pringaron de mugre y porquería. Unos instantes continuó en cuclillas, luego logró arrastrarse hasta uno de los zaguanes cercanos y descansar un poco a la sombra. Poco después se adormiló y, en esa penumbra en duermevela se figuró que no se hallaba en Lima, sino en la puna más deshabitada, acto seguido en un puerto de montaña cubierto de nieve, a orillas del lago Hurón o junto al Hudson River en Nueva York, tras todo lo cual creyó estar parado ante una muchedumbre que aplaudía, y sobre la cual él hacía caer una lluvia de monedas de oro.

Berns alzó la cabeza sobresaltado, porque pensó haber escuchado un grito apenas a dos calles de distancia. Cuando sintió un temblor sordo en el suelo, se puso en pie. El ruido lo llenaba de inquietud; se sacudió el polvo de las perneras y miró calle Mercaderes abajo, sin que consiguiera divisar a nadie. Con el sombrero hundido tapándole media cara, salió a la calle y ya se disponía a emprender el camino de vuelta al hotel cuando escuchó un estruendo y luego otra vez una exclamación —en alemán, según creyó oír—. ¿En alemán? Era esta una lengua que apenas había escuchado durante los últimos años. Apretando el paso, Berns se puso a correr en la dirección contraria, bajando por la calle Mercaderes.

Cerca del cruce con la calle Plateros de San Pedro, finalmente, advirtió a unos cuantos cientos de pies de distancia una aparición extraña; por unos instantes, Berns supuso que se trataba de una imagen reflejada en el recalentado pavimento de la calle. Allá delante iba un aguador, la espalda doblada por el peso, que sobre los hombros doloridos portaba un largo palo de cuyos extremos pendían sendas cubas. ¡A la hora de más calor, en plena canícula! El sujeto no llevaba ni sombrero, y sus cabellos relucían, pese a las ingentes cantidades de polvo y sudor que debía de llevar adheridas, en una tonalidad color caramelo. Iba descalzo, y el pantalón desgarrado apenas le llegaba a las rodillas.

Obedeciendo a un impulso incontrolado, Berns se puso a seguir al hombre. La ventaja que le sacaba no tardó en acortarse; aunque Berns avanzaba despacio, el tipo de las cubas de agua tropezaba y se movía con dificultad, para detenerse cada poco y luego reanudar pesadamente la marcha. Ya estaba a punto de echarle una voz, de preguntarle a quién suministraba agua a hora tan peregrina, cuando el hombre se giró para acceder a un patio interior.

Cuando Berns llegó al pasaje, vio sentado en la sombra a un viejo gordo. Dos viringos se habían abalanzado sobre el aguador, le ladraban y le amenazaban con morderle. Este se tambaleó, se desprendió de un tirón de las cubas y finalmente se derrumbó. Daba la sensación de haberse desmayado; el sol le impactaba en el rostro, sin que él lo apartase. Por la pinta, tenía que ser un europeo —pues ¿qué norteamericano se permitiría estar en tamaña situación?—, un tipo joven, que no llegaba a los veinte años.

Berns se preguntó a quién le recordaba el aguador. Hasta que cayó en la cuenta: ese mismo aspecto había sido el de Rudolph August Berns cuando arribó a Callao hacía la friolera de un cuarto de siglo.

—Otra vez derramada —señaló el viejo desde la penumbra—. A repetir la operación.

Berns accedió al patio interior.

—¿Está usted loco, hombre? ¿Tiene usted la menor idea de con quién está tratando? —Berns espantó a los perros a base de puntapiés y ayudó al hombre a levantarse.

—Este de aquí —le espetó al viejo— es Rudolph Karl Tomasius conde de Habsburgo, y usted, pedazo de animal, tendrá pronto noticias mías.

El viejo hizo un aspaviento y su boca se contrajo en una mueca de burla, pero le dejó hacer, demasiado estupefacto como para replicarle.

Sin añadir nada más, Berns le ofreció apoyo al joven y salió con él del patio.

En una posada próxima, ante dos vasos de limonada de maíz color púrpura, Berns le preguntó al hombre por su nombre. Sin saber por qué se dirigió a él en alemán y, para su sorpresa, después de tomarse su limonada de un solo trago, este le respondió con el deje de la Suiza alemana.

—Arnoldo Hilfiker, sire. Recién llegado de la patria chica, en busca de trabajo y un techo.

—¿Y puede hacer el favor de decirme qué andaba haciendo en ese patio interior? ¿Es que se ha dejado contratar de aguatero?

Hilfiker estaba pasando un mal rato. Su mirada fue recorriendo el elegante traje de Berns, la cadena de oro del reloj, los lustros gemelos de los puños. Meneó la cabeza.

—El viejo me pilló tratando de robarle un melón de su almacén. No sabe usted la sed que tenía.

Berns asintió.

—¿Y por qué el Perú, si puedo preguntar?

—Quiero llegar a ser explorador. Necesito dinero para llegar hasta las montañas.

***

Berns sintió compasión. Vistió a Hilfiker de punta en blanco y lo mandó a la peluquería de Vargas. Pronto no tuvo ante sí a un ladronzuelo desharrapado, sino a un hombre joven de buen aspecto, susceptible de hacer que las damas se volviesen en la calle para mirarlo. Esto hizo que a Berns se le ocurriera convertirlo en su asistente. Pidió a Maury que instalase una cama de campaña en una esquina de su suite y le fue encargando a Hilfiker, a lo largo de las semanas siguientes, pequeñas tareas de mensajería y otros asuntos menores. Hilfiker llevó a cabo todo lo que Berns le demandaba con tanta entrega y precisión, que Berns se fue acostumbrando a él y le tomó aprecio. No andaba a la busca del formato de un Harry Singer, pero era compañía humana y, con el tiempo, se convertiría en un ayudante del que ya no le apetecería prescindir a Berns.

Una noche estaban los dos sentados ante el escritorio de Berns, comiendo tamales, cuando Hilfiker se puso a contarle de sus padres y del terruño que había dejado atrás. Procedía de un pueblo diminuto al lado de Brienz, en el Oberland bernés. Era el cuarto de los ocho hijos de un granjero lechero de creencias piadosas, y siempre había sentido la necesidad de cruzar las fronteras de Suiza. Finalmente había caído en sus manos el libro de un tal Tschudi, unas crónicas de viaje del Perú. En ese instante supo adónde quería ir. ¡A la tierra de los incas, a la tierra de los tesoros legendarios!

Berns siguió comiendo muy divertido sus tamales, que bajó con agua con hielo. Entonces reparó en que aún no le había contado a Hilfiker cuál era la naturaleza de lo que se traían entre manos. Contempló el rostro atento y tostado por el sol del joven que estaba a su lado. Sus ojos reflejaban inteligencia y ambición, pero también devoción. Berns brindó a su salud con el vaso de agua helada, introdujo en él una rodaja de lima y le relató a Hilfiker sus tiempos de descubridor, hablándole de la hacienda Torontoy, del aserradero y, por fin, de la ciudad perdida de los incas, de sus tesoros y riquezas inabarcables.

Con cada frase, Hilfiker se quedaba más inerte. Su vaso de agua con hielo lo había olvidado hacía rato, y el pedacito de lima seguía teniéndolo en la mano. Cuando Berns le expuso cómo se proponía utilizar el capital de una sociedad anónima —*Huacas del Inca*, ¡a ver si aprendes español, hombre!— para explorar y explotar de manera sistemática la ruina, repartiendo los tesoros entre los accionistas, Hilfiker pegó un brinco, electrizado. Agarró a Berns por los hombros y le preguntó por qué, por todos los cielos, no partían ellos dos de inmediato en dirección a las montañas. ¿Para qué necesitaban accionistas, por qué repartir? Él, Berns, tal vez no estuviese ya en plena forma, pero a cambio él, Hilfiker, si lo estaba... En pocas palabras, que no había nada con lo que no se atreviera, y si se trataba de El Dorado... Porque de eso se trataba, ¿verdad? De El Dorado. Los ojos de Hilfiker centelleaban, lo mismo que si tuviese fiebre.

A Berns le costó trabajo convencerle de que el espesor y la reciedumbre de la selva no se despachaban así como así. Él ya había intentado poner al descubierto la ruina, admitió finalmente. Junto con su socio. (Y con mi perro, añadió *sotto voce*.) Él, Hilfiker, no podía hacerse una idea de cuán frustrante resultaba ver ante uno esos tesoros desbordantes, y no poder ponerles la mano encima, ni llevárselos del lugar. Aquí, dijo Berns, se necesitaban más que dos hombres, hacía falta una compañía al completo. No se sintió en contradicción al pronunciar estas palabras, que no le sonaron ni ajenas ni falsas. Bien sabía él cuál era su verdad original y enteramente propia; que la realidad no se hubiese ajustado a ella apenas suponía un detalle, que era innecesario mencionar.

Aquella noche Berns vio en sueños la estatua del Inca, la que él encontrara en la ciudad perdida. El emperador inca había vuelto a la vida, se movía, alzaba su escudo, con los labios formaba palabras que iban dirigidas a Berns. Pero el Inca continuaba sin voz, y por mucho que Berns se esforzase en leer dichas palabras de sus labios, era un empeño imposible. Bañado en sudor se despertó. Afuera ya hacía despuntado el sol limeño.

**

En el transcurso de los días sucesivos, Hilfiker elaboró listas con los bares, salones y restaurantes más destacados de la ciudad. Cada mediodía le tocaba pasar tiempo en un lugar diferente y apuntar con exactitud quién solía aparecer dónde, con quién tenía por costumbre departir y quiénes eran sus amigos. En especial, Berns se lo había recalcado, tenía que registrar con precisión cómo se desarrollaba la jornada habitual de Luis Carranza.

—La buena preparación lo es todo —dijo Berns—. Esto es aplicable tanto a la creación de empresas como a las expediciones, tenlo bien presente.

Cuando Hilfiker regresó de uno de sus recorridos, encontró a Berns ensimismado ante un mapa dibujado a mano, que había extendido sobre el secreter. Ante él tenía la estatuilla dorada, que había recuperado de *monsieur* Maury —*preciosa, rara, inestimable, ¿está en venta?*— y cuyo brillo sobrepasaba todo en luminosidad, incluidos los gemelos de Berns y la cadena de su reloj. Hilfiker se la quedó mirando fascinado.

—Ya he terminado —dijo Hilfiker tras una pausa—. Sonará quizás extraño, pero siempre ocurre del mismo modo. Los señores almuerzan con regularidad a la misma hora en los mismos locales y en la misma compañía. Como si lo tuviesen ensayado. Jamás se produce la mínima desviación. Tampoco Carranza llega nunca ni cinco minutos tarde a la redacción o a la imprenta. Además él es siempre el que almuerza más temprano. El presidente lo hace por norma en el palacio, excepto los miércoles, cuando come al mediodía en el Café Cardinal. El motivo, no sabría decirlo. Realmente sigue todo un orden puntilloso, como en una representación teatral.

—Si has sido capaz de captarlo —respondió Berns—, llegarás lejos. Si permites que te dé un consejo: aprende español como Dios manda y no vayas en tu vida a las montañas.

***

Los trabajadores de la imprenta dirían más adelante que habían quedado como hipnotizados, de intensa que fue la forma de dirigirse Berns a ellos. Al principio no tuvieron la menor idea de lo que él pretendía en la imprenta, con ese traje tan elegante, la cadena de oro del reloj, los zapatos lustrosos y los papeles que sacó de la cartera. Solo al cabo de un rato se enteraron de que quería mandar a imprimir un folleto y que mostraba interés en la rotativa. Ellos le habían conducido de buen grado por las instalaciones, le habían mostrado los cilindros y la banda de papel, lo mismo que la cortadora y la plegadora. Él por su parte habría evidenciado sobre todo entusiasmo por las modalidades de impresión, así como por la velocidad con la que operaba la banda de papel.

Y en verdad: la máquina maciza y rugiente causó impresión a Berns. Aun así, cada pocos minutos extraía su reloj y se cercioraba de la hora. Ya no podía tardar mucho. Berns notaba que se iba poniendo nervioso. Los trabajadores le parecían de pronto un incordio; sus explicaciones se hacían repetitivas y le resultaban infantiles y superfluas. Naturalmente, no era el momento de salir corriendo… Así que se colocó delante de los cilindros y simuló estudiar la banda de papel que discurría a toda prisa. Pero su mirada se desviaba una pizca de tal objetivo.

Cuando la aguja de su reloj de bolsillo marcó las once y media, Berns dio las gracias a los trabajadores. Estrechó sus manos, sin perder un instante de vista la puerta, y entonces salió de estampida, como si acabase de recordar que tenía un compromiso urgente. En ese preciso momento cruzaba el umbral un hombre: alto, chaqueta acolchada, bombín. Berns apretó el paso, les volvió a expresar su gratitud a los operarios y cuando se volvía hacia ellos sin dejar de avanzar, impactó de lleno contra quien llegaba. La casualidad quiso que se abriera su resplandeciente cartera, y que de ella brotasen toda clase de papeles y documentos, que se esparcieron por el suelo. Berns tartamudeó una excusa, después su rostro reflejó consternación y acto seguido se dispuso a recolectar sus papeles para meterlos sin orden ni concierto en la cartera, con frenética precipitación, como si buscase sustraerlos al campo de visión del otro hombre.

Pero ese hombre era un caballero y, más aún, estaba al corriente. El señor tan excitado que tenía delante solo podía ser el alemán del cual tanto se hablaba en los salones. ¿Qué era lo que Maury había dicho? Que estaba siempre vestido con gran distinción, aunque guardase una discreción de lo más taciturna en lo relativo a sus negocios en Lima y fuese a todas partes llevando una cartera cuyo contenido nadie conocía. El caballero se agachó y recogió un mapa que pareció desplegarse por sí solo, antes de que Berns lograse impedirlo. De él saltó una fotografía; la foto de Grover Cleveland, sobre la que con letras de molde estaba escrito: PARA MI AMIGO AUGUSTO R. BERNS.

—Luis Carranza, mucho gusto —dijo Carranza, que no sabía adónde mirar primero, si a la foto del presidente de los Estados Unidos o al mapa que incluía una banda plateada, que serpenteaba en su parte central y a cuyo lado había un punto dorado. No acababa de decidirse.

—¿Y usted es?

—Berns, Augusto Berns —dijo Berns, una vez que hubo cerrado su cartera y adoptado de nuevo una postura erguida—. Empresario, —añadió, un poco como si le costase obligarse a pronunciar esta palabra, como si supusiese dar demasiada información, revelar demasiado.

A Carranza, por su parte, no se le ocurrió presentarse como redactor jefe del principal diario económico del país. Se daba cuenta de que la situación incomodaba a quien tenía enfrente; si hubiera podido, le dio por creer, el germano habría preferido marcharse a la carrera sin decir nada, para correr a ocultarse debajo de su cama. ¡Pero no era el caso!

—Interesante —dijo Carranza—. ¿Tiene usted actividades en el sector de imprenta?

—En modo alguno —respondió Berns, negando también por señas—. Simplemente me he permitido dar una vuelta, para hacerme una idea del proceso de modernización que atraviesa la ciudad.

—Bueno, tenemos aquí una buena rotativa Walter, que integra ya los mecanismos de corte y plegado. ¿Puedo preguntarle lo que le trae a Lima? ¿Trabaja usted con alguien?

Berns se quedó mirando a Carranza con aire circunspecto, como si tuviese que medir bien sus palabras antes de articularlas. Sus intereses estaban, en un sentido bastante amplio, en el desmonte destinado a la localización —en fin, por qué no llamarlos por su nombre— de metales nobles. Sin embargo, sus análisis habían determinado que el Perú e incluso Lima no estaban todavía lo suficientemente avanzados como para llevar a cabo proyectos de envergadura. No había ni el capital ni el conocimiento experto requeridos. De ahí que, no sin pesadumbre, hubiera optado por trabajar con inversores norteamericanos.

—Me temo que su evaluación es errónea —dijo Carranza—. ¿Me daría la oportunidad de que intentase corregirla compartiendo un almuerzo?

Berns sonrió. Estaría encantado.

***

El Café Cardinal no estaba lejos del palacio presidencial. La luz del sol entraba por la cristalera de varios colores y ejercía un efecto de caleidoscopio sobre las paredes paneladas. Sobre la barra y las aproximadamente veinte mesas había un lujoso artesonado de elaborados casetones. En ese momento apenas había mesas ocupadas; la clientela se presentaba por lo general una hora más tarde.

Carranza le sugirió a Berns que tomaran asiento junto a la barra, y le hizo una seña al barman. Berns —cuyo estómago le venía ya gruñendo desde la calle— balanceó con fastidio su cartera sobre las rodillas y preguntó si no era aún un poco pronto para almorzar.

—Es posible —dijo Carranza—, pero valoro la discreción que comporta venir a comer temprano—. Mientras mantenía bien separadas sus piernas largas y desgarbadas, con las manos relajadas sobre la barra, Carranza era la viva imagen de la relajación. Aun así percibía Berns, de un modo casi físico, cómo Carranza lo escrutaba bajo sus párpados entreabiertos, cómo indagaba en él con exhaustivo celo, buscando sondearle en lo más hondo. Él, Berns, estaba en plena posesión de sí mismo, de su secreto, que debía preservar y defender. Esto de aquí no era ningún plan, ningún juego, ninguna fantasía. Esto de aquí, lo sentía con toda claridad, era la realidad.

Carranza comenzó con un monólogo sobre los avances del Perú. El siglo XX había como quien dice llamado prácticamente a la puerta, y existía una disposición total a franquearle la entrada. Para ello naturalmente se precisaba un poco de fe en el Perú y, en verdad, algo de amor. Un patriota no podría desear otra cosa que no fuera el progreso de esta tierra.

—Yo amo el Perú —dijo Berns con voz emocionada.

—Entonces ya somos dos.

El camarero trajo unos cuencos con trocitos de yuca frita, maíz en grano y boniato, y les sirvió a los hombres pisco Italia. Antes de que pudiera volver a llevarse la botella, Carranza se la quitó de la mano y, con un refinado giro de muñeca, la colocó entre Berns y él. Este no movió un músculo y miró al trasluz su copa.

—No me ha dicho usted a qué se dedica profesionalmente.

—¿Yo? —preguntó Carranza, para ganar algo de tiempo—. Me dedico, en el sentido más amplio, a las artes gráficas, si puedo expresarlo así. Además, soy médico en activo y capitalino por pasión. Verá usted, nunca tuve el privilegio de viajar por el mundo. Así que cuando alterno con extranjeros llegados desde lejos, es para mí un placer de dioses cambiar impresiones con ellos sobre este país y esta ciudad.

Brindaron enfáticamente —salud, santé— y apuraron sus copas. Berns paladeó con cierto regusto el deje a uva pisquera, y se puso a narrar cómo había llegado al Perú en 1863, con apenas veintiún años, un muerto de hambre procedente del viejo y decadente mundo. Que se había enrolado en el ejército, echando una mano para expulsar a los españoles en el sesentaiséis.

—¿Estuvo usted en Callao? —preguntó Carranza—. ¡Entonces somos compañeros de armas! ¿En qué batallón sirvió?

Carranza asintió con gesto de aprobación, al escuchar la respuesta, y le sirvió a Berns una segunda copa. Entonces contó anécdotas de sus vivencias en aquella guerra, mientras que Berns lo hizo de la etapa en la que trabajó para el ferrocarril, lo cual les dio pie a ambos a reír calurosamente, casi hasta quedarse afónicos. El contenido de la botella iba mermando peligrosamente. Berns percibía que estaba cada vez más ebrio, y se dejó llevar. ¿Quería Carranza una expansión alcohólica en confianza, con abierta camaradería? No se oponía a ello. Berns comió algunos trozos de yuca grasientos y se sintió algo mejor.

—Desde hace varios meses estoy otra vez en el país, pero no había tenido la ocasión de charlar a fondo con nadie. ¡Y ahora me encuentro con usted!

—¡El ser humano necesita compañía! —exclamó Carranza. Su pelo estaba ahora algo revuelto, y se había abierto algún que otro botón de la camisa. Pero la mirada la mantenía posada con plena serenidad en su interlocutor. Los cuatro vasos de aguardiente habían hecho efecto: el pobre gringo no hacía más que sudar, soltaba risotadas con un volumen excesivamente alto y se había avenido, finalmente, a depositar su cartera en el suelo.

—Bueno, cuento naturalmente con un asistente personal. Sin él sería incapaz de atender todas mis gestiones en la ciudad. Comprenda usted que me corre cierta prisa. Pero desde luego no es lo mismo.

—¿Un negocio con plazos ajustados? —preguntó Carranza, adoptando de pronto un tono claro y bien controlado. Le sirvió otra copa a Berns, mientras dejó la suya vacía.

Berns bebía. Pisco y revestimientos de madera, pensó. Qué cosa más repugnante. Se aflojó la corbata. En el bar hacía un calor de mil demonios, la atmósfera era espesa, apenas se podía respirar.

—La estación de lluvias —logró decir con dificultad—. ¿Está usted familiarizado con la estación seca y la estación de lluvias en la cordillera?

—¿Qué cordillera?

—Vilcabamba —Berns miró hacia la calle a través de la cristalera de colores. A su espalda sonó algo. Le pareció escuchar el ruido de la puerta, pero se abstuvo de girarse. Tranquilo, Berns, se dijo. Borracho o no, los negocios son los negocios—. Entre abril y noviembre, las peores lluvias dejan de caer. Es la única temporada en la que se pueden coronar laderas y vertientes: si uno se demora en exceso, y pretende ir allí en la época de lluvias, el terreno se convierte en una caldera de fango en mortal ebullición.

—Ejemplos de ello se dan con abundancia en nuestro bello país, —dijo Carranza. Tenía que ejercer verdadero autocontrol para no extraer su bloc de notas—. ¿Y cómo llega alguien a interesarse por la cordillera Vilcabamba? Lima es una zona considerablemente más grata para pasar el tiempo...

Ahora era Berns el que agarraba la botella y se ocupaba de rellenar las copas de ambos. Parecía haberle tomado gusto al pisco. Si es que solo hay que saber cómo entrarles a las personas, pensó Carranza. Es un juego de niños.

—Aunque también resulta considerablemente más pobre en lo tocante al oro y los tesoros.

Carranza se atragantó.

Ahora Berns se atrevió a consultar su reloj de bolsillo; le quedaba todavía media hora larga. Escuchó cómo alguien carraspeaba en una de las mesas que se hallaban más alejadas. La acústica imperante en ese bar era magnífica, eso había hecho que Hilfiker lo verificara repetidas veces. Los paneles de madera hacían que el susurro más quedo rebotase de un extremo al otro de la sala. En Lima, pensó Berns, una palabra susurrada se detecta mucho mejor que otra que se vocifera a pleno pulmón, incluso si es balbuceada con alguna dificultad.

—Entre 1872 y 1874 estuve permanentemente en ruta como descubridor. Me había especializado en las ciudades perdidas de los incas. En ruinas sobre las que nadie ha escrito jamás una línea.

Berns se despojó de la chaqueta y el chaleco, y se remangó, revelando así su piel cubierta de cicatrices. Abruptamente y como por ensalmo se sentía sobrio. La historia que estaba relatando le excitaba hasta tal punto, que sudaba muchísimo más. Con cada palabra que decía, con cada frase que engarzaba con la frase siguiente, percibía que esta historia se correspondía con la auténtica verdad, aquella en la que él, Berns, se sentía en casa.

—La ciudad perdida de los incas ya no sigue perdida, Carranza. Dejó de estarlo hace trece años. La guerra me ha mantenido ocupado en los Estados Unidos y en Panamá. He regresado para clarificar los aspectos legales. En cuanto me encuentre de vuelta en los Estados Unidos, fundaré una sociedad anónima destinada a financiar el desarrollo de la ruina.

—No soy capaz de seguirle.

—En virtud de las estimaciones existentes, hay en la ruina aproximadamente una tonelada de oro.

—¿Y quién ha elaborado esas estimaciones?

—Tengo en mi poder la evaluación de un afamado mineralogista norteamericano. Y hay mucho más: la tierra en la que se ubica el yacimiento es de mi propiedad. Me he preocupado de tenerla escriturada. Pero trae mala suerte hablar de oro, incluso si es uno mismo el que lo ha encontrado, y por añadidura en tales cantidades que sería imposible ponerlo a buen recaudo de una sola tacada. La ruina es...

—¿El Dorado? —se oyó de pronto detrás de ellos—. ¡No sea usted ridículo, hombre!

Berns y Carranza se giraron en sus taburetes. El bar se había ido llenando entre tanto. Las mesas estaban ocupadas sin excepción por hombres sudorosos que fumaban puros, cuyas miradas se dirigían fijamente a la barra. La mayor parte de los presentes se había desabrochado los chalecos, y aflojado también el nudo de sus corbatas.

Reconoció Berns entre la nube de humo a tres ministros, cinco cónsules honorarios, unos cuantos ingenieros del ferrocarril, dos propietarios de minas franceses y no menos de una docena de empresarios norteamericanos. En una de las mesas centrales estaba sentado el riquísimo fabricante de cerveza estadounidense Jacob Backus. Compartía mesa con él su socio, John Howard Johnston. Juntos habían levantado la empresa cervecera del distrito de Rímac. Johnston lucía un traje de doble botonadura; sobre su panza descansaba una cadena de reloj de oro macizo. Dos ojillos inteligentes brillaban en su rostro. Se sentaba completamente inclinado hacia atrás, con un brazo colgando del respaldo de la silla. No se le había escapado ripio de cuanto había ido diciendo Berns.

—¿Es de eso de lo que usted está hablando, correcto? ¿La ciudad perdida de los incas? ¿Y a quién se ha encontrado usted allí, al hombre de la luna, o a Cenicienta, o al hada de los dientes? ¡Pero si está usted borracho, hombre!

Los norteamericanos se partían de la risa. Carranza miraba con evidente incomodidad hacia su servilleta. Berns se esforzaba al máximo para no perder los estribos.

—Como se llame la ciudad que yo he descubierto no debe preocuparle a usted, ni a nadie que esté ahora en esta sala. En cualquier caso, todo lo que en un futuro próximo se vaya extrayendo será embarcado a través de Mollendo y Callao e irá a Nueva York. Lima no pinta nada en esto.

Johnston adoptó una sonrisa burlona y le guiñó el ojo a Backus. Su voz, según Berns pudo constatar con contrariedad, poseía más volumen y poder de penetración que la de él.

—Un jueguecito bastante viejo. Incluso en el Perú. Hacer que un negocio parezca interesante, darle cariz de rara oportunidad, y esperar a que los inversores entren arrastrándose por puertas y ventanas. ¿Se cree usted que, porque estemos aquí sentados en el fin del mundo, nadie se está enterando de lo que se propone? No es usted el primero al que se le ha ocurrido esta estrategia. *¿Lima no pinta nada en esto?* No se lo cree ni usted, y yo menos.

—Mire —dijo Berns, alargando la mano hacia el cuenco con los pedazos de yuca—, si quiere usted tratar cuestiones de fe, ha dado con el sitio equivocado. La catedral está a dos manzanas de aquí, es ese edificio grande, junto a la plaza principal, no tendrá usted pérdida. En lo que atañe a mi negocio: es evidente que nadie habrá de confiar obligatoriamente en lo que yo diga. Mis accionistas viajarán conmigo a la ruina. Pero como ya me han escuchado afirmar: la ruina más importante de todo este continente no tardará en ser un asunto de competencia estadounidense. *Just you wait.*

Y con estas palabras Berns se dio la vuelta, pidió un vaso de agua y miró su reloj.

Carranza se mesó el bigote, recorrió con la mirada el local y comprobó cómo los hombres arrimaban las cabezas para hablar en voz baja.

—No se tome usted a mal la intervención de Johnston —le dijo a Berns—. Como sabe, en el Perú no tenemos precisamente escasez de buscadores de tesoros y de aficionados a los descubrimientos.

Pero Johnston no se quería rendir tan fácilmente.

—No le conocemos a usted, no lo hemos visto. Nos puede inducir a creer las fantasías que desee. La sierra queda muy lejos. La zona de Vilcabamba es toda ella un nido de serpientes.

—¿Inducirles a creer fantasías? —preguntó Berns—. Nada más lejos de mi intención. Ahora, si quiere usted disculparme.

Berns se volvió de nuevo hacia Carranza y puso los ojos en blanco. Sentía en su interior una inquietud que no debía aflorar a la superficie.

Pero Johnston no soltaba su presa.

—Así que quiere fundar una sociedad anónima, ¿no es así? ¿Tiene usted un avalista para todo ese cuento chino?

Berns suspiró, lleno de pesar y hastío. Su frente estaba perlada de sudor.

—En efecto. Al presidente.

—¿Al presidente? ¿Presidente de qué? ¿De los urinarios públicos? —Esta vez los norteamericanos se rieron con una desvergüenza más ostensible.

—No, en absoluto, de ninguna manera. Al presidente de la República del Perú, señores míos.

En ese instante se abrió la puerta. Berns se levantó de su sitio en la barra, se colocó el chaleco y la chaqueta y se pasó el peine por el cabello. La puerta volvió a cerrarse con un golpe. Se hizo el silencio,

El presidente Andrés Avelino Cáceres en persona había entrado en el bar. Todas las miradas se clavaron en él: sus patillas prominentes, el ojo izquierdo inmovilizado, las charreteras sobre los vigorosos hombros, la barbilla poderosa. Berns sonrió; ahora recordó lo bien que le había caído siempre Cáceres. Había sido un amigo para él, de aquellos a los que uno puede recurrir cuando necesita su auxilio. Un sentimiento cálido invadió a Berns; mucho le habría gustado correr al encuentro de Cáceres, pero ello era probablemente de lo más inadecuado. Eran ya hombres de nivel; y Cáceres sobre todo, pues era real y verdaderamente el presidente de la nación. Maduro se le veía, sabio, un estadista hecho y derecho. ¡Con patillas! A Berns le habría gustado estallar en una carcajada de alegría. No podía evitarlo, su rostro era un mar de felicidad. Entonces extendió la mano a guisa de saludo.

A Andrés Avelino Cáceres el calor le suponía un trastorno; en días tan tórridos como este apenas podía concebir un solo pensamiento claro. Pero este tipo de la barra... La mirada de Cáceres se posó distraída en su rostro, el cabello cuidadosamente peinado con la raya al lado, el bigote, el traje a la última moda. A alguien le recordaba este hombre, ¿pero a quién? Esa sonrisa abierta, los pómulos altos, sus ojos claros... Lentamente fue avanzando Cáceres por el pasillo que, al instante, se había ido abriendo entre la gente en dirección a la barra. La frente, los hombros, la expresión facial... Cuando cayó en la cuenta de quién era la persona que tenía delante, se detuvo en seco. Sorprendido, apartó el pañuelo con el que apenas un momento antes había tenido intención de enjugarse la frente. Era completamente increíble, pero junto a él en efecto se hallaba...

—Augusto —dijo Cáceres.

—Andrés —dijo Berns, tras lo cual ambos hombres se fundieron en un abrazo, se dieron mutuamente palmadas en la espalda y se miraron fijamente a los ojos, como si se hubiesen olvidado por completo de que estaban en un bar lleno hasta la bandera, en donde cada una de sus palabras y cada uno de sus gestos serían registrados escrupulosamente. Un murmullo recorrió el gentío. Backus bajo la mirada, mientras Johnston se ponía a hurgar en su corazón marinado de res.

Cáceres hablaba en voz muy baja, conmovido como se encontraba. A nadie, sin embargo, se le escapó lo que dijo.

—¿Has regresado, amigo mío? ¿Cómo puedo ayudarte?

***

El diario *El Comercio* publicó el 16 de junio de 1887 el siguiente artículo, debido a la pluma de su redactor jefe Luis Carranza:

El gobierno peruano acaba de aprobar un decreto que implica algo único. En estos días se ha hecho historia en Lima, y recomiendo que se graben bien el nombre de Augusto R. Berns, toda vez que desde su llegada vive en Lima un hombre excepcional.

¿Quién si no él podría afirmar de sí mismo que ha descubierto algo de tanta relevancia como la legendaria ciudad perdida de los incas? Rodeada de una espesa urdimbre de lianas, ubicada en lo más alto de una cresta montañosa, le resultaba imposible por sí solo a Berns extraer los tesoros de la ciudad. Por ello tiene el propósito de crear una sociedad anónima: Huacas del Inca. Su capital financiará el envío de un equipo de hombres competentes, que exploren la ruina de forma sistemática y organicen el transporte de las piezas halladas.

El gobierno peruano apoya esta iniciativa y, como recompensa por su entrega patriótica, le adjudica el diez por ciento de los beneficios. El ministro de Hacienda Yrigoyen ha firmado el decreto, mientras que el presidente Cáceres añade una recomendación personal, haciendo alusión a las riquezas que Berns se dispone a recuperar este mismo año. A la vez se ruega comprensión ante el hecho de que no pueda darse a conocer el emplazamiento exacto de la ruina, dado que cualquier intromisión podría poner en riesgo el éxito de la empresa,

¡Démosle la bienvenida al señor Berns entre nosotros, y recibámoslo con los brazos abiertos!

Berns se ha convertido ahora en un factor con el que hay que contar. En su cartera lleva consigo el decreto gubernamental; algo innecesario, según opina Hilfiker, ya que no hay persona en Lima que no tenga noticia del artículo de Carranza. Lo que procede en esa fase es localizar a un puñado de personalidades, hombres que inspiren un respeto incuestionable. Junto con Berns serán los llamados a configurar la junta directiva de *Huacas del Inca*. Sus nombres le aportarán a la sociedad y, los que es mucho más importante, al accionariado su último timbre de gloria. Berns sabe con exactitud a quién necesita. Pronto dará comienzo la venta de acciones.

***

Primeramente manda Berns una carta a Ricardo Palma, el famoso historiador que dirige la Biblioteca Nacional del Perú: «Respetabilísimo señor Palma: Desde hace bastante tiempo poseo una de las obras más sorprendentes de la historiografía peruana, una crónica que aborda un capítulo hasta la fecha totalmente desconocido de la historia no solo del Perú, sino de toda Sudamérica. Este infolio supone una realización única, que merece ocupar un lugar destacado por derecho propio. Sería para mí un gozo y un honor poder hacerle entrega personalmente del mismo. Respetuosamente suyo, Augusto R. Berns.

No transcurren ni dos días antes de que Berns reciba una invitación a la Biblioteca Nacional. Portando un paquete enorme bajo el brazo, que trae envuelto en papel de embalaje marrón, y perfumado él mismo con un toque de flor de cananga al que se suma el aroma apenas perceptible de su Clubman Moustache Wax, Berns entra en el patio desde el que se accede a la puerta del edificio. Cruzando dicha entrada llega a una antesala el conjunto de cuya pared izquierda lo ocupa una pintura: muestra el entierro de Atahualpa, el último emperador inca. Al contemplar al Inca asesinado, Berns experimenta una aflicción tan profunda, que es como si se tratase de un familiar. Poseído por la indignación continúa hasta la sala de lectura, y allí uno de los conservadores lo conduce al despacho de Ricardo Palma. Llevan tiempo esperándolo.

Ricardo Palma es un hombre prematuramente envejecido, de acuosos ojos azules, que siempre parecen estar algo llorosos, y una cabeza que parece demasiado grande para el delicado cuerpo sobre el que se sustenta. El peso de los siglos anteriores gravita como una considerable carga sobre sus hombros; ciertamente en los días en que ha leído mucho abandona su despacho algo más torcido y curvado que en aquellos en los que ha tenido que reunirse con políticos para negociar subvenciones, o en los que se ha dedicado a escribir cartas y ensayos.

El saludo es amable, aunque también algo disperso. Palma acepta el paquete con cierta prudencia y dice que —como suscriptor de *El Comercio*— está naturalmente informado de quién es el visitante que tiene delante. ¿*Huacas del Inca*? Muy bien no dice ser capaz de comprender lo que un empresario como Berns tenga que ver con las viejas crónicas, pero tampoco es que su criterio tenga que ser...

Berns se inclina hacia detrás en su asiento y observa cómo Palma retira el embalaje y abre el infolio. Palma pasa las páginas, con cada segundo que transcurre lo hace más deprisa, hasta que alza al fin la cabeza y dice:

—El libro está vacío —Quiere saber si podría tratarse de un malentendido. ¿No había hablado Berns de un capítulo desconocido de la historia del Perú?

—Exactamente, así es —dice Berns—. Que exista ya ese capítulo, sin embargo, no acaba de ajustarse del todo a la verdad. ¡Aún está por escribir! ¿Ha leído usted ya lo referente a *Huacas del Inca*? Bien, en tal caso no ignora que he descubierto la ciudad perdida de los incas y que me propongo ponerla en valor. El Dorado, ¡tal vez! ¿Quién puede asegurarlo con tanta precisión? Los hombres de negocios, los políticos y los médicos, seguro que no. Mire, yo soy descubridor. Yo sé que he encontrado algo. Pero quién lo construyó exactamente, bajo qué circunstancias, su significación verdadera para la historia de los incas, del Perú, del continente incluso, eso escapa a mi conocimiento. En pocas palabras: en nuestra junta directiva nos faltan los cimientos intelectuales. Me parte el corazón imaginarme que, en breve plazo, pueda haber cientos de obreros revolviendo en la ruina, antes de que un erudito genuino, de formación universal, llegue a investigar su historia y a dejar constancia escrita de la misma.

¿Conocería él, Palma, a alguien capaz de acometer tan alta tarea?

***

Después llega el turno de José Mariano Macedo, afamado cirujano y el coleccionista de antigüedades más renombrado del Perú. Berns se permite presentarse, sin haber concertado cita precia, en su villa de la calle General La Fuente.

Macedo, cuyo enorme cuerpo podría muy bien no haber superado el desgaste de sus sesentaicuatro años, se mantiene en forma gracias a las múltiples obligaciones derivadas de su condición de galeno. Durante muchos años asistió como médico personal al presidente Ramón Castilla, además de ejercer como catedrático en la Facultad de Medicina de San Marcos y también como cirujano adscrito al ejército del Perú. En esta etapa dirige el hospital penitenciario de El Panóptico y está formando, según se comenta en la ciudad, una segunda colección de antigüedades. Él mismo procede de los Andes, habla quechua con fluidez y siente un amor congénito hacia los artefactos incas.

En tiempos de la última guerra, Macedo vendió, como no desconoce Berns, su colección de más de un millar de artefactos a Adolf Bastian, responsable del Museo Etnológico de Berlín. Berns siente una considerable pesadumbre, al tener presente que también la colección de Ana Centeno fue a parar a este mismo hombre. Parece ser que Macedo mantiene una estrecha amistad con el director de ese museo, con lo que es razonable que especule con la posibilidad de venderle asimismo esta segunda colección. No existe nadie en Sudamérica que tenga un conocimiento más completo de las antigüedades y los artefactos incas que José Mariano Macedo.

Berns le menciona su nombre al mayordomo y, cuando este quiere saber el motivo de su visita, cita también el nombre de Adolf Bastian. Se le pide que espere unos instantes. Berns sabe perfectamente —porque Hilfiker ha realizado su trabajo a conciencia— que Macedo se ve cada miércoles a las tres de la tarde con un antiguo estudiante suyo, el famoso investigador sobre el cólera David Matto.

Los dos hombres bien podrían ser padre e hijo: rostros anchos, pómulos en alto, el color cobrizo típico del altiplano andino. No sin sorpresa se quedan mirando al extranjero, que se presenta con humildad en lengua quechua. Berns no ha perdido su uso de ese idioma. Matto, nacido y criado en Cuzco, ríe jovialmente, se pone en pie y estrecha la mano de Berns. Berns hace una inclinación de cabeza. Desea mostrarles a ambos hombres su respeto.

—Tome usted asiento —dice finalmente Macedo, con voz bien timbrada de barítono, y le sirve a Berns una taza de té de coca, como el que se bebe en la sierra—. Berns, ¿no es así? ¿Cómo puedo serle de utilidad?

Berns se disculpa por la visita sin previo aviso e informa de los progresos de su iniciativa. La junta directiva está ahora completa, y sus componentes son todos luminarias en sus respectivos campos. Ricardo Palma, por ejemplo, será quien se ocupe de encuadrar la ruina —en torno a la cual todo gira— en su contexto histórico; de la catalogación de las antigüedades se ocupará otro experto de primera magnitud. Berns hace una pequeña pausa y observa a Macedo, cuyos ojos parecen querer salírsele de las órbitas de tanta curiosidad.

—Pierre Maury —dice Berns—, un entusiasta. Ahora bien, como podrá usted figurarse, el número de artefactos que nos disponemos extraer de la ruina alcanzará varios millares. Se ha llegado ya a un acuerdo para que dicha colección, que será ordenada por Maury, sea vendida a Berlín. La pregunta acerca de la cual tuvimos ayer una viva discusión es la siguiente: ¿compensa incorporar al catálogo textiles y quipus, o deberíamos ceñirnos a objetos fabricados en metales nobles? ¿Qué opinión tiene usted sobre lo que más puede interesarle al doctor Bastian?

José Mariano Macedo bebe un gran sorbo de su taza. David Matto, que le ha tomado la medida al cólera, pero ejerce escaso control sobre sí mismo, no para de deslizarse de un lado a otro de su silla, de agitado que está. Berns es en cuerpo y alma un empresario, así que sus pensamientos no giran en torno a lo que le ha contado a Macedo, sino pura y exclusivamente alrededor de la cuestión relativa a Bastian y a qué es lo que se debe enviar a Berlín. ¡No se trata de otra cosa! Su ímpetu es vertiginoso. Sin que él mismo no lo note del todo, Berns es feliz.

—¿Pierre Maury, el hotelero? —estalla Macedo—. ¿Y a este le tiene usted por una luminaria en su campo?

—¿No lo es acaso? —inquiere Berns—. En el vestíbulo de su hotel tiene expuestas diversas piezas bastante sorprendentes.

Macedo no está de humor para reírse. Lleva décadas constituyendo sus colecciones en paralelo a su reputación y ahora, cuando se descubre una ruina de categoría, ¿va un hotelero de segunda fila a llevarse la prerrogativa? Perdona a Berns, al fin y al cabo es un extranjero y parece no conocer bien cómo funcionan las cosas en el Perú.

—Hábleme de la ruina —le pide finalmente Macedo.

—Y a continuación de su iniciativa —añade David Matto.

Solo una minoría sabe que el joven investigador del cólera es un apasionado de la historia y la cultura de los antiguos incas. Berns no lo ignora.

***

Los siguientes de la fila son los norteamericanos: Francis Lewis Crosby y Jacob Backus. De una conversación con John Howard Johnston Berns prefiere prescindir. ¿Para qué llevarse un mal rato? Él, Berns, está seguro de lo suyo. Ha descubierto la ciudad perdida de los incas, solamente él conoce el camino para llegar a ella. Es un héroe, eso puede leerse en cualquier periódico.

Si bien nacidos en los Estados Unidos, Crosby y Backus disfrutan, debido a su instinto comercial y a su afluencia, de un elevado prestigio en el Perú. La mayor parte de su tiempo la pasan en el salón del Hotel Americano en la calle Espaderos, donde se discuten negocios, se trazan acuerdos y se formalizan. Si por una vez no hay nada que discutir, estudian los mapas que cuelgan de las paredes. ¿Se está verdaderamente en el Perú, si uno no conoce más que Lima? Pronto les llama la atención que ese empresario alemán, sobre el que todo el mundo habla en la ciudad, frecuenta igualmente el Hotel Americano y gusta de ocupar una butaca de espaldas al salón, mientras hojea revistas y se fuma un puro. Si alguien le dirige la palabra, le pide disculpas y, si le ofrecen tabaco, lo rechaza.

Lo que no les llama la atención: en la luna del enorme espejo de pared Berns permanece sin perder ripio de cuanto ocurre detrás de él. Sabe que Backus, como todos los norteamericanos, siente debilidad por el oro y que Crosby está aburrido de su centro comercial. Ambos querrían ser exploradores y apenas pueden perdonarse a sí mismos el que no lo sean. Backus ha mantenido una cierta agilidad pese a su envergadura corporal; su poblada y revuelta cabellera le otorga además un aire más juvenil del que por edad le corresponde. A Crosby lo mantiene delgado el ajetreo propio del centro comercial; además practica todas las mañanas algo de ejercicio físico. Sus ojos de color castaño claro se posan con actitud tan sufrida sobre el mundo, que es como si dirigiese un cuchitril de escaso éxito, y no los almacenes más celebrados del Perú.

—Saturado como un barril de mantequilla —dice Crosby—. Johnston lo considera un estafador.

—Johnston piensa que cualquiera que ve es un estafador. Pregúntele sin más cómo van los negocios, y lo comprobará.

Así que van a donde está Berns y lo abordan. Pronto se percatan de que este no tiene el menor interés en hablar sobre su actividad o la junta directiva, de modo que la charla discurre en torno a Lima, las partes de la ciudad, acerca de Callao y el Pacífico o sobre tráfico marítimo y esos ferrocarriles que atraviesan el país. Fernando Umlauff, el conocido hombre de negocios alemán, procedente de Hamburgo y de considerable estatura, se suma al grupo y enciende su pipa. Mucho no habla, pero cada vez que la conversación roza un asunto que le interesa, la pipa adquiere un rojo incandescente. Berns le dirige gestos amables con la cabeza, porque Berns es un hombre amable y Umlauff además le resulta simpático.

Backus menciona una excursión a Mollendo, donde dice tener conocidos. ¡Una aventura bárbara! California en comparación no valdría nada. Con la mano hace un gesto despectivo. Crosby asiente ensimismado, mientras su mirada recorre los mapas que cubren las paredes del salón. El hastío lo invade, al pensar en la sesión de inventario que le espera en el centro comercial. Crosby suspira.

Berns sonríe. Engarza un relato sobre la vastedad deshabitada de la puna, sobre el altiplano, los glaciares, esos cóndores que dan vueltas sobre las gargantas, sin dejar de mencionar los ríos caudalosos, los profundos desfiladeros y el verde infinito de la selva, así como el valle sagrado de los incas y, para rematar, las ruinas que uno puede hallar en esa zona.

—*Esas* ruinas son todas conocidas, están consignadas y catalogadas —dice Berns.

La pipa de Umlauff entra en una combustión más intensa. Backus se dobla hacia delante hasta tal punto, para no perder detalle, que Berns puede oír su respiración. Crosby da la sensación de estar a punto de romper a llorar. El propio Berns está también emocionado.

—En las proximidades del valle sagrado, sin embargo, comienza el territorio amazónico. Uno se encuentra a bastante altura, en la ladera oriental de los Andes, allí no hay bochorno ni tan siquiera hace calor, sino que te rodea una nebulosa más bien fresca. El entramado de la selva es tan tupido que apenas logra uno avanzar, y cuando avanzas, tropiezas con paredes de granito que caen a pico. Esto, señores míos, es el gran páramo salvaje del Perú.

—¿Es esa la zona en la que se localiza su ruina? —Crosby elige poner una cara que quiere reflejar indiferencia.

Berns hace un gesto impreciso con el brazo y echa mano del periódico, como indicando que la conversación ha concluido en lo que a él respecta. Y ciertamente es así: ponerse a pensar en la ciudad de la montaña le ha dejado sin aire. Ante su ojo interior se yergue majestuosa hacia los cielos; para él no está construida a base de granito, sino que está hecha de oro.

Backus ya no aguanta más, ha escuchado suficiente. Le arranca a Berns el periódico de la mano y pega con él un golpetazo en la mesa. A Umlauff se le desarbola el rostro, Crosby se atraganta.

—¿Y hasta ahí quiere tirar usted con un ramillete de médicos e intelectuales? —pregunta Backus—. ¿A la selva virgen, con gentecilla que no ha tenido en su vida una escopeta o una pala entre las manos? —Backus afirma haberse informado. Berns ha incorporado a la junta directiva a Macedo, a ese Matta —¡al fin y al cabo es todavía un niño, por mucho cólera que pretenda estudiar!—, al Carranza y al Palma. ¡A él, Berns, lo que le harían falta serían verdaderos socios, para salir airosos ante los desafíos de la naturaleza! ¡Hombres que lo sean de la cabeza a los pies!

Crosby se apresura a prestarle apoyo a Backus.

—¿Acaso no ha pasado usted largos años en Norteamérica? —le pregunta a Berns—. Necesita usted acompañantes que no solo puedan aportar su fortuna a la sociedad, sino que traigan en sus alforjas también carácter y compromiso. Hombres con los que pueda contar, y que piensen como usted. —La voz de Crosby se ha elevado una octava, y la pipa de Umlauff arde con un rojo claro.

—¿Y qué puedo hacer? —pregunta Berns, honestamente afectado—. No depende de mí, ni puedo elegirlos

Sin duda un grupo de hombres robustos sería bastante más de su agrado. Lo mejor sería que fuesen norteamericanos. O, su mirada recae en Umlauff, incluso alguno que otro de su patria chica. ¿Pero de dónde sacarlos?

***

Julio de 1887. Una sociedad anónima comporta documentos, estatutos, normativas y declaraciones. También se requieren acciones. Berns pasaba ahora bastante tiempo ante su escritorio, y si algo debía recibir atención, enviaba a Hilfiker. En colaboración con Ricardo Palma redactó Berns un breve esbozo con la historia de los incas, al objeto de incluirlo en su folleto. Palma constató con asombro que Berns era todo un experto, y que podía incluso citar los escritos y las crónicas de mayor antigüedad, aunque Berns rechazó los elogios y dijo que sin sus aportaciones, las de Palma, todo sería inútil.

En ocasiones, cuando Palma revisaba un párrafo o lo rehacía, Berns se quedaba como ausente, mirando fijamente hacia delante. Palma suponía que tenía demasiadas presiones, o que no dormía bien, pero no se trataba de esto. Berns oscilaba en un estado entre el desapego y esa concentración que solía impregnar cada uno de sus momentos. No habría sabido decir si era él quien tripulaba los acontecimientos o si estos acaecían de manera autónoma, una vez puestos en funcionamiento, y como si los propulsara una energía tan peculiar como inagotable.

Pronto se puso Berns a diseñar el boceto de una acción. Enmarcada por ornamentaciones, en lo más alto se resaltaba el nombre de la sociedad: *Huacas del Inca*. Debajo figuraban el número de la acción y su precio, cincuenta soles pagaderos en plata. En el centro situó Berns el blasón del Perú, un escudo sobre el que había una vicuña, una chinchona y una cornucopia de la que brotaban abundantes monedas de oro. A cada lado del blasón dibujó una figura: a la izquierda, Manco Cápac, el primer y mítico emperador de los incas, hijo del rey del sol, y a la derecha el Inca cuya estatua había visto en la ciudad perdida. Se trataba del más victorioso de todos los incas, Pachacútec Yupanqui, y su nombre significaba *transformador de mundos*.

Solo una cosa más faltaba, y era el acto fundacional propiamente dicho. Berns tenía los estatutos de la sociedad anónima redactados hacía tiempo, pero ahora debía reunirse la junta directiva y darles su aprobación. José Mariano Macedo puso a disposición de la sociedad su sala de antigüedades en la calle General La Fuente; allí convocó Berns a Umlauff, Backus y Crosby, al igual que a Matto y Palma. Los hombres llegaron puntualmente y se saludaron con solemnidad, al tomar asiento ante la mesa oval. Hilfiker les repartió los papeles y documentos que Berns había preparado. Macedo se convertiría en vicepresidente, ello había sido ya acordado con antelación, en tanto que su hermano, José Rufino Macedo, cubriría el puesto de secretario y Fernando Umlauff el de tesorero.

También Luis Carranza participó en la sesión. Trajo a un diputado afín al gobierno: Luis Esteves era presidente de la Cámara de Comercio, un historiador conocido y el autor de un libro bastante respetado acerca de la situación del país. Berns y Carranza estuvieron desde el primer momento de acuerdo en que la participación y el prestigio de Esteves eran muy ventajosos para la sociedad, así que Berns le dio las gracias por su presencia. Lo mismo que todos los demás, Esteves debía ser incorporado a la junta directiva; algo que también era aplicable, como Berns señaló de manera expresa, a Arnoldo Hilfiker. Hilfiker apenas se atrevía a emitir un sonido; la significación de los presentes parecía paralizarlo por entero. Si alzaba la mirada era tan solo para mirar a Berns o hacia la estatuilla dorada, que estaba en mitad de la mesa.

Ante los ventanales de Macedo se había desplegado la garúa, la espesa niebla del Pacífico. La ciudad aparecía cubierta de densos cortinajes. Si los hombres miraban a través del cristal, apenas podían intuir las siluetas de las palmeras y los cedros que había en el jardín. El salón de Macedo, en cambio, emitía tal resplandor a la luz de las lámparas de gas, que al otro lado de los cristales se acumulaban las mariposas; con sus alas multicolores fueron conformando un entramado caleidoscópico. Si llegaba un lepidóptero particularmente grande a estrellarse contra la cristalera, los hombres se giraban para verlo, llenos de admiración hacia la riqueza de colores que presentaban los insectos, que no era frecuente ver en Lima con tanta profusión.

Un sirviente sirvió café, mientras Macedo pronunciaba un ceremonioso discurso. Como vicepresidente y anfitrión concedía especial relevancia a la dimensión histórica del empeño que los había congregado, y deseaba resaltarlo. A la vez sentía que había llegado la hora de mirar hacia el futuro, un camino que al Perú se le abría sin duda con iniciativas como esta.

Berns, que también traía un discurso preparado, se reclinó hacia atrás. ¿Qué restaba por hacer si todo se desarrollaba por sí solo, si todo había sido dicho ya? De repente le asaltó la sensación de no era sino el espectador de una pieza teatral que había digo escenificada y ensayada hacía más de una década, con él, Berns, haciendo de protagonista, director y figurante, todo en uno.

Cuando Macedo hubo concluido su alocución, Berns aludió a la documentación que tenían ante ellos y realizó algunas propuestas relativas a las participaciones que deberían ser adquiridas por los socios. Más allá de esto, había plena libertad para que cada uno comprase las acciones adicionales que estimase oportuno.

Era ya bastante después de medianoche cuando llegaron a un acuerdo. Ya en la semana siguiente irían a la imprenta tanto las acciones como los folletos. El 15 de agosto se abriría la venta. Carranza, que estaba también en el comité fundador de la naciente Sociedad Geográfica, propuso utilizar la pequeña villa urbana que habían adoptado como sede, para dicho evento formal. Ocupaba un emplazamiento céntrico en la calle Padre Jerónimo, disponía de un amplio patio interior, una galería perimetral y diversos salones representativos. Un digno marco, comentó Carranza, y por añadidura de lo más pertinente. ¿Acaso no se trataba de descubrir y explorar las zonas del país?

Berns aceptó agradecido. Carranza prometió que en las semanas subsiguientes compondría varios artículos describiendo los planes de *Huacas del Inca*, a la par que Umlauff y Crosby, que desde hacía muchos años eran miembros los dos de la Gran Logia del Perú, se proponían darle difusión a la sociedad entre los masones de Lima y Callao, además de hacerlo en el Club de la Unión y en el Club del Progreso.

—¿Masones en la selva? —exclamó Backus—. ¡Como si estos fuesen a ensuciarse las manos!

—Será suficiente con que compren acciones —respondió Umlauff—. No todos los hermanos viajaremos.

—Unos cuantos, seguro —dijo Crosby. Miró hacia la estatuilla y bajó la mirada.

—El viaje es agotador y peligroso —dijo Berns—. Quien no sea un jinete consumado no debe ni planteárselo. Hay que saber escalar, recorrer largas distancias y saber cómo responder a las mordeduras de serpiente y al soroche. Cualquier participante poco seguro pondrá en riesgo el desenlace de la expedición.

Carranza se levantó de un salto y se inclinó sobre el mapa que estaba desplegado sobre la mesa. También Ricardo Palma se puso en pie y preguntó si de entre los presentes alguno comprendía lo que se disponían a llevar a cabo, algo que desde los tiempos de la conquista nadie había conseguido. ¡Les esperaban vivencias inmensamente aleccionadoras!

—Artefactos jamás vistos —dijo Macedo.

—Algo sensacional —dijo Carranza.

—Un desafío —añadió Matto.

—Tierra sin hollar —sentenció Backus; a lo que Hilfiker añadió, tan alto y claro que todos se sobresaltaron:

—¡Oro!

Los hombres se quedaron mirando a Hilfiker como si lo vieran en ese instante por primera vez.

Carranza empuñó la figurilla y la pesó con la mano.

—Bueno, Augusto, dilo ya. ¿Dónde está?

Berns se humedeció los labios con la lengua.

—¿Dónde está *qué*?

—La ruina, naturalmente. ¿En qué lugar exacto de la cordillera Vilcabamba está situada?

También Palma y Crosby lo encararon, mirando a Berns en actitud interrogante.

—Estamos entre nosotros, Berns. A nosotros podrás contárnoslo, ¿no es verdad?

Ahora fue Berns el que se levantó, y se apoyó en el mapa. Con el dedo índice siguió el curso del Urubamba, para detenerse con brevedad en Aguas Calientes, el lugar en el que Singer y él habían construido el aserradero.

—¿Queréis saber dónde, con exactitud, está la ruina? ¿Cómo va uno a describir un emplazamiento preciso en una zona salvaje? ¿Qué sentido tendría describir pendientes, recodos fluviales, la orientación de laderas montañosas?

—Lo que quieres es guardar ese secreto para ti. —Había sido Backus quien habló, al sentirse relegado.

Macedo intervino:

—¿Es que no está en su derecho? Al fin y al cabo fue él quien estuvo años y años enfrentándose a la selva.

Carranza le puso a Berns la mano en el hombro.

—¿No tienes confianza en nosotros, Augusto? ¿Se trata de eso?

Berns le sostuvo la mirada, luego se puso firme.

—Bien, Backus tiene razón. *Es* ciertamente un secreto, y yo soy su guardián. Pero no por mi propio bien, sino por el de nuestra empresa. Carranza, ¿no deberías ser tú quien mejor que nadie supiera lo fácilmente que una información escapa al exterior?

Ante las ventanas seguían flotando las ráfagas de niebla procedentes de la costa. El número de mariposas que se aglomeraban junto al cristal había seguido aumentando; ahora cubrían casi la totalidad del ancho frontal acristalado.

Contrastando con el pulular de las mariposas, resaltaba la estatuilla dorada que Carranza seguía sujetando en la mano. Berns cerró los ojos un momento, vio ante sí el Urubamba, las montañas y, finalmente, las coronas de los bosques de bambú en lo más alto de la cresta. El granito blanco brillaba entre las cañas de bambú. Después abrió los ojos y miró a los diez rostros expectantes que lo contemplaban.

—La ciudad perdida —musitó en voz baja— es lo más grande, lo más significativo que este país, no, que este continente haya producido jamás. Los incas crearon una obra maestra, que coronaba su civilización. Y como es propio de una corona, vistieron dicha obra maestra por completo de oro. Un homenaje al rey del sol, y a aquellos que lograsen encontrar lo inencontrable.

—Los muros de las casas… y las escaleras, y los templos: ¿son todos de oro?

Berns tomó la figurilla que sostenía Carranza y la situó sobre el mapa, exactamente donde el Urubamba trazaba una curva.

—Todo —dijo finalmente—. Quien pasa demasiado tiempo allí, en soledad, pierde la razón, o queda ciego, o ambas cosas. El bosque de niebla que circunda la ciudad…

Berns se secó la frente con el pañuelo, comenzó a toser, sintió un calor atroz y se puso a pensar que le había vuelto la fiebre panameña. Maceda, que advirtió el malestar de Berns, corrió a atenderle y declaró que se levantaba la sesión. Carranza aún discutió con Palma las últimas modificaciones del folleto y diez minutos más tarde todo el mundo se despidió. Berns agarró su cartera y fue el primero en cruzar el jardín para salir a la calle. Durante unos instantes los hombres siguieron viendo difuminado su contorno, hasta que se lo tragó la densa niebla costera.

15. *HUACAS DEL INCA*

Tiempo para escribir cartas ya no quedaba. «No hay tiempo», así lo expresaba Berns al describírselo a Hilfiker, cuando en realidad quería decir: «No hay fuerzas.» Sobre todo en los momentos de tranquilidad, durante las comidas o al vestirse, Berns sentía cómo el cansancio hacía mella en él. Macedo, que por su condición de médico siempre estaba observando a las personas que tenía alrededor, recomendó a Berns que se marchase de la ciudad por unos días, para respirar aire puro, a Chorrillos o Barranco. Pero Berns declinó.

Solo con el mayor de sus esfuerzos había podido convencer a sus socios —con Crosby y Backus al frente— de que habría de emprender primeramente por su cuenta el viaje a las montañas. Era menester hacer preparativos, había explicado. En el propio Cuzco era posible que *Huacas del Inca* fuera ya un proyecto conocido. Pero en el camino hasta allí —y más allá de allí— dependerían en considerable medida de la ayuda de numerosos hacienderos; a Berns le tocaría de antemano ganarse su confianza, asegurarse su apoyo. Solo con que uno de ellos abrigase desconfianza hacia *Huacas del Inca* y se aliara con otros en su contra, la empresa podría derivar en un peligro mortal para todos ellos.

Este argumento acabó por persuadir a Macedo, Carranza, Palma y al resto. Berns, eso lo admitían, se manejaba mejor que nadie en el valle sagrado de los incas. De modo que acordaron que Berns partiría tras estar vendidas todas las acciones y que Macedo, Crosby y Backus aguardarían sus noticias antes de ponerse en marcha para seguir sus pasos.

Berns mantenía a raya su cansancio mediante actividades públicas que eran espoleadas por el entusiasmo de sus socios. Impartía conferencias en la Gran Logia del Perú ante los masones, escribía artículos para *El Comercio* en los que describía sus experiencias en el canal de Panamá y en los ferrocarriles peruanos, visitaba el Club Patriótico, el Club del Progreso, el Club de la Unión, el Club Nacional. Incluso en las veladas literarias de Clorinda Matto de Turner se dejaba ver Berns, llegando un día a leer una breve composición en prosa que trataba de una misteriosa mujer y de una hembra de ocelote. Los aplausos, o así se lo pareció, iban más allá de la mera cortesía; pero cuando meditó sobre la posibilidad de que hubiese desperdiciado un talento literario, le entró sofoco y cierta sensación de mareo. La fiebre panameña había regresado. Hilfiker se llevó a Berns a casa y le hizo guardar reposo en cama.

—¿Qué sentido tiene todo este ajetreo? —preguntó Hilfiker—. No puedes ya vender más acciones de las que has mandado imprimir.

El montón de acciones descansaba sobre el escritorio; eran varios centenares, todas ellas adornadas con el rostro de aquel Inca cuya representación en piedra hubiera visto Berns en la ciudad perdida.

A intervalos regulares, Hilfiker le suministraba al afiebrado limonada de maíz con polvo de quinina. Cuando los temblores de Berns se tornaban demasiado aparatosos, Hilfiker sacaba una puerta de su marco, la colocaba sobre el cuerpo empapado de sudor y se acostaba encima. Una cura mejor contra los brotes de malaria no la había. Cuando la puerta dejaba de vibrar, Hilfiker se levantaba y volvía a ponerla sobre sus goznes. No se dejaba confundir por el hecho de que Berns le llamase Singer en tales momentos, ni porque lo insultase en alemán y en inglés a la vez.

Berns había subestimado a su asistente, eso sí lo sabía ahora. Agradecido por la ayuda que le prestaba Hilfiker, Berns le regaló tres acciones de su paquete personal, así como un botellín de aceite de macassar para el cabello, lo cual produjo auténtica alegría al joven. Desde su cama Berns podía ver cómo Hilfiker se ponía delante del espejo que había en la suite y se tiraba una hora entera atusándose el cabello. El olor a ylang-ylang llegó a ser tan intenso, que Berns se arrastró hasta la ventana y la abrió de par en par. Sobre el alféizar había una pluma azul irisada; la guardó y más tarde se la puso en el sombrero.

***

El 15 de agosto llegó al fin el momento. Las nieblas del Pacífico se habían disuelto y el relente de las semanas anteriores había cedido su puesto a una suave brisa. El invierno se estaba retirando antes de tiempo. De nada de esto se dio Berns por enterado. Estaba afanado recolocando sillas, alineando mesas y contando vasos en el salón de lo que pronto sería la Sociedad Geográfica, además de repasando su correspondencia y preparando su discurso.

El doctor Macedo había puesto a disposición de la sociedad una antigua caja de caudales, que estaba ahora colocada en un extremo de la sala.

—Un digno contenedor para una causa digna —había dicho Macedo, a lo que Carranza añadió:

—Este chisme ya era viejo en tiempos de Pizarro.

Berns no podía evitar verse atraído por la caja de caudales, a la que se acercaba una vez y otra. Medía por lo menos un pie y medio de largo y un pie de alto; estaba hecha de madera de raíz finamente pulida y contaba con herrajes de latón, rosetones ornamentales y bandas de refuerzo remachadas. El ojo de la cerradura se localizaba, oculto bajo una tapa de remache, en el centro de la tapa. Si se hacía girar la gruesa llave en la cerradura y se levantaba la tapa con el mecanismo de cierre, quedaban visibles cinco compartimentos, revestidos con un forro de terciopelo ligeramente desgastado, que desprendían un brillo rojizo. Aún estaban vacíos; el dinero que los socios habían abonado en concepto de sus participaciones estaba en una caja fuerte en casa de Macedo. En la tarde de la inauguración oficial, así lo habían acordado, ese dinero iría a parar a la caja de caudales. Junto con los demás ingresos previstos todo ello sería llevado al banco a la mañana siguiente.

Berns acariciaba con los dedos los remaches, y accionó repetidas veces el mecanismo de cierre. Incluso mientras iba ensayando su alocución no podía dejar de estar pendiente de la caja. Llegó un momento en que Hilfiker se hartó. Le comunicó a Berns que Maury tenía algo muy urgente que tratar con él y de este modo se lo llevó a casa engañado; como se pudo comprobar, Maury ni siquiera estaba en el establecimiento.

—¿Le has pedido que tenga preparado el coche de caballos para la noche? —le preguntó Berns con gran serenidad.

—Por supuesto —dijo Hilfiker—. Faltan cinco horas. Tiempo de sobra para descansar un poco.

¡Cinco horas! Berns maldijo el momento en el que se le había ocurrido fijar el evento para última hora de la tarde. Comió lo que Hilfiker le puso delante y después se retiró. Su intervención se la sabía de memoria hacía tiempo, y ahora quería repasar las cartas de aquellas personas que habían anunciado su presencia por escrito. Pero apenas se hubo sentado delante del escritorio y mirado los sobres, le sobrevino tal cansancio, que tuvo que apoyar la cabeza sobre el tablero de la mesa. Solamente un ratito, un momento, antes de que esto empiece. Entonces se quedó dormido y ni siquiera se despertó cuando dieron golpes en la puerta, Carranza se puso a preguntar por él, Berns, a voz en grito, mientras que Hilfiker, con las acciones a buen recaudo en una maleta, atravesaba la suite a la carrera y cerraba la puerta con firmeza tras de sí.

A las cinco y media, Berns se despertó. No sabía dónde estaba, ni de qué día se trataba, ni lo que había tenido la intención de hacer ante su escritorio. Se puso en pie aturdido. ¿Qué había sido de las acciones? El sitio en el que según recordaba había estado el montón estaba vacío, aunque la estatuilla dorada del Inca aún continuaba allí. Cuando su mirada recorrió el vestuario preparado, y se fijó en el sombrero con la pluma, le vino todo a la mente. ¡La inauguración! ¿Dónde se había metido Hilfiker? ¿Por qué este no le había despertado? Berns lo llamó a voces, pero estaba solo. Tras echar un vistazo al reloj se dio cuenta de que apenas le quedaba media hora para prepararse y llegar hasta la Sociedad Geográfica.

A Berns le tranquilizó pensar que, sin él, difícilmente iban a poder comenzar. Entonces pensó: probablemente la junta directiva lleve ya desde hace mucho en la sala, y el único motivo por el que no ha visto necesario venir a buscarme es debido a que no han aparecido hasta el momento compradores. Siguió aferrado a esa idea mientras se ponía una camisa limpia y luego el chaleco, guardándose el reloj en el bolsillo. Entonces se obligó a razonar con objetividad. Probablemente Hilfiker ya se había puesto en camino bastante antes. Con el sombrero sobre la cabeza y la cartera en la mano, Berns se detuvo un instante y volvió la vista atrás hacia la suite. La luz crepuscular entraba a través de las ventanas, cayendo sobre el escritorio, el diván, la cómoda.

Berns inspiró profundamente; luego salió.

En las calles llamaba la atención el poco tráfico que había. En la calle Bodegones apenas había una docena de personas, y no se veía ni un solo coche de caballos. Llegando al cruce con la calle Núñez, le asaltó una sospecha terrible: ¿qué pasaría, si hubiera él pasado por alto algún detalle? Las calles no estaban jamás tan vacías a no ser que hubiera una festividad religiosa, o cuando se celebraba una corrida en la plaza de toros, o había llegado a la ciudad un circo... Berns aceleró el paso, y su mano apretó con fuerza el asa de la cartera de cuero.

Comenzó a sentir algo de inquietud. La fascinación de los peruanos hacia la fiesta de los toros nunca había podido entenderla. ¿Por qué se preservaban los usos y costumbres de una nación de la que acababan de liberarse? ¿Y en especial cuando se trataba de extravagancias de esta laya? Esto de aquí no era Madrid, sino Lima, no existía el menor motivo para atar cóndores sobre los lomos de los toros, y que el público disfrutase con la crueldad de un espectáculo de tan mal gusto.

También las callejas aledañas a la calle Mantequería de Boza estaban prácticamente desiertas, y Berns creyó poder confirmar su suposición de que la gente se hallaba divirtiéndose al otro lado del Rímac. Resulta que él le brindaba al pueblo la oportunidad de invertir en una iniciativa inaudita y este prefería inflarse de choclos asados mientras se regodeaba ante la lucha a muerte contra un mamífero altamente desarrollado. Pues que languidecieran esas gentes, junto con su país patético, retrógrado y reseco; él, Berns, ya se había esforzado suficientemente por ellos a lo largo de un cuarto de siglo, lo cual era más tiempo del que algunos alcanzan a vivir del nacimiento a la muerte. Era indignante que los mayores y más legendarios tesoros de este mundo se ocultasen en un país de este jaez, un país en el que no encontrabas a nadie, pero es que a nadie, con un interés genuino por la historia o la geografía.

Berns acababa de doblar por la calle Bejarano, cuando se quedó sin habla. A final de la calle se agolpaba una multitud, que seguía hacia abajo y llegaba hasta la calle del Padre Jerónimo, donde estaba la casa de la Sociedad Geográfica.

—Dios mío —se le escapó a Berns. El gentío más variopinto se empujaba ruidosamente ante sus ojos: haciendros de fuera de la ciudad con trajes oscuros y sombreros altos, señores de edad provecta vistiendo abrigos hasta los tobillos del tiempo del virreinato, jovenzuelos luciendo blazers con doble botonadura de medio largo, tipos con indumentarias de algodón basto y desteñido, citadinos tocados con sombreros Pork Pie y envueltos en sacos anchos... Berns identificó hombres de negocios de la calle Mercaderes, el refinado guardarropa de los masones, el de los comerciantes y los médicos. Todos parecían expresar su descontento; cada cierto tiempo gritaban algo en dirección al patio interior, se enfadaban y armaban bulla. La casa estaba a tope. Berns no fue consciente de ello, pero estaba sonriendo de oreja a oreja.

Dieron las seis. Berns, que aún no podía concebir cómo era que Hilfiker o alguno de los socios no hubiese ido en su busca, se abrió paso entre la masa. Había logrado avanzar hasta el punto en que podía ver lo que sucedía en el patio interior, cuando un señor mayor lo reprendió.

—Nosotros llevamos aquí ya unas cuantas horas —le dijo—. ¿Y ahora llega usted y se cree que va a poder comprar por su bella cara las acciones que nos corresponden a los que hemos llegado antes?

—Le ruego que me disculpe, caballero —replicó Berns—, y tenga usted la total seguridad de que no voy a disputarle las acciones que desee adquirir. Me llamo Berns, y dirijo esta sociedad.

El señor mayor y algunos de los presentes se lo quedaron mirando estupefactos, pero antes de que pudieran decir nada, Carranza se inclinó sobre la balaustrada de la galería, divisó a Berns y gritó:

—¡El hombre del momento! ¡Déjenlo pasar! ¡Berns, es nada menos que Berns!

***

Resultó que la junta directiva por supuesto que había enviado a alguien para traer a Berns. Macedo, Crosby y Carranza, que compartían la preocupación por el estado de Berns, habían ciertamente coincidido en que era conveniente concederle el mayor grado de descanso posible a su presidente. Ellos mismos se habían juntado dos horas antes en la villa, al objeto de supervisar los preparativos, cuya gestión fue encargada a empleados del centro comercial de Crosby. Apenas se encontraron reparos: la galería del patio interior estaba decorada con banderines y farolillos en los colores de la República, y cruzaba el patio una banderola con las palabras *Huacas del Inca*. En el vestíbulo de entrada se había desplegado una alfombra gigantesca, en cuyos bordes habían situado buganvillas rosas y strelitzias. Crosby las había hecho traer en cantidades industriales, suscitando la burla irrestricta de Carranza. Era Carranza amigo de los colores discretos, y no en vano había pasado unas cuantas tardes en la sastrería Colbert & Colbert, a fin de dar con el tono de marrón perfecto para su traje. El tejido de algodón por el que finalmente se había decidido poseía la misma tonalidad de un moca intenso que su bigote cuidadosamente colocado. Esta coquetería despertaba, por su parte, la hilaridad de Macedo, al que importaban poco las apariencias externas. Pero Macedo jugaba con ventaja: a sus sesentaicuatro años, esos ojos tristes y un cuerpo tan macizo, siempre proyectaba gravedad, con lo cual a todo el mundo le traía sin cuidado que, un día sí y otro también, sacase siempre a pasear el mismo abrigo de color gris claro.

Sobre lo que no cabía duda, a la hora de los elogios, era con respecto al suministro de cerveza, que Backus había organizado en una salita lateral del auditorio. «Las inversiones dan sed» —había dicho Backus, dándose unas palmaditas en el propio barrigón, y también hambre. Para no quedarse corto, había previsto que no fal-

431

tara un buen surtido de bandejas con fritos de patata, plátano y corteza de cerdo.

La sala principal había sido también decorada con banderines, y llegó el momento de encender las lámparas situadas en las paredes forradas de madera. Sobre las mesas que acogerían a la junta directiva se había desplegado un mantel drapeado y colocado un arreglo floral; al lado de las flores estaban las acciones, cuidadosamente apiladas, y también la caja de caudales aportada por Macedo.

Cuando todo estuvo preparado, lo que tocaba era esperar.

Mucho tiempo para ponerse nerviosos no se les concedió a los hombres. El salón se había llenado de gente en un santiamén y como muy tarde a las cinco ya no cabía un alma. En las sillas habían hallado asiento exclusivamente los ricos y famosos de la ciudad; de ello ya se había ocupado Rufino Macedo, al ejercer de filtro en la entrada. A ambos lados del auditorio estaban sus secretarios y criados, que portaban las carteras y cofrecillos de sus amos.

Una vez y otra Hilfiker salía en busca de más sillas, que acomodaba a base de apretujar las últimas filas. Al final Macedo y Matto habían empujado la mesa presidencial hasta tal punto contra la pared del fondo, que sus espaldas casi chocaban con los paneles de madera.

A las seis menos cuarto, cuando se pretendió enviar a Hilfiker en busca de Berns, se empezó a tener alguna noción de las proporciones que había adquirido el asedio. Todos los que Rufino Macedo había ido rechazando en el patio interior se habían quedado agrupados en la calle, conformando una turba de indignados que sentían que los estaban privando de la ocasión de su vida. La ciudad perdida de los incas va a ser descubierta, ¿y quién tiene autorización para invertir? ¡Los peces gordos de siempre, que son los que no lo necesitan! Varios centenares de personas daban rienda suelta a su enojo delante de las puertas. Hilfiker había tenido que escabullirse por una entrada trasera, a fin de no concitar las iras de aquel hervidero.

***

432

Con la espalda más recta que una vela condujo Carranza al director de *Huacas del Inca* por el pasillo central hasta el fondo de la sala, donde lo esperaban ya sentados los socios. Delante del único asiento que seguía libre dominaba el panorama la caja de caudales de Macedo. Era el puesto reservado a Berns.

En cuanto los dos hombres hubieron pisado el salón, los murmullos y el ruido causado con los pies cesaron. Incluso antes de que llegasen al final, el público se puso en pie y estalló en aplausos. Berns se despojó del sombrero, sorprendido, e hizo leves reverencias hacia ambos lados. La pluma de azul irisado que se había colocado en el sombrero se le cayó al suelo; se agachó para buscarla, palpó el suelo y, cuando se alzó nuevamente, clavó la mirada en el gentío que expresaba sonoramente su entusiasmo: cuerpos que temblaban y sudaban, rostros inundados en sangre, resplandor de cadenas de reloj, gemelos de camisa, dientes postizos de oro, y todo bajo una nube que olía a ylang-ylang.

Ahí está nuevamente: Berns se ríe, no puede evitarlo. Embriagado es como se siente, a ratos como si soñase y a ratos como si hubiera bebido. Tras llegar a la mesa presidencial, estrecha las manos de sus colegas, abre acto seguido su cartera de piel, extrae la figurilla y la sitúa entre Macedo y él.

Hay rostros entre el público que reconoce, reconoce a los hombres de negocios, Los comerciantes, los empresarios de la calle Mercaderes, los dueños de panaderías, los fabricantes de cerveza y los importadores asiduos de los clubes de la ciudad, reconoce a médicos de los hospitales de Santa Ana y del Dos de Mayo, a un nutrido contingente de catedráticos de la Universidad de San Marcos, reconoce a periodistas, literatos, investigadores, científicos, estadísticos, arquitectos, a los inversores que hicieron posibles el hipódromo y la red eléctrica; incluso propietarios de minas y de plantaciones están sentados aquí, al lado de secretarios de estado, antiguos ministros y diputados del Partido Civil. Y en mitad del meollo, tal y como corresponde: *monsieur* Maury, con una jarra de cerveza en la mano, concentrado en departir con tres ministros a la vez. Berns lo saluda mediante una inclinación de cabeza, con toda la ceremonia que es capaz de sacar a relucir en ese trance.

José Mariano Macedo se instala entre Berns y Carranza, e interrumpe la salva de aplausos gritando con decisión:

—¡Señoras y señores, les presento a don Augusto Berns, un ser excepcional, una figura de dimensiones históricas, al héroe de nuestro proyecto! Pasarán muchos años más y ustedes podrán rememorar la noche de este día, cerciorados para su propia satisfacción: estaban ustedes presentes cuando en estas dependencias se hizo historia, estuvieron presentes cuando dio comienzo el viaje, fueron testigos de cómo la ciudad perdida de los incas le fue arrancada a la selva y le fue restituida a los seres humanos. ¡Don Augusto Berns, el mayor descubridor de nuestro tiempo, presidente y fundador de *Huacas del Inca*!

Los aplausos, lejos de amainar, reviven con más brío, embriagando todavía más a Berns. Junto a él se han levantado igualmente el hermano de Macedo, José Rufino, y Fernando Umlauff, ambos con rostros radiantes. A Crosby se le humedecen los ojos, Backus se lo queda mirando como si fuera su madre, Esteves hace una pequeña reverencia. Palma y Matto ríen de felicidad y le dan palmadas a Berns en la espalda, como si llevasen años siendo amigos entrañables, y Carranza también le dedica un gesto amable desde el otro lado, a la par que le susurra al oído:

—Ahora viene una sorpresa. Procura no desmayarte.

Berns apenas se ha enterado de lo que le ha dicho. Berns cuenta. Al entrar llegó a cinco, rápidamente subió a diez, pocos segundos después va por trece, luego diecisiete, al final son veintiuno. Veintiún hombres de negocios, que antaño le dieron calabazas, cuando le daba difusión a la Torontoy Estate Company, tratando de rentabilizar sus tierras ofreciéndoles caoba, madera de shihuahuaco y de cedro, caucho, corteza de quina, goma laca, índigo, vainilla, arrurruz y yuca, café, cacao y coca… Berns le hace un gesto a Hilfiker, que acaba de regresar del hotel. Cuando los aplausos van remitiendo poco a poco, cree incluso identificar a John Howard Johnston en un lugar de la sala, el que hasta el final se había mantenido escéptico. Ahora está entre los presentes, aplaudiendo como el resto y haciéndole gestos de aprobación a Berns. ¿Pero qué es lo que ocurre aquí?

Antes de que pueda levantarse para tomar la palabra, Carranza le pone la mano en el antebrazo y con la barbilla le señala al hombre que acaba de acceder a la sala y avanza hacia el frente. Tanto el público como la junta directiva se ponen en pie como movidos por un resorte: es Andrés Avelino Cáceres, el presidente del Perú. Vuelven a brotar los aplausos, pero Cáceres los corta en seco con un gesto de la mano tan enérgico como benevolente.

Incluso sin uniforme, vistiendo traje oscuro, Cáceres irradia algo que es propio de un estadista. Quizás resida ello en el aplomo al andar, o en las patillas cada vez más grises. Alrededor del inmovilizado ojo izquierdo de Cáceres se han formado muchas arrugas diminutas. Berns piensa: el ojo derecho mira hacia el triunfo, el izquierdo a la derrota. Justo en ese instante se acuerda del Numancia, del estruendo de la guerra y de la calma que se hacía imprescindible tener guardada en su interior, al objeto de conseguir ganarla.

Cáceres estrecha la mano de Berns, así como las de sus socios, y saluda al público con verbo elocuente. Luego extrae de un estuche un grueso anillo de plata y se lo muestra a los congregados.

—Este anillo —dice Cáceres— es un duplicado del anillo de sello de Francisco Pizarro.

Murmullo en la sala.

—No le corresponde a nadie más que a don Augusto Berns. El último buscador de tierras de oro, para la eternidad ya unido al primer buscador de tierras de oro. Augusto, eres mi amigo y el orgullo de nuestra patria. Acércame tu mano. No tengas miedo, no me voy a casar contigo, viejo camarada.

Cáceres le pone a Berns el anillo de sello en el dedo anular de la mano izquierda. En la joya se aprecia el escudo de los Pizarro: un pino cargado con piñas de oro, ante el que se alzan dos osos rampantes. Berns lo aprieta contra el pulpejo de la mano derecha, dejando una leve marca del escudo.

—Este es el mayor homenaje que cabe hacerle a un descubridor —alega entonces Berns. Su voz de barítono viaja por el salón con claridad de plata—. Llevaré este anillo con dignidad, eso se lo garantizo, señor presidente, y lo reafirmo ante todos los presentes.

—Deberías hacerlo, ciertamente —le susurra Cáceres—. En el museo he cambiado el duplicado por el original.

—No puedes estar hablando en serio. Es una broma, ¿verdad, Andrés?

—El presidente no bromea.

—Estás loco.

—¿Y tú?

Berns sonríe. El sudor perla su frente.

—Esto no puedo aceptarlo.

—¿Vas a soltar ahora un discurso, o no?

Entonces mete baza Macedo, y le hace entrega a Berns del sobre que contiene el capital en metálico, aportado por la junta directiva a la sociedad. Berns se hace cargo del sobre e inicia su parlamento.

—Hace veinticinco años arribé al Perú, apenas alcanzada la mayoría de edad. Un joven prusiano que huía de cuanto el viejo continente le tenía reservado. Por aquel tiempo solo tenía una idea en la cabeza.

Berns abre la caja de caudales de Macedo y va metiendo en ella los billetes de doscientos soles de uno en uno, antes de seguir hablando. Nadie se atreve ni siquiera a toser.

—El oro —dice Berns—, como todo el que llega a Sudamérica. Igual que Balboa, que Pizarro, sí, lo mismo que Meiggs, Thorndike, Umlauff, Backus, Crosby, Gildemeister y comoquiera que se llamen todos ellos. Ahora bien, muchos de ellos ya se han hecho ricos en este país, sumamente ricos, ¿no es así? Entonces, lo que yo me pregunto, es lo siguiente: ¿qué los ha traído hoy aquí?

Berns recorre el estrecho corredor que ha quedado entre la cabecera y la primera fila, una vez y otra, mientras prosigue su exposición. Carranza y Macedo intercambian miradas, el presidente Cáceres observa divertido a Berns. Le acaba de venir a la memoria como llamaban a Berns en la fortaleza de Callao: *el tesorero*. Esto no puede dejar de pregonarlo.

—Yo sé por qué están ustedes aquí: el oro procedente de las ruinas de los incas es de una clase diferente a ese oro que hay que sacarle a la tierra con enorme esfuerzo. Y quienes se lanzan a la búsqueda del primero son también de una clase diferente a quienes se quedan en casa abatidos. Todos los que hoy están aquí desean una participación en El Dorado y en esta coyuntura histórica. En este sentido, nuestro presidente no tiene toda la razón... No soy *yo* el que hoy asume la herencia de Francisco Pizarro, sino que lo somos *todos nosotros*. Esta noche, señores, vamos a hacer historia. No somos cazadores de tesoros, sino empresarios. Con nuestro capital reunido, nuestra pericia y experiencia, muy señores míos, llevaremos a cabo un milagro.

Berns hace una pausa; después le viene a la cabeza el discurso tal y como lo había planeado.

—La cordillera Vilcabamba, caballeros, es un lugar sombrío, un lugar secreto. A través de ella fluye un río muy especial: el Urubamba. Menos de veinte millas tras dejar atrás Ollantaytambo forma un cañón que es casi inaccesible. Dicho recodo del río, han de saber ustedes, está completamente rodeado de agujas de granito que sobresalen en ascensión vertical; sus vertientes no ofrecen un mínimo agarre para la vegetación, los animales de la zona o los descubridores. Este es el motivo por el que el cañón no ha sido hollado por ser humano alguno desde los tiempos de los incas. Las nubes están muy bajas en esta parte de los Andes. Estamos situados en la ladera este, y a nuestros pies lo que se extiende es la selva amazónica. ¿Pueden ustedes verla? ¡Cierren los ojos, y la apreciarán mejor!

Berns introduce otra interrupción y le hace señas al público con la cabeza, animándolo a seguir su consejo. Solo cuando nota que todos los ojos que tiene delante están cerrados, reanuda su alocución.

—Cuando la neblina despeja por un rato el cañón, el glaciar del Salcantay nos deslumbra con su resplandor. Sin embargo, la mayor parte del tiempo nos vemos envueltos por ráfagas de niebla; la humedad nos cubre e impregna cuanto nos rodea. Procuren figurárselo: están ustedes en la orilla del Urubamba, acaban de escalar una gran roca, clavan su nuca en la espalda y se esfuerzan en reconocer lo que hay a gran distancia, muy por encima de ustedes, en las cimas de las agujas de granito. Así se quedan inmóviles, con la vista fija, hasta que les entra el vértigo, ¿y qué es lo que consiguen ver? ¡Nada!

Berns contempla rostros ausentes, que se han dejado ir; el público, en sus asientos, parece como en trance; a algunos se les abre la boca, y a otros se les caen inadvertidamente al suelo los folletos que han traído.

—Y sin embargo la ciudad perdida está directamente sobre nosotros. Este es el gran hechizo de los incas, señores míos, y solo podemos desentrañarlo si nos aferramos con las uñas al granito desnudo y nos vamos elevando pie a pie por la pared de roca. Las yemas de los dedos, ustedes se darán perfecta cuenta, son las primeras en quedar doloridas, después el dolor llega a las palmas de las manos, que son desgarradas por el áspero granito. No tardan en sentir que tienen también baldados todos los músculos. Y cuando están ya a punto de desistir, llegan a una pequeña repisa montañosa, de la que mana agua. Sacian ustedes la sed y continúan por una exigua senda, que les conduce a través de un collado. En este instante, algo los deja estupefactos. El suelo que pisan se les antoja enormemente blando, las suelas de sus botas parecen hundirse... Constatan que están caminando por terrazas, conformadas a base de tierra apilada. Su corazón late más aprisa cuando, ante ustedes, sobre la cresta, divisan un bosque. Echan a correr hacia él, trepan por un promontorio rocoso. Entonces logran ver. ¿Logran ustedes ver? Sigan manteniendo los ojos cerrados, pues será la única manera de que reconozcan lo que hay. Ahí, ante nosotros, en mitad de la selva, hay una ciudad. Se identifican escaleras que la recorren de parte a parte, también canales de agua que van en varias direcciones, enlazando fuentes y piletas, bebederos y bañeras... En una ubicación central respecto a ustedes, sobre un pequeño promontorio, están situados tres templos. Ustedes mismos pueden verlos, muy señores míos. ¿Y qué es lo que recubre estos templos, sin dejar ningún resquicio? ¡Díganlo ustedes!

—¡Oro! —susurran algunos caballeros de la primera fila.

—Planchas de oro puro, que adornan paredes, fachadas y altares. El sol penetra a través de la neblina, los templos reverberan con una luminosidad deslumbradora, han de taparse los ojos para no resultar cegados. La ciudad perdida, ahora ya lo saben, ha dejado de estar perdida, ahora todo es en verdad *dorado*, do-ra-do, de oro, por delante y por detrás, porque se trata de: El Dorado. Todos nosotros somos sus descubridores, esa ciudad nos pertenece, y nosotros somos su destino. Ella llevaba siglos esperándonos. ¡Pongámosle fin hoy mismo, esta noche, a tan prolongada espera!

Solo cuando Carranza y Macedo, sentados junto a Berns, rompen en aplausos los primeros, algunos asistentes empiezan a abrir los ojos. Cuando el aplauso es ya unánime, los presentes se ponen en pie, jalean a Berns, gritan su nombre. Aquella noche, así se lo reiterarán mutuamente más adelante, fue algo portentoso: un caleidoscopio de impresiones intensas, una *soirée intime*.

Solamente Hilfiker, en el extremo opuesto de la sala, piensa: limitarse a abrir la caja de caudales habría servido igualmente. Sin que nadie les dijera nada, habrían echado su dinero dentro ellos solitos.

Después de Berns toma la palabra José Mariano Macedo, el vicepresidente de la sociedad, luego lo hace Luis Carranza y, a continuación, Ricardo Palma. Berns vuelve a su asiento; ante él la caja de caudales de Macedo. Su miraba recorre cual relámpago los billetes que ya descansan sobre el forro rojo, el anillo de sello de Pizarro que ciñe su dedo anular, el público enfervorizado que escucha subyugado los sucesivos discursos de sus socios. Ya no se pronuncian palabras, por parte de nadie, relativas a historia, geografía, descubrimientos; ni media palabra sobre retos, antigüedades o la economía propiamente dicha, ahora ya solo se habla de oro, oro, oro, lo único que retumba en el salón es oro, oro, oro, como si fuera el canto de alguna ave exótica, el conjuro de cualquier chamán indio, el mantra que utiliza para meditar un espíritu poseído. El auditorio ha sucumbido a la hipnosis: con la mirada extraviada y el aliento encogido va absorbiendo cada una de las palabras.

Una melancolía imperceptible se apodera de Berns. Ahora ya no escucha nada, apenas contempla los rostros de los conocidos, los poderosos, los célebres, los notorios. Cuando Palma llega al final de su discurso, Berns se levanta y le da la mano, mientras los dos son festejados. Luego, al volver a recorrer con la mirada el auditorio, se le antoja de pronto reconocer otra cara que le resulta familiar. Le da un sobresalto y necesita unos segundos para encuadrarla en sus recuerdos: en mitad del salón, ahora ya no hay duda, aparece sentado don Miguel Forga.

Forga se ha convertido en un anciano, entrado en carnes, artrítico y permanentemente corto de oxígeno. Pero aún sigue siendo *el Forga* y eso lo reconoce cualquiera que reúna el coraje para mirarlo cara a cara. Es el único que ha mantenido la compostura, sin haber dejado de taladrar a Berns con la mirada de un modo que sugiere que le resta algo por decir. A Berns le entra el miedo. Si existe alguien capaz de desactivar los efectos de la hipnosis, entonces es él, Forga.

Tras extinguirse los aplausos, Forga se levanta, no sin que le cueste un triunfo, y causando el estupor general. Se aclara la garganta.

—Conozco a este hombre —dice.

Berns permanece más quieto que una estatua, y hace girar el anillo de sello de Pizarro. Todas las miradas están fijas en él; no hay escapatoria.

—Obtuvo en el pasado un crédito de mí. No devolvió ni un sol, por cierto. Se tiró años apencando en la selva. Un aserradero, dijo. Recursos naturales, dijo. Agricultura y fuerza hidráulica.

El silencio en la sala se podría cortar. Berns le aguanta la mirada a Forga. Al fondo de la sala Hilfiker levanta los brazos en ademán interrogatorio. Se percata de que el viejo está desarbolando a Berns, y ello le desagrada. ¿Debe intervenir de alguna forma? No sabe cómo actuar.

—Un chiflado, es lo que dije en aquel entonces, un loco preso de la desesperación que arrastra máquinas al interior de la selva. ¿Por qué no se lo cuentas tú, Augusto? ¡Suéltales de una vez la verdad!

Berns se dobla imperceptiblemente, después da la bienvenida a Forga y le hace una reverencia. Pero tiene que presentarle sus excusas. ¿Qué puede él, Berns, decir?

—¡Pues por ejemplo, que tu serrería era nada más que un pretexto! ¿Por qué no diste cuenta desde el principio de tu descubrimiento? Hace ya muchos años que podríamos haber llevado juntos el negocio. El crédito puedes, por supuesto, saldarlo cuando lo tengas a bien.

Forga se sienta y, por un momento, Berns no sabe qué responder. Entonces Macedo aprovecha para intervenir y pregunta si no sería conveniente empezar con la venta de acciones, dado que la noche va avanzando. Por fin deja Berns de toquetear su anillo.

—Señor presidente, estimados caballeros: las acciones están, como anuncié anteriormente, numeradas y su número es limitado. Quien llegue primero, da dos veces. *Huacas del Inca* arranca... ¡en este mismo instante!

***

Fernando Umlauff dijo más adelante que fue una suerte y un milagro que nadie hubiera sido pisoteado o hubiese sufrido un fatal accidente. No pasó ni siquiera una hora completa antes de que las acciones se hubieran agotado y la caja de Macedo llegase a estar tan llena de billetes, que solo con la mayor presión fuera posible cerrarla. El transcurso de la venta fue tan incontrolable, ruidoso y caótico, que apenas hubo oportunidad de hacer justicia al inmenso interés suscitado. Berns, al final, llevó incluso al extremo de ofrecer a la venta participaciones de las acciones que tenía reservadas para él, a fin de no contrariar a algunos dignatarios que formaban parte del público.

Poco después de medianoche hubieron al fin partido los últimos inversores. Se disfrutó del silencio, se apuró alguna cerveza y se pudo, no sin agitar la cabeza de estupefacción cada poco tiempo, contemplar sillas derribadas, vasos hechos añicos, porquería traída de la calle, papeles abandonados en el suelo, pañuelos y tarjetas de visita.

—Es milagroso que no haya intervenido la gendarmería —dijo Matto.

—El propio presidente del cuerpo policial estaba presente, y ha comprado diez acciones —dijo Backus—. Antes de hacerlo interpuso una silla en el camino del ministro de Hacienda Yrigoyen para que no se le adelantara, según pude comprobar.

Volvió a reinar la calma, tras lo cual Macedo le preguntó a Berns si estaba en condiciones de partir en dirección a las montañas en el plazo de una semana, ahora que la expedición contaba con suficiente financiación. En su voz resonaba la sombra de una duda implícita. Berns asintió, describiendo los preparativos ya realizados para el trayecto hasta Cuzco, y nombró a los hacienderos a los que se proponía visitar. El camino estaba trazado, solo quedaba transitarlo. Por cierto que había acordado con el Banco del Perú presentarse en sus oficinas a primera hora de la mañana —antes de que abriera sus puertas para la clientela normal— con idea de ingresar el contenido de la caja de caudales. Macedo se ofreció a llevarla, con su hermano José Rufino y con Matta, a su villa; Berns lo rechazó, indicando que Maury le había proporcionado un carruaje a instancias suyas. A las cinco de la madrugada estaría en la puerta del banco.

Era la reseca tras el gran triunfo. Cada uno podía regresar a casa, sin sentirse vacío ni tampoco exaltado en demasía. Tres días más tarde, así lo acordaron los hombres, tendría lugar su siguiente cita. Entonces se afinarían detalles relativos a la expedición y se determinaría quiénes habrían de seguir a Berns. Cuando tras una velada tan dilatada y emocionante fueron a despedirse, era como si fueran familiares cercanos que de repente se dicen adiós por un largo período de tiempo. Y lo cierto es que también Berns se sentía pletórico y dominado por la excitación de partir; tanto, que ello le hizo olvidar todo lo demás.

***

«Querida madre, —escribió Augusto Berns al día siguiente, «quien marcha al Perú lo hace para encontrar lo inencontrable y para hacerse rico. Ambas cosas las he logrado ya. En las próximas semanas recibirás un envío de mil dólares. Siempre tu hijo, Rudolph.»

Al mediodía llevó la carta a Correos. Cada vez que detectaba a alguien en la calle a quien creía conocer, agachaba la cabeza, se calaba más hondo el sombrero para taparse la frente y cambiaba de acera. El sol iluminaba las estribaciones de la cordillera de la costa; cuando Berns reparó en las montañas, se le aceleró el pulso y por un instante le dio la sensación de que tenía que agacharse para atarse con más fuerza los cordones de las botas. En las montañas uno corría peligro, si la caña de las botas no apretaba con fuerza el tobillo, porque en el más insignificante tramo de cantos rodados podía uno resbalarse y quedar lastimado...

Entonces supo Berns que posiblemente podía abandonar Lima, mas no el Perú. ¡Marcharse! Este sí que era un pensamiento singular, un plan extraño, al cabo de tantos meses en la ciudad. En modo alguno deseaba partir urgido por las prisas. Una semana, les había dicho a los demás. Con eso se las arreglaría.

¿Cuánto tiempo era capaz de dormir una persona? Cuando Berns regresó al hotel, Arnoldo Hilfiker seguía como muerto en su cama. Con el traqueteo de los platos y los vasos acabó finalmente despertándose y se quedó boquiabierto, todavía somnoliento e incrédulo, ante el desayuno que Berns estaba montando sobre la mesa grande de la suite. Aguacates, piña y melón había, así como panecillos con huevo y tomate.

—¿De *monsieur* Maury? —preguntó Hilfiker.

—Del mercado —respondió Berns—. El hombre necesita comer, ¿no ha sido esa siempre tu cantilena?

Hilfiker le dio las gracias, y se pusieron a comer. Era completamente cierto: en cuanto uno empezaba a masticar, el hambre se despertaba por sí sola, como si apenas hubiese estado a la espera de una oportunidad para manifestarse.

Berns estaba precisamente abriendo el segundo aguacate, cuando se oyeron golpes en la puerta. Afuera estaban Macedo y Crosby, ambos un poco azorados y agarrando los sombreros en sus manos; se disculparon por interrumpir. Berns les rogó que pasasen, y aun mientras les pedía que se sentasen con ellos a la mesa, se devanó los sesos pensando qué podría ser lo que trajese hasta ahí precisamente a estos dos. Les ofreció agua con hielo, pero ellos declinaron con amabilidad.

Macedo parecía descansado, aunque quizás, para lo que era él, ligeramente tenso. Crosby daba la sensación de estar aún sumido mentalmente en los acontecimientos de la jornada previa, de ensimismado que resultaba su manera de mirar. Entonces se le ocurrió a Berns por qué Macedo le hacía una visita tan precipitadamente: ¡la vieja caja de caudales, naturalmente, que querría recuperar! Aliviado se levantó de la mesa y fue hasta la cómoda, donde, envuelta en un paño de terciopelo, estaba la antigüedad de Macedo.

—Señor Díaz, el banquero quedó fascinado con la caja. Creo que, si de él hubiese dependido, le habría gustado quedársela. Apenas podía concentrarse en el conteo de los billetes.

Macedo no pareció entender. Sólo cuando Berns retiró el paño, se dio cuenta de lo que le estaba diciendo. A Berns le dio el pálpito de que no era ese el motivo por el que su vicepresidente se había desplazado para verlo.

—Hemos hablado sobre ti —dijo Macedo—. Mejor dicho, sobre determinada impresión que has dejado.

—¿Una impresión? —dijo Berns—. No acabo de entender del todo.

—Carranza, Matto, Crosby y yo... —Macedo hizo una pausa y escrutó con detenimiento el rostro de Berns—. Estamos preocupados por tu salud.

—Me siento estupendamente.

—Eso mismo escucho decir incluso a pacientes en su lecho de muerte. ¿Crees que no me han llamado la atención tus golpes de fiebre y tus ataques de vértigo?

—Eso era nada más por la falta de sueño...

—Escucha, Augusto. Yo procedo de las montañas, y sé muy bien lo extenuante que resulta un viaje por el altiplano. Una paliza de esa envergadura, ¿tú solo? Eso no se lo recomendaría ni siquiera a una persona que gozase de una salud de hierro.

—No soy ningún principiante, Macedo. Ya sé perfectamente en qué me meto. —Berns hablaba despacio, escogiendo las palabras con deliberación—. Juntos hemos elaborado un plan. Y dicho plan prevé que primeramente viaje solo, para ganarme la confianza de los haciendores. Se trata de familiarizarlos paulatinamente con nuestros planes, antes de que nos presentemos todos juntos en su territorio. Todo el éxito de *Huacas del Inca* depende de que sigamos con exactitud la programación.

Ahí encontró Crosby la piedra de toque que le convenía. Se acercó un poco más a Berns.

—Es exactamente como dices. El éxito depende de que se siga

la programación. Y si tú —abandonado únicamente a tus propios recursos— te caes de la mula en algún punto entre Juliaca y Cuzco, ¿quién habrá de darnos la noticia? ¿Quién, es lo que te estoy preguntando, seguirá con la programación?

Macedo posó la mano sobre el brazo de Berns.

—Lo hemos reflexionado a fondo, Augusto. Te acompañaremos. David Matto, Crosby que está aquí, y yo. Un grupo de cuatro hombres difícilmente despertará la desconfianza de los hacienderos. Matto y yo somos oriundos de la sierra, y el quechua es nuestra lengua materna. No constituimos peligro alguno, Augusto, somos tus compañeros. Y tenemos los ojos abiertos.

Berns apoyó su vaso de agua ruidosamente sobre la mesa y movió su silla hacia un lado. Le dio un golpe de calor y notó cómo se ponía a sudar. Macedo no le quitaba la vista de encima.

—No hay ni que discutirlo. El modo en que procedamos en la sierra lo decido yo, Macedo. En mi condición de presidente de *Huacas del Inca*.

—Y como tal te apoyaremos. Además de esto creemos apropiado partir con mayor antelación. Pasado mañana zarpa un vapor en dirección a Mollendo; ya hemos adquirido los pasajes. Tenemos respaldándonos a toda la junta directiva. Yo, como vicepresidente de *Huacas del Inca*, afirmo: es *lo correcto*, Augusto.

Berns miró primero a Macedo, luego a Crosby, preguntándose si aquello suponía una traición en toda regla o era un mero levantamiento. Entonces intercedió también Hilfiker: él se uniría desde luego al contingente; Berns no tenía de qué preocuparse. Hasta pasado mañana tenían tiempo suficiente para hacer todo lo necesario aquí en Lima, con *monsieur* Maury, respecto al equipaje y asuntos similares. Hilfiker sonrió con satisfacción: él controlaba las cosas, Berns podía depositar una confianza ciega en él.

Carecía de sentido contradecir a Macedo y a Crosby. Berns tenía meridianamente claro que habían adoptado una decisión bastante tiempo atrás y que en modo alguno cambiarían de idea. Así que asintió y añadió finalmente que les daría noticias en el transcurso del día. Había mucho que hacer, al reducir el plazo de una semana a dos días.

Macedo y Crosby se pusieron en pie, visiblemente aliviados.

Crosby le dio las gracias —por todo—, según dijo. Entonces la puerta se cerró tras los dos hombres.

Berns continuó un momento parado delante del marco de la puerta, y apoyó la frente sobre la madera. ¿Estado de salud? ¿Pasajes para el vapor? ¿Qué había sucedido?

Hilfiker ya no hablaba de otra cosa. Le aseguró a Berns que él se ocuparía personalmente de que Backus, Macedo y Crosby no se interpusieran en su camino. Es cierto, se había pensado de entrada partir un poco más tarde. Pero ¿qué podía importar ese pequeño margen? Ahora que se trataba de ir a las montañas, por fin podría ponerse a prueba adecuadamente; ¿no había venido al Perú con la intención expresa de explorar la sierra, recorriendo sus altiplanicies, cañones y cordilleras? Ya en su temprana juventud había él, Hilfiker, cruzado el macizo del Breithorn y coronado en unión de su hermano el Pico Nadel, de manera que en modo alguno carecía de experiencia… ¡Cuzco, la cordillera Vilcabamba! A Hilfiker se le encendieron las mejillas cuando le refirió a Berns cómo se proponía explorar cada ruina, cómo habría de aprender quechua y ponerse a hablar con los indios, de qué manera llevaría a cabo cuanto estuviese en su mano para poder enfrentarse a la ciudad prohibida tras haberse hecho digno de ella.

Berns no le prestaba atención. En su cabeza iban desgranándose varios haces de pensamientos que se entrecruzaban entre sí. Aspiró profundamente el aire, asomado por la ventana abierta. Hilfiker seguía parloteando, pero esto carecía de importancia, su hilo discursivo hacía bastante tiempo que apenas era un ruido de fondo. A él, Berns, le quedaban dos días, y esto significaba que era menester darse mucha prisa.

La tarde transcurrió volando con tanto que rumiar, y entre las constantes idas y venidas de Hilfiker. Hilfiker tenía la impresión de que Berns andaba mentalmente ausente, así que se vio en la obligación de actuar con determinación y energía. Macedo y Crosby, con quienes Hilfiker se entrevistó ese día repetidas veces, para averiguar detalles del viaje, parecieron agradecérselo y vieron confirmada su suposición de que Berns no estaba en el mejor de sus momentos.

Pero Berns no estaba ausente. Estaba esperando. Estaba esperando a que Hilfiker se hubiera hartado de hablar de los tesoros de los incas, del oro que se hallaba oculto en la selva, de los misterios de los valles remotos y de la ciudad perdida de los incas. Estaba esperando a que el alquiler mensual que debía a *monsieur* Maury hubiera sido abonado, a tener organizado el viaje al puerto de Callao y a que la sirvienta estuviera debidamente aleccionada, así como a contar con suelas nuevas en sus botas; también a que Hilfiker le hubiese conseguido una maleta lo bastante amplia, cubierta de cuero, y a que —mediante el telégrafo— hubiese reservado varias habitaciones en Mollendo.

Cuando estuvo resuelto todo lo que, según Hilfiker, debía resolverse, se sentó a la mesa junto a Berns y pidió poder tomarse libre el resto de la jornada. En ningún caso habría él —tal y como lo expresó— de desaparecer, sino que estaría disponible a la mañana siguiente con la fiabilidad habitual. Sabía Berns que Hilfiker tenía algún amorío en algún punto de los Barrios Altos; introdujo en su mano un sol de plata y le comentó que en modo alguno deseaba verle antes de las diez de la mañana. Hilfiker sonrió y puso la moneda a buen recaudo en el bolsillo del chaleco. Se sintió aliviado de que esa despedida discurriera cordialmente, casi con un cariz paternal. Berns no parecía guardarle rencor por el hecho de que se hubiera solidarizado con el bando de Macedo y Crosby. Al final, Berns le dio una sacudida afectuosa y abrazó a su asistente.

Cuando Berns se hubo quedado solo, se dirigió hasta la cómoda y se sirvió, muy en contra de sus hábitos, una copita de aguardiente de orujo. Copa en mano, salió al balcón cerrado. A través de sus celosías observó el bullicio nocturno que había ante el Hotel Maury, los grupos de paseantes que deambulaban bajando por la calle Bodegones en dirección a la Plaza de Armas. Ninguno de los transeúntes alzó la mirada hasta él; la rejilla hacía que fuese prácticamente invisible para la gente que pasaba por la acera.

El anillo de sello de Pizarro, de una plata bien sólida, tintineó contra el cristal de la copa. ¿Sería en verdad el original? Berns cayó en la cuenta de que Pizarro estaba enterrado en la catedral de Lima, a menos de setecientos pies del Hotel Maury. Bebió un sorbito y su boca se contrajo. Al menos el alcohol disimulaba el sabor a metal que se había extendido por su lengua.

Ante el hotel se juntó un grupo de señores pulcramente ataviados. Berns reconoció a cada uno de ellos, incluso a través de la celosía de madera. Al menos la mitad de ellos había adquirido participaciones en su sociedad. La mera presencia de estos hombres puso nervioso a Berns. Solo cuando consideró que caballeros como ellos se reunían ahí cada noche para intercambiar informaciones y sembrar rumores, se tranquilizó un poco. Berns se fijó en las personas que pasaban, a veces con rapidez y sabiendo adónde iban, y a veces sumidos en sus cavilaciones y absortos en lo suyo.

Una mujer atrajo su atención. Sus cabellos negros y su piel clara le recordaron a Ana Centeno. Berns la estuvo contemplando un rato lleno de añoranza: sus manos blancas como la leche, el talle ajustado. Esa mujer caminaba más lentamente que el resto de los transeúntes y, justo al pasar junto al balcón de Berns, miró hacia donde él estaba. Berns no pudo explicarse como ella lo había podido divisar, y elevó su copa a modo de brindis. Por el rostro de ella se deslizó una sonrisa, tras lo cual se alejó presurosa.

Cuando también los últimos paseantes, así como el personal de las tiendas, hubieron vaciado las calles, dejándolas libres para que errasen por ellas los perros callejeros, Berns se dirigió hasta el armario y lo abrió. En la andana inferior, ocultos bajo un poncho de lana, había un Winchester recortado, una estatuilla recubierta de oro y, envuelta en papel de estraza marrón, una fortuna en metálico. Al lado había un paquetillo, sobre el que se leía el nombre de Harry Singer.

Berns volvió a darle vueltas a su anillo de sello; lo hizo girar una vez, luego otra. Después se puso a hacer el equipaje.

En la sección dedicada a «Noticias de Sudamérica», Joseph Horowitzer escribió tres meses más tarde en el *New York Times*:

Lima. En Perú se ha producido un escándalo notable. Como se ha venido informando en este diario, el ingeniero alemán Augusto R. Berns declaró haber descubierto la ciudad perdida de los incas. En agosto de este año fundó una sociedad anónima al objeto de poner en valor la ruina y recuperar su oro. Parece un hecho que, inmediatamente después de que se obtuviera un gran éxito con la venta de acciones, Berns desapareció y, con él, todo el capital financiero de la empresa. Luis Carranza, redactor jefe de El Comercio *y miembro de la junta directiva, declara que Berns ha estafado por igual a accionistas y a socios. En muy corto tiempo logró Berns tomar el pelo a la élite del Perú —políticos, hombres de negocios, periodistas, intelectuales y médicos— con su cuento relativo a la ciudad perdida. Ello comporta una desgracia vergonzosa y una pérdida cuantiosa para todos los afectados.*

Si Berns encontró o no algo en las montañas, sigue sin confirmar. De esta sorprendente situación cabe deducir una vez más cuán dispuestas están incluso las personas más esclarecidas a prescindir de cualquier precaución, cada vez que hay oro en juego.

EL AMERICANO

A principios de 1911 planea Hiram Bingham, profesor de Historia de Sudamérica en Yale, un viaje importante. El dinero no es problema; su esposa, Alfreda Mitchell, es heredera de la fortuna Tiffany. Juntos habitan una mansión señorial de treinta habitaciones en New Haven.

Bingham no ve el momento de partir, siempre que sea a Sudamérica. Adónde exactamente no le importa tanto. Lo esencial es que el viaje le proporcione fama. Le dirige cartas a la universidad: unas veces quiere investigar ruinas mayas en México, otras ir a la selva ecuatoriana, después propone explorar una nueva ruta a través de la cuenca occidental del Amazonas, para ir de La Paz a Manaos. No encuentra apoyos. Ya exhausto y desencantado, tiene una última idea: ¡Quiere irse al Perú! Si reservara unos cuantos meses para el empeño, sería posible —en una misma expedición— ascender el volcán Coropuna, explorar el lago Parinacochas, hacer lo propio con el meridiano 73 oeste, que está sin cartografiar, e indagar en los Andes en pos de ruinas incas aún por descubrir.

En esta ocasión encuentra Bingham partidarios. Seis colegas y antiguos compañeros, entre ellos el catedrático Harry Foote de Yale y el doctor en Medicina William Erving, desean acompañar a Bingham al Perú. De su primer viaje a Sudamérica Bingham ha aprendido que el equipamiento y la planificación cuidadosa son de la máxima relevancia. Cada uno de los participantes tiene a su disposición una pistola y una escopeta; a ello se le suma una dotación fotográfica de primera categoría, tiendas de campaña, camas plegables y docenas de baúles con provisiones, medicamentos y herramientas.

El baúl más significativo, empero, es el reservado al vestuario de Bingham: un descubridor tiene que lucir aspecto de descubridor, ¡sobre todo en las fotos! El catálogo más reciente de la casa Abercrombie & Fitch luce con toda propiedad el encabezamiento de «Equipajes completos para descubridores, campistas, buscadores de oro y pescadores». De ese muestrario, Bingham ha escogido para sí varios pares de pantalones jodhpur en color caqui, botas de caña alta con cordones hasta arriba, una cazadora provista de innumerables bolsillos, un cárdigan gris y un sombrero fedora de ala ancha.

La casualidad ha querido que Clements Markham, un descubridor y geógrafo británico, haya compuesto poco antes un exhaustivo compendio sobre los incas del Perú. Se convierte en el acompañante permanente de Bingham.

En junio por fin arranca todo; el primer destino de la expedición de Yale es Lima, donde Bingham se ve con Carlos Romero, un conocido erudito y archivero. Con él Bingham se somete a un cursillo acelerado en cuestiones incas y tipismos peruanos. Solo entonces se puede continuar hacia Cuzco, donde los hombres tienen pensado establecer su cuartel general. Un comerciante italiano llamado César Lomellini les brinda para ello espacio en sus almacenes.

Antes de que los hombres cabalguen hacia la sierra, procede una visita al prefecto. J.J. Núñez tiene mucho gusto en proporcionarle al guapo y espigado norteamericano una escolta armada para que los proteja en todo momento; será tarea del sargento Carrasco ocuparse de que la expedición discurra sin contratiempos a partir de ese instante.

Poco después, los hombres están listos para emprender la marcha. Deciden por el momento dividirse, por lo que geólogos y topógrafos siguen su propia ruta. Foote, Erving y Bingham, que se consideran los responsables de la parte arqueológica, siguen con los acemileros el curso del Urubamba. El viaje avanza sin dificultad ni incidentes: hace algunos meses el gobierno ha realizado voladuras en la orilla del Urubamba, ampliando considerablemente el camino de mulas. Sobre la pista allanada se avanza con velocidad, con lo que, a las pocas horas, una vez que han dejado atrás los floridos jardines de Ollantaytambo, los hombres están ya en un cañón prodigioso. Pendientes de granito se yerguen aquí verticalmente en el bosque de niebla, por doquier se escuchan cascadas que se despeñan entre el verdor de la selva, y los troncos de los enormes shihuahuacos y caobos están entreverados de orquídeas de color púrpura y de bromelias.

Los hombres enmudecen y conducen, más lentamente que al principio, a las mulas a lo largo del sendero. Junto a un pequeño afluente hallan una cabaña abandonada, donde se conceden un descanso. Los acemileros la llaman *La Máquina* o *Maquinayoc*, el sitio de la máquina. Y en verdad hay aquí unas cuantas ruedas de hierro oxidadas y un canal que comunica con el río. Mientras Bingham mordisquea su emparedado, contempla con asombro la sólida construcción de la cabaña. Foote y Erving se encogen de hombros, cuando él les llama la atención al respecto.

—Esto tiene poca pinta de ser de los incas —rezonga Foote.

Bingham anotará más tarde en su diario que esas ruedas de hierro tendrían que ser los restos de un antiguo ingenio azucarero, que probablemente nunca acabó de funcionar con asiduidad; tan grandes debieron de ser las dificultades y los obstáculos hallados en la selva.

Después del refrigerio, se puede continuar, pasando junto a rápidos fluviales y paredes de granito. No ha transcurrido ni una hora, cuando el paisaje se ensancha formando una pequeña llanura. Al poco los hombres llegan a una zona en la que encuentran un puñado de chozas con techos de carrizo. El sargento Carrasco declara que han llegado a Mandor. Entra en el asentamiento y regresa con un indio de mediana edad, que saluda sorprendido a los hombres. Su nombre es Melchor Arteaga.

Arteaga ruega a los huéspedes que disfruten de las posibilidades de acomodo. En cierto modo tiene ya experiencia en acoger a viajeros y hacerles de guía. Esto lo viene haciendo desde que tenía doce años, cuando llegaron aquel alemán y el americano, quienes…

—Bueno, bueno —lo interrumpe Bingham, y el sargento Carrasco le explica en quechua que estos gringos excéntricos preferirían dormir en sus tiendas de campaña, aunque por supuesto les comprarán algunos alimentos.

Los hombres acaban de desplegar sus tiendas de campaña cerca de las chozas de Arteaga, cuando Bingham descubre a un señor viejo en un desgastado traje de domingo andando por el camino. ¡Un blanco! Siente una sacudida. ¿No le habían asegurado en Cuzco que la cordillera Vilcabamba estaba poco menos que virgen?

Bingham le dirige un torpe *¡buenos días!*, ante el que el hombre se queda como petrificado y se da la vuelta. Bingham marcha a su encuentro. Le echa al hombre bastante más de sesenta años; tiene el rostro curtido por el sol y las inclemencias del tiempo, y lo surcan profundas arrugas. El bigote, en cambio, muestra una disposición pulcra y simétrica sobre el labio superior, y su sombrero de fieltro parece cuidado. Un toque de ylang-ylang rodea al hombre; un olor que a Bingham se le antoja perturbadoramente familiar. Bajo el brazo derecho lleva un hatillo, que esconde rápidamente bajo la chaqueta.

—¿Quién es usted? —pregunta Bingham, esta vez en inglés.

Cuando el viejo oye esta pregunta, se hunde el sombrero para tapar su cara y, sin pronunciar palabra, continúa su camino. Bingham lo mira con contrariedad, se plantea correr detrás de él, pero lo deja estar y regresa al campamento.

Arteaga, al que desea interrogar en relación al hombre, parece haber desaparecido; no se le encuentra por ninguna parte. Foote y Erving no le prestan a los comentarios de Bingham sobre el blanco aquel la menor atención; están bastante ocupados organizando una trampa para mariposas. A orillas de la cercana cascada, Bingham encuentra a un poblador del asentamiento que entiende el español. El indio le cuenta que el viejo vive en un campamento secreto en las montañas, mucho más arriba del río. Se supone que antaño fue bastante rico; hay incluso quien sostiene que todas las tierras de aquí a Torontoy le pertenecieron un día. Pero de esto hace mucho tiempo. A veces se le divisa recorriendo la ladera de la montaña, siempre armado de una pala y una palanqueta. El quechua, por cierto, lo habla igual que un indio.

—¿Y de qué vive el tipo? —pregunta Bingham, que no está seguro de estar entendiendo correctamente al indio, que parece cada vez más entusiasmado con su narración. Ahora el hombre se encoge de hombros. Si el viejo necesita alguna cosa, la paga con oro o con monedas de plata procedentes de la costa.

A la mañana siguiente, mientras Foote y Erving siguen todavía dormidos, Bingham se despoja de su saco de dormir, se viste y, sin dejar de estar adormilado, echa un vistazo a través de la abertura. Al instante queda completamente espabilado. Ante la tienda de campaña que hay enfrente está el viejo, abriendo un baúl tras otro y analizando con aire de experto el equipamiento de la expedición. En la mano porta un Winchester de cañones recortados. La inspección de las cámaras Kodak 3 A Special lo tiene tan concentrado que no se percata de cómo Bingham se sitúa cerca de él, pone los brazos en jarras y lo observa.

También los diez trípodes plegables y las unidades de revelado parecen suscitar el interés del hombre; cuando abre el baúl que contiene las tres mil quinientas placas de negativo, suelta un quedo silbido. Con todo esmero extrae una de las placas y la mira y remira desde diferentes ángulos. En su dedo anular reluce un grueso anillo de sello. Ahora el viejo ha encontrado el contenedor de las herramientas y las provisiones. Con toda precaución sus dedos recorren cuchillos, pinceles, cremas contra las mordeduras de mosquito, pomada para el pelo —¡pomada para el pelo!—, latas de atún, tubos de mayonesa, tabletas de chocolate y raciones de pastel en envase individual. Después revisa los equipajes de viaje de los hombres, las correas y las cantimploras.

Llegados a este punto, Bingham se da cuenta de que el tipo habla solo; cuanto más tiempo lo escucha, más seguro está de que no puede ser ni español ni quechua. Ahora lo capta: alemán, piensa Bingham, ¡es alemán!

Solo cuando el viejo se pone a revolver en las pertenencias de Bingham y descubre uno de los diarios, este carraspea y da un paso hacia el descarado intruso. El viejo se gira sobresaltado. Ylang-ylang, piensa Bingham.

—Mi nombre es Hiram Bingham —le dice en inglés—. ¿Y cuál es el suyo?

Se posa sobre él una mirada acerada, evaluadora, que brota de unos ojos azules como glaciares.

—¿Por qué lo quiere saber?

El inglés del viejo es correcto, pero su acento alemán resulta ensordecedor. Bingham le responde que viene de la universidad de Yale y que, por ese motivo, sus intereses son *universales*.

Entonces el viejo rompe a reír, y reflexiona unos instantes.

—Augusto Rodolfo Berns, es un placer. —Extiende la mano a Bingham para estrechar la suya e inclina la cabeza con tanta ceremonia que esta vez es Bingham quien tiene que soltar una carcajada. ¡Es como si estuvieran en el salón más refinado de toda Lima!

—Así que es usted descubridor —dice Berns, observando las botas con cordones y el pañuelo de seda que el joven norteamericano lleva al cuello. La mejilla de Bingham tiene aún grabada la marca de la almohada de plumas sobre la que se acaba de despertar, y su lengua juguetea con la pastilla de menta que tiene en la boca para contrarrestar el mal aliento matutino.

—Ciertamente. Y los caballeros en las tiendas son el catedrático Harry Foote y el doctor William Erving de Yale, Connecticut. De modo que lleva usted ya tiempo en el Perú, ¿verdad?

—Toda una vida —responde finalmente. Entonces le pregunta a Bingham, la voz con algo más de aspereza que al principio, lo que lo ha traído hasta aquí. A las tierras prodigiosas del Perú.

Bingham se queda parado. ¿Las tierras prodigiosas del Perú? Esto le gusta; se lo va a apuntar. Él y sus hombres, dice, no tienen mucho tiempo, por desgracia. Hablando con mayor precisión, les quedan tres meses para encontrar la ciudad perdida de los incas, escalar el Coropuna y medir el lago Parinacochas; en suma, que andan apurados.

¿No habría él, Berns, oído hablar de una interesante ruina situada en esa zona?

SOBRE EL PROTAGONISTA DE ESTE LIBRO

Augusto R. Berns existió de verdad.

En 2008 el investigador estadounidense Paolo Greer encontró en la Biblioteca Nacional del Perú cartas, papeles y folletos de un tal A.R. Berns. De los documentos se desprendía que Berns había fundado una empresa denominada «Huacas del Inca». Pero había también una cosa distinta: en diversos mapas realizados a mano estaba consignada la localización exacta de esa legendaria ciudad incaica que hoy conocemos como Machu Picchu. Parecía que Berns había sido el primer europeo en descubrir la ruina, más de treinta años antes de que el norteamericano Hiram Bingham la encontrase, obteniendo con ello un impacto sensacional.

Lo que los documentos no narran es la historia vital de Berns antes de su irrupción como deslumbrante empresario. Esta es la que me propuse seguir: a lo largo de más de un año investigué en archivos a ambos lados del Atlántico, en Alemania, Panamá y Perú, hasta que logré reconstruir dónde creció Berns y cómo fueron su infancia y juventud. Durante mis indagaciones me tropecé con descendientes vivos de la familia Berns/Dültgen. Tenían noticia de un joven perteneciente a su familia que en el siglo XIX emigró a Sudamérica en busca de los tesoros de los incas.

En la Biblioteca Nacional de Lima existe un documento que traza la trayectoria vital de Berns desde su llegada al Perú hasta el año 1887, cuando se funda la sociedad «Huacas del Inca». En verdad esta descripción se lee —no queda claro quién la haya redactado, probablemente uno de los que acabaron siendo socios de Berns— como si fueran las historias fantásticas del barón de Münchhausen. Algunos de sus extremos resultan imposibles de contrastar en la actualidad, pero la mayoría de los detalles los pude autentificar mediante mis investigaciones. Además se conservan innumerables artículos y reportajes de prensa de la época. El público quedó cautivado por Berns y por su promesa de recuperar los tesoros y el oro de la ciudad perdida, y el gobierno peruano aprobó un decreto en apoyo de «Huacas del Inca».

La creación de la sociedad no puede estar mejor acreditada. En el Archivo de Lima se encuentran, además de folletos, correspondencia y material cartográfico, también listados de los miembros y socios más famosos. Evidentemente también está documentado lo que sucedió a los pocos días: que Berns desapareció, junto con el dinero que había recaudado con la venta de las acciones.

¿Y nunca más fue visto? Poco antes de un nuevo viaje al Perú me tropecé con la copia de un diario de Hiram Bingham, que más tarde serviría de base para su famoso libro *In the Wonderland of Peru*. En la entrada correspondiente al 2 de agosto de 1911 encontré un detalle curioso, que obviamente le resultó a Bingham lo suficientemente importante como para introducirlo *a posteriori* en su texto ya pasado a máquina. Justo debajo de Machu Picchu, cerca del poblado de Mandor, se encontró a un viejo alemán andrajoso que buscó incesantemente conversar con él, y que acabó mencionando una ruina relevante que se ubicaba muy cerca de ellos. Bingham no dejó constancia del nombre de ese individuo. Personalmente no tengo duda de que se llamaba Augusto Berns.

Rastros de Berns siguen siendo visibles todavía hoy en Aguas Calientes, la localidad situada en las inmediaciones de Machu Picchu. Quien se fije bien en lo que hay en la plaza principal detectará algunas ruedas de hierro forjado. Proceden del aserradero que Berns construyó allí en colaboración con su socio Harry Singer y al que los nativos de ese paraje llamaron simplemente «La Máquina». El río, que desemboca en el Urubamba por cierto, se sigue llamando hoy en día «Río Máquina».

AGRADECIMIENTOS

Este libro quedaría incompleto sin expresar la necesaria gratitud a quienes me ayudaron durante la investigación previa y su ulterior redacción. Es para mí una gran satisfacción poder al fin darles las gracias a las personas siguientes:

Mark Adams y Kim MacQuarrie, por su veloz comunicación y transmisión. Con ello comenzó todo. Paolo Greer en Fairbanks, Alaska, por sus sugestivas indagaciones en archivos norteamericanos y peruanos, por nuestro prolongado intercambio, las caminatas compartidas por la cordillera Vilcabamba y por sus lecciones sobre el lavado de oro (él piensa que será mejor que me concentre en la actividad literaria). Dan Buck en Washington, D.C., por sus agudas observaciones. La Dra. Beate Battenfeld, en Solingen, por su amistad y apoyo incondicional, también en cuestiones de carácter histórico; sin ella sabría menos de la mitad acerca del tiempo que pasó el joven Rudolph August Berns en Dültgensthal. El Dr. Alain Gioda en Montpellier, por su asesoramiento en la causa Augusto R. Berns y por poner a mi disposición con absoluta generosidad sus materiales relativos a *Huacas del Inca*. Margret Bösinger y Klaus Sefzig por su fantástico apoyo durante mis averiguaciones sobre las familias Berns y Dültgen. El Dr. Jens Murken del Archivo Eclesiástico Regional de la Iglesia Evangélica de Westfalia por su ayuda temprana en los comienzos de la búsqueda. Ralf Rogge y todos sus colaboradores del Archivo Local de Solingen, que en 2015 se convirtió para mí en una especie de segunda casa, por sus ánimos, sugerencias y ayuda incansable. Dieter Ortmanns y Dieter Rehbein del Círculo de la Patria Chica de Uerdingen por facilitar mi comprensión de las peripecias de la familia Berns en dicha localidad. El Dr. Hubert Köhler y Stefan Austermann, del Museo al Aire Libre de Hagen, dependiente de la Asociación de Municipios Westfalen-Lippe, por su amable acogida y sus explicaciones precisas acerca de cuestiones como la herrería, las transmisiones y cuanto tiene que ver con la madera, el fuego y el hierro. El Dr. Ulrich Hunger del archivo de la Universidad de Göttingen por buscar a un estudiante llamado Harry Singer. La Dra. Manuela Fischer del Museo Etnológico de Berlín por guiarme por las dependencias «secretas» del museo, sus colecciones y sus tesoros. La catedrática Dra. Stephanie Gänger, de la Universidad de Colonia, por sus conocimientos expertos y abundantes indicaciones respecto a los coleccionistas de antigüedades del Perú del siglo XIX. Michael Weingarten y Rüdiger K. Weng por efectuar gentilmente el escaneo de una acción de *Huacas del Inca*, una vez que la misma apareció en Europa.

Mucho le debo a un ejército de genealogistas e interesados en estos menesteres, que en todo momento me evidenciaron compromiso y no dejaron de continuar a mi lado de forma incansable. En representación de estos querría en este punto resaltar a Gabi von der Linnepe, Achim Dültgen, Helmut Fischer, Silvia Goeltz, Renée Dultgen-Alcais y Jürgen von Bardeleben. Le debo una gratitud especial a Bärbel Brand, una descendiente de la familia Berns. Ella confirmó mis investigaciones sobre la historia familiar y compartió conmigo los conocimientos que se han conservado en la familia acerca de Augusto R. Berns. Rolf Heimann, actual propietario de las casas Dültgen en Wald/Solingen me abrió las puertas a los edificios restaurados con primor, me paseó pacientemente por sus dependencias y respondió a todas mis preguntas.

José Bastante en Cusco y Donato Amado en Lima son acreedores a mi agradecimiento por haber respaldado la investigación en el Perú. Sin ellos no habría tenido ni siquiera acceso a muchos documentos. Al Dr. Stewart Redwood en Ciudad de Panamá le agradezco el intercambio sobre minas de oro y de otras clases en Panamá, así como sobre el canal de Panamá y el destino de Harry Singer. Cheers! A Anders Kjöll, Dora Elisa Cortijo González y Gabriel Montoya González, en Lima, les guardo gratitud por su amistad y su respaldo durante mis investigaciones en la Biblioteca Nacional del Perú. Mi reconocimiento a José Antonio Raunelli, en Cusco, por sus útiles gestiones con respecto a las autoridades peruanas y la bibliografía eclesiástica. Gracias por todo y hasta siempre, amigo. A Shirley Liss, de Fairbanks, Alaska, le agradezco sus lecciones sobre la geología de la cordillera Vilcabamba y la compañía que me hizo en Cusco y en Aguas Calientes. A Sandra Sánchez de Sánchez, en Lima, le debo gratitud por su excelente olfato urbano y las largas caminatas explorando la costa del Pacífico. A Blanca Romero, también en Lima, le debo que me aportara su saber histórico y que me acompañara a Callao. A Erwin Rosa en Mandor debo agradecerle que me entrenara en la utilización del machete y que me condujera de excursión hasta la escalera de Berns, donde pudimos brindar con vino del Rin.

A mis amigos Julia Franz, Kai Splittgerber, Katharina Fritsch, Hannah Janz, Ralf Heimann, Eva Grafe, el Dr. Thorsten Merse y Martin Kintrup les estoy agradecida por los inspiradores intercambios y por su fe en este libro; también por su paciencia a lo largo de los últimos años y por su lealtad. A Phin Spielhoff en Berlín le doy las gracias por su hospitalidad y sus palabras de aliento.

Mi editor Gunnar Schmidt merece reconocimiento por la visión que tuvo con esta obra, al igual que por su impagable crítica constructiva. Gracias a mi lector Frank Pöhlmann por su mirada aguda y por la concentración durante el trabajo en común. Sin él, lo más probable es que Augusto R. Berns se hubiese perdido en plena selva. A mi agente Karin Graf le agradezco sus valiosos comentarios, su compañía en el transcurso de los años y su amistad.

A mi esposo Benjamin Küchenhoff y a nuestra hija Mila, a quienes está dedicado este libro, les agradezco su paciencia y su comprensión, al igual que su ayuda y su sostén durante los últimos años. Cada vez que los árboles no me dejaban ver el bosque, Benjamin supo mostrarme el camino.

Finalmente, y con todo mi amor, expreso mi gratitud a mi madre, Alicja Janesch, por su espíritu de lucha digno de una amazona, y por su infalible sentido común.